미당 서정주와 한국 근대시

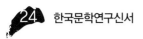
24 한국문학연구신서

미당 서정주와
한국 근대시

동국대학교 문화학술원 한국문학연구소 편

역락

서문

『미당 서정주와 한국 근대시』 발간에 즈음하여

　동국대학교 한국문학연구소에서 미당 서정주의 시 이해에 필수적인 비평적 업적을 집성한 『미당연구』를 간행한 것은, 미당의 팔순과 『미당 서정주 전집』의 출간을 축하하기 위한 작업의 일환이었다. 그 뒤, 미당은 평생의 염원이었던 '영생(永生)'을 꿈꾸며 도솔천으로 거처를 옮겼고, 한국문학계에서는 미당과 미당시에 대한 이러저러한 담론이 끊이질 않았다. 지금도 전국의 유수한 대학원에서 미당 관련 석박사 논문이 지속적으로 생산되고, 비평 또는 학술논문이 꾸준히 발표되면서 또다른 미당연구서 출간 논의가 제기되었다. 『미당연구』가 간행된 지 사반세기가 경과했고, 미당이 타계한지도 벌써 이십여 년이 가까운 데다 미당 탄생 백주년도 몇 년 전에 지났으니 그 동안 축적된 미당 시 관련 논문을 선별해 단행본을 낼 내외적 조건은 충분히 마련된 셈이다.

　본 연구소에서는 지난 십 수 년 동안 '미당 학술제'를 연례행사로 치러왔다. 이는 미당이 동국문학, 더 나아가 한국 시문학의 큰 산맥 가운데 하나이며, 미당시가 한국근현대시의 한 좌표로 자리매김된 것을 기념하기 위한 행사로 문학계 내외의 관심을 집중시켰다. 매년 가을, 국화가 꽃망울을 티울 즈음 열린 이　학술제는 미당의 삶과 문학에서 첨예하게 대립되는 문제의식을 선정하여 젊은 연구가들에게 발표와 토론을 맡기는 형식으로 진행되었는데, 미당의 친일시를 직접적으로 다룬 것이 그 대표적인 사례라 할 수 있다. 『미당 서정주와 한국 근대시』에 실린 열네 편의 글은 주로 '미당 학술제'에서 발표한 뒤 수정 보완한 논문 중에서 선별한 것들로 미당 초기시의 특징을 다룬 글, 미당의 시이론과 '신라정신'의 의의를 규명한 글, 자신이 태어나 자란 작은 공간의 이야기를 '질마재 신화'로 승화시킨 미당의 상상력을 추적한 글 등 3부로 이루어졌다. '미당 학술제'에서 발표된 논문이 아니더라도 이러한 취지에 적합한 몇 편의 글을 찾아 수록함으로써 이 책은 좀더 알찬 미당 연구서가 될 수 있었다.

이 연구서의 필자들은, 한둘의 특별한 경우를 제외하고는, 미당시 연구로 박사학위를 받았거나 관련 논문을 주로 발표하여 학계에서 미당 연구가로 정평을 얻은 소장학자들이다. 그러므로 우리는 연구서에 실린 이 글들이 발표된 학술대회나 학술지의 소속과 관계없이 학문적 객관성과 엄정성, 그리고 논리의 균형감각을 갖추었다고 판단한다. 이 책이 『미당연구』에 이은 두 번째 미당연구서로서 2천년대 이후 미당시 연구의 향방과 맥락을 가늠하는 데 하나의 지침이 될 수 있기를 희망하는 것도 이 때문이다. 이 책을 발간하는 데 귀중한 논문의 재수록을 허락해준 모든 필자분, 그리고 원고수합부터 교정, 출판에 이르는 번다한 일을 묵묵히 감수한 연구원에게 두루 감사의 말씀을 전한다.

2017년 12월
동국대학교 한국문학연구소장 장영우

차 례

‖ 제1부 ■ 서정주 시의 미학과 영원성 ‖

‖ 제 2 부 ■ 서정주 시의 전통과 이데올로기 ‖

제 3 부 ▪ 한국 근대시와 '질마재'의 신화적 상상력

제 1 부 ▪ 서정주 시의 미학과 영원성

서정주 시의 윤회연기와 영원주의

장 영 우*

1. '죄인'과 '천치'

미당이 스물셋의 나이에 쓴 「자화상」에는 그의 "숙명적인 어떤 운명의 행로가 이미 예언되어 있어"[1] 많은 연구자들은 이 작품을 미당 시 연구의 관문으로 여긴다.

애비는 종이었다. 밤이 깊어도 오지 않았다.
……
스물세 해 동안 나를 키운 건 팔할이 바람이다.
세상은 가도 가도 부끄럽기만 하드라.
어떤 이는 내 눈에서 죄인을 읽고 가고
어떤 이는 내 입에서 천치를 읽고 가나
나는 아무것도 뉘우치진 않을란다.

찬란히 티워 오는 어느 아침에도

* 동국대학교, cywoo@dongguk.edu
** 이 글은 『한국문학연구』 제50호(동국대학교 한국문학연구소, 2016)에 게재된 원고를 단행본의 편집 취지에 맞춰 수정·보완한 것이다.
1) 조연현, 「원죄의 형벌」, 『문학과 사상』, 세계문화사, 1949.(조연현 외, 『미당연구』, 민음사, 1994, 10쪽에서 재인용)

　　이마 우에 얹힌 시의 이슬에는
　　몇 방울의 피가 언제나 섞여 있어
　　볕이거나 그늘이거나 혓바닥 늘어트린
　　병든 숫개마냥 헐떡어리며 나는 왔다.

　　　　　　　　　　　　　　　　　　- 「자화상」 전문2)

　　"애비는 종이었다"는 「자화상」의 고백은 한국 현대시사에서 가장 신선한 충격과 감동을 안겨준 선언이고, "나를 키운 건 팔할이 바람이다"란 구절 또한 세인의 입에 널리 오르내리며 다양하게 패러디된 명문이다. 한때 학생 시위에 앞장서기도 하고 톨스토이를 본받아 넝마주이 흉내도 내던 이십대 초반의 청년이 자신의 운명을 "종, 바람, 죄인, 천치, 피" 등의 원색적 시어로 토설(吐說)한 것은 단순한 시적 의장(意匠)으로 보아 넘기기 어려운 함의를 갖는다. 그는 이 시에서 천한 종의 자식이라는 신분적 제약에도 불구하고 자신이 선택한 문학적 행로를 걸어갈 것이며 그에 대한 세간의 어떤 평가도 달게 받겠다는 단호한 의지를 밝힌 것이다. 미당의 삶과 문학에서 「자화상」이 차지하는 의미와 하중은 비단 몇몇 시 구절의 "놀라운 솔직성과 강한 자기주장"3)에서 연유하는 것이 아니라 그러한 시적 진술이 그의 삶과 문학의 특징을 정확하게 예고하고 있는 점에서 찾아야 하리라 믿는다. 비근한 예로, 미당의 시세계에서 '바람'은 단순한 방랑의 의미 영역을 넘어 '풍류(風流)', '신라', '영원성'의 정신세계로 나아가는 관문으로서의 상징적 의미를 갖는다. 하지만 그에 앞서 우리의 관심을 끄는 것은 "어떤 이는 내 눈에서 죄인을 읽고 가고/어떤 이는 내 입에서 천치를 읽고" 가는데, "이마 우에 얹힌 시의 이슬에는/몇 방울의 피가 언제나 섞여 있"다는 구절에 대한 새로운 인식이다. 일반적으로 "죄인·천치"의 의미는 비천한

---

2) 서정주, 『미당 서정주 전집』 1, 은행나무, 2015, 27~28쪽. 이하 서정주 시는 이 책에서 인용하며, 『전집』으로 줄여 표기함.
3) 김우창, 「한국시와 형이상」, 『궁핍한 시대의 시인』, 민음사, 1977, 62쪽.

신분과 유랑의식으로 번민하고 있는 당시 시인의 정신세계로 해석되어 왔으나, 이러한 진술이 시인의 차후 문학적 삶의 행적과 그에 대한 일부의 비판적 평가와 거의 정확하게 부합한다는 사실에 주목할 필요가 있다. 시 구절에 따르면 시의 화자는 스스로가 평생 시인으로 살아갈 숙명임을 자각하고 있으며, 자신의 시로 말미암아 "죄인"이나 "천치"로 낙인찍힐 수 있다는 사실을 예감하고 있는 것으로 보인다. 이와 함께 자신의 시에 "몇 방울의 피가 섞여 있"다는 진술은 현실에 대한 그의 갈등과 번뇌가 완전히 해소되지 않은 채 진한 혈흔으로 남아 있음을 말해주는 상징적 언표이다. 미당이 평생 시를 쓰며 살아갈 자신의 운명을 예감한 것이나, 자신의 문학에 대해 부정적 평가가 내려지더라도 뉘우치지 않겠다고 다짐하는 대목에서는 이 시가 젊은 시절의 '자화상'이 아니라 노년에 그린 '초상화'일지 모른다는 느낌을 받는다. 특히 1980년대 이후 미당에게 가해진 일부의 혹독한 비난을 떠올리면 「자화상」의 참위적(讖緯的) 정확성에 놀라지 않을 수 없게 된다. 이를테면 미당 시의 일면적 특성을 가리켜 "역사의식이 사라지고 운명의 힘에 굴복한 정신이 귀의"[4]한 것이라 보는 관점이나, 미당 시의 "투명한 무갈등의 세계는 그가 이미 짊어져 왔고 또 오랫동안 짊어지게 될 멍에의 하나"[5]라는 지적은 그의 시에서 "죄인"과 "천치"의 징후를 짚어낸 대표적 비평이라 할 수 있다.

　「자화상」 화자의 눈과 입에서 누군가가 "죄인"과 "천치"를 읽었다는 것은, 시적 화자의 세계관·가치관이나 시적 언술에서 몰역사적 혹은 반시대적 징후를 간취했다는 사실을 의미한다. 시적 화자의 눈은 그가 세계를 바라보고 해석하는 관점이고, 그의 입은 그가 직간접적으로 발화하는 언표를 가리키는 은유이므로 그의 눈과 입은 그대로 그의 정신

---

4) 최두석, 「서정주론」, 『선청어문』 제20권, 서울대 국어교육과, 1992.(『미당연구』, 269쪽에서 재인용)
5) 황현산, 「서정주, 농경사회의 모더니즘」, 『미당연구』, 476쪽.

세계와 그것의 언술적 표현으로 환치된다. 그러므로 미당은 자신의 세계관이나 그것의 시적 표현이 "어떤 이"들에겐 반역사적이거나 시대착오적인 의미로 해석될 수 있으리란 점을 일찌감치 예감하면서도 그 때문에 자신의 가치관이나 문학관을 포기, 또는 전환할 생각이 없다고 확고하게 천명한 것이다. 가령, "나는 아무것도 뉘우치진 않을란다"의 서술어미가 미래시제라는 점에 유의하면, 이 진술이 현재 독자보다 미래 독자를 의식한 자기 다짐의 성격이 강하다는 것을 이해하게 될 터이다. 그것은 그의 세상을 바라보는 안목이나 문학적 탐색이 시대적 경향이나 세속적 욕망과는 상관없이 독자적 예술세계를 지향할 것이라는 사실을 뜻한다. 일제치하의 폐색(閉塞)된 현실에서 탈출하기 위해 "꽃처럼 붉은 울음을 밤새 울"(「문둥이」)거나 "애비를 잊어버려/에미를 잊어버려/형제와 친척과 동무를 잊어버려/마지막 네 계집을 잊어버려"(「바다」)라고 절규했던 미당은 "내가 달린들 어데를 가겠"(「만주에서」)느냐고 자신의 한계를 절감하고 "무슨 꽃으로 문지르는 가슴이기에 나는 이리도 살고 싶은가"며 현실을 적극적으로 끌어안는다. 그것은 미당이 부친의 돈을 훔쳐 상해나 만주로 가려다 우연히 마주친 친구의 꾀임에 빠져 결국 만주행을 포기하고 문학의 길로 들어선 그의 예술가적 기질과 긴밀한 연관을 맺는다. 애초부터 미당에겐 지사적·혁명아적 비판의식이나 행동력보다 아름다움이나 이상적 세계를 추구하는 낭만적 성향이 더 강했던 것이다. 그의 입에서 나온 시적 발화가 누군가에게 "천치"의 언어로 읽히는 것도 그 때문이다. 말을 바꾸면 그의 시적 발화는 현실 저 너머의 아름답고 이상적인 세계에 대한 동경과 강렬한 원망(願望)의 기구(祈求)여서 근대 사실주의 미학과는 전혀 다른 낭만주의적 주정정신(主情精神)의 시적 전통의 계승[6]으로 보아야 할 것이다.

폭력적인 현실을 폭로하고 그에 저항하는 근대 사실주의 혹은 지사

---

[6] 서정주, 「한국 시정신의 전통」, 『서정주』(한국문학총서 2/동국대 한국문학연구소 편), 1980, 150쪽.

적 태도와 다른 문학적 행로를 선택한 미당 시가 아름다운 이상적 세
계를 추구하는 것은 당연한 귀결이겠으나, 그것이 '부활' 또는 '환생'의
이미지로 나타나는 것은 매우 흥미롭다.

> 내 너를 찾아왔다 수나娘娜. 너 참 내 앞에 많이 있구나. 내가 혼자서
> 종로를 걸어가면 사방에서 네가 웃고 오는구나. 새벽닭이 울 때마다 보
> 고 싶었다. …… 촛불 밖에 부홍이 우는 돌문을 열고 가면 강물은 또 몇
> 천 린지, 한번 가선 소식 없는 그 어려운 주소에서 너 무슨 무지개로 내
> 려왔느냐. 종로 네거리에서 뿌우여니 흩어져서, 뭐라고 조잘대며 햇볕에
> 오는 애들. 그중에도 열아홉 스무 살쯤 되는 애들. 그들의 눈망울 속에,
> 핏대에, 가슴속에 들어앉어 수나! 수나! 수나! 너 인제 모두 다 내 앞에
> 오는구나.
>
> — 「부활」 전문7)

『화사집』 맨 뒤에 실려 있는 「부활」은 미당 시세계에서 커다란 변환
점에 해당하는 작품으로 「자화상」만큼이나 중요한 의미를 갖는다. 그
것은 미당 시의 핵심적 특질인 '영원성'과 '윤회'의 원형적 자질이 이
작품에 내재되어 있기 때문이다. 이 시는 사별한 옛 애인을 잊지 못하
고 그리워하던 화자가 어느 날 종로 네거리에서 마주친 수많은 소녀에
게서 '수나'의 흔적을 발견한다는 환상적인 서사로 이루어져 있다. 종
로 네거리에서 만난 "열아홉 스무 살쯤 되는 애들"이 모두 '수나'로 보
이는 것은 사별한 옛 애인과의 재회를 염원하는 화자의 간절한 마음이
시간과 공간을 초월하여 이루어진 찰나의 환각이다. 종로 네거리에서
마주친 스무 살 전후의 소녀가 옛 애인과 동일인일 리는 만무하지만,
그들의 청순하고 발랄한 모습에서 죽기 전 '수나'의 흔적을 발견하는
것은 그가 그녀의 외모만 사랑한 것이 아니라 그녀의 육체와 정신 모
두를 사랑했다는 사실을 의미한다. 미당 시에서 사랑은 이 세상의 그

---

7) 『전집』 1, 65쪽.

무엇보다 소중하고 고귀하며 절대적인 가치의 표상이다. 그가 추구하는 사랑은 이른바 플라토닉 러브에 한정하는 게 아니라 육체적 욕망까지 포함[8]하는 것으로, 「화사」·「대낮」에서 우리는 미당 시의 폭발적 관능미를 확인할 수 있다. 미당이 "그것이 참말로 사랑이거든/서라벌 천 년의 지혜가 가꾼 국법보다도 국법의 불보다도/늘 항상 더 타고 있거라"(「선덕여왕의 말씀」)며 국법마저 초월하는 사랑의 영원성을 예찬한 것도 그 때문이거니와, 그 이면에 죽은 자의 마음과 산 자의 마음이 연결되는 이른바 '영통(靈通)' 또는 '혼교(魂交)'라고 하는 미당 특유의 정신세계가 내재하고 있음에 유념할 필요가 있다.

2. '영통(靈通)·혼교(魂交)', 영혼의 소통

미당이 현실을 "다소곳이 견디면서/식구들 데불고 살아갈밖엔 없다"(「이조백자의 재발견」)고 깨달은 것은 부친이 별세하고 실질적인 가장이 된 1942년 8월 이후의 일이다. 그가 몇 편의 시국적인 글을 쓴 것도 그 무렵의 일로, 해방후 6·25 동족상잔을 겪으며 그는 언어상실과 정신착란증세를 보여 자살까지 기도한 것으로 알려진다. 이 무렵 그는 '텔레파시'를 통해 죽은 자와 소통한다고 하여 주위 사람들을 놀라게 했지만, 이러한 정신적 체험은 『삼국유사』·『삼국사기』의 설화와 사실(史實)에 대한 독특한 해석으로 발전하여 미당 시세계의 중핵(中核)을 형성한다. 미당은 이들 사서(史書)를 통해 신라·풍류의 의미를 재해석하는 한편, 그것을 '영통주의(靈通主義)' 또는 '혼교(魂交)'라 명명함으로써 과거

---

8) 미당은 「꽃밭의 독백」에서 집을 떠나기 전의 사소가 꽃밭 앞에 서 있는 장면을 묘사하면서, "그는 사랑을 하고 있다. 플라토닉한 그런 사랑이냐고? 아니다. 그야 플라토닉하기도 하고 무척 하지만, 육체도 풍성히 있는 그런 사랑을 하고 있다"(『서정주』, 190쪽)고 부연하고 있다.

와 현재의 정신적 연속성을 강조한다.

　　우리가 지금 말하고 있는 '영통'이라는 것, 달리 전해 오늘 말로 하면 '혼교'라고 하는 것 – 이것이야말로 우리 민족 고대정신이 현대와 가장 다른 큰 특질을 표시하는 명칭이라고 생각한다. 말하자면, 이것은 역사의 식과 우주의식 그것의 본질이 우리 현대인과 달랐던 것을 말하는 것이니, 우리는 흔히 역사의식을 산 사람들의 현실만을 너무 중시하는 나머지, 과거사란 한 참고거리의 문헌 유적을 제외한다면 망각된 氣로서 느끼고 살지만, 우리의 고대인들은 사후 후대에 이어 전승되는 마음의 흐름을 혼의 실존으로서 인식하고 느끼고 살았기 때문에, 우리와 그들의 역사의 식 사이에는 현격한 차이가 빚어져 있다. ······ 그렇게 해서 과거사 속의 정신의 장점들은 문 열면 바로 보이는 것 같은 實感力으로써 후세에 작용하여, 이런 힘으로 가령 신라의 통일 같은 것도 이루어진 것이라고 생각한다.9)

　　미당의 '영통주의'는 시간적으로 과거—현재—미래가 유기적으로 이어지고, 공간적으로 지상과 천상을 자유롭게 오가는 "우주적 무한과 시간적 영원을 근거"10)로 하는 신라정신의 정수이다. 그는 신라시대에는 유불선 삼교가 "종합적 비빔밥"11) 형식으로 융합을 이루어 시간과 공간을 초월하는 영생주의적 세계관이 일반화되었던 것으로 본다. 그가 『삼국사기』·『삼국유사』에 실린 역사적 기록이나 설화를 재해석하여 신라인은 육체는 사라져도 마음은 영생한다고 믿었다고 주장하는 것도 이러한 확신에 바탕한다. 이러한 주장의 근거로 그가 즐겨 차용하는 소재는 '박혁거세 어머니(사소부인)'와 '김대성' 설화이다.

---

9) 서정주, 「한국적 전통성의 근원」, 『세대』 제14호, 1964.7.(『서정주』, 158~159쪽에서 재인용)
10) 서정주, 「한국 시정신의 전통」, 『서정주』, 146쪽.
11) 서정주, 위의 글, 155쪽.

노래가 낫기는 그 중 나아도

구름까지 갔다간 되돌아오고,

네 발굽을 쳐 달려간 말은

바닷가에 가 멎어 버렸다.

활로 잡은 산돼지, 매[鷹]로 잡은 산새들에도

이제는 벌써 입맛을 잃었다.

꽃아, 아침마다 개벽(開闢)하는 꽃아.

네가 좋기는 제일 좋아도,

물낯바닥에 얼굴이나 비취는

헤엄도 모르는 아이와 같이

나는 네 닫힌 문에 기대섰을 뿐이다.

문 열어라 꽃아. 문 열어라 꽃아.

벼락과 해일(海溢)만이 길일지라도

문 열어라 꽃아. 문 열어라 꽃아.

- 「꽃밭의 독백-娑蘇斷章」 전문12)

---

12) 『전집』 1, 161~162쪽. 미당은 사소 설화를 제재로 하여 「꽃밭의 독백―사소단장」,
「사소의 편지」, 「사소의 두 번째 편지 단편」 등 세 편의 시를 썼다. 하나의 제재를
연작 형식으로 쓴 예가 흔하지 않은 미당 시에서 이것은 예외적 현상이라 할 수 있
고, 그만큼 사소 설화에 많은 관심을 가졌던 것으로 이해된다.

이 시를 제대로 이해하기 위해서는 박혁거세의 어머니 '사소(娑蘇)' 설화를 자세히 알 필요가 있다.13) 이 시의 화자는 애를 밴 처녀로 꽃밭에 서서 꽃을 바라보며 어떤 고난과 시련이 닥쳐와도 자신의 사랑을 포기하지 않으리라 다짐한다. 그녀는 마침내 매 한 마리를 데리고 집을 나서 혼자 살면서 아들(弗居內=赫居世)을 낳아 기르며 아버지와 편지를 주고받는다. 미당은 이러한 설화를 바탕으로 시를 쓴 것인데, 미당 시에서 '꽃'은 "허공이 허공이 아님을, 무(無)가 무가 아님을, 없어진 것이 없어진 것이 아님을, 가신 이가 가시지 않았음을, 어느 말보다도 더 능력 있는 말로 증명하는 힘"14)을 가진 상징적 존재다.15) 그러므로 여기서의 '꽃'은 매일 새로운 생명으로 재생하는 영생적 존재이고, 그 꽃을 바라보는 화자는 "물낯바닥에 얼굴이나 비취는/헤엄도 모르는 아이", 즉 헤엄과 같은 훈련이나 교육은 전혀 받지 못한 채 수면에 비친 제 얼굴을 보고 노는 순수한 영혼의 소유자다. 이를 라캉의 용어로 바꿔 쓰면 분리된 육체(또는 영혼)를 상상적으로 통합하려는 의지의 표상인 '상상계' 속의 자아로 볼 수 있다. 그는 언어 습득을 통해 인간관계의 법칙을 이해하고 복종하는 '상징계'에 진입하기 이전의 순수하고 무구한 정신을 지닌 존재인 것이다. 시의 화자(사소)는 매일 아침 새롭게 피어나는 꽃을 보면서 '날마다 좋은 날[日日是好日]'16)이란 말의 의미를

---

13) 미당은 이 시를 비교적 자세하게 해설하여 독자의 이해를 돕고 있다.(『서정주』, 190~198쪽 참조)

14) 서정주, 「국화 1」, 『한송이 국화꽃을 피우기 위해』, 민예사, 1980, 25쪽.

15) 미당은 사람이 현생의 수명을 다하고 죽은 뒤 후세에 다시 태어날 때의 모습을 '꽃'의 형태로 상상하기를 즐긴다. 이러한 미당의 영생관 혹은 윤회사상을 가장 잘 드러낸 작품이 「인연설화조」로, 이 작품의 의미는 뒤에서 살피기로 한다. 사람이 '죽은 뒤 꽃으로 다시 태어나는 상상력은 비단 미당 시에서만 보이는 게 아니라 우리 시인들에게서 자주 찾아볼 수 있는 것이다.

16) 석지현은 '날마다 좋은 날'을 '생일'로 해석한다. 어떤 사람이건 자기 생일은 특별히 생각하고 좋은 기분을 갖는데, 매일매일을 자기 생일로 여기면 늘 즐거울 것이란 생각이 깔려 있다. 이 시에서 "아침마다 개벽하는 꽃"이란 구절은 결국 매일 아침 새롭게 개화하는 것을 가리키는 것으로, 그것을 인간의 출생과 대비하여 '일일시호일'로 해석하는 것도 큰 무리는 아닐 것이다.

제대로 이해한다. 그러므로 이 시는 기구한 처지—처녀로 애를 밴 채 집을 나와 혼자 살며 아이를 낳아 기르는—에 놓인 사소(娑蘇)가 현실을 원망하거나 좌절하지 않고 제 의지대로 살다 마침내 신라인들에게 선도산 신모(神母)로 숭앙받는 서사를 제재로 하여 신라인의 사랑과 영원주의를 예찬한 작품으로 볼 수 있다.

미당이 생각하는 신라인은 사랑을 국법보다 더 소중하게 여기고, 현세의 삶에 좌절하지 않고 내세의 삶을 바라며, 인간과 자연이 서로 소통하는 우주적 인간이다. 그리고 그들이 신앙하는 풍류정신 또는 영원사상은 "천지 전체를 불치(不治)의 등급 따로 없는 한 유기적 연관체의 현실로서 자각해 살던 우주관"[17]이다. 이러한 정신은 현실과 이상의 조화를 꿈꾸었던 고대인들에게서 공통적으로 발견할 수 있는 세계관으로, "우리가 갈 수 있고, 또 가야만 하는 길을 밤하늘의 별이 환히 밝혀주는 시대"[18]를 가장 행복했던 시기로 상정했던 고대 그리스인의 그것과 상통한다. 고대 그리스인들은 밤하늘의 별을 지도 삼아 목적지를 잃지 않고 걸었지만, 신라인은 이보다 더 적극적인 상상력을 발휘하여 혜성이 하늘에서 내려와 화랑이 갈 길을 청소해주었다고 노래한다.[19]

> 천오백년 내지 일천 년 전에는
> 금강산에 오르는 젊은이들을 위해
> 별은, 그 발밑에 내려와서 길을 쓸고 있었다.
> 그러나 송학(宋學) 이후, 그것은 다시 올라가서
> 추켜든 손보다 더 높은 데 자리하더니,

---

17) 서정주, 「신라문화의 근본정신」, 『서정주문학전집』 2, 일지사, 1972, 303쪽.
18) Georg Lukács, *The Theory of the Novel*, Cambridge: The MIT Press, 1973, p.19.
19) 여행자의 지도(地圖)가 되는 별은 하늘에 고정된 채 일정한 방향을 제시하므로 인간과 일정한 거리를 유지할 수밖에 없다. 그런데 신라인은 혜성이 지상에 내려와 화랑의 앞길을 축복하며 길을 쓸어준 것으로 상상함으로써 인간과 별(천상)의 거리를 무화시키고 있다. 그런 의미에서 향가 「혜성가」는 인간과 자연(천상)의 상생·조화의 세계관을 가장 아름답게 묘사한 작품으로 볼 수 있고, 「한국성사략」 역시 그런 정신적 전통을 현대적으로 계승한 시편이라 할 수 있다.

개화일본인들이 와서 이 손과 별 사이를 허무로 도벽해 놓았다.

그것을 나는 단신(單身)으로 측근(側近)하여

내 체내의 광맥을 통해, 십이지장까지 이끌어 갔으나

거기 끊어진 곳이 있었던가,

오늘 새벽에도 별은 또 거기서 일탈한다. 일탈했다가는 또 내려와 관

류하고 관류하다간 또 거기 가서 일탈한다.

장(腸)을 또 꿰매야겠다.

- 「韓國星史略」 전문[20]

　미당의 네 번째 시집 『신라초』는 거개가 신라의 영생주의적 세계관을 주제로 한 시편들로 채워져 있다. 그 가운데 「한국성사략」은 신라의 영생주의 사상이 고려조 이후 변질되었다가 일제시대에는 아예 허무주의로까지 추락하였으나 미당 자신이 그것을 자신의 정신적 지주로 복원한 이야기를 주된 내용으로 한다. 그러므로 이 시에서의 '별'은 한국인의 전통적 정신세계, 즉 종교나 사상을 뜻하며 그런 맥락에서 시제인 '한국성사(韓國星史)'는 한국의 정신사를 가리키는 메타포로 이해할 수 있다. 시의 화자는 자연과의 조화로운 소통과 합일을 추구했던 우리 민족정신이 현세적 삶의 문제나 사람 사이에 차등(差等)을 두어 지배/피지배 관계를 심화시킨 주자학과 서구 근대사상에 오염되어 심각한 내부 질환을 앓고 있다고 진단한다. 성리학의 가한적(可限的·可恨的) 인륜주의 및 제국주의의 불평등한 인간관계의 독성(毒性)과 폐해가 너무 뿌리 깊어 치유가 어렵지만 시적 화자는 "장(腸)을 또 꿰매"는 수술을 감행하면서라도 영통주의적 세계관을 지킬 것을 다짐한다. 이 시에 따르면, 신라시대에는 인간의 이상과 현실 사이에 아무 간극이 없었을 뿐만 아니라 심지어 하늘의 별마저 인간의 곁으로 내려와 인간의 앞날을 축복해 주었으나, 유교가 전래된 이후 이상과 현실의 간극이 벌어졌고 일제시대에는 서구 문명이 유입되면서 허무주의가 팽배해져 우리의 전통적

---

20) 『전집』 1, 217~218쪽.

정신세계의 맥(脈)이 단절된 것으로 요약된다. 시의 화자는 끊어진 정신적 맥락을 잇기 위해 부단히 노력하고 있지만 그것이 여의치 않음을 안타까워하고 있는 것이다.

미당은 신분과 관습을 초월한 선덕여왕의 사랑, 전생과 현생의 인연으로 석굴암·불국사를 창건한 김대성의 굳건한 불심(佛心)의 예를 들면서 신라 영원주의가 궁극적으로는 불교의 윤회 연기사상과 연결되리라고 상상한다. 김대성은 가난하고 신분이 낮은 집안의 아들이었으나 불심이 지극해 후세에 재상의 아들로 환생하지만 사냥을 즐기는 등 못된 짓을 일삼다가 꿈에 나타난 곰에게 잘못을 빌고 곰과 전생·현세의 부모를 위해 각각 장수사·석굴암·불국사를 창건했다는 설화의 주인공이다. 김대성 설화에서 주목되는 것은 전생과 현생에서 신분이 바뀌었으나 마음은 변하지 않는다는 점이다.21) 그는 재상의 아들로 환생한 뒤 잠시 무의미한 살생을 하는 등 과오를 범하지만 곧 자신의 잘못을 깨닫고 신심 깊은 불자의 면목을 되찾는다. 김대성설화에서 석굴암·불국사 창건이 가능했던 것은 전생과 판이하게 달라진 그의 신분 때문이라는 사실을 간과해서는 안 된다. 이것은 한 생명이 환생을 거듭하는 동안 그의 존재 조건이 달라지고 역전될 수 있다는 윤회의 비밀을 미당이 간파하고 있었다는 사실을 뜻한다. 「선덕여왕의 말씀」에서 선덕여왕이 잠자는 지귀의 가슴에 황금팔찌를 얹은 것이나 김춘추와 문희의 관계를 인정한 표면적 이유는 '사랑'의 절대성 때문이지만, 현세의 신분 관계가 내생에서 얼마든지 역전될 수 있다는 윤회의 비밀을 깨닫지 못했더라면 사정은 달라졌을지 모른다.22) 신라인이 상상했던 영생

---

21) 미당은 김대성이 전생의 어머니와 상봉하는 것이 정신 또는 인연의 필연이라 설명하면서, "김대성이의 경우는 이것이 꼭 육체를 가지고만 다니는 길뿐만이 아니라 육체 없이 가는 길까지를 가지고 있는 차이"라며, 자신이 고려대학교 영문과 교수실로 김종길을 찾아가 만나는 일과는 전혀 다르다고 말한다(서정주, 「내 마음의 현황」, 『서정주문학전집』 5, 일지사, 286쪽).

22) 미당이 '춘향' 이야기를 연작 형태로 쓴 것도 이런 사정과 관련된다. 죽음을 목전에

주의는 육체와 정신의 고정불변한 영생이 아니라 육체는 여러 형태로 변해도 정신은 불변한다는 의미의 '영통(靈通)'·'혼교(魂交)', 즉 '영혼의 소통(交通)'이었던 것이다. 그들은 여러 차례의 환생을 통해 마침내 소망이 이루어지는 세계를 상상했다. 선덕여왕이 해탈이 아니라 도리천(忉利天)에 다시 태어나기를 바란 것도 그 때문이다.

3. 윤회와 연기

미당 시에서 '부활'이나 '영생'이란 단어가 등장하지만, 그것은 기독교적 의미와는 아무 관련이 없으며 오히려 불교의 '윤회'·'연기' 사상과 더 깊은 관련을 맺는다. 미당이 생각하는 윤회는 무아론적 윤회(無我論的 輪廻)가 아니라 자기동일성(연속성)을 지닌 주체가 전제되는 윤회[23]인 것으로 보인다. 미당은 우리가 살고 있는 세계는 온갖 생명이 죽어 분해된 물질로 가득 채워져 있는데, 이것들이 이합집산하며 새로운 형태를 띠지만 정신의 본질은 불변하다고 말한다.[24]

둔 춘향이 "저승이 어딘지는 똑똑히 모르지만/춘향의 사랑보단 오히려 더 먼/딴 나라는 아마 아닐 것"이고, 땅속의 물이나 도솔천의 구름으로 변하더라도 비로 내려 이몽룡과 합쳐지겠다는 강한 의지를 보이는 것(「春香遺文」)은 '영통'에 대한 믿음이 아니고는 불가능한 발상이다. 이와 함께, 윤회를 거듭할수록 춘향과 이도령의 신분의 역전이 가능할 것이라는 믿음이 이 시의 주조를 이루는 점에도 유의할 필요가 있다.

23) 불교학자들 사이에는 '무아윤회'가 가능하다고 보는 주장과 무아는 윤회의 주체가 될 수 없고 윤회는 자기동일성(연속성)을 가진 주체를 전제하는 경우에만 가능하다고 보는 주장이 대립한다.(김진, 「한국불교의 무아윤회 논쟁」, 『철학』 제83집, 한국철학회, 2005 참조) 여기서는 그들 주장에 대해 논하려는 것이 아니라, 미당 시에 나타난 윤회사상은 후자의 입장에 가깝다는 점, 하지만 그것은 전문학자가 아닌 일반 불자의 평범한 생각에 가깝다는 점을 말하고자 하는 것이다.

24) "물질만이 불멸인 것이 아니라, 물질을 부리는 이 마음 역시 불멸인 것을 아는 나이니, 이것이 영원을 갈 것과 궂은 날 밝은 날을 어느 뒷골목 어느 연꽃 사이 할 것 없이 방황해 다닐 일을 생각하면 매력이 그득히 느껴짐은 당연한 일이다."(서정주, 「내 마음의 현황」, 286쪽)

언제이든가 나는 한 송이의 모란꽃으로 피어 있었다.
한 예쁜 처녀가 옆에서 나와 마주보고 살았다.

그 뒤 어느 날
모란꽃잎은 떨어져 누워
메말라서 재가 되었다가
곧 흙하고 한세상이 되었다.
그게 이내 처녀도 죽어서
그 언저리의 흙 속에 묻혔다.
그것이 또 억수의 비가 와서
모란꽃이 사위어 된 흙 위의 재들을
강물로 쓸고 내려가던 때,
땅 속에 괴어 있던 처녀의 피도 따라서
강으로 흘렀다.

그래, 그 모란꽃 사윈 재가 강물에서
어느 물고기의 배로 들어가
그 혈육에 자리했을 때,
처녀의 피가 흘러가서 된 물살은
그 고기 가까이서 출렁이게 되고,

그 고기를, —그 좋아서 뛰던 고기를
어느 하늘가의 물새가 와 채어 먹은 뒤엔
처녀도 이내 햇볕을 따라 하늘로 날아올라서
그 새의 날개 곁을 스쳐 다니는 구름이 되었다.

그러나 그 새는 그 뒤 또 어느 날
사냥꾼이 쏜 화살에 맞아서,
구름이 아무리 하늘에 머물게 할래야
머물지 못하고 땅에 떨어지기에
어쩔 수 없이 구름은 또 쏘내기 마음을 내 쏘내기로 쏟아져서
그 죽은 샐 사간 집 뜰에 퍼부었다.

그랬더니, 그 집 두 양주가 그 새고길 저녁상에서 먹어 소화하고
이어 한 영아를 낳아 양육하고 있기에,
뜰에 내린 쏘내기도
거기 묻힌 모란씨를 불리어 움트게 하고
그 꽃대를 타고 또 올라오고 있었다.

그래 이 마당에
현생의 모란꽃이 제일 좋게 핀 날,
처녀와 모란꽃은 또 한 번 마주보고 있다만,
허나 벌써 처녀는 모란꽃 속에 있고
전날의 모란꽃이 내가 되어 보고 있는 것이다.

- 「因緣說話調」 전문25)

　이 시는 시적 화자(모란→나)와 처녀가 서로 신분이 다른 상태로 만나
마주보다가 여러 차례의 윤회를 거쳐 재회하게 되는 과정을 노래한 시
다. 화자와 처녀의 재회가 가능한 것은 물론 그들의 인연 때문이지만,
윤회를 거듭하여 다시 마주친 순간에 서로의 신분과 위치가 정반대로
달라졌다는 사실이 흥미롭다. 다시 말해 전생에서 '모란'이었던 화자는
현재 시적 화자인 '사람'이 되었고, 전생의 '처녀'는 현생에 '모란'으로
탈바꿈하고 있는 것이다. 인간이 꽃으로, 꽃이 인간으로 환생한다는 상
상력은 일반적 윤회론과는 위배되는 것처럼 보인다. 우리에게 널리 알
려진 육도윤회론은 유정물이 자신의 업보와 인연에 따라 '지옥・아
귀・축생・아수라・인간・천상(극락)'을 오가는 것을 말하기 때문이다.
하지만 미당은 유정물과 무정물의 경계를 인정하지 않고 자유롭게 몸
을 바꾸어 만나면서 서로를 이해하고 하나의 전체를 이룬다고 상상한
다. 주체와 객체가 윤회를 거듭하면서 하나의 전체를 이루기 위해서는
그들 사이에 굳건한 사랑・믿음・염원 등이 있어야 함은 말할 필요조

---

25) 『전집』 1, 231~233쪽.

차 없는 일이다. 처녀가 모란을 보는 것은 그 꽃을 사랑해서라기보다 자신의 사랑을 고민하며 그 마음을 모란에게 하소연한 것이겠지만, 어쨌든 그러한 인연으로 모란은 인간으로 환생한 뒤 예전에 처녀였다 모란으로 태어난 대상을 그윽한 눈초리로 바라보는 것이다. 이처럼 시간과 공간을 초월하여 마음이 통하는 상태를 지칭하는 미당의 '영통'·'혼교'는 명칭은 달라도 불교의 윤회연기사상과 거의 일치하는 것으로 보인다.

미당의 윤회론적 상상력은 유정물과 무정물의 경계를 인정하지 않고 주제와 객체의 신분이 역전되며 그들이 모여 하나가 될 때 조화로운 세계를 창조하는 것으로 전개된다.

> 내가
> 돌이 되면
>
> 돌은
> 연꽃이 되고
>
> 연꽃은
> 호수가 되고
>
> 내가
> 호수가 되면
>
> 호수는
> 연꽃이 되고
>
> 연꽃은
> 돌이 되고
>
> - 「내가 돌이 되면」 전문26)

이 시는 '나'와 '돌'과 '연꽃'과 '호수'가 계속 몸을 바꾸는 순환적 과정을 노래한 것 같지만, 실제로는 연꽃과 돌이 있어야 호수가 제대로 구색을 갖추게 되며 그것을 바라보고 즐기는 인간이 있을 때 비로소 호수는 하나의 완전한 세계로 존재한다는 의미를 갖는다. 말하자면 물만 있는 호수, 돌이나 연꽃이 없는 호수는 호수로서의 의미와 자격을 상실하며, 그 호수가 아무리 절경(絶景)이라 하더라도 완상하며 사랑하는 이가 없으면 또한 무의미하다는 공생적 세계관이 이 짧은 시편에 담겨 있는 것이다. 이것은 "삼라만상의 뒤섞임"[27]의 차원을 넘어 자아와 객체가 서로를 인정하며 조화를 이루는 주객일체의 완벽한 세계를 지향하는 우주적 상상력의 표현이다.

미당 시의 윤회 주체가 자기동일적 존재라면, 연기론 또한 시간성에 상관없이 상호의존[28]하는 원리로 표현된다. 그것은 연기의 문제를 시간적으로 해석할 것인가 논리적으로 해석할 것인가[29] 어느 한 편에 치우치지 않고 양쪽의 주장을 모두 받아들이는 탄력적인 정신태도라 할 수 있다.

> 한 송이의 국화꽃을 피우기 위해
> 봄부터 솥작새는
> 그렇게 울었나보다

---

26) 『전집』 1, 283쪽.
27) 김옥성, 「한국 현대시의 불교 생태학적 상상력 연구」, 『한국문학이론과 비평』 제42집, 한국문학이론과 비평학회, 2009, 261쪽.
28) 윤종갑, 「불교의 연기론과 서구 인과론」, 『불교문예』 2014년 가을호, 현대불교문학회, 254쪽.
29) "이것이 생하기 때문에 저것이 생하고 이것이 멸하기 때문에 저것이 멸한다"는 시간적 인과관계를 나타내고, "이것이 있다면 저것이 있고, 이것이 없으면 저것이 없다"는 논리적 상관관계를 서술한 것이다. 이런 관점에 따르면 '諸行無常'은 시간적 인과관계, '諸法無我'는 논리적 상관관계를 나타낸다.(水野弘元, 『釋尊の生涯』, 東京: 春秋社, 1976.(윤종갑, 앞의 글에서 재인용))

한 송이의 국화꽃을 피우기 위해
천둥은 먹구름 속에서
또 그렇게 울었나보다

그립고 아쉬움에 가슴 조이던
머언 먼 젊음의 뒤안길에서
인제는 돌아와 거울 앞에 선
내 누님같이 생긴 꽃이여

노오란 네 꽃잎이 필라고
간밤엔 무서리가 저리 내리고
내게는 잠도 오지 않았나보다

- 「국화 옆에서」 전문30)

미당은 「국화 옆에서」를 해설하는 자리에서 '인체윤회(人體輪廻)·음
성원형(音聲原型)'·'애인갱생(愛人更生)'이란 다소 생경한 용어를 사용하
고 있는데, 이는 그의 영생관 또는 윤회연기사상을 이해하는 데 결정적
단서가 된다. 그는 이들 용어의 의미를 다음과 같이 풀어 설명한다.

"저 우리 이전의 무수한 인체가 死去하여 부식해서 흙속에 동화된 그
골육은 거름이 되어 온갖 풀꽃들을 기르고, 그 액체는 수증기로 승화하
여 구름이 되었다가 다시 비가 되어 우리 위에 퍼부었다가 다시 승화하
였다가 한다"는 상념이라던지, "한 개의 사람의 음성에는─그것이 淸하
건 濁하건 절실하면 절실할수록 거기에는 반드시 저 먼 上代 본연의 음
향이 포함되리라"는 상념이라든지, "저 많은 길거리의 젊은 소녀들은 死
去한 우리 애인의 분화된 갱생이라"는 환상31)

이 설명에 따르면 「인연설화조」에는 '인체윤회', 「선덕여왕의 말씀」·

---

30) 『전집』 1, 125쪽.
31) 서정주, 「내 시에 대한 나의 해설, 「국화 옆에서」」, 『서정주』, 184쪽.

「꽃밭의 독백」·「춘향유문」에는 '음성원형', 「부활」에는 '애인갱생'의 영생적 사고가 밑바탕을 이루고 있음을 알게 된다. 다시 말해 미당은 신라인의 영통·혼교 정신을 깊이 이해하고 시적·세계관적 원리로 받아들인 뒤 일관되게 그것을 작품으로 형상화했던 것이다. 그러므로 이 시기 미당 시를 보다 깊이 있고 적확하게 이해하기 위해서는 인간이 죽어 흙이나 물로 해체되어 없어지는 게 아니라 그 물질과 정신은 우주를 떠돌다 연기(緣起)의 법칙에 따라 새로 태어나 다시 만나게 된다는 윤회연기사상에 대한 이해가 선행되지 않으면 안 된다. 위 인용시를 서구적 인과론으로 해석하면 논리적 모순에 빠지지만32), "이것이 생하면 저것이 생한다"는 연기론으로는 설명 못 할 부분이 없다. 국화의 개화와 봄의 소쩍새 울음, 한여름의 천둥소리 사이의 직접적 인과관계를 논리적으로 설명할 방법은 찾기 어려우나, 그것을 '인체윤회·음성원형·애인갱생'의 윤회연기적 상상력과 연관 지으면 쉽게 이해되기 때문이다. 「국화 옆에서」에서 특별히 주목되는 점은, 시적 타자가 현세에 꽃으로 피어나는 점은 동일하나 꽃의 개화를 돕는 구름·소나기의 이미지 대신 음성 상징이 등장한다는 점이다. 미당은 한때 뻐꾸기 소리에 흠뻑 빠졌던 적이 있었다고 고백하면서 "뻐꾸기 소리를 듣고 있으면, 내 갈 길은 한정없이 먼 것이 다시 생각나고, 먼 길을 두고 쓸데없이 도중에서 한눈을 팔고 있던 것이 생각나고, 두 귀는 훨씬 멀리"33) 향한다고 말한다. 그것은 뻐꾸기 소리를 통해 어릴 적 혹은 전생의 기억을 떠올린다는 의미, 다시 말해 뻐꾸기 소리를 매개로 전생의 자아와 현생의 자아가 은밀히 영통(靈通)을 하고 있음을 뜻한다. 시공간적으로 멀리

---

32) 김종길의 글(「실험과 재능」·「시와 이성」·「센스와 넌센스」, 『문학춘추』, 문학춘추사, 1964.6, 8, 11)은 서구 문학이론으로 미당 시를 분석한 것이어서 동양, 특히 불교적 상상력에 바탕한 미당 시를 이해하는 데는 여러 난점이 있었을 것으로 보인다. 이 점에 대해서는 홍신선, 「서정주 시의 불교적 상상력」(『한국시와 불교적 상상력』, 역락, 2004) 참조.
33) 서정주, 「내 시에 대한 나의 해설, 「뻐꾸기는 섬을 만들고」」, 『서정주』, 200쪽.

떨어져 있는 누군가가 '나'를 호명할 때 한국인은 자신도 모르게 육체적 반응을 보여 재채기를 한다. 몇 천 리 밖에서 '나'와의 영적 교감을 바라는 이가 있다면 그에 응답을 해야 하는 게 당연하지만, 대부분의 사람들은 그러한 기미(幾微)도 눈치채지 못하고 지나친다. 그러나 시공간적으로 멀리 떨어진 존재와의 영적 소통을 자연스럽게 받아들이는 미당으로선 푸른 가을 날 느닷없이 터져 나오는 재채기[34]도 심상하게 여길 수 없다. 이와 마찬가지로 무서리 내리던 가을 아침 국화의 개화를 보며 봄과 여름의 한때를 기억하는 것도 다 인연의 소치인 것이다.

4. 예지(叡智)와 묘법(妙法)의 시

미당은 『신라초』「시인의 말」에서 "제1부는 신라의 내부에 대한 약간의 모색", "제2부에선 그 소위 '인연'이란 것"이 중요한 모티프를 이루며, 이 시들은 "1956년 여름 이후에 이루어진 것"[35]이라 말한다. 『신라초』의 주요 모티프로 활용된 '사소·선덕여왕·백결·견우노인(牽牛老人)' 등은 통일신라 이전의 인물인 데다, 그가 신라에 관심을 가진 것도 6·25를 전후로 한 시기여서 최근 학계에서 논란이 된 '통일신라담론'[36]과는 직접적인 연관이 없다. 요컨대 미당 시에서 '신라'는 "역사

---

34) 미당은 어느 화창한 가을날 재채기를 하며 "어디서/누가/내 말을 하나?" "어디서 누가 내 말을 하여/어느 꽃이/소가 알아듣고 전해 보냈나?"(「재채기」,『미당 서정주 전집』1, 267~268쪽)고 궁금해 한다. 그것은 '누가 내 말을 하면 재채기가 난다'는 우리 민간신앙에서 착상한 것이지만, 말을 전달하는 매체를 '사람'이 아니라 '꽃'과 '소(牛)'로 상상한 것이 재미있다. 사람이 전하는 말은 때로 비난·비방·음해 같은 부정적인 것일 수 있으나 '꽃·소'가 그런 말을 전할 리는 없기 때문이다. 김열규는 바람·꽃·소 등과 인간이 하나로 어울린 것을 '우주적 인연'이라 명명한 바 있다. (김열규, 「속신과 신화의 서정주론」,『미당연구』, 161쪽에서 재인용)

35) 서정주, 「시인의 말」(『신라초』)(『미당 서정주 전집』1, 157쪽에서 재인용)

36) 한국인의 '통일신라'에 대한 긍정적 평가와 이해는 일본인 하야시 다이스케[林泰輔]의 『朝鮮史』(1892)의 영향 탓이라는 주장(황종연 편,『신라의 발견』, 동국대출판

적인 신라 그것이라기보다도, 인간과 자연이 완전히 하나가 된, 어떤 정신적인 경지의 등가물"[37]로, 일제시대의 고난, 6·25의 동족상잔과 같은 대립과 갈등을 일소하고 통일대국을 이루고자 하는 한민족의 이상향인 것이다. 그는 일제시대와 해방후의 이데올로기 갈등, 그리고 동족상쟁의 참혹한 비극을 겪으며 세상은 변해도 정신은 한결같아야 내세의 보다 나은 삶을 기대할 수 있다는 믿음을 지니게 된 것으로 보인다. 그는 「처용가」·「혜성가」 등 신라 향가에서 현생적 삶에 집착하기보다 미타적(彌陀的) 내세의 영생을 추구하는 삶의 지혜를 배우고 그렇게 살고자 노력했다. 미당이 주장했던 신라인의 영통·혼교는 말 그대로 인간 정신의 상호 소통[靈魂交通]을 중시한 것 외에 다른 게 아니다. 그것을 '영통'이니 '혼교'니 하고 분리하여 표기하다 보니 본래 의미는 실종된 채 '영매(靈媒)'니 '접신(接神)'이니 '샤머니즘'이니 하는 불필요한 오해가 생겨난 것이다

　미당 시에서 현실세계의 부정과 불의에 대한 분노와 저항이 거의 보

부, 2008)과 이에 대한 김흥규(『근대화의 특권을 넘어서』, 창비, 2013)와 국제어문학회(『신라의 재발견』, 국학자료원, 2013)의 비판을 가리킨다. 하야시 다이스케는 『조선사』에서 고구려·백제·신라·가야와 일본의 관계를 언급했으나 "그는 어떤 경우에도 증거의 제시는 않은 채, 古代韓國은 일본의 속국이었다고 주장"(최재석, 「1892년의 하야시 타이호(林泰輔)의 『조선사』 비판」, 한국고대학회, 『선사와 고대』 제18권, 2003, 242쪽)했다는 비판을 받는다. 그는 삼십대 후반에 『조선사』를 발간했지만 그 후 갑골문 연구에 더 많은 관심을 기울여 일본에서도 그 방면의 전문가로 더 알려져 있다. '통일신라담론'과 관련된 일부 연구가는 『조선사』의 정확성에 대해서는 언급하지 않은 채 일제 말 (통일)신라의 중요성을 거론한 조선 문학인들이 마치 일제의 식민사관에 현혹되어 친일적인 문자행위를 한 것처럼 비난한다. 우리는 일제 말 일부 문인들이 신라와 경주를 앞 다투어 언급한 것을 비판하기에 앞서, 일본인이 왜 신라나 조선의 역사에 관심을 가졌으며 그들의 기술 태도는 어떠했는가를 문제 삼아야 하리라 믿는다. 그들이 특별한 의도를 가지고 한국의 고대사를 왜곡하여 선전했을 때 일부 우리 문인들은 그 의도를 정확히 파악하지 못해 이용당했을 수 있다. 설사 그렇다 하더라도 모든 근본적인 잘못과 죄과는 역사를 왜곡되게 기술한 일본 학자에게 물어야 하지 그에 이용당한 한국인을 질책하는 것은 이치에 맞지 않는 것으로 생각한다.
37) 김우창, 앞의 책, 63쪽.

이지 않고 "빼앗은 걸 어찌 하리"의 처용식 체념이 더 많이 나타나는 것도 그 때문이다. 이때의 체념은 육신 있는 현생적 소여조건(所與條件)을 다하기 위해서 하는 것이 아니라 영생을 위해 체념하는 많은 것 중의 하나38), 즉 현실에 거의 무관심하면서 오직 아름다운 이상세계만을 꿈꾸는 자의 태도이다.39) 그러한 태도가 어떤 이들에게 현실순응주의, 더 나아가 몰역사인식으로 비판되는 것은 당연한 일인지 모른다. 하지만 그것은 미당의 세계관·문학관이 민족문학론자들의 그것과 다른 데서 생겨난 어쩔 수 없는 괴리이자 갈등이었다. 그가 일제시대부터 1980년대까지 거의 청맹과니처럼 현실의 질곡을 모른 체 해온 것은 비판받아 마땅한 몰역사적 태도 같지만, 그것조차 그가 여러 번민과 갈등 끝에 선택한 삶의 방편이란 점은 존중되어야 한다. 그는 자신이 옳다고 믿었던 영생주의를 추구하면서 인간과 자연이 서로 몸을 달리해가며 순환한다는 불교의 윤회사상을 시로 형상화하였고, 윤회를 거듭해 주체와 타자가 아름다운 재회를 하기 위해서는 착한 일을 하고 절실한 마음을 버리지 말아야 한다는 점을 강조했다. 그 간절한 마음이 시간과 공간을 격해 새로운 만남을 가능하게 하는데, 그것이 바로 연기의 작용이다.

미당 시에 나타난 윤회연기사상은 과거와 현재의 정신적 교감을 통한 존재의 영원성을 추구하는 특징을 갖는다. 그는 박혁거세의 어머니[娑蘇]가 아비 모르는 아이를 잘 길러 신모(神母)로 숭앙받는 이야기나, 김대성이 전생과 현생의 어머니를 위해 절을 지었다는 설화를 통해 육체는 변해도 정신은 변하지 않는다는 윤회의 비밀을 깨닫는다. 하지만 미당 시에서 인간이 내생에 다시 인간으로 태어나는 사례는 거의 보이

---

38) 서정주, 「한국시정신의 전통」, 『서정주』, 144쪽.
39) 미당은 6·25 동란을 겪으며 정신착란과 굶주림으로 고통 받으면서도 "가난은 한낱 남루에 지나지 않는다"며 "어느 가시덤풀 쑥굴헝에 뇌일지라도/우리는 늘 옥돌같이/호젓이 묻혔다고 생각할 일이요/청태靑苔라도 자욱이 끼일 일"(「무등을 보며」, 『미당 서정주 전집』 1, 121~122쪽)이라는 낭만적이면서도 긍정적인 전망을 내보인다.

지 않고, 인간과 꽃이 서로 몸을 바꾸는 형태가 많은 것이 특징이다. 그것은 인간을 가장 우수하고 귀한 존재(天地之間 萬物之衆 唯人最貴)로 여기는 유교나 서구 기독교적 사고방식과는 전혀 다른 불교적 평등 혹은 상생사상이라 할 수 있다. 사람이 꽃으로 변하고 꽃이 사람으로 변하는 식물적 상상력은 마침내 사람과 꽃이 인척관계, 더 나아가 '식구(食口)'로 가까워지는 단계로까지 발전한다. 미당은 후박꽃나무를 소재로 한 시에서 "이 꽃은 내게 몇 촌뻘이 되는지/……/오랜만에 돌아온 식구의 얼굴로/내 가족의 방에 끼여들어 와 앉아 있다"(「어느 날 밤」)고 꽃을 아예 가족의 한 구성원으로 대접하고 있다. 이 시는 "오늘 밤은 딴 내객來客 은 없고/초저녁부터/금강산 후박꽃나무 하나 찾아와"란 서두부터 심상치 않은 것이, 왜 하필이면 '금강산 후박꽃나무'냐 하는 점이 의문거리로 떠오르기 때문이다. 후박나무는 특별할 것 없는 평범한 교목(喬木)이지만, 그것이 '금강산 후박꽃나무'로 호명될 때는 특별한 의미를 갖는다. 하지만 이 시의 표층구조만으로는 그 의미를 정확히 해석하기 어렵다. 다만 그것이 금강산에서 왔으며 "오랜만에 돌아온 식구의 얼굴"을 하고 있다는 시적 화자의 진술을 통해 먼 전생에 화자와 어떤 인연을 맺었던 존재였을 것이라 추측할 수 있을 따름이다. 이처럼 미당 시에서 '사람↔꽃'의 관계 역전 모티프가 반복되는 것은 한 번 생명을 받아 태어나면 어떤 형상으로든지 영원히 그 삶이 지속되리라는 영원주의의 적극적 표현이다. 그는 '도리천'에 환생하기를 바란 선덕여왕의 전례를 참조하여 욕계(欲界)의 가장 낮은 자리에서 영원히 살고 싶다는 욕망을 드러낸다. 선덕여왕이나 미당이 소망하는 내세가 해탈이나 미륵세상이 아니라 욕계라는 점에서 이들의 윤회관은 현세적이라는 특징을 갖는다.

미당은 신라인의 시가나 설화를 통해 윤회연기의 비밀을 알아채고 영원주의를 꿈꾸었던 것으로 보인다. 『신라초』를 중심으로 한 그의 불교적 상상력에 바탕한 시는 서구 문학이론이나 과학적 이성주의로는 비합리적인 진술로 보일지 모르나, 한국인에게는 시대를 초월해 매우 친숙한 이미지나 상징들로 구성되어 있다. 그런 점에서 윤회연기를 주제로 한 몇 편의 미당 시는 그의 말마따나 "예지(叡智), 혹은 묘법(妙法)의 경지"40)에 이른 작품이라 할 수 있을지 모른다. 그는 한국 시인부락의 추장(酋長)으로 만족하지 않고 그 이상의 시적 반열에 오를 꿈을 젊은 시절부터 가지고 "병든 숫개마냥 헐떡어리며" 평생 시만 짓고 살았던 것이다.

---

40) 미당은 시 표현 방식을 '감각 표현', '정서 표현', '예지, 묘법의 경지' 등 세 단계로 설명하면서 첫째 단계의 시인으로 정지용, 둘째 단계의 시인으로 김소월·김영랑을 꼽은 뒤 우리나라에는 아직까지 세 번째 단계에 이른 시인이 없다고 아쉬워한다(서정주, 「시의 감각과 정서와 예지」, 『서정주』, 133~137쪽). 그것은 아마도 자신의 시가 세 번째 단계에 이르지 않았겠는가 하는 미당 특유의 자신감의 표현이라 볼 수 있다.

사실의 세기를 건너는 방법
― 1940년 전후 서정주 산문과 릴케에의 대화

최 현 식*

1. 서정주 문학과 릴케에의 대화

문학사의 구성은 텍스트의 가치와 의미를 막무가내로 고정화·체계화하기보다 시대 환경과 맥락에 따라 그 가치와 의미를 새로 성찰하고 조합하는 수정·보충·변형 행위에 가깝다. 문학사 구성이 벤야민의 '성좌(Konstellation)' 제작과 유의미한 관계를 형성하는 이유다. 벤야민의 '성좌' 그리기는 이미 빛나는 별들을 단일화·집체화하기보다 그 주변의 은폐·소외된 것들의 순간적 출현과 섬광의 핍진한 포착에 훨씬 주의한다. 그럼으로써 표면의 부재와 달리 그 밀도와 압력이 보다 엄중한 심층의 존재를 새로운 별자리의 하나로 등재시키는 것이다. '성좌 그리기로서의 문학사 구성'이라는 관점은 개별 시인의 문학 - 삶에도 동일하게 적용될 수 있다. 기존 관점과 방법의 반성과 전복 없이는 한 시인의 미학적 가치와 의미는 엇비슷한 문양의 직조와 축적을 벗어나기 힘

* 인하대학교, chs1223@inha.ac.kr
** 이 글은 『한국문학연구』 제46호(동국대학교 한국문학연구소, 2014)에 게재된 원고를 단행본의 편집 취지에 맞춰 수정·보완한 것이다

들다. 거의 무의미할 정도의 차이와 변형을 이를테면 '영향에의 불안'
을 초극하는 미적 개성의 진앙지로 문득 톺아보는 사유의 전환 내지
감각의 용기는 그래서 필수적이다.

　미당 시학의 새로운 성좌를 주목하는 이라면, "'동양적 릴케'의 발
견"이라는 최근의 어떤 언설에 어김없이 매혹될 것이다. 서정주의 미적
원천과 모델은, 그가 고백한 시의 영토에서라면, 어려서의 당음(唐音) 암
송, 보들레르와 랭보에의 사숙으로 대표되는 청년기의 상징주의 편향,
일본의 미요시 다츠지(三好達治)와 그 동인들 <시키(四季)>과 미학에 대
한 호감을 크게 벗어나지 않는다. 물론 우리는 미당이 극복 대상으로
거론한 이념의 임화와 기교의 정지용, 해방 후 그가 치달은 서정과 리
듬의 본류로 호흡한 소월과 영랑으로 구분되는 양면적 영향 또한 잊지
않는다. 저 사막에의 생의 작렬(상징주의)과 "호올로 가신 님"(「귀촉도」)에
의 비애야 미당 시학의 두 줄기로, 또 후자에 의한 전자의 초극으로 문
학사적 권위를 인정받은 지 오래다. 거기서 영원성과 현실 대긍정을 향
한 세계 내적 태도와 시각이 울울해졌음 역시 주지의 사실이다.

　이를 참조하면 인간성 상실의 끔찍한 모더니티에 맞선 순수한 영혼
의 부르짖음으로 흔히 고평되는 릴케가 일찌감치 서정주의 호명을 획
득했다는 주장은 어쩐지 매혹(魅惑)보다는 미혹(迷惑)의 기미가 앞서지
않는가? 물론 릴케가 근대 도회의 비참한 현실과 비전 부재를 무섭게
점묘한 보들레르의 『파리의 우울』에 깊이 공명했음을 감안해도 그렇
다. 궁극적으로 자신의 시적 영혼과 내면 체험을 '불가시적인 초월의
세계', 다시 말해 "전체적인 것에 대한 정열"이 자유로운 "세계 내 공
간"으로 하방한 릴케1)의 흔적과 잔영을 미당 시학에서 읽어내기가 결
코 만만찮기 때문이다. 아마도 양자의 연관은 그들의 현실적·시적 체

---

1) 앞의 인용은 김병옥, 「릴케의 유년기와 그의 예술론」(174쪽)을, 뒤의 인용은 김주연,
　「릴케의 생애와 작품」(13쪽)에서 취했다. 두 편 모두 김주연 편, 『릴케』(문학과지성
　사, 1981)에 실려 있다.

힘과 비전이 어떤 절대적인 것(신이든 자연이든, 고향이든 순수 언어든)에 열중하는 가운데 '탕아' 속에서 "마적 - 신비적 존재의 시인"[2]을 키워내고 있음을 조심스럽게 찾아낼 때야 보다 또렷해질지도 모른다.

그러므로 미당의 릴케에의 대화를 묻는 이 자리는 어쩌면 (직접적) 영향의 실선보다 (간접적) 변주와 재해석의 점선을 엿보게 될 가능성이 농후하다. 그것도 얼마간은 미당 시학에서 '동양적 릴케'의 현현을 예리하게 포획한 젊은 연구자의 논지[3]를 사후적으로 재구성하는 형식으로. '사후적 재구성'은 그러나 주어진 사실의 선택과 재배치로 완료되는 작업이 아니다. 미당의 릴케에의 대화를 둘러싼 숨겨진 질료의 발굴과 채집, 그것의 새로운 건축을 위한 새 축성법의 고안과 적용은 그런 의미에서 필요조건의 하나인 것이다.

이를 위해 본고는 먼저 미당과 릴케의 연관을 새롭게 쏘아올린 김익균의 논지를 살피면서 1930년대~50년대에 이르는 그들의 얽힘과 풀림을 보다 간명하게 드러내고 또 보다 정밀하게 보충할 것이다. 다음으로 은폐되었거나 미약하다는 표현이 적실한 릴케와 미당의 연관을 1930년대 후반의 산문과 1940년대 초반의 산문으로 나누어 징후적으로 재구성하고자 한다.[4] 이즈음은 세계사적 파시즘의 도래가 지시하듯이 힘의 논리:'사실'의 전망에서 힘의 지배:'사실'의 수리로 시대현실이 급격하게 재편되던 폭정의 시대였다. 보들레르의 폐기와 동양문화론의

---

2) 김병옥, 「릴케의 유년기와 그의 예술론」, 167쪽.
3) 김익균은 "체험시와 동양론의 '교합' - '동양적 릴케'의 탄생"으로 미당과 릴케의 미학적 연관성을 일거에 구조화했다. 해당 내용은 김익균, 「서정주의 신라정신과 남한 문학장」, 동국대 박사논문, 2013, 56~62쪽.
4) 이 글에서 함께 읽을 미당의 등단(1936) 이후 산문들은 다음과 같다. 「고창기(高敞記)」, 『동아일보』, 1936년 2월 4일~5일;「배회」, 『조선일보』, 1938년 8월 13일~14일; 「나의 방랑기」, 『인문평론』, 1940년 3월호 및 4월호; 「칩거자의 수기」, 『조선일보』, 1940년 3월 2일, 3월 5일~6일; 「질마재 근동 야화(夜話)」, 『매일신보』, 1942년 5월 13일~14일, 5월 20일~21일; 「향토산화(鄕土散話)」, 『신시대』, 1942년 7월호.; 「고향이야기」, 『신시대』, 1942년 8월호.;「시의 이야기-주로 국민시가에 대하야」, 『매일신보』, 1942년 7월 13일~17일.

수렴은 시대적 격변에 대한 대응논리로 제출된 미당식 미학과 생존의 선택지였다. 양 시기의 차이를 가늠하는 존재의 편린을 적시한다면, '칩거자'와 '귀향자' 정도가 될 것이다. 릴케의 영향 혹은 내면화가 잔영(殘影)에서 실질로 부감되는 장면 혹은 지점이 있다면 이 존재의 전환 과정 어디쯤이라는 게 본고의 가설이다. 나는 그것을 특히 현실과 고향 체험의 차이성에 대한 입체화 및 비루한 존재의 실존적·미학적 개안(開眼)이라는 두 코드의 교차 속에서 읽어내고 싶은 것이다.

2. 미당, 릴케를 '동양적 지성'으로 호명하다

현재의 자료를 기준으로 한다면, 미당이 릴케를 처음 호명한 때는 『시문학개론』(이후 『시문학원론』으로 개제)을 출간한 1950년대 후반 무렵이다. 미당은 릴케를 '주지적 상징주의'로 귀속시키며 "그가 이룩한 지성 상의 개척의 면은, 발레리와는 좀 달라, 동양적인 지성의 움직임에 가까운 이해에 속한다"[5]고 그 위상을 정립했다. 1950년대 후반이라면 『신라초』(1961) 소재 시편이 왕성히 창작되던 즈음으로, 영원성과 풍류의 미학을 통해 범속한 현실을 회류(回流)한 결과의 "피가 잉잉거리던 병(病)"(「사소 두 번째 편지의 단편」)을 드디어는 치유하기에 이른 때이다.

이때의 릴케는 무엇보다 『말테의 수기』 시절의 그였는바, 미당은 "시는 감정이 아니라 체험이다"라는 릴케의 선언에 깊이 공명했다. 이 시적 '체험'은 당연히도 대상의 직접 경험과 구별되는 무엇이다. 미당의 "제일 잘된 정(情)과 지혜의 혼합한 정교한 혓바닥"(시인) "지혜와 감정의―즉 전(全) 정신의 체험"[6] 운운은 릴케의 '체험'이 예지(叡智)[7], 그

---

5) 서정주, 「현대시」, 『시문학원론』, 정음사, 1975(중판), 105~106쪽.
6) 서정주, 「시의 원론적 고찰-제2장 시의 체험」, 『시문학원론』, 152~153쪽.
7) 시적 '예지'가 미당에게서 "시에서 통달한 근본이념을 가지고 어느 부분으로건 무상

러니까 '사물의 도리를 꿰뚫어 보는 뛰어난 지혜'로 인지되고 있음을 짐작케 한다. 릴케의 '시적 체험'을 동양적 지성 혹은 예지로 번역, 내면화하는 미당의 태도는 실존적 고독과 사물 사랑의 음역으로 릴케를 청취하던 백석과 윤동주, 김춘수와 뚜렷이 구분된다. 이들의 릴케 수용과 내면화가 보편적 시류에 가까웠음을 감안하면, 미당 발 '예지'의 시인으로서 릴케의 발견과 가치화는 낯설고도 문제적이다. 왜냐하면 "전형(典型)이라는 것은 이렇게 해서 꼭 현존자(現存者)나 현존물(現存物) 속에서만 찾아지는 게 아니라, 넓은 역사의 전 영역을 더듬어서만 비로소 가능"[8]해진다는 미당 특유의 시간관과 미학관, 즉 과거의 지속과 반복으로서의 '영원성'에 삶과 시의 특권을 부여하는 보수적 문학관의 토대로 릴케가 내면화되고 있기 때문이다. 이제 우리는 미당의 이 뒤늦은 기록과 자의적 호명의 이념성을 거멀못 삼아, 릴케에의 대화의 역사와 거기 부가된 미적 체험과 전유의 서사를 되짚어 나갈 시점에 서 있는 셈인가.

　서정주의 릴케를 '동양적 릴케'로 명명한 김익균의 견해를 존중한다면, 미당과 릴케의 첫 접속은 릴케의 '체험'론을 바탕으로 '시적 변용'의 위의(威儀)와 가치를 널리 설파한 박용철과의 관계에서 찾아진다. 미당은 용아(龍兒)를 "지상의 슬픔과 괴로움의 한 대인(大人)"으로 기억하며 '촉기'(燭氣)의 영랑과 더불어 시문학파의 실질적 내용을 구성한 선배시인으로 가치화한다.[9] 이런 평가는 형용수식의 지용과 달리 이들이 특히 슬픔의 선율을 중심으로 '촉기'를 민족정신의 가장 큰 힘 가운데 하

출입(無上出入)하며 작용할 수 있고 가능하면 교훈도 할 수 있는 사람의 경지"라는 표현을 얻는 것은 해방 후 산문 「시의 표현과 그 기술 - 감각과 정서와 표현의 세 단계③」(『조선일보』, 1946년 1월 22일)에서다. 이런 '예지'를 미당이 제시한 시적 구경의 한 측면으로 가치화한 논의로는 허윤회, 「미당 서정주의 시사적 위상-그의 시론을 중심으로」, 『반교어문연구』12, 반교어문학회, 2000, 181～183쪽 참조.

8) 서정주, 「시의 영상」, 『시문학원론』, 173쪽.
9) 서정주, 「내가 만난 사람들-김영랑과 박용철」, 『안 잊히는 사람들 - 미당 서정주 전집』 9, 은행나무, 2017, 243～251쪽.

나로 밀어 올렸기 때문에 가능했다.10) '민족정신' 관점에서의 용아와의
관계 설정은 「시적 변용에 대해서」에 표상된 용아의 릴케가 미당에게
는 '아직 아닌' 형식이었음을 의미할 법하다. '영향의 불안'으로서 지용
에 대한 극복 욕망은 용아의 시학이 미당 시학의 유력한 모범으로 작
동하지 못한 형편임을 여실히 보여주기 때문이다.

  릴케에의 접속은 그러므로 미당의 상징주의 학습과 동양(조선)적 전
통으로의 귀환에 의미 있는 영향을 끼친, 일본 <시키(四季)>의 동인 미
요시 다츠지의 존재11)와, 당시 영미문학에 맞서 본격 번역·수용되던
일본의 독일문학, 그 일파로서 릴케의 영향력 확장이 보다 현실성을 지
닐 것으로 생각된다.12) 기교 중심의 모더니즘 시에 대한 비판과 부정
의 시기가 미당에게는 보들레르, 랭보에 대한 그것에 얼마간 선행할 뿐
오히려 거의 겹치는 형국이기 때문이다.13) 물론 이 당시 릴케의 독서

---

10) 김익균은 미당의 지용 비판과 영랑(용아 포함) 옹호를 보들레르-랭보의 계보 거절과
   보들레르-베를렌의 계보 수용으로 연결 지어, '감각'에서 '정조'로의 시적 전환을 해
   명했다. 보다 자세한 내용은 김익균, 「서정주의 신라정신과 남한 문학장」, 50쪽 참조.
11) 미당과 미요시의 관계에 대해서는 최현식, 『서정주 시의 근대와 반근대』, 소명출판,
   2003, 121~124쪽. 필자는 이 글에서 미당과 미요시의 관계를 시적 영향과 수용의
   문제로 그치는 대신, 그들이 추구하는바 미학적·민족적 이념의 행로와 그 전회의 유
   사점에 초점을 맞추었다. 이럴 때, 상징주의에의 경사에서 동양정신에 입각한 순수
   시로의 전화, 그 토대이자 궁극적 지향으로서 '민족적인 것'의 재발견을 공유하고
   있다는 점이 특히 주목된다.
12) 1930년대 중후반 릴케의 일본 수용과 번역 현황을 정리하면, 『시키(四季)』지의 릴케
   특집(1935. 6), 다케다 쇼이치(武田昌一)의 『젊은 시인에게 보내는 편지(リルケの手
   紙)』와 『릴케 단편집(リルケ短篇集)』(1935), 치노 쇼죠(茅野蕭々)의 『릴케 시초(リル
   ケ詩抄)』 재판(第一書房, 1927/1939), 오야마 테이이치(大山定一)의 『말테의 수기(マ
   ルテの手記)』(1939) 들이 대표적이다. 이에 대해서는 김익균, 「서정주의 신라정신과
   남한 문학장」, 53~56쪽 및 구인모, 「"윤동주 시와 릴케"에 대한 단상」(토론문), 『서
   정주와 동시대 시인들(1940~1950), 그리고 릴케』(2013 미당학술대회 자료집), 동국
   대 한국문학연구소, 2013.11.16 참조.
13) 미당의 산문 「배회-랭보오의 두개골」(『조선일보』, 1938년 8월 14일)에 벌써 선연한
   서구 상징주의에 대한 회의와 비판에는, 일본 <시키>파나 릴케의 독서로 대표되는
   외적 조건에 선행하는 내적 조건이 암암리에 내재되어 있다고 해야 할 것이다. 김동
   리의 백형(伯兄)이자 동양철학자인 범부 김정설의 영향과 1930대 중후반 조선 지식
   장(場)을 강타한 '고전부흥론'의 존재가 그것이다. 미당의 고백에 간간히 등장하는

력이 미당의 이력이나 고백에서는 텅 비어 있다. 하지만 미당의 창작에 직접적 영향을 끼쳤을 시적 모범과 릴케 시편의 존재는 실존적 교유의 대상이었던 박용철의 릴케 전신(傳信)자로서의 역할을 얼마간 제한했을 것으로 여겨진다.14)

　이런 나의 의견은 미당의 릴케에의 (간접적)대화가 보들레르와 랭보에 대한 유보와 비판이 개진되는 1938년 무렵이면 시작되는 것 아닌가 하는 추측에 근거한다. 과연 랭보 비판과 순수시의 열망을 담은 산문 「배회」와 '탈향'의 「바다」, 「역려」, 「문」, 그리고 '귀향'의 「수대동시」, 「엽서」는 1938년 3월~10월에 거쳐 집중적으로 발표된다.15) 그런데 '귀향'과 초월적 체험의 백미 「부활」이 1939년 7월에, '탈향'과 현실 방기의 열도가 가장 짙은 미수록시 「풀밭에 누어서」가 1939년 6월에 발표되고 있으니 이를 어쩔 것인가. 본고는 주제와 태도를 공유하는 5편(1938)의 시와 2편의 시의 게재 시기의 차이를 '탈향'과 '귀향'의 변증법이 완결되고 초월적 '체험'의 진정성이 얼마간 구조화되었음을 시간의 흐름을 통해 암시하는 것으로 일단 파악해둔다.

　범부와 달리 미당은 '고전부흥론'에 대한 별다른 경험이나 소회를 토로한 적이 없다. 그러나 일본을 거쳐 조선에 상륙한 '민족적인 것'으로서 '고전'의 발견과 재가치화는 당대의 풍토상 어떤 방식으로든 미당의 '동양적인 것' 내지 '조선적인 것'의 발견과 거기에의 귀환에 영향을 끼쳤을 것이다. '국민시가'의 필요성을 강조한 「시의 이야기-주로 국민시가에 대하야」(『매일신보』, 1942년 7월 13일~17일) 상의 동양적 '전통'과 그것의 실질적 보지체로서 '민중'의 강조에 그 영향과 수렴이 반영되어 있는 것은 아닐까.

14) 미당과 용아의 만남은 1936~37년에 지속된 것으로 보인다. 용아의 집에서 영랑을 처음 만났고 용아를 통해 이상(李箱) 문학의 핵심을 엿보았으며, 용아에게서 "시의 기능은 세계의 슬픔과 조화시키는 것이다"라는 정의를 남긴 A.E.하우스만의 순수시 충동을 전해 들었다. 용아의 릴케와 미당의 접점은 하우스만에의 접속에서 찾아질 수 있다는 추측이 가능해지는 지점이다.

15) '귀향'과 초월적 체험의 백미 「부활」(『조선일보』)은 1939년 7월에, '탈향'과 현실 방기의 열도가 가장 짙은 미수록시 「풀밭에 누어서」(『비판』)는 1939년 6월에 발표된 사실도 흥미롭다. 다른 시편들과 두 시편의 게재 시기의 차이는, 다양한 추측을 가능케 하지만, 미당 시에서 '탈향'과 '귀향'의 변증법이 완결되고 초월적 '체험'의 진정성이 일정 정도 구조화되었음을 암시하는 것으로 파악하고자 한다.

이에 비한다면 김익균은 '동양적 릴케'의 출현을 백자에의 예지를 그린 「꽃」(『민심』 1945년 11월호)이 창작된 1943년 가을 무렵으로 늦춰 잡는다. 본고와 김익균의 입장 차이는 보들레르/랭보 비판의 의미와 '동양적 전회'의 시기를 다르게 보는 데서 발원한다. 그는 미당의 '악의 가면'(보들레르와 랭보)들에 대한 비판과 동양/조선의 발견, 거기 연루된 탈향과 귀향의 동시성에 물음표를 던진다. 「램보오의 두개골」 상의 랭보 비판은 젊어서의 세계/시의 저편을 향한 열정이 아니라 죽음을 신의 자비로 속량하려는 유약함을 겨눈 것이며, 따라서 그것은 미당의 관심사가 동양으로의 회귀가 아니라는 것을 단적으로 보여준다는 비판은 일면 타당하다. 또한 '동양적 전회'의 실질적 실천과 시적 표현이 「시의 이야기」를 지나 「꽃」의 시기에 확실해진다는 주장도 일면 타당하다.16) 미당의 백자에 대한 심취가 자신이 고백한바 일본에 귀화한 "남양인(南洋人) 라프카디오 허언(Lafcadio Hearn)이 중국의 「今古奇觀」이란 소설 속의 어떤 것을 번안해 낸, 그 귀신과 현실과의 교합의 이야기에 심취"17)했던 경험에서 촉발된 것이라는 고백을 참조하면 더욱 그렇다.

사실을 말하건대, 이후 '영원성'의 문법으로 보다 정교화될 귀신 - 과거와 현존 - 현재의 결합은 일제 말기의 지독한 소외 체험('친일'이 내면의 안정감과 자긍심을 거꾸로 강화했을 것이라는 판단 역시 폭력적이고 편파적인 것이겠다)과 때를 같이 하는 '무한한 현실'의 체험이라는 점에서 『말테의 수기』 속 릴케의 정신 고양 및 이상에의 도취와 닮아 있다. 그러나 말테의 '무한한 현실'로의 도약이 미래가 아닌 과거, 특히 유년시절로의 회귀, 곧 '귀향'에 의해 성취되는 일회적 사태임을 우리는 기꺼이

---

16) 김익균, 「서정주의 신라정신과 남한 문학장」, 49~52쪽.
17) 이런 경험의 동질성은 다음과 같은 내면 상황 때문에 가능한 것이었다. "형체도 없이 된 선인(先人)들의 마음과 형체 있는 우리와의 交合의 이야기는, 내가 언제 국으로 죽어 무형(無形)밖엔 안 될지도 모르는 이 막다른 때에 무엇이든지 내게 무엇보다 제일 중요한 일이 되어 있었다."(서정주, 『문학적자서전(천지유정)- 미당 서정주 전집』7, 은행나무, 2016, 129~130쪽).

유의해야 한다. 이것은 말테식 '탕아'의 귀환은 현실의 추인과 그 질서에의 굴복에 의해 완성되는 것이 아님을 분명히 한다. 그의 성숙한 자아는 이를테면 "그것을 이겨낼 힘이 없는 어린이였을 때" "우리들에게 들이닥쳐 오"던 "대단히 행복하게 하는 통찰"[18]을 새롭게 각성하고 내면화했을 때야 비로소 주어지는 것이다.

이 점, 미당의 '동양적 릴케'의 발견을 군이 라프카디오 허언과 미당의 '동양적인 것'에의 귀환이 문득 교합하는 1943년 무렵으로 늦추는 시각을 다시 돌아보게 하는 결정적 요인의 하나다. 오히려 체험시와 동양사상의 교집합을 이때로 상정할수록 그것이 잘못 흘러간 '국민시가'의 괴물적 성격을 더욱 강화하게 될 위험성을 주의할 일이다. 따라서 그 교집합에 관한 직접적 결과보다 간접적 구조화 과정을 차분히 살펴봄으로써 오히려 릴케와 미당의 '체험' 및 '예지'의 공통성과 차이점을 보다 예각화하는 것이 보다 생산적이겠다. 이를 통해 공포의 시대에 좌절된 예외적 영혼들의 공통된 상처는 물론 그것을 아물리는 치유법의 결정적 차이를 풍요롭게 조감할 수 있는 기회가 주어지기를 바랄 따름이다. '칩거자'와 '귀향자'로 주체의 성격과 위치를 구별하여 배치하고, '고향'의 서사적 삼각형(고향 - 탈향 - 귀향)을 현실적 시공간 대 순수(체험과 언어)의 시공간으로 이중화하며, 산문 「배회」와 「향토산화」 내부의 시적 진술의 차이성을 밝히는 작업은 그래서 절실하며 또한 필연적이다.

3. 칩거자, '악의 가면'의 거절과 순수시의 열망

등단 후 작성된 미당 산문을 그 성격과 지향에 따라 분류하자면, 「고

---

18) Br.v.4.7. 1917 an Inga Junghanns, in *R.M. Rilke/Inga Junghanns*, Briefwechsel, Wiesbaden 1959, s.46. 여기서는 김병옥, 「릴케의 유년기와 그의 예술론」, 170~171쪽 재인용.

창기」, 「배회」, 「나의 방랑기」, 「칩거자의 수기」를 하나로 묶어야겠다.19)
1936~40년 사이 작성된 4편의 산문에는 '그리스적 육체성'에서 동양
적 영원성으로, 거친 호흡의 상징주의에서 정제된 순수시로 급박하게
변전하는『화사집』시절 미당의 정신적 방황과 시적 모색의 고통스런
열도가 울울하다. '칩거자'하면 사회나 타자와의 관계가 단절된 고독
한 개인이 먼저 떠오른다. 스스로에 부과한 '칩거자'의 열패감은 성공
과 명예를 가족에게서 독촉 받던 범속한 일상을 차갑게 괄호친 후20)
육체적·미학적·사상적 방랑을 거듭하던 젊은 미당의 독보(獨步)와 썩
어울린다. 그러나 우리는 미당의 열패감 내부에 "몇 방울의 피가 언제
나 섞여 있"는 "시의 이슬"(「자화상」)을 향한 암중모색으로 불타오르던
실존의 발견술과 동력학이 잠재되어 있음을, 아니 열렬히 발동 중임을
잊지 말고 주의해야 한다.

  ① '담천하(曇天下)의 시대, 칩거자는 탕아였다'는 명제로 시작해보자.
그러니 열렬한 생명으로 지향된 '그리스적 육체성'의 창조는 어쩌면 모
순된 시학이었다. 미당은 이런 상황, 그러니까 빛과 어둠이 기묘하게
동거하는 탕아의 내면을 "한 사람의 '아웃트 로-'와 한 사람의 '에피
큐리언'이 의좋게 살고 있다"21)는 모순의 지경으로 정확하게 일렀다.

---

19) 4편의 산문 중 미학적·사상적 전회의 밀도와 열기가 비교적 낮은 텍스트는 의외의
  느낌이 있지만 대중에게 가장 널리 알려진 「나의 방랑기」다. 방황과 모색의 순간을
  날카롭게 찍어 올린 여타의 신문 소재 산문과 달리, 「나의 방랑기」는『인문평론』의
  청탁에 따라 자기 삶과 미학의 과정을 찬찬히 술회하고 보고하는 형식을 띠고 있기
  때문일 것이다. 이런 연유로 이후 서술은 「배회」 소재 2편의 산문, 곧 「배회」와 「램
  보오의 두개골」을 중심으로 「고창기」와 「칩거자의 수기」 양편을 내속(內屬)하는 방
  법을 취한다.
20) 이를테면 다음 장면을 보라. "어머니의愛情을 모르는게 아니다. 아마 고리키作의 어
  머니보단 더하리라. 아버지의 마음을 모르는게아니다. 아마 그아들이 잘사는걸 기대
  리리라. 허나, 아들의 知識이라는것은 고등관도 面小使도 돈버리도 그런것은 되지안
  흔것이다."(서정주, 「풀밭에 누어서」,『비판』, 1939년 6월호)
21) 서정주, 「나의 방랑기」,『인문평론』, 1940년 3월호, 72쪽.

'아웃사이더'와 '향락주의자'로서의 자기규정은 '침거자'의 사상과 미학을 절묘하게 분절하며 "병든 숫개"와 같은 탕아의 삶을 더욱 구경화(究竟化)시켜 나갔던 것이다.

미당의 경우, 조선과 일본의 몇몇 시인, 불교의 정신을 제외하면, 저 양가적 삶의 기획과 실천에 요구된 사상적·미학적 조례(條例)는 대체로 '비극의 철학'과 '악의 가면'에서 구해졌다. 전자는 미당 고백의 앞자리에서 한 번도 빠진 적 없는 도스토예프스키[22]와 톨스토이, 니체로 대표된다. 후자는 스스로가 사형수이자 사형의 집행자였던 "보오드레-로의 도당(徒黨)"을 일컫는다. 양자는 '끔찍한 모더니티'에 대한 비판과 반발을 공유하지만, 특히 보들레르의 악마성과 톨스토이의 휴머니티는 그 전망 상 함께 동서하기 어려운 짝패들에 해당한다.[23] 그러나 이런 표면상의 절리와 달리, 심지어 톨스토이까지도 포함하여 이들의 친연

---

[22] 서정주는 1940년 가을 만주로 이주한 직후 자아의 내면 정황과 더불어 양곡회사 취직기를 기록한 「만주일기(滿洲日記)」(『매일신보』, 1941년 1월 15~17일, 21일)에서 도스토예프스키의 『미성년』을 읽는 과정의 독후감을 다음과 같이 적었다. "도스도이옙스키이 사상의 중심어휘 중의 하나인 모양인『단려(端麗)』라는 형용사가 생각키운다/혹은 동사로서/ 유아의 미소—이건 정말 나치스 독일의 폭탄으로도 째려부실수 업는것일까 그건 그러리라그러나……/방법이업슬까?/새여 새여 너무 아니 새파란가 새여"(11월 2일)가 그것이다. '유아의 미소'는 근대의 물질문명에 대해 허무의 심연으로 맞섰던 도스토예프스키가 최후의 희망으로 삼았던 절대가치 중 하나다. 만주에서 조선으로 돌아온 뒤 미당은 그것에 방불한 미소를 '질마재' 사람들, 특히 그의 질병을 치유하기 위해 "정해 정해 정도령아~"라는 노래를 불러줬던, 현실 부재의 "네 명의 소녀"(「향토산화」)에게서 극적으로 상기(想起)한다. 이러한 방식의 도스토예프스키에 대한 동양적 전유는 미당의 릴케 수용과도 어떤 식으로든 연관된다는 것이 나의 판단이다. 그것은 물론 가장 순진무구한 시선과 생애 최대의 풍경을 허락하는 '유년기'의 본원적 경험들과 관련된다. 한편 최근 필자가 새로 찾아낸 서정주의 「만주일기」 전문 소개 및 그 해설은 졸고, 「서정주의 「만주일기(滿洲日記)」를 읽는 한 방법」, 『민족문학사연구』 54호, 민족문학사학회, 2014 참조.

[23] 미당의 사상적·미학적 방랑이 톨스토이언에서 니체의 허무주의와 보들레르의 악마주의로 진행되어 갔음은 그의 고백에서 일관된 항목 가운데 하나이다. 이를테면 "선의 가면이 존재하는 날 악의 가면의 필요가 생긴다. 악의 가면을 즐겨쓴 사람–보오드레르. 그러기에 그는 톨스토이와 같은 일생을 보내지는 않았다."(서정주, 「속(續) 나의 방랑기」, 『인문평론』, 1940년 4월호, 70쪽).

성은 결코 얇지 않았다. 이를테면 당시를 풍미했던 셰스토프의 저작은 이들을 "과학과 도덕에 배척당한 인간에게 희망은 존재하는가"라는 질문 아래 그들 스스로를 '가장 추악한 인간들'로 타락(=가치화)시킴으로써 '사실의 세기'를 초극해간 지혜로운 반이성주의자들로 정위시켰다.24) 이를 참조한다면, '방랑'과 '바람', '떠돌이'와 '편력'으로 지속, 변전되어가는 미당의 반근대적 변신 역시 '가장 추악한 인간'의 하나로 자신을 던져 넣음과 동시에 그로써 자신을 구원하려는 "불치의 천형병자(天刑病者)"25)의 슬프고도 간교한 책략이었을 가능성이 다분하다.

산문 「고창기」와 「배회」, 「칩거자의 수기」는 서구 발 '반근대주의'가, 또 거기 밑받침된 '에피큐리언'의 '생명'의 열정이 "사멸(死滅)이 무성한 내 형용사의 수풀"로 포위되지 않았는가 라는 회의와 반성의 현장이다. 그와 동시에 이런 삶과 시의 악무한적 저류를 대체할 새로운 주술 "지장보살님. 나에게 '사랑한다'는 동사를 다오"26)를 공개적으로 요청하는 자리기도 하다. 주지하다시피 미당의 형용사 거절과 직정언어(동사)의 추구는 지용의 위상을 비평하고 초극하기 위한 일종의 전가(戰家)의 보도(寶刀)였다. 그런데 도대체 무슨 사정이 불거졌길래, 그 예리한 칼날이 제 미학의 괴수 '악의 가면'마저 겨누게 된 것인가.

보들레르와 랭보처럼 '악의 가면'을 쓴다는 것은 미당에게 "자기를 연소하며 …… 통일하며, 분해하며, 망각하며, 수입(收入)하며, 날러가는 정열로만 존재하는 정신"27) 속에 던져지는 것을 의미했다. 양자의 근대성을 향한 반(反)미학은 현실초월과 비규범성, 불협화와 같은 파격의

---

24) L. 셰스토프(이경식 역), 『도스토예프스키, 톨스토이, 니체-비극의 철학』, 현대사상사, 1986 여기저기 참조. 셰스토프는 의미심장하게도 「비극의 철학」(위의 책 제2부)의 시작과 끝을 "그대는 저주받은 자를 사랑하는가? 나에게 말해주렴. 그대는 용서받지 못한 자를 알고 있는가"라는 보들레르의 시구(詩句, 「돌이킬 수 없는 일」)로 채우고 있다.

25) 서정주, 「속 나의 방랑기」, 69쪽.

26) 이상의 인용은 서정주, 「칩거자의 수기-주문(呪文)」, 『조선일보』, 1940년 3월 2일.

27) 서정주, 「배회 - 램보오의 두개골」, 『조선일보』, 1938년 8월 14일.

추구, 정신의 자기훼손과 고의적 추화를 통한 기형적 영혼의 창조, 이를 통한 현실의 파괴와 비실재적 세계의 건설로 흔히 요약된다. 이런 파괴와 탈출, 해체의 상상력은 '과학과 인간에 배척당한 인간'을 또다시 미학적으로 자기화하는 한편 소외시킴으로써 "자유로운 정신의 운동능력"28)을 재탈환하려는 탈주체와 세계 해방으로의 투기가 아닐 수 없다. 이에 대한 미당식 표현 혹은 번역이 "나를 키운 건 팔 할이 바람"이라는 도저한 떠돌이 의식일 것이다.

> 나의 瞳孔이 먼— 天涯에 集中할 때 언제나 나의 머릿속에는 放浪하는 램보오의 現實이 잇다.—인제는 背囊이나 신발까지도 버서 던저버린 지 오래인 램보오. 왼갓 풀 냄새와 山 냄새와 돌 냄새와 砂漠의 냄새가 나는 램보오. 짐승과 人間과 天地의 냄새가 나는 램보오. 손아귀에 닷는 대로 野生의 씨거운 열매를 따먹으며 점점 밝어오는 眼光과 心臟으로만 그는 거러간다. 그는 一切에 挑戰하고 微笑하고 獲得하고 抛棄한다. 그는 한 군데도 오래 머무는 일이 업다. 그는 愛人을 가지지 아니하리라. 親友를 가지지 아니하리라. 물론 故鄕과 過去를 가지지 아니하리라.29)

'악의 가면' 도당들의 현실부정, 미지의 세계 혹은 초현실의 건설, 거기 소용되는 언어의 마술성과 절대적 상상력을 한마디로 통합하고 압축하는 단어는 단연 '방랑'과 '탈향'이다. 이 '떠돌이'의 비극을 시대의 압박과 실존의 위기로 양분하는 일은 실로 비생산적이다. 둘은 이를테면 어긋나버린 '시간의 관절'을 야기하고 비틀어버리는 크로노스의 양손 같은 것이기 때문이다. 보들레르와 랭보의 위대성은 어쩌면 뒤틀린 시간의 관절을 더욱 비틀고 더욱 재촉함으로써 빛나는 '안광'과 뜨거운 '심장'의 생산, 다시 말해 제한된 자아/세계를 동시에 초극하는 초현실

---

28) 이상의 설명과 인용은 H. 프리드리히, 장희창 역, 『현대시의 구조-보들레르에서 20세기까지』, 한길사, 1996의 '제2장 보들레르' 및 '제3장 랭보' 여기저기를 참조함.

29) 서정주, 「배회-램보오의 두개골」, 『조선일보』, 1938년 8월 14일.

로 해방되었다는 점에서 찾아질 것이다. 친밀성의 근원을 형성하는 '친우'와 '고향', '과거' 따위는 그러므로 이 지점에서는 자아를 제약하고 굴종시키는 '친밀한 적'에 불과한 것이다. 이후 부모와 애인으로까지 확장되는 '친밀한 적'의 무수한 등장은 '방랑'과 '탈향'의 어려움과 고통을 뜻하기도 하지만 그것의 황홀과 자유를 대변하기도 한다는 점에서 적실하고도 아픈 타자의 형상에 해당한다.

② 그런데 미당은 왜 '악마의 가면'을 벗겠다는 자아 유기(遺棄)의 욕망에 문득 떨게 되는 것일까. 산문에 제시된 이유는 단 하나, 랭보가 "임종의 침상에서 누이의 손목을 붓드러 잡고 부들부들 떨리는 음성으로 "신의 존재를 밋느냐""고 묻는 순간, 그는 "한낫 평범한 19세기 블란서인이요 그 누이의 오래비에 불과하"게 되었다는 것이 그것이다. 그의 처절한 방랑과 죽음의 고독을 떠올리며 따뜻한 안녕과 정중한 애도를 고할 만도 하지만 오히려 미당은 랭보와의 결별을 선언하는 장면의 아득함을 어쩔 것인가.

이때 문제시될 만한 것은 미당이 저 구원에의 욕망을 근거로 랭보의 '귀향'을 미지의 세계에 대한 '자각'보다는 피곤과 늙음, 좌절의 결과로 해석했다는 사실이다. 요컨대 미당의 말을 빌리면 "귀향하는 램보오는 임우 사회(死灰)의 시체(屍體)에 불과"한 존재다. 인간이란 애초에 죽음의 존재임을 감안하면 구원 혹은 영생을 위해 신에게 자아의 원죄를 고백하고 속량하려는 최후의 투기는 오히려 자연스럽다. 따라서 실질적인 문제는 "그의 만년(晩年)—개종(改宗)과 회한과 노쇠의 전기"[30] 자체가 아니라, 이것들을 속량하기 위해 신에게 바친 비의(秘意)적 자유와 이상의 자발적 포기일 것이다. H. 프리드리히는 보들레르 미학의 한 속성을 "상승의 목적지는 요원할 뿐만 아니라 또한 공허하며, 내용 없는 이

---

30) 앞 단락과 본 단락의 직접 인용은 서정주, 「배회-램보오의 두개골」, 『조선일보』, 1938년 8월 14일.

상성이다. 말하자면 그것은 과도한 열정으로 추구하기는 하나 도달할 수 없는 단순한 긴장의 극점이다"라고 밝힌바 있다. 이로 인해 보들레르의 "탈주는 그 목표가 없으며, 불협화적인 자극 이상의 것이 아"[31]니게 된다는 것이다.

"낙원전설의 금단의 나무 우에 스스로히 언치여 스스로히 나붓긴다는 비밀의 서책처럼, 바람과 하눌빗에만 젖어 잇는 두개골. 이 얼마나 엄숙한 인간 고민의 상징이냐?"[32]라는 랭보를 향한 미당의 희원은 그 내용과 감각의 추상성을 빼고라도 '공허한 이상성'에의 과도한 집착이라는 점에서 무척 병적이며 어딘가 퇴폐적이다. 따라서 미리 말하건대, 미당의 탈향과 귀향의 동시성, 그리고 '동양적인 것'과 릴케적 '체험'의 요청은 이렇듯 '잉잉거리는 피'의 열도와 팽창을 눅이기 위해서라도 필연적이었다. '그리스적 육체성'을 넘어 "내 영혼의 파촉"과 "시의 고향"을 서둘러 호명하는 다음 장면은 그것의 전조거나 기미라고 말할 수 없겠는가.

> 오늘도 하로의 彷徨 끗테 내가 疲困한 다리를 끌고 어느 빈터의 풀밧이거나 下宿집 뒷 房에 도라와 쓰러저 잇슬 때 왼갓 倦怠와 絶望과 暗黑한 것 가운데 자빠저 잇슬 때 문득 어덴지 먼—地域에서 지극히 고은 님이 손 저어 나를 부르는 듯한 氣味. 귀 기우리면 바로 거기 잇는 듯한 氣味 내 彷徨의 中心에 내 絶望과 暗黑의 中心에 결국은 내 心臟의 中心에 그 中心의 中心에 七香水海의 內圓의 江물처럼 고여서 잇는 듯한……그 沈默하는 것 그 誘引하는 것 내 心臟에 더워오는 것 그것을 나는 便宜上 내 靈魂의 巴蜀이라 하리라 詩의 고향이라 하리라 나는 언제나 이 附近을 徘徊할 뿐이리라.[33]

현재의 시와 세계 저편을 열망한다는 점에서 '악마의 가면'은 아직

---

31) H. 프리드리히, 『현대시의 구조-보들레르에서 20세기까지』, 68쪽.
32) 서정주, 「배회-랭보오의 두개골」, 『조선일보』, 1938년 8월 14일.
33) 서정주, 「배회」, 『조선일보』, 1938년 8월 13일.

도 쓸 만하지만, 현실 너머의 형이상학적 원천을 동양적 심상이 다분한 "고은 님"에서 구한다는 점에서 '악마의 가면'은 이미 버릴만한 것이 되었다. 과연 "내 영혼의 파촉"과 "시의 고향"은 미지(미래)의 세계보다는 원초적 과거를, 방향과 전통의 상실보다는 그것들의 통합과 새로운 착목을 감각적으로 환기한다.

그런데 문제는, "나의 시선은 언제나 목전(目前)의 현실에선 저쪽이다" "오 영원의 일요일과 가튼 내 순수시의 춘하추동을 나는 혼자 어느 방향으로 거러가면 조혼가"34) 등에서 보듯이, '악의 가면'의 방기가 일말의 회의와 주저도 없이 현실의 누락과 내용 없는 순수시의 절대화로 대체된다는 사실이다. 보들레르와 랭보의 현실초월의 절대적 상상력은 어디까지나 "내용적으로 확실하고 유의미한 초월을 믿거나 창조하기에는 무기력한 저 현대성의 혼돈"35)을 겨누고 넘어서기 위한 일종의 방법적 부정이다. 당대의 식민 현실과 그에 따른 조선시의 억압 혹은 부진을 냉철하게 헤아리지 않는 한 미당의 '순수시'에의 열정은 필연적으로 "언어예술의 감칠맛과 정서의 어떤 깊이"36)와 같은 실재 부재의 형식으로 치달을 수밖에 없다. "모든 소극적인 자살행위와 권태와 가면과 不安과 우울이 어데서 배태하느냐"는 질문과 "그것은 태양과 외계의 세련을 거부하는 너, 방이 나아논 비극이라고"37)라는 대답에 그 위험성은 벌써 충분히 잠재해 있다면 지나친 과장일까.

그럼에도 다음과 같은 질문은 얼마든지 유효하다. 식민지 현실의 탈락과 은폐를 운운하기 전에 서정시 보편의 궁극적 지향을 떠올려 본다면, "고은 님"의 추상성과 안이함은 얼마든지 삭감되지 않을까. 횔덜린과 릴케의 시를 향해 "존재자가 현상하자면 존재를 열어 보여야 한다"

---

34) 위의 글.
35) H. 프리드리히, 『현대시의 구조-보들레르에서 20세기까지』, 69쪽.
36) 서정주, 「김영랑과 박용철」, 252쪽.
37) 서정주, 「고창기 (일) 방의 비극」, 『동아일보』, 1936년 2월 4일.

는 '귀향'의 문법을 설파한 이는 하이데거였던가. "시란 언어로 존재를
건설함을 말한다"고 규정함으로써 서정시의 궁극을 보편화한 것도 그였
던가.[38] 이런 서정시의 가능성과 절대성이 미당의 내면에서 벌써 "순수
시"의 본질로 육화되는 도중이었다면, 끔찍한 모더니티에 맞선 '초월을
향한 열정'을 '현실성에 대한 무목적적인 파괴'[39]로 바꾸느라 바빴던
랭보의 시학은 언제고 결별되어 마땅한 것이었겠다. 왜 안 그렇겠는가,
미당은 벌써 "생경한 암석 우에 (그 무기체의 허무 우에) 층 끄틀(정 끝을—
인용자)휘날리는 지극한 기교의 공인처럼 나는 내 암흑과 일월을 헤치고
내 순수시의 형체를 색이며 거러갈 뿐이"[40]라고 선언 중인 것을……

③ 랭보의 죽음과 종교에의 굴복은 "시의 고향"을 찾거나 건축하지
않은 그와의 결별 사유로 더할 나위 없이 적합했을 것이다. 하지만 새
로운 혹은 숨겨진 "영혼의 파촉"과 "시의 고향"을 되찾고 그곳으로 귀
향하기 위해서는 젊은 랭보의 "금단의 나무 우에" 스스로 나부끼는
"비밀의 서책"을 참조해야만 하는 것이 미당의 딜레마였다. 랭보의 책
은 '탈향'과 '방랑'의 비법 및 지리지(地理誌)에서는 충실했으나 궁극적
으로 미당 자신을 구원할 "시의 고향"으로 돌아오는 책략과 언술에는
하등 도움이 되지 않았다는 것. 이 양가성에 대한 예리한 인식 속에서
랭보의 '체험'의 진정성에 대한 회의와 그가 내팽개친 '고향'과 '과거'
에 대한 새로운 각성과 가치화가 촉발된 것은 아닐까. 그 즈음에 '유년
기'와 '천사'의 체험을 앞세운 릴케의 출현과 확장이 새로운 독서현상
으로 내지(內地)에 이어 식민지 조선에서도 여지없이 부감 중임을 어쩌
면 미당은 문단에서, 책방에서 벌써 조우한 상황은 아니었을까.

---

38) M. 하이데거(전광진 역), 「휠덜린과 시의 본질」, 『하이데거의 시론과 시문』, 탐구당,
    1981, 20~21쪽.
39) H. 프리드리히, 『현대시의 구조-보들레르에서 20세기까지』, 103쪽.
40) 서정주, 「배회」, 『조선일보』, 1938년 8월 13일.

이저버리자 이저버리자
히부얀 조이(종이 - 인용자) 등불미테 애비와 에미와 게집을
慟哭하는 고을 喪家와가튼 나라를
그들의 슬픈習慣 서러운言語를
찢긴 헌옷과가티 버서 던저버리고
이제 사실 나의 胃腸은 豹범을 닮어야한다.
거리 거리 쇠窓살이 나를 한때 가두어도
나오면 다시 한결 날카로워지는 망자!
열번 붉은옷을 다시이핀대도
나의 趣味는 赤熱의 砂漠저편에 불타오르는바다!
오— 가리다 가리로다 나의 무수한 罪惡을
무수한 果實처럼 행락하며
옴기는 발길마닥 뚝아리
감은毒蛇의눈알이 별처럼 총총히 무처잇다는
모래언덕너머……모래언덕너머……그어디 한포기 크낙한 꽃그늘 부즐
업시 푸르른 바람결에씨치우는 한낫骸骨로 노일지라도
언제나 나의 念願은 끗가는 悅樂이어야한다.41)

『화사집』 시기 미당시의 문체적 특징을 하나 들라면, 시와 산문의
거침없는, 그러나 잘 계산된 통합을 제시하여 이상할 것 없다. 미당은
뜬금없이 산문 「배회」의 말미에 위와 같은 시적 진술을 붙여 두었다.
이것은 『귀촉도』(1948)에 가서야 얼마간의 개작과 보충을 거친 시의 형
식을 입으면서 「역려(逆旅)」로 명명된다.42) 동양적 영원에 안착한 『귀촉
도』의 성격을 생각하면, 『화사집』에 결락된 미완의 시편을 마치 이삭
을 줍듯이 거둬들인 형국처럼 느껴지기도 한다. 하지만 '귀향'의 절절
함과 정당성을 호소한 「무슨 꽃으로 문지르는 가슴이기에 나는 이리도
살고 싶은가」가 결시(結詩)의 형식으로 「역려」 뒤에 배치되었음을 생각

---

41) 서정주, 「배회」, 『조선일보』, 1938년 8월 13일.
42) 이에 관한 최초의 규명과 가치 부여는 최현식, 『서정주 시의 근대와 반근대』, 82~
    83쪽 참조.

하면『귀촉도』에의 배치야말로 오히려 타당한 것이다.

인용에 가득한 '탈향'의 열망과, 그 핵심요소 "애비와 에미와 게집" "통곡하는 고을 상가(喪家)와가튼 나라" "그들의 슬픈관습 서러운언어" 와의 결별을 미당은 '逆旅', 곧 '거꾸로 가는 여행'이라 불렀다. 이런 뜻에서라면 '역려'는 '귀향'이 아닐 수 없다. 시인의 궁극적 '귀향'은 사물의 본질이 되는 언어를 살거나 '고향'에 생기를 불어넣는 언어를 창조할 때 비로소 시작된다. 그렇다면 친밀한 존재들과의 결별은 이중적이다. 표면상 그것은 시인을 치사한 일상 속에 묶어두려는 방해자들과의 관계 단절을 의미한다. 하지만 심층적 의미에서 결별은, '역려'에 되비춘다면, 그 친밀한 적들과의 새로운 통합과 결속, 그것을 가능케 하는 본원적 시공간의 발명 또는 은폐된 그곳의 개진을 위해 감행되는 시적 모험을 뜻한다.[43] 1930년대 후반 미당 시에서 '탈향'과 '귀향'의 동시성이 그 어떤 모순과 일탈 없이 매끄럽게 완성되는 까닭은 이로써 무리 없이 해명된다. 물론 이때 전자 관련의 '고향'이 부정적 현실의 연장체라면 후자 관련의 '고향'은 새롭게 가치화된 이상적 장소에 해당된다.

이런 점에서 1940년 무렵까지 미당을 지배한 '칩거자'의 정체성과 그가 위치한 '고창'과 '방'의 장소성은 징후적이다. 최초에 세 영역은 '탈향'의 열정 속에 생명의 발산으로 뜨거웠으되, 그것의 핵심 '그리스적 육체성'이 새로운 영토를 얻기 전에 끝내 소진됨으로써 폐색의 지

---

43) 미당의 당음(唐音) 암송 경험을 고려하면, '逆旅'의 전고(典故)는 이백(李白)의 시「春夜宴桃李園序」의 "夫天地者 萬物之逆旅 光陰者 百代之過客"로 보는 것이 타당할 듯싶다. "천지는 만물의 숙소요, 세월은 오랜 시간을 흘러가는 나그네 같은 것"으로 흔히 해석된다. 이어지는 대목이 "而浮生若夢 爲歡幾何(떠도는 인생 꿈만 같은 것이니, 환락을 누린들 얼마겠는가)"이고 보면, 정주(定住)할 곳도, 때도 주어지지 않는 우리 삶의 순간성 혹은 무상성을 탄식하고 있는 것으로 읽힌다. 미당은 이것을 삶의 허무와 패배를 강조하는 니힐리즘보다 오히려 '순수시'의 "끗가는 悅樂"을 향한 미적 에로스의 열망으로 전유했던 것이다. '逆旅'에 대한 나의 해석, 그러니까 '거꾸로 가는 여행', 곧 '탈향'이 '귀향'이라는 역설적 수사는 여기에 토대한 것임을 밝혀둔다.

대로 남겨졌다. 하지만 '탈향'을 '역려'로 뒤바꾼 사상의 모험과 '악의 가면'마저 벗어던진 미학적 충동은 세 영역을 '실존적 내부성'44)에 대한 충실한 경험이 가능한 본원적 장소, 바꿔 말해 현실 저편의 '충만한 고향'으로 마침내 전유하고야 만다. 당연히도 장소, 좁혀 말해 '고향'의 실존적 내부성은 고독한 영혼의 내면적 결단에 의해 저절로 획득되는 성질의 것이 아니다. E. 렐프의 말을 다시 빌린다면, "실존적 내부성의 자세로 장소를 경험하는 사람은 그 장소의 일부가 되며 장소 역시 그의 일부"가 되는 것이다. 이후 '질마재'의 본격적 등장과 '나'(미당)의 과거 회상이 현실의 '고창'과 '방', 내면에 폐색된 '칩거자'의 형상을 대체하는 사태는 그 '실존적 내부성'이 미당 시학에 본격화되는 종요로운 장면에 해당한다.45)

우리에게는 이제 실존적 내부성이 미당의 '고향'과 '내면'에서 어떻게 경험되고 구조화되고, 그것이 '동양적 지성' 내지 '예지'의 산출과 어떻게 연결되며, 미당의 릴케에의 대화가 어떻게 구체화되는가를 살펴볼 작업이 남았다. 이 지점은 미당의 삶과 시 양면에 걸친 영욕이 출발되고 가팔라지는 소란스런 여울목이라는 점에서 더욱 신중한 관전(觀戰)과 해석이 요구된다.

---

44) 어떤 장소의 경험에서 '실존적 내부성'은 그곳이 바로 당신이 속한 곳이라는 사실이 암묵적으로 인지될 때 생겨난다.(E. 렐프(김덕현 외 역), 『장소와 장소상실』, 논형, 2005, 127쪽) 현실과 격렬히 불화할 때의 폐쇄적 공간과 주체 '고창' '방' '칩거자' '방'에도 '실존적 내부성'이 암암리에 꿈틀대고 있다는 게 나의 판단이다.

45) 「고창기」와 「칩거자의 수기」에는 공통적으로 '장터'와 장보러 나온 촌민들이 등장한다. 미당은 이들의 생생한 목소리(노래)와 이야기에 높은 가치를 부여하고 그 개방성에 매료되는 모습을 보인다. 그 폐쇄적 공간들에 짓눌린 주체가 걸어가게 될 '실존적 내부성'의 장소가 이미 구체화되고 있는 것이다. 개인적 차원의 '귀향'의 풍요로운 가치는 '무명옷'과 '사투리', 십년 전 '금녀'와의 재회가 인상 깊게 묘파된 「수대동시(水帶洞詩)」(『시건설』, 1938년 6월호)에 벌써 울울하다.

4. 귀향자, 향토의 심미화와 과거의 절대화

탕아 귀환의 핵심적 서사는 무엇일까. 탕아의 개과천선과 향토로의
귀향 자체일까. 아닐 것이다. 탕아에 대한 용서와 환대를 못마땅하게
여기는 형제들을 물리치고 그를 가족의 일원으로 흔쾌히 맞아들이는
아버지의 사랑과 관용이 오히려 메시지의 핵심이 아닐까. 아버지와 환
대, 이것은 '고향'의 본원성과 전통성, 타자와의 관계성을 표상하는 전
형적 코드들 가운데 하나이다. 미당은 '사랑한다'는 동사를 요청했다고
썼던가. '고향'에서 '사랑한다'는 동사의 보편성과 위상은 '가족'에서
'이웃'으로, 민족의 구성원(민중)으로 확장되며 그 미덕과 영향이 더욱
빛나게 된다. 시인의 궁극적 역할은 주어진 사랑만을 노래하는 것이 아
니라 존재의 소외와 본질에의 망각을 저지하고 극복할만한 전체적·개
성적 기억과 언어의 성채, 그것을 잘 지키고 더욱 굳건히 하기 위한 지
혜의 망루(전망)를 쌓는 일에 존재한다.

이를 위해서 시인들은 '신의 눈짓'을 유의하고 그 이름을 부를 때
'거룩한 것'의 현전을 경험(도취)하기 위해 항상 예민한 각성자의 영혼
으로 사유적 시작(詩作)을 멈추지 말아야 한다.[46] 또한 그게 무어든 '망
각'을 강요하는 현실에 맞서, 모든 시간과 경험을 근원성과 영원성의
지평에 올려놓는 '체험'의 사건적 일회성과 심미화의 마법 역시 필요하
다. 이 과제를 탕아의 유년기 체험의 기억과 회상, 시선과 태도의 '내면
으로의 전향'을 통해 서정시의 현실로 재영토화한 운사(韻士)들 가운데
하나가 『말테의 수기』의 릴케임은 주지의 사실이다. 조선 땅의 미당 역
시 여정(旅程)의 형식이었지만, 삶의 근원지 '질마재' 사람들의 회상과
기억을 통해 뜨거웠던 '그리스적 육체성'의 어떤 상흔을 치유하고 동양
적 무늬로 수놓일 '순수시'에의 열정을 더욱 단련해 갔다. 그 기록과

---

46) 전광식, 『고향』, 문학과지성사, 1999, 172~173쪽.

고백이 비워져 있지만 1940년대 초반 미당의 릴케에의 대화가 현실성 있는 미학적 사건으로 인지되어 무방하다면 저런 양자의 닮은꼴 시학에서 말미암는다.

① 미당은 1942년 무렵의 산문부터 '질마재'·'고향'·'향토'와 같은 근원적 장소성의 언어를, 또 그곳에서 만났던 변두리 인생들과의 다사다난한 추억을 서슴없이 풀어놓는다.[47] 1930년대 후반의 「수대동시」나 「부활」을 본다면, 다시 말해 그곳으로 "별 생겨나듯 도라오는 사투리"와 "인제 모두다 내앞에 오는" '너'(타자의 영혼)를 기억한다면, 저 본원적 장소와 기억의 주체 및 대상은 서정시라야 마땅할 것이다. 그러나 존재의 현존을 '사투리'와 '너', 바꿔 말해 전통과 타자에 깊이 뿌리박아 오히려 '나'를 구원하고 '표준어'('국어'로서의 일본어와 '근대어'로서의 조선어)를 혁파하는 영예는 미당의 몫이 아니었다. 물론 이는 미당만이 아니라 조선시인 대개에게 가해진 일제 발 '사실의 세기'의 결정적 폭력이자 올가미였다. 문자행위로서 조선어(창작)와 소통행위로서 조선어(매체어)의 제한과 금지는 심지어 조선에 있어서는 만들어진 전통이자 날조된 권위로 기세등등하던 그들의 천황에게 바치는 노래에서도 거의 예외가 아니었다.

이런 현실의 저조와 타락을 고려하면, '고향'과 그 구성원들에 대한 산문적 진술은 시적 정동(情動)의 대체제라 할 만하다. 산문의 이야기성은, 게다가 현실을 괄호 친 '고향'의 회상은, '야화(夜話)'니 '산화(散話)'니 하는 의도된(?) 명명에서 보듯이, '후테이센진(不逞鮮人)'의 혐의를 피

---

47) 논의의 편의를 위해 다시 적어두자면, 「질마재 근동 야화」, 「향토산화」, 「고향이야기」가 그것이다. 미당은 만주체험 이후 '질마재' 관련 회고담을 집중적으로 창작한다. 그 까닭은 '만주'가 미당에게는 실존적 내부성이 상실된 공간인 데 반해, 조선의 '질마재'는 실존적 내부성이 울울한 본원적 고향으로 새롭게 각인되었기 때문이다. 이에 대해서는 최현식, 「서정주의 만주일기(滿洲日記)를 읽는 한 방법」의 "4. 「만주일기」 이후 '질마재' 이야기의 문제성 – 결어를 대신하여" 참조.

해갈 수 있는 합법적 장치에 가까웠다. ('전선총후'의 분위기를 거스르지 않는 젊은 이야기꾼의 '향토' 사랑 정도로 그 관심과 흥미가 좁혀져도 크게 상관없겠다) 하지만 그렇다고 여러모로 제약된 것임에 분명한 '장소' 경험과 '기억'의 산문적 진술이 '질마재'의 기원성과 실존적 내부성을 현저히 약화시키는 것은 아니다. 그 미래를 말하건대, 미당은 갑년에 출간된 『질마재 신화』(1975)에서 '이야기꾼'으로 변장한 시인의 회상과 기억, 가치 부여를 통해 '질마재'를 영원불변의 '근원적 처소'로 숭고화·심미화하지 않았던가.

사실 1930년대 후반의 '고창', '방', '장터', 1940년대 초반의 '질마재', '고향', '향토', 그곳에 거주한 사람들의 실체는 여러모로 구별된다. 앞서도 말했지만, '고창', '방', '칩거자'는 문명 현실의 소외와 고독을 환기하지만, '질마재' '고향' '향토'는 풍요로운 과거와 거기서의 내면 안정과 행복을 불러일으킨다.48) 미당이 시공간상의 거리가 꽤 멀어 보이는 양 공간과 주체를 새롭게 연관 지을 수 있었다면, 과거와 현재의 동시성이 물리적으로 각인된 열린 '장터'와 또 그 복합적 삶의 실존들인 '질마재' 사람들이 존재했기 때문일 것이다. '장터'의 경험 및 근린(近隣)의 경험은 한편으로 「자화상」에서처럼 가난과 무지의 부끄러움을 끊임없이 환기했지만, 다른 한편으로 "큰소리 한 번만 꽥 지르면 형용사도 없이 모다 어디로 흔득흔득 스러져버릴 것만 같은 사람들"49)과의 유대를 더욱 강화했다. 지명 '고창'이 아닌 고향 '질마재'의 호명에는 벌써 유의할만한 가치화된 장소성이 부여되고 있다는 판단이 가능한 지점이다. 그렇다면 '질마재'로의 귀향, 다시 말해 고향에서 '사랑한다'는 동사는 어떻게 작동하며 또 그곳의 '실존적 내부성'은 어떻게 자연

---

48) '고향'이나 '향토'는 엄밀히 말해 물리적 실체가 아니라 특정 지역 사람들의 기억과 상상을 통해 그 가치가 구성되고 부여된 만들어진 공간 또는 장소이다. '고창'보다 '질마재'가 미당의 근원적 처소로, 즉 고향으로 우리에게 즉시 각인되는 까닭도 그 장소성의 구체와 의미가 훨씬 높기 때문이다.
49) 서정주, 「칩거자의 수기 (중) 석모사(夕暮詞)」, 『조선일보』, 1940년 3월 5일.

화되는가.

> 나처럼 曾雲이도 압니빨 새이가 좀 벙그러젓섯다고 記憶이 되는 데 대
> 체 어디서 그날 밤의 그 浪浪한 音聲은 發音되엿든 것인지…… 구즌 조
> 으름으로 감기려든 눈이 점점 씌워저 오면서 나는 참 奇異한 세상에도
> 와서 잇섯다.
> 좀 誇張일른지도 모르지만 눈이 極度로 밝어지는 瞬間이라는 것이 現
> 實로 잇슬 수 잇는 것이라면 그째 나는 아마 그 비슷하엿섯다. 그리도 고
> 리다고 생각햇든 春香傳의 宿命 속에서 春香이는 生生한 血液의 香내를
> 풍기우며 바다에 그득히 사러나는 것이엿다.50)

'장터'의 근린들은 세세히 개성을 기록할 길 없는 잡다한 군상(群像)
들로 현상되었다. 그런 만큼 그들은 대화와 소통의 대상이었기보다 일
정한 거리상의 응시 대상에 지나지 않았다. 하지만 자신의 태가 묻히고
오랜 기간 육체와 영혼이 성숙한 '질마재'와 그 이웃들의 면모는 개별
적이며 또 풍성하다. 그들의 대부분은 '가난'과 '무지'의 희생자라는 점
에서 누구보다 문명의 혜택과 이성의 계몽이 시급한 하위주체들이었다.
미당의 그들에 대한 회고와 진술은 그러므로 말해질 기회를 박탈당한
하위주체의 언어와 정서, 삶의 고통과 그 안에서의 지혜(이후 '동양적 지
성' 혹은 '예지'로 명명되는)를 대신 발화하고 전달하는 메신저의 언어라
불러 무방하다.

세 편의 이야기에 등장하는 '질마재' 사람들, 이를테면 증운과 동채,
씨름꾼, 소생원 같은 이들은 이후 미당 시편에 드문드문 등장하다가 『질
마재 신화』에서 '질마재'의 풍류와 휴머니티, 통합성과 이상성을 현현
하거나 거꾸로 되비추는 주인공들로 심미화되기에 이른다. 이 말은 적
어도 이 당시의 '질마재'에 대한 미당의 기억과 회상은 직접적 경험을
서술하는 정도에 멈추어 서있음을 의미한다. 산문이라는 장르적 특성

---

50) 서정주, 「질마재 근동 야화」, 『매일신보』, 1942년 5월 13일.

의 탓도 있었겠으나 '질마재' 사람들 역시 당대 조선의 보편적인 인간 상을 크게 벗어나지 않는다는 문화적·민족적 공통성이 가치 매개와 성찰 없는 허무맹랑한 이야기로 왜곡하는 서사의 일탈을 가로막았을 것이다.

그러나 이야기 속 '질마재' 사람들은 미당과의 친소(親疎)나 그의 호오(好惡), 또는 나이의 격차를 토대로 선택되지 않았음을 유의할 일이다. 딱지본 소설 「獄中花」 낭송의 명수 증운, 조선의 옛이야기, 즉 "그 멀고도 아득한 이얘기들"의 전문가였던 집안 머슴 동채, 피리에 미쳐 가족도 내팽개친 종구, 동네 꽃신의 장인 소생원. 이들의 취미와 취향, 직업의 성격만으로도 대중의 많은 환호와 때때로의 야유를 함께 받았을 범속한 예술가의 음영 짙은 얼굴이 저절로 떠오른다. 그런 의미에서 이들은 벤야민의 '이야기꾼' 개념을 적용해 본다면, 전통적 이야기의 전승 기반이었던 언어 공동체와 생활 공동체의 근대적 와해 속에서 조만간 사라질 처지에 놓였던 민중 예술가의 일원이라 할 만하다.

이들의 위대성은 근대적 지식과 미학에 조만간 노출되거나 벌써 복속된 미당에게 서당 훈장의 『추구(推句)』가 매력 없음을 깨우치며, 또 그와는 반대로 그들의 생활 속 이야기와 노래가 "눈이 극도로 밝아지는 순간"[51]을 제공한다는 사실에 간접적으로 예시되어 있다. 이런 '체험'의 진정성은 식민지 근대화의 격랑에 떠밀려가는 '질마재'의 '이야기꾼'들이 그들 공동체의 투박하되 지혜로운 삶의 전승과 거기 내재된 공동의 비극성 및 의외의 심미성 현현에 지울 수 없는 손자국을 남기고 있음을 우리들을 향해 아프게 각인한다.

그런데 이보다 훨씬 중요한 요소가 따로 존재하니, 그것은 다음과 같은 사실이다. 범속한 예술가에 지나지 않는 이들에의 매혹과 경탄, 혹은 동정과 결속이 그들의 찬탄할만한 예술적 기교나 "음악이라든가

---

51) 두 가지 예화는 각각 동채와 증운의 회고에서 취한 것으로, 자세한 내용은 「질마재 근동 야화」 내부의 「증운(曾雲)이와 가치」와 「동채(東采)와 그의 처(妻)」를 참조.

예술이라든가 하는 것의 가치를 나대로는 조금 알게"52) 된 '나'의 미적 개안에만 의존된 사태가 아니라는 것. 이들은 순탄한 삶과 소소한 행복의 향유와는 거리가 먼 비극적 인생의 주인공들로 기억되고 서술된다. 이들의 예인적 자질은 삶의 비극성과 더욱 대조되어, 사람들이 미당에게서 징그러움을 먼저 느끼듯이, '탁객(濁客)'53)의 처지와 운명을 거의 벗어나지 못하는 부정적 계기로 작동되는 경우가 허다하다. 하지만 타인의 부정적 시선과 응대에 상관없이, 아니 그런 부정성을 견디고 뛰어넘는 근력의 기원과 동력은 언제나 그 맹랑하고 세속적인 예술에서 발현되었다. 그들의 비극적 삶이 흥취로서의 예술을 낳기도 하지만, 그들의 서글픈 예술이 그들의 궁핍한 삶을 견디고 속량하기도 했던 것이다.

　미당의 최후의 선택지는 어쩌면 그 예술에의 호기심이 아니라 그 비극적 삶을 예술의 지평에 편입시키고 또 비루한 현실에서 구원할 줄 아는 평범한 '예지'를 향해 던져진 것인지도 모른다. 얼마 뒤의 산문 「시의 이야기」상의 "민중의 양식이 될 수 있는 시 내지 문학" "개성의 삭감, 많은 사상의 취사선택과 그것의 망각, 전통의 계승 속에서 우러나는 전체의 언어공작이어야 할 것"54)과 같은 발언은 저 범속한, 그러나 기억해 마땅한 '질마재'의 예인들에 의해 환기되고 구성된 것이라는 판단이 가능한 이유 역시 여기에 존재한다.

　② 이 향토의 '예인'들은 그러나 수평적 교류와 대화, 그러니까 미당의 연령과 정신에 방불한 소통적 타자이지는 않았다. 서로의 '체험'을 공동의 기억으로 삼기보다, 예인의 영향을 미당이 적극 수렴하는 일종

---

52) 서정주, 「향토산화」, 『신시대』, 1942년 7월호, 114쪽.
53) '탁객(濁客)'은 미당의 다음 진술에서 가져왔다. "나보고는 모다들 징그럽다고 한다. 내 속에 드러있는 혼탁─나는 아무래도 탁객(濁客)인 모양이다. 불교의 연기설(緣起說)에 의하면 글쓰는 사람들은 대개 후생(後生)엔 날즘생이 된다지만 나는 아마 날지도 못할 것만 같다."(서정주, 「나의 방랑기」, 『인문평론』, 1940년 3월호, 66쪽)
54) 서정주, 「시의 이야기-주로 국민시가에 대하야」, 『매일신보』, 1942년 7월 13일~17일.

의 스승과 제자의 관계로 결속되었기 때문이다. 그러니 미당에게는 보다 완결된 의미의 본원적 '체험', 요컨대 그 의미와 가치가 충만한 원초적 과거로의 환대가 절실히 요청되었다. '절대적 과거'로의 도약은 아닐지라도, 타락한 현실에 맞설 수 있는 순수한 시공간의 부조, 그러니까 "정말로 좋은 모든 것들(즉 '제일의' 것들)은 오직 과거에서만 일어"[55]나며, 모든 미래는 그것들이 밀려들어 적층되는 것에 불과하다는 신뢰를 제공하는 시간적 환대의 체험 같은 것 말이다. 조선어의 불용(不用)과 총력전의 강제가 더욱 가팔라지던 1942년 무렵, 과연 「부활」 체험에 방불한, 사령(死靈)이나 이별자들과의 향토적 재회는 함부로 욕망될 수 있었던가.

이에 대한 가장 적실한 예로는 산문 「향토산화」의 첫 부분 "네名의 少女있는 그림"만한 것이 따로 없을 듯하다. 이 글에 저 예인들과의 통합 및 소통 정도를 훨씬 뛰어넘는 가장 의미 깊고 징후적인 존재 확장과 도약의 서사가 존재한다면 어떨까.

아주 할수없이 되면 고향을 생각한다. 이제는 다시 돌아올수없는 옛날의 모습들. 안개와같이 스러진것들의 形象을 불러 이르킨다.

귓가에와서 아스라히 속삭이고는 스처가는 소들을. 머 - 언 幽明에서처럼 그 소리는 들리여오는 것이다. 한마디도 그 뜻을 알수는없다.

다만 느끼는건 너이들의 숨ㅅ소리. 少女여. 어디에들 安在하는지, 너이들의 呼吸의 훈짐(훈김-인용자)으로써 다시금 돌아오는 내 靑春을 느낄따름인것이다.

少女여 뭐라고 내게 말하였든것인가? 오히려 처음과같은 하늘우에선 한마리의 종다리가 가느다란 피ㅅ줄을 그리며 구름에 무쳐 흐를 뿐, 오늘도 구지 다친 내前程의 石門앞에서 마음대로는 處理할수없는 내生命아 歡喜를 理解할따름인것이다.[56]

---

55) M. 바흐찐(전승희 외 역), 『장편소설과 민중언어』, 창작과비평사, 1988, 32쪽.
56) 서정주, 「향토산화」, 『신시대』, 1942년 7월호, 108쪽.

어딘가 익숙한 구절들이 아닌가. 그렇다, 『귀촉도』의 결시 「무슨꽃으로 문지르는 가슴이기에 나는 이리도 살고싶은가」의 일절이다. 이로써 그간 출처를 알 수 없었던 이 텍스트의 게재 장소가 처음 확인되었다. 우선 게재의 형식적 특징을 들어보면, '네명의 소녀있는 그림'은 나중의 「역려」와 마찬가지로 산문에 틈입된 줄글이었다. 다만 차이가 있다면, 전자는 「향토산화」 첫 자리에 놓였으며 『귀촉도』 수록 시 행 구분을 제외하면 거의 수정되지 않았다는 것이다.[57] 이는 '네명의 소녀있는 그림'이 애초에 서정시로 창작되었음을 의미한다. 산 자와 죽은 자의 조우와 네 소녀를 향한 가없는 그리움을 환상의 형식으로 제시했으니, 산문에 끼워 넣음으로써 그 사실성, 아니 진실성을 재차 보장받고 싶었던 것이리라.

다음으로 '체험'의 성격과 그 주체의 문제를 살펴보자. 이승과 저승을 넘나드는 교류는 미당의 것이기도 하나, 선대로부터 연면하게 전승되어 온 것이기도 하다. 서사무가에 방불한 "정해 정해 정도령아/원이 왔다. 門열어라./빨간꽃을 문지르면/빨간피가 도라오고./푸른꽃을 문지르면/푸른숨이 도라오고."[58]라는 노래는 연장자 동채가 들려준 옛이야기의 변형이기 때문이다.[59] 이런 옛이야기의 전승과 현대적 수용은 환상과 현실, 죽음과 삶, 너와 나, 과거와 현재, 미래의 자의적이며 기계적인 구분과 절리를 단숨에 넘어서고 또 혁신한다. 표면적으로는 현실

---

57) 가장 크게 수정된 곳은 "섭섭이와 서운니와 푸접이와 순네라하는, 後悔하는 네개의 形容詞와같은(강조 - 인용자) 네名의 少女의 뒤를 따라서 (…)"에서 강조된 부분이 삭제되었다는 것이다. '사랑한다' 동사의 최종심급들인 소녀들에게 그가 거부해마지 않던 '형용사'를 붙이기 거북했던 듯하다.

58) 이 노래는 이후 전통계승의 의미를 훨씬 뛰어넘어 존재의 '부활'과 '영원'을 내면화하고 선언하는 주술적 기제로 끊임없이 호출된다. 「문열어라 정도령아」, 「누님의 집」(이상 『귀촉도』), 「꽃밭의 독백-사소 단장」(『신라초』)이 대표적 예들이다.

59) "빨경 병을 깨트리면 빨경 바다가나오고 누런 병을 깨트리면 누런 바다가 나오고 푸른 병을 깨트려야 비로소 푸른 바다가 나온다운 이야기라든가(芝溶의 詩)" 운운이 그것이다. 뒤쪽의 "(지용의 시)"는 시집간 누이와의 이별을 슬퍼하는 어린 동생의 마음을 그린 동시풍 시편 「병(甁)」을 뜻한다. 민중 이야기의 전승인 동시에 그것의 현대시적 변용인 것이다. 미당은 그 전승과 변용을 다시 한 번 통합, 변주한 셈이다.

저편의 '네 소녀'가 이승의 병든 '나'를 치유하고 또 영원의 감각을 허락하는 듯하다. 하지만 그것은 미당의 생명충동, 이를테면 "몇 포기의 씨거운 멈둘레꽃이 피여있는 낭떠러지 아래 풀밭에 서서 나는 단 하나의 정령이 되어 네명의 소녀를 불러 일으킨다."[60]는 절실한 마음에 화답한 결과인 것이다. 미당은 이후 이 현실초월의 영원성과 존재 무한의 경험을 일러 '동양적 지성' 혹은 '예지'로 명명하는 한편 그것을 현실 대긍정의 보수적 삶과 미학의 지표로 삼기에 이르는 것이다.

우리는 이 지점에서 이렇게 물어야 한다. '영원성'과 그것을 창조하고 가치 실현하는 언어예술을 '순수시'의 본령으로 기입한 미당의 시각과 태도에 신비주의적인 면모는 없는가. 만약 존재한다면 열사의 사막을 헤맨 끝에 신에게 귀의한 랭보와의 냉정한 절연은 그 자신의 성현(聖顯) 체험과 영원성으로의 귀환 욕망과 여러모로 모순되지 않는가. '악의 가면'들과 그 도당 미당은 '문학적 삶', 다시 말해 '시의 고향'과 '순수시'로 귀향하기 위해 악랄한 모더니티의 현실에서 탈향하는 것을 육체와 시의 전제조건으로 삼았다. 그들의 도달점 없는 탈방향의 시 운동은 "일체에 도전하고 미소하고 획득하고 포기한다"로 요약될 만한 것이었다.

그러나 문제는 탈방향성의 시 운동이 구체적 현실을 괄호 친 '공허한 이상'으로 진격됨으로써 '내용 없는 아름다움'에 속절없이 포획되었다는 사실이다. 물론 이들의 문학적 삶에 대한 해석은 식민지 청년 미당에 의해 단순화되고 왜곡된 측면이 없지 않다. "무인(無人)의 사막 우에 다만 청산과 태양열에 젖어서 오래인 춘추(春秋)에 잔뼈마자 다 녹고 이제는 하나 남은 하나 남은 램보오의 두개골"이라는 미당의 회원 어디에 폭력과 야만의 '사실의 세기'에 대한 그들의 절박한 미적 성찰과 단호한 부정의식이 스며 있는가. "나의 로맨티시즘"[61]이란 자기규정에

---

60) 서정주, 「향토산화」, 『신시대』, 1942년 7월호, 109쪽.
61) 앞 단락과 본 단락 속의 직접 인용들은 서정주, 「배회-램보오의 두개골」, 『조선일보』 1938년 8월 14일.

서 보듯이, 젊은 미당의 "시의 고향"과 "내 영혼의 파촉"에 대한 되돌아봄 없는 열망이야말로 세계의 구체상(象)과 가치화의 향방이 불분명한 '탈향'의 실천이 아니었을까.

아버지의 탕아 환대는 그 위치상 무목적적일 수 있지만, 그 형제들의 비난에서 보듯이, 탕아는 어떤 식으로든 타자들과 관계를 개선하지 않는 한 완미한 귀향에 도달할 수 없다. "일광에 저즌 꽃"과 "꽃노래"로 가득한 '순수시'는 "비바람 속에 사는 기쁨을 찬미"[62]할 수는 있지만, 동채와 증운과 소생원 들에게 "또 하늘에서 어떠케 해 내려오는" "비운(悲運)"[63]까지는 어쩌지 못한다. 더욱이 그것이 '죽음'의 사태인한 말이다. 이들은 새로운 삶의 감각을 처연하게 일러주었다는 점에서 미당의 삶과 미학의 실제적 갱생자가 아니었던가. 이들을 향한 정중한 애도와 또 다른 타자들과의 관계 개선과 통합을 위한 절박한 생의 기획과 그 한 방법으로서 죽음과의 친화가 요청된 까닭이 여기 있다.

존재 최후의 심급 앞에서 랭보는 신에게 다시 귀의했지만, 미당은 "무슨꽃으로 문지르는 가슴이기에 나는 이리도 살고싶은가"라며 신의 세계로의 소속 변경을 오히려 거절했다. 아니 저승의 정령(精靈)인 '네 소녀'의 하강과 미당의 '정령'으로의 변신이 지시하듯이, 미당은 아예 삶과 죽음, 인간과 자연, 이승과 저승, 주체와 타자를 하나로 전격 통합함으로써 온 세상을 성(聖)과 속(俗)이 자유롭게 순환하고 변신하는 심미적·풍류적인 종교의 공간으로 성화시켰다.[64] 미당의 '예지'와 '동양적 지성'이 '사실의 세기'와 타락한 현실을 경중경중 뛰어넘어 "일(一)의

---

62) 서정주, 「배회-램보오의 두개골」, 『조선일보』, 1938년 8월 13일.

63) 서정주, 「질마재 근동 야화」, 『매일신보』, 1942년 5월 21일.

64) 이후 미당이 정리한 바에 따르면 시적 체험은 다음과 같은 사실로 종교와 구분된다. "종교와 같이 인류의 실천이라는 걸 많이 동원하는 것도 아닌, 사람들의 감추어진 긴긴 마음의 연결사 속에 살면 그만인 것이긴 하지만, 이것은(시적 체험 - 인용자) 제일 잘된 정과 지혜의 혼합한 정교한 헛바닥을 가졌기 때문에 사람들이 그의 정부(情夫) 정부(情婦)를 안고 누웠을 때에도 귀는 이 시의 편으로 더 기울어지게 할 수 있는 것이다".(서정주, 「시의 원론적 고찰-제2장 시의 체험」, 『시문학원론』, 153쪽).

태초에 말슴에 해당하는 언어의 원형을 찾아내"[65]는 것에 줄곧 제일의
목표를 두었던 소이연인 것이다.

　미당이 릴케를 '동양적 지성'의 한 유형으로 계열화할 수 있었던 까
닭은 릴케가 추구했던 바의 '체험'의 유사성 때문일 것이다. 그는 유년
기를 '예술의 상(像)'으로 규정하는 한편 그때를 "우리가 언젠가 실현되
리라고 꿈꾸는 그 미(美)의 환영(幻影)"으로 가치화한 바 있다. 또한 예술
가의 진정한 귀향을, 다시 말해 위대한 능력을 "그의 삶은 하나의 창조
이며, 그래서 그것은 외부에 있는 사물들을 더 이상 필요로 않는다"라
는 도약의 성취에서 찾았다. 유년기의 기억과 가치화, 순수한 내면공간
의 체험, 여기 필요한 "전체적인 것에 대한 정열"[66]의 사상과 언어 추
구와 계발은 미당의 것이기도 하다.

　하지만 양자의 차이는 무엇보다 "전체적인 것에 대한 정열"에서 찾
아지기도 하니, 이는 미당의 릴케에의 대화에서 특기할만한 아이러니
에 해당한다. 릴케는 특히 『말테의 수기』가 그러한데 끔찍한 모더니티
에 의해 강요되고 심화되는 존재의 소외에 맞서 어린이 존재의 '무한
한 현실'을 발견하는 한편 그것의 예술적 실현에 그이 재능과 사랑을
바쳤다. 미당 역시 "네명의 소녀있는 그림"에서 보았듯이, 실존을 위협
하는 죽음과도 같은 '사실의 세기'와 부조리한 현실을 충만한 과거의
현재화를 통해 초극하고자 하였다. 미당은 그러나 '개성'과 '독창'을
'보편'과 '일반성'으로 안이하게 대체하면서 삶의 비극을 민중 일반의
그것으로 평균화 했고[67] 마찬가지로 죽음의 초극 역시 그렇게 했다.

---

65) 서정주, 「시의 이야기―주로 국민시가에 대하야」, 『매일신보』, 1942년 7월 17일.
66) 이상의 릴케 문장의 인용은 김병옥, 「릴케의 유년기와 그의 예술론」, 163쪽, 164쪽,
　　174쪽.
67) 서정주, 「시의 이야기―주로 국민시가에 대하야」, 『매일신보』, 1942년 7월 13~14
　　일. 미당은 여기서 보들레르와 랭보를 각각 "보기 싫은 유리장수의 등떼기에 화분
　　(花盆)을 메어붙인 것을 글로 쓴" 자와 "자기의 바지에 구멍이 난 것을 싯(詩)줄 위
　　에 얹"은 자로 비판했다. 미당은 그들의 언어행위를 사적이며 편협한 관심의 소산으
　　로 절하함으로써 자기절제와 지혜의 추구에 보다 집중했던 동양문학의 우수성을 널

게다가 그 방법을 '동방전통의 계승', 그러니까 '예지'와 '동양적 지성'
에 손쉽게 위탁함으로써 우리의 범속한 삶이 지향할 법한 '무한한 현
실'의 가능성과 범주를 구체적 현실로부터 격리시키는 한편 '영원성'의
일부로 서둘러 편입시켰다.

과연 미당을 구원한, 아니 미당이 변신한 바의 네 명의 소녀들은 애
초부터 "씬나물이나 머슴둘레, 그런 것을 뜻하는 것이 아니라 머언 머언
고동소리에 귀를 기우리고 있"었다. 그것도 "후회와같은 표정으로 머
리를 숙으리고" 말이다.68) 아직 랭보의 두개골을 희원했던 시절의 미
당의 자랑 "나의 시선은 언제나 목전(目前)의 현실에선 저쪽이다"라는
탈향과 부정 의지는 이처럼 '지금 여기'의 현실로 끝내 포월(包越)하지
못했다. 오히려 '사랑한다'는 동사를 과거의 절대화와 탈방향의 리듬
("머언 머언 고동소리")을 향해 역행시킴으로써 "단 하나의 정령이 되어
네명의 소녀를 불러 일으"키는 영매(靈媒)적 성격의 예지자로 스스로를
환원시켜 나가기에 이르는 것이다. 그렇다면 우리는 지금까지 미당 시
학에서 가능성을 향한 '현실의 무한'이 닫히고 모든 것을 보수적으로
포획하는 '무한의 현실'이 열리는 장면을 읽고 보아온 셈인가.

5. 결어 ─ '체험'의 일 형식으로서 미당 발(發) '국민시가'의 문제점

이제 맺음말의 순서이기는 해도, 미당의 오랜 영광을 함부로 무두질하
게 될 뼈아픈 실책의 글쓰기 「시의 이야기」, 그 중에서도 '국민시가'에
대한 이야기를 할 때가 되었다. 대개가 인정하는 것이니, 헤어날 길 없는

리 알려 했던 것이다.
68) 서정주, 「향토산화」, 『신시대』, 1942년 7월호, 109쪽.

심연으로서 '친일'의 혐의를 다시 끄집어낼 여유는 없다. 다만 이것만큼은 확인해 두기로 하자. 「시의 이야기」는 이른바 '대동아공영'의 미학적 완성과 그를 위해 동원될 시(인)를 조직할 목적으로 집필된 일회성 기획물에 불과한 것인가. 물론 이것은 '국민시가' 제작의 자발성을 묻는 질문이 아니다. 우리가 지금까지 검토해온 '순수시' '고향' '절대적 과거' '예지'와 같은 가치들, 그러니까 '악의 가면'을 벗어버린 후 (잠정적 진실로서) 릴케에의 대화에서 미당 스스로가 '체험'한 저것들을 향한 확신과 자랑은 '국민시가'에서 어떤 방식으로 존재하는가에 대한 물음인 것이다.

> 시인은 이러한 정신의 전투 새이에서 조금도 비겁해서는 안 되는 것이다. 무능한 속세의 (말이란 이러케 부족하다) 언어의 잡초무성한 삼림을 헤매면서 일(一)의 태초의 말씀에 해당하는 언어의 원형을 찾아내여 내부의 전투의 승리 위에 부단히 새로 불을 밝히는 사람, 이것을 또한 분화 (噴火)할 수 잇는 능수(能手)를 이름인 것이다.[69]

'시인의 책무'를 언급한 부분이다. "태초의 말씀"을 찾아 헤매는 한편 그것을 누구나의 공동가치로 끌어올리려는 주장이다. 우리는 방랑의 격려에서 젊은 랭보를 여전히 사숙하고자 했던 미당의 어떤 일면을 떠올린다. '불'이니 '분화'니 운운하는 말에서는 인류를 위해 불을 훔친 프로메테우스의 신에의 저항과 희생이 환기된다. 하지만 '악의 가면'의 영향과 흔적은 인류 보편의, 또는 동양/민족 보편의 공동감각이 부감되는 순간 "중심에서의 도피, 전통의 몰각, 윤리의 상실"[70]로 급락하여 오히려 시 예술의 독소조항으로 떠오른다.

"동방전통의 계승"이니 "민중의 양식"이니 "보편성에의 지향"이니 하는 새 가치들은 고향 '장터'에 모인 핏줄 및 이웃과의 결속력 강화나 그들의 개별적 삶을 공통경험으로 구심하는 데에는 더할 나위 없이 적

---

69) 서정주, 「시의 이야기─주로 국민시가에 대하야」, 『매일신보』, 1942년 7월 17일.
70) 서정주, 「시의 이야기─주로 국민시가에 대하야」, 위의 신문.

합하다. 하지만 증운과 동채, 소생원의 삶을 공동체의 기억과 전통의 계승을 빌미로 미당 자신의 시각과 언어로만 '채색'했을 경우, 그들의 개별성과 다성성 발현은 어려운 것이 되고 만다. 실제로 그들은 삶의 타개보다 숙명에, 분노의 발산보다 체념의 내현(來現)에 훨씬 익숙한 존재들로 대개 표상되고 예술적 능력의 발휘를 통해 주어진 비극을 초극하는 존재로 묘사된다.

릴케는 "말테는 나의 정신적 위기에서 태어난 인물이다."라고 했다던가? 저들도 '네 소녀'와 함께 미당의 위기에서 문득 등장하여 그를 구원의 처소로 이끌기는 마찬가지였던 존재들이다. 하지만 미당의 심미성 심취와 그 시적 발현은 저들의 '정신적 위기'의 근원과 정도를 아프게 파고들기보다, 저들을 자신의 위기와 상흔을 비추고 위안하는 공동감각의 대상자로 은애했다. 그들을 향한 기억과 회상은 이로 말미암아 그들을 역사적 현실에 같이 맞서는 사상적·집단적 연대자로 대담하게 호명할 기회를 거의 갖지 못했다. '동양'과 '민중', '보편성'이라는 호소력 짙은 영역들이 오히려 공동감각 속의 타자의 개별성과 독창성을 숨죽이는 '공허한 이상'의 처지를 멀리 벗어나지 못한 것은 '나'를 위한 집단은 존재하되 '너'를 향한 연대는 거의 부재했던 시 정신의 편향 때문이라는 판단이 여기서 가능해진다.

"동아공영권이란 또 조흔 술어"71)는 바로 이 지점을 파고들면서 미당을, 그의 시를 어느 순간 '친밀한 적'의 일원으로 나포해갔다고 이야기한다면 과연 지나친가. 그래서일까. 미당의 삶과 시에서 이즈음만큼은 "나는 이 끗업는 배회의 중심에 한 개의 파촉(巴蜀)을 두리라. 이걸 낭만(浪漫)이라 부르건 지축(地軸)이라 부르건 그건 그대들의 자유다"72)라는 다짐과 자랑과 오만을 일부러 살았으면 어땠을까 하는 아쉬움이 짙고 아프게 치밀어 오른다.

71) 서정주, 「시의 이야기─주로 국민시가에 대하야」, 『매일신보』, 1942년 7월 16일.
72) 서정주, 「배회」, 『조선일보』, 1983년 8월 13일.

동양적 전회와 그리스적 의지
-「국화옆에서」에 이르는 길

김 익 균*

1. 동양적 전회? 서정주'론'으로 들어가는 비밀의 문

서정주의 시세계가 소위 서구지향성에서 동양지향성으로 변모한다고 말해지는 1940년 전후의 시기에도 서정주는 왕성하게 서구적 시학을 모색하고 있었다. 본격적인 서정주 연구의 최초 형태가 해방이후 서정주 시의 동양적 전회에 대한 놀람, 이를 바탕으로『화사집』시기의 서구지향성과 그 이후의 동양적인 시를 대비하는 구조 속에서 구성되었다는 사실은 서정주'론'으로 들어가는 비밀의 문을 가리킨다. 김동리가 쓴『귀촉도』(1948년)의 발문에는 "치환이나 삼가시(청록파)들처럼 처음부터 민족이나 자연에 정열을 들어붓지 못하든 정주가 「밀어」, 「귀촉도」에서 「하늘가의 꽃봉오리를 바라보게」 된 것은 진실로 눈물겨운 일이다."[1]라는 서술이 보인다. 한편 조연현은 "물론 위대한 인간의 재

---

* 동국대학교, kig75@hanmail.net
** 이 글은『한국문학연구』제46호(동국대학교 한국문학연구소, 2014)에 게재된 원고를 단행본의 편집 취지에 맞춰 수정·보완한 것이다.
*** 이 논문은 교육부 우수논문으로 선정되어 한국연구재단의 지원을 받은 연구임. (2015S1A5A2A02047264)
1) 김동리, 「跋辭」, 서정주,『귀촉도』, 선문사, 1948, 67쪽.

생을 노래한 「부활」이라든지 「단편」이나 「수대동시」와 같은 비원의 노래속에서 원죄의 형벌 아래에서 한사코 재생하려는 씨의 모습을 보지 못한 것은 아니나 씨의 수형의 강열한 인상에 비하면 그것은 너무나 빈약한 한 개의 음향에 지나지 못하였던것이다."2)라고 『화사집』에 애초부터 내재해 있는 이질적 요소를 지적하고 있다.

"치환이나 삼가시(청록파)들처럼 처음부터 민족이나 자연에 정열을 들어붓지 못하든 정주"라는 김동리의 언표는 서정주의 동양적 전회가 자기 세대의 동료들에 비해 다소 늦었다는 인식을 드러낸다. 그런가 하면 조연현은 『화사집』에 이미 와 있었던 것의 기미를 지적한 셈이다. 서정주의 시세계에 '이미 와 있었지만 늦은'것으로 보이는 변화의 정체는 무엇일까?

이를 해명하기 위해서는 사회 공간의 동양 담론과 이를 굴절하는 문학장의 자율성이 함께 고려되어야 한다. 본 논문은 당시 서정주의 시세계를 '동양에 관한 담론 속에서 재구성된 광의의 체험시'라는 관점 속에 둔다.

서정주가 「추천사」와 「국화옆에서」라는 자신의 새로운 시세계를 건립하는 과정에 릴케가 중요한 역할을 했다는 점은 이미 밝혀졌다.3) 한국 문학의 릴케 수용을 연구한 독문학자 안문영은 선행 연구에 대해

---

2) 조연현, 『문학과 사상』, 세계문학사, 1949, 79쪽. (원출전은 조연현, 「원죄의 형벌」, 『해동공론』, 1948.9.)

3) 서정주의 시에서 릴케 수용이 명징하게 드러나는 것은 1939년 11월에 발표한 「봄」(『인문평론』), 1946년 12월 1일에 발표한 「석굴관세음의 노래」(『민주일보』)이다. 그 외 다수의 시와 산문들은 릴케에게서 얻은 자양분을 자기화하는 과정을 다채롭게 보여준다. 서정주는 정지용의 감각의 시를 극복하는 새로운 시를 요청하는 1930년대 중후반의 문학장에서 체험시의 가능성을 폭넓게 모색하는 과정에서 그리고 반서구적인 동양론을 요구하는 신체제기의 사회공간 속에서 중층적으로 '동양적 릴케'를 발명하게 된다. 이 과정은 서정주의 초기 시세계를 바꾸는 장구한 혁명으로서 해방 이후 「국화옆에서」와 「추천사」를 낳는 데서 일단락된다. 서정주가 발명한 '동양적 릴케'는 한국전쟁 체험을 계기로 '장소 상실' 극복이라는 시대적 과제에 직면하면서 신라정신이라는 서정주의 독특한 담론으로 발전하게 된다. 김익균, 「서정주의 신라정신과 남한 문학장」, 동국대학교 박사논문, 2013 참조.

몇 가지 견해를 밝히고 있다. 안문영은 첫째 국문학자와 독문학자의 관심방향이 다르다는 것, 둘째 한국 현대시에 끼친 릴케의 영향이 심대하다고 말하면서도 실제로 검증할 수 있는 범위가 극히 제한되어 있다는 것, 셋째 릴케에 대한 전반적 이해를 위하여 번역과 연구가 우선 더 체계적으로 이루어져야 한다는 것, 넷째 국문학과 독문학의 접목 가능성에 대한 근본적인 고찰이 필요하다는 것 등을 지적한다. 이러한 지적을 통해서 안문영은 "'한국에서의 릴케 수용'은 당분간 독문학자들에 의한 번역과 학술논문 중심으로 서술될 수밖에 없다"고 결론내린다.4)

본 논문은 국문학자들의 릴케 수용 연구가 극히 제한적인 검증 절차를 보여왔다는 비판이나 국문학과 독문학의 접목 가능성에 대한 근본적인 고찰이 필요하다는 문제제기에 동의한다. 따라서 독문학의 방향과는 다른 '국문학자의 관심방향'으로 나아가기 위해 서정주가 이룬 시적 성취의 비밀을 통합적으로 밝히는 과정 속에 릴케의 역할을 마련할 것이다.

서정주와 릴케의 만남에 대한 '근본적인 고찰'을 위해서는 우리시를 '재'구성해온 '언어횡단적 실천'에 주목할 필요가 있다. 리디아 리우에 따르면 "어떤 개념이 손님언어에서 주인언어로 옮아갈 때 그 의미는 '변형'된다기보다는 오히려 주인언어의 현지 환경 속에서 창안/발명된다. 이런 차원에서 보면 번역은 정치적 이데올로기적 투쟁의 경쟁적 이해관계로부터 자유로운 중립적 사건일 수 없다. 번역은 바로 그러한 투쟁이 진행되는 장이 된다." 이러한 투쟁의 장에서 일어나는 "단어 범주 담론 재현 양식이 한 언어에서 다른 언어로 번안 번역 소개 현지화되는 과정을 설명하는 데 도움을 주는 이론적 어휘, 나아가 주인언어의 권력 구조 내의 전이·조작·배치·지배의 양식을 설명하는 데 도움을 주는 이론적 어휘"로 리디아 리우는 "언어횡단적 실천"을 제안한다.5)

---

4) 안문영, 「한국 독문학계의 릴케 수용」, 차봉희 엮음, 『한국의 독일문학 수용 100년』 2권, 한신대학교출판부, 2001/2002, 97쪽.

이번 논문은 서정주의 릴케 수용이 체험시에 대한 모색 과정의 일부로서 '하우스만-릴케'의 절합이라는 형태로 이루어졌다는 점을 먼저 실증적으로 제시하겠다. 그 다음에는 '하우스만-릴케'가 '이미 구축되어 있는 서정주의 시세계'로 들어오면서 서로를 구성하는 과정을 밝히겠다. 이를 위해서는 1930년대 후반 서정주가 이미 성취한 시세계 즉 『화사집』의 성격을 해명할 필요가 있다. 선취해서 말하자면 선행 연구에서 전제해온 보들레르 영향은 재검토되어야 하며 보들레르와 니체를 두루뭉실하게 서정주 초기시의 특징으로 이야기하는 연구 관행 역시 숙고되어야 할 것이다. 무엇보다 서정주의 『화사집』은 문청시절 섭렵했던 세계문학의 경향 중에서 특히 보들레르에 대한 영향을 벗고 니체를 향해 정향하던 모색의 산물이었다는 점을 분명히 할 필요가 있다. 이 점은 서정주 시세계에 대한 문학사적 평가를 수행하기 위해서 밝혀져야 할 중요한 쟁점이다. 서정주 초기시에 대한 선행연구의 잘못 잠근 첫단추는 근래의 정치적 논란과 결합하면서 서정주 문학의 총체적인 상을 일그러뜨리는 지경에 이르렀다는 점이 반성적으로 논의되어야 할 시점이다.

단적으로 말해서 『화사집』의 문제계는 보들레르적인 '악'이 아니라 니체적인 '고통'에 정향되어 있었다. 서정주는 니체를 통해 『화사집』의 세계를 구축한 이후 문청시절 자신의 어지러운 '배회'의 흔적을 사후적으로 수습하는바 이때 보들레르는 "참 골(骨)로는 현실을 겪고 산 시인" "특히 때묻고 이지러지고 내던져진 육신들의 밑바닥에까지 자진해 놓여서 그렇게도 몸부림하는 그의 정신"[6)]으로 정위(定位)된다. 『화사집』 이후 보들레르조차 니체적인 '고통'을 체현한 시인으로 재해석되고 있는 것을 확인할 수 있다.

5) 리디아 리우(민정기 역), 『언어횡단적 실천』, 소명출판, 2005, 60~61쪽.
6) 서정주, 「고대 그리이스적 육체성-나의 처녀작을 말한다」, 『서정주문학전집』5권, 일지사, 1972년, 266~267쪽.

이러한 문제의식 하에서 본 논문은 하우스만-릴케, 니체-릴케의 언어
횡단적 실천이 기입되어 있는 텍스트로 시 「국화옆에서」와 산문 「시작
과정(졸작 국화옆에서를 하나의 예로)」을 제시할 것이며, 보들레르와 결별
하고 니체의 호흡을 얻으려 한 서정주의 시적 자의식이 육화된 텍스트
로 「나의 방랑기」, 「속 나의 방랑기」를 분석할 것이다.

2. 「시작과정(졸작 국화옆에서를 하나의 예로)」에 나타난 하우스만-릴케의 절합

서정주의 '동양적 전회'에 대한 기존 인식의 문제는 문학장 속에서
이루어지는 체험시 탐구와 미학의 전개과정과 당대의 사회공간 속의
동양론이 상호결속되어 일어난 현상을 피상적으로 파악하고 있다는 데
있다.7) 본 논문은 문학장 속에서 이루어진 체험시 탐구에 좀 더 밀착
하여 하우스만이 릴케와 결합되어서 작용하는 양태를 밝히겠다. 1937
년 봄에 서정주가 박용철을 만나 A. E. 하우스만의 시를 소개받고 "시
가 그의 속에서 발동하고 있을 때는 면도를 할 수가 없다"는 "시의 체
험담"을 들었다는 회고는 잘 알려져 있다. 박용철은 서정주와 함께 서
점에 들러서 직접 책을 펼쳐 보여주었다고 한다.8) 그런 박용철에게 서
정주는 "내가 문득 기억나서 이상의 아 밤은 많기도 하더라 한 어떤 시
의 구절을 되뇌어드렸"다고 회고한다.9) 하우스만과 이상은 이때 서정

---

7) 사회공간의 차원에 있던 신체제기의 동양론과 해방기의 동양론이 문학장을 관통할
   때 일어나는 '굴절'을 서정주 체험시와 시론의 재구성과 관련하여 분석한 선행연구
   로, 김익균, 앞의 글, 27~45쪽, 62~73쪽 참조.
8) 서정주, 「내가 만난 사람들」, 『서정주문학전집』 5권, 일지사, 1972, 115쪽.;박용철은
   1934년 2월 『문학』 제2호에 생리적 시학의 중요성에 관한 하우스만의 「시의 명칭과
   성질」의 번역을 실은 바 있다.
9) 서정주, 위의 글, 116쪽

주에게 체험시의 범례가 된다. 이번에는 서정주가 다른 자리에서 이상
의 싯구를 언급한 대목을 확인해 보자.

> "내가 탈각하려고 애쓴 것은, 정지용류의 형용수식적 시어조직에 의한
> 심미가치 형성의 지양에 있었다. 내 이때의 기호로는 졸부네 따님 금은보
> 석으로 울긋불긋 장식하고 나오듯하는 그따위 장식적 심미는 비위에 맞
> 지 않을뿐더러, 이미 치렁치렁 거북살스럽고 시대에도 뒤떨어져 보여, 그
> 리 말고 장식하지 않은 순라의 미의 형성을 노렸던 것이다. 일본의 시인
> 조각가 다카무라 고타로가 어디 쓴 걸 보면 자기 마누라에게는 손에 끼는
> 반지 하나도 끼우고 싶지 않다. 고 한 게 보이거니와 나도 아마 그 비슷
> 한 기호였던 것이다. (…) 화사집 속의 내 졸작의 하나인 부활은 형용사,
> 부사는 될 수 있는 한 안 사용하여 쓰기로 작정하고 시험한 작품이다.
>   그렇기 때문에, 당시 우리 시단의 최고대표격이었던 정지용의 언어예
> 술보다는 이상의 시의 어떤 어풍들에 나는 공감이 갔다. 아 밤은 참 많기
> 도 하더라 하는 류의 옷입히지 않은 내심의 밑바닥에서 꾸밈없이 그대로
> 솟아나오는 어풍-그런 어풍에 공감을 가진 것은 당연이었다. 나는 이때,
> 이것을 직정언어란 말로 표현하고 있었는데, 그때 친구들 중에는 더러
> 기억하고 있는 사람도 있을 줄 안다."[10]

위의 인용에서 서정주가 정지용 극복의 계기로서 다카무라 고타로,
이상을 범례로 삼아 체험시를 사유했다는 것을 알 수 있다. 서정주는
박용철과의 만남에서 하우스만의 체험담을 듣고 그 자리에서 이상의
싯구를 떠올렸다는 점에서 하우스만의 체험론이 위의 인용과 맺는 관
계는 긴밀하다고 할 수 있다.[11] 서정주의 "직정언어"의 연원은 하우스

---

10) 서정주, 「고대 그리이스적 육체성-나의 처녀작을 말한다」, 『서정주문학전집』 5권,
    일지사, 1972, 267쪽.
11) 서정주의 체험시 탐구에서 다카무라 고타로가 미치는 영향은 다른 지면에서 다루겠
    다. 고타로의 예술관과 자연관은 "시라카바파 특히, 무샤노고지사네아츠의 사상"인
    "자기와 자연을 서로 대치시키지 않고, 좁은 의미의 선악 일체의 자연을 자기 안에
    서 봄과 동시에, 그러한 자연을 존중하고, 자연을 살림으로 해서 자기를 신장해 간
    다. 말하자면 무한한 것을 유한한 자기 속에서 소화한다."는 점과 닮아 있다고 한다.
    요시다 세이치에 따르면 "다카무라는 이 사상과 서로 닮으면서, 오히려 자연의 내실

만의 체험담에 닿는 것이다.

　서정주가 박용철을 만나서 하우스만 이야기를 들은 1937년 봄은 서정주의 1936년 해인사 체험과 1937년 지귀도 체험 사이에 놓이는데 이 시기의 중요성에 대해서는 뒷장에서 논의하겠다. 여기서 짚고 넘어갈 부분은 박용철이 1937년 12월 23일에 내린 서정주에 대한 평가이다. 박용철은 1937년 12월 23일 『동아일보』에 "서정주씨의시는 어느 육체적진솔을 그냥담은듯 무엇인지 징그러울만치 우리에게 육박해오는것이 있다."고 쓴다.12) 이 징그러움은 『화사집』 시기 서정주 시세계를 해명하는 서정주의 자기이해의 핵심을 구성한다. 서정주와 박용철은 이 징그러움을 하우스만의 체험론을 통해서 교감하고 있었다. 서정주에게 박용철은 단순히 하우스만의 전신자일 뿐만 아니라 "하우스맨보다도 더 절박하게 위험했었던" 사람으로 표상된다. '이론'을 넘어서 체험론의 육화된 전형이 바로 박용철이었던 것이다. 서정주가 박용철에 대해 갖는 감정의 깊이는 좀 더 강조될 필요가 있는데 서정주는 폐병을 앓던 박용철이 1937년에 일본의 富士山에 죽음여행을 간 사연이나 그 이듬해 결혼을 준비하며 고향에 있던 자신에게 죽기 직전의 편지를 보낸 사연을 기록하였다. "나는 용아 그와의 이 인연으로 그가 간 지 30여 년 만에 그의 미망인의 손으로 발행된 그의 첫 시선에 발문을 붙였었다. 그러나, 거기엔 그의 비극의 대인이었던 점과, 그 익살만은 아직 말하지 못했던 듯하다. 그래, 이것들을 거기 첨가했으면 좋겠다는 뜻을 여기 말해 둔다."13) 이처럼 박용철은 서정주에게 체험시론의 전신자에 그치지 않고 '체험'론을 육화한 모델 가령 "비극의 대인"이었던 것이다.

　로 뛰어 들어가, 그 속에서 자기를 녹아들게 하여 자연과 일체가 되어, 그 장엄함과 광명을 체험"하려 하는 데서 특색이 있다고 한다. 이러한 체험은 "유한한 자기를, 무한한 사물의 한 분자로서 직관하고, 인식"하는 것을 말한다. (최인옥, 『다카무라 고타로의 문학을 안다』, 제이앤씨, 2009, 131~132쪽.)

12) 박용철, 「정축년회고(完) 시단」, 『동아일보』(학예면), 1937년 12월 23일.
13) 서정주, 「내가 만난 사람들」, 앞의 책, 113~117쪽 참조.

서정주의 시에 명시적으로 드러난 릴케의 흔적은 1939년의 시 「봄」
에서 발견된다. 그 무렵 서정주는 체험시의 모색이라는 큰 틀 속에 이
미 들어와 있었다. 그 큰 틀 속에서 먼저 만난 것은 박용철을 통해 의
식하게 된 하우스만이었다. 물론 '체험'에 대한 관심이라는 큰 틀은
1937년 이전으로 얼마든지 거슬러 올라갈 수 있다.[14] 하지만 서정주의
시적 원천을 밝히려는 선행연구가 겪는 일반적인 혼동은 서정주의 습
작기와 『화사집』의 세계를 구분하지 않는(못한)다는 점에서 기인한다는
점을 지적하는 것은 중요하다. 선취해서 말하자면 서정주는 1936년 등
단할 무렵까지 꽤 다양한 문학적 모색 속에 있었으며 『화사집』의 세계
는 습작기의 세계와 결별하는 과정에서 새롭게 정위(正位)된 니체의 호
흡으로 상징되는 세계였다. 여기서는 '니체적인 것'을 한 차례 매듭지
은 이후의 모색으로서 하우스만-릴케 수용을 초점화해 보이겠다.

서정주의 회고에 따르면 서정주는 1937년 봄 박용철과 만나 하우스
만을 소개받는다. 하지만 서정주의 회고는 박용철을 "비극의 대인"으
로 표상하는 방식에서 보듯이 그 무렵 서정주가 가진 체험시에 대한
관심을 에피소드화 하는 방식의 한 사례인지도 모른다. 광의의 체험시
모색 중에 들어온 하우스만이라는 기표는 그 모색의 대표성을 갖는다
고 할 수 있겠다. 즉 박용철-하우스만-릴케라는 연쇄고리는 체험시를
모색하는 1937년경 서정주의 고민의 총체성 속에서 비교적 새로운 사
건으로 드러나는 것이었다. 1937년경에 릴케는 이미 일본을 통해서 조
선에까지 영향력을 얻기 시작하고 있었다.[15] 물론 일본에서의 릴케 수

---

14) 서정주의 문청 시절, 독서 시대의 괴테, 톨스토이 등에 대한 감화가 문학을 '체험'으
로 생각하는 자양분이 되었을 것으로 보인다. 서정주가 탐독했을 박용철이 주관한
잡지 『문학』의 창간호(1933년 12월)에는 롤테·아담의 「문학에잇서서의체험과 세계
관」(조희순曺希醇 번역)이 게재되어 있다.

15) 1930년대 중후반 릴케의 일본 수용과 번역 현황을 정리하면, 『四季』지의 릴케 특집
(1935. 6), 다케다 쇼이치(武田昌一)의 『젊은 시인에게 보내는 편지(リルケの手紙)』
와 『릴케 단편집(リルケ短篇集)』(1935), 가야노 쇼쇼(茅野蕭々)의 『릴케 시초(リル
ケ詩抄)』 재판(第一書房, 1927/1939), 오야마 테이이치(大山定一)의 『말테의 수기(マ

용은 좀 더 앞선 시기를 상정할 수 있다. 시집에 한정해서 볼 때 가야
노 쇼쇼가 릴케의 시를 선별하여 초역한 『リルケ詩抄』는 1927년 3월
에 출간되었다.16) 가야노 쇼쇼의 초역은 일본의 릴케 수용 상황과는
별개의 사건, 릴케의 죽음(1926년)을 계기로 나온 것으로 보인다. 실제로
가야노 쇼쇼는 릴케 전공자가 아니라 괴테 전공자라는 점도 이런 추정
을 뒷받침한다. 하지만 1930년대 중후반의 릴케 수용이 급물살을 타면
서 『リルケ詩抄』의 증보판(1939년 6월) 역시 출간되고 있다.17) 조선의
경우 문헌상에 나타난 최초의 릴케 번역은 김진섭이 『조선일보』에 게
재한 「릴케: 어떤 젊은 문학지원자에게」라는 편지글이며18) 릴케의 시
가 한국에 최초로 번역된 것은 『여성』(1권 3호, 1936.6.)에 수록된 박용철
의 「소녀의 기도(마리아께 드리는)」이다. 한편 『삼천리 문학』(1938년 1.1.)
에 실린 박용철의 「시적 변용에 대해서」는 릴케의 시론을 소개한 최초
의 글이었다. 이 글들은 박용철의 사후에 출간된 『박용철전집』(1939년 1
월)에 다시 수록되었다.19) 문헌미는 독일시 수용사를 볼 때 가장 활발
하게 소개되던 하이네와 괴테를 젖히고 "1940년대의 독일시는 릴케의
시가 주로 번역되"20)었다고 확인해 주었다. 대체로 일본에서 릴케가
본격적으로 수용되기 시작한 해를 1935년으로 본다면 조선에서 최초의

ルテの手記』(1939) 들이 대표적이다. 이에 대해서는 김익균, 「서정주의 신라정신과
남한 문학장」, 53~56쪽 및 구인모, 「"윤동주 시와 릴케"에 대한 단상」(토론문), 『서
정주와 동시대 시인들(1940~1950), 그리고 릴케』(2013 미당학술대회 자료집), 동국
대 한국문학연구소, 2013.11.16 참조.

16) 김재혁, 『릴케와 한국의 시인들』, 고려대학교출판부, 2006/2011, 67쪽.; 필자는 국립
중앙도서관에 소장된, リルケ, 『リルケ詩抄』, 茅野蕭蕭 譯, 東京: 第一書房, 昭和
2[1927]를 참조했다.

17) 오오무라 마스오, 『윤동주와 한국문학』, 소명출판, 2001년, 61쪽 참조.

18) 김진섭, 「릴케: 어떤 젊은 문학지원자에게」, 『조선일보』, 1935년 7월 12~13일; 이
것은 릴케 사후 1929년 인젤 출판사에서 펴낸, Briefe an einen jungen Dichter의 일
부분으로 추정된다.(안문영, 앞의 글, 98쪽 참조)

19) 『박용철전집』(1939년 1월)에는 7편의 릴케 시가 수록되어 있다.

20) 문현미, 「한국 근대시에서 독일시 접촉과 수용」, 『해외문화 접촉과 한국문학』, 세종
출판사, 2003, 254쪽.

릴케 번역인 김진섭의 「릴케: 어떤 젊은 문학지원자에게」(『조선일보』, 1935
년 7월 12~13일)와 시기적으로 일치한다는 것을 알 수 있다.

일본-조선에서 릴케에 대한 관심은 박용철을 준거로 볼 때 하우스만
이후에 오는 것으로 판단된다. 하우스만의 「시의 명칭과 성질」(1934년
2월 『문학』제2호)의 번역은 조선에서 최초의 릴케 번역인 김진섭(1935년 7
월)의 「릴케: 어떤 젊은 문학지원자에게」 혹은 『四季』지의 릴케 특집
(1935. 6)보다 앞서 있다. 박용철의 번역 「시의 명칭과 성질」은 하우스만
이 1933년 5월에 "켐부릿지 대학"에서 한 강연을 1년도 안 된 시기에
옮긴 것이다. 박용철은 어떻게 이렇게 빠른 시기에 하우스만을 번역할
수 있었을까? 라틴문학 교수인 하우스만은 "신기하게도, 시인 치고는,
배타적으로 텍스트만 파는 학자였는데, 문학비평에 대한 관심이 전혀
없었다."[21] 전혀 시론을 쓰지 않던 하우스만이 만년에 자신의 시에 대
한 입장을 강연형태로 남기자마자 박용철이 놓치지 않고 번역에 돌입
한 정황으로 볼 때 박용철의 하우스만에 대한 관심은 좀 더 이른 시기로
거슬러올라갈 수도 있을 것으로 보인다. 하우스만은 그 자신의 시적 모
델로 하이네와 셰익스피어의 서정시 그리고 앵글로-웨일즈 경계지대에
서 형성된 노래 전통인 경계 발라드("Border ballads")만을 인정했다[22]고 하
는데 당대의 대표적인 하이네 전신자였던 박용철의 관심이 하이네에서
릴케로 확장되어 가던 중간 지점에 하우스만이 놓여 있었다는 것은 쉽게
납득할 수 있는 것이다. 서정주 역시 박용철과의 만남 속에서 하우스만
의 체험론을 강하게 인지하고 있었다는 점으로 볼 때 서정주가 체험시를
자신의 시세계로 재구성하는 과정에 하우스만의 체험론과 릴케의 체험
론이 순차적으로 들어섰다고 보는 것이 좀 더 자연스러울 것이다.

서정주가 릴케의 이름을 언급하는 것은 1950년대이다. 1940년대에
서정주는 릴케의 이름을 언급하지 않았지만 릴케의 시와 산문은 서정

21) Michael Irwin, *The Collected Poems of A.E. Housman*, Wordsworth Editions Limited, pp.9.
22) Alan Hollinghurst, *A.E. HOUSMAN*, Faver and Faver Limited, 2001, pp.9.

주의 시와 산문 곳곳에 모습을 드러내고 있다.23) 「시작과정(졸작 국화옆에서를 하나의 예로)」에 한정해서 볼 때 서정주는 「국화옆에서」의 이미지에 세 가지 상념(혹은 환각)을 중첩시켜서 설명한다. 첫째 인체윤회의 상념. 서정주가 염두에 두는 것은 1948년 5월 『민성』에 발표한 「춘향 유문-이몽룡에게」일 것이다. 이 글에서 셋째로 진술한 "애인갱생의 환각"은 직접적으로 「부활」을 지시하는 것으로 보인다. 또한 둘째로 언급한 "음향원형의 상념"은 무엇일까? 서정주가 해방 이후 최초 발표한 시 「꽃」(『민심』1945년 11월)이 이에 해당할 것이다. 서정주는 1949년 현재 「국화옆에서」의 시작 과정을 쓰면서 1939년, 1943년(1945년), 1948년의 시를 한꺼번에 호명한다. 이러한 호명에서 '무수히 많은 상념의 집적으로서의 이미지'라는 릴케적인 시적 사유가 서정주의 시론으로 확고하게 자리잡는 모습이 잘 드러난다. 여기서 릴케적인 것은 서정주의 「시작과정(졸작 국화옆에서를 하나의 예로)」에서는 "전생애"에 걸쳐서 이루어지는 '시작과정'을 설명하는 양태라고 할 수 있다.24)

그런데 「시작과정(졸작 국화옆에서를 하나의 예로)」에 나타나는 일생에 걸쳐서 써야 할 시쓰기의 거시적 측면은 릴케적인 것인 반면 글의 제목에 직접 연결되는 「국화옆에서」의 구체적인 '시작과정'의 예는 하우스만의 영향을 뚜렷하게 보여준다. 이 점을 논의하기 전에 먼저 박용철의 「시적 변용에 대해서」를 매개로 해서 릴케와 하우스만의 유사점을 검토하겠다. 그리고 나서 하우스만의 「시의 명칭과 성질」을 직접 「시작과정(졸작 국화옆에서를 하나의 예로)」과 비교하겠다. 본 논문은 서정주가 1940년대에 모색해 온 시론의 정점25)에 놓여 있는 「시작과정(졸작

───────────

23) 1940년대에 쓰여진 산문 「시의 이야기—주로 국민시가에 대하야」(『매일신보』, 1942년 7월 13일~17일, 「김소월시론」(『시창작법』, 선문사, 1949(초판)/1954(중판), 118쪽.(원출전은『해동공론』, 1947.4.), 「한글문학론서장-누어있는 ㄷ씨의 談話壹」(『백민』, 1947.11. 47쪽. 「시작과정(졸작 국화옆에서를 하나의 예로)」, 『민성』, 1949.8.) 등과 시 「석굴관세음의 노래」(『민주일보』, 1946.12.1.), 「추천사-춘향의 말 일」(『문화』 3호, 1947.10.) 등에서 릴케의 영향이 보인다. (김익균, 앞의 글, 62~95쪽 참조)

24) 위의 글, 82~83쪽 참조.

국화옆에서를 하나의 예로)」의 전모가 하우스만-릴케를 통합적으로 볼 때 드러난다는 것을 밝혀 보이고자 한다.

박용철의 「시적 변용에 대해서」는 "릴케의 『말테의 수기』와 『젊은 시인에게 보내는 편지』, 이 두 가지를 혼합하여" 나온 것이라는 선행 연구에 따르면 그 핵심을 "체험이 피로 용해되어 그것이 어느날 한 송이 꽃으로 피어나야 한다"는 것으로 정리할 수 있다.26) 그런가 하면 하우스만 시론의 영향이 발견된다는 선행연구도 상존한다. 한계전은 R.W. 스토올먼에 기대어 하우스만의 시론의 성격을 규정한 바 있다. 스토올먼의 분류에 의한 시론의 세 가지 범주는 ① 창작과정으로서의 통찰 ② 예술작품의 본질 파악 ③ 비평가의 분석작업 이다. 여기서 창작과정으로서의 통찰이라 함은 작자와 독자, 시작품 사이의 관계에서 시인과 시작품 사이로만 좁혀지는 관계양식이며, 말하자면 시창작에 관한 원론적인 탐구의 영역에 속하는 것이다. 이와는 달리, 비평가의 분석작업이란, '창작과정으로서의 통찰'에서처럼 작자와 시작품 사이에 초점을 두는 것이 아니라, 시와 독자 및 비평가와의 관계로 축이 바뀌어짐을 의미한다. 그러므로 이것은 시비평의 영역에 속한다. 그러나 예술작품에 대한 본질을 파악하는 일이란 이 두 범주와는 다른 양상을 띠고 있다. 이것은 대상으로서의 시 자체, 다시 말하면 시의 의미와 형식의 문제가 중요한 시적 탐구의 대상이 됨을 뜻한다.27)

한계전은 박용철의 「시적 변용에 대해서」의 창작과정에 대한 통찰이 하우스만의 시론에서는 하나의 기본입장으로 등장한다고 주장한다. 한계전은 하우스만이 그의 글 허두에서 '시의 명칭과 성질'보다 우선하는 테마가 '작시상의 기술'임을 못박고 있다고 전제한 뒤 "「모든 조건이

---

25) 「시작과정(졸작 국화옆에서를 하나의 예로)」은 해방기 서정주의 시론을 대표하며 이후 『고등국어』(Ⅰ)(1956년, 문교부, 109쪽)에 수록되었다.

26) 김재혁, 앞의 글, 28쪽.

27) 한계전, 「하우스만 시론의 수용양상」, 『한국현대시론연구』, 일지사, 1983, 137~144쪽

되어 가지고 있는 자연법칙과 좋은 시작이 줄 수 있는 쾌감의 비밀한 원천을 포괄하고 있는 잠재적 기초」에 대한 탐색"28)을 강조한다. 한계전이 하우스만의 「시의 명칭과 성질」을 박용철의 시론과 직접적으로 관련된다고 생각하며 인용한 부분은 아래와 같다.

> "내 생각에는 시의 산출이란 제1단계에 있어서 능동적이라는 것보다 오히려 수동적 비지원적 과정인가 한다. 만일 내가 시를 정의하지 않고 그것이 속한 사물의 종별만을 말하고 말 수 있다면, 나는 이것을 분비물이라 하고 싶다. 종나무의 수지같이 자연스러운 분비물이던지 패모(貝母) 속에 진주같이 병적 분비물이던지 간에 내 자신의 경우로 말하면 이 후자인 줄로 생각한다.-패모같이 현명하게 그 물질을 처리했다고 할 수는 없으나, 나는 내가 조금 건강에서 벗어난 때 이외에는 별로 시를 쓴 일이 없다. 작시의 과정, 그것은 유쾌한 것이지마는 일반으로 불안하고 피로 (疲勞)적인 것이다. …점심때 한파인트의 맥주를 마시고-맥주는 뇌의 진정제라, 나의 일생에 가장 비지성적의 것이 된다-나는 이삼시간의 산보를 나가든것이다. 특별히 무엇을 생각하는것도 아니고, 그저 주위의 것을 둘러보고 계절의 경과를 따르면서, 내가 걸어갈때에, 내마음속으로 갑작한 설명할수없는 감동을 가지고 어느 때에는 시의 일이행이 어느때에는 한 꺼번에 일절이 흘러들어온다-그것이 그시의 일부를 형성해야할 운명에 있는 시전편의 히미한상을 (앞서있든것이아니라) 동반해가지고 그런다음에는 한시간가량의 침정이고 그다음에 아마 그 새암은 다시 솟아오른다. 나는 솟아오른다고 한다. 이렇게 뇌에와서 제공되는 시사의 원천은 내가 인식할수있는한에서는 심연 즉 (내가 이미말한바와같이) 명치(胸窩) 이다. 집에도라오면 나는 그것을 적어놓는다-다음날 영감이 다시 찾어오기를 바라고 빈틈을 남겨놓고. 어떠한때는 내가 수용적인 또 기대적인 심경을 가지고 걸어다니느라면 바라든대로 되기도 한다. 그러나 어떠한 때에는 나는 그시를 붙들어서 지력으로 완성시켜야 한다. 그것은 시련과 실망을 포함한 焦慮와 惱苦의 일이요 어떠한때는 실패로 끝을맺는다."29)

---

28) 위의 글, 140쪽.

29) A. E. 하우스만, 「시의 명칭과 성질」, 『박용철전집Ⅲ 잡지 총서③』, 깊은샘, 2004년 10~11쪽에서 인용. 원출전은 A. E. 하우스만(박용철 역), 「시의 명칭과 성질」, 『문

한계전은 위의 인용이 작시상의 비밀을 거의 완벽하게 재현시켜주고 있다고 볼 뿐 아니라 하우스만의 시론이 박용철의 「시적 변용에 대해서」에 직접적으로 영향을 주었다고 주장한다. 한계전은 하우스만의 "시는 이성적인것보다는 육체적이다"라는 진술의 구체적인 용어 '명치', '목메임', '영혼'과 박용철의 '덩어리'(1930년 9월 5일자 영랑에게 보낸 편지) '영혼'(「을해시단총평」), 그리고 '피'(「시적 변용에 대해서」)와 대응시킨다. 한계전의 논지를 따라 가 보면 우선 박용철이 큰 시차 없이 탐구했던 하우스만과 릴케의 시론이 체험론이라는 큰 틀에서 상당히 유사하다는 점을 알 수 있다. 그리고 한계전의 주장에도 불구하고 구체적인 면에서는 박용철의 「시적 변용에 대해서」가 하우스만의 '명치, 목메임, 영혼'보다 릴케의 '피'에 더 직접적으로 대응한다는 걸 확인할 수 있다.

박용철이 수용한 하우스만과 릴케의 공통점은 체험시론이었는데 릴케를 접하면서 박용철은 하우스만의 '명치의 복통'이 되어 오는 시적 체험의 이미지를 "체험이 피로 용해되어 그것이 어느날 한 송이 꽃으로 피어나"는 이미지로 옮겨갔던 것 같다. 이러한 공통점에서 본 논문은 박용철의 「시적 변용에 대해서」가 하우스만에서 릴케로 체험시의 사유를 이어나가는 정황을 파악했다. 박용철의 사유의 궤적은 서정주의 모색의 방향에 중요한 참조점을 제공한다. 이제 서정주의 「시작과정(졸작 국화옆에서를 하나의 예로)」과 하우스만의 「시의 명칭과 성질」을 나란히 읽어 보자.

　　"이것을 시로 쓰리라 작정하고 책상머리에 와서 앉아, 내가 맨먼저 기록해놓은 것은 제삼연뿐이었습니다. 그러나 이것이 써 놓고, 몇 시간을 누웠다 앉았다하는 동안 제일연과 제이연의 이메에지가 제절로 모여 들었습니다. 이것은 마치 내게 있어서는 오랫동안 어느 구석에 이저버렸다가 앞서 찾아내서 쓰게 되는 낯익은 내 옛날의 소지품을 사용하는 것과

학」 2호(1934년 2월).

같은 感慨였습니다. 그러니 마지막만은 좀처럼 표현이 되지 않아 새벽까지 누었다 앉았다 하다가 그만 자 버리고 말았습니다. 그리하여 이것은 며칠동안을 그대로 있다가 어느날 새벽 눈이 띄여서 처음으로 마련되었습니다. 밖에선 무서리가 오는듯한 늦가을의 상당히 싸늘한 새벽이었는데 내가 안자고 혼자 깨어있다는 호젓한 생각 끝에, 밖에서 서리를 맞고 있을 그놈을 생각하자 그것은 용이히 맺어졌습니다. 그러나 이 결연만은 그 뒤에도 많은 문구상의 수정을 오랫동안 계속했던 것을 말해 둡니다."30)

"나는 우연히 나의 첫시집의 제일 끝시편을 쓰든일을 분명하게 기억한다. 두절은 (어느것이라고 말하지 않는다) 인쇄된 바로 그대로가 스패니아드· 인과 뽀튠 사원의 小徑 사이의 햄프 스팃드· 히-쓰의 모퉁이를 건너갈 때 내머리에 떠오른 것이다. 셋재 한절은 茶時間 뒤에 좀 기대려 서왔다. 한절이 더 필요한데 그것은 절로 오지아니했다. 나는 전력해서 그것을 제작해야되였는데 그것은 힘드는 일이었다. 나는 그것을 열세번 고처썼고 그것을 아조 맞추기까지 십이개월이상이 지나갔든것이다."31)

서정주가 「국화옆에서」를 쓰는 시작과정에 대한 설명은 하우스만의 그것과 거의 유사하다. 하우스만은 어떤 모퉁이를 지나가다가 "인쇄된 바로 그대로"의 "두절"을 떠올리고 다시 차를 마시고 좀 기다려서 "셋재 한 절"이 오고, 다시 "전력해서 그것을 제작"하고 "그것을 열세번 고처썼고 그것을 아조 맞추기까지 십이개월이상"이 걸렸다. 서정주 역시 "맨먼저 기록해놓은 것은 제삼연뿐"이었고 "몇 시간을 누었다 앉았다하는 동안 제일연과 제이연의 이메에지가 제절로 모여 들고" "마지막만은 좀처럼 표현이 되지 않아 (...) 며칠동안을 그대로 있다가 (...) 처음으로 마련되었"지만 "이 결연만은 그 뒤에도 많은 문구상의 수정을 오랫동안 계속했던 것"이다. 정리해 보면 하우스만과 서정주의 글에는 '① 저절로 떠오르는 구절 ② 조금 시간을 두고 떠오르는 구절 ③ 전

---

30) 서정주, 「시작과정(졸작 국화옆에서를 하나의 예로)」, 『민성』, 1949. 8, 59쪽.
31) 하우스만, 앞의 책, 74~75쪽.

력해서 노력을 기울이고 거듭 퇴고해야 하는 구절'이라는 세 단계를 거쳐서 한편의 시가 완성되는 시작 과정의 구체상이 제시되고 있다.

「시작과정(졸작 국화옆에서를 하나의 예로)」에서는 한편으로 이미지의 집적과 인내를 통한 필생의 과제로서 요청되는 시쓰기에 대한 형이상학적 신념이 제시되고 있지만 다른 한편으로는 한 편의 시(「국화옆에서」)가 쓰여지는 '창작과정으로서의 통찰'로서 시론이 제시되고 있는 것이다. 즉 서정주는 「시작과정(졸작 국화옆에서를 하나의 예로)」에서 거시적 측면에서 릴케적인 것을, 미시적인 측면에서 하우스만적인 것을 절합하고 있음을 알 수 있다. 이로써 본 논문은 해방기에 서정주가 '동양적 릴케'의 탄생을 통해서 시에 대한 형이상학을 세우는 동시에 하우스만을 통해서 미시적이고 구체적인 시 창작 과정을 해명하고 있었음을 확인했다.

다음 장에서 본 논문은 저절로 떠오른 구절인 「국화옆에서」의 3연이 니체와 맺는 관계를 다시 논의할 것이다.

3. 「국화옆에서」와 니체의 거울:'보들레르-서울여자'와의 결별을 넘어서

비교문학적 연구는 1930년대 중후반에 걸쳐 있는 서정주 시에 관해서는 보들레르(혹은 니체)의 영향관계 해명을 중심으로 이루어지고 있으며 1940년대 이래의 서정주 시와 관련해서는 동양 사상의 영향을 밝히려고 노력하는 경향을 보여왔다.32) 최근에는 서정주의 시와 산문에 나

---

32) 영향론의 준거로 자주 호명되는 서정주의 회고로는 「내 시와 정신에 영향을 주신 이들」, 『현대문학』, 1967년 10월호 참조. 서정주는 주요한, 김영랑, 이백, 북원백추, 보들레르, 니체, 석가모니를 호명하고 있다. 최현식은 서정주가 배제한 이름으로 정지용과 임화의 자리를 마련하기도 했다. (최현식, 『서정주시의 근대와 반근대』, 소명출판, 2003, 38~50쪽 참조.) 그리고 괴테, 막심 고리키, 투르게네프, 톨스토이 등의 영향에 대한 언급은 서정주의 회고 이곳저곳에 흩어져 있는데 특히 톨스토이의 영

타나는 '동양적 릴케'의 양상이 몇 가지 실증적인 분석을 통해서 밝혀졌다. 본 논문은 「국화옆에서」가 릴케적인 것을 수용하는 측면의 이면에는 『화사집』의 세계를 재구성하는 측면이 있다는 점을 통합적으로 드러내고자 한다.

서정주는 1938년에 『화사집』을 출간했다고 회고하기도 한다.[33] 서정주가 1941년에 출간한 『화사집』의 출간 연도를 착각하는 이유는 오장환에게 출간을 위해 원고를 넘긴 것이 1938년이었기 때문이라고 알려지고 있다. 실제로 서정주는 1939년에 단 두 편의 시만을 창작하며 자기 자신과의 고투를 보이는데[34] 그중 「봄」은 릴케의 「마리아께 드리는 소녀들의 기도」 중 한 편을 전유하려는 실험작이었으며 「부활」은 해방기 자신의 시론 모색 과정에서 『화사집』에서 고른 단 한편의 시로 특권화된다. 서정주는 해방기에 「부활」의 "그 어려운 주소"를 「춘향유문」의 "도솔천"으로 번역해낸다.[35] 이러한 정황들을 하우스만의 체험시에 관심을 갖게 된 1937년 봄과 함께 고려해 보면 서정주는 1938년경에 『화사집』의 세계를 1차 완성한 후 시적 전회를 모색하기 시작했다는 것을 알 수 있다.

먼저 서정주가 자신의 『화사집』 세계가 완료되었다고 착각(?)한 1938년 이전에 있었던 서정주 시세계의 핵심 논점에 주목해 보자. 그동안 『화사집』에서 보들레르의 영향을 밝히려는 시도들은 성공적이지 못했다. 본 논문은 『화사집』의 주조는 보들레르의 시와 원만한 관계에 있지 않았다고 본다. 이번 장은 첫째 서정주의 시에서 보들레르의 영향을 분석하는 대표적인 사례로 송욱, 황현산, 이규현의 논의를 살펴보고 나서,

---

향은 "내 이 뒤의 생애를 좌우하는 데 제일 큰 힘이 되었던 건 레오 톨스토이 백작의 「부활」."(서정주, 『미당 자서전』 I, 민음사, 1994년, 338쪽)이라는 진술에서 표나게 강조되고 있다.

33) 서정주, 『나의 문학적 자서전』, 민음사, 1975년, 36쪽.
34) 최현식, 앞의 책, 66쪽 참조.
35) 김익균, 앞의 글 59~60쪽, 68쪽 참조.

둘째 「나의 방랑기」, 「속 나의 방랑기」 분석을 통해서 보들레르적인 것과 니체적인 것이 서정주의 시의식에서는 분리된다는 것을 확인한 후 셋째 김학동의 「서정주의 시에 미친 보들레르의 영향-「원수」와 「국화옆에서」를 중심으로」36) 를 매개로 해서 「국화옆에서」의 니체-릴케적인 특징을 추출한 뒤 넷째 구체적으로 「국화옆에서」, 특히 3연과 니체의 『비극의 탄생』 3장을 비교하여 서정주의 시세계에서 릴케적인 것과 니체적인 것이 어떻게 통합적으로 재구성되는지 밝혀내겠다.

서정주 시의 보들레르적 요소는 지나치게 많이 논의된 데 비해 이렇다할 성과를 남기지 못했다. 황현산은 "화사집에 대한 보들레르의 영향은 치밀한 분석에까지 이르지는 못했지만 자주 지적되어 왔다. 서정주가 보들레르로부터 읽은 것은 육체적 관능의 현기증과 그에 대한 죄의식 따위에 불과한 것은 아니었다. 중요한 것은 그 존재 이유를 잃어버린 것처럼 보이는 저 석화된 삶을 어떤 새로운 전환의 출발점으로 삼으려는 창조의식과, 세상의 몰이해를 어떤 예외적인 삶의 표지로 삼으려는 시인으로서의 운명 의식과 소명감이다."37)라고 말한다. 그런데 최근의 연구자는 황현산의 논의 역시 "이전에도 여러 연구자들에 의해 언급된 근대적 서구 지향과 전통적 토속 지향의 대립 및 조화와 비슷해 보이는 만큼, 너무 일반적이라는 인상을 준다."38)고 논평하고 있다.

황현산은 서정주와 보들레르의 "차이는 물론 동양과 서양의 그것을 넘어서 농경사회와 산업 사회의 그것이다. 두 시인은 모두 그 나름의 폐허를 살고 있다. 보들레르는 한 사회의 역사적 야망과 한 개인의 재능과 희망이 일상의 변속함 속에서 무산되어버리는 도시적 폐허를 산다. (…) 젊은 미당의 폐허는, 우리가 이야기했던 것처럼, 인간의 문물

---

36) 김학동, 「서정주의 시에 미친 보들레르의 영향-「원수」와 「국화옆에서」를 중심으로」, 박철희 편, 『서정주』, 서강대학교 출판부, 1995.
37) 황현산, 「서정주, 농경 사회의 모더니즘」, 조연현 외, 『미당연구』, 민음사, 1994, 485쪽.
38) 이규현, 「1920~1930년대의 보들레르 이해-박영희 이상화 서정주를 중심으로」, 『한국근대문학의 프랑스문학수용』, 서울대학교출판문화원, 2009, 145쪽.

이 최초의 물질 상태를 벗어버리지 못한 채, 모든 가능성의 부재에 의해 삶이 침체되고 평면화된 세계의 그것이다. 두 폐허는 모두 물질이 지배한다. 그러나 저 도시의 물질이 인간의 기억을 이반함과 동시에 그 본질과 효용성을 잃어버렸다면, 농경 사회의 물질은 실체 그 자체이며, 인간적 효용성과 기억 그 자체이다."39) 하고 지적한다. 황현산은 부연하기를 "관념의 열린 길과 현실의 막힌 길, 이 두 길은 미당에게서 자주 교체될 뿐만 아니라 뒤섞인다. 미분화의 상태가 자주 종합의 상태로 나타나는 것이다."40)라고 말한다.

　서정주와 보들레르의 차이를 지적하는 황현산의 언설은 송욱의 다음과 같은 글 "현대시인은 보드레에르에게서 볼 수 있는 바와 같이 내적으로는 현대 의식의 심연, 외적으로는 사회라는 적을 가지고 있지마는 이태백의 감수성은 적어도 자연 및 불멸과는 우호 관계를 용이하게 맺고 있는 것이다."41)에서도 확인할 수 있듯이 근대적인 서양의 시와 전통적인 동양 시의 차이에 관한 일반론을 재확인해 준 데 불과하다. 더나아가 보들레르의 "피-생명-시간"이라는 관념을 서정주가 "피-생명"으로 한정적으로 받았다는 근래 이규현의 지적 역시 "현실 참여 내지 현재에 대해 용감하게 말하기를 필연적으로 저버리는 경향"을 낳는다는 서술을 거쳐 결국 "서정주적 근대성의 이러한 결함"42)이라는 가치 평가로 귀결된다. 이러한 연구의 경향성은 서정주와 보들레르의 비교가 유사점을 찾아내기보다는 보들레르와의 차이를 결여태로 설명하는 방식이었다는 점을 잘 보여준다. 서정주의 시에서 보들레르적 요소를 직접 밝히려 한 선구적인 연구자 송욱은 「부흥이」를 예로 들며 "이 시인의 초기작품에서 우리는 보오드렐을 연상한다. 그리고 바로 그 까닭에

---

39) 황현산, 「서정주, 농경 사회의 모더니즘」, 조연현 외, 『미당연구』, 민음사, 1994, 482쪽.
40) 위의 글, 482쪽.
41) 송욱, 「현대시와 시인」, 『시학평전』, 일조각, 1963년, 363쪽.
42) 이규현, 앞의 글, 174~175쪽.

화사의 작품에서는 지성과 윤리와 미학의 결여를 뼈저리게 느끼는 것
이다."43)고 진술한다. 송욱의 이 진술은 현재까지 서정주와 보들레르의
관계를 서술하는 전형적인 방식으로 이어지고 있다. 「부흥이」의 부흥
이가 보들레르를 연상하게 하는 새라는 점이 근거로 제시되는 순간 서
정주의 「화사」는 그 때문에 보들레르의 지성·윤리의 결여태로 밝혀지
는 것이다. 선행 연구에서 서정주의 시에 보들레르적 요소가 있다는 서
술은 대개 서정주가 보들레르적인 것의 핵심을 결여하고 있다는 평가
를 위한 전제의 역할을 하고 있다. 이 외에 「자화상」44), 「단편」, 「지귀
도시」 등에서도 보들레르를 연상시키는 요소들은 서정주 시에서 추출
되는 순간 황급히 차이의 우열 관계 속으로 미끄러져 들어간다. 그렇다
면 지금까지 선행 연구들이 규명한 것은 서정주와 보들레르의 유사성
이 아니라 차이이지 않은가. 이쯤에서 서정주의 시는 보들레르의 시와
애초에 유사하지 않았던 것은 아닐까 하는 의문을 제기할 수 있을 것
이다.

　본 논문은 서정주가 20대 초반에 보들레르를 탐독했지만 『화사집』
의 세계를 구축하는 과정에서 대체로 보들레르의 미학을 거부하려고
노력했다고 본다. 『화사집』에서 보들레르를 언급한 유일한 시는 「수대
동시」다. "샤알 보오드레-르처럼 설ㅅ고 괴로운 서울 여자를/아조 아조
인제는 잊어버려"라고 할 때 서정주는 보들레르(의 미학)와 결별하려 한
다. 「부흥이」가 보들레르를 은유하는 새라는 선행연구의 추정을 존중
한다면 여기서도 부흥이가 시적 자아에게서 외재적인 존재라는 점은
「수대동시」의 보들레르-서울여자의 경우와 닮아 있다. 보들레르-서울여
자-부흥이는 모두 시적 자아가 애써 거부하고자 하는 존재인 것이다.

---

43) 송욱, 「서정주론」, 『문예』 1953년 10월호, 51쪽.
44) 이규현의 경우 보들레르의 시 「원수」 첫 연을 서정주의 「자화상」과 유사하다고 주
　장한다. (이규현, 167~169쪽) 뒤에서 살펴보겠지만 김학동은 똑같은 구절을 서정주
　의 「국화옆에서」와 비슷하다고 한다. 지엽적인 유사성을 제시하고 곧이어서 차이점
　을 결여 혹은 변용이라고 설명하는 것은 설득력이 적을 것이다.

이규현은 또한 보들레르의 <아름다움>에서는 예술의 이상인 미의 여신이 "나는 아름답다"고 하는 데 반해 '지귀도 시'의 「정오의 언덕에서」는 시의 화자가 "나는 아름답다"고 외친다는 점을 발견한다.[45] 이 차이는 과연 해명되어야 할 문제인가? 이규현이 스스로 말하듯이 "여성에 대한 이 두 시인의 태도는 반자연과 자연만큼이나 다르다."[46]

송욱, 황현산, 이규현 등의 연구자들이 일관되게 말하고 있듯이 서정주의 시에는 보들레르적인 "지성"이 없다.(송욱) 이상 세계를 기억해냄으로써 현상계를 도시적 폐허로 만드는 분절의식이 없어서 "미분화의 상태가 자주 종합의 상태로 나타"난다.(황현산) 보들레르의 반자연과 달리 자연이다.(이규현) 선행연구에서 밝혀진 것은 서정주와 보들레르의 명백한 차이이다.

서정주가 보들레르를 탐독한 것은 스무살 무렵이었다. 등단한 이후 『화사집』의 세계를 구축하는 과정에서 서정주는 보들레르의 지성, 도시성, 좀 더 구체적으로는 보들레르의 가면(반자연)을 벗으려 했다. 보들레르의 가면을 벗고 육체성(니체의 호흡)에 골몰해가는 과정이 『화사집』의 주조다. 본 논문은 이 점을 1940년경 서정주의 산문중에서 가장 널리 알려진 「나의 방랑기」, 「속 나의 방랑기」 독해를 통해서 밝혀보겠다.

「나의 방랑기」는 『인문평론』의 청탁에 따라 자기 삶과 미학의 과정을 찬찬히 술회하고 보고하는 형식을 띠고 있는데 서정주는 '청탁받은 분량을 초과한다', '이런 글 쓰기 싫다'는 등의 수사를 통해 자신이 손 가는 대로 자유롭게 술회하는 듯이 꾸미지만 글의 구조의 치밀함은 그것이 속임수라는 것을 명징하게 드러낸다. 「나의 방랑기」에서 「속 나의 방랑기」까지 이 두 개의 글은 시작과 끝을 수미쌍관 구조로 직조하고 있다. 신세대 논쟁이 마무리될 무렵[47] 서정주는 문학장에서 신세대

---

45) 위의 글, 169쪽.
46) 위의 글, 170쪽.
47) 유진오의 「대립보다는 협력을 요망」(『매일신보』, 1940.2.23.)으로 신세대 논쟁이 마

의 기수로 존재증명을 해야 했다. 「나의 방랑기」의 서론에 해당할 첫 문단은 이렇게 시작된다. "人文評論社가 나더러 방랑기라는 걸 쓰라고 한다. 저속한 人氣策으로서가 아니라 서정주란 자가 기록하고 있는 그 소위 시작(詩作)이란 것의 背景乃室 밑바닥을 이루는 것이 무엇인지를 알기 위한 까닭이라고 한다. 요컨대 「네 과거를 깨끗이 한번 고백해 보라」는 것이다. 무서운 註文이다."

이 "무서운 주문"에 응하는 방식으로 서정주는 "스물여섯살"인 자신이 "왼갖지랄"을 다해봤다는 으름장과 "나보고는 모다들 징그럽다고 한다. 내 속에 드러있는 혼탁—나는 아무래도 탁객(濁客)인 모양이다."[48] 라는 정체성 규정을 시도한다. 여기서 "징그럽다"는 것은 서정주가 1940년 현재 스스로 해명하고자 하는 자기 시세계의 핵심인 동시에 서정주에 대한 박용철의 평이었다. "서정주씨의시는 어느 육체적진술을 그냥담은듯 무엇인지 징그러울만치 우리에게 육박해오는것이있다."[49] 서정주는 「나의 방랑기」첫 대목에서 자기 시세계의 핵심을 '징그러움' 으로 제기하는데 「속 나의 방랑기」의 마지막 부분에서 "이만침 이야기 했으면, 독자들은 내 시작의 세칭 그 「징그럽다」고 하는 성질의 배경내 지 저면(底面)이라는 걸 막연하나마 좀 이해했을 줄 믿는다. / 대단히 막 연한 말이지만 이 무렵에 나는 「육체적」이라는 것에 대해 좀 생각하였 던 것이다."라고 진술한다. 이것이 「나의 방랑기」와 「속 나의 방랑기」 의 시작과 끝의 구조이다. '징그러움'과 '육체'를 결합한 사고를 통해서

무리될 즈음에 서정주는 최재서에게 신세대의 기수로서 존재 증명을 요구받고 있었 다. 서정주에게 1940년경은 "우리 시의 새 왕자처럼 평가"받던 오장환을 제치고 "내 쪽으로 식자들의 호평이 더 기울어져 오"던 무렵이며, 김영랑에게서 "그까짓 새 왕자 이건, 정주, 자네가 해 뻐려! 해 뻐리랑께!"라는 응원을 받았던 시기이다. (서정주, 「내 가 만난 사람들」, 『서정주문학전집』5권, 117쪽) 1940년경의 서정주에게는 신세대 시 인의 대표성과 관련한 경쟁의식이 있었던 셈인데 「나의 방랑기」, 「속 나의 방랑기」 의 대중성은 일종의 과잉의 결과로 해석할 여지가 있다. 서정주가 1940년경 상징투쟁 을 위해 걸고 있는 '내기물'에 관해서는 다른 자리를 빌려서 다뤄보고자 한다.

48) 서정주, 「나의 방랑기」, 『인문평론』 1940년 3월호, 66쪽.
49) 박용철, 「정축년회고(완) 시단」, 『동아일보』(학예면), 1937년 12월 23일.

서정주의 존재증명이 이루어지고 있으며, 그것은 다름 아닌 박용철과 서정주가 공유한 체험의 시론의 핵심에 해당하는 것이다.

서정주는 자신의 시세계의 핵심을 '징그러움'과 '육체'로 정리했다. 그 안에 들어갈 내용은 이제 일대기의 형식을 취하는데 '서론'의 마지막 문장은 "방랑이라는 말이 육신과 정신이 안주의 지를 잃고서 헤매여다니는 그 암중모색을 이름이라면 나의 방랑은 나에게 있어선 소화4년부터 시작한다……."이다. 소화4년은 광주학생의거에서 체포되어 중앙고등보통학교에서 퇴학당한 1929년을 말한다. 그리고 「나의 방랑기」의 대단원은 결국 불교전문학교를 그만두게 되는 사건이 차지한다. 「나의 방랑기」는 서정주가 겪은 고난의 서사로 채워져 있는 셈이다. 이 시기, 1929년 중앙고등보통학교를 퇴학당하고 1935년 불교전문학교에서 내몰리는 이 시기를 서정주는 자신이 "보오드레-르의 도당이었"던 시기로 규정하고 있는 것이다. 「속 나의 방랑기」는 이제 서정주가 자신이 보들레르를 어떻게 떠나왔는지 설명하는 서사로 나아간다. 「나의 방랑기」의 마지막 두 문단은 「나의 방랑기」와 「속 나의 방랑기」의 의미를 다시 생각하게 한다.

> "스물두 살부터 스물다섯 살까지-이 사 년 동안에, 내가 그간 여기저기 발표한 시작이라는 건 대부분이 씨워졌다. 이 사 년 동안에 내가 자기를 이뤄온 이야기도 좀 쓰긴 써야 할 것이나 우선 여기서는 그만두기로 한다.
>   내 속에는 한 사람의 '아웃트 로-'와 한 사람의 '에피큐리언'이 誼좋게 살고 있다. 對外的인 限, 나는 죽는 날까지 나의 辱說을 퍼부스며 가야 하리라. 그러치만 자기가 자기를 생각하지 않는다면 오늘날 대체 누가 나를 생각해준단 말이냐."[50]

위의 인용의 첫 문단은 「나의 방랑기」가 1929년~1935년의 시기의 서사라는 점과 뒤이어 나올 「속 나의 방랑기」가 1936년~1939년("스물

---

50) 서정주, 「나의 방랑기」, 『인문평론』 1940년 3월호, 72쪽.

두 살부터 스물다섯 살까지-이 사 년")의 시에 대해서 설명하게 될 것이라는
점을 암시하고 있다. 두 번째 문단은 일반적으로 서정주의 초기시세계
에 '아웃사이더'와 '향락주의자'라는 모순된 정체성이 동거한다는 의미
로 읽힌다.[51] 본 논문은 텍스트의 구체성으로 좀 더 들어가서 볼 때 이
러한 일반론이 재고될 수 있다고 판단한다. 서정주의 진술에는 '달력'
이 있는데 「나의 방랑기」의 서사는 1929년~1935년의 서사이며 「속 나
의 방랑기」에서 초점화될 그 유명한 연애실패담은 1936년 봄에 일어날
상징적 사건이다. 서정주는 1936년 봄의 '사건' 이후 '징그러움'과 '육
체'를 결합한 시세계로 나아가게 된다. 그런데 선행 연구들이 「나의 방
랑기」, 「속 나의 방랑기」에서 인용하고 있는 다수 서정주의 정체성 표
명들은 '사건' 이전의 서정주를 설명하는 표현들이다. 사건 이전의 서
정주는 "보오드레-르의 도당이었"다면 사건 이후 즉 『화사집』의 대부
분의 시세계는 니체(디오니소스적 육체성)적인 것이었다. 이런 텍스트 해
석을 근거로 해서 "내 속에는 한 사람의 '아웃트 로-'와 한 사람의
'에피큐리언'이 誼좋게 살고 있다."는 문장을 다시 읽어본다면 니체의
『비극의 탄생』의 다음 구절을 떠올릴 수 있을 것이다. "에피쿠로스가
낙천주의자였던 것은 그가 바로 괴로워하는 자였기 때문은 아닐까?"[52]
(강조는 원문 그대로) 니체의 맥락에 따르면 위의 서정주의 정체성 표명은
「속 나의 방랑기」에서 디오니소스적 육체성 「대낮」, 「화사」 등이 도달
하는 '징그러운 육체성'에 의해 곧 극복하게 될 근대적인 유약한 정체

51) "'담천하(曇天下)의 시대, 칩거자는 탕아였다'는 명제로 시작해보자. 그러니 열렬한
    생명으로 지향된 '그리스적 육체성'의 창조는 어쩌면 모순된 시학이었다. 미당은 이
    런 상황, 그러니까 빛과 어둠이 기묘하게 동거하는 탕아의 내면", "모순의 지경으로
    정확하게 일렀다. '아웃사이더'와 '향락주의자'로서의 자기규정은 '칩거자'의 사상과
    미학을 절묘하게 분절하며 "병든 숫개"와 같은 탕아의 삶을 더욱 구경화(究竟化)시
    켜 나갔던 것이다." (최현식, 「'사실의 세기'를 건너는 방법-1940년 전후 서정주의
    산문과 릴케에의 대화, 『한국문학연구』46, 2014, 142쪽)고 선언하는 최현식의 논의
    는 대표적인 경우다.
52) 프리드리히 니체(박찬국 역), 『비극의 탄생』, 아카넷, 2007/2010년, 25쪽.

성이었다. 서정주는 "한 사람의 '아웃트 로-'와 한 사람의 '에피큐리언'이 誼좋게 살고 있"는 "보오드레-르의 도당"이라는 표현을 통해서 1940년 현재의 자신을 지시하고 있지 않다. 더 나아가서 서정주는 단순히 1935년까지의 자기 정체성을 단순히 고백하고 있는 것도 아니다. 서정주는 (1940년 현재의 시선으로) 자신이 구축한, 『화사집』을 주조할 세계, 즉 디오니소스적 육체성에 도달했다는 사실을 선포하기 위해 니체가 비판하는 "염세주의에 대항하려는 에피쿠로스적인 의지가 단지 고통받는 자의 조심성"[53])을 자신의 과거로 발명한 것이다. 서정주가 이미 극복한 것으로 제시하는 이 가상의 정체성은 느슨한 의미에서 습작기에 매료되었던 보들레르적인 것으로 연결된다고 할 수 있다.

서정주의 그 유명한 연애실패담은 「나의 방랑기」에서 「속 나의 방랑기」로, 보들레르에서 니체로 나아가는 서정주 시세계의 이행의 사건을 상징화한 에피소드라고 할 수 있다. 간단히 말해서 서정주는 임유나를 만나는데 그녀는 「벽」이 좋다고 한다. 서정주는 「벽」의 세계 특히 "시계"라는 단어에 "방점"을 찍어가며 「벽」을 조롱한다. 서정주는 임유나와의 에피소드 속에서 자기 시세계 「벽」이 가진 문명, 지성을 "독자들은 苦笑해주기 바란다"라고 요청한다. 서정주는 여기서 「벽」의 세계에 속하는 임유나와 그 세계에 매여 있는 아직-아닌 '문둥이'인 자기자신의 모습을 이미지화한다. 서정주는 임유나와 자신의 '다름'에 대한 자각 속으로 「문둥이」라는 싯구를 전유한다. 서정주는 "자즈라지게 푸른 달이 뜨는 보리밭 속에서 울리어 나오는 핏빛소리"를 들으며 "눈에는 역시 보리밭에 낀 안개와 같은, 그런 것이 속에 들어 있는 여자" 임유나의 눈 속에 비치는 자신을 '문둥이'로 외삽하는 것이다. "시계"라는 자신의 시어를 못견뎌 하는 서정주가 "육체적"인 세계로 나아갔을 때 도달하는 『화사집』의 세계 그것은 바로 송욱이 보들레르의 "지성"이

---

53) 위의 글, 15쪽.

결여되었다고 하는 그리고 황현산이 '농경사회의 모더니즘'이라고 부르는 아무튼 소위 '보들레르에 못미치는 세계'이다. 임유나와의 결별은 바로 보들레르와의 결별이며 서정주가 나중에 회고하는 용어로는 '직정언어'를 얻게 되는 상징적 사건이다. 서정주는 임유나에게 보들레르의 "惡華集"을 선물한다. 그리고 "그 표지 안 페이지에 나는 확실히 다음과 같이 적었든 것 같다."라고 하면서 "선의 가면이 존재하는날 악의 가면의 필요가 생긴다. 악의 가면을 즐겨쓴사람-보오드레-르.그러기에 그는 톨스토이와같은 일생을 보내지는 않았었다."라고 그 구절을 기억나는 대로(?) 적고 있다. 그런데 서정주가 임유나의 눈 속에 비치는 자신의 이미지를 서술하면서 「문둥이」라는 시를 전유했듯이 임유나에게 써준 것으로 기억하는 문구 역시 1935년 『동아일보』에 실은 「죽방잡초(하)」의 한 구절을 전유한 것이었다. 서정주는 이 글귀에서 보들레르의 '악의 가면'과 톨스토이의 '선의 가면'을 맞세우고 있는 셈인데 "내 이 뒤의 생애를 좌우하는 데 제일 큰 힘이 되었던 건 레오 톨스토이 백작의 「부활」"[54]이었다는 서정주의 회고를 참조한다면 1935년까지 서정주가 탐닉했던 세계는 보들레르-톨스토이, 악의 가면-선의 가면의 변증법이었던 것 같다. 서정주가 1935년에 겪은 연애실패담("그러나 그 여자는 내 것은 되지 않았었다")은 서정주가 습작기에 마련한 '가면의 변증법'의 실패담이었다. 이 실패를 계기로 서정주는 문청시절 경도되었던 '가면의 변증법'으로부터 벗어나서 니체의 '징그러운 육체성'의 시학으로 다시 태어나게 된다는 것이 서정주가 최재서에게 제출한 자기 서사의 핵심인 셈이다. 하지만 서정주는 1935년경에 이미 대강의 방향을 잡았던 것으로 보인다. 서정주가 뜻하지 않게 등단작이 된 「벽」에 대해 두고 두고 유감을 표하는 것은 그 세계가 등단 당시에 이미 자신의 극복 대상으로 떠올랐기 때문일 것이다. 이 점은 서정주가 임유나에게 써줬

---

54) 서정주, 『미당 자서전』 I, 민음사, 1994년, 338쪽.

다고 하는 문구의 원형에 해당하는 죽방잡초(하)에서도 확인된다. 서정
주가 임유나에게 써줬다는 문구 바로 뒤에는 니체의 문구가 배치되어
있는 것이다.[55]

이제 서정주가 해인사로 가는 도중에 "이건 어쩌면 나의 탄생일이로
구나"라고 말하는 의미는 명료해 보인다. 서정주의 다음과 같은 진술을
보라.

> "깨끗이 나체가 되어가지고 내가 뛰어드는 그 여울물—마치 전산의 수
> 목과 거기 서식하는 동물 전체의 무슨 액즙(液汁)의 총합(總合)과 같이 만
> 생각이 되는 그 여울물이, 나에게 정말 영약(靈藥)이었는지 극약(劇藥)이
> 었는지를 나는 모른다. 그러나 매일과 같이 행하였더니 오후의 목욕을
> 나는 그때 일종의 제전(祭典)처럼 생각하고 있었다."[56]

서정주는 매일 해인사의 계곡 여울물에서 일종의 "祭典"을 치렀다고
서술하는데 여기서 마침내 「나의 방랑기」 첫 대목에서 언급했던 징그
러움의 문제가 '육체적'이라는 문제로 새롭게 해명되고 있다. 1936년
해인사 체험 이후의 시세계는 결국 "보들레르의 도당"으로서 쓰고 있
던 '가면'에 대한 자의식을 벗고 "나체"로 육체의 제전을 치르는 데 그
핵심이 있었다. 핵심 이미지는 「대낮」의 그것이다. 서정주는 "해인사에
산 3개월 동안에 나는 아마 네 편의 시작을 망그랐다."고 하며 대낮(正
午)을 인용하고는 "다른 것도 다아 이와 비슷한 영상에서 연역"되어 나
온 것들이라고 진술한다.[57] 서정주의 존재증명은 이제 마무리된다. "그

---

55) 그 둘을 이어서 보자. "○선의 가면이 존재하는 날 악의 가면의 필요가 생긴다/악의
 가면을 즐겨 쓴 사람-뽀드레-르 그러기에 톨스토이의 예술론 가운대는 뽀드레-르의
 詩를 非라 한 곳이 잇다.○니체는 말하엿다.-세계에 대해서 피곤할대로 피곤한자의
 입에도 약간의지상향약이 슴여잇다고 그러나 극히 지상적인간도 때로는 하늘우럴어
 보는 황혼을가지는것이다" 서정주, 「죽방잡초 (하)」, 『동아일보』 (학예면), 1935년 9
 월 3일.
56) 서정주, 「속 나의 방랑기」, 『인문평론』 1940년 4월호, 72쪽.
57) 네 편은 "「문둥이」와 「화사」와 「오정」과 「노래」"이다. 여기서 오정은 「대낮(正午)」

이듬해 4월 달부터 7월 달까지 나는 제주도에 가서 있었다. (…) 「어찌했으면 폐병 환자 유용석이의 여편네를 데불고 도망갈까, 멀리멀리 도망갈 수 있을까」그런 것만 궁리하고 지냈다.”는 진술로 종결짓는 서사는 제주도(지귀도)의 체험이 해인사 체험의 지속이라는 점을 제시하는 의미를 제시한다.

1940년에 서정주가 고백하는 자신의 시세계의 정점은 「대낮」의 모티프 '징그러운 육체성'에 놓인다. 그 세계는 보들레르적인 '악의 가면' 혹은 '지성'과는 다른 것이며, 보들레르 도당이 '가면'을 벗어던진 채 니체의 호흡으로 살아가는 세계이다. 선취해서 말하자면 이는 이후 서정주가 수행하게 되는 소위 '동양적 전회'가 보들레르의 악의 가면과의 결별로 이해되어서는 안 된다는 것을 의미한다. 단순화의 위험을 무릅쓰고 말하자면 『화사집』의 세계가 니체의 『비극의 탄생』의 두 원리 아폴론적인 '꿈'과 디오니소스적인 '도취' 중에서 후자에 가까웠던 데 비해서58) 『화사집』 이후 '동양적'이라고 불리는 시세계로 가는 도정은 역설적이게도 서구적인 '형식'에 대한 심화된 고민59) 을 통과한 것이었다. 이 과정에서 하우스만-릴케의 체험시론이 광범위하게 개입되었음은 앞에서 확인한 점이다.

이번에는 「국화옆에서」를 보들레르의 「원수」와 비교한 김학동의 논의를 검토한 후 「국화옆에서」와 니체의 『비극의 탄생』 3장을 비교하겠다.

이며 「노래」는 1937년 1월 『자오선』에 발표한 「안즌뱅이의 노래」로 추정된다.

58) 편의상 이렇게 불렀지만 사정은 사실 복잡할 수밖에 없다. 디오니소스적인 '도취'에 빠져 있던 시기는 서정주의 회고적 표현에 최대한 가깝게 요약하면 동서양의 광범위한 정신영역들 속에서 상당한 "혼동"을 겪어가면서도 놓치지 않으려 한 "숭고(崇高)하고 양(陽)한 육체성"이 아직은 "동양정신의 일환"으로 포섭하는 데는 이르지는 못했던 시기라고 할 수 있을 것이다.(서정주, 「고대 그리이스적 육체성-나의 처녀작을 말한다」, 『서정주문학전집』 5권, 일지사, 1972년, 266쪽)

59) '징그러운 육체성'으로부터 '신라정신'에까지 이르는 과정에서 서정주는 아폴론적인 '꿈' 혹은 형식을 탐색하게 되는데 이 점을 이해하기 위해서는 서정주가 발레리로부터 무엇을 취하고 있는지 분석해야 한다. 이는 다른 지면에서 밝히도록 하겠다.

"이 두 작품은 비슷하게 그들의 생애를 요약한 회상이면서도 서로 다른 차이를 보이고 있다. 첫째, 두 작품이 감각적으로 나타나는 호흡의 차이를 들 수가 있다. 보들레르의 작품이 격정적이고 동적인데 반해서, 서정주의 작품은 <u>소박한 감성과 정적인 정감의 시세계</u>를 이룩하고 있다. 둘째, 전자는 김봉구도 보들레르를 논하는 데서 <자신의 상처뿐인 처참한 드라마이며 소설>이라고 했듯이, 육체와 심혼이 해체된 자신을 발견하고 있는데 반해서, 후자는 화사집에서 치른 결투의 상흔이 가시고 고통보다는 <u>환희</u>에 싸인 자신을 발견하고 있는 것이다. 셋째, 전자는 작자 자신이 허무하게 보낸 과거에 대한 냉혹한 회오와 새돌들을 찾기 위한 끊임없는 대결 정신이 있는데 반해서, 후자는 천둥과 같은 몸부림과 부단한 방랑과 같은 과거에 대한 회오보다는 <u>현실에 자족</u>하고 있는 것이다. 넷째, 전자는 마지막 연에서 꽃의 결의와 아울러 필생의 <원수>인 시간과의 대결을 결의하고 있는데 반해서, 후자는 마지막 연에서도 <u>국화꽃을 피우려고 많은 고통을 겪었다</u>는 1~2연의 내용을 <u>반복</u>하고 있을 뿐이며, 미래에 대한 결의나 대결 정신은 나타나지 않고 있다."[60](밑줄은 필자의 강조)

김학동의 논의에서 보듯 서정주와 보들레르의 차이는 매우 크다. 「국화옆에서」와 「원수」의 이 차이는 『화사집』의 디오니소스적 육체성과 보들레르의 '악'의 가면에 대한 혼동에 따른 '사이비 유사성'이 걷힌 덕분에 더욱 뚜렷해졌다. 보들레르를 기준으로 『화사집』의 세계가 '지성'(송욱), '도시적 모더니티'(황현산), '시간의식'(이규현)이 결여되었다는 논의의 허망함은 앞에서 제기하였으니 여기서는 김학동이 추출한 「국화옆에서」의 특징에 바로 주목하고자 한다. "소박한 감성과 정적인 정감의 시세계", "환희", "현실에 자족", "국화꽃을 피우려고 많은 고통을 겪었다"는 내용의 "반복"은 놀랍게도 「비극의 탄생」 3장에서 설명하는 '아폴론적인 것'의 요약으로도 유효하다.

『비극의 탄생』은 우리의 삶은 어떻게 정당화될 수 있는가에 대한 물음에 대한 답으로 삶을 충실하게 실현한 고대로 돌아간다. 디오니소스

60) 김학동, 앞의 글, 202~203쪽.

적 상태는 세계가 그 자체로 정당화되는 순간을 대변한다. 예술의 두 원리로 서술되고 있는 아폴론적인 '꿈'과 디오니소스적인 '도취'는 삶과 실존의 두 원리이기도 한 것이다.『비극의 탄생』의 3장은 전체 구조 가운데 아폴론적인 것이 무엇인지 밝히는 장이다. 3장 내용을 간단히 요약해 보자. 아폴론 속에 구체화된 충동이 올림포스 세계 전체를 낳았는데 여기에는 금욕, 정신성, 의무 같은 건 없다고 한다. 선한지 악한지 상관없이 모든 것은 신격화되며 환상적인 삶의 충일로 가득 차 있는 명랑하게 펼쳐져 있는 동일한 삶이 있다. 비록 날품팔이로라도 더 살고 싶어 하는, 영웅이 몰락한 세계에서 살아가는 이들은 오로지 삶을 갈망하며 삶과 자신은 일체라고 느낀다. 이렇게 해서 인간과 자연의 통일, 조화의 세계가 나타나게 되는데 니체는 그것을 소박함, 소박한 것이라고 부른다. 이 소박한 것이 저절로 생겨난 것이라고 착각하면 안 되는데 소박한 것은 자연발생적인 것이 아니라 끔찍한 고통, 무서운 고뇌를 때려눕혔을 때 간신히 얻어지는 것이기 때문이다. "그 소박함, 즉 가상의 아름다움 속에 완전히 몰입되어 있는 상태에 도달한다는 것은 얼마나 드문 일인가!"[61] 호메로스적 소박성이란 오직 아폴론적 환상의 완전한 승리로 파악될 수 있다. 이 세계는 공포와 끔찍함을 알고 느끼고 나서도 살아내야 했기 때문에 생겨났다. 아폴론적인 아름다움의 충동을 통해서 서서히 올림포스라는 환희에 찬 신들의 질서가 나타나게 된다. 가시덤불에서 장미꽃이 피어나는 것처럼 그리스인의 '의지'는 고통을 아름답게 변용시키는 거울 앞에 선다.

본 논문은 앞 장에서 서정주의 「시작과정(졸작 국화옆에서를 하나의 예로)」이 하우스만-릴케의 시론적인 사유를 재구성하였다는 점을 밝혔다. 「국화옆에서」는 릴케적인 의미에서 일생동안 인내하고 모은 이미지들의 중첩 속에서 나왔는데, 구체적으로는 하우스만적인 의미에서

---

61) 프리드리히 니체, 앞의 글, 78쪽

창작과정에 대한 통찰에 따르면 3연은 저절로 오고 1, 2연은 조금 기다
렸다 오고 4연은 오랜 시간 제작하고 퇴고하는 과정 속에서 완성되었
다. 「국화옆에서」의 3연은 오랜 시간 인내하고 모아온 이미지(릴케)가
한 순간 저절로 온 것인데(하우스만) 그것은 다름 아닌 니체의 「비극의
탄생」 3장 '아폴론적인 것'의 이미지였다.

　아래의 「국화옆에서」 3연과 「비극의 탄생」 3장의 일부를 보자.

　　　그립고 아쉬움에 가슴 조이든
　　　머언 머언 젊음의 뒤안 길에서
　　　인제는 도라 와 거울 앞에 선
　　　내 누님같이 생긴 꽃이여

　　　"마치 가시덤불에서 장미꽃이 피어나는 것처럼.(...)계속 살아가도록 유
　　혹하는 삶의 보완이자 완성으로서의 예술을 낳은 동일한 충동이 올림포
　　스 세계도 탄생시켰다. 이 올림포스의 세계 안에서 그리스인의 '의지'는
　　[자신의 삶을 신적인 것으로] 찬란하게 변용시키는(verklären) 거울을 눈
　　앞에 걸었던 것이다."[62]

　「국화옆에서」는 아폴론적인 세계의 "소박한 감성과 정적인 정감의
시세계"에 도달했다. "현실에 자족"하고 "국화꽃을 피우려고 많은 고통
을 겪"는 것만이 "반복"되는 고통(천둥)과 고뇌(소쩍새 울음) 속에서 "환
희"를 낳는다. 무수히 중첩된 자신의 이미지 속에서 저절로 떠올랐다는
「국화옆에서」 3연은 니체가 아폴론적인 것을 설명하는 이미지에 대한
숙고 속에서 나온 것으로 보인다. 가시덤불 같은 인생의 고통에 직면한
누님이 살아내기 위해서 장미꽃 혹은 국화꽃을 피워낸다. 누님에게는
"자연이 자신의 의도를 관철하기 위해서 자주 사용하는 환상과 동일한
종류의"[63] 환상이 필요한데 니체는 "그리스인들 속에서 '의지'는 예술

---

62) 위의 글, 76쪽.
63) 위의 글, 79쪽; 박찬국은 이 환상에 대해서 설명한다. "사랑에 빠진 남녀가 상대방에

가[천재]와 예술세계를 통해 [일상적인 현실세계를] 찬란하게 변용시
킴으로써 자기자신을 직관하려고 했다."[64]고 설명한다. 누님의 거울은
다름아닌 "[자신의 삶을 신적인 것으로] 찬란하게 변용시키는(verklären)
거울" 즉 순수시였다.

해방기에 쓰여진 「국화옆에서」는 서정주의 뒤늦은 '동양적 전회'라
는 평가로 단순화할 수 없는 복잡한 메커니즘을 갖는다. 그 복잡한 내
부를 들여다본다면 사회공간의 '동양 담론'은 별도로 하더라도 문학장
의 규칙을 고도화하는 하우스만-릴케의 시론과 니체의 육체성에 대한
심화된 탐구가 드러난다.

덧붙이자면 니체의 육체성에 대한 탐구 속에서 아폴론적인 것의 시
대적 의미를 사유할 필요가 있다. 서정주의 시세계에서 『화사집』이 식
민지 청년의 '고통'을 정면으로 표현한 데 비해서 그 이후 '동양적 전
회'는 '고통으로부터 도피'하는 것이라는 기왕의 사회역사적 평가는 대
중에게 손쉽게 다가가는 '잇점'이 있었다. 하지만 1940년대의 시대고(時
代苦)에 대한 응전으로 "[자신의 삶을 신적인 것으로] 찬란하게 변용시
키는(verklären) 거울" 앞에 서고자 하는 모든 '고통받는 자'의 그리스적
"의지"가 도달한 고통의 양식(樣式)을 이해하는 일은 어렵지만 회피해서
는 안 되는 우리 시대의 책무이다. "그 소박함, 즉 가상의 아름다움 속
에 완전히 몰입되어 있는 상태에 도달한다는 것은 얼마나 드문 일인
가!"라는 니체의 찬탄은 당분간 「국화옆에서」를 평가하는 주요한 척도
가 될 것이다.

대해서 갖는 환상이야말로 자연이 자신의 영속을 위해서 이용하는 대표적인 환상이
라고 할 수 있다. 사랑에 빠진 남녀는 상대방의 아름다움 때문에 그 상대방을 사랑
한다고 생각하지만 이 경우 상대방에게서 보게 되는 아름다움이란 사실은 그들을
근저에서 몰아대는 자연의 생식의지가 자신을 충족시키기 위해서 만들어 내는 환영
인 것이다."
64) 위의 글, 79쪽

서정주 초기 시에 나타난 감정어의 활용과 그 의미

― 『화사집(花蛇集)』을 중심으로 ―

이 경 수*

1. 서론

서정주 초기 시에 대해서는 많은 연구가 축적되어 왔다. 초기 시를 어디까지로 볼 것이냐에 대해서는 연구자 간 이견이 있으나 최근 연구에서는『화사집』과『귀촉도』를 묶어 초기 시로 분류하는 것이 설득력을 얻고 있다.[1] 다만, 서정주 초기 시의 감정어에 주목하는 이 논문에서는 다소 이질적인『화사집』과『귀촉도』를 묶어서 논하는 것보다는 따로 논하는 것이 그 사이의 간극을 이해하는 데 좀 더 도움이 된다는 판단 하에 첫 시집『화사집』에 한정해 서정주 초기 시에 나타난 감정어를 살펴보고자 한다.[2]『화사집』을 포함한 서정주의 초기 시에 대해

* 중앙대학교, philosoo@cau.ac.kr
** 이 글은『한국문학연구』제50호(동국대학교 한국문학연구소, 2016)에 게재된 원고를 단행본의 편집 취지에 맞춰 수정·보완한 것이다.
1) 허윤회,「서정주 시 연구-후기시를 중심으로」, 성균관대 박사학위논문, 2000; 허요한, 「서정주 초기 시적 담론 연구」, 성균관대 석사학위논문, 2015, 1쪽.
2) 최현식은 해방 이전까지의 미당 시를 초기시라 지칭하였는데, 시집으로는『화사집』과『귀촉도』일부가 여기에 해당된다고 보았다.(최현식,「서정주 초기시의 미적 특성 연구」, 연세대 석사학위논문, 1995, 9쪽)

서는 육체성3)이나 근대성4), 원죄의식5), 보들레르와의 영향 관계6), 영
원성과 현실성7), 시간의식8), 주술성9) 등이 주목받아 왔고, 이후 변모의
단초나 계기로서 초기 시를 보는 견해10), 「자화상」 등 개별 작품에 대
한 연구11), 문체적 특징에 대한 분석12) 등도 축적되어 왔다. 최근에는
초기 시의 담론에 대한 연구도 진척되고 있다.13) 전후 전통 담론이나
신라정신과의 연속성 속에서 서정주의 시를 이해하고자 하는 의도에서
초기 시의 담론을 다시 살펴보는 연구들이 진행되고 있다.14)

　이처럼 초기 시의 시의식에 대해서는 다각도로 연구가 진행되어 왔
지만 관능성과 육체성으로 주목받은 초기 시에 대해서 몸의 상상력에
대한 해석은 풍부히 이루어진 데 비해 그에 못지않게 높은 빈도로 등

3) 김우창, 「한국시와 형이상」, 『미당 연구』(김우창 외), 민음사, 1994, 28~29쪽.
4) 김진희, 「서정주의 초기시와 시의 근대성」, 『한국시학연구』 제1호, 한국시학회,
　　1998, 35~63쪽; 최현식, 『서정주 시의 근대와 반근대』, 소명출판, 2003.
5) 조연현, 「원죄의 형벌」, 『미당 연구』(김우창 외), 민음사, 1994, 13쪽.
6) 송욱, 「서정주론」, 위의 책, 20쪽; 황현산, 「서정주의 시세계」, 『말과 시간의 깊이』,
　　문학과지성사, 2002, 455~476쪽.
7) 이성우, 「서정주 시의 영원성과 현실성 연구」, 고려대 석사학위논문, 2000; 최현식,
　　앞의 책.
8) 최하림, 「체험의 문제-서정주에게 있어서의 시간성과 장소성」, 『시문학』, 1973.1~2;
　　손진은, 「서정주 시의 시간성 연구」, 경북대 박사학위논문, 1995; 심재휘, 「1930년대
　　시간의식 연구」, 고려대 박사학위논문, 1997.
9) 이영광, 「서정주 시의 형성 원리와 시의식의 구조」, 고려대 박사학위논문, 2006.
10) 김인환, 「서정주의 시적 여정」, 김우창 외, 앞의 책, 101~118쪽.
11) 이지나, 「「자화상」에 나타난 자아 인식의 양상」, 『한국시학연구』 제8호, 한국시학
　　회, 2003, 189~211쪽; 박민영, 「뱀과 달의 상상력: 서정주 시 「화사」와 「동천」 연
　　구」, 『한국시학연구』 제35호, 한국시학회, 2012, 101~139쪽.
12) 윤재웅, 「서정주 『화사집』의 문체 혼종 양상에 대하여」, 『한국문학연구』 제44집, 동
　　국대학교 한국문학연구소, 2013, 355~385쪽.
13) 허요한, 앞의 글, 1~148쪽.
14) 임곤택, 「전후 전통 담론의 구조와 '민족' 구성의 양상: 서정주와 조지훈을 중심으로」,
　　『한국시학회 학술대회 논문집』, 2011, 29~41쪽; 박민규, 「해방기의 전통주의 시론
　　연구: 청문협을 중심으로」, 『어문학』 제118집, 한국어문학회, 2012, 253~280쪽; 김
　　익균, 「1950년대 동양론과 문학장의 절합」, 『동북아문화연구』 제35집, 동북아시아문
　　화학회, 2013, 107~127쪽; 김익균, 「서정주의 50년대 시세계와 신라정신의 구체성:
　　『신라초』 연구를 위한 시론」, 『한국시학연구』 제33호, 한국시학회, 2012, 149~182쪽.

장하는 서정주 초기 시의 감정어들에 대해서는 별다른 주목이 없었다.

서정주의 초기 시에는 부끄러움, 슬픔, 설움 같은 감정어들이 자주 등장하고 독특한 활용법을 보이고 있는데 첫 시집 출간 이후 일제 말에 보인 친일 행적이 첫 시집의 감정어들에 대해서도 다소 부정적인 선입견을 갖게 했고 그것이 서정주의 감정어들에 주목하지 않게 하는 원인으로도 작용한 것으로 보인다.15)

이 논문에서는 서정주 초기 시에 나타난 시의식을 감정어의 활용 방식에 집중해서 살펴보고자 한다. 초기 시에 나타난 시의식은 서정주의 시적 출발을 보여주면서 동시에 이후 시의식이 변화하게 되는 단초로서 살펴볼 필요가 있어 보인다. 이 논문에서는 우선 서정주의 첫 시집 『화사집』을 연구 대상으로 삼아 『화사집』에 사용된 감정어들을 살펴보고, 그 중 출현 빈도가 높은 감정어들을 대상으로 그것이 서정주의 초기 시에서 활용된 방식과 그 의미를 살펴보고자 한다. 감정어로 분류할 수 있는 시어들을 먼저 살펴보는 이유는 서정주의 초기 시에서 감정어의 활용이 결코 부분적인 것이 아니라 첫 시집 『화사집』 전체에 넓게 분포해 있으며 다양한 감정어들이 쓰였음을 보여주기 위해서이다. 서정주의 초기 시를 대상으로 한 이러한 연구의 필요성을 시어의 통계와 분포라는 방법16)을 통해 먼저 살펴보고, 이를 바탕으로 서정주 초기 시에 높은 빈도로 나타난 감정어들의 활용 방식과 의미를 살펴봄으로써 서정주 초기 시에 나타난 시의식을 다른 각도로 규명해 보고자 하는 것이 이 연구의 목적이다.

---

15) 허윤회는 서정주 시의 언어적 특징으로 '직정언어'를 언급하면서 서정주가 정지용과는 달리 형용사, 부사 등의 비유어의 사용보다는 극적 상황의 제시에 더 관심을 가졌다고 보았다.(허윤회, 「서정주 초기시의 극적 성격-니체와의 관련을 중심으로」, 『상허학보』 제21집, 상허학회, 2007, 235~237쪽)

16) 이런 연구 방법을 활용한 대표적 연구로는 백석 시에 대한 박순원의 연구가 있다. (박순원, 「백석 시의 시어 연구-시어 목록의 고빈도 어휘를 중심으로」, 고려대 박사 학위논문, 2007, 1~144쪽)

2. 『화사집』에 분포된 감정어의 종류와 빈도

감정은 일반적으로 어떤 현상이나 일에 대하여 일어나는 마음이나 느끼는 기분으로 정의된다. 흄, 데카르트는 감정은 마음의 동요 그리고 "격렬한(vehement)" 정념(passion)이라 보았는데, 오늘날 우리가 격한 마음 상태에 있는 사람에 대해 감정적(emotional)이라 부르는 이유가 이 때문이다. 20세기 이후 '감정'은 중립적 의미로 사용된다고 볼 수 있는데, 이런 의미에서 감정은 반드시 마음의 동요와 관련되는 것은 아니고, "정서 판단"에서 평가를 산출하는 역할을 한다. 감정은 격렬함에서 순함까지 포괄한다.[17] 감정에 관한 연구는 플라톤, 아리스토텔레스, 스토아학파를 거쳐 근대 철학에서는 주된 철학적 논의의 대상이 되기도 했으며, 현대에 와서는 윌리엄 제임스와 안토니 케니를 통해 철학적 주제의 하나로 부각되기 시작했다.[18]

이 논문에서는 희로애락 등의 감정을 드러내는 표현을 감정어라 지칭한다. 일찍이 최동호는 『정지용사전』에서 인간의 희로애락을 나타내는 시어들을 가리켜 '감정어'라 지칭하였다.[19] 고형진은 『백석 시의 물명고』에서 백석 시의 용언과 수식언 시어 중에서 가장 눈길을 끄는 특징으로 감정 어휘의 풍부한 구사를 들었다.[20] 서정주의 첫 시집 『화사

---

17) 동서양을 아우르는 마음비교용어사전 토대연구 프로젝트 팀, 마음비교용어사전 지식관리시스템(http://minddic.cafe24.com), '감정'(양선이 집필)에서 인용.
양선이, 「윌리엄 제임스의 감정이론과 지향성의 문제」, 『철학연구』 제79집, 2007, 107~127쪽; 양선이, 「감정에 관한 지각이론은 양가감정의 문제를 해결할 수 있는가?: 프린츠의 유인가 표지 이론을 지지하여」, 『인간·환경·미래』 제11호, 2013, 109~132쪽; 양선이, 「감정진리와 감정의 적절성 문제」, 『철학연구』 제49집, 2014, 133~160쪽.
18) 마음비교용어사전 지식관리시스템, '감정'(양선이 집필)에서 인용.
19) 최동호, 「정지용 시어의 다양성과 통계적 의미」, 『정지용 사전』(최동호 편저), 고려대학교출판부, 2003, 382쪽.
20) 고형진, 「백석 시 어휘의 빈도수와 내용적 특징에 관하여」, 『백석 시의 물명고』, 고려대학교출판문화원, 2015, 1022쪽.

집』에 수록된 24편의 시에서 사용된 감정어는 총 44개이며 출현 빈도 수는 82회이다. 그 중 동사, 형용사, 명사 등으로 품사가 나뉘어도 같은 유형에 속하는 감정들—예를 들면 '울다'와 '울음' 같은 경우—을 하나의 감정어로 다루면『화사집』수록시 24편에 사용된 감정어의 종류는 총 30개가 된다. 여기에 직접적으로 감정을 나타내는 말은 아니지만 감정어와 함께 쓰이며 마음을 형상화하는 데 기여하는 시어들까지 합하면 15개의 어휘가 더 추가되어 총 59개의 어휘가 쓰였다고 볼 수 있다.[21] 그 밖에도 문장이나 한 행 단위의 표현이 특정한 감정을 나타내는 경우도 있다. 「수대동 시」에 등장하는 "오랫동안 나는 잘못 살았구나."는 후회의 감정을 드러내며, 「고을나의 딸」에 등장하는 "몰라요. 몰라요. 몰라요. 몰라요."의 반복은 부끄러움의 감정을 드러내는 데 기여한다. 이 중에서 30개의 감정어들에 대해서 좀 더 구체적으로 감정어의 종류와 수록 시편 및 출현 횟수를 살펴보면 다음과 같다.

<표 1>『화사집』수록시의 감정어 분포와 출현 횟수[22]

감정어	출현횟수	수록 시편
울다/울음/울음소리/오열하다	12	「문둥이」・「맥하」・「서름의 강물」・「벽」・「웅계 1」・「서풍부」・「부활」(2)・「문둥이」・「입맞춤」・「바다」・「엽서」・「웅계 1」
웃다/웃음/웃음소리/홍소/눈웃음	11	「입맞춤」(2)・「수대동 시」・「엽서」・「정오의 언덕에서」(3)・「웅계 1」・「부활」・「고을나의 딸」・「서름의 강물」
아름답다	8	「화사」(2)・「와가의 전설」・「단편」・「정오의 언덕에서」・「고을나의 딸」・「문」(2)
눈물	5	「가시내」(3)・「서름의 강물」・「정오의 언덕에서」

21) 15개의 어휘의 목록은 다음과 같다.
　　가슴, 마음, 천심, 해심, 곱다, 넋, 미치다, 보고 싶다, 심장, 앓다, 어둠, 어지럽다, 위태하다, 잊어버리다, 정신병.
22) 2회 이상 출현한 감정어의 경우에는 시 제목 뒤에 '(숫자)'로 출현 횟수를 표기했다.

감정어	출현횟수	수록 시편
서럽다/섧다/서름	5	「문둥이」・「수대동 시」・「서름의 강물」(2)・「벽」
부끄럽다	4	「자화상」・「와가의 전설」(2)・「엽서」
슬프다/슬픔	4	「봄」(2)・「정오의 언덕에서」・「화사」
사랑/사랑하다	4	「웅계 2」(2)・「웅계 1」・「바다」
괴롭다	3	「수대동 시」・「바다」・「문」
뉘우치다	3	「자화상」・「문」(2)
떨다/떨리다/전율	3	「웅계 2」・「웅계 1」・「정오의 언덕에서」
기쁘다/기쁨	2	「엽서」・「웅계 1」
덧없다	1	「벽」
목메다	1	「벽」
무겁다	1	「부흥이」
무섭다	1	「문」
불평	1	「부흥이」
비장하다	1	「문」
숫스러워지다	1	「수대동 시」
심술	1	「부흥이」
오만하다	1	「웅계 2」
욕망	1	「정오의 언덕에서」
원통하다	1	「화사」
의좋다	1	「웅계 1」
정열	1	「바다」
좋다	1	「단편」
지치다	1	「벽」
징그럽다	1	「화사」
참다	1	「정오의 언덕에서」
훈훈하다	1	「정오의 언덕에서」

이 중에서 출현 빈도가 높은 감정어들로는 '울음/울다'와 '웃음/웃다'가 각각 12회와 11회로 압도적으로 많고 4회 이상 출현한 감정어로는 '아름답다'가 8회, '눈물'과 '서럽다/섧다/서름'이 각각 5회, '부끄럽다', '사랑', '슬프다/슬픔'이 각각 4회씩 등장한다. '눈물'은 그 자체로 감정을 나타낸다기보다는 어떤 상황에서 흘리는 눈물이냐에 따라 드러내는 감정이 달라질 수 있는데 서정주의 초기 시에서는 대체로 '울음/울다'와 유의미하게 구별되지는 않는다. 아울러 '울음/울다'는 '슬프다'나 '서럽다'라는 감정에 대한 행동이라고 볼 수 있으므로 '울음/울다'를 독립된 감정어로 다루기보다는 '슬프다', '서럽다'에 포함해 다루고자 한다. '아름답다'는 대상에 대해 느끼거나 대상을 보고 발생하는 감정어로 분류할 수 있지만 미적 반응이라는 점에서 다른 감정어들과는 차원을 달리한다고 보았다. 또한 사랑은 복합적인 감정이어서 다른 감정어들과는 차원을 달리한다고 볼 수 있으므로 이 논문에서는 부끄러움, 슬픔, 설움, 웃음이라는 감정어에 특히 주목하고자 한다.

3. 부끄러움와 모호성

서정주 초기 시에서 '부끄럽다'라는 감정어가 쓰인 시는 총 3편으로 「자화상」, 「와가의 전설」, 「엽서」이다. 이 중 「와가의 전설」에 '부끄럽다'라는 시어가 두 번 쓰이면서 『화사집』 수록 시 중 4회에 걸쳐서 '부끄럽다'라는 감정어가 쓰였다고 볼 수 있다. '부끄럽다'라는 감정어의 출현 빈도가 높다고 말할 수는 없지만 「자화상」에 등장하는 부끄러움이 강렬하고, 이는 다양한 감정어들이 쓰인 서정주의 시에서 상대적으로 높은 빈도를 보이는 감정어이므로 그의 초기 시에서 '부끄러움'이라는 감정어가 어떤 방식으로 쓰이고 어떤 의미를 지니는지 살펴볼 필요가 있다.

우리말로 '부끄럽다'라고 표현되는 감정은 일반적으로 '일을 잘 못하거나 양심에 거리끼어 볼 낯이 없거나 매우 떳떳하지 못함'을 의미하거나 '스스러움을 느끼어 매우 수줍음'을 나타낸다. 서정주의 시에 쓰인 '부끄러움'에는 이 두 가지의 감정이 다 나타난다는 점이 특징적이다. 또한 부끄러움의 감정을 느끼는 주체가 다소 모호하게 그려져 있어서 부끄러움의 두 가지 의미와 함께 시에서 모호성을 형성하는 데 기여한다.

> 애비는 종이었다. 밤이 깊어도 오지 않았다.
> 파뿌리같이 늙은 할머니와 대추꽃이 한 주 서 있을 뿐이었다.
> 어매는 달을 두고 풋살구가 꼭 하나만 먹고 싶다 하였으나…… 흙으로
> 바람벽한 호롱불 밑에
> 손톱이 깜한 에미의 아들.
> 갑오년이라든가 바다에 나가서는 돌아오지 않는다 하는 외할아버지의
> 숱 많은 머리털과
> 그 크다란 눈이 나는 닮었다 한다.
>
> 스물세 해 동안 나를 키운 건 팔할이 바람이다.
> 세상은 가도 가도 부끄럽기만 하드라.
> 어떤 이는 내 눈에서 죄인을 읽고 가고
> 어떤 이는 내 입에서 천치를 읽고 가나
> 나는 아무것도 뉘우치진 않을란다.
>
> 찬란히 티워 오는 어느 아침에도
> 이마 우에 얹힌 시의 이슬에는
> 몇 방울의 피가 언제나 섞여 있어
> 볕이거나 그늘이거나 혓바닥 늘어트린
> 병든 수캐마냥 헐떡어리며 나는 왔다.
>
> ─ 「자화상」 전문

서정주의 시적 선언이자 초기 시의 시론적 성격을 지니며, 초기 시

의 세계를 대표한다고 할 수 있는 「자화상」에서 '부끄럽다'라는 감정어
가 출현한다는 사실에 주목할 필요가 있다. 부끄러움은 일제 강점기 말
을 살아간 시인들에겐 사실 흔히 느낄 수 있는 감정이었을 것이다. 모
국어로 시를 쓰는 숙명을 지닌 시인들에게 식민지 지식인으로 살아가
면서 시를 쓴다는 사실은 스스로에 대한 부끄러움을 유발할 수밖에 없
었을 것이다. 서정주와 동시대에 시를 썼던 이용악이나 윤동주의 시에
서도 '부끄러움'이라는 감정이 자주 출현하는 까닭은 여기에 있다.23)

그런데 서정주의 시에서 부끄러움의 주체는 다소 모호하게 그려진
다. "스물세 해 동안 나를 키운 건 팔할이 바람이다."라는 선언적이고
도전적인 진술 뒤에 오는 표현이 바로 "세상은 가도 가도 부끄럽기만
하드라."라는 점을 특히 주목할 필요가 있다. 스물세 해 동안 나를 키
운 건 팔할이 바람이라는 말은 '나'가 소속되어 있는 곳을 부정하는 자
기 선언이다. 부모, 가족은 물론이고 나를 둘러싼 환경, 국가, 민족을
부정하는 청년의 언어가 거기에는 들어 있다. '나'를 있게 했고 성장시
켰으며 '나'를 둘러싸고 있는 모든 것들을 부정하고 홀로 당당히 세상
의 바람을 맞고자 하는 시적 주체는 "세상은 가도 가도 부끄럽기만 하
드라."라는 사실과 마주한다. 부끄러움을 느끼는 주체는 '나', 즉 화자
여야 할 것 같은데 화자는 오히려 세상이 부끄럽다고 말한다. 세상은
화자에게 부끄러움이라는 감정을 유발하는 대상이자 부끄러움이라는
감정의 주체가 된다. 떳떳하지 못한 수치심, 일종의 죄의식을 느끼는
것은 분명 화자일 텐데 '내가 부끄럽다'고는 말하지 않는다. '나'의 자
리에 슬쩍 '세상'을 가져다 놓음으로써 부끄러움을 느끼는 주체를 모호
하게 만들어 버린다. "나는 아무것도 뉘우치진 않을란다."라는 선언의
말을 할 때는 단호하지만 부끄러움이나 죄의식이라는 감정 앞에서는

---

23) 이용악의 초기 시에 나타난 부끄러움에 대해서는 이경수, 「이용악 시에 나타난 '길'
의 표상과 '고향·조선'이라는 심상지리」, 『우리문학연구』 제27집, 우리문학회, 2009,
239~268쪽 참조.

솔직하지 않고 모호한 태도를 취한다. "세상은 가도 가도 부끄럽기만 하드라." 바로 뒤에 이어지는 행에서도 "어떤 이는 내 눈에서 죄인을 읽고 가고/어떤 이는 내 입에서 천치를 읽고 가나"와 같이 죄인과 천치, 즉 죄스러움이나 죄의식과 어리석고 어수룩함이 나란히 놓이면서 부끄러움의 두 가지 의미를 슬그머니 끌어온다. 이 뒤에 이어지는 문장이 "나는 아무것도 뉘우치진 않을란다."이다. 황현산이 일찍이 간파한 것처럼 서정주는 시인으로서의 천명과 시적 자기 선언을 드러내는 데는 단호하고 강렬했지만 세상에 대해서나 세상과의 관계 속에서 화자가 느끼는 감정을 드러내는 데는 솔직하지 못했다. 부끄러움을 응시하기보다는 부끄러움이라는 감정의 성격과 그러한 감정을 느끼는 주체와 대상을 모호하게 처리함으로써 이 시는 '책임 없는 아름다움'[24]에 기여할 가능성을 배태하게 된다.

> 속눈섭이 기이다란, 계집애의 연륜은
> 댕기 기이다란, 붉은 댕기 기이다란, 瓦家 천년의 은하 물굽이…… 푸르게만 푸르게만 두터워 갔다.
>
> 어느 바람 속에서도 부끄러운 열매처럼 부끄러운 계집애.
> 靑蛇.
> 뽕나무에 오디개 먹은 청사.
> 天動 먹음은,
> 번갯불 먹음은, 쏘내기 먹음은,
> 검푸른 하늘가에 초롱불 달고……
> 고요히 토혈하며 소리 없이 죽어 갔다는 淑은,
> 유체 손톱이 아름다운 계집이었다 한다.
>
> — 「와가의 전설」 전문

와가의 전설로 남은 "손톱이 아름다운 계집"을 그리고 있는 이 시에

---

24) 황현산, 앞의 글, 476쪽.

서도 '부끄러움'이라는 감정을 느끼는 주체나 대상이 다소 모호하게 그
려진다. '부끄러운'이 수식하는 말은 '열매'와 '계집애'로 "어느 바람
속에서도 부끄러운 열매처럼 부끄러운 계집애"라는 구절에서 드러나듯
이 앞의 구절(어느 바람 속에서도 부끄러운 열매)은 뒤의 구절(부끄러운 계집
애)을 매개하는 보조 관념이 된다. 바람 속에서 열매가 느끼는 감정이
'부끄러움'이라 그려진 것으로 보아 "부끄러운 계집애"에 쓰인 '부끄러
움'의 의미도 수치심보다는 '수줍음'에 가까워 보인다. 그렇게 볼 때 부
끄러움이라는 감정을 느끼는 주체는 '계집애'가 되어야 하는데, "고요
히 토혈하며 소리 없이 죽어 갔다는 淑"이라는 계집애의 사연을 말하
는 화자의 시선으로 인해, 그리고 "부끄러운 계집애" 바로 뒤에 이어지
는 "靑蛇/뽕나무에 오디개 먹은 청사"라는 구절로 인해 저 '계집애'의
모습에는 자연스럽게 뱀의 꾐에 넘어간 하와가 겹쳐진다. 와가의 전설
로 내려오는 동양적 여성의 이미지에 구약성서에 등장하는 하와가 겹
쳐지고, 거기에 비극적 아름다움으로 치장된 죽음의 이미지가 더해지
면서 전설은 완성된다. 이렇게 이 시를 읽을 때, "부끄러운 계집애"는
단순히 수줍은 계집애의 의미로만 읽히지는 않는다. 뱀의 꾐에 넘어가
선악과를 먹은 후 처음 느낀 감정, 부끄러움이라는 감정은 수치심에 더
가깝다고 볼 수 있다. 이렇듯 '부끄러운 계집애'는 수줍음과 수치심이
라는 이중적인 의미를 끌어안으면서 모호함을 띠게 된다. 황현산이 지
적한 "불확실한 것에 대한 은유를 말하기 전에 확실한 것들에 대한 비
유를 나열함으로써"[25] 분명한 것과 분명하지 않은 것을 나란히 놓는
방식으로 시어에 신비성을 불어넣는 서정주의 시작 방법이 일으키는
효과는, 이 시에서 부끄러움이라는 감정을 양가적 의미로 활용해 모호
성을 유발하는 시적 효과와 유사한 성격을 지닌다고 볼 수 있다.

---

25) 황현산, 앞의 글, 464쪽.

포올 베르레-느의 달밤이라도
복동이와 같이 나는 새끼를 꼰다.
巴蜀의 울음소리가 그래도 들리거든
부끄러운 귀를 깎어 버리마.

- 「엽서」 부분

인용한 시의 마지막 연 마지막 행에 등장하는 "부끄러운 귀를 깎어 버리마."에도 부끄럽다는 감정어가 사용된다. 여기서 '부끄러운 귀'는 우선 자신의 귀를 자른 반 고흐를 연상시킨다. 같은 연의 "포올 베르레-느의 달밤"에 주목할 때 폴 베를렌이 총을 쏜 것은 랭보를 향해서였지만 자신의 귀를 자르고 끝내 권총 자살을 한 고흐를 자연스럽게 연상시킨다. 권총이 연상 작용에 매개 역할을 한 셈이다. 흥미로운 것은 "부끄러운 귀를 깎어 버리마."라고 말하는 주체 '나'의 태도이다. 귀를 깎어 버리는 행위는 고흐에게서 영감을 얻은 것이라 해도 발화 주체 '나'가 자신의 귀에 대해 '부끄러움'을 느끼고 부끄러운 귀를 깎어 버리려고 하는 까닭은 "巴蜀의 울음소리가 그래도 들리"기 때문이다. 파촉은 중국의 쓰촨(西川) 지방의 옛 이름으로 한 번 가면 다시는 돌아올 수 없는 험난한 죽음의 세계를 의미한다. 이렇게 볼 때 '나'의 다짐은 죽음의 세계에서 들려오는 울음소리로부터 벗어나고자 하는 것으로 볼 수 있으며 귀를 깎어 버리는 행위는 죽음으로부터 벗어나 살고자 하는 의지라고 볼 수 있다. 그런데 그런 귀, 죽음의 울음소리를 듣는 귀를 부끄럽다고 발화 주체는 말한다.

이 시는 '동리에게'라는 부제에서도 드러나듯 김동리를 향해 쓴 엽서 같은 시이다. 최현식은 이 시를 솥작새 같은 계집과의 결별과 '생명'에서 '영원'으로의 시적 전향을 보여주는 시로 읽었는데,[26] 「수대동 시」에서 "오랫동안 나는 잘못 살았구나."라는 후회의 말과 함께 보들레르

---

26) 최현식, 『서정주 시의 근대와 반근대』, 소명출판, 2003, 333쪽.

와의 결별을 분명히 선언하는 것[27])과는 달리 이 시에서 발화 주체가 취하는 태도는 다소 모호하다. "포올 베르레-느의 달밤이라도/복동이와 같이 나는 새끼를 꼰다."에서 폴 베를렌의 세계와 거리를 두고 새끼를 꼬는 일상적 노동에 집중하는 '나'의 모습이 그려져 있지만 파촉의 울음소리와 결별하기 위해 고흐의 행위를 연상시키는 귀를 자르는 행위를 다짐하는 모습에서 다시 이들과의 거리는 좁혀진다. '부끄러운 귀'라는 표현도 모호한데 파촉의 울음소리를 듣는 귀를 부끄럽다고 여기는 것으로 보이지만 이 행위가 다시 죽음을 연상시킨다는 점에서 부끄러움이라는 감정을 느끼는 주체와 대상은 다소 모호해진다.

자기 자신이나 시대 현실에 대한 시적 주체의 반성적 인식을 가장 잘 보여줄 수 있는 감정이 부끄러움이라고 할 수 있는데, 서정주의 초기 시에서 부끄러움은 감정의 주체와 대상이 모호하게 그려지고 수치심과 수줍음이라는 부끄러움의 의미도 이중적으로 쓰였음을 확인할 수 있었다. 이는 시대 현실에 대한 서정주의 모호한 태도를 예비하는 것이기도 했다.

4. 슬픔과 저주받은 몸

'슬프다/슬픔'이라는 감정어가 쓰인 서정주의 시는 「화사」, 「봄」, 「정오의 언덕에서」, 세 편이다. 「봄」에는 '슬프다'라는 감정어가 두 번 반복되므로 총 4회에 걸쳐서 '슬프다/슬픔'이라는 감정어가 등장한다. 그런데 서정주 초기 시에 쓰인 감정어 중에서 가장 높은 출현 빈도를 나타내는 '울다/울음/울음소리/오열하다'는 주로 우는 행위에 초점이 맞추어져 있기는 하지만 감정의 측면에서는 슬픔이나 설움이라는 감정과

---

27) "샤알 보오드레-르처럼 섧고 괴로운 서울 여자를/아조 아조 인제는 잊어버려"(「수대동 시」)

서로 공유하고 있다고 볼 수 있다. 그렇게 볼 때 슬픔의 감정은 서정주의 초기 시에서 상당히 높은 출현 빈도를 보인다고 할 수 있다.

麝香 薄荷의 뒤안길이다.
아름다운 배암……
을마나 크다란 슬픔으로 태여났기에, 저리도 징그라운 몸뚱아리냐

꽃다님 같다.

너의 할아버지가 이브를 꼬여내든 달변의 혓바닥이
소리 잃은 채 낼룽그리는 붉은 아가리로
푸른 하눌이다. ……물어뜯어라. 원통히 물어뜯어,

달아나거라. 저놈의 대가리!

돌팔매를 쏘면서, 쏘면서, 사향 방촛길 저놈의 뒤를 따르는 것은
우리 할아버지의 안해가 이브라서 그러는 게 아니라
석유 먹은 듯…… 석유 먹은 듯…… 가쁜 숨결이야

바늘에 꼬여 두를까 부다. 꽃다님보단도 아름다운 빛……

크레오파트라의 피 먹은 양 붉게 타오르는
고은 입설이다…… 스며라! 배암.

우리 순네는 스물 난 색시, 고양이같이 고은 입설…… 스며라! 배암.
- 「花蛇」 전문

　아름다운 뱀 화사의 이미지를 강렬한 색채 이미지와 후각 이미지를 통해 표현하고 있는 이 시에서 화사는 아름다움을 천형처럼 짊어진 저주받은 존재로 그려진다. 구약성서에서 최초의 인간을 꾀어 인간으로 하여금 죄를 범하게 하고 마침내 부끄러움이라는 감정을 느끼게 한 존

재였던 뱀은 일반적으로 사악한 이미지로 그려지거나 징그러운 이미지
로 그려지는 데 비해 이 시에서는 거기에 더불어 아름다움을 지닌 대상
으로 그려진다. 아름다움이 죄가 되는 치명적인 매혹을 지닌 존재가 바
로 '화사'의 표상이라고 볼 수 있다. 서정주 초기 시에 그려진 대립적 반
복의 양가적 의미에 대해서는 선행 연구에서도 살펴본 바 있는데28) 이
시에서도 뱀은 악과 아름다움을 함께 지닌 이중적인 존재로 그려진다.
　"을마나 크다란 슬픔으로 태여났기에, 저리도 징그라운 몸뚱아리냐"
라는 표현에 단적으로 드러나듯이, 이 시에서 슬픔은 징그러운 몸뚱어
리를 동반한다. 화사의 대를 이어 내려오는 '크다란 슬픔'은 '징그라운
몸뚱아리'라는 저주받은 몸으로 형상화된다. 그것은 달변의 혓바닥으로
이브를 꾀어내던 할아버지의 원죄로 인한 것이기도 하다. 달변의 혓바
닥은 "소리 잃은 채 낼룽그리는 붉은 아가리"를 지닌 저주받은 원통한
몸이 된다. 슬픔이라는 감정에 저주받은 몸이라는 신체성을 부여함으
로써 서정주 초기 시의 슬픔은 신체화된 마음을 얻게 된다. 『화사집』에
서 슬픔은 저주받은 몸과 짝을 이룸으로써 천형을 짊어진 존재로서의
시인의 형상과 자연스럽게 만나게 된다.

> 　복사꽃 피고, 복사꽃 지고, 뱀이 눈 뜨고, 초록 제비 묻혀 오는 하늬바
> 람 우에 혼령 있는 하눌이여. 피가 잘 돌아…… 아무 병도 없으면 가시
> 내야. 슬픈 일 좀 슬픈 일 좀, 있어야겠다.
>
> 　　　　　　　　　　　　　　　　　　　　　　　- 「봄」 전문

　봄의 나른하고 병적인 몽롱함을 반복 기법29)을 통해 성공적으로 그
리고 있는 이 시에서 얼어붙었던 생명들에 생기가 돌기 시작하는 봄에
오히려 화자는 마음의 안정을 얻지 못하고 "슬픈 일"을 불러낸다. 피가

---

28) 이경수, 「한국 현대시의 반복 기법과 언술 구조-1930년대 후반기의 백석·이용악·
　　서정주 시를 중심으로」, 고려대 박사학위논문, 2003, 152~153쪽.
29) 같은 글, 182쪽.

잘 돌고 아무 병이 없는 가시내에게 슬픈 일을 불러오게 만드는 시간
으로 봄이 그려지고 있다. 서정주의 시에서 슬픔이라는 감정은 봄의 건
강한 생명력과는 공존하지 않는다. 슬픈 일은 가시내가 앓는 병과 나란
히 놓인다. 그러므로 아무 병도 없는 가시내에게 대신 슬픈 일이라도
불러오려는 것이다.

　「정오의 언덕에서」에는 '슬프다'라는 감정어가 등장하기는 하지만
지배적인 감정이라고 볼 수는 없다. 다만, "아-어찌 참을 것이냐!"라는
절규의 뒤에 "슬픈 이는 모다 巴蜀으로 갔어도,"라는 구절이 옴으로써
슬픔은 파촉, 즉 죽음의 세계를 동반하는 것으로 그려진다. '울음'이라
는 감정어가 등장하는 「바다」에서도 울음은 어둠과 죽음을 동반한다.
("반딧불만 한 등불 하나도 없이/울음에 젖은 얼굴을 온전한 어둠 속에 숨기어 가
지고…… 너는,/무언의 海心에 홀로 타오르는/한낱 꽃 같은 심장으로 침몰하라.")
물론 이때의 울음이 동반하는 죽음은 "항시 어데나 있고" "결국 아무
데도 없"는 "길"(「바다」)을 통과해 다른 세계로 나아가기 위한 통과의례
같은 것으로 볼 수 있다. 어둠과 침몰과 망각의 시간을 지나 다른 곳으
로 나아가려는 청년의 울음에는 저주받은 운명을 벗어나고픈 바람이
담겨 있다. 「서풍부」의 "서서 우는 눈먼 사람"도 슬픔이 저주받은 몸으
로 형상화된 또 하나의 예로 읽을 수 있다.

　서정주의 초기 시에서 슬픔은 이와 같이 저주받은 몸으로 형상화되
거나 죽음으로 이끌리는 감정, 심지어 봄의 생명력에까지 죽음의 분위
기를 드리우는 감정으로 그려진다. 천형 같은 운명이자 벗어나고픈 운
명이었을 슬픔의 감정을 저주받은 몸의 강렬한 이미지로 표상함으로써
서정주는 저주받은 시인의 상징성을 얻게 된다.

5. 설움과 붉은 색채 감각

'서럽다/섧다/서름'이라는 감정어가 등장하는 『화사집』 소재 서정주
의 시는 「문둥이」, 「수대동 시」, 「서름의 강물」, 「벽」 등 총 4편이다.
이 중 「서름의 강물」에 제목까지 포함해 '서름'이라는 시어가 두 번 등
장하므로 출현 빈도수는 5회가 된다. 그런데 슬픔과 마찬가지로 설움
도 서정주 초기 시에서 가장 높은 출현 빈도를 나타내는 감정어 '울다/
울음/울음소리/오열하다'와 서로 감정을 공유하고 있는 측면이 있다.
이렇게 볼 때 설움의 감정은 슬픔과 마찬가지로 서정주의 초기 시에서
상당히 높은 출현 빈도를 보인다고 할 수 있다.

> 해와 하늘빛이
> 문둥이는 서러워
>
> 보리밭에 달 뜨면
> 애기 하나 먹고
> 꽃처럼 붉은 울음을 밤새 울었다
>
> — 「문둥이」 전문

슬픔과 설움은 넓은 의미에서는 유사한 성격의 감정이라고 볼 수 있
다. 특히 서정주의 초기 시에서는 그런 성향을 보인다. 문둥이의 감정
으로 그려지고 있는 서러움은 사실상 저주받은 몸의 형상화와 다를 바
없다.[30] 저주받은 몸을 천형처럼 지니고 있는 문둥이가 느끼는 서러움
은 저주받은 몸이라는 원인으로 인한 결과이기도 하고 "꽃처럼 붉은
울음을 밤새" 우는 붉은 색채 감각의 강렬함을 동반하는 것이기도 하

---

[30] 정우택은 서정주 초기 문학의 심성 구조를 살펴보는 논문에서 일탈된 신체의 심성
구조로 '징그러움'과 '지랄'에 주목한 바 있다.(정우택, 「서정주 초기문학의 심성 구
조」, 『한국시학연구』 제32호, 한국시학회, 2011, 245쪽)

다. "보리밭에 달 뜨면/애기 하나 먹고"라는 2연의 내용은 문둥이에 대해 전해지는 근거 없는 속설이지만 그로 인해 문둥이의 저주받은 운명은 한층 강고해진다. 문둥이의 서러움이 "꽃처럼 붉은 울음"이라는 강렬한 색채 감각과 '밤새 우는' 영원의 시간을 동반하는 까닭은 바로 여기에 있다.

> 황토 담 너머 돌개울이 타
> 죄 있을 듯 보리 누른 더위—
> 날카론 왜낫 시렁 우에 걸어 놓고
> 오매는 몰래 어디로 갔나
>
> 바윗속 산되야지 식 식 어리며
> 피 흘리고 간 두럭길 두럭길에
> 붉은 옷 닙은 문둥이가 울어
>
> 땅에 누어서 배암 같은 계집은
> 땀 흘려 땀 흘려
> 어지러운 나ㄹ 엎드리었다.
>
> — 「麥夏」 전문

인용한 시 「麥夏」에서도 문둥이의 울음은 "붉은 옷 닙은 문둥이"의 행위로 그려진다. 보리 누른 더위의 강렬한 성적 분위기는 1연에서는 초여름의 끈적끈적함과 죄의식과 날카로운 왜낫의 이미지로 그려지고 2연에서는 "바윗속 산되야지"의 식식거림과 "피 흘리고 간 두럭길"의 이미지만큼이나 강렬한 원시성을 동반한다. 붉은 옷 입은 문둥이의 울음은 「문둥이」의 울음만큼이나 서러울 것이다. 3연에서 "배암 같은 계집"이 땅에 누어서 땀 흘려 나를 엎드리게 하는 관능적이고 성적인 분위기가 절정에 이르는 것은 1, 2연에 걸쳐 구축된 분위기와 정서로 인한 것이다. 서정주의 초기 시에서 서러움은 이처럼 붉은 색채 감각을 동반한다.

못 오실 니의 서서 우는 듯
어덴고 거기 이슬비 나려오는
薄暗의 강물 소리도 없이……
다만 붉고 붉은 눈물이
보래 핏빛 속으로 젖어
낮에도, 밤에도, 거리에 서도,
문득 눈웃음 지우려 할 때도
이마 우에 가즈런히 밀물쳐 오는
서름의 강물 언제나 흘러……
봄에도, 겨울밤 불켤 때에도,

― 「서름의 강물」 전문

언제나 흐르는 서름의 강물은 "붉고 붉은 눈물이/보래 핏빛 속으로
젖어" 밀물쳐 오는 것으로 그려진다. 영원성을 획득한 서러움의 감정은
"못 오실 니의 서서 우는" 울음과 피눈물을 연상시키는 "붉고 붉은 눈
물", 그 눈물이 더 짙어져서 "보래 핏빛 속으로 젖어"드는 것으로 형상
화된다. 서러움의 감정이 저주받은 몸만큼이나 강렬한 표상성을 획득
하게 되는 것은 붉은 색채 감각 때문이다.

덧없이 바래보든 벽에 지치어
불과 시계를 나란이 죽이고

어제도 내일도 오늘도 아닌
여기도 저기도 거기도 아닌

꺼져드는 어둠 속 반딧불처럼 까물거려
정지한 '나'의
'나'의 서름은 벙어리처럼……

이제 진달래꽃 벼랑 햇볕에 붉게 타오르는 봄날이 오면

벽 차고 나가 목메어 울리라! 벙어리처럼,
오— 벽아.

- 「壁」 전문

덧없이 바라보던 벽에 지치어 불과 시계를 나란히 죽이는 화자의 모
습은 한계 상황에 직면한 화자의 상태를 보여준다.[31] 과거와 미래와
현재의 시간과 공간을 모두 부정할 만큼 더 이상 견딜 수 없는 한계 상
황과 마주한 화자는 "꺼져드는 어둠 속 반딧불처럼 까물거"리는 '나'의
모습을 마치 정지한 것처럼 느낀다. 생명을 지닌 존재의 정지는 사실상
죽음을 의미한다. 생명의 지속을 의미하는 불과 시계를 죽이고 시간과
공간마저 죽여 버린 화자에게 남은 것은 '정지'한 '나', 즉 자신의 죽음
뿐이다. 이렇게 죽음과도 같은 한계 상황에 직면한 '나'의 서름은 벙어
리처럼 말 못할 것으로 형용된다. 그런데 마지막 연에서 그런 죽음의
상황 앞에서도 "벽 차고 나가 목메어" 우는 벙어리의 생명력이 "진달
래꽃 벼랑 햇볕에 붉게 타오르는 봄날"의 이미지를 통해 그려진다. '진
달래꽃-햇볕-붉게 타오르는 봄날'로 이어지는 붉은 색채 감각이 벙어리
의 서러움과 동반된다는 점은 흥미롭다. 마지막 행의 "오— 벽아."라는
절규 또한 핏빛으로 느껴지는 것은 붉은 색채 감각으로 표상된 서러움
때문일 것이다. 이처럼 서정주의 초기 시에서는 서러움의 감정이 붉은
색채 감각으로 표상됨으로써 서러움의 내용보다는 강렬한 이미지를 환
기하는 데 기여하게 된다.

6. 웃음과 동물적 원시성

'웃다/웃음/웃음소리/홍소/눈웃음'은 서정주의 첫 시집 『화사집』 수록

---

31) 이남호, 『서정주의 『화사집』을 읽는다』, 열림원, 2003, 79쪽.

시에서 「입맞춤」·「수대동 시」·「엽서」·「정오의 언덕에서」·「웅계 1」·「부활」·「고을나의 딸」·「서름의 강물」 등 8편의 시에 11회나 출현한다.32) '울음' 다음으로 높은 빈도수를 보이는 감정어 '웃다/웃음/웃음소리/홍소/눈웃음'은 앞서 살펴본 부끄러움, 슬픔, 서러움과는 좀 이질적인 감정이라고 볼 수 있다. 흥미로운 것은 서정주 초기 시에 등장하는 웃음이 소리나 짐승을 동반한다는 점이다. 소리를 내서 웃을 때 흔히 이를 드러내기 마련이므로 웃음이라는 감정어가 출현하는 서정주의 시에서는 드러난 이빨의 이미지도 자주 눈에 띈다. 이때 이빨은 웃음소리를 환기하기도 하고 공격적인 짐승의 이미지를 연상시키기도 한다. 웃음이라는 감정이 서정주의 초기 시에서 동물적인 원시성을 형성하는데 기여하는 까닭은 바로 여기에 있다.

> 가시내두 가시내두 가시내두 가시내두
> 콩밭 속으로만 자꾸 달아나고
> 울타리는 마구 자빠트려 놓고
> 오라고 오라고 오라고만 그러면
>
> 사랑 사랑의 석류꽃 낭기 낭기
> 하누바람이랑 별이 모다 웃습네요
> 풋풋한 산노루 때 언덕마다 한 마리씩
> 개구리는 개구리와 머구리는 머구리와
>
> 굽이 강물은 西天으로 흘러나려……
>
> 땅에 긴긴 입맞춤은 오오 몸서리친,
> 쑥니풀 질근질근 이빨이 히허옇게
> 짐승스런 웃음은 달더라 달더라 울음같이 달더라.
>
> ― 「입맞춤」 전문

---

32) 「입맞춤」에 2회, 「정오의 언덕에서」에 3회 출현한다.

에로틱한 관능적인 분위기를 유발하는 『화사집』 소재 시 중 한 편이
다. 콩밭 속으로 자꾸 달아나며 울타리를 마구 자빠트려 놓는 가시내의
움직임과 콩밭·석류꽃·별·산노루 떼·개구리·머구리가 환기하는
무한히 계속될 것 같은 반복성 등은 마지막 연의 "긴긴 입맞춤"에 생
명력을 부여한다. 특히 이 시에서는 "짐승스런 웃음"이라는 감정어를
통해 원시적인 생명력을 적절히 보여주고 있는데, 긴긴 입맞춤처럼 다
다단 '짐승스런 웃음'에 육체성을 부여하는 것은 "쑥니풀 질근질근"
'히허옇게 드러난 이빨'이다. 쑥니풀을 질근질근 씹는 히허연 이빨에서
느껴지는 것은 동물적인 원시성이다. 이는 '짐승스런 웃음'이 구체화된
이미지이기도 하다. 서정주의 초기 시에 등장하는 웃음은 드러난 이빨
을 동반하는 '짐승스런 웃음'이다. 동물적인 원시성과 에로티시즘은 절
묘하게 어우러져 『화사집』의 독특한 분위기를 형성한다.

> 머리를 상고로 깎고 나니
> 어느 시인과도 낯이 다르다.
> 꽝꽝한 니빨로 웃어 보니 하눌이 좋다.
> 손톱이 龜甲처럼 두터워 가는 것이 기쁘구나.
>
> 숱작새 같은 계집의 이얘기는, 벗아
> 인제 죽거든 저승에서나 하자.
> 목아지가 가느다란 이태백이처럼
> 우리는 어쩌서 양반이어야 했드냐.
>
> ―「엽서」 부분

'동리에게'라는 부제가 붙어 있는 이 시는 서정주의 시적 갈등과 선
택을 암시하는 구절들로 이루어져 있다. "숱작새 같은 계집의 이야기"
나 "폴 베를렌느의 달밤" 같은 것이 서정주가 결별하고자 하는 대상이
라면 "꽝꽝한 니빨로 웃어" 보는 것이나 "손톱이 龜甲처럼 두터워 가
는 것"은 그가 추구하는 방향에 좀 더 가까운 것이라고 할 수 있다. 살

아 있는 생활의 감각이나 긍정성이 이 시기 서정주의 시에서 간혹 비치는데 그것이 지독한 절망을 지나 도달한 긍정성이라고 볼 수 있는지, 일제 강점기 말에 생활의 감각과 긍정성의 편을 드는 것이 어떤 의미를 지니는지에 대해서는 좀 더 숙고가 필요해 보인다. 어쨌든 이 시에서 좋고 기쁘다고 긍정적 감정을 부여하는 행위나 상황은 "꽝꽝한 니빨로 웃어 보"는 행위와 "손톱이 龜甲처럼 두터워 가는 것"으로 그려진다. 여기서도 웃음은 "꽝꽝한 니빨"을 동반한다. 이빨을 드러내고 웃는 웃음에서 느껴지는 것은 소리이거나 동물적인 감각이다. 동물적인 원시성이 지닌 원시적 생명력이 이 시기 서정주 시에 나타난 '웃음/웃다'라는 감정어에서는 감지된다.

보지 마라 너 눈물 어린 눈으로는……
소란한 哄笑의 정오 天心에
다붙은 내 입설의 피묻은 입맞춤과
무한 욕망의 그윽한 이 전율을……

……

沒藥 麝香의 훈훈한 이 꽃자리
내 숫사슴의 춤추며 뛰어가자

웃음 웃는 짐승, 짐승 속으로.
— 「정오의 언덕에서」 부분

인용한 시에서는 '홍소', '웃음', '웃다'라는 세 가지 형태의 감정어가 등장한다. 여기서도 웃음은 소리 감각으로 표현되어 동물적 원시성을 드러내는 데 기여한다. 소란한 홍소가 동반하는 것은 떠들썩한 웃음소리이다. 그것은 또한 "다붙은 내 입설의 피묻은 입맞춤"과 나란히 놓인다. 마지막 연에서는 아예 "웃음 웃는 짐승"이라는 조합이 등장해 웃음

에 동물적 원시성을 부여한다. 특히 이 시에서는 이러한 원시성이 입
맞추고 춤추며 뛰어가고 하는 행위와 함께 배치되어 꿈틀거리는 생명
력을 획득하는 데 성공한다.

> 문득 면전에 웃음소리 있기에
> 醉眼을 들어 보니, 거기
> 오색 산호초에 묻혀 있는 娘子
> 물에서 나옵니까.
>
> 머리카락이라든지 콧구멍이라든지 콧구멍이라든지
> 바다에 떠 보이면 아름다우렷다.
>
> 石壁 야생의 석류꽃 열매 알알
> 입설이 저…… 잇발이 저……
>
> - 「高乙那의 딸」 부분

웃음소리에 취한 눈을 들어 돌아보니, 거기에는 "오색 산호초에 묻
혀 있는 娘子"가 있었다. 오색 산호초에 묻혀 있다 물에서 나오는 낭자
의 모습은 야생의 동물적 원시성을 유감없이 드러낸다. 소리를 동반하
는 웃음, 그것도 여인의 웃음은 "머리카락"과 "콧구멍"이 환기하는 야
생성과 "석벽 야생의 석류꽃 알알"이 맺힌 이미지와 여인의 드러난 '입
설'과 '잇발'이 자아내는 동물적 감각과 맞물려 원시적 생명력을 배가
하고, '高乙那의 딸'에 신화성을 부여한다.

「부활」에서 종로거리 사방에서 나타나는 '㖃娜'[33] 역시 웃으며 온

---

33) 1941년 남만서고에서 나온 『화사집』에 수록된 「復活」에는 '臾娜'로 표기되어 있는
데 '臾娜'의 독음을 두고는 원래의 한자음대로 '유나'로 읽어야 한다는 견해와 서정
주의 시 낭송을 고려해 '수나'로 읽어야 한다는 견해가 팽팽히 맞서 있었다. 이에 대
해서는 이경수, 앞의 논문(2003), 185쪽, 각주 299번과 이남호, 앞의 책, 90~91쪽에
상세히 서술되어 있다. 이 논문에서는 이러한 논쟁을 반영해 '臾娜'를 '㖃娜'로 수정
한 서정주, 『미당 서정주 전집』 1, 은행나무, 2015의 판단을 존중해, '㖃娜'로 표기

다.("사방에서 네가 웃고 오는구나.") 너를 향한 그리움이 불러온 '曳娜'는 웃음소리와 함께 화자가 혼자 걷는 종로거리를 사방에서 오며 가득 채운다. 소리가 환기하는 전방위적 공간성, 종로 네거리가 지닌 사방으로 뻗은 공간적 특징과 맞물려 '曳娜'의 부활은 구체성을 획득하게 된다. 여기서도 웃음은 소리를 동반함으로써 '曳娜'의 부활에 신체성을 부여하게 된다.

7. 결론

이 논문에서는 서정주 초기 시에 나타난 시의식을 감정어의 활용 방식에 집중해서 살펴보고자 했다. 서정주의 첫 시집 『화사집』을 연구 대상으로 삼아 『화사집』에 사용된 감정어들을 시어별로 살펴보고, 그 중 출현 빈도수가 높은 감정어들을 중심으로 감정어가 서정주의 초기 시에서 활용된 방식과 그 의미를 살펴보았다. 서정주의 첫 시집 『화사집』에 수록된 24편의 시에서 사용된 감정어는 총 44개이며 출현 빈도수는 82회였다. 그 중 품사는 달라도 같은 유형의 감정들을 하나의 감정어로 다루면 『화사집』 수록시 24편에 사용된 감정어의 종류는 총 30개였다. 이와 같이 다양한 감정어들이 『화사집』 전체에 넓게 분포해 있음을 알 수 있었다.

이 논문에서는 그 중 출현 빈도수가 높은 감정어인 부끄러움, 슬픔, 설움, 웃음이 서정주의 초기 시에서 어떻게 활용되고 있는지 그 의미를 살펴보았다. 부끄러움은 감정의 주체와 대상이 다소 모호하게 그려지고 수치심과 수줍음이라는 부끄러움의 의미도 이중적으로 쓰였는데, 이는 현실에 대한 서정주의 모호한 태도를 예비하는 것이기도 했다. 슬

를 수정하고 '수나'로 독음하였다.

픔과 설움은 서정주의 시에서 압도적으로 등장하는 감정어로 슬픔은 저주받은 몸으로 형상화되고 설움은 붉은 색채 감각으로 형용되었다. '울음/울다'라는 감정어의 대부분도 슬픔과 설움으로 수렴된다는 것을 고려할 때 서정주 초기 시에서 가장 높은 비중을 차지하는 감정은 슬픔과 설움이라고 할 수 있다. 이 감정어들은 저주받은 몸과 붉은 색채 감각으로 형상화됨으로써 슬픔과 설움의 내용보다는 강렬한 이미지를 환기하는 데 더 기여하게 된다. 웃음은 소리나 짐승을 동반한다는 점이 가장 특징적인데, 웃음이라는 감정은 서정주의 초기 시에서 동물적인 원시성을 형성하는 데 기여하였다. 서정주 초기 시에 높은 빈도로 등장하는 감정어들은 원시적이고 신비한 분위기를 만들어내고 사회 현실에 대해서는 모호한 태도를 드러냄으로써 궁극적으로 일제 말기 시인의 친일 행보를 예견케 한다.

이 논문에서는 『화사집』에 한정해 서정주의 초기 시에 나타난 감정어를 살펴보았지만 이 연구의 결과는 이후의 서정주 시로 확장될 수 있을 것으로 보인다. 특히 슬픔이나 설움 같은 감정어는 『귀촉도』를 비롯해 그 이후의 서정주 시에서도 주된 감정어로 활용되고 있어서 그것의 활용 방식과 의미를 살펴보는 후속 연구가 필요하다고 판단된다. 고빈도 감정어의 활용 방식과 그 의미를 통해 서정주의 시의식이 어떻게 변모하는지 살펴보는 연구는 후속 과제로 남겨 둔다.

식민지 주체의 아이덴티티 수행과 친일의 회로

허 병 식*

1. 미당과 친일문학론

미당의 시적 이력에 친일의 그늘이 드리워져 있다는 점을 부정하기는 어렵다. 미당 시의 위상이 높아지고 그의 시적 성취를 고평하는 반응들이 발표되는 만큼 그의 친일 행적과 권력에의 굴종을 문제삼는 목소리들이 뒤따랐으며, 대중들의 미당에 대한 인식 속에 고평과 폄하의 양가적인 반응이 자리잡고 있는 것은 그러므로 자연스러운 것이다. 친일의 역사를 돌아본 문학 연구에서도 미당의 이름이 빠지지 않고 거론되어 온 것은 매우 당연한 결과라고 할 수 있을 것이다. 1986년 김병걸과 김규동의 편집으로 실천문학사에서 출간된 『친일문학작품선집』(전2권)[1]에서는 모두 36명의 친일문인들의 작품들을 싣고 있는데, 이 중에서 미당의 작품은 7편이 소개되고 있다. 이는 11편의 이광수, 10편의 주가 대표적인 친일문인으로 인식되고 있음을 보여주는 하나의 예라고

* 동국대학교, monogata@naver.com
** 이 글은 『한국문학연구』 제48호(동국대학교 한국문학연구소, 2015)에 게재된 원고를 단행본의 편집 취지에 맞춰 수정·보완한 것이다.
1) 김병걸, 김규동 편, 『친일문학작품선집』1·2, 실천문학사, 1986.

최재서에 이어 세 번째로 많은 것으로, 이광수나 최재서와 더불어 서정
볼 수 있다.

　'일제암흑기의 작가와 작품'이란 부제가 붙은 임종국의 『친일문학론』
은 일제 식민지 시기의 친일문학이 무엇인가에 대해 정의하고, 이 시기
에 활동했던 친일문인의 명단을 정리하여 그들의 작품과 행적을 거론
한 최초의 저서이다. 그는 이 책의 「작가와 작품론」에서 김동인부터 최
정희에 이르기까지 모두 28명의 작가의 친일 행적을 개별적으로 추적
하였다. 그러나 이 명단에는 대표적인 친일 문인으로 알려진 미당 서정
주의 이름이 빠져 있다. 『임종국 평전』을 쓴 정운현은 이를 수상하게
여겼던지, 임종국의 생애에서 『친일문학론』에 대해 언급하는 제3부에
서 한 장의 제목을 「28명의 개별 작가론에서 서정주가 빠진 까닭」이라
고 붙여 미당이 친일작가론에서 빠진 이유를 추적하고 있다.

　　「개별 작가론」 가운데 '미당 서정주'가 안 보인다(물론 부록편 '관계작
　품연표'에는 이름과 12편의 작품명이 소개돼 있다). 개인에 따라 견해 차
　이를 보이지만 종국의 잣대라면 서정주는 「개별 작가론」에 오를 만한 인
　물이다. 종국은 서정주가 시 이외에 다른 분야까지 영역을 넓혀 친일작
　품 활동을 한 것을 대단히 비판적으로 보았다. 그런데 그런 미당이 왜 빠
　졌을까?
　　박희진이 이런 증언을 들려줬다. "책이 나오고 난 뒤에 임 선생에게
　'미당 서정주가 왜 빠졌느냐'고 물어본 적이 있다. 그랬더니 '서정주의 본
　명과 창씨개명한 이름達城靜雄이 동일 인물인 줄 잘 몰랐다'고 말했다."
　　박희진이 잘못 들었는지, 아니면 종국이 둘러댄 것인지는 몰라도 납득
　하기 어렵다. 이미 『친일문학론』에도 미당이 창씨개명한 이름이 버젓이
　소개됐고, 평소 누구보다도 미당에 대해서 잘 알던 그였다. 현재로선 알
　수 없는 '그 이유'는 후대의 연구자에게 미루기로 한다.[2]

　그러나 소제목에서 '개별 작가론에서 서정주가 빠진 까닭'이라고 쓴

─────────────

2) 정운현, 『임종국 평전』, 시대의창, 2006, 285쪽.

것과는 달리 이 글을 읽어보아도 미당이 『친일문학론』의 5장 「작가 및 작품론」에서 제외된 이유를 분명히 알기는 어렵다. 임종국 자신이 『친일문학론』에서 창씨개명한 미당의 일본이름이 다츠시로 시즈오(達城靜雄)임을 밝히고 있으면서도 그것이 미당과 동일인인지 알지 못했다고 말했다는 것은 정운현의 말처럼 납득하기 어려운 일이다. 임종국은 『친일문학론』의 부록인 '관계작품연표'에 미당의 작품 10편의 이름을 소개하고 있을 뿐 작가에 대한 조명이나 작품에 대한 분석은 수행하고 있지 않다.

임종국의 작업 이후 일제하 친일문학에 대해 언급한 주요한 저작으로 이철범의 작업을 들 수 있다. 그는 '일제하 친일문학의 비판'이라는 부제가 붙은 『한국신문학대계(下)』에서 "일제말기의 친일문학의 기술에 있어서 생존해 있는 작가・시인에 대해선 親・不親을 불문하고, 개인 감정을 초월, 객관적으로 역사의 진리를 기록해야 한다는 엄숙한 사실 앞에서 증거주의로 표본삼아 원문을 실었다."라고 밝히며 친일문학의 비판적 조명에 나선 바 있다. 그는 이 책에서 1940년대의 시인 작가들을 소개하면서 미당에 대해 다음과 같이 말하고 있다.

이 연대를 보면 이상스럽게도, 중국침략의 해인 1937년부터 태평양전쟁 도발 해인 1940년에 시집이 가장 많이 발행되었다. 그러나, 그 시집 어느 하나를 막론하고, 제국주의 침략의 시대를 비꼬았거나 그 시대 속에 병들고 멍든 한국인의 고통과 정서를 읊은 시인은 없었다. 그냥 그러한 객관적인 정세와는 관계없이 시집붐만 일어났다. 오늘날 신라의 이미지를 높이 내세우는 서정주만 하더라도, 1940년대 「화사집」으로 오○환과 더불어 가장 우수한 시인으로 손꼽히고 있으며, 그들이 주로 활약했던 「시인부락」은 「시문학」지와 함께 역사적 의의가 강조되고 있지만, 솔직히 말해서 서정주만큼 친일시를 많이 쓴 사람도 없으니, 어떻게 그를 가리켜서 민족시인이라고 할 수 있는지, 심지어는 ①「徵兵適齡期의 아들을 둔 조선의 어머니에게, 春秋・43・10」 ②「航空日에=國民文學 43・10」 ③「崔遞夫의 軍屬志望 朝光 43・11」 등의 수상 및 단편을 썼고, 학

병관계 「獻詩=43・11・16」「松井伍長頌歌 每新 44・12・9」=이상 임종
국・친일문학론=을 썼으니, 「花蛇集」의 시적인 재능과 유닉한 세계만을
따로 떼놓고, 논하기에는 어딘지 민족시인의 정신을 의심하지 않을 수
없다.3)

이철범은 미당을 1940년대의 가장 우수한 시인으로 손꼽히고 있지
만, 그만큼 친일시를 많이 쓴 사람도 없다고 하면서, 임종국의 『친일문
학론』에 기대어 그의 친일 작품들의 목록을 거론하고 있다. 그러나 정
작 작품의 분석에서는 『화사집』에 대해서만 언급하고 있을 뿐, 미당의
친일문학에 대한 분석은 행하고 있지 않다. 이 글에서 이철범이 미당의
친일 이력을 거론하면서, 그를 '민족시인'이라고 부를 수 없다고 강조
하는 대목은 주목할 필요가 있다. 이는 미당의 친일 행적보다 그가 민
족시인으로 행세하고 있다는 점을 더 참을 수 없다는 저자의 입장을
보여주는 것으로, 이는 역설적으로 당대의 미당이 명실상부한 민족시
인으로 자리잡고 있었음을 증명하는 것이기 때문이다. 또한 이는 『친
일문학론』의 결론에서 친일문학의 공과론을 거론하면서, '국가주의'와
'동양에의 복귀'와 '서양 근대정신의 붕괴'를 주장한4) 임종국이 동양적
이고 민족적인 정조로 신라의 정신을 노래하던 미당에게 호의를 지니
고 있었을 가능성을 상상하게 만든다. 임종국의 입론에서라면 미당은
다른 친일문인들과는 달리 자신의 과오인 친일을 극복하고 진정으로
동양에의 복귀와 전통의 발견을 이뤄낸 민족의 시인으로 이해될 수 있
을 것이기 때문이다. 미당은 1955년 『서정주시선』을 발간한 이후 이른
바 '국민시인'으로서의 위치를 차지할 만큼 문단적 지위를 확고하게 갖
게 되었으며 독자로부터 전폭적인 지지를 받기 시작했다. 미당의 영원
성, 신라정신이 완성된 미적 형태와 기획을 보여준 시점이기도 하다.5)

---

3) 이철범, 『한국신문학대계(下)』, 경학사, 1972, 605~606쪽.
4) 임종국, 『친일문학론』, 평화출판사, 1966, 468~469쪽.
5) 김춘식, 「자족적인 '시의 왕국'과 '국민시인'의 상관성」, 『한국문학연구』 37집, 동국

이후에도 미당의 친일 행적에 대해서 많은 비판과 옹호의 말들이 오 갔지만, 이것이 본격적인 논쟁의 형식으로 조명된 시기는 2001년 여름, 그의 사후에 고은이 「미당 담론」을 발표한 이후라고 할 수 있을 것이 다. "미당은 나에게 추억의 대상이기도 하고 단절의 대상이기도 하다."[6] 라는 개인적 소회를 피력하며 전개된 이 미당비판론은 그러나 추억보다 는 단절을 목표로 한 험한 말들 속에 미당만이 아니라 자신의 과거까 지도 부정하는 언어들로 점철되어 있다. 또한 이에 대한 찬성과 반대의 의사를 표명하는 다른 여러 글들 또한 미당의 친일이나 권력 앞에서의 굴복을 올바르게 조명하고 있지 못한 점에서는 크게 다를 바 없다고 할 것이다. 이 논쟁이 의미를 지니고 있다면, 그것은 이후 문학 연구에 서 본격적으로 미당의 친일에 대한 조명을 불러일으킨 계기가 되었다 는 점을 유일하게 들어야 할 것이다. 이 글에서는 2000년대 이후 미당 의 친일문학에 대한 논의들을 살피고 미당의 친일 문학에 자리하고 있 는 그늘을 식민지 주체의 아이덴티티 수행이라는 맥락에서 파악해 보 려 한다.

2. 미당의 '국민시론'에 대한 비판적 논의들

임종국의 『친일문학론』 이후 친일문학 연구에서 중요한 업적으로 거 론되어야 할 책은 김재용의 『협력과 저항』이라고 할 것이다. 그는 친일 문학을 일본 제국주의의 헤게모니적 지배에 대한 협력과 저항이라는 이 분법적 관점에서 분류하여, 친일문학을 규정하는 하나의 기준을 제시한 다. 그에 따르면 어떤 작가와 작품을 친일이라고 분류하는 기준은 그 행위의 자발성 여부이다. 그는 정지용의 친일시로 알려진 「이토」에 대

대학교 한국문학연구소, 2009, 336~337쪽.
6) 고은, 「미당 담론」, 『창작과비평』 2001년 여름호.

해 거론하면서, "그런데 중요한 것은 그가 이후 이런 시를 더 이상 쓰지 않았다는 사실이다. 그는 결코 반복해서 이런 경향의 작품을 썼던 것은 아니다. 그런 점에서 그를 친일작가로 보는 것은 타당하지 않다."[7]고 주장한다. 친일 작품이 한 편으로 그친 경우 그것은 자발적인 것이 아니라 강요에 의한 것이라고 볼 수 있기 때문에 그 작품의 존재로 인하여 작가를 친일로 보아서는 안 된다는 것이다.

> 친일적인 요소를 갖고 있는 문학이 강요된 것이기 때문에 내적 논리가 없는 것과는 달리 친일파시즘문학은 철저하게 자발적이며 또한 확연한 내적 논리를 갖추고 있다는 것이 명료해진 자리에서 중요한 것은 일제 말의 작가들 중 어떤 이들이 내적 논리를 갖춘 자발성의 친일파시즘문학이며 또한 어떤 작가들이 그렇지 않은 것인지를 구분하는 일이다. 특히 이 과정에서 작가들의 사후 발언 즉 친일파시즘의 행적이 사회적으로 문제가 되자 이를 호도하기 위하여 자신의 행동을 무조건 강요된 것이라고 항변하는 태도는 친일파시즘문학을 희석화하는 것으로 면밀한 분석이 요망된다.[8]

김재용에게 중요한 것은 '친일적인 요소를 갖고 있는 문학'과 '친일파시즘문학'을 구분하는 것인데, 그 핵심적인 기준은 자발성을 지니고 있는가의 여부를 판단하는 것이다. 이런 기준에서 그는 서정주를 정지용과는 달리 친일파시즘문학의 대표자로 이해한다. 그는 미당의 자서전에서 한 대목을 길게 인용하며 당시의 친일행위가 주변의 현실에 세계사의 흐름에 대한 미당 자신의 판단에 기초한 자발적인 것이었음을 증명한다. 그러나 이런 맥락에서라면, 이후 미당이 자신의 친일이 강요에 의한 것이었다고 밝히고 있는 점이 문제가 된다.

---

7) 김재용, 『협력과 저항』, 소명, 2004, 120쪽.
8) 위의 책, 121~122쪽.

이때 조선의 어느 직장이나 마찬가지로 國民總力同盟 人文社支部라는 또하나 강요된 간판을 더 붙이고 지내야 했던 이곳에서 한 반년쯤 몸담아 지내는 동안에, 사장인 최재서씨가 그의 두개의 일본말 문학잡지에 쓰라는 것은 물론 조선총독부 기관지였던 유일한 우리말 신문인 「매일신보」에서 쓰라는 것도 두루 다 응해서 써주어야 했었다. 어기다니? 그 촘촘한 국민총력연맹의 감시의 그물 속에서 그들의 눈 밖에 나면 살아오른지 죽어오른지 모르는 그 무서운 徵用만이 기다리고 있었던 것도 엄연한 사실이었는데 말인가?9)

미당은 자신의 행위가 강요에 의한 것이었음을 여러 매체를 통해 밝힌 바 있다. 김재용은 이런 미당의 변명이 그의 친일문학에 대한 접근을 한층 더 어렵게 만드는 것이라고 지적하면서, 서정주의 친일이 강요에 의한 것이 아니라 자발적인 것이었음을 밝히려고 노력하고 있다. 김재용의 입론에 대한 비판적인 논의들이 대체로 지적하고 있는 것이지만, 친일문학의 기준을 자발성의 유무로 판단하는 논의에서 가장 문제가 되는 것은 그 기준이라는 것이 매우 애매하고 자의적일 수밖에 없다는 점이다. 친일에 대한 미당 자신의 고백 중에서 어떤 것은 채택할 만한 증거가 되고 어떤 것은 변명에 불과한 것으로 타기해야 한다는 것은 연구자의 자의적 선택이 아니라면 어떤 근거를 발견하기 어려운 주장에 불과하다. 김재용은 그 근거를 제시하기 위해서 미당의 동양론과 대동아공영권의 친연성에 대해 논의하는데, 그 결론적인 대목은 이러하다.

전통의 세계와 정한의 세계에 대한 서정주의 탐구는 결코 해방 후에 시작된 것이 아니다. 일제 말 친일작품을 쓰기 시작할 무렵에 형성된 것이다. 그런 점에서 서정주가 말하는 근대 이전의 동양의 세계라든가 전통이라는 것은 결코 민족적인 것과는 아무런 관련이 없음을 알 수 있다. 오히혀 민족적인 것을 철저하게 억압하는 과정 속에서 이루어진 것임을 확인할 수 있다.10)

---

9) 서정주, 「일정 말기와 나의 친일시」, 『신동아』 1992.4.

김재용은 미당의 동양의 세계와 전통에 대한 탐구를 '민족적인 것'
으로부터 추방시키려 하고 있다. 그의 논의는 제국의 논리에 오염되지
않은 순수한 '민족적인 것'을 묵시적으로 가정한다는 점[11]에서만이 아
니라, 해방 후 국민국가의 성립 이후 진행된 민족적인 것에 대한 추구
를 어떻게 제국적인 것과 분리할 것인가에 대한 답변을 마련하고 있지
않다는 점에서 문제를 지니고 있다.

박수연 또한 미당의 동양적인 것이 식민지 말기의 친일적인 것과 분
리되지 않는다는 입장을 보인다는 점에서 김재용과 같은 입장에서 미
당의 친일문학을 논하고 있다.

> 더구나, 그로써 이루어질 국민문학이 "아들과 손자의 대에는 또한 넉
> 넉히 한 개의 전통이 될 수 있는 문학"(「시의 이야기」, 289면)이 되리라
> 는 진술은 "어떻게 하면 나와 내 자식들과 손자들이 내 선대가 살아온
> 길을 이어서 별다른 실수 없이 살아나갈 것인가?"라는 진술로 이어져서
> 「시의 이야기」를 쓸 무렵과 신라 정신 시기의 미당 전통론의 유사성을
> 그 형식으로 증명하고 있는 것이다.[12]

박수연은 미당의 '국민시'에 대한 논의가 해방 후 신라 정신을 논하
던 시기의 미당의 전통론이 유사하다는 것을 증명하려 한다. 그러나 그
의 이런 주장에는 별다른 근거가 존재하지 않는데, 그가 유일하게 내세
우는 근거는 미당의 「시의 이야기」가 일본 낭만파 시인인 미요시 다쓰
지(三好達治)의 영향을 받고 있으며, 미당이 당대 일본의 제일 가장 좋은
시인 중 하나로 그의 이름을 거론한 적이 있다는 점이다. 미당의 국민
시론이 미요시 다쓰지의 국민시론으로부터 어떤 영향을 받고 있는지에
대해서는 다음 장에서 자세히 살피도록 하고, 이러한 주장을 통해 박수

연이 내리고 있는 결론을 우선 살펴보자.

> 그러나 식민지 조선의 지식인들에게는 자발적으로 돌아갈 곳이 없었
> 다. 그들에게는 초극할 근대가 없었으며, 있더라도 그것은 식민 본국의
> 근대였으니 자연히 돌아갈 곳은 일본 정신일 수밖에 없었다. 1934년부터
> 시작된 국내의 조선론과 조선주의, 동양문화론이 일본의 국책론, 국민문
> 학론으로 귀결된 것은 당연한 일이었다.13)

박수연은 일본의 전향작가 하야시 후사오(林房雄)의 '조선의 작가들에
게는 전향해도 돌아갈 조국이 없다'라는 유명한 명제를 이상한 방식으
로 인유하고 있다. 전향하여 일본주의로 빠져든 하야시가 부정한 것은
조선이라는 민족 개념 혹은 국가인데, 박수연은 그 명제를 인유하여 식
민지의 지식인들에게 근대 그 자체가 부재한다고 쓰고 있다. 식민지에
는 근대가 있을 수 없고, 있는 것은 식민 본국인 일본의 근대일 뿐이라
는 주장은 식민이라는 조건을 통해 근대라는 시간을 사유해야 했던, 식
민과 근대를 동시에 경험하며 그 속에서 근대주의를 추구해야 했던 식
민지 조선과 전 인류의 절반이 넘는 사람들의 경험을 무화시키는 진술
이다. 하정일은 이른바 '탈근대주의자'들이 제기하는 민족 비판의 문제
를 지적하면서, 그들이 단수의 근대를 상정하고 있다고 지적한 바 있
다. 그에 따르면 "단수의 근대 인식으로는 근대 내부에서 벌어지는 '근
대들' 간의 역동적 경쟁과 각축이라는 '통역사적 경향'을 결코 읽어낼
수 없기 때문"14)이라는 것이다. 이러한 비판은 탈근대주의자가 아닌
박수연의 주장에 먼저 적용되었어야 하는 것으로 보인다. 그는 이른바
국민시가 혹은 국민문학론이라는 것을 제국 일본의 대동아공영권의 맥
락에 일치시키는 작업만을 수행하고 있을 뿐 그 안에서 발생하는 여러

---

13) 위의 글, 68쪽.
14) 하정일, 「탈근대 담론 - 해체 혹은 폐허」, 『제도로서의 한국 근대문학과 탈식민성』,
    소명, 2008, 261쪽.

가지 차이와 분열에 대해서는 눈감고 있다. 이를테면 가장 강력한 국민문학의 이데올로그였던 최재서에게도, 제국 일본의 국민문학에 대한 주장으로부터 분기하여 조선의 독자성을 주장하려는 시도들이 발견되고 있다. 미당 또한 그러하다고 보아야 할 것이다. "뒤처진 근대를 사는 비서구권 사람들에게 완미한 근대의 달성 혹은 근대의 초극이 영원한 아포리아의 일종"이라고 전제한 최현식은 "서양이 영원히 따라잡고 넘어서야 할 타자로 존재하는 한, '미래지향적인 적극성'과 '현대성'을 띤 새로운 진보(시간)로서 항상 우리의 곁을 힐끔거릴 수밖에 없는 마성적 논리"라고 주장한다. "미당의 경우 서구라는 타자를 제 얼굴이 아닌 일본의 가면을 쓰고 초극하고자 했던 그 파탄적인 자기 동일성을 벗어버리고, 진정한 '나'와 '민족'을 자기 목적의 관점에서만 구성할 수 있도록 하는 주체의 재생 혹은 재정립에 관련되어 있기도 했다."15)는 최현식의 주장에 대해서는 좀더 자세히 검토할 필요가 있다고 판단되지만, 적어도 미당이 제국의 국민시에 대한 논의를 그대로 따라간 것만은 아니라는 점은 지적될 필요가 있을 것이다.

3. 국민시, 혹은 개성으로부터의 도피

박수연은 "일본에서 근대의 초극에 관한 좌담회에 참석하여 일본의 고전으로 서양을 극복해야 한다고 발언했던 미요시 다쓰지(三好達治)는 서정주가 두고두고 고평하는 시인인데, 그의 「국민시에 대하여」를 고스란히 뒤따르고 있는 이 글은 당대의 동양론을 남김없이 반복하고 있다고 보아도 좋다."16)고 여러 글에서 반복해서 언급하며 미당의 「시의

---

15) 최현식, 「민족, 전통 그리고 미-서정주 중기문학을 중심으로」, 『실천문학』 2001년 여름호, 66쪽.
16) 박수연, 「친일과 배타적 동양주의」, 『한국문학연구』 34호, 동국대학교 한국문학연구

이야기」를 단죄한다. 그렇다면 정말로 미당의 글이 미요시의 글을 '고스란히 뒤따르고 있는' 글인지에 대해서는 검토할 필요가 있을 것이다. 미요시 다츠지는 그의 「국민시에 대하여」에서 국민시라고 하는 것이 '계획적인 운동'과 '필연적인 정세'라는 두 가지 흐름이 동시에 만나는 장소에 나타난 것이라고 밝히면서, 그것을 이렇게 정의하고 있다. "이것을 한 마디로 말하면, 미증유의 전시하에 나라가 혼란스런 추세를 맞아, 국민시는 하나의 계획 있는 내부적 문화운동으로서, 또 전선총후와 직결되는 절실한 전진적(前進的) 서정시로서 탄생하여, 지금도 생겨나고 있는 것이라고 보는 것이 가능하다."[17] 그는 어떤 청년으로 추측되는 미지의 인물이 보낸 편지에서 '소위 국민시라고 하는 상스러운 것보다는 종전의 서정시가 더 좋은 것'이라는 의견을 제시한 데 대해서 답변하는 방식으로 국민시의 의미에 대해 논하고 있다. 우선 미요시의 글에서 미당이 영향을 받았을 것으로 추측할 수 있는 부분은 서구 근대시의 모방으로 일본 근대시의 역사를 이해하면서 그것을 넘어서야 한다고 주장하는 대목이다.

> 실로 우리들의 신체시는 그 발족에서부터 서구 근대시의 모방수입에 힘을 썼으며, 서구 근대시가 그런 것이었기 때문에, 그러한 기세의 자연으로서, 그 글씨본의 소위 세기말병을 그대로 모방하여 수입하는 것에 전념하여서, 독자 일반도 그것으로 근대적 세계적인 신미학권(新美學圈) 내에 육박하여 참가하는 자로서 이것을 환영했다.[18]

미요시는 일본의 신체시가 서구 근대시의 모방으로 이루어져 왔으며, 근대 독자들 또한 그것을 읽는 행위를 근대적인 미학에 참여하는 것으로 이해해서 그러한 모방을 즐겼다고 말하고 있다. 우선적으로 이

소, 2006, 202~203쪽.
17) 三好達治, 「國民詩について」, 『文藝春秋』 1942년 2월, 162쪽.
18) 위의 글, 163쪽.

러한 대목과 비슷한 주장을 미당도 펼치고 있다는 점을 이해할 수 있
다. 미당은 "그러나 그걸로써 우리는 몇십 년을 소모하고도 아직껏 민
중의 항심(恒心)에 침투하지 못한 서러운 경험을 가지고 있다. 한때 민
중의 공감을 얻은 게 있다 하여도 그것은 외래사상의 번역연설(飜譯演說)
과 같은 것이었고, 시가나 문학은 아니었던 것이었다."[19]라고 말하며
이제부터라도 민중의 양식이 될 수 있는 시가를 만들어내는데 힘써야
한다고 주장하고 있다.

그러나 미요시의 논의는 서구 근대시로부터의 탈피라는 점을 중요시
하는 것이 아니라, 대정익찬회에서 요청한 이른바 '시가익찬'을 위하여
명랑한 시, 국가의 비상시에 국민의 사기를 진작할 수 있는 시의 발육
시대와 청춘시대를 맞아야 한다는 것으로 이어지는 것이다. 미요시에
게 국민시란 "순수한 문학운동으로서 생겨난 것이 아니라 문학 외적인
국가적 비상시국에 촉진된 것이기에, 그 출처는 어찌됐든, 그 이전의
시단에 충만하였던 악풍폐습을 일소하는 것으로 충분한 것"[20]이다. 그
에게 국민시의 목적은 '국민도덕의 탐구'라는 것으로 귀결되는 것이다.
미요시가 제시하는 시국에 촉진된 문학운동으로서의 국민시가 몰두하
는 것은 "국민의 견실한 생활을 찬미하고, 농경을 찬미하고, 공장생활
을 찬미하고, 저축과 근로를 찬미하고, 질박함을 찬미하고, ……황군용
사의 분전과 무훈과 나날이 전달되는 그 빛나는 전과를 찬미하는 것"[21]
이다. 그러나 미요시는 당대의 국민시에 대해서 쓴소리를 하면서 국민
시가 웅변술을 통해 국민도덕의 탐구라는 과제를 수행하는 것이 아니
라 "시 본래의 예술 본래의 것이었던 감각을 투과하여, 이곳을 시작으
로 그 집단으로서의 민족의 격렬한 욕구에 호응할 수 있는 이치"[22]를

19) 서정주, 「詩의 이야기 - 주로 國民詩歌에 대하여」, 김병걸, 김규동 편, 『친일문학작
    품선집』1 · 2, 실천문학사, 1986, 287쪽.
20) 三好達治, 앞의 글, 164쪽
21) 위의 글.
22) 위의 글, 166쪽.

되찾아야 한다고 덧붙이고 있다. 미당은 "아무리 사상에서 출발한다 하여도 그것이 시문학으로 존재하려면 역시 어쩔 수 없이 감성(感性)의 관문을 통해 나와야 된다."라고 말하면서 미요시의 주장에 공명하고 있지만, '사상'이나 '사상성'이라는 말에 대해 언급하면서, "문학을 문학으로서 하지 않는 한 대체 누구의 작품이 아직도 우리를 위로할 수 있을 것인가"[23]라고 말하고 있는 대목에서는 미요시가 말한 국가적 비상시국에 촉진된 문학운동을 포함하여 모든 주의와 사상에 대한 시의 종속을 거부하고 있다는 점은 주목될 필요가 있다. 비록 서정주가 「松井伍長 頌歌」 같은 것을 써서 '황군용사의 분전과 무훈과 나날이 전달되는 그 빛나는 전과를 찬미하는' 국민시의 창작에 나서고 있다고 해도, 그의 시론에서 그러한 논의가 발견되지 않는 점은 충분히 의미 있는 지점이라고 판단할 수 있다.

박수연은 서정주가 근대초극의 논의를 자신의 문학의 불가피한 내용으로 삼는다는 주장의 근거를 미요시 다츠지와 미당의 시적 행로의 유사함에서 발견하고 있다.[24] 그러나 두 시인의 행로가 유사하다는 것이 미당의 동양주의에 대한 친일의 증거로만 해석될 수 있는 것은 아니다. 최현식의 견해는 이러하다.

> 미요시에 대한 미당의 경도는 오히려 그들이 밟아간 사상적 · 문학적 행로의 유사성, 특히 프랑스 상징주의에의 세례에서 벗어나 동양적 혹은 자국문화의 가치에 대한 이해와 자긍으로 이행하는 시적 전개의 유사성에서 비롯되었을 가능성이 크다. 보다 중요한 것은, 해방 후 미당은 자기만의 독특한 어법과 사유를 통해 동양적 가치에 전혀 새로운 옷을 입히는 작업을 평생 지속함으로써 그 영향관계를 무색게 하는 언어의 성채를 구축했다는 사실이다.[25]

---

23) 서정주, 앞의 글, 287쪽.
24) 박수연, 앞의 글, 208쪽.
25) 최현식, 앞의 글, 64쪽.

해방 후 미당의 시적 작업이 국민문학이 지니고 있는 동양주의의 자장을 탈피한 것이었는가를 따지는 일은 이 글의 범위를 벗어나는 것이다. 다만 전쟁기 미당의 동양주의가 당대의 국민문학이라는 이데올로기와 어떻게 연동되는 것인가를 살피는 것이 필요할 것이다. 박수연은 미당의 친일에 대한 논의에서 동양주의가 지니는 중요성을 간파하고 이를 국민문학의 대표적인 이데올르그인 최재서와의 비교를 통해 살피고 있는데, 이는 의미 있는 고찰이라고 볼 수 있다. 서정주가 그의 국민시론에서 민요시의 논의와는 달리 집중적으로 거론하고 있는 것이 이른바 개성에의 몰각을 통해 보편성을 획득하는 것인데, 이는 1940년대 국민문학론에서 가장 중요한 테제의 하나이기 때문이다.

> 우리는 항용 '獨創'이라든가 '個性'이라든가 하는 말을 애용해 왔다. 생명이 유동하는 순간순간에서 一의 자기의 언어, 자기의 색채, 자기의 音響만을 찾아 헤매었던 것이다. 그러나 아무와도 닮지 않은 독창이라든가 개성이란 어떤 것일까? 중심에서의 도피, 전통의 몰각, 윤리의 상실 등이 먼저 齊來되었다. 할 수 없는 무질서와 혼돈 속에서 작가들은 아무와도 닮지 않은 자기의 幽靈들을 만들어 놓고 또 오래지 않아서는 자기가 자기를 모방하여야 했던 것이다.[26]

미당이 주장하는 것은 개성이나 독창성에 대한 집착이 문학의 오랜 전통으로 이탈하는 것으로 이어졌다는 점이다. 서정주의 민족적 전통 지향성이 현재형과 미래형으로 열리지 못하고 과거형의 신화적 시간 속에 갇혀 있었거나,[27] 그의 시적 순수는 열악한 '현실'이 아닌 오직 '과거와 미래'에만 존재하는 것으로 인식된[28] 것이라면, 이는 40년대 국민문학론의 자장 안에 있던 시기의 미당에게만 해당하는 것은 아닐

---

26) 서정주, 앞의 글, 285쪽.
27) 홍용희, 「전통지향성의 시적 추구와 대동아공영권-서정주 친일시의 논리」, 『한국문학연구』 34집, 동국대학교 한국문학연구소, 2008.
28) 김춘식, 앞의 글.

것이다. 미당이 강조하는 개성에 대한 질타는 30년대 최재서가 몰두하였던 엘리어트의 '개성으로부터의 탈피'를 떠올리게 만드는 것인데, 최재서는 40년대에 이르러서는 동일한 주장을 전혀 다른 맥락에서 진행하고 있다. 그는 국민문학 창간호에 실은 「국민문학의 요건」에서 "개성의 선양으로부터 그 실추로, 또한 개성의 고민으로부터 그 해탈(解脫)로, 아무튼 개성을 추구하고 천착하다가 마침내 막다른 골목에 이른 것이 현대문학이다. 거기에 이르러 완전히 변한 것은 생활조건이다. 창작정신에 분열과 혼란이 생긴 것은 너무나 당연하다고 할 수 있을 것이다."29)라고 지적하며 개성에 대한 탄핵을 수행한 바 있다. 「받들어 모시는 문학」에서도 이어지는 이 논의는 결국 인간주체에 대한 절대적인 신념을 지니고 시작한 근대 개인주의 문학은 결국 파멸에 이르렀으며, 이중 일부의 자각한 개인들만이 그 폐해로부터 벗어나려 노력했다는 것으로 귀결된다.30) 국민문학이 개성을 탄핵함으로써 더불어 몰아내고자 했던 것이 서구 근대의 문명과 문화 그 자체였다. "우선 서양의 문명 자체에 대한 비판으로부터 시작하지 않으면 안 된다고 생각한다. 이것은 간단하게 말할 수 있는 것이 아닐지 모르지만, 내가 서양문학을 통해서 느낀 것은 그들의 생활 감정의 동력은 국가의 운명보다도 개성의 운명, 소유의 조화보다도 소유의 분배, 애정의 순화보다도 연애의 해방이라는 세 가지 측면에 놓여 있다고 생각한다."31)는 정인섭의 주장은 이러한 맥락을 정확하게 보여준다. 이는 1920년대 이후 조선의 근대적 문학을 구축하기 위해 작가들이 추구해 왔던 근대성의 핵심적인 영역을 차지하는 개성의 위치가 식민주의와의 관련 속에서 어떠한 한계를 지니고 있었는가를 적시하는 것이기도 하다.

---

29) 최재서, 「국민문학의 요건」, 『국민문학』, 1941.11.
30) 최재서, 「まつるふ文學」, 《국민문학》 1944. 4.
31) 정인섭, 「서양문학에 대한 반성」, 『국민문학』, 1942년 1월호.

4. 식민지 주체의 아이덴티티 수행

미당이 「松井五長 頌歌」를 포함한 친일시와 작품을 남기고 있는 것은 분명하다. 「松井五長 頌歌」는 일본국 가마카제(神風) 특공대원이 되었던 마쓰이 히데오(인재웅)에 대한 찬사를 담고 있는 글이며, 「崔遞夫의 軍屬志望」은 우체부 최씨가 일본 제국주의의 군속을 지망하게 되는 이야기를 담고 있다. 미당의 친일 작품들이 일본 제국의 신민이 됨으로써 식민지 주체의 위치에서 벗어나 제국-식민지의 주체로 상승하려는 욕망을 찬양하고 있다는 점에 대해서는 재론할 여지가 없을 것이다. 그러나 이 글에서 주목하고 싶은 것은 그러한 미당의 친일시가 있기 전에, 기꺼이 일본 제국의 신민이 되고자 했던 인재웅과 최체부들이 식민지 조선에 존재하고 있었다는 점이다. 미당이 자서전에서 수행한 자기변명 중 "그러나 그때에는 나는 나를 가장 객관적인 관찰자라고 생각했던 것이다."[32]라는 구절은 이러한 맥락에서 검토될 필요가 있다. 그러므로 미당의 친일문학에 대한 논의는 이들 식민지 주체의 정체성 수행과정과 더불어 제국이 이러한 식민지 주체의 정체성 수행을 어떤 방식으로 제국의 기획에 통합하면서, 인종주의의 부인이라는 과정을 거치게 되었는가에 대한 고찰을 동반하여 살펴야만 그 진정한 이해에 도달할 수 있을 것이다.

태평양 전쟁이 막바지에 이르고 있을 무렵, 일본은 새로운 방식의 영웅만들기에 나섰다. 전투기의 조종사들이 그들이다. 여러 면에서 조종사라는 인물은 조선의 협력자들이 전쟁 수행의 다른 시각적 재현에서 발전시켰던 주제들을 집약적으로 보여준다. 1944년 10월 레이트 만을 공략하는 전투에서 가미카제 전투 조종사의 첫 대열에 합류하였던 마쓰이 히데오에 대한 조선 매체들의 열광적인 반응은 이러한 맥락을

---

32) 서정주, 『서정주 문학전집』3, 일지사, 1972, 239쪽.

정확히 보여주고 있다. 조선의 대표적인 문인들이 그를 기리는 글을 썼으며 미당의 「마쓰이 오장 송가」도 그 중 하나이다.[33) 토오죠오 정권은 선택받은 최고의 지성을 갖춘 젊은이를 전쟁터로 내몰아 희생시키는 데에 인색하지 않았을 뿐만 아니라, 조선인·중국인·타이완인·타이완의 원주민을 병력으로 확보하기 위해 법률을 개정했다. 당시 제국 일본의 인구 30%는 조선인·중국인이었는데, 정부는 때때로 가혹한 수단을 동원하면서 그들을 강제로 지원하게 했다.[34)

그러나 식민지 조선의 청년들에 대한 제국 일본의 동원은 지배와 차별에 기반한 인종주의에 대한 부인이라는 전략을 동반하는 것이었다. 지배자는 동등할 수 없는 신민을 모멸하고, 그들에 대해 차별적인 자세를 가지는 것과 동시에, 식민지 권력은 식민자와 천황이 조선인, 대만인과 일본인의 근원적인 평등을 믿고 있다는 것을 식민지 피지배자에게 납득시키려 했다.[35) 이러한 문맥은 전쟁에서의 필요에 따라 피지배자들을 동원하기 위한 수단으로 이해되는 경우가 많지만, 그것이 단순한 프로파간다가 아니라 근본적인 권력의 변화와 연동되어 있다는 시각은 깊이 고려될 필요가 있다. 일본 내지가 식민지를 개조하려고 하는 가운데, 내지 또한 바로 그 제국의 프로젝트에 의해 항상 개조되었던 것이다. 이는 지배 엘리트로 하여금 인종에 대한 공통적인 감각을 갖도록 만들었다. 이러한 공통적 감각에 의해 조선인 군대의 징집에 대해 평등주의적 시각을 지니는 것과 차별을 부인하는 언설은 조선인만이 아니라 제국 안에 산재한 다수의 일본인 지배자들을 향한 것이기도 했다.[36) 이러한 차별의 부인은 식민지의 미디어만이 아니라 제국의 미디어에서도 조선인과 일본인이 동일하다는, 내선일체의 프로파간다가 넘쳐나도록 만

---

33) 임지현·김용우 편, 『대중독재』2, 책세상, 2005, 240-241쪽.

34) 오오누키 에미코(이향철 역), 『사쿠라가 지다, 젊음도 지다』, 모멘토, 2004, 288쪽.

35) T. 프지타니, 戰下の人種主義, 成田龍一 外, 『感情·記憶·戰爭 1935-55년 2』, 岩波書店, 2002, 254쪽.

36) 위의 책, 255~256쪽.

들었다. 이들은 조선인이 징병에 응할 수 있게 된 제도의 개선이 진정
으로 일본인이 되고 싶은 식민지 신민의 욕망을 실현할 수 있는 기회가
되었음을 강조했다. 인종차별과 민족차별을 부인하는 담론이 제국의 일
원으로서 식민지인들의 출신과 신분을 지우려는 동화주의적 주장으로
이어지고, 이러한 이념에 반항하는 조선의 민족주의자야말로 진정한 차
별주의자라고 주장하기까지 했던 것이 40년대 종전 직전의 상황이었다.
제국주의의 기획이 민족적인 차이와 문화적 차이를 제국주의적 국민형
성을 위해 횡령하는 것[37]이었다면, 미당의 친일시는 이에 부응하여 제
국의 중심에 진출한 민족의 맨얼굴을 자랑스럽게 전시한다.

> 마쓰이 히데오!
> 그대는 우리의 오장 우리의 자랑.
> 그대는 조선 경기도 개성사람
> 인시(印氏)의 둘째아들 스물 한 살 먹은 사내
>
> 마쓰이 히데오!
> 그대는 우리의 가미가제 특별공격대원
> 정국대원.[38]

---

37) 사카이 나오키(이종호 외 역), 「다민족국가에 있어서의 국민적 주체의 제작과 소수
   자의 통합」, 사카이 나오키 외, 『총력전 하의 앎과 제도』, 소명, 2014, 48쪽.
38) 김병걸과 김규동이 펴낸 『친일문학작품선집2』에는 '귀국대원'이라고 되어 있으나,
   이는 정국대원(靖國隊員)의 오기이다. 1945년 2월 9일자의 <官報號外貴族院議事速
   記>에 따르면, "조선인은 야스쿠니(靖國), 카오리(薫), 긴노우(勤皇), 또는 기타 특공
   대에 들어가거나, 혹은 개인으로 상장(感狀)을 받아서, 각기 모두 내지인에 뒤지지
   않는 공적을 세웠다."고 되어 있는데,(樋口雄一, 『皇軍兵士にされた朝鮮人-一五年戰
   爭下の總動員體制の硏究』, 社會評論社, 1991, 130~131쪽.) 여기서 야스쿠니, 카오
   리, 긴노우는 육군특별공격대 산하의 부대 이름일 것으로 추정된다. 『매일신보』
   1945년 01월 29일자의 「靖國隊員의忠靈- 二月三日에合同慰靈祭」라는 기사는 "작년
   십이월 '레이테'만에 육탄돌격을 하야 무훈을 만고에 빗낸 육군특별공격대 <야스구
   니>대(靖國隊) 떼마루 소위 이하 대원의 합동위령제는 오는 2월 3일 오전 10시부터
   조선군 제 ○○부대영정에서 신식으로 엄숙히 집행되는데 이날 우리 반도가 나은
   마쓰이(松井)소위의 영혼도 이천육백만이 명목을 비는 가운데 합사된다."라며 가미
   가제특공대의 위령제에 대한 안내를 전하고 있는데, 이 기사에서도 '야스쿠니대'라

정국대원의 푸른 영혼은
살아서 벌써 우리게로 왔느니
우리 숨쉬는 이 나라의 하늘 위에
조용히 조용히 돌아왔느니[39]

「松井伍長 頌歌」에 나오는 마쓰이 히데오라는 인물에게서 시의 화자
가 드러내려 하는 것은 그가 '조선 경기도 개성사람'이라는 것이며, 그
의 영혼이 '이 나라의 하늘 위에' 돌아와 있다는 점이다. 이 시에 나타
나는 '나라'와 '우리'가 지시하는 것이 제국 일본과 대동아공영권이라
기보다는 식민지 조선에 가깝다는 점은 분명하다. 미당은 제국 일본의
전투에 참전하였던 조선 사람 인재웅의 이야기를 자기 시의 영원성과
전통의 맥락으로 끌어온다. 제국 일본과 천황을 위해 옥쇄한 군신이자
신란(神鷲)으로 추앙되어 식민지 청년의 동원에 대대적으로 이용되었
던[40] 마쓰이 히데오는 미당의 시에서 조선의 하늘로 돌아오고 있다.
이는 앞장에서 언급하였던 것처럼, 미당의 친일 담론에 대한 논란에서
친일시인과 민족시인이라는 두 얼굴 사이에서 부유하고 있는 서정주
시의 모순을 그대로 드러내는 지점이다.

미당이 소설의 형태로 발표한 「최체부의 군속지망」은 제국 일본의
군속이 되기를 열망하여 전선으로 떠난 한 시골 우체부의 이야기를 전
하고 있다. 제국 일본에 의해 재편된 질서 속에서 식민지의 소수자에게
남은 유력한 자기 변혁의 선택지가 제국의 의례들을 충실히 수행하고,
일본인보다 더 일본인처럼 행동하는 일이라는 점은 식민지 말기의 주
체성에 대한 많은 연구들이 지적하고 있는 바이다. 가족과 더불어 의식
적으로 "규-조- 요하이!(宮城遙拜)"를 하는 모습을 전시하고, 어린 시절의

는 것이 마쓰이가 소속된 부대의 이름임을 알 수 있다.
39) 서정주, 「松井伍長 頌歌」, 김병걸・김규동 편, 『친일문학작품선집』2, 실천문학사,
1986, 274쪽.
40) 이형식, 「태평양 전쟁시기 제국일본의 군신만들기」, 『일본학연구』 제37집, 일본연구
소, 2012.

친구가 일본 제국의 군속이 된 것을 보고 자신도 따라서 군속을 지망하여 고향을 떠나는 최체부의 모습은 민족적 차이를 부정함으로써 제국의 일원이 되고자 했던 식민지 청년의 모습에 대한 전형적인 서사와도 같다. 시인이었던 미당이 굳이 소설의 형태를 통해 최체부라는 식민지 청년의 상을 그려내야 했던 이유는 무엇일까. 소설이란 주체의 기술(技術)에 깊이 관련되어 있기에, 개인의 공상을 만들어냄으로써 국민국가 내에서 개인이 자기획정을 이루려는 욕망을 제어하고자 하는 제도라는 사카이 나오키의 설명을 떠올려 볼 수 있을 것이다. 또한 소설은 역사조건의 변화를 이야기하고 역사조건의 변화에 응답해서 자기획정의 욕망의 시나리오를 다시 써나가는 것이기 때문일 것이다.[41] 미당은 최체부라는 구체적인 인물을 만들어냄으로써 식민지의 유산과 제도 속에서 전쟁에 참여함으로써 자기정체성을 구획해가려는 한 인물의 구체적인 시나리오를 보여주려고 했던 것이다.

그러나 식민지 주체를 태평양전쟁에 참전하도록 만드는 계기가 일본인이 되고자 하는 욕망이나 차별에서 벗어나고자 하는 시도가 아니라 어찌 보면 지극히 추상적인 생명의 약동에 대한 열망이라는 점은 주목할 필요가 있다.

> 최체부의 걸음은 한없이 느리었다. 그에게는 이제까지 자기의 종사하는 배달부의 직업이 이렇게도 누추하게 느껴진 적은 없었다. 아들도 공부하고, 어머니도 먹여살리고, 나도 되도록 단 한 시간이라도 기를 써보고 살다가 죽을, 그런 일은 없을까? 어디 없을까? 가만 있거라. 나도 가네무라 모양으로 군속을 지원할거나? (나라를 위하여서……) 이렇게 생각하면서 아직도 터덜터덜 걸어가던 최체부의 걸음은 해리장터에 다다르자, 뜻밖에도 일찍이 그의 십 년이 넘는 배달의 생애에서도 찾아보기가 어려우리만큼 굉장히 빨라져서 동쪽을 향해 달리어갔다.[42]

---

41) 酒井直樹, 「多民族國家における國民的主體の制作と少數者の統合」, 『總力戰下の知と制度』, 岩波書店, 2002, 11쪽.

최체부가 제국 일본의 군속이 되기를 희망하였던 것이 식민지 주체의 자기 변혁의 한 방향에 대한 선택이라는 점은 분명하지만, 또한 그것은 '단 한 시간이라도 기를 써보고 살다가 죽을' 어떤 일에 대한 열망으로 인한 것이었다는 점 또한 뚜렷하다. 이는 최체부가 자신의 정체성에 대한 불안을 느끼고 있었다는 것을 알려주며, 이 자기동일성의 위기를 극복하기 위해 존재를 거는 선택을 행하지 않을 수 없었다는 것을 이해하도록 해준다. 그가 택한 선택은 제국의 군속이 되는 것이었고, 그것은 제국에 의해 구성된 국민의 아이덴티티를 자신의 것으로 삼는 것이었지만, 동시에 수천 년 동안 전해 내려온 어떤 영생의 힘 속에 자신을 투신하는 것이기도 하였을 것이다. 이 수행이 불러온 대가가 작가들에게는 친일이라는 책임으로 돌아오고, 식민지 조선의 청년들에게는 일본인의 전쟁 책임을 조선의 지원병과 군속들이 함께 감당해야 했던 대가로 돌아왔다는 점은 기억할 필요가 있을 것이다. 그러나 제국의 아이덴티티를 자신의 것으로 만들고 싶어하는 주체 제작의 욕망 속에는, 수천 년 동안 이어져온 민족의 어떤 유력한 흐름 속에서 자신동일성의 근거를 마련하고자 하는 시도가 존재하고 있었다는 점 또한 미당의 친일을 이야기할 때 기억해야 할 문제일 것이다.

---

42) 서정주, 「崔遞夫의 軍屬志望」, 김병걸·김규동 편, 앞의 책, 282~283쪽.

제 2 부 ▪ 서정주 시의 전통과 이데올로기

탈향과 귀향의 형이상학

― 『화사집』(1941)에서 『동천』(1968)까지를 중심으로 ―

고 봉 준*

1. 시와 향수

철학자 하이데거는 "철학은 본디 향수요, 어디에서나 고향을 만들려는 하나의 충동이다."[1]라는 노발리스의 말을 빌려, 철학을 모든 곳을 고향처럼 느끼고 그 안에서 거주하려는 향수 충동, 즉 전체와의 합일에 대한 지향으로 규정했다. 하이데거에게 있어서 이 전체 안에서 존재하는 것으로서의 전체성이란 곧 '세계(Welt)'를 뜻하는데, 그는 후기 철학에서 그것을 '거주함'이라는 존재사건(Ereignis)과 연관시켰다. 하이데거에 따르면 이러한 '거주함'은 언어의 시원적 말 건넴, 언어가 건네는 말에 대한 응답이다. 이것이 '시=거주=건축'이라는 하이데거의 존재론적 해석학의 근간, 즉 '시적 거주(dichterisch wohnen)'의 핵심이다. "시지음은 거주하게 함으로서, 일종의 건축함이다." 하이데거는 본질적으로 거주하는 일에 실패할 때, 인간은 섬뜩한 것(das Unheimliche)에 붙잡힌

---

  * 경희대학교, bj0611@hanmail.net
  ** 이 글은 『한국문학연구』 제48호(동국대학교 한국문학연구소, 2015)에 게재된 원고를 단행본의 편집 취지에 맞춰 수정·보완한 것이다.
1) 마르틴 하이데거(이기상·강태성 역), 『형이상학의 근본개념들』, 까치, 2001, 25쪽.

다고 주장했다. '고향'과 '향수'에 대한 하이데거의 이런 사유는 1934
년에 출간된 야콥 폰 윅스퀼의 '환경세계(Umbelt)' 개념과 더불어 '세계'
를 이해하는 새로운 관점을 제시했다. 철학을 고향에 대한 향수로 정의
하는 장면에서 드러나듯이, 하이데거는 근대를 인간이 비(非)본래적인
방식으로 거주하고 있는 시대라고 규정하고 본래성으로의 귀향을 모색
했는데, 윅스퀼의 생물학은 그것을 각 생명체에 고유한 환경세계와의
관계로 이론화한 것이다. 하이데거의 이러한 사유는 '진보'를 강조한
서구의 근대적 발상보다는 '동양 미학'이라고 총칭되는 세계관에 한층
가까우며, 이러한 측면이 우리 사회는 물론 일본에서 하이데거가 커다
란 반향을 불러일으키게 된 근본 이유이기도 하다. 요컨대 19세기에 접
어들어 인류의 역사, 특히 근대 이후의 시간을 원초적 시간의 타락과
지속적인 쇠락의 시간으로 규정함으로써 그것에 맞서 근원적이고 본질
적인 시간으로 되돌아가려는 일련의 사상들이 등장했는데, 하이데거의
철학이 그 대표적인 사례였다. 이러한 '향수'와 '귀향'의 세계에서 철학
과 시는 원초적 순간을 지향하는 반(反)근대적 힘으로 기능한다.

　이 글은 미당 서정주의 시세계, 구체적으로는 『화사집』(1941)에서 『동
천』(1968)까지를 하이데거의 '거주함'과 '향수'에 대한 사유와 병치하여
읽으려 한다. 연구 대상의 범위를 60년대까지로 한정한 것은 제한된 지
면에서 미당의 시력(詩歷) 전체를 살피는 것이 연구자의 능력을 벗어나는
일이며, 서정주 시의 주요 논점이 '영원성'과 '신라정신'에 있다고 말할
때 제 5시집 『동천』까지를 살피면 그 대략적인 시적 여정이 드러난다고
판단하기 때문이다. 이 작업을 통해 이 글은 서정주의 문학적 방향이
"어디에서나 고향을 만든다."라는 하이데거-휠덜린의 기획에 근접함을
살펴보려 한다. 물론 하이데거의 철학과 서정주의 문학 사이에서 발견되
는 공통점은 우연의 산물이다. 즉 이 논문은 서정주의 시에 드러난 하이
데거의 영향을 논증하려는 영향사(史)에 관심이 없다. 하지만 미당의 시
와 하이데거의 철학이 동일하게 서구적 근대성과 반(反)정립 관계를 유지

했기에 전적으로 우연한 것이었다고만 평가할 수는 없을 듯하다. 미당의 시세계에서 귀향의 의지가 표현되는 방식, 나아가 귀향을 모색하고 의지하는 과정 자체가 휠덜린의 그것과 동일하다는 말이 아니다. 하지만 휠덜린이 "인간이 거주하는 삶, 그곳에선/포도의 계절이 저 멀리까지 찬란히 빛나건만,/이러한 삶이 저 멀리까지 가버리면,/그땐 여름의 들녘도 쓸쓸히 비워져,/산은 어두운 모습으로 나타난다."(「전망」)라고 노래할 때의 그 정조(情調)는 서정주의 초기시에서 자주 발견되는 결핍감과 유사하고, 휠덜린이 친구인 젝켄도르프에게 보낸 편지에 등장하는 "요즘 내가 주로 몰두하고 있는 것은…하늘의 역사와 건축양식에 관한 시적인 견해라네. 특히 민족적인 것이 그리스적인 것과 상이한 한에서, 나는 민족적인 것에 몰두하고 있다네."라는 진술에는 신라정신, 불교, 샤머니즘 등으로 대표되는 미당의 영원성의 시학과 일맥상통하는 지점도 있다.

2. 고향의 발견과 동양적 전회(轉回)

『화사집』이 중심인 미당의 초기시는 흔히 '생명파' 또는 '생명주의'라고 평가된다. 1940년 김동리가 시단(詩壇)의 신세대를 세 가지 시적 경향으로 구분하면서 서정주, 유치환, 오장환을 '생명파적 윤리적 경향'의 시인으로 규정한 이후 사용된 이 용어는 이후 서정주가 "육성의 통곡과 고열한 생명상태의 표백으로 인간 원형을 탐구하고자 했다."[2]고 자신의 시를 설명한 이후부터 공식적인 용어로 굳어졌다. 하지만 휴머니즘에 뿌리를 둔 이 용어는 시문학파나 주지주의 같은 이질적인 경향과 미당의 시를 비교할 때에는 유용한 변별점이 되지만, 그것 자체가 미당의 시세계를 적확하게 지시하는 변별적 기호라고 말하기는 어렵다. 이러한 제한적 타당성에도 불구하고 많은 연구자들은 '생명파'라는 기

---

2) 김진희, 『생명파 시의 모더니티』, 새미, 2003, 15쪽.

호로 서정주의 초기시를 설명한다. 이들 기존 연구에 따르면 『화사집』
은 비(非)이성적 세계를 근간으로 원시주의와 디오니소스적 관능성, 특
히 "맹목적인 에너지의 충동과 그 충동에 몰입하고 있는 주체의 자기
의식이 빚어내는 갈등"3)을 형상화한 시집이다. 이러한 요소들은 흔히
생명파의 모더니티나 보들레르와의 연관성이라는 맥락에서 설명되지
만, 오히려 『화사집』을 비롯한 미당의 초기시는 서구적 모더니티와 일
정한 거리를 유지하려는, 그러면서도 고유한 '세계'를 발견하거나 구축
하는 상태에는 이르지 못한 갈등과 방황의 정서에 지배되고 있다고 말
하는 것이 한층 타당할 듯하다. 훗날 서정주는 『화사집』에 투영된 관능
적·육체적 세계에 대한 탐닉이 고대 그리스적 육체성에 대한 매료4)에
서 비롯된 것이라고 설명했지만, 김윤식이 지적5)했듯이 서정주의 『화사
집』에서의 '육체'는 지성에 의해 통제된 보들레르의 『악의 꽃』에서의
'육체'와는 사뭇 다른 것이다. 그럼에도 불구하고 "밤처럼 고요한 끌른
대낮에/우리 둘이는 웬몸이 달어…"(「대낮」)나 "땅에 누어서 배암같은
게집은/땀흘려 땀흘려/어지러운 나ㄹ 엎드리었다."(「맥하(麥夏)」) 등에서
확인되는 성-생명의 반(反)문명주의는 한국의 근대시에서 발견하기 어
려운 장면을 보여주고 있다.

　전체 24편의 시로 구성된 『화사집』은 한편으로는 육체적인 생명력
에서 기원하는 에로틱한 육체성에, 다른 한편으로는 세계와의 합일에
실패함으로써 '세계' 안에 거주하지 못하는 인간 존재의 불안정한 정서
와 그로 인한 설움의 감정에 지배되고 있다. 「자화상」6)이 상징하는 세

---

3) 서재길, 「『화사집』에 나타난 시인의 초상」, 『관악어문연구』 제27집, 서울대 국어국문
　학과, 2002, 348쪽.
4) 서정주, 「나와 내 시의 주변」, 『서정주 문학전집』 5, 일지사, 1972, 266쪽.
5) 김윤식, 『미당의 어법과 김동리의 문법』, 서울대학교출판부, 2002, 39쪽.
6) 연구자에 따라 「자화상」이 처음 발표된 시기와 지면을 잘못 알고 있는 경우가 있다.
　가령 김윤식은 『미당의 어법과 김동리의 문법』에서 "그러니까 선생이 하고 싶은 말
　은 이보다 먼저 발표된 「자화상」(『시건설』, 1935.10)에 관해서겠지요. 「자화상」이 원
　점인 만큼 「벽」은 「자화상」의 다음 단계랄까"처럼 「자화상」이 『동아일보』 신춘문예

계도 여기에서 멀지 않는데, 이 시집에 반복적으로 등장하는 '울음'과 '설움'의 기호들은 시인에게 지금-이곳이 섬뜩한 것(das Unheimliche)과 결핍상태로 경험되고 있음을 말해준다. 미당 자신의 부정적인 평가에도 불구하고 등단작 「벽」을 간과할 수 없는 이유도 여기에 있다. 그것은 '벽'이 돌파할 수 없는 한계상황을 의미하기 때문이다. 이런 점에서 보면 『화사집』의 중요성은 관능적 생명력이나 에로티시즘에 근거한 육체의 발견이 아니라 시적 자아가 세계를 경험하는 방식이 매우 부정적이라는 데 있다. 이 부정적 세계 경험이 곧 '고향' 세계에서 추방되어 다만 '숙소의 소유'(하이데거)에 머물러 있는 상태라고 말할 수 있다. 이렇게 보면 "애비는 종이었다. 밤이 기퍼도 오지 않았다."(「자화상」)라는 시적 진술 역시 화자의 '거주함'을 힘들게 만드는 한 가지 요소로 간주될 수 있다. 전기적 연구에 따르면 서정주는 1937년 무렵에 제주도에서의 방랑생활을 청산하고 돌아와 「자화상」을 썼다. 시의 내용 또한 아버지-대타자의 부재에서 결핍감을 느끼는 상태에서 "나는 아무것도 뉘우치진 않을란다."처럼 그 결핍감을 스스로 극복하려는 자존감의 회복으로 이어지고 있는데, 이는 삶에 대한 적극적인 의지의 표현이나 생명에 대한 갈망으로 해석할 수도 있지만, 한 걸음 나아가 결핍감을 극복함으로써 세계를 거주의 공간으로 삼으려는 실존적 의미로 해석할 수도 있다. 서정주의 초기시에 나타난 아버지-대타자의 부재/결핍과 그것에서 비롯되는 거주불가능의 원인이 개인적인 것인지 아니면 역사적·시대적인 것인지는 단정하기 어렵지만, 『화사집』에서 시인이 모던한 세계에 맞서기 위해 '고향'으로 상징되는 토속적 세계를 선택하고 있다는 것을 고려하면 시대적인 요소를 완전히 배제하는 것도 적절한 해석은 아니다. 하이데거의 말처럼 '거주함'이 고향에 있는 것처럼 있는 상태라면, 『화사집』은 '세계' 안에 거주하는 데 실패하고 단순히 공간 속에 있는

당선작인 「벽」(1936.1.11)보다 먼저 발표되었다고 전제하고 있지만 「자화상」이 처음 발표된 지면은 1939년 10월에 출간된 『시건설』 7호이다.

방식, 즉 비(非)본래적인 방식의 거주에 대한 시적 재현이라고 말할 수 있고, 나아가 그 상태를 극복하려는 적극적인 모색의 시화(詩化)라고 평가할 수 있다. 이러한 부정적 세계 경험이 변화의 양상을 보이기 시작하는 것이 「수대동시(水帶洞詩)」 이후이다.

> 흰 무명옷 가라입고 난 마음
> 싸늘한 돌담에 기대어 서면
> 사뭇 숫스러워지는 생각, 고구려에 사는듯
> 아스럼 눈감었든 내넋의 시골
> 별 생각나듯 도라오는 사투리.
>
> 등잔불 벌서 키어 지는데……
> 오랫동안 나는 잘못 사렀구나.
> 샤알·보오드레-르처럼 설스고 괴로운 서울여자를
> 아조 아조 인제는 잊어버려,
>
> 선왕산 그늘 수대동(水帶洞) 십사(十四)번지
> 장수강(長水江) 뻘밭에 소금 구어먹든
> 증조하라버짓적 흙으로 지은집
> 오매는 남보단 조개를 잘줍고
> 아버지는 등짐 서룬말 젔느니
>
> 여긔는 바로 십년전 옛날
> 초록 저고리 입었든 금녀, 꽃각시 비녀하야 웃든 삼월의
> 금녀, 나와 둘이 있든곳.
>
> 머잖어 봄은 다시 오리니
> 금녀동생을 나는 얻으리
> 눈섭이 검은 금녀 동생,
> 얻어선 새로 수대동(水帶洞) 살리.
>
> ― 「수대동시」 전문(『화사집』, 1941)[7]

미당의 초기시에서 '고향', 즉 귀향 모티프가 갖는 의미는 매우 특별
하다. 여기에서 '설움'의 정서와 '귀향'의 의지는 정비례한다. 『화사집』
에서 이러한 귀향에의 의지가 가장 잘 드러나는 작품은 「수대동시」이
다. 이 시의 공간적 배경인 '수대동'은 고향, 정확하게는 질마재 근처의
마을이다. 이 시에서 화자는 그곳을 "내넋의 시골"이라고 호명한다. 고
향의 산과 강에 얽힌 추억, 증조할아버지가 지은 옛집이 있는 곳, '오
매'와 '아버지'가 상징하는 가족적 세계가 바로 그곳이다. "추억이 없
는 곳에 고향은 없다."[8] 그곳은 또한 10년 전에 "초록 저고리 입었든
금女"가 "나와 둘이 있든 곳"이기도 하다. 고향에 얽힌 이야기들을 과
거형으로 진술하고 있는 것으로 미루어보건대 10년 전의 세계는 지금
현존하지 않는다. 특히 "금女동생을 나는 얻으리… 얻어선 새로 수대
동(水帶洞) 살리"라는 구절에서 암시되듯이 자신이 사랑했던 '금女'는 현
재 이 세상에 존재하지 않는 듯하다. 그래서 화자는 '금女' 대신 '금女
동생'과 함께 수대동에서 살겠다고 다짐한다. 여기에서 '금女동생'은
'금女'를 대신하는 존재이면서 탈향에의 결핍감으로부터 화자를 치유
해주는 존재라고 말할 수 있는데, 이런 맥락에서 우리는 이곳-고향을
상처가 치유되는 재생의 공간이라고 이해할 수 있다.

그런데 화자는 이 치유는 "오랫동안 나는 잘못 사렀구나./샤알·보오
드래-르처럼 설고 괴로운 서울 여자를/아조 아조 인제는 잊어버려,"(「수
대동시」)처럼 보들레르-서울 여자를 잊는 과정과 동일시된다. 많은 선행
연구가 지적했듯이 여기서 '서울 여자'와 '보들레르'가 근대적인 것, 도
시적인 것, 서구적인 것을 의미한다면, 그 성공 여부와는 무관하게, 이
것은 더 이상 '서구-근대-도시'를 추종하지 않겠다는 반(反)근대 선언으

---

7) 이 논문에 인용한 서정주의 작품은 모두 『미당 시전집』 1(민음사, 1994)에서 인용했
   으며, 오류가 확인된 부분은 수정하여 인용했다.
8) 고바야시 히데오(유은경 역), 「고향을 잃은 문학」, 『고바야시 히데오 평론집』, 소화,
   2003, 157쪽.

로 간주될 수 있다. 화자는 근대적인 것, 도시적인 것, 서구적인 것에 반(反)하여 고향-수대동을 '사투리'가 상징하는 "내넋의 시골"이라고 적극적으로 긍정한다. 전자의 세계가 화자에게 설움과 괴로움을 안겨주는 모던한 세계라면, 후자는 그 설움과 괴로움을 치유함으로써 '거주함'을 가능하게 하는 고향의 세계인 것이다.[9]

> 아조 할수없이 되면 고향을 생각한다.
> 이제는 다시 도라올수없는 옛날의 모습들. 안개와같이 스러진 것들의 형상을 불러 이르킨다.
> 귀ㅅ가에 와서 아스라히 속삭이고는, 스처가는 소리들. 머언 유명(幽明)에서처럼 그소리는 들려오는것이나, 한마디도 그뜻을 알수는없다.
> 다만 느끼는건 너이들의 숨ㅅ소리. 소녀여, 어디에들 안재(安在)하는지. 너이들의 호흡의 훈짐으로써 다시금 도라오는 내청춘을 느낄따름인것이다.
>
> 소녀여 뭐라고 내게 말하였든것인가?
> 오히려 처음과같은 하눌우에선 한마리의 종다리가 가느다란 피ㅅ줄을 그리며 구름에 무처 흐를뿐, 오늘도 굳이 다친 내 전정(前程)의석문앞에서 마음대로는 처리할수없는 내 생명의환희를 이해할따름인것이다.
>
> (…중략…)
>
> 그러나 내가 가시에 찔려 앓어헐때는, 네명의소녀는 내곁에와 서는 것이었다. 내가 찔레ㅅ가시나 새금팔에 베혀 앓어헐때는, 어머니와같은 손까락으로 나를 나시우러 오는것이었다.
> 「무슨꽃으로 문지르는 가슴이기에 나는 이리도 살고 싶은가」 부분
> (『귀촉도』, 1948)

---

9) 훗날 서정주는 이 시에 등장하는 서울 여자의 정체를 이렇게 회고했다. "그 여자는 문학 소녀였고 일본 유학의 대학생이었고 또 전라도의 한 고향 사람이었는데, 이런 여러 가지 점을 떠나서 나와 다른 것은 언제나 선택한 여성 앞에 내가 못난이였던 데 비해 이 여자는 모든 남자 앞에 두루 잘날 수 있는 사람이었던 일인 것 같다."(서정주, 「천지유정」, 『서정주 문학전집』 3, 일지사, 1972, 180쪽)

제2시집 『귀촉도』(1948)는 서정주가 '서울 여자'와 '보들레르'가 상징하는 서구-모던의 세계로부터 방향을 전환해 재발견한 동양적·전통적 세계의 일부이다. 이 방향 전환에서 가장 먼저 등장한 것이 '수대동시', 즉 '고향'이었다. 그런데 서정주가 등단하고 첫 시집을 출간한 식민지 후반기의 시에서 '고향'은 서정시의 대표적인 주제였고, 특히 그것은 시인 개인의 생물학적인 '고향'에 대한 향수만을 가리키는 것이 아니었다. 1930년대 중반부터 일제의 통치가 한층 폭력적인 방식으로 바뀌기 시작했고, 같은 시기 식민지 자본주의가 팽창함에 따라 다수의 젊은이들이 고향을 떠나 도시로 몰려들었다. 이 사회적 변동을 배경으로 많은 시인들이 '고향'에 대한 그리움을 노래했다. 이 무렵 노천명의 『산호림』과 『창변』, 김광균의 『와사등』, 조벽암의 『향수』를 비롯하여 상당수의 시와 시집이 고향 상실과 귀향에의 의지를 노래하면서 소위 '향토색'이 짙은 세계를 형상화했다. 고향이나 유년과의 거리감, 그로 인한 심리적 결핍감의 표현 자체가 서정시의 일반적인 정서의 일부이기에 이들의 시에 등장하는 '고향'을 특정한 이념과 직접적으로 연결시킬 수는 없지만, 이들 시에서의 '고향' 표상이 백석, 이용악, 오장환으로 대표되는 30년대 시의 '고향' 표상과 달리 민족주의적으로 해석될 여지를 거의 갖지 않는다는 것은 분명하다. 이 시기 시들에서의 '고향'이 '조선적인 것'이나 '향토성' 담론과 연동되는 이해되는 이유가 여기에 있다. 요컨대 1930년대 후반에 집중적으로 등장한 '고향'은 몇몇 예외적인 경우를 제외하면 민족주의와는 거리가 멀다.

그렇다면 미당 시에서의 '고향'은 어느 쪽일까? 먼저 미당 문학의 출발점이 "미래를 특권화한 역사적 모더니티에 대한 회의와 비판이 '서구문명의 몰락'과 '동양의 복권/부활'이란 대립적 담론의 형태로 가시화되기 시작하던 즈음"[10]과 일치하기 때문에, '고향'을 시적 세계로 설

---

10) 최현식, 『서정주 시의 근대와 반근대』, 소명출판, 2003, 33쪽.

정하고 있는 미당의 시를 당시를 풍미했던 각종 동양 담론, 특히 '풍토론'이나 '근대초극론'의 영향의 산물로 읽는 방법이 있을 것이다. 이때 핵심은 '친일' 문제가 아니라 담론적인 영향관계를 밝히는 일이다. 즉 '서구-근대-도시'를 욕망하던 시인이 어느 순간부터 '고향-전통-동양' 방향으로 시선을 돌리는 존재론적 전환과정에 당시의 지적 분위기, 특히 서정주를 둘러싸고 있던 문단의 영향이 없었다고 말할 수는 없기 때문이다. 말 그대로 일제 후반기는 서정주 개인에게도 '전형기'였던 셈이다. 특히 서정주가 일제 말기에 '인문사'에서 최재서와 함께『국민문학』을 편집했고 「시의 이야기—주로 국민시가에 대하여」(『매일신보』, 1942.7.13~17) 등을 발표했다는 것을 염두에 두면 이러한 추측의 설득력은 더욱 높아진다. 그럼에도 불구하고『화사집』과『귀촉도』에 등장하는 '고향'을 소위 조선적인 것, 동양적인 것의 직접적인 영향으로 단정하기는 어렵다. 오히려 그것은 이러한 담론의 영향과 개인적인 이력이 중첩되면서 선택된 것, 특히 '고향'과 '타향', '전통'과 '모던' 사이의 긴장관계 하에서 하나의 세계를 선택하는 과정에서 익숙한 시공간을 선택함으로써 생겨난 것이라고 이해하는 게 옳을 것이다. 비록 구체성의 측면에서는 다르지만,『귀촉도』가 열어 보이는 '고향'의 세계 역시 여기에서 벗어나지 않는다.

  하지만『귀촉도』의 세계는『화사집』과는 사뭇 다르다. 파토스가 두드러졌던 초기와 달리『귀촉도』에서는 전통적·동양적 분위기가 분명하며, 시적 화자의 목소리도 한층 안정되어 있다. 이는『화사집』이 산문적인 어조가 강했던 데 반해『귀촉도』에서는 7·5조의 민요조 리듬이 자주 사용되고 있는 것에서도 확인된다.『귀촉도』는 이별, 슬픔, 그리움 등의 보편적 정서를 동양적인 정서로 승화시킴으로써 분명한 '세계'를 보여주고 있다. 가령 표제작 「귀촉도」에서 형상화된 이별과 그리움의 정서는 단순히 이별에서 기원하는 슬픔과 그리움의 감정을 토로한 것이 아니라 회한의 정서를 느끼게 만든다. 이러한 변화의 특징을

'탈향·귀향'의 맥락에서 보면, 『귀촉도』에 나타난 전통과 동양의 세계는 서정주 개인의 실존적 귀향의식이라는 범위를 넘어서 대안적인 세계, 하이데거적인 의미에서의 '고향'에 한 걸음 다가선 상태라고 말할 수 있을 것이다. 『귀촉도』가 "서구적 신화의 세계에서 동양적 정조로의 회귀"[11]로 평가되는 것도 이 때문이다. 하지만 생물학적·실존적 맥락에서의 '고향'과 달리 전통적·동양적 세계가 대안적인 세계, 서구-근대에 반(反)하는 세계로 의식적으로 추구됨으로써 추상화되고 있다는 느낌을 지우기는 어렵다. 서정주는 낭만주의의 영향을 받으며 시작된 근대시의 전통과 달리 시를 감정의 산물로 여기지 않았다. 그는 "<서정시>란 말의 원어가 되는 리릭이란 말은 오직 <감정만의 시>란 통념으로서는 서양에서 사용되어 오지 않았기 때문이다."[12], "고도한 정서의 형성은 언제나 감정과 욕망에 대한 지성의 좋은 절제를 통해서만 가능하다."[13]처럼 시를 '감동'에 대한 "지혜의 이해"로 간주했다. 이처럼 시가 '감정'과 '지혜'의 결합, 지성에 의한 감정과 욕망의 통제의 결과로서의 '절제'로 인식되기에 시적 정서는 파토스보다는 승화된 경지, 개인적인 감정보다는 보편적인 인간의 존엄을 드러내는 데 유리하게 조절되어야 한다. 『귀촉도』의 특징인 전통적·동양적 정조는 이런 맥락에서 이해할 수 있다.

3. 신라정신, 영원과 영통

서정주의 시세계에서 "샤알·보오드레-르처럼 설ㅅ고 괴로운 서울여자"를 지향하던 욕망의 벡터가 "수대동(水帶洞)" 방향으로 바뀌는 장면

---

11) 김영일, 「미당 서정주 시 연구」, 경성대 박사학위논문, 2011, 60쪽.
12) 서정주, 「시론」, 『서정주 문학전집』 2, 일지사, 1972, 15쪽.
13) 서정주, 「매력과 절제 사이」, 『서정주 문학전집』 2, 266쪽.

은 동양적 전회에 해당한다. 『문장』파의 전통주의와 동시에 등장했다는 사실을 놓쳐서는 안 되겠지만, 이러한 전환은 근대=서양이라는 서구적 보편성에 대한 인식이 일반적이던 상태에서 '근대성' 자체를 성찰하는 계기를 제공했기 때문이다. 물론 30년대 말~40년대 초에 집단적으로 등장한 전통 담론은 "파시즘의 국제적 확산에 따른 근대지향적 문화운동의 좌절을 배경으로 발생"한 현상이었고, 따라서 "역사적, 사회적 상황의 악화를 불가역의 현실로 승인하고 과거 속으로 정신적 망명을 떠나는 도피심리"[14]와 무관하지 않았다. 하지만 서정주는 해방 이후에도 반(反)근대 기획을 이어나갔고, 그것은 『귀촉도』에서 동양적·전통적 세계의 재발견으로 구체화되었다. 서정주에게 반(反)근대는 '수대동'으로 시작된 고향 찾기(귀향)의 과정이었고, 그런 만큼 한 개인의 생물학적인 귀향의식을 넘어서는 문화적 기획의 일환이었다. 귀향의식이 드러나는 최초의 장면들에서 '고향'은 개인적이고 실존적인 것이었으나, '해방'과 '전쟁'이라는 역사적 격변을 거치면서 그것은 점차 '전통'이나 '동양'이라는 단어가 주는 느낌처럼 추상화되었다. 요컨대 서정주는 자신의 시적 기획을 '나'의 고향 찾기라는 실존적 문제의식에서 '우리'의 고향 찾기라는 사회·역사적 문제의식으로 확대해 나갔다. 『서정주 시선』(1956)에 수록된 '춘향'에 관한 세 편의 작품이 환기하고 있는 영원성에 대한 갈망은 이미 이 무렵의 귀향의식이 형이상학적인 성찰의 단계에 접어들었음을 보여주는 좋은 사례이다. 이 형이상학적 귀향 의지가 60년대에 새롭게 개념화되어 나타난 것이 곧 '신라정신', '영원주의', '영통주의'이다. 물론 이러한 귀향의 과정이 미학적 모색과 동궤에 있었음은 쉽게 추론할 수 있다.

　서정주는 1960년대에 두 권의 시집을 출간했다. 『신라초』(1961)와 『동천』(1968)이 그것들이다. 알려진 바에 따르면 서정주는 한국전쟁을 겪으

---

14) 황종연, 「한국문학의 근대와 반근대」, 동국대 박사학위논문, 1991, 219쪽.

면서 극심한 죽음충동에 시달렸고, 죽음의 공포에 맞서기 위해 『삼국
유사』 등을 읽다가 '신라정신'을 발견했다고 한다. 시인 자신은 그 경
험을 죽음을 피해 전주와 광주 등지를 떠돌면서 "나는 내 마음속의 어
쩔 수 없는 요청으로 『삼국유사』 속에 관주(貫珠)친 곳에서, 특히 죽은
자의 마음과 산 자의 마음을 연결하는 그 신라적 혼교(魂轎) 때문이었다
."15)라고 밝히고 있다. 이렇게 보면 서정주가 '신라'로 상징되는 '영원
주의', 구체적으로는 영통(靈通)과 혼교(魂轎)에 근거해 삶과 죽음의 경계
를 횡단하는 영원주의 사상에 이끌리기 시작한 것은 한국전쟁 당시의
죽음충동 때문이라고 이해할 수 있다. 하지만 『서정주 시선』에 수록된
'춘향'에 관한 세 편의 작품이 이미 해방기에 창작되었음16)을 감안하
면 초월지향성이 '신라정신'과의 만남으로 확장되었다고 판단하는 것
이 더 타당할 듯하다. 특히 1950년 5월에 발표된 산문 「모윤숙 선생에
게」에 나타난 '신라'에 대한 관심의 수준을 살펴보면 당시까지 '신라정
신'에 대해 개념적 관심 수준을 넘어서지는 못하고 있었던 것으로 보
인다.17) 뿐만 아니라 '신라정신'에 관한 서정주의 생각은 일찍부터 서
정주와 김동리에게 사상적인 영향을 끼쳤던 범부 김정설의 국학사상과
거의 일치한다. 이 지면에서 자세히 논의할 수는 없지만 김정설의 국학

15) 서정주, 「내 시정신의 현황」, 『문학춘추』, 1964.7, 269쪽.
16) 「추천사」는 1947년에, 「다시 밝은 날에」와 「춘향 유문」은 1948년에 창작되었다. 『서
정주시선』에 수록된 '춘향'에 관한 세 편의 시의 창작 시기에 대해서는 김익균, 「서
정주의 신라정신과 남한 문학장」, 동국대 박사학위논문, 2013, 90~91쪽 참고.
17) "그러나 「생각」이라 하오면 제(弟)에게도 제(弟) 자신에게는 매우 중대한 생각이 몇
가지 계속되고 있기는 합니다. 뭐라 할까. 그 하나는 저 신라라는 것인데요. 그것을
요즘은 어떤 소학생들도 모두 좋다고 하고 있지만, 제(弟)도 벌써 상당히 오래 전부
터 그렇게 생각이 되어서 그걸 우리의 현대에 재현해 보고 시픈 지향이고, 또 하나
는, — 이것 넋두리 같은 소리를 느러놓아 참으로 미안합니다만, 그것은 현재도 나
를 에워싸고 있는 꽤 오랜 세월을 누적해온 이 나라 동포들의 소리입니다. 그 중에
서도 정형화되고 음율화된 놈, — 일테면 이동백이라든지 송만갑이라든지 이화중선
이라든지 김남수라든지 하는 류의 소리들입니다."(서정주, 「모윤숙 선생에게」, 『혜
성』 제1권 3호, 1950. 최현식, 『서정주 시의 근대와 반근대』, 소명출판, 2003, 408쪽
에서 재인용)

사상이 "유학을 극복하고 유학 이전에 존재했던 한국의 전통적 사유의 회복과 조선에 유입되어 모든 사상을 휩쓴 교조적 주자학의 극복"[18]이 었고, 구체적으로는 주자학이 뿌리내리기 이전에 존재한 우리의 순수한 전통사상 - 화랑정신과 풍류도, 샤머니즘 - 을 찾는 것이었음을 잊지 말아야 한다. 이렇게 보면 서정주의 '신라정신' 추구는 당대의 사상적 흐름에 연동되어 있었고, 그 사상을 시화(詩化)하는 것이 서정주가 자신에게 부여한 문학적 임무였다고 말할 수 있다. 요컨대 서정주는 1960~70년대에 '신라정신'을 발견하고 그것에 천착함으로써 '영원주의'라는 새로운 화두를 제기했는데, 그것은 곧 '고향'의 추상화 과정과 맥락을 같이하는 것이었다.

> 신라정신이 우리의 것보다 더 가지고 있던 것은 머냐하면, 그것은 알아듣기 쉽게 요샛 말로 하면, 영원주의입니다. 현재만을 중요시하여 이치나, 모랄이나, 지향이나, 감정만을 가진 것이 아니라, 영언을 입장으로 해서 가졌단 말씀입니다. 허나 이 일이 신라시절에만 그랬다가 고려의 유학천하지래 끊어져 버렸다고 생각하는 것은 어리석습니다. 전통력이라는 것이 어디가 그런 것인가요. 유학적 현실주의만 가지고는 제외할 수 없었던 이 정신의 또 다른 힘은 고려 이래 모든 권위의 밑바닥에 숨은 한 개의 잠세력이 되어 오늘날의 우리에게도 전승되어 있습니다. 유교의 경전으로서는 도저히 해석이 안 되는 - 오늘날도 우리가 가지고 있는 낭인정신 같은 것은 바로 그것입니다. 모든 인류중심의 현재사에 헝쿨어질 대로 헝쿨어진 사람이 그래도 낙오하지 않고 또 한 번 살길이 마련되는 것은 우리에게도 생소한 일이 아니어니와 이것이 딴게 아니라, 신라정신의 특수했던 점이 계승될 것 - 바로 그것입니다.[19]

서정주는 '영원주의'와 '초월주의'를 구별하지 않는다. 이 논리 속에

---

18) 성해준, 「일본 국학과 근대한국 범부 김정설의 국학사상 고찰」, 『동아시아불교문화』 제11집, 동아시아불교문화학회, 2012, 257쪽.
19) 서정주, 「신라의 영원인」, 『서정주 문학전집』 2, 315~320쪽.

서 영원주의는 현생/현재의 이치, 모랄, 지향, 감정 등을 초월한다는 점
에서 초월주의의 일종이라 말할 수 있으며, 시공간에 대한 이해를 포함
하는 일체의 근대적 세계관을 넘어선다는 점에서 초월주의 역시 영원
주의라고 말할 수 있다. 그에게 '영원성'은 곧 "목전의 현대만을 상대
하는 그것이 아니라, 인류사의 과거와 현대와 미래를 전체적으로 상
대"20)하는 비(非)근대적 시간의식이다. 이처럼 서정주의 반(反)근대는 과
거를 기억하고 미래를 꿈꾸는 것일지언정 현재를 사는 것은 아니었다.
그의 '신라정신'을 둘러싸고 발생하는 논란의 대부분은 바로 이 결여된
'현재'의 문제에서 비롯된다. 그는 한 산문에서 이러한 사고방식을 "형
이상학적 성찰" 문제와 연결시켜 설명했다. "사망한 사람 전체의 호흡
이 정기가 되어 나를 에워싸고 있는 것 같은 의식이 적으나마 내게 된
것은 이 때문이다."21) 여기서의 형이상학이란 단적으로 존재의 유한성
을 극복하는 문제이다. 왜 유한성을 극복하는 것이 문제였을까? 하이데
거의 개념을 빌려 말하면, 그때에야 비로소 '세계'에 거주할 수 있기
때문이다. 이처럼 서정주의 시에서 영원성의 문제는 특유의 '역사의식'
을 매개로 개인을 '고향'에 있는 상태로 데려다준다. 즉 시인은 '세계'
에 대한 근대적 이해를 넘어서는 경험 속에서 새로운 질문에 봉착하게
되었고, 그 질문의 답을 구하고 사유하는 과정에서 신라를 발견함으로
써 영원주의와 초월주의에 천착하기 시작한 것이다. 훗날 그는 1951년
부터 1953년까지를 신라정신의 잉태기라고 회고했다. 이런 맥락에서
신라정신이 상징하는 전통지향성, 즉 '전통' 문제는 초기(初期) 시에서의
'귀향', 즉 '고향'으로 돌아가려는 서정적 동일성에의 의지와 동떨어진
것이 아니었다. 다만 그것을 위해서는 매개 과정이 요구되는데, 우선
주체가 개인에서 집단/민족으로 바뀌고, '고향'이 물리적인 대상이 아
니라 형이상학적인 의미로 재규정되는 것이 그것이다. 이렇게 보면 서

---

20) 서정주, 「역사의식의 자각」, 『현대문학』, 1964.9, 38쪽.
21) 김동리 외, 『세계문예강좌 4: 창작실기론』, 어문각, 1963, 305쪽.

정주에게 '고향'이나 '전통'은 일종의 '텅 빈 기표'와 같은 것이다. 일찍이 서정주는 "영원히 사람들에게 매력이 되고 문제거리가 될 수 있는 내용을 골라 써야 한다. 그러니 그럴려면 한 시대성의 한계 안에서 소멸되고 말 그런 내용이 아니라 어느 때가 되거나 거듭거듭 문제가 되는 그런 내용만을 골라 써야 한다."[22]처럼 영원성을 '개인'의 차원을 넘어서는 보편적인 것으로서의 인간문제를 이해하는 것이라고 생각했다. 이 때 그가 생각했던 보편적인 것이란 "남녀의 사랑을 비롯한 사람들 사이의 여러 사랑에서 파생하는 환희와 비애, 절망과 희망……이별·상봉·질투·화목 또 생과 사이런 어느 시대에나 공통될 인생의 문제" 같은 것이었다. 마찬가지로 "나는 그냥 신라적 정신태의 한 두어가지가 근년(자세히 말하면, 1952년 1·4후퇴 이래) 매력이 있어 시험삼아 본따보고 있었을 뿐이다."라는 진술이 증명하듯이 '신라'에 대한 관심 역시 본질적인 것은 아니었다. 이러한 영원성은 초월적인 것과는 전혀 다른, 인간주의적 차원에서의 '보편'에 가까운 것이었다. 서정주는 이러한 영원성이 6·25를 경험하면서 "또 다른 영원성"에 대해 생각하게 되었다고 고백한다. 이 후자의 영원성이 바로 "우리 민족정신의 가장 큰 본향으로 생각되는 신라사의 책들을 정독"하고 얻은 '혼교'와 '영통(靈通)'인 셈이다.[23]

> 문헌과 유적을 통해서 보이는 신라문화의 근본정신은 도·불교의 정신과 많이 일치하는 그것이다. 삼국사기에 보면, 최치원은 신라의 풍류도 - 즉 화랑도는 유(儒)·불(佛)·선(仙) 삼교의 종합이란 말을 기술했다는 사실이 기록돼 있으나, 이건 선덕여왕 이후 신라의 풍류도를 말하는 것임에 틀림없고, 이보다 앞서는 도·불교적 정신이 신라 지도정신의 근간

---

22) 서정주, 『미당 산문』, 민음사, 1993, 118쪽.
23) "서정주의 '신라정신'은 '영통' 혹은 '혼교', 즉 산 자와 죽은 자의 교통과 융합이 물활적으로 존재하던 고대 유기체적 사회에의 탐구를 가리키는 말로 미당 중기시가 다다른 초월적 세계, 우주적 무한과 시간적 영원을 근거로 하는 '영원성'의 세계를 표상"이다.(이인영, 「전통의 시적 전유-서정주 '신라정신'을 중심으로」, 『전통의 국가적 창안과 문화변용』(김수진 외), 혜안, 2009, 205쪽)

이었으며…(중략)… 간단히 그 중요점만 말하자면, 그것은 하늘을 명(命)하는 자로서 두고 지상현실만을 중점적으로 현실로 삼는 유교적 세계관과는 달리 우주 전체 - 즉 천지 전체를 불치(不治)의 등급이 따로 없는 한 유기적 연관체의 현실로서 자각해 살던 우주관이 그것이고, 또 하나는 고려의 송학(宋學) 이후의 사관(史觀)이 아무래도 당대 위주가 되었던 데 반해 역시 등급 없는 영원을 그 역사의 시간으로 삼았던 데 있다.24)

서정주가 영통과 혼교를 통해 주장하려는 바는 삶과 죽음에서 개별성의 차원을 넘어서는 것이다. 이것을 '영원성'이라고 말한다면, 영원성이란 "자기 당대에 못다 할 일이 많으면 많을수록 이 영원한 유대 속에 있는, 우리 눈으론 못 본 선대의 마음과 또 후대의 마음 그것들을 우리가 우리 살아 있는 마음으로 접하는 것"에 해당한다. 삶과 죽음을 통해 현재적 시간을 벗어나 까마득한 과거는 물론이고 미래와도 연결되는 것, 서정주의 산문들에는 이런 경험에 관한 진술들이 자주 등장한다. 예를 들면 앞에서 인용한 "사망한 사람 전체의 호흡이 정기가 되어 나를 에워싸고 있는 것 같은 의식이 적으나마 내게 된 것은 이 때문이다."가 그렇고, "인간의 질서가 아니라, 우연같이 떨어지는 하늘의 성운의 질서 속에 들어가 서고 있는 것을 느"25)끼는 경험이 그렇다. 이처럼 개인의 삶을 거대한 시간의 흐름 속에서 포착하려는, 그렇게 함으로써 현대의 한 원자적 개인에게 영원과 역사라는 형이상학적 근거-고향을 제공하려는 서정주의 시도는 과거를 거슬러 올라가면서 소위 '민족'의 과거를 탐사하는 방향으로 진행된다. 서정주에게 '신라'는 이런 문제의식 하에서 조선과 고려를 거슬러 올라가 맞닥뜨린 영원한 시간이며, 여기에서 '신라정신'의 핵심은 유교적 현실주의에 오염되기 이전의 "우주적 무한과 시간적 영원을 근거로 하는 - 영생주의임과 동시에 자연주의"26)이다.

24) 서정주, 「신라문화의 근본정신」, 『서정주 문학전집』 2, 303쪽.
25) 서정주, 『나의 문학적 자서전』, 민음사, 1975, 130쪽.

물론, 서정주는 '신라'만을 '전통'으로 인정하는 편협한 태도를 취하지 않았다. 그는 여러 곳에서 반복해서 한국 시정신의 전통을 상대(上代)에서 조선말에 이르는 '재래적 시정신의 전통'과 갑오경장 이후에 유입된 '서양류의 시정신의 전통'의 혼합으로 설명했다. 전자는 다시 삼국시대, 특히 신라를 중심으로 한 도교와 불교의 정신과 고려 이후 송학의 이입과 함께 왕성해진 유교적 정신으로 구별되고, 후자 역시 낭만주의의 영향으로 생겨난 주정주의와 1930년대 이후에 안착된 주지주의로 구별된다.[27] 서정주는 1961년에 출간된 『시문학원론』(그리고 이 책의 개정판인 『시문학원론』(1969))에서 신라의 향가를 "인본주의가 아니라 우주주의적 정신의 표현이요, 현생적 현실주의가 아니라 사람을 영생해야 할 것으로 생각한 데서 온 영원주의 정신의 나타남"[28]이라고 규정한다. "요컨대 우주적 무한과 시간적 영원을 근거로 하는 - 영생주의임과 동시에 자연주이라고 할 수 있는 이것은 신라통일의 전후를 통해 신라정신의 가장 중요한 것이었음을 알 수가 있다."[29] 그러니까 서정주의 주장에 따르면 유교적 휴머니즘 정신에 의해 훼손되기 이전의 세계, 즉 신라는 도·불교적 우주주의, 영원주의 정신이 지배하는 세계였고, 향가는 정확히 그것의 시적인 표현 형식이었던 것이다. 하지만 그 전통은 유교의 등장으로 끊어졌는데, 서정주는 정신의 계승이란 물질적인 것을 통한 전승과 달라서 오늘날의 우리에게도 은연중에 도입되어 있다고 주장한다. 이러한 주장이 시에 관해서 시사하는 점은 무엇일까? 단적으로 "그러므로 우리가 려(麗), 이조(李朝)의 시가에서 흔히 상대하게

---

26) 서정주, 「한국 시정신의 전통」, 『서정주 문학전집』 2, 118쪽.
27) 서정주의 '신라정신'과 범부 김정설의 국학사상은 밀접한 관련이 있다. 한국 상고사를 이해하는 방식, 신라 정신을 해석한 내용, 그리고 주자학의 전래가 한국 사상사에 끼친 영향에 관한 김정설의 주장은 사실상 서정주의 그것과 일치한다. 김정설의 사상에 대해서는 성해준, 「일본 국학과 근대한국 범부 김정설의 국학사상 고찰」, 『동아시아불교문화』 제11집, 동아시아불교문화학회, 2012 참고.
28) 서정주, 『시문학원론』, 정음사, 1969, 117쪽.
29) 같은 책, 119쪽.

되는 그 이른바 <시름>이니 <설움>이라 하는 것이 많아진 근본적 이유는 유교의 주세적 흥륭(興隆) 거기에 있는 것이다.”30)라는 진술에서 암시되듯이 시에서 유교에 근거한 인간주의와 유교 또는 낭만주의에서 기원한 감정주의를 부정적으로 평가하게 된다는 점이다. 서정주는 시에서의 ‘감정’ 그 자체를 부정하지는 않았지만, “고도한 정서의 형성은 언제나 감정과 욕망에 대한 지성의 좋은 절제를 통해서만 가능하다.”31)라는 입장을 견지했다.

4. 영원주의의 시적 전유: ‘시간’과 ‘주체’의 문제

‘신라정신’과 ‘영원성’으로 요약되는 서정주의 “영원의 형이상학”32)은 서구의 영향을 재전유하는 방식으로 진행되어온 근대문학의 역사적 무의식과 충돌함으로써 논쟁적 지점을 구축했다. 서정주의 시세계를 관통하는 일관된 문제의식은 개인적인 차원에서건 민족적인 차원에서건 뿌리/고향 찾기인데, 이것은 ‘세계’ 안에서 평온함을 느끼려는 거주에의 욕망과 다르지 않다. 문제는 이 귀향 의지가 동시에 ‘모더니티’라는 이름으로 제기된 또 다른 문화적 경향에 대한 반(反)정립적 성격을 띠면서 근·현대 문학, 특히 전후문학의 한 축을 담당했다는 점이다.33) 이 충돌은, 비록 본격적인 충돌로 이어지지는 않았지만, 먼저 ‘시’에 대한 장르적·형식적 규정의 문제를 제기하며, 서구 문화의 수입/유입을 통해 성장함으로써 근대=서구를 당연시해 온 한국 문학의 무의식에

---

30) 같은 책, 121쪽.
31) 서정주, 「머리로 하는 시와 가슴으로 하는 시」, 『서정주 문학전집』 2, 266쪽.
32) 이광호, 「영원의 시간, 봉인된 시간」, 『작가세계』 1994년 봄호, 세계사, 114쪽.
33) 이에 대해서는 남기혁, 「1950년대 시의 전통지향성 연구」(서울대 박사학위논문, 1998)과 임곤택, 「한국 현대시에 나타난 전통의 미학적 수용 양상 연구」(고려대 박사학위논문, 2011)를 참고할 수 있다.

'전통'이라는 논쟁적인 물음을 던졌다. 선행 연구들이 지적한 것처럼 이때의 '전통'은 민족적인 것보다는 일제 후반기에 등장한 동양적인 것, 또는 조선적인 것의 영향에서 촉발되었다는 한계를 지닌다. 하지만 근대의 극복과 탈(脫)식민이라는 선명한 문제의식 때문에 그 의의를 쉽게 부정하기도 어렵다. 그것은 낭만주의가 노스텔지어에 기초한 복고주의라고 비판받으면서도 '자본=국가'에 비판적이라는 이유 때문에 주목받는 것과 같은 이치이다. 특히 서정주의 경우는 동양적 전회를 통한 뿌리/고향 찾기의 시적 기획이 담론 차원에 머물지 않고 일정한 미학적 성취를 보여주었기 때문에 더욱 많이 주목받았다. 하이데거에게 시적 거주나 고향의 문제가 근대 극복의 문제와 동일한 문제였듯이, 서정주의 시세계에서 영원성에 천착하고 전통적인 시학을 견지하는 문제는 '현대'의 문제적 상황을 넘어가는 문제와 다른 것이 아니었다. 이렇게 본다면 '신라정신'으로 요약되는 서정주의 중기시는 김수영과 더불어 전후 한국시가 '현대' 그 자체와 대면하는 주요 방향의 하나였다고 평가할 수 있다.

> 이렇게 그들은 영원을 따로 경정(逕庭)없는 것으로서 가져 처(處)하고, 우주의 전기운에 호흡하고 참여하는 자로서 처해, 현대의 병폐 - 그 허무 전혀 없이 생사에 임하기를 충족하고도 인색할 것 없이 해, 그 질긴 국업을 이루어 냈던 것이다. 하루살이의 일로서가 아니라 자손만대의 일로서 민족의 일을 경영해야 하고, 허무 밑비탈의 「시지프」(「까뮈」의 작품명)의 팔자(八字)는 원상회복되어야 할 일이라면, 신라의 풍류도는 아직도 크게 필요한 힘이다.[34]

서정주의 '신라'는 영원성의 세계이다. "신라 사람들은 백년이나 천년 만 년 억만년 뒤의 미래에 살 것들 중에 그중 좋은 것들을 그 미래에서 앞당겨 끄집어내 가지고 눈앞에 보고 즐기고 지내는 묘한 습관을

---

34) 서정주, 「신라문화의 근본정신」, 『서정주 문학전집』 2, 304쪽.

가졌었습니다. 미륵불이라면 그건 과거나 현재의 부처님이 아니라, 먼 미래에 나타나기로 예언만 되어 있는 부처님이신 건데, 신라 사람들은 이분까지도 그 머나먼 미래에서 앞당겨 끌어내서, 눈앞에 두고 살았습지요." 서정주는 종종 이러한 영원의 시간성을 현대, 즉 모더니티와 대비시켜 서구적 모더니티를 '병폐'나 '허무'로 간주한다. 서구 현대는 "'일시적'인 현상으로서의 현대, 혹은 현대라는 이름으로 허무의 병폐를 가져온 서구 문화"[35]로 간주되어 비판받는다. 일시적인 것과 영원한 것의 대립, 모더니티(현대)와 전통의 대립, 서양과 동양의 대립. 이러한 대립적 사고는 일시적인 것과 개체적인 것을 강조하는 병폐를 가져온 서구 현대가 '신라'라는 영원성의 시간태에 의해 치유되어야 한다는 의미이기도 하다. 이 치유에 대한 형이상학적 판단이 곧 '전통'의 회복이고, 나아가 귀향이다. 많은 연구자들은 '시간'에 초점을 맞춰 영원주의를 이해하지만, 기실 거기에는 "신라 고난 극복사의 어느 것을 보거나, 거기엔 자기의 단생 중심(單生 中心)은 보이지 않고 언제나 여러 대의 계승하는 합작의 힘이 사관의 중심을 이루고 있다."[36]처럼 개인주의에 대한 부정이 함께 포함되어 있다. 이러한 영생과, 그리고 전통에 대한 강조는 '개인'에 근거한 근대문학적 무의식과 갈등할 수밖에 없거니와, 따라서 "오래 오래 전해갈 만한 값이 있는 걸 잘 선택하고 또 그걸 계승"[37]시키는 일이 중요하다는 주장은 단순히 전통이 중요하다는 상식적 차원의 발언으로 이해될 수 없다. 이런 맥락에서 서정주는 신라 사람들은 "백년이나 천 년 만 년 억만년 뒤의 미래"를 염두에 두고 살았는데, 고려와 조선을 거치면서 유교적 현세주의가 강력한 영향력을 행사해 그 위대한 전통이 약화되었다고 주장한다. 그렇다면 이러한 영원주의는 시에서 형상화되었을까?

---

35) 임곤택, 『전후 한국 현대시와 전통』, 서정시학, 2012, 101쪽.
36) 서정주, 「영생관」, 『미당 산문』, 1993, 민음사, 36쪽.
37) 서정주, 「우리 문학의 당면과제」, 『현대문학』 1957년 10월호, 13~20쪽.

국화꽃이 피었다가 사라진 자리
국화꽃 귀신이 생겨나 살고

싸리꽃이 피었다가 사라진 자리
싸리꽃 귀신이 생겨나 살고

사슴이 뛰놀다가 사라진 자리
사슴의 귀신이 생겨나 살고

영너머 할머니의 마을에 가면
할머니가 보시던 꽃 사라진 자리
할머니가 보시던 꽃 귀신들의 떼

꽃귀신이 생겨나서 살다 간 자린
꽃귀신의 꽃귀신들이 또 나와 살고

사슴의 귀신들이 살다 간 자린
그 귀신의 귀신들이 또 나와 살고

　　　　　　- 「고조(古調) 이(貳)」 전문(『신라초』, 1961)

『신라초』에서 '영원주의'의 시적 전유는 '시간'과 '주체'의 두 가지로 구체화된다. 여기서의 시간이란 중기시에서 분명하게 드러나는 시간의 거대한 스케일과 밀접한 관계가 있다. 가령 "먼 먼 즈믄해"(「사소(娑蘇) 두번째의 편지 단편」), "천년이나 천오백년이 지낸 어느 날에도"(「나그네의 꽃다발」), "삼삼하신 사랑노래사 일만년은 가겠네"(「오갈피나무 향나무」), "천오백년 내지 일천년 전"(「韓國星史略」) 등처럼 작품의 시간적 배경을 아득히 먼 과거까지 확장함으로써 "시간적 영원과 우주적 무한을 근거로 한 '영원성'"[38]을 강조하는 작품들이 여기에 해당한다. "역사적 전승을 혼교로 보고 느껴서, 상대(上代)부터 이어 내려오는 좋은 진리와

---

38) 최현식, 『서정주 시의 근대와 반근대』, 소명출판, 2003, 21쪽.

교훈을 현실력 있는 것으로 제사(祭祀)하고 이어 가는 것이 잘못된 역사 참여자의 태도일까."[39], "민족이 상대로부터 고유하게 전래해 내려온 전통이야말로 그 민족의 본질엔 가장 중요한 것"[40]이라는 진술처럼 상대, 상고라는 초시간적 기원을 강조하는 진술들 역시 이러한 시간으로서의 영원성에 포함된다. 이러한 시간관념은 현재를 강조하는 모더니티의 감각과 확실히 구별된다. 서정주의 신라정신에 대한 비판의 대부분은 이러한 시간관념이 환기하는 몰(沒)역사성에 대한 비판이다.[41] 요컨대 전후 문학인들의 대부분은 현대성을 추구해야 할 대상으로 삼음으로써 역사적 맥락에서 '현재/현대'의 문제를 사유하려 했으나, 서정주는 보편성과 영원성의 차원에서 현대/현재를 고대적인 시간과의 영통과 혼교로 이해함으로써 현대성 자체를 극복되어야 할 대상으로 삼았던 것이다.

이러한 시간관과 함께 논의되어야 할 것은 인간-주체에 대한 이해이다. 서정주는 영원주의의 관점에서 한 개인을 개인으로 이해하기보다는 보편자로 인식한다. 예를 들면 그는 "전통의 제일증인이라는 자가 따로 멀리 있는 것이 아니요, 바로 우리 마음이 그것"[42]이라고 말하면서 '마음'을 개인의 것이면서 동시에 '우리'라는 집단의 것으로 간주한다. 개인에게서 보편을 이끌어내는 것이 전통론의 일반적인 시각임을 고려하면 이러한 주장이 그다지 새롭다고 말할 수는 없다. 하지만 서정주는 나아가 "육신과 인류적 관계로 얼크러진 현생 그것이 제일의인 것이 아니라, 육신과 현생적 인류 그것은 영원한 생명으로 이것을 정화하기 위한 체념(諦念)하기 위한 매개체에 불과하다. (중략) 이러한 체념

---

39) 서정주, 「내 마음의 현황」, 『서정주 문학전집』 5, 284쪽.

40) 서정주, 「한국적 전통성의 근원」, 『세대』, 1964.7, 177쪽.

41) "서정주는 신라정신을 절대화하고 신비화하여, 그것을 역사의식으로 정립시킴으로써 역사를 심미화하고 있다. …… 신라정신을 통해 '사람들을 구제하여 영원에 바른 맥락을 주어, 역사의 체증들을 풀게' 할 수 있다고 주장할 때, 이는 주관적 전망을 과장하거나 역사를 심미화하여 이해하는 오류를 범하고 있는 것이다."(남기혁, 「1950년대 시의 전통지향성 연구」, 서울대 박사학위논문, 1998, 42쪽)

42) 서정주, 위의 글, 177쪽.

위에 현생인격 위에 또 다른 한 개의 인격 말하자면 영생을 위한 인격
을 빚어 영생과 무한의 질서에 참가하였다."[43]라는 주장처럼 현생과
영생을 대립시키고, 개인을 축적된 전통적 시간의 담지체로 이해한다.
이러한 사유방식이 그의 초기 시세계와 얼마나 멀리 떨어진 것인지는
특별한 논의가 필요하지 않은데, 이 사유 속에서 개인은 더 이상 분할
될 수 없는 개별자(individual)라는 서구 근대적 의미가 아니라 적층된 시
간을 사는 존재가 된다. 이 지점에서 삶과 죽음, 과거와 현재의 경계는
무의미해진다. 동시에 죽음에 대한 삶의, 과거에 대한 현재의 우위도
더 이상 유지되지 않는다. 인용시에서 보듯이 이제 죽음은 끝이 아니라
또 다른 시작에 불과하다. 그것은 순환론적인 시간관과는 또 다른 의미
에서의 시작이다. 즉 생명체로서의 삶이 끝나는 지점에서 죽음-귀신으
로서의 삶이 시작된다는 샤머니즘적 발상은 결국 이 세계를 생명체와
귀신이, 살아-있음과 죽어-있음이 공존하는 시·공간으로 바꾼다. 서정
주 특유의 세계에 대한 '긍정'은 여기에서 비롯되는데, 이것은 '죽음'을
절대적인 타자(성)으로 간주하면서 대면해온 현대시의 또 다른 경향과
는 확연히 구별되는 것이다. 요컨대 서정주로 대표되는 시적 경향은 이
'긍정'을 통해 고향에 있음이라는 근대 극복의 기획을 완성하고, 또한
'세계'에 '거주함'을 경험하는 방향으로 나아간다. 이러한 인식에 따르
면 인간은 더 이상 유한한 존재가 아니다. "신라 사람들은요, 말을 주
고받기를 몸뚱이 살아 있는 사람들끼리만 한 것이 아니라, 벌써 몇백
년 전에 죽어 간 사람하고도 잘 하고, 또 몇 백 년 뒤에 생겨날 사람하
고도 썩 잘 했습니다."[44] 이러한 시적 경향은 인간의 유한함과 '세계'
에 거주하는 것의 불가능성에서 기원하는 '부정'과 '불화'의 정신을 시
적 동력으로 삼았던 동시대의 시적 경향과는 완전히 다른 것이었다.

---

43) 서정주, 「한국 시정신의 전통」, 『국어국문학보』 창간호, 동국대 국어국문학회, 1958,
   37쪽.
44) 서정주, 「신라인의 통화」, 『서정주 문학전집』 2, 246쪽.

섭섭하게,
그러나
아조 섭섭치는 말고
좀 섭섭한듯만 하게,

이별이게,
그러나
아주 영 이별은 말고
어디 내생에서라도
다시 만나기로하는 이별이게,

연꽃
만나러 가는
바람이 아니라
만나고 가는 바람 같이……

엊그제
만나고 가는 바람 아니라
한 두 철 전
만나고 가는 바람 같이……
　　　　　　- 「연꽃 만나고 가는 바람같이」 전문(『동천』, 1968)

　범부 김정설은 신라의 화랑도를 "국민도덕의 원칙"이라는 이데올로
기적 방식으로 전유했다. 그는 신라의 화랑도를 이해하는 일이 "국사상
의 학리적 구명이 요구되는 일대의 숙채(宿債)"이며, "민족적 인생관의
전통적 요소"인 화랑도를 올바로 이해하여 "국민도덕의 전통적 근거"
로 삼아야 한다고 주장했다.45) 김정설에게 영향을 받았음에도 불구하
고 서정주는 신라정신을 영원주의와 영통주의로 전유함으로써 시창작
의 근거로 삼았다. 그렇다면 이러한 신라정신을 시적으로 전유함으로

---

45) 김정설, 『풍류정신』, 영남대학교출판부, 2009, 14~15쪽.

써 서정주가 얻은 것은 무엇일까? 그 가운데 하나가 삶에 대한 전통적 자세, 즉 이별, 죽음, 그리움 등의 존재론적 사건을 낭만주의적 파토스 없이 형상화하는 정서이다. 서정주는 여러 편의 시와 산문에서 『삼국 유사』에 등장하는 선덕여왕의 죽음에 관한 이야기를 이 정서의 맥락에 서 반복적으로 해석했다. 가령 서정주는 「선덕여왕의 말씀」에서 "朕의 무덤은 푸른 嶺위의 欲界第二天."이라는 선덕여왕의 진술을 인용하여 그것이 죽음을 소멸이 아니라 다른 세계로 가는 과정으로 이해한 것이 라고 주장하면서 역사적 기록을 미학의 영역으로 가져온다. 이러한 시 적 전유에 따르면 선덕여왕은 위인이 아니라 죽어서도 사랑을 지속하 는 평범한 인간에 불과하다. 인용시에서의 "섭섭하게,/그러나/아조 섭섭 치는 말고", "이별이게,/그러나/아주 영 이별은 말고" 같은 구절은 바로 삶과 죽음을 연속적으로 바라보는 특유의 태도에서 비롯되는 것이다. 또한 그것은 제목에 등장하는 '연꽃'이 상징하듯이 불교의 윤회사상과 무관하지 않은데, 이렇게 보면 서정주의 시는 신라적 생사관을 통해 신 라적 영통주의와 불교적 윤회사상을 매개한다고 말할 수도 있다. 서정 주가 60년대에 출간한 두 권의 시집은 동일하게 신라정신에 집중하고 있지만, 『신라초』가 『삼국유사』라는 역사적 텍스트를 시적으로 해석·전유하는 데 집중하고 있는 반면, 『동천』은 생(生)과 사(死)를 '여행'에 비유하여 불교적 윤회사상과 적극적으로 화해시키는 데 집중하고 있다. 그 대표적인 사례가 바로 『동천』에 수록된 「여행가(旅行歌)」이다. 이 시 는 "애인이여/아침 산의 드라이브에서/나와 같은 잔에 커피를 마시며/인제 가면 다시는 안 오겠다 하는가?"라는 구절이 암시하듯이 사랑하 는 사람과의 이별에 관한 이야기이다. 하지만 이 시에는 이별에 따른 슬픔이나 고통의 감정이 전혀 표현되어 있지 않다. 오히려 화자는 행인 들에게서 '학두루미'의 모습을 발견하고, 하늘에서는 "오천년쯤의 객귀 (客鬼)와/사자 몇마리"를 발견한다. 이 거대한 시간의 흐름 속에서 인간 을 포함한 만물은 윤회의 여행객이니 시간의 변화에 따라 외양은 달라질지라도 죽음으로 인해 생이 끝나지는 않는다. 또한 생이 죽음으로 끝나지 않듯이 이별 또한 영원한 이별이 아니다. 이 도저한 윤회사상에 도달함으로써 서정주의 귀향의지는 비로소 추상적인 수준에서나마 사상적인 근거를 획득하게 된다.

5. 나오며

이상에서 1960년대까지의 서정주의 시세계를 탈향-귀향이라는 관점에서 살폈다. 일제 후반기에 본격적인 시작(詩作) 활동을 시작한 서정주는 초기에는 당대의 많은 문학인들이 그러했듯이 '서구-근대-도시'를 시적 지향점으로 설정하였으나 그것은 시인에게 끊임없이 결핍감만을 안겨주었다. 서정주의 초기시에 나타나는 육체성에 대한 관심, 실존에 대한 파토스적 반응은 시인이 이 결핍감으로 인해서 '세계'를 '거주함'으로 경험하지 못한 데서 발생한 현상으로 이해될 수 있다. 이러한 거주의 불가능성은 '수대동'이라는 기호를 발견하고, 이른바 동양적 전회 과정을 거치면서 극복되기 시작하는데, 이 글에서는 그것을 귀향에의 의지라는 관점에서 설명했다. 즉 서정주의 시세계는 지속적으로 자기 실존의 근거를 확인하려는 귀향 의지의 산물이라고 말할 수 있으며, 그것이 생물학적인 고향의 발견, '동양'이라는 상징적 세계로의 귀환, 그리고 영원주의와 영통으로 대표되는 신라정신의 발견, 죽음을 또 다른 생을 향한 여행으로 간주하는 불교적 윤회사상으로 이어지면서 반복된 것이다. 이 과정은 또한 서정주의 시가 세계를 부정적으로 경험하는 것에서 긍정적으로 경험하는 것으로 바뀌는 변화과정과 일치하며, 동시에 '전통 미학'이라는 것을 주장하고 구체화한 과정과도 일치한다. 물론 이러한 과정에서 '동양'이 제기된 역사적 맥락, 그리고 신라정신을 강조함으로써 발생하는 역사의 미학적 전유와 그에 따른 동시대적 현실에 대한 관념적 회피 등은 비판의 여지가 많다. 그것은 사상이나 미학의 영역에서 '고향'에 도달하려는 기획의 대부분이 보수적인 성격을 띠는 것과도 무관하지 않다. 그럼에도 불구하고 이른바 동양적 전회를 매개로 전통 시학을 주장한 것은 서구적 근대를 반복해온 한국문학의 미학적 무의식에 분명한 논쟁점을 제기한다. 지금까지 많은 선행연구는 서정주의 전통 시학을 동양, 신라정신, 불교, 샤머니즘 등으로 개별화하여 논의했으나 이 논쟁의 지점을 한층 선명하게 드러내기 위해서는 탈식민주의적 관점에서 접근하는 연구가 필요할 듯하다. 서정주의 시세계를 탈향-귀향의 서사로 읽는 독법이 탈식민주의적 관점과 연결될 때 제기될 수 있는 새로운 문제에 대한 연구가 차후의 과제일 것이다.

서정주 시에 나타난 사랑의 테마에 대하여
- '법'과 '사랑'의 대립을 중심으로 -

강 웅 식*

1. 서정주의 시적 기획과 사랑의 테마

한 시인의 시세계에 대한 평가로서 "서정주의 실패는 한국 시 전체의 실패"[1]라는 표현에는 다분히 기이하다는 느낌을 주는 측면이 있다. 두 번 반복해서 등장하는 '실패'라는 낱말에서도 명시적으로 드러나다시피 그것의 의도가 부정적인 데에 있는 것은 분명하지만, 다른 한 편으로 그것은 한국 근대시사에서 서정주의 시가 가지는 중요성을 강조하기 위한 수사적 표현처럼 들리기도 하기 때문이다. 아무튼 김우창은 서정주 시세계의 실패를 다음과 같이 규정하였다.

> 서정주 시의 발전은 한국의 현대시 50년의 핵심적인 실패를 가장 전형적으로 드라마화한다. 그의 초기시는 한쪽으로 강렬한 관능과 다른 한쪽으로는 대담한 리얼리즘을 그 특징으로 했다. 이것은 육체와 정신의 필연적인 갈등, 개인과 사회의 갈등을 솔직하게 인정함으로써 가능한 것이

* 고려대학교, khawoos@korea.ac.kr
** 이 글은 『한국문학연구』 제48호(동국대학교 한국문학연구소, 2015)에 게재된 원고를 단행본의 편집 취지에 맞춰 수정·보완한 것이다.
1) 김우창, 「한국시와 형이상」, 『미당 연구』(김우창 외), 민음사, 1994, 36쪽.

었다. 그러나 후기시에서의 종교적인 또는 평속적인 입장은 그 직시적인 구제의 약속으로 그의 현실의 감각을 마비시켰다. 서정주는 출발은 매우 고무적이었으나, 그 출발로부터 경험과 존재의 모순과 분열을 보다 넓은 테두리에서 포괄할 수 있는 변증법적 구조를 발전시키는 방향으로 나아가는 대신, 그것들을 적당히 발라 맞추어버리는 일원적 감정주의로 후퇴하였다.[2]

인간과 세계에 내재한 모순과 분열을 파악하였으나 그것들을 더 넓은 테두리에서 포괄할 수 있는 변증법적 구조를 발전시키는 방향으로 나아가지 못하였다는 점을 들어 김우창은 서정주의 시세계가 실패한 것이라고 평가한다. 그러나 그 평가는 어딘가 모르게 공정하지 못하다는 느낌을 불러일으킨다. '실패'라는 낱말은 원하는 결과를 얻지 못하거나 뜻한 대로 되지 않고 그르치게 된 경우를 가리키는 것이다. 그 낱말의 뜻에 근거한다면, 김우창이 말하는 의미에서 서정주의 시세계의 실패는 변증법적 구조의 발전이 서정주의 의도로 전제되어야만 가능한 논리적 귀결이 된다. 그런데 만일 서정주의 의도가 김우창이 실패라고 판단하는 근거가 되고 있는 '구제'(구원)와 '감정'(정한)에 관련된 것에 있다면 어떻게 되는가?[3]

처음부터 논의 대상을 폄하하거나 찬양하려는 의도에서 출발하는 것이 아니라면 우리는 한 시인의 시세계의 성취와 실패를 좀 더 조심스럽게 식별할 필요가 있다. 한 시인의 시세계의 실패를 말하려면 먼저 우리는 그 시세계의 구축과 연관된 그 시인의 의도나 기획을 파악해야 하고 그것에 따른 성취의 정도를 평가해야 한다. 그런 다음에야 우리는 그런 의도와 성취 사이의 간극을 측정해봄으로써 비로소 한 시인의 시

---

2) 위의 책, 36쪽.
3) 물론 김우창이 비판하는 이유는 '구제'와 '감정' 자체에 있다기보다는 그것들을 수식하는 '직시적' 성격과 '일원적' 성격에 있다. 그렇지만 '구제'와 '감정'의 차원에 대해서도 김우창은 결코 긍정적인 것 같지 않다.

세계의 실패를 말할 수 있게 될 것이다. 그리고 더 나아가 근본적인 의미에서 한 시인의 시세계의 성취와 실패의 수준을 가늠해보려면 우리는 그것의 성취 자체에 내재한 실패의 차원을 밝혀낼 수 있어야 한다.

서정주의 시세계와 관련하여 시인의 의도나 기획이라 부를 수 있는 것이 있다면 그것은 무엇일까? 이 질문에 관한 답을 우리는 서정주의 다음과 같은 진술에서 찾을 수 있다.

> 나는 내 나이 20이 되기 좀 전에 문학소년이 되면서부터 이내 그 영원성이라는 것에 무엇보다도 많이 마음을 기울여 온 것만은 사실이다.
>
> 그러나 이때 의식하기 시작하여 장년기에 이르도록 집착해 온 그것은, 말하자면 내가 쓰는 문학작품이 담아 지녀야겠다고 생각하는 그 영원성이었다. 영원히 사람들에게 매력이 되고 문제거리가 될 수 있는 내용을 골라 써야 한다. 일테면 남녀의 사랑을 비롯한 사람들 사이의 여러 사랑에서 파생하는 환희와 비애, 절망과 희망 이런 것들은 사람들이 살아있는 한 언제나 문제거리일 것이니 그런 걸 써야 한다. …… 그래 이걸 말하는 내 말의 매력만이 무능하지 않다면 나는 미래 영원 속에 이어서 내 독자를 가져 그들한테 작용할 수 있다. 간단히 말하자면 이런 영원성이었다.[4]

위에 인용된 대목에서 서정주는 '영원성'이라는 낱말을 '보편성'이라는 낱말과 거의 같은 의미로 사용하고 있다. 사랑과 같은 보편적인 주제를 다룬 작품이 독자들의 공감을 불러일으킬 수 있다면, 그 작품은 시대를 초월해서 영원히 독자들에게 수용될 수 있으리라는 것, 그것이 자신의 시세계의 구축과 관련하여 서정주가 가졌던 의도 혹은 기획의 핵심임을 위의 인용문은 잘 보여준다.[5] 그런 보편적인 주제, 사실 '주

---

4) 서정주, 「봉산산방시화」, 『미당산문』, 민음사, 1993, 118쪽.
5) 서정주의 시세계에서 이와 같은 시 자체의 영원성의 추구는 시의 테마로서 '영원성'의 추구와 만나게 된다. 그런 만남의 매개가 되는 것이 바로 '사랑'과 '죽음'이라는 테마이다. 이 문제는 이 글이 전개되는 과정, 특히 서정주의 「꽃밭의 독백-사소 단장」을 검토하는 과정에서 다루어질 것이다. 미당에게서 '영원성'의 추구와 시 자체의 영

제(subject matter)'라기보다는 '테마(theme)'라고 불러야 타당할 그런 보편적인 문제들은 시대를 달리하면서 여러 문인들에게 반복되는 것이면서, 또 동시에 개별 작품에서는 그것의 형성과정의 출발점이자 종착점이 되는 그런 것이다.6) 그것들 가운데서 우리는 무엇보다 '사랑'과 '죽음'을 대표적 예로 손꼽을 수 있을 것이다. 이러한 이해의 타당성은, 여러 가지 측면에서 서정주의 시세계와 대극적인 위치에 놓여 있는 시세계의 시인인 김수영이 "죽음과 사랑의 문제는 말할 필요도 없이 만인(萬人)의 만유(萬有)의 문제이며, 모든 문학과 시의 드러나 있는 소재인 동시에 숨어 있는 소재로 깔려 있는 영원한 문제이며, 따라서 무한히 매력 있는 문제이다"7)라고 주장한 것에서도 분명하게 확인되는 바다.

서정주의 시를 처음부터 끝까지 읽어 본 사람이라면 '사랑'과 '죽음'의 문제를 다룬 시편들이 그의 시세계에서 얼마나 핵심적인 위치를 차지하고 있는지 잘 알고 있을 것이다. 일반적인 독자의 관점에서든 전문적인 평자와 연구자의 관점에서든 서정주의 시세계의 대표적 성취로 꼽히는 시편들, 즉 「부활」, 「귀촉도」, 「푸르른 날」, 「신록」, 「추천사」, 「꽃밭의 독백」, 「선덕여왕의 말씀」, 「동천」 등의 시편들에서는 모두 '사랑'이나 '죽음'의 문제가 그 핵심을 이룬다. 그리고 이 시들의 아름다움과 매혹은 어떤 설명과 논리를 매개로 하지 않고도 작동되는 즉각적인 호소와 공감에 있다. "그의 정치적 이력에 대한 여러 비판에도 불구하고, 겨레의 가장 깊은 정서를 환기력이 높은 시어로 노래한 부족 언어의 마술사라는 거의 공식화된 평가"8)가 크게 흔들리지 않았던 이유도 그

원성의 추구가 별개의 사업이 아니라는 사실과 관련해서는 이미 최현식이 언급한 바 있다. 최현식의 아래의 책 참조.
최현식, 『서정주 시의 근대와 반근대』, 소명출판, 2003, 31~37쪽.
6) 사실 내용과 주제의 보편성에서 작품의 영원성을 담보하고자 하고 더 나아가 그것을 문학의 원리이자 본질이라고 보고 믿는 시각은, 광복 이후, 더 정확히 남한만의 단독 정부 수립 이후 문단의 헤게모니를 장악한 이른바 '문협정통파'가 주장한 '순수문학'의 이념적 거점이기도 하였다.
7) 김수영, 『김수영전집』 2(산문), 민음사, 2003(개정판), 600쪽.

런 호소와 공감에 있을 것이다. "그의 편에 선 사람들이 오랫동안 문학
사의 칭송을 받아야 할 이 훌륭한 시인의 이력에 '어쩔 수 없이' 찍히
게 된 오점을 아쉬워"9)하였던 반면에, "그를 비판하는 사람들 가운데
상당수도 역사적 · 정치적 소신을 갖지 못해 거듭하여 악덕을 저질러온
사람에게서 그토록 아름다운 시가 나올 수 있었다는 점을 의아스럽게
만 여겨왔"10)던 것은 바로 그러한 사정에서 비롯한 시차(視差)의 문제일
것이다.

　'사랑'과 '죽음'을 중심축으로 회전하는 서정주의 시들에는 그의 대
표작으로 꼽히는 것들이 많은 까닭에 기존의 연구에서 그것들은 항상
중심적인 논의의 대상이 돼왔다. 그런데 인간 사회와 예술의 보편적 문
제로서 '사랑'과 '죽음'에 초점을 맞추어 그 시편들을 검토한 사례는
잘 보이지 않는 것 같다.11) 앞서 언급했던, '겨레의 가장 깊은 정서를
환기력이 높은 시어로 노래한 부족 언어의 마술사'라는 거의 공식화된
평가' 역시 서정주의 시세계의 보편적 측면보다는 특수한 측면을 부각
시켜준다. 그러한 성격의 평가는 자신의 시세계의 구축과 관련하여 인
간의 보편적인 문제를 성공적으로 다룸으로써 시의 영원성을 확보하고
자 했던 서정주의 시도와 기획을 무색하게 만든다. '겨레의 가장 깊은
정서'의 층위와 사랑의 감정이라는 보편적 정서의 층위는 겹칠 수 없
으며, 한 겨레의 고유한 정서를 환기시키는 데 탁월한 형상화 능력으로
부각되는 '부족 언어의 마술'이 사랑의 보편적 정서를 환기하는 데에도
동일한 능력을 발휘할 수 있을지는 의문이기 때문이다. 그러나 과연 서
정주의 시의 성취는 그런 '공식화된 평가'의 차원에서만 인정될 수 있

---

8) 황현산, 「서정주 시세계」, 『말과 시간의 깊이』, 2002, 455쪽.
9) 위의 책, 455쪽.
10) 위의 책, 455쪽.
11) 서정주의 연시들을 중심적인 검토의 대상으로 삼은 것으로는 강헌국의 글(「미완의
　사랑을 위하여」, 『활자들의 뒷면』, 미다스북스, 2004)과 방지연의 논문(「서정주 시
　에 나타난 사랑의 변모양상 연구」, 공주대 석사학위논문, 2008)이 있다.

는 것일까? 보편적 주제인 '사랑'과 '죽음'의 문제와 관련하여 서정주
의 시는 그 어떤 특별한 깊이도 새로운 이해도 보여주지 못한 것일까?
이 글은 그러한 질문들을 중심에 놓고 서정주의 '사랑'의 시편들을 검
토해보기 위해 작성된 것이다. '사랑'과 '죽음'이라는 테마의 보편성은
그대로 영원성과 연결된다. 그러나 보편적이기에 영원한 테마를 수용했
다고 해서 그것이 자동적으로 그 시에 영원성을 부여할 수는 없을 것이
다. 한 편의 시의 영원성은 그 시가 예술작품으로서 이루어낸 성취 자
체의 결과일 것이기 때문이다. 이제 비로소 우리는 서정주 시 자체의
성취와 실패에 대하여 냉정하게 식별해 보아야 하는 때에 이르렀는지
도 모른다.

   그런데 서정주의 시가 보여주었던 실험과 그것이 이룩한 성취는 이
제 과거가 돼버렸다. 그러나 "과거는 비현실화된 잠재성들을 포함하고
있으며 진정한 미래란 바로 이 과거의 반복/부활이다. 이 반복은 이미
있었던 것으로서의 과거를 반복하는 게 아니라 과거의 현실 속에서 실
현에 실패하고, 배신당하고, 억눌려진 그런 요소들의 반복이다."[12] 그
와 같은 의미의 맥락에서 이 글은 서정주의 시를 반복하는 다양한 기
획들 가운데 하나일 것이다. 다시 말해 여기서 우리가 서정주를 반복하
는 것은 그를 우리의 영웅으로 선택하여 그를 따라서 똑같이 하자는
의미에서가 아니라, 실패한 것으로 비치는 것조차 포함한 그의 모든 시
도 속에서 실현되지 않은 잠재성을 불러내자는 의미에서다.

2. 섹스와 사랑의 이율배반과 성적 사랑의 교착상태

   서정주의 첫시집 『화사집』(1941)에 수록된 24편의 시편들 가운데 '사
랑'이라는 낱말이 직접 등장하는 것은 「입마춤」, 「雄鷄」(上), 「雄鷄」(下),

---

12) 슬라보예 지젝(박정수 역), 『잃어버린 대의를 옹호하며』, 그린비, 2009, 215~216쪽.

그리고 「바다」 등 모두 4편이다. 그런데 "자는 닭을 나는 어떻게 해서 사랑했든가"라는 구절에서도 확인되다시피 「웅계」(上)에 등장하는 '사랑'이라는 낱말은 그 의미가 모호하고, "어찌하야 나는 사랑하는자의 피가 먹고싶습니까"라는 구절에서 보듯 「웅계」(하)에 등장하는 것은 그 의미가 비교적 분명하나 이 시 전체의 의미 맥락에서 그것이 말하고자 하는 바는 역시 모호하다.13) 「바다」에서는 "애비를 잊어버려/에미를 잊어버려/兄弟와 親戚과 동모를 잊어버려, 마지막 네 계집을 잊어버려"라는 대목이 "눈뜨라. 사랑하는 눈을 뜨라…청년아"라는 청유 또는 명령 속에 포섭된 '사랑'이라는 낱말의 의미를 모호하게 만든다. 이들 세 시편들과 비교할 때, 「입마춤」의 경우는 아래에서도 볼 수 있는 것처럼 '사랑'이라는 낱말의 의미가 비교적 분명하게 드러나 있다.

가시내두 가시내두 가시내두 가시내두
콩밭 속으로만 작구 다라나고
울타리는 막우 자빠트려 노코
오라고 오라고 오라고만 그러면
사랑 사랑의 석류꽃 낭기 낭기
하누바람 이랑 별이 모다 웃습네요
풋풋한 산노루떼 언덕마다 한마릿식
개고리는 개고리와 머구리는 머구리와
구비 강물은 西天으로 흘러 나려…

땅에 긴 긴 입마춤은 오오 몸서리친
쑥니풀 지근지근 니빨이 히허여케
즘생스런 우슴은 달드라 달드라 우름가치 달드라.
                                        ─ 「입마춤」 전문

---

13) 이 시에는 "막다아레에나", "십자가", "카인" 등 기독교와 연관된 낱말들이 형성하는 '죄', '처벌', '죄의식', '수난' 등의 이미지들이 "사랑이 어떻게 兩立하는냐"는 질문을 중심으로 배치되어 있지만, 이 시의 전체적인 의미 자체가 모호하다.

높은 곳에서 낮은 곳으로 흐르는 자연의 법칙에 따라 강물은 서쪽으로 흐르고14) 바람과 밭이랑과 별이 모두 명랑하게 웃는 모습에 근거하여, 우리는 이 시를 자연세계의 순진무구한 명랑성을 찬미하는 자연축제의 풍경을 다룬 것으로 이해해도 무방할 것이다. 섹스와 그것이 주는 열락을 주제로 다룬 시들이 여러 편 수록되어 있는 『화사집』에서 이 시가 차지하는 위치는 단연 이채를 띤다. 섹스와 그것의 열락이 서술과 묘사의 중심을 이루는 다른 시들에서 섹스의 파트너는 "배암같은 계집"(「麥夏」)의 경우처럼 부정적으로 묘사되거나 "花蛇"(「화사」)의 경우처럼 매혹과 혐오의 이중적 대상으로 묘사되며, 섹스 자체와 그것의 파트너를 향한 치명적인 충동의 과잉분출 속에서 화자는 쾌락의 강렬함만큼이나 지독한 죄의식에 시달린다. 그에 반하여, 「입마춤」에서는 자연의 풍경을 수놓고 있는 무수한 섹스의 장면들이 밝고 명랑하게 처리되어 있으며 시의 화자 역시 심각한 죄의식에 휩싸이지 않는다.15) 이 시에서 더욱 이채로운 것은 시의 화자가 저 무수한 섹스의 장면들에서 이루어지는 것들을 '사랑'이라는 관념으로 포섭하고 있다는 점이다. 과연 사랑과 섹스의 직접적 동일시는 가능한 것일까? 사랑과 섹스는 오히려 구별될 뿐만 아니라 궁극적으로 양립 불가능한 것 아닌가? 아가페와 에로스가 전현 다른 차원에서 작동하는 것처럼 말이다. 오래 참고, 온유하며, 무례하게 행하지 않으며, 자기의 유익을 구하지 않는 것이 사랑인 반면에, 섹스는 참지 못하고, 강렬하며, 폭력적이고, 자기의

---

14) 이 시에서 '서천'의 의미를 섹스의 매력에 매료당한 시의 화자로 하여금 죄의식에 빠지게 하는 금지의 상징으로서의 법이나 대타자의 의미로 읽을 수도 있겠으나 그것은 그렇게 자연스러워 보이지 않는다. 그렇다면 어째서 강은 서쪽으로 흐르는가 하는 질문이 제기되겠는데, 이는 시인의 실존적 체험이 투사된 것으로 보는 것이 타당할 듯하다. 다시 말해 이 시의 화자에게는 서쪽으로 흐르는 강물이 동해안에 인접한 마을에 사는 사람들에게는 동쪽으로 흐르게 마련이다. 법의 하늘로서의 '서천'에 관한 해석은 강헌국의 다음 글 참조. 강헌국, 「미완의 사랑을 위하여」, 『활자들의 뒷면』, 미다스북스, 2004, 175쪽.

15) 마지막 절에서 '웃음'과 '울음'이 동시에 배치되어 있지만, 그것이 이 시 전체의 명랑성을 파괴할 정도로 영향을 미치지는 않는다.

유익을 구한다. 순수 자연 상태에서 섹스는 절대적인 필연성이며 따라서 섹스의 정열에 휩싸이는 것은 그 어떤 죄의식도 느낄 필요가 없는 지극히 명랑하고 자연스러운 현상일 수 있다. 그러나 자연의 유기적인 전체적 질서로부터 탈구를 기본 동력으로 하는 문화 안에서 인간의 섹스는 모호하면서도 치명적인 충동이다. 따라서 참된 구원은 불멸의 정열을 파국적인 결말에 이르도록 좇는 데 있지 않다. 오히려 우리는 창조적 승화를 통하여 그것을 극복하고 현명한 포기 혹은 체념의 심정으로 상징적 질서와 임무의 일상생활로 돌아가는 길을 배워야 한다. 이를테면 결혼을 통해서 말이다. 그렇게 성적 사랑의 교착상태에서 벗어나는 길과 관련하여 「水臺洞詩」가 보여주는 지점은 매우 흥미롭다.

[…]

등잔불 벌써 키어지는데…
오랫동안 나는 잘못 살렀구나.
샤알·보들레-르처럼 설 ㅅ고 괴로운 서울女子를
아조 아조 인제는 잊어버려,

仙旺山그늘 水臺洞 十四번지
長水江 뻘밭에 소금 구어먹든
曾祖하라버짓적 흙으로 지은집
오매는 남보단 조개를 잘줍고
아버지는 등짐 서룬말 졌느니

여긔는 바로 十年전 옛날
초록 저고리 입었든 금女, 꽃각시 비녀하야 웃든 三月의
금女, 나와 둘이 있든곳.

머잖어 봄은 다시 오리니
금女동생을 나는 얻으리

> 눈섭이 검은 金女 동생,
> 얻어선 새로 水臺洞 살리
>
> — 「水臺洞詩」 부분

이 시의 화자는 성욕이라는 불멸의 정열에로 이끌림이나 그에 따른 불안과 죄의식에 휩싸여 있지 않으며, '사랑은 섹스다'라는, 성적 관계 혹은 성적 사랑이 인간 삶에 의미를 제공하는 궁극적 참조점이라는 의식 형태에서도 벗어나 있다. 이 시의 공간은 "네거름길우"(「桃花桃花」)의 경우처럼 갈등과 방황의 장소도 아니고, "따서 먹으면자는듯이 죽는다는/붉은 꽃밭새이 길"(「대낮」)의 경우처럼 불길하고 위험한 장소도 아니다. 그것은 "水臺洞 十四번지"란 구절에서 볼 수 있는 것처럼 상징적 질서의 좌표 위에 안정적으로 놓여 있고, 그곳에서는 아버지와 어머니 역시 상징적 질서와 일상적 임무의 좌표 위에 정상적으로 자리 잡고 있다. 그리고 이 시의 화자는 매혹과 혐오의 대상일 수 있는 "서울여자"를 잊고자 하며, "金女 동생"을 얻어 살려고 한다. 여기서 봄이 되어 한 여인을 얻어 함께 사는 것을 결혼의 이미지로 읽는 독해가 크게 무리한 해석이 되지는 않을 것이다. 『화사집』에 실려 있는 다른 시편들과 달리 「수대동시」가 보여주는 안정감과 따뜻함은 섹스와 사랑의 교착상태와 관련하여 그것이 상징적 질서와 임무의 일상적 임무의 수용 위에 놓여 있기 때문일 것이다. 그러나 법의 정립과 함께 구축되는 문화의 차원에서 섹스와 사랑은 영원히 이율배반의 회로에 들어서게 되는 것이 아닐까? 여전히 섹스는 절대적 필연성이기에 그것을 단념하는 것은 시들어 죽는 것과 같으며 따라서 사랑은 섹스 없이는 잘 자라날 수 없지만, 다른 한편으로 사랑은 바로 그 섹스 때문에 불가능하게 된다.[16) 역설적이게도

---

16) 이 글에서, '섹스', '사랑', '에로스', '아가페' 등의 용어들의 개념, 그리고 승화 작용을 매개로 이루어지는 그 개념들의 연관관계에 관한 착상과 이해는 지젝의 견해로부터 도움 받은 바 크다. 나는 이 글에서 그 개념들과 연관된 지젝의 수사학적 표현과 묘사들도 내 나름의 변용과정을 거쳐 일부 수용하였다. 지젝의 다음 글 참조. 슬

섹스는 사랑의 가능성의 조건이지만 동시에 사랑의 불가능성의 조건이
기도 하다. 『화사집』의 시편들에서 서정주는 섹스와 사랑의 이율배반
혹은 성적 사랑의 교착상태를 잘 보여주지만, '사랑의 승화'라는 문제
와 연관된 특별한 인식의 성취를 보여주지는 못하였다.

3. '남녀상열지사'를 넘어서, 혹은 사랑의 승화와 그 이념

서정주의 두 번째 시집인 『귀촉도』(1948)에서 '사랑'의 문제와 직간접
적으로 연관된 시편들은 「견우의 노래」, 「푸르른 날」, 「歸蜀道」, 「石窟
庵觀世音의 노래」 등 4편이다. 「귀촉도」는 죽은 연인에 대한 애도와 그
리움을 절절하게 노래한 시이고, 「푸르른 날」은 "눈이 부시게 푸르른
날은 그리운 사람을 그리워하자"는 지극히 당연하기에 오히려 묘한 감
동을 주는 호소를 담은 시이며, 「견우의 노래」는 "사랑을 위하여서는/
이별이, 이별이 있어야 하네"라는 대담한 역설을 배경으로 '직녀'를 향
한 '견우'의 그리움을 담은 시이다. 사랑의 그리움에 관한 시라고 점에
서 '사랑'이라는 영원한 테마를 다룬 시의 범주에 포함할 수는 있겠
만, 그것들이 '사랑'의 문제와 관련하여 특별하거나 새로운 차원을 열
어 보인 것은 아니다. 이들 세 편의 시들과 비교할 때 「석굴암관세음의
노래」는 사랑의 테마와 관련하여 서정주의 특별한 모색을 보여준다. 그
전문을 인용하면 아래와 같다.

> 그리움으로 여기 섰노라
> 潮水와 같은 그리움으로,

라보예 지젝, 「바그너, 반유대주의, '독일 이데올로기'」, 『바그너는 위험한가』(알랭
바디우, 김성호 역), 북인더갭, 2012, 229~318쪽.

이 싸늘한 돌과 돌 새이
얼크러지는 칙넌출 밑에
푸른 숨결은 내것이로다.

세월이 아조 나를 못쓰는 티끌로서
虛空에 허공에 돌리기까지는
부푸러오르는 가슴속의 波濤와
이 사랑은 내것이로다.

오고 가는 바람속에 지새는 나달이여,
땅속에 파무친 찬란한 서라벌,
땅속에 파무친 꽃같은 男女들이여,
오 ― 생겨났으면 생겨 났으면
나보단도 더 나를 사랑하는 이
千年을, 千年을, 사랑하는 이
새로 해ㅅ볕에 생겨났으면
새로 해ㅅ볕에 생겨 나와서
어둠속에 나ㄹ 가게 했으면,

사랑한다고… 사랑한다고……
이 한 마디ㅅ말 임께 아뢰고, 나도,
인제는 바다에 돌아갔으면!

허나 나는 여기 섰노라.
앉어 계시는 釋迦의 곁에
허리에 쬐그만 香囊을 차고

이 싸늘한 바위ㅅ속에서
날이 날마닥 드리쉬고 내쉬이는
푸른 숨결은
아 아직도 내것이로다.

― 「석굴암관세음의 노래」 전문

그 나름의 독특한 성취를 보여주는 서정주의 시편들의 특징 가운데 하나는 호소력 있는 극적 상황의 구축과 그 상황에 걸맞은 인물의 극적인 목소리의 절절함이다. 서정주의 대표작으로 손꼽히는 작품들의 목록에 그 자리를 차지하고 있는 「귀촉도」나 「추천사」를 떠올려 보면, 그러한 사실은 쉽게 수긍될 수 있을 것이다. 그런데 이 시에서는 서정주의 성공한 시편들이 보여주는 그런 특장들이 거의 발휘돼 있지 않다. 이 시에 구축된 극적 상황의 모호함 때문에 이 시의 화자의 목소리가 가진 그 나름의 절절함은 제대로 전달되지 못한다. 그렇지만 이 시에서는 일반적인 연시들과는 근본적으로 다른 점이 엿보인다. 자신의 곁에 있지 않은 연인을 향한 그리움, 아직 자신의 마음을 알지 못하는 연인을 향한 사랑의 열정, 그리고 연인을 잃은 후의 절망적인 상실감 등이 연시에서 일반적으로 다루어지는 것들인데, 이 시에서는 그러한 것들이 다루어지지 않았다. 이 시의 화자는 그 제목이 말해주는 바와 같이 석굴암 벽면에 새겨져 있는 '관세음상'이다. 그는 누군가를 향한 사랑의 그리움 속에서 영원의 시간 동안 변함없이 자신보다 더 자신을 사랑하는 누군가가 태어나기를 소망한다. 그런데 이 시의 화자가 석상(심지어 자비의 마음으로 중생을 구제하고 제도한다는 관세음상)이고 그가 사랑하는 대상이 아직도 생겨나지도 않았다는 점에서 그 양자를 매개하는 사랑은 에로스로서 그것과는 다른 양상을 띤다. 다시 말해 이 시에서 '사랑'이라는 낱말이 환기하는 것에서는 (이)성적 사랑이 보여주는 대표적 양상 가운데 하나인, 상대방을 향한 치명적인 정열적 애착의 차원이 부각되지 않는다는 것이다. 이 시의 화자의 독백에서 자연스럽게 드러나는 것은 사랑의 다른 차원, 즉 자기 자신(생명)보다도 더 상대방을 사랑하는 사랑의 위대한 움직임의 차원과 '천년'이라는 시간 단위가 환기하는 영원성의 차원이다. 이 시에서 부각되는 사랑의 그러한 차원은 우리로 하여금 서정주가 말하는 '정조'라는 개념을 돌아보게 한다.

서정주의 설명에 따르면, "…… 감각과 정서가 그 시간상의 장단은 있을지언정 둘이 다 변하는 것인데 정조는 변하지 않는 감정 즉 항정 (恒精)을 일컫는다. 성춘향의 이도령에 향한 일편단심, 려말 정몽주의 한 결같은 애국지정, 이조시인 정송강의 불변하는 사군감정 ─ 이런 것들 은 모두다 정조에 속한다."17) 서정주는 또한 이 '정조'를 가리켜 "예지 가 지혜 중 가장 다듬어진 것처럼 정조는 감정 중 제일 다듬어진 것이 니 이것이라야 사물을 친구로 만들더라도 제일 가까웁게 만들어질 것 이요 사물을 따라가더라도 제일 멀리까지 따라갈 수 있을 것이다."18) 라고도 한다. 이와 같이 '일시성'과 '가변성'을 특징으로 하는 인간의 감정이 '항상성'과 '영원성'을 갖춘 형식으로 승화된 것을 서정주는 '정조'라고 부른다. 그러한 정조의 여러 유형 가운데 '일편단심'으로 압 축할 수 있는 (이)성적 사랑을 그는 가장 대표적인 것으로 꼽는다. 자기 자신의 생명보다 연인을 더 귀하게 여기는, 변함없이 한결같은 영원한 마음이 그가 생각하는 '정조'로서 사랑이다.

서정주가 말하는 사랑의 '정조'라는 개념에 근거할 때, 「석굴암관세 음의 노래」에서 부각되는 것은 사랑의 관계에서 연인들이라면 겪을 수 있는 어떤 심정의 문제만이 아니라 연인들이 보여줄 수 있는 어떤 행 동의 문제이다. 사랑의 마음과 그것이 낳은 사랑의 행위는 일체가 되어 사랑 자체가 하나의 행위로 변환된다. 그리고 그 행위의 수행성의 내적 동력인 '항상성'과 '영원성'은 동시에 그것의 목표가 된다. 이 시의 화 자는 소망과 의지가 결합된 행위로서 기다림을 수행하며 그런 행위를 가리켜 사랑이라고 부른다. 이러한 사정을 좀 더 분명하게 파악하기 위 하여 우리는 이 시와 상호텍스트성의 맥락으로 엮여 있는 것으로 추론 되는 릴케의 「석상의 노래」를 살펴볼 필요가 있다.19)

---

17) 서정주, 『시문학개론』, 정음사, 1959, 76쪽.
18) 위의 책, 78쪽.
19) 김익균은 서정주 시의 전개에서 이루어진 '신라정신'으로의 전회의 문제를 다루면서
    서정주의 「석굴암관세음의 노래」와 릴케의 「석상의 노래」의 상호텍스트성의 문제
    에 대하여 언급한 바 있다. 김익균의 다음 논문 참조. 김익균, 「서정주의 신라정신과

소중한 제 목숨을 버릴 만큼
날 사랑할 사람은 누구인가요?
날 위해 바다에 빠져 죽을 사람이 있다면
나는 돌에서 풀려나 생명, 생명으로
다시 구원받을 수 있을 겁니다.

파도처럼 철썩이는 피를 나는 그립니다;
돌은 너무나 말이 없습니다.
나는 생명을 꿈꿉니다, 생명이란 멋진 거니까요.
나를 잠에서 깨워줄
용기 있는 사람은 없는가요?

황금처럼 찬란한 모든 것을 주는
그 생명을 언젠가 얻는 날 나는

사라진 나의 돌을 슬퍼하며
혼자서 울고 또 울겠습니다.
포도주처럼 조용히 익는다면 이 피가 무슨 소용인가요?
그런 피로는 날 가장 사랑해준 그 사람을
바다에서 소리쳐 불러내지는 못할 테니까요.
— 「석상의 노래」 전문[20]

　위 시의 화자는 돌의 영혼이다. 그것은 돌이라는 생명 없는 존재의
운명에서 벗어나 생명을 가진 어떤 존재가 되고자 한다. 그리고 그 소
망이 이루어지기 위해서는 그 돌의 영혼을 위한 사랑의 자발적 희생으
로 누군가가 죽어야 한다. 그리하여 누군가가 그것을 위하여 죽음으로
써 그것은 생명을 가진 존재가 되지만 자기 자신의 생명보다 그것을
사랑한 누군가는 이미 존재하지 않는다. 이 시에서 강조되는 것은 사랑

남한 문학장」, 동국대 박사학위논문, 2013, 87~90쪽.
20) 라이너 마리아 릴케(김재혁 역), 『두이노의 비가 외』(릴케전집 2권), 책세상, 2000,
16쪽.

의 행위의 위대한 움직임(힘)이다. 어떤 사랑의 주체는 그 무엇이나 그 누구를 위하여 자신이 소멸되는 것을 두려워하지 않으며, 그 대담한 움직임을 통하여 생명 없는 돌이 생명을 가진 존재로 바뀌게 하는 것처럼 그렇게 사랑의 대상의 승화에 기여한다. 여기서 말하는 사랑의 대상의 승화는 일종의 실체변환(transubstantiation), 즉 실체 자체의 근본적인 질적 변화를 가리킨다.[21] 생명 없는 돌이 살아 숨 쉬는 생명을 가진 존재로 변환되는 것과 같은 사건 말이다. 이와 같이 석상의 의인화를 통하여 이루어지는 내심독백의 화법, 사랑의 이름으로 이루어지는 자발적 희생, 그리고 그 사랑의 행위로 인하여 성취되는 사건 등에 근거할 때, 우리는 「석상의 노래」와 「석굴암관세음의 노래」 사이에 성립하는 상호텍스트성의 맥락을 충분히 인정할 수 있게 된다. 두 시편이 함께 놓여 있는 상호텍스트성의 맥락에서 가장 핵심적인 것은 '나타남'과 '사라짐'의 엇갈림이다. 「석상의 노래」에서, 누군가는 석상을 위하여 자신의 귀중한 생명을 바침으로써 사라지는 반면에, 석상은 생명을 얻음으로써 새로운 형상의 존재로 나타난다. 「석굴암관세음의 노래」에서는, 석상을 그 자신보다 더 사랑하는 누군가가 나타나는 반면에, 석상은 대자연의 품의 상징인 바다로 돌아감으로써 사라진다. 「석상의 노래」에서 그러한 엇갈림은 정확히 대칭을 이룸으로써 작품에 비극성을 부여한다. 그런데 「석굴암관세음의 노래」에서는 사랑의 위대한 움직임과 연관된 사랑의 승화의 계기는 제시되지만 그러한 움직임이 구체적인 사건으로 발생하지도 않으며 그 성격도 다분히 모호하다. 이 시의

---

21) 실체변환의 개념은 기독교의 교리와 사상에서 온 것이다. 빵이 예수의 살로, 그리고 포도주가 예수의 피로 변화하는 것이 바로 실체변환 혹은 성변환(聖變換)이다. 기독교도는 성찬례에 참여하여 예수의 살과 피인 빵과 포도주를 먹고 마심으로써 옛사람에서 새사람으로, 즉 기독교의 사랑의 성령 공동체의 일원으로 거듭난다. 사랑을 테마로 한 시의 영역에서 이 개념은 두 가지 방향에서 적용될 수 있다. 하나는 사랑의 위대한 움직임에 의하여 이루어지는 사랑의 대상의 변화에, 다른 하나는 사랑 자체의 변화에, 즉 섹스에서 사랑(에로스)으로, 다시 에로스에서 아카페로 전이되는 변화에 각각 적용될 수 있다.

화자가 자신보다도 더 자신을 사랑하는 누군가의 탄생을 바라는 이유
는 그에게 사랑한다고 말하기 위함이고, 그런 다음 비로소 석상의 운명
에서 벗어나 바다로 돌아가기 위함인데, 이 시에서 시의 화자의 독백
내용을 통하여 구성해 볼 수 있는 이야기의 맥락은 그 정도가 전부다.
다시 말해 이 시의 화자를 그 자신보다 더 사랑하는, 그래서 영원의 시
간 동안 그를 향한 사랑의 마음을 간직하고 있는 누군가가 태어나야
하는 이유, 그리고 그에게 시의 화자가 사랑한다는 그 한마디의 말을
하고 바다로 돌아가야 하는 이유 등이 화자의 진술을 토대로 구성해볼
수 있는 이야기의 맥락 속에 구체적으로 제시돼 있지 않은 것이다. 요
컨대 「석굴암관세음의 노래」에서 서정주는 사랑의 노래를 이른바 '남
녀상열지사(男女相悅之詞)'의 차원에서 벗어나 사랑의 위대한 움직임이라
는 사랑의 이념을 노래하는 차원으로 이행하게 하는 승화의 핵심적 계
기를 보여주지만, 작품 자체는 형상화의 실패로 인해 어정쩡한 수준에
머무르고 만다. 그러나 그런 어정쩡함 자체를 서정주 자신이 누구보다
도 잘 알고 있었고 그 실패를 극복하기 위하여 그런 문제의식과 연관
된 작업을 지속적으로 이어 나갔다. 우리는 그 증거를 「추천사」, 「꽃밭
의 독백」, 「선덕여왕의 말씀」 등의 시들에서 찾을 수 있다.

4. '춘향'의 사랑 모티프와 법과 사랑의 대립

서정주의 세 번째 시집 『서정주시선』(1956)에서 사랑의 테마를 다룬
시는 「추천사-춘향의 말 일」, 「다시 밝은 날에-춘향의 말 이」, 그리고 「춘
향유문-춘향의 말 삼」, 세 편이다. 비록 1956년에 나온 『서정주시선』에
수록되긴 했으나 그 시들이 모두 1940년대 후반에 발표된 것들이라는
사실은 이미 잘 알려져 있다.[22] 다시 말해서 그것들은 앞 절에서 우리가
검토한 「석굴암관세음의 노래」(1946.12.)의 발표 직후에 발표된 것들이다.

그것들 가운데 가장 널리 알려져 있는 것이 아래의 「추천사」이다.

> 香丹아 그넷줄을 밀어라
> 머언 바다로
> 배를 밀 듯이,
> 香丹아
>
> 이 다수굿이 흔들리는 수양버들 나무와
> 벼갯모에 뇌이듯한 풀꽃뎀이로부터,
> 자잘한 나비새끼 꾀꼬리들로부터
> 아조 내어밀 듯이, 香丹아
>
> 珊瑚도 섬도 없는 저 하늘로
> 나를 밀어 올려다오.
> 채색한 구름같이 나를 밀어 올려다오
> 이 울렁이는 가슴을 밀어 올려다오!
>
> 西으로 가는 달 같이는
> 나는 아무래도 갈 수가 없다.
>
> 바람이 波濤를 밀어 올리듯이
> 그렇게 나를 밀어 올려다오
> 香丹아.
>
> ─ 「추천사-춘향의 말 일」 전문

기존의 표준적 해석에 따르면, 이 시는 "지상적 삶의 한계를 넘어 초월적 세계에 닿고자 하는 갈망을 노래한 작품이다."[23] 그런데 현실세계의 세속적인(혹은 쾌락적인) 가치들을 버려야 가닿을 수 있는 어떤 이

---

22) 세 편의 시들의 발표 시기는 다음과 같다. 「다시 밝은 날에」(1947.5), 「추천사」(1947. 10), 「춘향유문」(1948.5)

23) 이영광, 『미당 시의 무속적 연구』, 서정시학, 2012, 163쪽.

상세계의 초월적인 가치의 지향과 그 좌절을 다룬 것으로 이 시를 보기에는 납득하기 어려운 측면이 눈에 띈다. 그것은 「춘향전」에서 춘향이라는 인물이 가지는 성격과 연관된 것이다. 거기에서 춘향은 목숨을 걸고 사랑을 지키려는 지고지순한 사랑의 주인공이다. 그런 춘향의 성격을 고려한다면 그녀는 초월적 가치의 지향과 좌절이라는 연극의 주인공으로 삼기에는 적합하지 못한 인물이다.24) '춘향의 말 삼'이라는 부제를 달고 있는 「춘향유문」에서처럼 "천길 땅밑을 검은 물로 흐르거나/도솔천의 하늘을 구름으로 날드래도/그건 결국 도련님의 곁 아니예요?"라고 말하는 인물이야말로 춘향에게 제격인 역할이라 할 수 있다. 따라서 「추천사」에서 보이는 춘향의 욕망을 초월 의지와 연관된 것으로 파악하려는 해석의 관행에는 과잉 해석의 혐의가 없지 않은 것으로 판단된다. 그렇다면 우리는 「추천사」를 무엇에 관한 시로 읽을 수 있을까? 이 시를 새롭게 읽기 위해서는 약간의 우회로가 필요하다.

『춘향전』과 상호텍스트성의 맥락에 포함되는 시가 무려 다섯 편이나 된다는 사실은25) "미당의 『춘향전』에 대한 시적 변용이 매우 치밀하고도 꾸준한 관심의 소산임을 잘 보여준다."26) 그런데 여기서 궁금한 점은 그렇게 '치밀하고도 꾸준한 관심'의 동기가 어디에 있는가 하는 것이다. 그런 동기와 관련하여 『춘향전』이 보편적이기에 영원한 테마인 사랑의 문제를 매우 흥미롭게 다루고 있기 때문일 것이라고 보는 추론이 그다지 무리하지는 않을 것이다. 잘 알려져 있다시피 『춘향전』은 사

---

24) 이 말은 춘향이 절대로 그와 같은 연극의 주인공이 될 수 없다는 것을 뜻하지 않는다. 사랑의 열정과 고뇌라는, 춘향에게 훨씬 더 친화적인 문제를 젖혀놓고 왜 굳이 초월적 가치의 지향과 좌절이라는, 춘향에게는 낯설고 어울리지도 않는 문제를 다룬 연극의 주인공으로 춘향을 선택했는가 하는 의문과 관련하여 「추천사」에 대한 기존의 해석들이 납득할 만한 설명을 제공하지 못한다는 사실을 그것은 지적한 것이다.
25) 『서정주시선』에 수록된 세 편의 시 이외에, 어느 시집에도 수록되지 않은 「통곡」(『해동공론』 1946.12)과 「춘향옥중가」(『대조』, 1947.11)가 있다. 이 두 편에 관해서는 최현식의 다음 책 참조. 최현식, 『서정주 시의 근대와 반근대』, 소명출판, 2003.
26) 최현식, 앞의 책, 152쪽.

랑의 열정과 법의 위반, 수난과 견딤, 그리고 보상이라는 서사의 얼개
로 되어 있다.『춘향전』에서 두 연인의 사랑에 가장 큰 장애가 되는 것
은 반상(班常)을 구별하는 당시 사회의 관습과 법이다. 그들이 몰래 한
연애와 결혼은 사회적(상징적)으로 공인될 수 없는 것이다. 그들에게 결
정적인 문제는 물리적으로 떨어져 있는 이별이나 어느 한 사람의 변심
이 아니라 그들의 사랑 자체가 사회적으로 금지돼 있다는 것이다. 춘향
은 변학도의 회유와 협박에 일부종사(一夫從事)라는 유교적 윤리로 맞서
지만 정작 그녀에게는 그렇게 할 수 있는 자격도 권리도 없다. 춘향과
몽룡의 결혼은 사회적으로 공인되지 못한 것일 뿐더러 심지어 그것 자
체가 법의 위반이자 죄가 되는 것이기 때문이다. 이러저런 우여곡절을
거쳐 결국에는 최고 권력자인 왕의 자비에 의하여 두 사람의 사랑과
결혼이 사회적으로 공인되기는 하지만, 일반적인 상황에서 그러한 행
운을 우리는 기대하기 어렵다. 요컨대『춘향전』에서 춘향이 빠지게 되
었으며 감당해야 할 사랑은 금지된 사랑, 더 나아가 불가능한 사랑이
다. 우리는 「추천사」의 이해에서도 그와 같은 춘향의 사랑의 역설적 성
격을 다시 도입해야 한다.27)

　「추천사」에서 시의 화자는 두 번째 절에서 부정적으로 평가되는 것
들을 열거한다. 그러나 그것들이 부정적으로 평가되는 이유는 이 시 자
체에서 명확하게 제시돼 있지 않다. 이상적인 절대가치와 비교되는 세
속적(혹은 쾌락적) 가치의 대상이기 때문에 부정적으로 평가된다고 말할
수도 있겠으나, 그러한 평가가 가능하기 위해서는 '하늘'이나 '서쪽'이
이상적 절대가치의 상징이라는 점이 보증되어야 하는데 그것도 그 근

---

27) "이리도 쉽게 헤어져야할/우리들의 사랑이었더라면"(「통곡」)이라고 말하거나 "사랑
　　은 오시여서 크으드란 슬픔이심"(「춘향옥중가(3)」)이라고 말하고, 사랑의 시련과 고
　　통을 암시하는 "저녁노을"과 "기인 밤"에 대하여 말하거나 '옥중에서 죽음을 각오
　　하고 유서를 쓰는'(「춘향유문」) 각각의 화자들이 자신들의 사랑의 성격을 잘 파악하
　　고 있듯이 서정주 역시 춘향의 사랑에 내재한 역설적 성격을 잘 인식하고 있는 것
　　으로 판단된다.

거가 확실하지 않다. 사랑에 빠진 자에게 절대적인 것은 사랑 그 자체, 혹은 사랑의 마음에 근거한 욕망의 프레임에 들어오는 것들이다. 따라서 두 번째 절에서 열거된 것들을 수식하는 표현들, 즉 '다수굿이 흔들리는', '벼갯모에 뇌이듯한', '자잘한' 등의 표현들은 사랑에 따른 욕망의 프레임에 그것들이 들어오지 않는다는 점을 가리키는 것이지 그것 자체가 부정적이라는 점을 가리키는 것은 아니다. 결국 문제가 되는 것은 다시 사랑이다. 이 시의 중요한 극적 장치인 그네뛰기는 춘향이 그것을 통하여 사랑의 열정과 환희의 세계로 들어갈 수 있었던 문(입구)과도 같다. 그런데 그렇게 들어간 열정과 환희의 세계가 그 사랑의 불가능성 때문에 오히려 슬픔과 고통의 세계로 변해버리게 된다. 그런 상황에서 춘향에게 놓여 있는 선택지는 두 가지이다. 하나는 사랑을 포기함으로써 삶의 안정성을 얻지만 그 대가로 사랑 자체를 상실하는 것이고, 다른 하나는 사랑을 고수함으로써 모든 사랑의 수난을 감수하고 견뎌야 하지만 그 보상으로 사랑 자체를 보존하는 것이다. 이제 춘향에게 그네뛰기는 이전과는 전혀 다른 의미로 다가오게 된다. 그것은 사랑을 포기하여 잃은 자로서 희미한 옛사랑의 그림자를 회상하는 자의 슬픈 몸짓이거나, 아니면 자신의 선택으로 인해 감수해야 할 그 모든 시련을 알면서도 결코 사랑을 포기하지 않는 자의 목숨을 건 신념의 도약이돼야 한다. 「추천사」에서 춘향의 그네뛰기는 정확히 그러한 선택지들 사이에서 불안하게 이루어지고 있다. 따라서 이 시에서 반복되고 있는 "저 하늘로/나를 밀어 올려다오"라는 춘향의 반복되는 청유는 그러한 선택지의 교착상태에서 벗어나고 싶다는 불가능한 소망의 표현이라 할 수 있다. 자신의 사랑의 시작과 열정과 환희를, 그리고 자신이 놓이게 된 선택지를 그 누구보다도 잘 알고 있는 향단이 대화 상대자인 이유와 화자의 목소리에 짙게 배어 있는 답답함과 불안의 정서는 모두 춘향의 그네뛰기가 놓여 있는 자리의 저 절박하고도 위험한 성격 때문일 것이다.

춘향에게 주어진 그런 선택지들과 관련하여 「춘향유문」은 우리로 하여금 많은 것들을 생각하게 해준다. 「추천사」가 발표된 지 약 반년 뒤에 발표된 「춘향유문」에서 시의 화자는 아래와 같이 말한다.

> 안녕히 계세요
> 도련님
>
> 지난 오월 단오ㅅ날, 처음 만나든날
> 우리 둘이서 그늘밑에 서 있든
> 그 무성하고 푸르든 나무같이
> 늘 안녕히 계세요
>
> 저승이 어딘지는 똑똑히 모르지만
> 춘향의 마음보단 더 먼
> 딴 나라는 아마 아닐것입니다
>
> 천길 땅밑을 검은 물로 흐르거나
> 도솔천의 하늘을 구름으로 날드래도
> 그건 결국 도련님 곁 아니예요?
>
> 더구나 그 구름이 쏘내기되야 퍼부을때
> 춘향은 틀림없이 거기 있을 거예요!
>
> ― 「춘향유문-춘향의 말 삼」 전문

위의 시에서 춘향은 자신의 사랑을 고수하고 그로 인해 야기되는 모든 시련을 감수하는 선택지를 택하며, 그 선택의 궁극적 종착지는 죽음(저승)이다. 『춘향전』에서는 죽음을 불사하는 신념의 도약으로서 사랑의 선택이 절체절명의 순간에 극적으로 보상을 받는 희극적인 전환이 이루어지지만, 이 시에서는 그런 전환을 상정할 수 없다. 그런 조건에서 이 시의 화자가 자신의 죽음으로 지키고 싶어 하는 것들이지만 동시에 현실적으로는 영원히 상실하게 되는 것들을 저승이라는 상상적 무대 공간을 통하여 불러내는 모습은 더없이 비극적이다.[28] 여기서 한 가지 의문이 생겨난다. 『춘향전』에서 볼 수 있는 것과 같은 종류의 보상으로 보호되지 못한다면, 사랑을 고수함으로써 결국은 죽게 되는 춘향의 선택은 어떤 의미가 있는 것일까? 앞서도 언급했다시피 춘향의 사랑은 법이라는 상징적 질서의 내부에서는 이루어질 수 없는 금지된 사랑이다. 그런 사랑을 끝까지 고수한다는 것은 그것 자체가 법의 위반이 된다. 그리고 그것은 동시에 법 자체가 바로 위반이라는 사실의 폭로가 된다. 반상(班常)의 구별이 어지러워진다는 명분으로 사랑을 금지는 법은 그 자체가 보편적 인간 본성의 가장 깊은 본질인 사랑의 필연성을 부정(위반)하는 것이기 때문이다. 『춘향전』과 상호텍스트성의 맥락을 구성하는 시편들에 숨겨진 논리에 근거할 때, 서정주의 시세계 안에서 최고의 가치는 사랑이며, 따라서 사랑에 빠지는 것 자체가 일종의 초월이 된다.

춘향의 사랑 모티프에 근거한 시의 화자들은 그 형상적 성격의 구체성에서 「석굴암관세음의 노래」의 화자였던 관세음상과 비교할 수 없으리만치 분명해졌다. 그뿐만 아니라 그 화자들은 보편적 인간의 본성으로서 사랑의 필연성을 사랑의 순교로써 보여주고 실천하는 사랑의 사도와도 같다. 그러나 그 순교는 절대적 가치로서의 사랑을 고수함으로써 모든 시련을 감수하고 심지어 그 가치를 위해 죽음으로써 법 자체가 하나의 위반임을 폭로하지만, 법 자체를 중지시키지는 못하며 따라서 새로운 세계를 열지도 못한다.[29]

---

28) 「춘향유문」에서 시의 화자의 상상적 기대 속에서 펼쳐지는 그 모든 것들은 환상이다. 이 시에서 우리가 느끼는 강렬한 비극성은 이 시의 화자의 말을 지배하는 약속과 다짐의 어조가 현실적으로 이루어질 수 없는 것들인 그런 환상들과 괴리를 이룬다는 사실에서 비롯한다. 『신라초』에서 서정주의 시세계의 토대로서 확고하게 구축되는, 영혼의 '영생(永生)'과 그것으로 인하여 삼세(전생, 현생, 후생)를 넘나들며 영원히 가능하게 되는 '영교(靈交)'와 '영통(靈通)'의 존재론적 질서는 서정주의 시에서 그런 비극성을 희석시키게 된다.
29) 이러한 한계는 『춘향전』에 그 토대가 놓여 있는, 춘향의 사랑이라는 모티프 자체에

5. '사소'의 사랑 모티프와 법의 바깥으로서 자연과 영원

서정주의 네 번째 시집 『신라초』(1961)에 수록된 시들 가운데서 '사
랑'의 문제를 집중적으로 다루고 있는 것은 「꽃밭의 독백-사소 단장」과
「선덕여왕의 말씀」이다. 먼저 「꽃밭의 독백」을 살펴보기로 하자.

> 노래가 낫기는 그 중 나아도
> 구름까지 갔다간 되돌아오고,
> 네 발굽을 쳐 달려간 말은
> 바닷가에 가 멎어 버렸다.
> 활로 잡은 山돼지, 매[鷹]로 잡은 山새들에도
> 이제는 벌써 입맛을 잃었다.
> 꽃아. 아침마다 開闢하는 꽃아.
> 네가 좋기는 제일 좋아도,
> 물낯바닥에 얼굴이나 비취는
> 헤엄도 모르는 아이와 같이
> 나는 네 닫힌 門에 기대 섰을 뿐이다.
> 門 열어라 꽃아. 門 열어라 꽃아.
> 벼락과 海溢만이 길일지라도
> 門 열어라 꽃아. 門 열어라 꽃아.
>
> ― 「꽃밭의 독백-사소 단장」 전문

위의 시에 서정주는 일종의 주석과 같은 형식으로 된 짤막한 문구를
첨부해 놓았다. 그 내용에 따르면, 「꽃밭의 독백」은 처녀의 처지로 아
이(박혁거세)를 잉태하게 된 사소(娑蘇)가 산으로 신선 수행을 떠나기 전
에 자신의 집 꽃밭에서 한 독백을 시인이 상상적으로 구성한 것이다.
잘 알려져 있다시피 사소는 신라의 시조인 박혁거세의 어머니이자 그
스스로는 선도산(仙桃山) 신모(神母)로서 신라인들, 특히 여무(女巫)들의 추

서 비롯하는 것이다.

앙을 받았던 인물이다. 그러한 사소를 소재로 한 작품이 무려 네 편(「꽃
밭의 독백」, 「사소의 편지 1」, 「사소 두 번째의 편지 단편」, 그리고 「박혁거세의
자당 사소선녀의 자기소개」)이나 될 뿐만 아니라, 사소를 소재로 한 시편들
을 직접적으로 인용하거나 간접적으로 언급하면서 그녀와 관련된 자신
의 견해를 피력한 산문들(「사소의 사랑과 영생」, 「한국적 전통성의 근원」, 「자
연과 영원을 아는 생활」 등)도 적지 않다는 점에서, 서정주에 의하여 이루
어진 사소라는 인물의 시적 변용 역시 춘향의 경우만큼이나 매우 치밀
하고 꾸준한 관심의 소산임을 우리는 잘 알 수 있다. 사소의 모티프를
변주한 시편들에 대한 기존의 이해는 '대지의 여신'이자 "해척지모(海尺
之母)"[30], 그리고 "심오한 어머니"[31]로서의 신성성의 측면과 "현실과 영
계를 넘나드는 영웅성"[32]의 측면을 중심으로 이루어져 왔다. 그러나
정작 서정주는 사소의 시적 변용의 작업에서 신화적 고도로부터 현실
적 평면으로 향하는 하강을 시도한다.[33] 그는, 「꽃밭의 독백」과 관련하
여, 「사소의 사랑과 영생」이라는 산문에서, '꽃밭 앞에 선, 사랑에 빠진
여심'이라는 제목 아래 그 시를 인용하면서, "그는 사랑을 하고 있다.
…… 그는 그의 꽃밭 앞에 혼자 서서, 마음속으로 혼자 생각에 빠져 있
다. 사랑을 안고 호숫가에 온 자가 그 속 깊이깊이 마음을 보내고 있듯
이 꽃 속으로 깊이깊이 들어가고 있는 것이다."[34]라고 말한다. 그런 다
음 그는 「꽃밭의 독백」을 인용하고 나서 곧바로 다음과 같은 내용의
진술을 덧붙인다.

---

30) 신범순, 「미당시의 연인과 바다」, 『시안』 2001년 봄호, 38쪽.
31) 신범순, 「'심오한 어머니' 사소의 연금술-서정주의 풍류적 반외디푸스」, 『바다의 치
    맛자락-기호의 연금술적 주름』, 문학동네, 2006, 299~318쪽.
32) 문혜원, 「서정주의 시를 읽는 몇 가지 단상」, 『돌멩이와 장미, 그 사이엣 피어나는
    말들』, 하늘연못, 2001, 90~105쪽.
33) 이상숙은 자신의 논문에서 서정주의 시편들에 나오는 사소의 신적 성격이나 영웅적
    성격보다는 인간적이며 현실적인 성격에 초점을 맞추어 그 시편들을 이해해야 한다
    는 주장을 편 바 있다. 이상숙의 아래 논문 참조. 이상숙, 「서정주의 <꽃밭의 독백>
    재론-"사소"와 "꽃"을 중심으로」, 『서정주』(윤재웅 편), 글누림, 2011, 169~189쪽.
34) 서정주, 『서정주전집』 5, 일지사, 1972, 123쪽.

　그의 사랑의 고민이란 이런 성질로 된 것이어서, 되돌아오고 마는 노
래의 의식, 말로 달려가 바닷가에 가 막다르고 마는 의식 속에서도, 그걸
로 막다른 데를 삼지 않고 또 꽃[자연] 속에 문을 열고 깊이깊이 들어가
려는 것이다. 그리고, 또 그 속은 벼랑이건 해일이건 감수하려는 것이다.
　그리고, 내가 말하고 있는 이 처녀는 지금도 적극적인 처녀들이 더러
그러는 것처럼 뱃속에 이미 그의 씨를 가졌다.[35]

　서정주의 위와 같은 진술에 따른다면, 우리는 「꽃밭의 독백」을 이제
까지 이루어진 해석의 관행과는 다른 관점에서 접근할 필요가 있다.[36]
「꽃밭의 독백」에서 시의 화자는 노래하기, 사냥하기, 말 달리기 등이
주는 쾌락에 권태를 느낀다. 그는 자신에게 닥친 권태의 원인이 이제까
지 즐기던 것들의 한계 때문인 것처럼 말하지만, 그것이 그렇게 확실해
보이지는 않는다. 그와 같이 권태를 야기한 놀이들을 뒤로 하고 그는
"아침마다 개벽하는 꽃"에 기대선다. 그런데 여기서 우리는 "물낯바닥
에 얼굴이나 비취는/헤엄도 모르는 아이와 같이/나는 네 닫힌 문에 기
대섰을 뿐이다"라는 대목에서 확인되는 갑작스런 화자의 수동성과 무
력함에 주목할 필요가 있다. "물낯바닥에 얼굴이나 비취는/헤엄도 모르
는 아이와 같"은 모습은 사랑에 빠진 자들의 전형적인 모습이 아닌가?
사랑은 그처럼 근본적으로 수동적인 것이다. 사랑의 관계에서 연인들
은 능동적인 태도를 보일 수도 있고 수동적인 태도를 보일 수도 있지

35) 앞의 책, 124쪽.
36) 한 편의 시는 시인의 의도의 산물이지만, 그렇다고 해서 시인의 의도가 직접적으로
　　시의 의미가 되는 것은 아니라는 사실은 이미 상식에 속한다. 그러나 '의도의 오류'
　　는 시인의 의도와 시의 의미를 직접적으로 일치시키려는 순진한 태도를 경계하기
　　위한 것이지 시의 창작과 연관된 시인의 의도란 것이 참조할 만한 가치가 전혀 없다
　　는 사실을 주장하기 위한 것이 아님은 물론이다. 많은 비평과 해석의 기획들에서 작
　　품과 연관된 시인 자신의 언급들은 작품 자체라는 텍스트와 겹쳐 놓을 수 있을 정도
　　로 특별히 중요하고 가치 있는 텍스트가 될 수 있다. 특히 시인의 사상을 분석한다
　　거나, 혹은 한 작품이 애초에 공표된 시인의 관점이나 의도를 복잡하게 하거나 뒤집
　　을 수 있는 방법들에 관하여 토론하는 경우에 작가의 언급은 결정적으로 중요한 단
　　서가 될 수 있을 것이다.

만, 사랑 자체는 근본적으로 수동적인 것이다. 상대방을 아무리 열렬하게 사랑한다고 해도 상대방의 사랑이 그것에 조응하지 않는다면 누군가는 그 때부터 마음의 지옥을 경험하게 될 것이다. 그렇게 사랑이 존재의 의미의 초점이 될 때 그 밖의 다른 모든 것들은 무의미하게 된다. 그 점을 고려한다면 이 시의 화자가 여러 가지 놀이에서 권태를 느끼는 것은 그것들에 내재해 있는 한계를 그가 깨달았기 때문이 아니라, 그가 사랑에 빠져 그 이외의 것에는 아무런 흥미를 느끼지 못하게 되었기 때문이라 해야 할 것이다. 사랑에 빠지는 것은 꽃의 개화와도 같다. 그것은 하나의 탄생이자 동시에 하나의 죽음이기도 하다. 또한 사랑에 빠진다는 것은 "벼락과 해일만이 길일" 그런 위험을 무릅쓰는 모험이기도 하다. 따라서 마치 주문처럼 반복되는 "문 열어라 꽃"은 사랑의 길을 좇음으로써 맞닥뜨리게 될 그 모든 위험에도 불구하고 사랑 안에서 새롭게 태어나려는 의지와 열정의 표현이면서 동시에 사랑 안에서 느끼는 그 모든 불안과 고뇌의 표현이기도 할 것이다.

이와 같이 「꽃밭의 독백」을 우리는 열렬한 사랑에 빠진 자의 보편적인 내면 심리에 관한 시로 읽을 수도 있다. 여기서 우리는, 앞서 인용한 서정주의 진술을 고려하면서, 「꽃밭의 독백」을 사랑의 시로 읽는 우리의 독법에 몇 가지 사실을 추가하여 우리의 해석을 더 밀고 나아가야 한다. 위에서 인용했던 대목에서 서정주는 사소가 처녀의 몸으로 잉태하였다는 사실을 지적하면서, 사소가 권태를 느끼게 된 여러 가지 의식(儀式)과 이제 사소가 새롭게 열려고 하는 꽃(자연)을 대조적으로 배치하고 있다. 이 글의 앞부분에서도 언급했다시피, 사랑을 매개로 한 성적 결합과 아이의 잉태는 그 어떤 죄의식도 느낄 필요가 없는 지극히 명랑하고 자연스러운 현상일 수 있다. 그런데 결혼하지 않은 처녀의 잉태가 문제시 되는 법의 세계에서 사랑에 빠져 처녀의 몸으로 아이까지 가지게 된 여인의 선택지는 두 가지이다. 하나는 아이를 버림으로써 사랑을 포기하여 법의 지배와 보호 속으로 들어가는 것이며, 다른 하나는 아이를 고수함으로써 사랑을 포기하지 않아 법의 질서로부터 추방되는 것이다. 마치 「추천사」의 화자의 위치가 극단적인 양자택일의 자리인 것처럼 「꽃밭의 독백」의 화자의 위치 역시 그런 성격의 자리이다. 법에 의하여 보호 받지 못하는 삶은 "벼락과 해일만이 길일"만큼 혹독한 것일 수 있다. 아무리 법과 문화의 영역 안에서 이러저런 의식(활쏘기, 매사냥, 노래, 말 타기 등)에 능숙하다고 하더라도 '벼락과 해일만이 길일' 그런 삶에서 시의 화자는 "헤엄도 모르는 아이와 같이" 무력할 수밖에 없다. 그럼에도 「꽃밭의 독백」에서 시의 화자는, 문화 안에서 즐거움을 주는 그 모든 의식들로 돌아가지 않고, 알 수 없기에 무한한 두려움의 대상일 수밖에 없는 저 미지의 세계 앞에서 목숨을 건 신념의 도약을 준비하고 있다. 그리고 「꽃밭의 독백」과 일종의 자매편을 이루고 있는 「사소 두 번째의 편지 단편」의 내용에 근거할 때, 사소는 그러한 도약을 실제로 감행한다. 그 시의 내용은 아래와 같다.

> 피가 잉잉거리던 病은 이제는 다 낳았습니다.
>
> 올 봄에는
> 매(鷹)는,
> 진갈매의 香水의 강물과 같은
> 한섬지기 납작한 이내(嵐)의 밭을 찾아내서
>
> 대여섯 달 가꾸어 지낸 오늘엔,
> 홍싸리의 수풀마냥, 피는 서걱이다가
> 翡翠의 별빛 불들을 켜고,
> 요즈막엔 다시 生金의 鑛脈을 하늘에 폅니다.
>
> 아버지,
> 아버지에게로도,
> 내 어린 것 弗居內에게로도, 숨은 弗居內의 애비에게로도,

또 먼 먼 즈믄해 뒤에 올 젊은 女人들에게로도,
生金 鑛脈을 하늘에 폅니다.

- 「사소 두 번째의 편지 단편」

위의 시의 내용은 그 묘사들에서 작동하는 신비화의 장치를 벗겨내면 처녀의 몸으로 임신한 여인이 보통 사람들의 세상을 등지고 오지로 들어가 작은 밭을 개간하며 힘들게 아이를 키우는 것으로 되어 있다. 「꽃밭의 독백」을 이해하는 자리에서 우리는 사소가 사랑의 이념에 근거한 신념의 도약을 준비한다고 말했지만, 사실의 측면에서 보자면 그녀는 법의 대리인인 아버지에 의하여 추방당한 것이나 다름없다. 애초에 "매를 좇아가서 매가 멈추는 곳을 집으로 삼으라[隨鷹所止爲家]"는 아버지의 편지 내용이야말로 결코 사람들의 눈에 띄지 않는 오지로 가서 죽은 사람처럼 숨어 살라는 추방과 유형(流刑)의 선고일 것이기 때문이다. 하지만 서정주는 「꽃밭의 독백」과 위의 시에서 사소의 의지와 선택을 통하여 강제적 추방과 유형을 자발적 탈주와 개척의 드라마로 전환시킨다. 앞서 살펴본 그 산문에서 서정주는 사소의 그러한 선택과 그에 따른 삶의 과정을 반복해서 법과 대비한다. 위의 시 자체에서는 장황하게 제시돼 있지 않지만, 그 산문에서는 사소가 박혁거세를 기르는 과정과 그 의미가 비교적 상세하게 제시돼 있는데, 서정주는 그 과정에서는 사소가 느끼고 생각한 것을 다음과 같이 그녀의 내심독백의 화법으로 보여준다.

(법? 그게 무어냐? 그것은 시대에 따라 변할 수 있다. 그러나, 사랑으로 낳은 내 자식은 영생하는 놈을 만들겠다. 기어코 만들겠다.)[37]

위의 인용문에서 우선적으로 드러나는 것은 법에 맞서는 사랑, 즉 법의 일시성과 가변성에 맞서는 사랑의 항상성과 영원성이다. 이러한

---

37) 서정주, 『서정주전집』 5, 127쪽.

대립은 그녀의 '신선 수행'에서 사소가 얻게 된 깨달음의 내용을 설명
하는 서정주의 다음과 같은 진술을 통해서도 확인된다.

> ...... 그는 드디어 이 이내의 몇 섬지기 바탕을 발견하고, 그 밑에 그
> 의 육신 안의 피를 홍싸리밭처럼 서걱이다가, 마침내는 좌정하면서, 두
> 사람 이상이 땅 위에 살아 자손을 이어 가려면 이 사이를 연결하는 한
> 이로(理路)의 광맥을 가지지 않을 수 없음을 자각한다. 그리고, 이 이로는
> 인간 사회에서 단절된 이 새로운 삶의 체험자에 의해서 체득된 것은 현
> 인간 사회의 표준만이 아니라 영원을 표준으로 하는 것이고, 또 범자연
> (汎自然)으로 하는 것이다.[38]

위의 인용문에서 '육신 안의 피'라는 구절은 "피가 잉잉거리던 병은
이제 다 낳았습니다"라는 「사소 두 번째의 편지 단편」의 첫 줄과 연관
된 것이다. 모름지기 모든 성적 사랑의 출발점에는 그것의 파트너를 향
한 치명적인 충동의 과잉분출이 있으며, 그것은 지극히 자연스러운 일
이다. 사소라고 해서 예외는 아니었을 것이다. 그런 충동의 분출을 '피
가 잉잉거리던 병'이라고 규정하고 그것에서 치유되었다고 말하는 것
은 이제 더 이상 그 파트너를 사랑하지 않게 되었다는 사실의 고백이
아니다. 그것은 그 나름의 승화가 이루어졌음을 의미하는 것이며, 그런
승화와 관련하여 사소에게는 특별한 측면이 있다. 일반적인 경우 그 승
화는 법을 받아들임으로써 상징적 질서와 임무의 일상생활로 돌아가는
것이지만, 사소는 법을 받아들일 수 없는 처지에 놓여 있다. 그녀에게
법을 받아들인다는 것은 아이를 포기하는 것이고 결국 그것은 사랑 자
체를 상실하는 것이 되기 때문이다. 그러나 사소에게 법의 거절이 자연
세계의 순진무구한 명랑성으로 돌아간다는 것을 의미하지는 않는다.
그녀 역시 사람이 사람으로 살기 위해서는 사람과 사람 사이를 연결하
는 어떤 '이로(理路)'가 있어야만 한다는 것을 인정하기 때문이다. 사소

---

38) 앞의 책, 126쪽.

에게는 그런 '이로'라는 것이 표준적인 의미에서 법의 '이로'와 같은 것이 될 수 없음은 물론이다. 사소가 생각하는 '이로'는 '사랑의 이로'라고도 할 수 있는 어떤 것인데, 그것은 '영원'과 '범자연'을 두 가지 핵심적 계기로 삼는 것이다. 그녀의 박혁거세 양육도 그런 '사랑의 이로'에 따른 것이며, 궁극적으로 그녀는 자신의 아들이 그것에 근거한 국가를 세우기를 염원한다.

「꽃밭의 독백」과 「사소 두 번째의 편지 단편」의 내용 그리고 그 시들과 관련하여 서정주가 발표한 산문들의 맥락을 함께 고려할 때, 사소는 춘향의 경우와 마찬가지로 서정주가 사랑이라는 보편적 주제의 탐색을 위하여 선택하고 공들여 세공한 캐릭터임이 분명해진다. 절대적 가치로서 사랑을 고수함으로써 모든 시련을 감수하고 심지어 그 가치를 위해 죽음으로써 법이 이미 그 자체로서 하나의 위반이라는 사실을 폭로하지만, 법 자체를 중지시키지는 못하며 따라서 새로운 세계를 열지도 못했던 춘향의 사랑의 순교와 비교할 때, 사소의 경우는 법의 질서로부터 강제로 추방되지만 그것을 오히려 자발적인 탈주로 전환시킴으로써, 그녀가 이르러 머물게 된 공간의 의미를 유배지와 황무지의 그것에서 보양지(保養地)와 신개지의 그것으로 변화시키며, 그러한 사랑의 노동을 통하여 '법의 이로'가 아닌 '사랑의 이로'에 근거하여 구축되는 새로운 세계를 제시한다.39)

여기서 우리는 사소가 꿈꾸는 그러한 새로운 세계의 성격과 가능성에 대하여 검토해볼 필요가 있다. 그 작업에서 관건이 되는 것은 이른바 '사랑의 이로'의 핵심적 계기를 이루는 '자연'과 '영원'의 의미를 파

---

39) 그러한 새로운 세계의 비전과 관련하여 사소는 「사소 두 번째의 편지 단편」의 네 번째 절에서 그것을 '생금 광맥'이라고 부르며, 그것은 먼 훗날 법을 위반함으로써 자신과 동일한 운명에 휩싸이게 될 '젊은 여인들'은 물론이거니와 자신과 함께 추방되어 함께 수난을 겪어야 했던 박혁거세, 법에 얽매여 자신을 지키지 못한 자신의 연인('박혁거세의 아버지'), 그리고 심지어 자신을 추방한 법의 대리인인 아버지조차도 모두 넉넉하게 포용할 수 있을 것이라고 그녀는 주장한다.

악하는 일일 것이다. 그런데 서정주가 생각하는 '자연'과 '영원'의 의미
는 그렇게 복잡하거나 특별한 것이 아니다. 그가 말하는 '자연'과 '영
원'은 심지어 단순하기까지 하다. 그에 따르면, "자연이라고 하는 것은,
이제까지 우리 사람들이 늘 생각해 온 그대로 넓은 하늘과 땅에 있는
것의 전부를 말하는 것이고, 영원이라고 하는 것은 우리 사는 일을 시
간적으로 생각해서 현재나 현재 가까운 과거나 미래뿐 아니라 한정 없
는 과거나 미래까지를 포함해 뜻하는 것이다."40) 서정주는 '자연'을 가
리켜 '본고향'이라고도 부르는데, 그러한 자연관에 근거하여 그는 사소
의 이야기를 "인간 사회가 정한 '처녀는 애를 배서는 안 된다.' 하는 법
에 어긋난 한 처녀가 자연으로 돌아가서 다시 살아나는 이야기"41)로
규정한다. 법에 의하여 지배되고 유지되는 일상의 현실 세계에서 얻은
상처를 본원적 고향인 자연의 품에서 치유 받는 이야기로 사소의 모티
프를 규정하는 방식에는, 암묵적으로, 사소가 꿈꾸는 '사랑의 이로'에
근거한 새로운 세계의 성격이 함께 규정돼 있다. 그러한 세계는 사회적
현실을 내버려둔 채 그것만의 공간을 창조한다. 그리하여 사랑의 이로
에 의하여 구축되는, '영원'과 '자연'을 핵심 계기로 삼는 상상적 세계
는 법의 이로에 의하여 구축되는 현실적 세계의 바깥에 머무르게 된다.
그렇게 되면 그것은 사회적 현실 자체에는 그 어떤 새로움도 도입하지
못함으로써 그것에 그 어떠한 영향도 미치지 못하게 된다. 이러한 사정
은 사소가 '사랑의 이로'에 근거하여 양육한 그녀의 아들 박혁거세와
그녀 자신 사이에 가로놓인 간극 혹은 분열에서도 잘 드러난다. 국법을
관장하며 백성을 다스리는 신라의 왕이 되지만, 박혁거세는 자신이 통
치하는 국가에서 이른바 '처녀가 애를 배서는 안 된다'고 하는 인간 사
회의 법을 중지시키지 못한다. 그에 반하여 사소는 국가의 현실 정치에
개입할 수 있는 신분이 아니기에 악법을 중지시키지도 사회적 현실 자

---

40) 서정주, 『서정주전집』 5, 299쪽.
41) 앞의 책, 299~300쪽.

체를 바꾸지도 못하며, 다만 법의 외설적 명령과 지배에 상처 입은 사람(처녀)들의 숭앙을 받는 혹은 그들을 위로하는 신모(神母)가 된다. 현실 정치를 관장하는 국가의 수장인 왕의 신분과 사랑의 공동체의 수장인 신모의 신분을 한 몸에 통합한 존재인 선덕여왕이 사랑을 테마로 한 서정주의 시에서 필요한 것도 바로 그 같은 사정 때문이다.

6. '선덕여왕'의 모순적 형상과 사랑의 실체 변환

사랑을 테마로 한 서정주의 시세계의 맥락에서 선덕여왕은 현실 정치의 영역에서 소외돼 있다는 사소의 결여를 메우고자 함으로써 더 높은 버전으로 구성된 사소의 분신과 같은 존재이다. 서정주의 시 「선덕여왕의 말씀」에서 시의 화자인 선덕여왕은 이렇게 선언한다.

> 朕의 무덤은 푸른 嶺 위의 欲界 第二天
> 피 예 있으니, 피 예 있으니, 어쩔 수 없이
> 구름 엉기고, 비터잡는데 —— 그런 하늘 속.
>
> 피 예 있으니, 피 예 있으니,
> 너무들 인색치 말고
> 있는 사람은 病弱者한테 柴糧도 더러 노느고
> 홀어미 홀아비들도 더러 찾아 위로코,
> 瞻星臺 위엔 瞻星臺 위엔 그중 실한 사내를 놔라.
>
> 살(肉體)의 일로써 살의 일로써 미친 사내에게는
> 살 닿는 것 중 그중 빛나는 黃金 팔찌를 그 가슴 위에,
> 그래도 그 어지러운 불이 다 스러지지 않거든
> 다스리는 노래는 바다 넘어 하늘 끝까지.
> 하지만 사랑이거든

> 그것이 참말로 사랑이거든
> 서라벌 千年의 知慧가 가꾼 國法보다도 國法의 불보다도
> 늘 항상 더 타고 있거라
>
> 朕의 무덤은 푸른 嶺 위의 欲界 第二天.
> 피 예 있으니, 피 예 있으니, 어쩔 수 없이
> 구름 엉기고, 비 터잡는 데 ― 그런 하늘 속.
>
> 내 못 떠난다.
>
> ― 「선덕여왕의 말씀」 전문

　서정주는 선덕여왕에 관한 일화들 가운데 사랑과 연결시킬 수 있는 것들을 모아서 이 시의 부분 계기들로 삼았다. 그 가운데에서도 대표적인 것이 여왕인 자신을 사모한 사내인 지귀의 가슴에 자신의 팔찌를 벗어 놓아준 일과 김유신의 동생으로 김춘추의 둘째 부인이 된 문희를 살린 일이다. 시의 문면에 명시적으로 드러난 것만 놓고 본다면 위의 시에 수용된 것은 지귀와 연관된 일화뿐일 수 있다. 그러나 서정주는 "국법의 불"이라는 구절 속에 교묘하게 문희와 연관된 일화를 압축적으로 담아 놓았다.42) 아무튼 이 시의 화자인 선덕여왕은 법과 사랑의 대립적 구도에서 항상 사랑의 편을 드는 "연인들의 연인"43)일 뿐만 아니라 소외되고 외로운 사람들도 세심하게 돌보는 만인의 연인이기도 하다. 그녀는 천년의 지혜가 가꾼 국법보다 사랑이 더 소중하며 우월하다고 선언한다. 사랑의 복음과도 같은 선덕여왕의 선언은 법의 수호자이자 집행자인 국왕 자신에 의하여 선포된 것이라는 점에서 더없이 매력적이다. 그러나 그 선언은 현실에서 자신이 실제로 그렇게 하겠다는

---

42) 잘 알려져 있다시피 처녀의 몸으로 김춘추의 아이를 잉태하였기 때문에 오라비인 김유신에 의하여 국법에 따라 화형을 당하게 된 문희는 타오르는 불길의 연기를 보고 사정을 알게 된 선덕여왕의 특명으로 인해 구사일생으로 목숨을 구한다.
43) 서정주, 「연인들의 연인, 여왕 선덕」, 『서정주전집』 5, 130쪽.

실정법의 포고가 아니다. 그것은 자신이 비록 그렇게 하지 못하였으나 남은 사람들이 그렇게 해주기 바란다는 취지에서 남긴 유언에 불과하다. 생전의 재위기간에 법과 사랑의 갈등이 있을 때 몇 번 사랑의 편을 들어주긴 하였으나 그것은 어디까지나 예외적인 허용에 불과한 것이었지 법 자체에 대한 전면적인 중지에 의한 것은 아니었다. '선덕여왕의 말씀'이 표면의 층위에서는 매우 매력적으로 들리지만 심층의 층위에서는 다소 기만적으로 들리는 이유도 그 점에 있을 것이다. 따라서 국왕과 신모의 통합은 불가능한 환상임이 드러난다. 국왕으로서 선덕은 대단히 예외적인 경우를 제외하고는 신모로서 사소라는 그 대립적 성격을 일관된 자신의 정체성 안으로 포섭할 수 없다.

　인간 사회에서 법은 절대적으로 필요하다. 그러나 그런 필요가 법의 절대성 자체의 증거가 될 수는 없다. 법의 통치가 실패하는 많은 경우는 절대적 필요를 절대성 자체로 오인하는 데에서 비롯한다. 서정주가 사랑의 시들을 통하여 제기하는 문제들 가운데 가장 강력한 것은 '법'과 '사랑'의 대립이다. 그리고 이와 같은 대립의 구도에서 '사랑'의 영역은 자유의 영역과 연결된다. 서정주의 사랑의 주체는 바로 그 사랑을 위하여 모든 것을 포기하고 죽음조차 두려워하지 않는 신념의 도약을 감행한다. 그런데 서정주의 사랑의 주체가 보여주는 자유의 모험에는 문제적 성격이 잠재돼 있다. 「선덕여왕의 말씀」에서 시의 화자는, 어떤 사랑이 '참말로' 사랑이기만 하다면, 다시 말해 그 사랑의 진정성만 보증할 수 있다면, 그렇게 진정한 사랑의 만남은 우리 삶에서 언제까지나 일종의 절대적 판단기준이 되어야 한다고 말한다. 그 말이 뜻하는 바는 사랑이야말로 우리의 삶을 의미 있게 만드는 절대적 표지라는 의미일 것이다. 그러나 역설적이게도 사랑이 우리 삶의 의미와 가치를 보증하는 절대적 목표가 될 때 우리의 삶은 파괴된다. 그 사랑의 주체는 자신의 모든 삶의 정력을 오로지 그 사랑의 성취와 유지를 위해서 봉헌해야 하기 때문이다. 이것이 사랑의 근본적인 역설이다. 사랑은, 절대적

인 것으로서 그것의 지위 자체 때문에, 우리 삶에서 직접적인 목표가
되어서는 안 된다. 이 말은 우리의 삶과 세계에는 사랑보다 더 중요한
것들이 있음을 의미하는 것이 아니다. 진정한 사랑만이 우리 삶을 의미
있게 만든다는 사실의 절대성 그 자체 때문에 바로 그런 것으로서 사
랑이 우리 삶의 직접적인 목표가 되어서는 안 된다는 것, 그것이 사랑
의 역설이 뜻하는 바다.

「선덕여왕의 말씀」에서 시의 화자인 선덕여왕은 '(국)법의 불'보다
'사랑의 불'이 더 중요하다고 역설한다. 그와 함께 그녀는 자신의 무덤,
즉 사후의 집이 '欲界 第二天인 忉利天'에 있다고 말한다. 색욕, 식욕,
재욕 등 인간적 욕망을 포기하지 못하는 중생이 죽어서 가는 곳이 바
로 욕계이다.44) 선덕여왕이 죽어서 여전히 욕계의 하늘에 머무른다는
사실은 그녀가 인간적 욕망을 극복하지 못하였음을, 아니 의지적으로
그것을 포기하지 않았음을 잘 보여준다. 그런 점에서 선덕여왕이 '법의
불'보다 우위에 놓는 '사랑의 불'은 에로스의 불이다. 에로스는 진실로
법을 극복할 수 없다. 순간적으로 자신을 소진하는, 지귀의 가슴에서
타오르는 화염처럼(지귀가 혼자 타는 것처럼 되어 있지만 팔찌와 함께 타는 것
이므로 여왕과 함께 타는 것이기도 하다), 다만 그것은 점(點)과도 같이 극도
로 수축된 공간의 압축적 밀도와 강도 속에서 법의 순간적인 위반으로
서 폭발할 수 있을 뿐이다. 영원의 빛에 의하여 보호 받긴 하지만 서정
주의 사랑 노래에서 '사랑의 불'은 에로스의 그것이며, 그것의 궁극적
종착역은 모든 사회적 연관을 지워버리는 자살과도 같은 치명적인 몰
입의 순간적인 폭발이다. 그와 같이 하나의 점과도 같은 순간을 서정주
는 이른바 부족 방언의 마술을 통하여 그리고 무한하게 확대된 시간
단위인 영원 속에서 지속시키고 확장시킨다. 서정주 시의 매혹의 원천
은 바로 거기에 있다.

---

44) 불교교재편찬위원회, 『불교사상의 이해』, 불지사, 1997, 112쪽.

춘향이나 사소와 마찬가지로 서정주의 페르소나라 할 수 있는 선덕여왕이 말하는 '사랑의 불'은 에로스의 불이다. 서정주에게서 그러한 에로스의 불은 정조로서 사랑이라는 형식으로 승화된 것이다. 이미 우리가 앞서 살펴보았듯이 서정주가 말하는 정조로서 사랑의 핵심적 계기들은 '항상성'과 '영원성'이다. 「선덕여왕의 말씀」에서 시의 화자가 '법의 불'보다 우위에 놓일 수 있는 '사랑의 불'의 근본적 조건으로 걸었던 진정성의 유무는 그 사랑이 정조로서 그것인지 여부와 정확히 일치한다. 서정주의 대표작 가운데 하나인 「冬天」에서 시의 화자는 그와 같은 정조로서 사랑이 낳은 마음과 행위에 대하여 이렇게 말한다.

> 내 마음 속 우리 님의 고운 눈섭을
> 즈믄밤의 꿈으로 맑게 씻어서
> 하늘에다 옮기어 심어 놨더니
> 동지 섣달 나르는 매서운 새가
> 그걸 알고 시늉하며 비끼어 가네
>
> — 「동천」 전문

위의 시의 구성적 계기들과 관련하여 이러저런 해석의 갈등이 야기될 수 있겠으나, 시의 화자의 행동과 마음이 정조로서 사랑에 근거하고 있다는 사실만큼은 결코 변조되거나 부정되기 어려울 것이다. 위의 시에서 시의 화자와 그의 연인의 환유인 눈썹을 매개하는 것은 '즈믄 밤의 꿈'이 상징하는 사랑의 마음의 영원함이다. 그런 영원함은 동시에 사랑의 강렬함의 항상성을 가리키기도 할 것이다. 여기서 우리는 그와 같은 정조로서 사랑이 가지는 수행성의 성격에 대하여 물어볼 필요가 있다. 「동천」에서 어떤 인물의 사랑의 마음과 행위는 추운 겨울날 하늘을 나는 "매서운 새"마저도 알고 특별히 반응하게 하는 일종의 주술적 힘을 발휘한다. 그런데 생각해 보면 자연을 감응하게 하는 그 주술적 힘이란 것이 사실은 아무것도 아니다. 이 시에서 이루어진 자연의 감응이라는 것은 사랑의 마음과 행위가 발생시킨 세계의 어떤 변화나 생성이 아니라 어떤 연인들의 강력한 유대의 근거인 사랑 자체의 영원성과 강렬함을 확인해줄 뿐인 표지이기 때문이다. 서정주의 전체 시세계에서 사랑은, 그것이 그 자체로서 아무리 강력하고 영원하다고 하더라도, 에로스로서 사랑의 우주 안에 설정된 폐쇄 회로에서 순환할 뿐이다. '혼교(魂交)', '영통(靈通)', '윤회전생(輪廻轉生)', 영혼불멸 등 이른바 서정주의 영생주의의 장치들이 아무리 현란하게 동원된다고 할지라도 서정주의 사랑은, 「선덕여왕의 말씀」에서 "내 못 떠난다"라고 고백하는 시의 화자처럼, 결코 에로스의 하늘을 벗어나지 않는다. 서정주의 페르소나에 해당하는 인물들(춘향·사소·선덕여왕)이 '법의 불'에 '사랑의 불'이란 맞불을 놓음으로써 맞서지만 궁극적으로는 실패하게 되는 이유도 바로 그러한 사실에 있다.

사랑의 최상의 요구는 에로스로서 그것의 힘을 단념해야 한다는 것이다. 그 단념을 통해서만 비로소 실체 변환이라 부를 수 있는 수준의 사랑의 승화, 곧 에로스에서 아가페로 전환되는 승화의 길이 열린다. 이러한 성격의 사랑의 승화를 다루기 위해서는, 우리는 사랑의 테마와 연관된 서정주의 시적 모색에 대한 논의의 장에, 박용철의 「빛나는 자취」와 김수영의 「사랑의 변주곡」과 같은 작품들, 즉 김수영이 (이)성적 사랑보다 더 큰 "힘의 세계"[45]를 보여준다고 규정한 작품들에 대한 논의를 포섭함으로써, 우리의 논의의 장을 더 크게 넓혀야 한다. 그러한 논의는 이 글이 감당할 수 있는 영역은 아직 아니다. 그것이 가능하기 위해서는 더욱 심화된 관점과 정교한 논리의 장치들이 필요하다. 이제 우리는 사랑의 테마와 연관된 새로운 탐색의 과제를 마주하고 있는 셈이다.

---

45) 김수영, 「예술작품에서의 한국인의 애수」, 『김수영전집』 2(산문), 민음사, 2003 (개정판), 134쪽.

1960년대 4·19세대의 비평의식과 서정주론

서 은 주*

1. 4·19 이후, 서정주 문학의 문제성

1960년대를 '혁명적'으로 열어젖힌 4·19에 대해서 별다른 문학적 대응을 보이지 않았던 서정주는, 바로 뒤이어 일어난 5·16을 지켜보며 「혁명讚」이란 시로 그것을 환대한다.[1]

가지가 떨어지게 열리는 꽃은
겨우내 여기 다 소곤거리던
바람의 바람의 소망이리라

바다밑 조개들이 붉고 푸른
문의는
온·철련 에워싸고 출렁거리던

---

* 용인대학교, ejuseo@naver.com
** 이 글은 『한국문학연구』 제48호(동국대학교 한국문학연구소, 2015)에 게재된 원고를 단행본의 편집 취지에 맞춰 수정·보완한 것이다.
1) 4·19 이후의 민주당 집권 시절에 서정주는 자신도 모르게 혁신파 교수단의 위원 명단에 이름이 올라가는 바람에 5·16 쿠데타 당시 경찰에 연행되어 보름 동안 구금되는 '횡액'을 겪었다고 한다.(김학동, 『서정주 평전』, 새문사, 2011, 86쪽)

물결의 물결의 소망이리라

이 거치른 마음의 땅에
소나기처럼 오시는 혁명은
오랜 민중의 소망이리라[2]

4·19에 침묵하면서 5·16에 반응했던 서정주의 태도는, 4·19를 신선한 충격으로 받아들이고 그것의 연장선상에서 한때나마 5·16의 쇄신에 기대감을 가졌던 일군의 지식인들이 보여준 행로와는 확연히 다르다. '순수문학' 진영을 대표하며 '동양적 서정파', '자연주의파'로 불렸던 서정주는 사실 외부 현실의 상황 논리로 이해하기에도 무리가 있을 정도로 강한 권력지향성을 드러낸 인물이다. 이미 알려진 대로 그는 자신에 대한 '친일' 혐의에 대해 "종천순일파(從天順日派)"라는 새로운 용어를 만들면서까지 항변한 바 있는데, 식민지 상황을 하늘이 조선 민족에게 준 "팔자", 다시 말해 거스를 수 없는 대세 혹은 운명이라고 생각하고 그것에 순응했다는 논리를 내세웠다. 서정주는 해방 이후 1950~70년대를 거치면서 문단조직과 매체를 중심으로 확고부동한 문학권력으로 부상한 것은 물론이고 대학교수라는 제도적 권위를 확보함으로써 문학인으로서 오랫동안 최고의 정점에 위치했다. 그는 이승만의 전기를 썼으며, 군사 쿠데타를 "민중의 소망"이 반영된 "혁명"으로 상찬했고, 베트남 참전을 독려하는 시를 썼으며, 새마을운동의 홍보에 따라다니며 관제성 참관기를 남겼다.[3] 1980년 '광주'의 비극을 발판으로 권력을 잡은 전두환 정권을 지지했던 그의 TV연설은 거론하기조차 민망하다. 그가 보여준 이러한 친권력적인 '정치적' 행보는 문학 장에

2) 서정주, 「혁명讚」, 『경향신문』, 1961.8.24.
3) 서정주, 김동리는 함평, 무안 등의 전남지역 새마을운동현장 시찰에 나선 김종필에 동행하여 "농촌마다 가난과 시름의 그림자를 찾아보기 힘들고 어딘지 활기에 차고 안정된 생활을 하는 것 같은 인상"이라는 시찰소감을 전한다.(「구판장 많이 세워 폐습 없애게」, 『경향신문』, 1972.5.12)

서 구축된 그의 상징권력과 현격하게 괴리되는 이질적 처신으로 볼 수
도 있지만, 그런 문학권력을 지탱케 만든 필연적인 행위로 이해할 수도
있다. 서정주의 정치적 행보를 이해하고자 했던 여러 논자들은, 갈등과
대립을 싫어하는 그의 '순응주의'적 태도에서 그러한 행동의 원인을 찾
고 있다. "서정주의 시는 문학적으로 훌륭하지만 정치적으로 옳지 않
다"[4]는, 일견 중립적으로 보이는 논리도 결과적으로 문학사적 평가에
서 그의 문학을 '구제'하려는 태도의 일환이다. '문학'과 '정치(현실)'를
이분법적으로 대립시키는 배치는, 김현이 지적한 대로 마치 애초에 그
논쟁의 설정이 잘못된 '순수/참여'의 구도에 조응한다.

　4·19의 경험을 기반으로 탄생한 이른바 '4·19세대 문학'은 일반적
으로 자유와 민주주의, 합리성 등을 정신의 자양분으로 수혈한 세대로
서 개인주의, 도시적 감성, 한글사용 등을 자신들의 정체성으로 삼았다.
'4·19세대'의 적자를 자임하는 '산문시대' 혹은 '문학과 지성' 계열의
비평가 그룹은 소시민 의식과 개인의 자의식을 키워드로 하는 미적 모
더니티의 추구를 통해 이전 세대와 자신들을 차별화하는 담론 전략을
편다. 김현으로 대표되는 이 그룹은 김승옥, 박태순, 서정인, 이청준, 박
상륭, 그리고 최인훈 등의 소설가와 마종기, 정현종, 황동규 등의 시인
을 두루 포섭함으로써[5], 계몽주의와 토속성, 공동체주의에 강박당하고
있었던 한국문학의 체질을 개선하는 데 일조하였다. 그러나 애초에 '문
지' 계열의 비평가들이 스스로 이름 붙여 통용시킨 협의의 '4·19세대'
라는 개념은, 4·19가 함의했던 다양한 역사적 스펙트럼과 복수(複數)의
지향을 포용하여 광의의 개념으로 인식될 필요가 있다.　백낙청으로 대
표되는 '창작과 비평' 그룹은 순수·참여 논쟁을 거쳐 '민족문학론'을
제기함으로써, 4·19로부터 "역사와 현실을 탈색"시킨 문지그룹[6]에 상

---

4) 이광호, 「영원의 시간, 봉인된 시간」, 『미당연구』, 민음사, 1994, 374~375쪽.
5) 김주연, 「새시대 문학의 성립-인식의 출발로서 60년대」, 『아세아』, 월간아세아사,
　　1969.2.

보적인 역할을 수행하였다. 여기에다 진보적 담론 공간이었던 『청맥』,
『한양』,『비평작업』,『상황』 등의 매체를 중심으로 활동했던 비평가들
의 작업이나, 아카데미즘에 기반하여 역사주의적 시각과 방법을 모색
했던 문학연구자들의 활동도 '4·19세대'의 한 축으로서 포함되어야
한다. 따라서 1960년대 문학 장에서의 '4·19세대'란 4·19정신의 면
면을 전유하면서 때로 상충하고 때로 상보하는 각개의 문학 주체들을
포괄하는 용어로 사용되어야 한다. 이럴 때에만 1960년대의 의식적 자
장 안에 개인·자유·민주주의뿐만 아니라 민족·통일·탈냉전을 포
괄할 수 있을 것이다.

　그런데 여기서 간과해서 안 될 부분은, 1970년 『문학과 지성』이 창
간되기 전인 1960년대 후반까지만 해도 '4·19세대' 내부의 차이나 갈
등보다는 『현대문학』과 같은 문단주류에 대한 대항의식이 이들을 연대
하게 만들었다는 사실이다.7) 이는 달리 말하면 4·19 이후의 새로운
변화의 바람에도 여전히 보수문단의 영향력이 지배적이었음을 의미하
는 것으로, 이러한 대립구도는 어느 시대에나 존재하는 세대론적 인정
투쟁으로 볼 수도 있지만, 4·19가 한국사회에 촉발시킨 변혁에의 지
향을 고려할 때 보다 심각하고 중요한 의미를 지닌다. 사실 1971년에
발간된 『해방 문학 20년』8)에서 서정주는 해방 이후 시단을 개관하면
서 1950년대부터 이미 전통서정시 중심의 문단 장악력에 균열이 왔음
을 시인한 바 있다. 1950년대 후반에 등단한 젊은 시인들이 주지적 경
향의 '의미의 시'에 경도되었고, 그런 경향이 1960년대에는 이미 거대
한 흐름으로 자리 잡았다는 것이다.9) 이러한 판단은 1960년대 초에 이

6) 윤지관, 「세상의 길: 4.19세대 문학론의 심층」, 『4월혁명과 한국문학』(최원식·임규
　　찬 편), 창비, 2002, 279쪽.
7) 김병익·염무웅 대담, 「『창작과비평』, 『문학과지성』을 말한다」, 『권력과 학술장: 1960
　　년대~1980년대 초반』(서은주·김영선·신주백 편), 혜안, 2014, 311~313쪽.
8) 한국문인협회 편, 『해방문학 20년』, 정음사, 1971.
9) 이명찬, 「1960년대 시단과 『한국전후문제시집』」, 『독서연구』 제26호, 한국독서학회,

미 제기되었는데, 1961년에 편집 작업이 시작되어 1964년에 출간된 『한국전후문제시집』에서 이어령은 "1950년대 이후 한국 시사의 기초를 잡았던 미당의 관점에서 벗어나 소위 '의미의 시'를 대폭 수용함으로써 문학사의 다양성을 확보"했다고 규정한 바 있다. 당대 시단을 '전통'과 '의미'로 대별하고, 그 가운데 '의미'를 강조하는가 하면, 시에서도 '언어'가 아니라 '현실'이 중요하다는 것이다.[10] 이처럼 4·19의 경험이 1960년대 시단에 환기시킨 핵심은 무엇보다 '의미'와 '현실'이었다.

　서정주로 대표되는 남한의 보수문단은 '문학/정치' 혹은 '순수/참여'의 이분법적 대립항을 활용하면서 '(순수)문학'의 독점적이고 배타적 영토를 구축한다는 당위 아래 권력화 해왔다. 광의의 '4·19세대' 비평가들이 수행한 세대론적 인정투쟁이란 결국 기성문단 혹은 주류문학이 독점해온 과잉된 권력화와 편향된 문학관과의 투쟁을 의미한다. 나아가 '4·19세대' 비평가들의 서정주론은 당연히 한 개인의 문학세계에 대한 비평을 넘어 새로운 시대의 요청에 어떻게 부합하느냐와 결부된 '4·19세대' 자신들의 '자기정체화'를 위한 실험이자 각축의 과정이기도 했다. 문제는 '순수(문학)' 혹은 '전통'을 결사항전의 성역으로 무장한 기성문단 권력과의 투쟁에서 '4·19세대' 비평가들이 어떻게 효과적으로 대응했느냐에 있다. 대개는 이분법적 대립구도의 틀 속으로 결국 끌려들어가는 형국이었지만, 그 구도의 부적절함을 지적하고 그 경계를 해체할 수 있는 새로운 논리를 세우려는 시도도 존재했다. 자신들의 헤게모니 투쟁이 어떤 성격과 방향성을 지녀야 하는지에 대한 이해나 시각 설정은 신세대 비평가들의 전공과 문학관, 연구방법론 등에 따라 차이를 지닌다. 이 글은 이러한 학문적 기반의 차이 등을 고려하면서, 서정주론을 통해 '4·19세대' 비평가들이 무엇을 타자화하고 어떻게 자신들의 문학적 정체성을 구축해나가는지를 탐색하고자 한다.

2011, 479~489쪽.
10) 위의 글, 494~495쪽.

2. '언어의 정부'에 대한 도전의 풍경 - 이성 · 지성 · 구조의 부상

1960년대 문학장에 제출된 서정주론은 다양한 스펙트럼을 보이지만 분명 4 · 19가 환기시켜준, 권위에 대한 도전의 일환으로 쓰인 것이 많았다. 고은의 말처럼 서정주는 당대 문학장에서 "언어의 정부"였으며,11) 너무나 많은 신인들을 양산해내는 "대실수"를 지속함으로써 그의 제자나 후배들을 "서정주 제국의 군벌"로12) 만들 만큼 압도적인 영향력을 지니고 있었다. 1950년대 중반 무렵부터 표면화된 '신라정신'의 시적 전유가 1960년대 『신라초』, 『동천』에 이르러 절정에 달하면서, 그것에 대한 반대급부로서 전통과 모더니티의 길항을 화두로 서정주의 권위에 도전하려는 시도가 확대되었다. 그의 '신라정신'은 신라 이전의 상대(上代)로부터 흘러나와 미래로 이어지는 '영생'으로 요약될 수 있으며 서정주가 말하는 '영생'이란 현생에의 체념을 통해 가능한 것이다. 물론 '신라정신'으로 집중되는 전통의 회로에 대해 1950년대 중반에 등장한 신세대 문인들도 한국의 후진성을 자각하지 않은 복고주의라고 비판한 바 있다.13) 그런데 이 비판의 기조는 1960년대로 오면 놀라우리만치 강화되고 예각화된다. '신라정신'으로 표상된 영생의 절대화는 무내용, 무가치하며, 현실의 문제에 개입할 수 없는 샤머니즘에 가깝다는 지적이 비판의 핵심이었다.

1963년 서정주는 「신라문화의 정체」라는 글에서 사람의 생명을 현생에만 국한하지 않는 영원한 것으로 사고할 것을 요청하며 '영원인격' 개념을 제안한다.14) 그는 박혁거세의 죽음에 대한 기록을 근거로 "영

---

11) 고은, 「서정주 시대의 보고」, 『문학과지성』 1973년 봄호, 문학과지성사, 181쪽.
12) 고은, 「현대한국의 유아독존-서정주」, 『세대』, 세대사, 1967.9, 215쪽.
13) 박연희, 「서정주 시론 연구-예지, 전통, 신라정신을 중심으로」, 『한국문학이론과 비평』 37, 한국문학이론과 비평학회, 2007, 120쪽.

혼은 영원히 살아서 미래의 민족정신 위에 거듭거듭 재림"한다고 신라
인들이 사고했음을 강조하며 '영통(靈通)', '혼교(魂交)' 개념을 사용한다.
여기서 서정주는 이러한 신라정신이 "섣부른 현대정신들이라는 것들보
단 사람 바로 살리기"에 훨씬 유용하다고 주장한다.15) 1950년대 중반
부터 '신라정신' 혹은 영원주의에 매료된 서정주는 이 "특출한" 신라정
신이 유교의 현실주의와 개화기 이후의 과학적 시각에 의해 한국인의
의식 속에 제대로 전승되지 못했음을 안타까워했다. 더 나아가 우리 민
족의 나약한 기질이 정신적 정진을 어렵게 해서 '신라정신'을 계승하지
못했다고도 말했다. 서정주에게 '신라정신'은 단지 시적 발상의 자원이
아니라 개인의 현재적 삶과 민족의 의식수준을 가늠하는 중요한 이념
적 지표였던 셈이다.

이 시기 서정주의 저격수로 등장한 김종길의 서정주론은 당사자의
반론을 이끌어 낼 만큼 자극적이고 강도 높은 것이었다.16) 1955년에 『현
대문학』을 통해 시로 등단했던 김종길은 1960년대 세대는 아니지만 영
문학자로서의 정체성을 드러내며,17) 자신을 시인으로 만들어준 문단권
력에 맞서 당대 문단에서의 "신인의 저조"를 "기성문단의 저조"와 결
부시켜 논의한다. 습작하는 신인들에게 기성 시인들은 보고 배울 긍정
적 영향을 주지 못하며, 특히 『현대문학』의 추천작이 서정주 시를 모방
한 아류작으로 도배되는 현실을 개탄한다.18) 서정주가 대시인이라 할

---

14) 서정주, 「지상세미나 제2회: 신라문화의 정체」, 『세대』, 세대사, 1963.7, 210쪽.

15) 위의 글, 213~215쪽.

16) 서정주-김종길 간의 논쟁을 두고 당시 신문에서는 "언어의 육박전"(『경향신문』,
1964.9.2), "전쟁용어 쏟아지는 시단"(『경향신문』, 1964.11.7)이라며 서로의 설전을
흥미롭게 소개한다.

17) 영문학자였던 김종길은 예이츠를 참조하며 서정주를 비판하지만, 한편으로는 신비
평적 접근을 통해 이제는 '상식'이 된 그 유명한 「추천사」 해석을 내놓은 인물이기
도 하다. 그는 "현실초월의 욕망과 그것의 좌절이라는 인간의 비극적 운명"을 춘향
에게서 읽어냈다. 결국 서정주의 시의식이 '신라정신'이 전면화 되는 『신라초』를 경
계로 퇴조한다고 보는 해석의 흐름에 김종길도 뜻을 같이 한다. (최현식, 『서정주 시
의 근대와 반근대』, 소명출판, 2003, 155쪽 참조)

지라도 현실 속에 사는 인간인 이상 위대한 인간적인 가치를 추구해야
하는데, "스스로 영매가 되고 무당이 되고 접신술사가 되"어 버렸다는
것이다.[19] 서정주 아류의 양적 확산을 문제 삼는 기조는 비판적 서정
주론에서 가장 일반적인 내용이었다. 장백일 역시도 한국시를 일곱 갈
래로 분류한 다음 '동양적 서정시파'를 아예 "서정주의 추종파"로 명명
하고 "대지를 이탈한 언어, 하늘로 기체화해버린 언어의 잔영만 있을
뿐"[20]이라고 혹평한 바 있다. 그런데 김종길의 서정주론에서 주목할
부분은 시의 언어를 문제 삼는 지점이다. 『신라초』에 이르러 서정주의
언어는 "한결 사적이요 지방적이요 원시적인 것이 되어, 더 투박하고
단순하고 시골 노인들의 말처럼 구식의 것"이 되었다고 지적한다. 김종
길이 보기에 새로운 소재나 경험의 영역을 발굴해서 언어의 새로운 가
능성을 넓히려는 서정주식의 '실험'이 성공적이지는 않았던 것이다.[21]
이에 대해 서정주는 자신의 '영통주의'가 불교, 유교, 기독교와 크게 다
르지 않은 고대적 사유의 성격을 가진 것이라고 답함으로써 보편적인
종교적 관념으로 승격시키고자 한다.[22] 비유적 표현으로서의 '영매'니
'접신술사'라는 용어를 사용했던 김종길은, 마치 기다렸다는 듯이 그
용어들을 자신의 정신세계를 정당화시키는 논리로 부연해내는 서정주
에 대해 비판의 강도를 더욱 높여간다. 김종길은 「한국성사략(韓國星史
略)」, 「외할머니 마당에 올라온 해일」 등의 사례를 들어 "'접신'의 경지
에 있지 않은 사람으로서는 쓰지도 못하거니와 작품으로 간주할 수도
없는" 시를 서정주가 쓰고 있으며, 이는 대시인이 '이성적 구조'를 결

18) 김종길, 「피로와 침체와」(상), 『동아일보』, 1963.8.22.
19) 김종길, 「피로와 침체와(하)」, 『동아일보』, 1963.8.23.
20) 「「자기류」적인 분류: 힘든 한(韓)시의 체계화」, 『경향신문』, 1965.5.19.
21) 김종길, 「실험과 재능-우리 시의 현황과 그 문제점」, 『문학춘추』, 1964.7(손세일 편,
   『한국논쟁사』 Ⅱ(문학·어학 편), 청람문화사, 1978, 91쪽에서 재인용)
22) 서정주, 「내 시정신의 현황-김종길 씨의 <우리 시의 현황과 그 문제점>에 답하여」,
   위의 책, 98~99쪽.

여하고 있다는 점에서 한국 시단의 "중대한 사건"이라고 지적한다. 한술 더 떠 변화를 모색하는 '시정신의 건강'이라는 차원에서 서정주의 '시적 연령'이 '최고령'에 달했다고 못 박는다.[23] 이후에도 격론이 이어져 김종 길로 하여금 서정주를 "시대착오적인 인사"라고 낙인찍는 데까지 이르 게 했고 "지성적 풍토"가 부재한 한국시단의 상황을 개탄하게 만든다.[24] 이들 비판은 모두 자신의 아류를 무한정 재생산해내는 서정주라는 문단 권력의 무책임성을 비판함과 동시에 '시적인 것'으로서의 표현의 경계를 어디까지 허용할 것인가 하는 문제를 제기했다고 하겠다.

김종길이 서정주의 시를 두고 '이성적 구조의 결여'를 지적했다면, 같은 영문학자로서 '4·19세대'의 자의식을 지녔던 김우창은 한국시 전반의 '지성의 결여'를 문제 삼으면서 서정주류의 '감정주의'와 함께 정치현실을 소재로 한 도식적 '참여시'를 타자화 한다. 그는 한국시에 서 나타나는 병리현상의 가장 큰 원인을 지성의 부재라고 파악한다.

지성은 관계를 인지하는 작용이다. 지성은 통상 양화되고 추상화된 개 념이나 논리로서 이 관계를 포착한다. 그러나 현실에 있어서 그것은 보 다 직접적인 경험의 평면으로부터 고차적인 기호의 평면에까지 연속적으 로 작용한다. 경험의 구체에 있어서, 지성은 움직이는 현실 가운데 구체 적이고 질적인 상관관계를 인지하는 작용으로 정의될 수 있다. 추상적인 것이 주로 지성 특유의 속성으로 되어 있지만, 그것은 오히려 보다 직접 적이고 직관적인 것으로부터 발전되어 나온 것이라 할 수 있다.(중략) 문 학의 기술면에서 볼 때, 지성은 구체적인 사건이나 사물을 의미의 패턴 속에 배열하는 작용이다. 즉 그것은 작품 안에 있어서의 부분과 부분, 부 분과 전체 사이에 성립하는 상관관계를 볼 수 있는 능력을 말한다. 다른 말로 바꾸어 건축술을 의미하는 것이다.[25]

---

23) 김종길, 「시와 이성」, 위의 책, 107~111쪽.
24) 김종길, 「센스와 넌센스」, 위의 책, 128쪽.
25) 김우창, 「시에 있어서의 지성」, 『창작과 비평』, 창작과비평사, 1967년 봄호, 42쪽.

지성이란, 부분과 전체의 상관관계를 볼 수 있는 능력, 일종의 건축술로 현실 경험으로서의 구체와 추상 사이를 동시에 포착할 수 있는 시야를 의미한다. 달리 말하면 이것은 대상에 대한 구조적이고 변증법적인 이해라고 할 수 있다. 김우창은 1967년에 발간된 『年刊詩集』을 검토하면서 한국시의 "상투적인 스테레오타이프나 클리세의 범람"을 문제 삼는다. 그에게는 정치현실을 외면하는 음풍농월의 시와 함께, 현실정치를 소재로 공허한 제스처와 클리세를 반복하는 시 역시도 부정적이다.26) 그는 시가 보여주는 구체성, 노래에 대한 강한 의식, 개인적인 서정(개인적인 관점의 개입) 등을 근거로 황동규로 대표되는『사계』동인들의 시를 높이 평가한다.27) 이와 같은 논의를 종합해보면, 김우창이 한국시에서 어떤 흐름을 긍정적으로 호명하고, 어떤 부류를 부정적으로 배제하는가를 분명하게 확인할 수 있다.

서정주 시에 대한 본격적인 분석을 보여주는 「한국시와 형이상」에서는 초기시집『화사집』에서부터 1960년대에 이르는 서정주 시세계를 전체적으로 조명한다. 「화사집」의 '관능'을 통해서는 정신으로부터 분리된 육체의 괴로움과 타락이라는 '서양적인 경험의 방식'(기독교, 보들레르)을 읽어내고, 「자화상」에서는 "불리한 사회적 여건에 대하여 자기를 대결시키는, 보다 정확히 말하여 자기 자신의 진실을 대결시키는 반대의 원리"를 지적하면서 도전적인 개인주의와 리얼리즘 정신을 고평한다. 그러나 「귀촉도」에서 이미 육체와 정신의 대립과 갈등은 "동양의 일원적 평화, 화해의 테마로 전환한다. 「국화 옆에서」에 오면 '直時적인 초월'이 이루어지고, 불교, 도교, 샤머니즘이 섞인 어떤 신화적인 신앙의 경지로 옮겨진다. 여기서 김우창은 서정주의 시세계가 종교적이거나 철학적이기는 하지만 그가 제시하는 비전의 질이 청록파의 선(禪)적 세계보다 높다고는 보지 않는다. 서정주가 보여주는 초월적인 비전의 거점

---

26) 위의 글, 44~47쪽.
27) 위의 글, 50쪽.

이 신라이고, 그것이 역사적인 성격의 것이 아니라 "인간과 자연이 완전히 하나가 된, 어떤 정신적인 경지의 등가물"이라는 점에서, 그러한 신화적인 신앙에 근거한 서정주의 시는 비현실적이고 추상적이다.[28]

> 서정주의 시적 발전은 한국의 현대시 50년의 핵심적인 실패를 가장 전형적으로 드라마타이즈해 준다. 그의 초기시의 특징은 한쪽으로는 강렬한 관능과 다른 한쪽으로는 대담한 리얼리즘을 그 특징으로 했다. 이것은 육체와 정신의 필연적인 갈등, 개인과 사회의 갈등을 솔직하게 인정함으로써 가능한 것이었다. 그러나 후기시에 있어서의 종교적인 또는 무속적인 입장은 그 직시적인 구제의 약속으로 그의 현실 감각을 마비시켰다. 서정주는 매우 고무적인 출발을 했으나, 그 출발로부터 경험과 존재의 모순과 분열을 보다 넓은 테두리에 싸 쥘 수 있는 변증법적 구조를 발전시키는 방향으로 나아가는 대신, 그것들을 적당히 발라 맞추어 버리는 일원적 감정주의로 후퇴하였다. 그 결과 그의 시는 한국의 대부분의 시처럼 자위적인 자기만족의 시가 되어 버린 것이다. 다시 한번 말하여, 이러한 서정주의 실패는 한국시 전체의 실패이며, 이것은, 간단히 말하여 경험의 모순을 계산할 수 있는 구조를 이룩하는데 있어서의 실패이다. 이러한 실패는 어쩌면 여러 가지 역사적인 조건으로 하여 어떻게 할 수 없는 것이었다고 할 수 있다.[29]

선(禪)은 현재의 고통 속에 사는 개인을 구제하는 "영혼의 기술"이지만, 그것의 세계는 너무 단편적이고, 그나마 한국의 상황 속에서 그런 "고요와 조화"는 존재하지 않는다. 서정주 시에서 나타나는 고요의 "구체적인 혜지"는 김우창이 보기에 낯설고 어색한 것이다. 특히 김우창은 이런 방식의 개인적 도피가 조화의 전통을 본질로 하는 동양적 전통 속에서 용인되고 조장되어 왔음을 비판적으로 지적한다. 서정주의 시는 "모순을 포함시킬 수 있는 질서의 구조", 즉 '변증법적 구조'를 발

---

28) 김우창, 「한국시와 형이상」, 『세대』, 세대사, 1968.7, 330~332쪽.
29) 위의 글, 334쪽.

견하는 데 실패했고, 따라서 조화와 화해의 '전통'으로부터 벗어나지
못했다. 그렇다면 경험의 모순을 포함시킬 수 있는 질서의 구조는 어떻
게 발견할 수 있는가? 김우창은 "일상적인 세계의 지루하고 얼크러진
것들의 밑바닥을 꿰뚫어보고자 하는 형이상적 정열"30)을 통해 가능하
다고 말한다. 이 시기 젊은 김우창은 '형이상'이라는 개념을 사용하였
지만 그가 생각하는 바람직한 시정신이란 모순까지도 포괄하는, 체험
의 구체성과 감각의 직접성을 포착하면서도 전체적 통찰을 잃지 않는
태도를 의미했다. 따라서 '경험의 모순' 자체를 구조적으로 천착할 수
있는 '지성'에 집중했던 김우창에게 모순의 조화를 기조로 하는 불교적
세계관, 특히 선(禪)적 세계란 수용하기 어려웠던 것이다.31) 선(禪), 나아
가 불교적 세계관의 시적 전유방식에 부정적이었던 김우창의 이러한
태도는 '한국문학의 이념형'을 불교적 세계관 속에서 찾고자 했던 동시
대 김현의 논의와 여러 면에서 대조되는 지점이기도 하다.

3. '문학'과 '정치'의 경계 해체 - 역사주의적 시각

한편 이 시기 한국문학연구자들의 서정주론은 전근대로부터 근대로
이어지는 한국문학사의 계승과 단절을 어떻게 체계화하고 이론화할지
에 대한 보편적 문제의식과 긴밀하게 연동되어 있었다. 이는 식민지 경
험과 분단·전쟁 등으로 단절된 문학의 역사를 학문적으로 체계화하는
작업으로서, 한국문학연구에서의 시각과 방법론을 어떻게 근대화·과
학화 하느냐에 대한 학문적 고민을 담고 있다고 하겠다. 김동욱은 국어

---

30) 위의 책, 336~337쪽.
31) 김우창은 1976년에 가서 서정주의 시세계를 '복받을 처녀의 순응주의' 혹은 '굶음의
   실천철학'으로 규정하면서 조심스럽게나마 서정주 시의 문학사적 위상을 긍정적으
   로 평가하려는 태도를 보인다.(허윤회, 『한국의 현대시와 시론』, 소명출판, 2007, 97
   쪽에서 재인용)

국문학회의 창립을 주도한 고전문학연구자로서 1950년대 세대에 가깝지만, 동시대 역사학계의 연구 성과를 문학연구와 비평에 적용하여 당대 유행하던 관념적 전통 논의의 위험성을 경계했다는 점에서 주목할 만한 연구자이다. 그는 전통을 절대화하거나 박제화하려는 일련의 흐름에 저항했다. 한국문화에 대한 과잉된 관심이 전통론을 양산하고, 그것을 통해 하나의 '문화적 패턴'을 만들어내려는 논의들이 "독단의 심연"에 빠질 위험성을 그는 특히 경계한다. 그는 긍정적인 역사적 전통으로 상찬되고 당대적 맥락에서의 수용 가치가 운위되었던 화백제도, 골품제도, 화랑도 등의 신라 제도들을 비판적으로 분석한다. 화백제는 귀족 모임이라는 엄연한 한계가 있어 근대적 관점에서 민주성을 운위하기 어려우며 몽고나 서구에도 존재했던 것이라 신라만의 것도 아니라고 지적한다. 그가 보기에는 골품제도 역시 귀족 내부의 피의 순결을 유지하려는 배타적 제도에 지나지 않으며, 화랑의 애국심·용감성도 타국을 정복함으로써 주어지는 입신출세의 욕망, 그리고 내부의 골육 상쟁과 무관하지 않다.[32]

> 그러므로 얻어지는 결론은 순수하게 신라 것이라고 하는 것은 없다. 신라정신도 신라가 위치한 특수한 상황 속에서 나온 것이지 천품적으로 물려받은 것도 아니고, 또 오늘의 우리에게 물려줄 수 있는 것도 아니다. 그러므로 오늘날도 신라정신을 운운한다면 회고주의의 망상에 사로잡혔거나 그렇지 않으면 '화랑이'의 후예의 넋두리의 값어치밖에 안 된다는 것을 말하여 두고 싶다.[33]

서정주는 신라인들이 현실의 사회인격 이상의 다른 격을 숭상하고 살았다고 고평한 바 있는데, 그러나 그것은 '신라적인 것'으로 증명되기 어렵다. 김동욱은 '신라적인 것'이란 개념 가운데 순수한 신라의 것

---

32) 김동욱, 「신라문화의 본질과 비판」, 『세대』, 세대사, 1963.7, 216쪽.
33) 위의 글, 221쪽.

을 찾기란 어렵기도 하고 또한 그러한 시도 자체가 무의미하다고 본다. 중요한 것은 대륙의 문화를 받아들여 어떻게 해석하고 습합했느냐에 있다. 그가 보기에 신라문화는 '종합문화'[34]일 뿐이다. 그렇게 본다면 한반도에 실재했던 다양한 역사적 공동체 속에서 '종합'에 능했던 특정한 지리적 시간적 공동체로서 '신라 표상'은 추출 가능하겠지만, 이상적 관념이 자가발전을 거듭하며 구성된 '신라적인 것'의 비과학성은 학문적 방법론의 엄정성을 구축하려는 당대 학술장의 지향에도 맞지 않은 것이었다.

또 다른 국문학자인 구중서도 서정주의 신라관에 역사의식이나 전통의식 같은 것이 부재하고, 오직 "단층적인 신라의 하늘로 향한 복고주의"만이 존재한다고 비판하였다.[35] 서정주에게는 "신라 전후의 줒역사 내용을 오늘의 기점에 서서 바라보는 자세"가 부재하고, "현대 인본주의 과학문명의 의식을 조롱"하는 그의 태도는 역사를 취재하는 문학인으로서의 함량미달을 확인케 한다고 일축한다.[36] 서정주의 시 「신라의 상품」에서 언급된 목화를 두고 그것이 고려 말에 수입되었음을 지적하는 구중서의 '실증'을 어떻게 봐야 할지는 모르겠지만, '신라적인 것'의 표상화를 통해 '실재했던 신라'와 '상상된 신라'가 어떤 의미있는 시적 긴장을 구현하였는지에 대한 그의 문제제기는 정당하다고 하겠다.

『청맥』을 통해 본격적으로 한국문학론을 전개한 조동일은 서정주를 '자연시인'으로 규정하고 전통의 옹호와 계승의 맥락에서 그의 시를 분석한다. 그는 서정주가 고유한 정서 모색에 그치지 않고 민족의 과거 속에서 영원한 정신적 고향을 발견하려 했다고 운을 뗀다. 그에 의하면, 서정주가 이상화한 신라는 "삼국유사 등의 사료에 근거를 둔 것이기는 하지만, 신화적인 서술을 과학적으로 해석함이 없이 다만 시적 상

---

34) 위의 글, 220쪽.
35) 구중서, 「서정주와 현실도피-역사시의 본질과 서씨의 경우」, 『청맥』, 청맥사, 1965.
   6, 117쪽.
36) 위의 글, 116~117쪽.

상의 소재로만 사용해 구체적인 신라와는 다른 세계"이다. 조동일은 「노
인헌화가」를 예로 들어 서정주가 문헌을 차용하는 데 그칠 뿐 "한 마
디의 재구(再構)적인 해석도 가하지 못"했다고 비판한다.37) 조동일의 논
의에서 주목할 부분은 '자연시인'들이 계승하고 있다는 전통에 대한 문
제제기다. '자연시인'들은 전통의 옹호와 계승자로 평가받지만 "전통
전체를 계승한다는 것은 원칙적으로 불가능"하며, 그들이 계승했다고
하는 것은 그것의 일면에 불과하다. 서정주는 "祭官시인, 무당시인의
영역을 광범위하게 이야기하는듯한 인상을 주면서도 역사의 결정자가
가졌던 웅대한 서사시는 제거"하고, 다만 "원시적 사고의 잔재를 영통
주의라는 이름으로 더욱 신비화"시켰을 뿐이다.38) 이런 시인들은 일제
말기, 해방 후의 민족수난 등의 역사적 진통이 심해질수록 더욱 철저하
게 현실을 도피할 수밖에 없었고, 역사로부터의 도피를 합리화하는 길
을 찾아서 주술적인 차원에 이르게 된다. 그런데 4·19와 같은 역사적
변동은 자연시인을 더욱 궁지로 몰아넣거나, 민중의 세력에 참여할 기
회를 주거나 양자선택을 강요한다. 따라서 자연시인 안에서도 다른 길
이 생겨난다. 이 선택의 기로에서, 박목월은 순수자연의 파산을 선고했
고, 박두진은 역사에 정면으로 참여함으로써 추상적 자연의 꿈을 지양
한 반면, 서정주는 이른바 영통주의라는 주술을 더욱 옹호했다는 것이
다. 조동일이 보기에 서정주가 선택한 길은 가치있는 '전통'은 다 버리
고 "오히려 타기해야 할 쓰레기만 전부 다 모아다 놓은 것"에 불과했
다.39) 전근대 시기 서민(민중)문학에서 바람직한 전통을 발견하고 그것
의 근대적 계승을 통해 한국문학사의 연속성을 구상했던 조동일은, 한
국근대문학의 기형성에 대한 비판이 전통부정 혹은 전통단절로 쉽게
이어지는 논리를 무엇보다 경계했다. 그는 불행한 역사적 경험 속에서

---

37) 조동일, 「시인의식론8-자연시인의 복고적 애조」, 『청맥』, 청맥사, 1965.10, 106쪽.
38) 위의 글, 107쪽.
39) 위의 글, 113쪽.

퇴화를 거듭해왔던 주체적 태도가 변화의 계기를 맞게 된 것을 4 · 19
의 경험으로 인식함으로써 '4 · 19세대'의 문제의식을 전면화했다. 4 ·
19를 통해 "한국의 현실을 서구의 현실로 대치할 수 없고 회고적인 환
상 속에서 머물 수 없"음을 확인하였고, 문제는 사회참여와 전통계승을
비평의 차원이 아니라 실제적인 창작에서 실현하는 것임을 강조했
다.40) 그런 관점에서 역사라는 구체적 시공간을 초월해버리는 서정주
식의 전통주의는 4 · 19로부터 아무것도 배우지 못한 자의 것에 지나지
않았다.

한편 1960년대 말 창비의 지면을 통해 한국문학을 전공한 시인 이성
부와 독문학자 염무웅의 서정주론이 등장하는데, 모두 '문학/정치'가
이분법적 선택의 문제가 아니라 긴밀하게 결합된 일원론적 차원의 문
제임을 강조한다는 공통점을 지닌다. 1969년『창작과비평』지면을 통
해 문단 대선배인 서정주를 향해 날카로운 비판을 던진 이성부는 시와
시인의 괴리라는 사태에 대해 특별한 문제의식을 찾지 않으려는 당대
의 비평적 세태를 꼬집는다.

> 일부 비평가의 지엽적인 편향에 발이라도 맞추듯이 일부 시인도 적지
> 않이 말초적이고 간지러운 곳에 그들의 시를 놓아두고 있다. 시는 시대
> 로 남쪽 해안에서 낮잠이나 즐기게 내버려 두고, 시인은 시인대로 어지
> 러운 도시에서 그저 적당히 살고 있을 뿐이라고 말한다. 시가 뭐 그렇게
> 대단한 것이냐, 오직 즐거움을 위해서 씌어지는 것이 아니냐는 것이다.
> …… 그러나 어림없는 이야기다. 그렇게 위장시킨다고 해서 시인이 감춰
> 지는 것도 아니고, 또한 작품이 위장된 채로 광범위한 공감을 획득할 수
> 있는 것도 아니다. 진정한 시는 절대로 <감춤>을 용서하지 않으며 진정
> 한 시인은 절대로 <유희>를 용납하지 않는 법이다. 어떠한 유파의 어떠
> 한 주장, 그리고 어떠한 구체적인 작품에 이르러서도 작품은 곧 작가의

---

40) 조동일, 「전통의 퇴화와 계승의 방향」,『창작과비평』1966년 여름호, 창작과비평사,
   375~376쪽.

삶의 방식이라는 필연적인 모습이 곧 밝혀지게 된다.

그러므로 삶을 즐겁게 파악하느냐 어렵게 파악하느냐, 그리고 보이게 하느냐, 안 보이게 하느냐 하는 문제는 우리들이 시를 말하는 데 있어 가장 근본적이고도 중요한 문제라고 나는 생각한다. 시와 시인의 삶의 방법이 어쩔 수 없이 밀접한 관계에 놓여 있다는 사실을 인정하고 구체적으로 작품을 통하여 그 시인의 정체를 고찰해 보는 일은, 더구나 한 시인의 한 시기를 정리하는 시집을 놓고 이야기할 때 대단히 중요한 의미를 지닐 것이다.[41]

이성부는 서정주의 시적 편력을 다음과 같이 요약한다. 『화사집』시대의 어두움과 절망이 『귀촉도』시대의 눈부심과 열정을 거쳐, 1960년대 『동천』에 이르면 "좋은 토양의 전답"이 "경작지로서의 실제적인 용도를 떠나서 산업박람회의 전시장"에 머물고 있다는 것이다. 서정주의 시세계는 험난한 현실을 잊으라고 유혹하는데, 이성부는 서정주의 "사랑의 벌거숭이 모습"과 "흙투성이의 예술"을 좋아했다면서, 그가 말하는 '영원'을 믿을 수 없는 것이라 말한다. 시인이란 부유한 지주가 되어 한 평생을 편안히 살고자 해서는 안 되고 영원한 소작인으로 살아야 하며, 그럴 때에만 세상을 향해 무언가를 제기할 수 있다.[42] 삶과 문학을 일치시키며 시인의 윤리를 강조하는 이러한 염결성을 이해하기 위해서는 사르트르나 그람시의 지식인론이 진보적 문인들의 의식을 지배했던 당시의 분위기를 감안할 필요가 있다. 비판적 지식인론에 계몽되어가던 이성부에게 시인이란, 삶을 정면에서 대결하는 자로서 "무엇을 완수하지 위해서 있는 것이 아니라 무엇을 제기하기 위해서 있는" 존재들이었다. 서정주가 "언어의 정부"라고 해서 시와 시인의 괴리가 예외적으로 용인될 수는 없다. 이성부의 서정주론에서는 물적 토대와

---

41) 이성부, 「삶의 어려움과 시의 어려움: 『동천』, 『청록집이후』를 중심으로」, 『창작과 비평』 1969년 여름호, 창작과비평사, 449~450쪽.
42) 위의 글, 454~460쪽.

의식의 상관성을 시인의 존재론에 적용시키려는, 진보적 사회과학에
고무된 '4 · 19세대'의 한 경향을 발견하게 된다.

한편 독문학자인 염무웅은 6 · 25전쟁을 치른 한국의 현실이 "서정주
의 어느 한구석도 건드리지 않았"음을 지적하며 태평세월을 읊조리는
1950~60년대 서정주의 시에 "가슴아픈 배반감"을 느낀다고 토로한다.
「학」을 예로 들면서 "저리도 조용한 흐름"이 인도하는 반역사적, 비사
회적 발전이 『신라초』, 『동천』에 와서 더 비참한 모습으로 노출되어
"치열한 자기극복과 현실대결을 회피"한 끝에 마침내 "오만한 전통주
의자로 변신"하기 이르렀다는 것이다.[43]

> 우리가 힘껏 유지하고 발전시켜야 하는 전통이라고 하는 것이 있다면,
> 그것은 우리가 그것에 귀의함으로써 편해지고 쉬워지는 어떤 것이라기보
> 다 도리어 우리가 그것을 스스로 짊어짐으로써 전현실의 무게를 감당하
> 는 책임 앞에 우리를 몰아세우는 어떤 것일 터이다. 전통에의 폭좁은 순
> 수주의야말로 민족의 전통이 인류의 보편적 이상에 접근하는 것을 목표
> 로 삼는 데 방해가 되는 태도일 것이다.[44]

염무웅이 생각하는 전통이란 "전현실의 무게를 감당하는 책임"과 관
계된 것으로 협의의 '순수주의'의 대척점에 위치한다. 이는 상투적으로
'순수'와 '전통'을 같은 유사 범주로 사고해온 서정주의 논리를 정면
반박한 것이다. 그렇다고 염무웅이 서정주류의 시작업을 전면적으로
부정한 것은 아니다. 리얼리즘의 옹호자로서의 염무웅은, 1950년대 이
후 영역을 확대하고 있는 모더니스트의 "'언어'니 '실험'이니 '존재'니
하는 표어 밑에 남발된 시적 사기사(詐欺師)들의 파괴행위"에 비하면 '한
국적 감성'을 기반으로 하는 서정주의 시가 비교적 그러한 세계에 덜

---

43) 염무웅, 「서정주와 송욱-1960년대 한국시를 개관하는 하나의 시선」, 『시인』, 1969.
   12.(염무웅, 『모래 위의 시간』, 작가, 2002, 102~104쪽에서 재인용)
44) 위의 책, 103쪽.

오염되었다고 판단하기 때문이다. 그러나 서정주의 "전통주의가 상대적으로 빚어낸 소극적 미덕"을 인정한다 하더라도 "절실한 사건의 서술도 아니요 동시대적 소망의 표현도 아닌" 서정주의 시는 1960년대 심각한 위기를 맞았다고 결론짓는다.[45] 염무웅의 서정주론에서 눈여겨 봐야 할 점은, 그가 전통주의와 모더니즘을 동시에 타자화하면서도 시가 짊어져야할 현실에의 책임을 전통 개념과 결부시킴으로써 기존의 '순수(전통)/참여(현실)'라는 이분법의 경계를 교란시키고 있다는 사실이다. 여기서 '순수문학'이야말로 특정 이데올로기의 정치적 발현태로서, 1960년대의 '순수·참여론'이 '분단체제'라는 금기를 깨뜨리는 데 아무런 기여도 하지 못했다는 백낙청의 지적을 떠올려 볼 만하다.[46] 리얼리즘 논의를 거쳐 민족문학론으로 정립되는 창비계열의 '4·19세대 의식'은 이후 문지계열과 새로운 경계를 구축해나갔던 것이다.

4. 한국적 이념형의 (불)가능성 - 김현의 서정주론

김현은 일찍이 『산문시대』의 「선언」을 통해 "얼어붙은 권위와 구역질나는 모든 화법을 우리는 거부"하고 "뼈를 가는 어두움이 없었던 모든 자들의 안이함에서 우리는 기꺼이 탈출"[47]한다고 외쳤다. 부정적 수식어가 붙은 '권위', '화법', '안이함'이 지시하는 대상은 물론 기성문단의 주류집단, 즉 『현대문학』을 주도해온 김동리, 서정주, 조연현 등일 것으로 짐작된다. 또한 『68문학』을 내면서는 한국문학의 '토속성', '비합리성', '샤머니즘'이 공격의 대상임을 천명한다.

---

45) 위의 책, 105쪽.
46) 백낙청, 「새로운 창작과 비평의 자세」, 『창작과비평』, 1966년 봄호, 5~8쪽 참조.
47) 김현, 「선언」, 『산문시대』 1, 가람출판사, 1962, 3쪽.

그것은 토속적이며 비합리적인 세계에 흡수되어 샤머니즘의 미로를
만들어도 안 되었고, 관념적 유희를 즐기게 되어 현실 밖의 우리와는 상
관없이 존재하는 어떤 가상의 제국을 만들어 내어도 안 되었다. 우리는
우리 시대의 위기를 샤머니즘적인 것과 관념적인 유희와 비슷한 것이 되
는대로 결합하여 빚어내는 정신의 혼란상태라고 생각한다.48)

'4 · 19세대' 문학의 지향과 자기정체성을 밝히는 자리에서 구체적인
인명을 언급하지는 않았지만 누구를 공격 대상으로 삼는지는 쉽게 연
상할 수 있다. 김현이 쓴 최초의 서정주론은 서정주가 노래하는 신라가
"허상이며 미구에 무너질 바벨탑"임을 지적하고 신라는 실재도 이데아
계도 아니라고 규정한다.

　　당신의 그 화사한 허위의 성에서 백결선생의 거문고 소리를 듣기보다
는 여기 성 밖으로 나와 진실의 얼굴을, 이 광란하는 공기와 재즈의 음향
을 듣고 싶지 않으신가요. 인간의 피가 도는 얼굴을, 그리고 그 속에 감
춰진 비밀한 천국을 보지 않으시렵니까. 당신은 죽음이라는 왕자가 찾아
올 때까지 당신의 깊은 잠을 계속하실 것입니까?49)

서정주에게 재즈를 권하는 청년 김현은 호기롭기까지 하다. '신라의
세계'에 안착한 『신라초』의 세계는 김현이 보기에 "허위의 성"에서
"깊은 잠"을 자고 있는 '죽음'의 세계와 다를 바 없다. '영원'으로의 비
약과 초월이란 현실에 발 딛고 있는 젊은 4 · 19세대에게는 허황된 관
념이자 거짓에 불과하다. 1960년대에 제기된 비판적 서정주론을 두고
김익균은 새로운 세대의 배제의 담론이라는 차원에서 접근하고 있다.
그에 의하면, 1960년대 한국시론에서 '서정'과 '지성'이라는 세대적 분
할선이 형성되었고, '지성의 시'에 대한 반론으로 서정주의 '예지의 시'
가 동원되었다고 설명한다. 그러나 이에 대응하는 1960년대의 새로운

---

48) 김현, 「편집자의 말」, 『68문학』, 1968, 5쪽.
49) 김현, 「허상의 시대」(1), 『자유문학』, 한국자유문학자협회, 1963.8, 176쪽.

세대는 배제의 담론을 활용하면서 "서정주의 신라정신을 고립화시키는 한편 서정주의 신라정신과 다른 시세계를 세우는 데도 일정한 성공"을 거두었다는 것이다.50)

미당은 스스로 1960년대를 "그 자신과 가문의 홍륭기"로 회고하였다고 전해진다. 한국전쟁의 체험이 실어증으로 이어져 고통의 시간을 보냈던 1950년대 초반 이후로 1950~60년대는 『서정주시선』, 『신라초』, 『동천』으로 이어지는 시집의 출간으로 확고한 문단적 평가를 얻었는가 하면, 1960년 비로소 교수자격을 얻어 동국대 교수로 부임하였고, 1965년에는 5·16 이후 통합된 문학조직인 한국문인협회의 부이사장이 되고 1966년에는 대한민국학술원상을 수상하기도 한다. 경제기반이 안정되면서 자식들의 교육에 관심을 쏟았는데, 그 당시로는 드물게 영어교육을 위해 국제학교에 둘째를 보냈으며 큰아들은 미국 유학을 보냈다고 한다.51) 1960년대가 표상하는 현실의 소용돌이로부터 서정주는 멀리 떨어져 있을뿐더러 신세대가 구사했다는 배제의 담론이 그의 안온한 삶에 그리 큰 타격을 주지는 못한 듯하다. 신세대 비평가들의 논리대로 '현실'과의 시적 긴장을 문제 삼을 때, 1960년대 이후 서정주의 '현실'은 당시의 대다수 한국인의 그것과도 다른 것이 되어가고 있었으며, 어쩌면 더 이상 '시'를 쓰기 힘든 상황이었다고도 볼 수 있다. 그러나 안이함 탓이었든지 탁월한 재능 덕분이었든지 그의 시작활동은 계속되었고 세대론적 갈등의 중심에 스스로 걸어 들어간 형국이 되었다.

김현은 「감상과 극기-여류시의 문제점」이란 글을 통해 '동양적 서정파'로 분류된 여성시인들의 시세계를 분석하면서 서정주를 우회적으로 언급하며 그의 문단적 영향력을 우려의 시선으로 바라본다. 비판의 핵심은 그녀들의 시가 '정서적 긴장'을 결여하고 있다는 것이고, 그것이 "여류시 일반의 특성일 뿐만 아니라, 한국시가 내포하고 있는 큰 암종"

---

50) 김익균, 「서정주의 신라정신과 남한 문학장」, 동국대 박사학위 논문, 2013, 215쪽.
51) 김학동, 앞의 책, 83~89쪽.

이라는 것이다.52) 이글에서 서정주에 대한 언급은 그의 인연탐구가 '동양적 서정파'의 최고의 성취라고 말한 게 전부다. 이 평가는 양가적으로 해석될 수 있지만, '서정주류'로서 존재하는 '동양적 서정파' 일군을 타자화하려는 의도를 분명히 읽어낼 수 있다.

1960년대 말, 한 해의 문학을 개관하는 자리에서 김현은 비로소 서정주에 집중하면서 『신라초』와 『동천』의 차이를 분석한다. 『신라초』에서는 물질의 윤회가 이론적으로 제시되었다면, 『동천』에서는 "물질의 윤회가 가능한 것으로 여겨졌던 신라라는 저 원초적이고 고풍한 세계가 그 윤곽을 더욱 확산하여 '세계'로 변모함으로써, 현대 세계에서도 가능한 것"으로 생각되는 단계로 나아갔다고 판단한다.53)

> 같은 윤회로서의 삶을 테마로 삼고 있으면서도 『신라초』와 『동천』은 여러 면에서 다르다. 『신라초』의 가장 큰 특색은 『동천』에 실린 그 시절의 시인 「마른 여울목」과 「무(無)의 의미」가 내보여주듯이 윤회의 밑바닥에 불화·냉소·허무주의가 깔려 있다는 사실이다. 그러나 『동천』에서는 윤회의 밑바닥에 사랑이 깔려 있음을 곧 알게 된다. 이것은 매우 중대한 차이이다. 방황과 절망 속에서 "모든 것은 되풀이 된다"라는 윤회사상을 통해 겨우 정신의 안정을 바라볼 수 있었던 그가, "귀신을 기를 만큼 지긋치는 못해도/처녀귀신하고/상면이 되는 나이"에 이르면서, 점차 사랑을 통해 윤회사상의 냉혹한 비정주의를 수락·극복하는 것이다. 이것은 그가 최근에 즐겨 쓰고 있는 여성적 이미지들에게서 가장 두드러지게 나타난다. 그것을 통해 사물-물질의 유전은 그 기계론적 비정성을 탈피하여 인간과 인간의 사랑을 통한 새로운 내적 공간을 획득한다. 그 내적 공간이야말로 바로 그의 '영원'이다. 이 영원은 그것이 화합을 전제로 해야 한다는 점에서 오히려 분열을 속성으로 갖고 있는 시적 언어에 수락되기 힘들다는 난점을 갖고 있다. 그의 영원이 계속 언어로써 표현될 수 있을까? 그의 시편들이 점점 짧아져 가고 있다는 것은 그런 점에서 하나의 관찰 대상이 될 수 있을 것이다.54)

---

52) 김현, 「감상과 극기」, 『상상력과 인간』, 일지사, 1973, 41쪽.
53) 김현, 「1969년의 문학적 상황」, 『상상력과 인간/시인을 찾아서』(김현문학전집 3), 문학과지성사, 1991, 294쪽.

『신라초』의 윤회가 불화·냉소·허무주의를 기저에 깔고 있다면, 『동천』은 윤회사상의 비정주의를 수락·극복하고 사랑을 통한 '영원'의 공간을 획득한다. 김현이 보기에 문제는, 이러한 '영원'의 경지가 과연 '시적 언어'로서 표현 가능한 세계이며 그것이 시적 의미를 획득할 수 있는가 하는 것이다. 이는 앞에서 서정주의 시가 시적 표현의 경지를 벗어났다고 지적한 김종길의 견해, 그리고 갈등의 변증법적 구조를 지니지 못했다는 김우창의 평가와 일맥상통한다. 김현은 분명 시의 세계에서 '비화해적 가상'은 '화해적 가상'보다 우위의 가치라고 생각했다.[55] 신세대 비평가들이 생각한 '시'란 결국 현실세계의 이원성이 반영된 구조, 즉 균열, 대립, 갈등, 긴장을 내포한 언어적 구조인 셈이다. 따라서 김현으로서는 시적 표현의 임계점을 초월해 그 수위를 높여가는 서정주의 시세계가 어떤 방향으로 전개될지에 대해 우려와 회의를 가질 수밖에 없었던 것이다.

국학계의 확실한 대안이 없는 한 하나의 가설에 지나지 않는 것이지만, 나로서는 현 상황을 주어진 환경으로 수락하는 문화의 고고학적 태도가 가장 바람직하게 생각된다. 새로운 이념형을 무턱대고 세우려하는 것보다는, 새 이념형의 설정이 새것 콤플렉스의 소산이라는 것, 문화 담당층이 아직 형성되지 않은 탓에 혼란이 계속된다는 것, 그 새 계층이 성립되지 않는다면 사고의 악순환만 계속된다는 것을 투철히 인식하는 문화의 고고학적 태도가 오히려 사태를 호전시킬 것이다. 의식의 혼란을 일으킨 것이 사실이라면, 그 혼란을 다른 방법으로 진정시키려 하다가 그것을 더욱 조장시키지 말고, 그 혼란을 의식함으로써 진정시키는 것이

---

54) 위의 책, 294~295쪽.

55) 조강석은 아도르노의 개념에 근거해 비화해적 가상의 사례로 김수영과 김춘수를 들고 있다.(조강석, 『비화해적 가상의 두 양태』, 소명출판, 2011) 이에 대해 김익균은 비화해적 가상과 화해적 가상을 우열로 배치하는 것이 적절한가에 대해 의문을 제기하며, 남한 문학장에서 김수영과 김춘수를 비화해적 가상의 지위로 자리매김하게 만든 타자가 '동양적 서정파'로 분류된 서정주였음을 지적한다.(김익균, 앞의 논문, 220~221쪽)

제일 쉬운 길이 아니겠는가? 의식인의 윤리라고도 부를 수 있는 이러한
태도는 60년대 문학의 한 기조를 이룬다. ……
　한국문학의 가능성은 이 의식인의 윤리에서 어떠한 이념형을 추출해
낼 수 있느냐에 매달려 있다. 의식인의 윤리에서 어떤 이념형을 추출해
내는 것이 가능하다는 증거를 우리는 서정주와 최인훈의 불교적 인생관
에서 어느 정도 찾아볼 수 있다. 이 태도는 한용운의 불교적 인생관과도
맥락이 닿는 태도인데, 더욱 멀리 소급한다면 「찬기파랑가」의 초월적 태
도와도 연결이 된다. 「찬기파랑가」와 「님의 침묵」 그리고 서정주의 「동
천」은 불교적 이념, 신분적 불평등을 진리로서 수락함으로 그것을 뛰어
넘는 어려운 정신적 곡예를 보여준다는 점에서 일치한다. 그것들은 불교
적 이념이 샤머니즘화 함으로써 얻게 되는 체념, 허무 등을 다같이 극복
하고 있다.56)

　김현은 이념형의 추출에 성급하게 연연하는 것은 "새것 콤플렉스의
질환"에서 벗어나지 못하는 것으로, 오히려 "이념형의 설정이 얼마나
어려운가, 왜 어려운가 하는 것을 깨닫"는 것만이 그러한 질환으로부터
의 유일한 탈출구라고 주장하기도 했다.57) 그런데 1960년대만 해도 김
현에게는 '새것 콤플렉스'를 경계해야 한다는 강력한 자의식이 작동했

---

56) 김현, 「한국문학의 가능성」, 『창작과비평』, 1970년 봄호.(『현대한국문학의 이론/사회
　와 윤리』(김현문학전집 2), 문학과지성사, 1991, 63~64쪽에서 재인용)
57) '한국문학의 이념형'에 대한 김현의 모색은 앞서 발표된 「한국 문학의 양식화에 관
　한 고찰-종교와의 관련 아래」의 문제의식과 연결된다. 그가 양식화를 문제 삼는 것
　은, 양식화가 행해진 현실들을 사실형으로 파악하고 그 양식화 내부의 질서를 파악
　하기 위한 것이며, 그것을 통해 "한국문학의 전체적인 면"을 파악하려고 했기 때문
　이다. 김현은 기독교적 양식화의 경향 확대가 합리주의와 이원론을 정착시켜 한국
　적인 현세집약적 사상을 지양할 수 있었더라면 한국문학의 가능성은 확대되었을 것
　이라고 진단한다. 또 하나의 가능성은 판소리가 발전하여 장르의 분화로서 16세기
　이후의 서구문화를 발전시키는 길이었다. 그러나 두 가능성은 실패했고 기독교는
　한심한 수준에서 한국문학에 이식되고 있을 뿐이라고 진단한다. 요컨대 김현은 향
　가에는 개인이 있었고, 시조와 가사에는 규범이 존재했지만, 당대는 개인도 규범도
　없는 세대라고 판단했다. 결론적으로 그는, 강력한 정권의 대두, 외래사조와 유행,
　허무주의와 전체주의, 세계의 축소화와 전쟁, 언어의 혼란 등이 개인의 팽대를 위협
　하는 속에서도 오직 기대할 수 있는 것은 '개인'뿐임을 강조한다.(「한국 문학의 양식
　화에 관한 고찰-종교와의 관련 아래」, 『창작과비평』, 1967년 여름호)

다. 그는 불교적 세계관이 과거뿐만 아니라 당대의 한국문학 속에서 체현되어 유의미한 가능성을 실현할 수 있지 않을까 탐색중이기도 했다. 따라서 그 자신은 이념형 추출의 가능성을 열어 놓는다. 서정주에 대한 논의로 돌아오면, 김현은 이글에서 『신라초』, 『동천』의 차이를 분석한 1969년의 내용을 그대로 차용하면서도, 마지막 부분에 서정주가 "한국인으로서의 '자리 못잡음'에서 벗어나, 불교적 인생관에서, 개인의 초월성을 얻을 수 있는 이념형을 발견"했다고 서술한다.58) 동일한 텍스트를 대상으로 '시적 언어'의 차원이 아니라 '이념형'이라는 개념과 결부시킴으로써 서정주 시의 문학사적 위상이 달라진 것이다. 이후 1973년의 『한국문학사』에서는 『동천』의 시편들을 분석하며 거기서 드러난 "해탈의 제스처는 서정주의 체념과 달관이 독선적인 자기방어로 변모"한 것이라고 본다. 『동천』 이후의 『질마재신화』를 두고는 "정신의 노쇠성을 섬찍하게 예감"하게 된다고 평가하고, 그 와중에도 그의 시세계가 보여준 '탐구정신'만은 고평하고 있다.59) 김현의 서정주론에서 발견하게 되는 몇몇 충돌과 간극은, 전통과 모더니티를 화두로 한국문학의 정신과 이념, 혹은 언어와 표현의 문제를 함께 고민했던 1960년대 김현의 욕망과 혼란된 의식세계를 반영한다는 점에서 문제적이다.

'4·19세대' 비평가를 대표하는 김현은 서정주에 따라붙는 '전통', '서정시', '순수문학'이라는 키워드에 거부감을 가졌다. 그런데 1960년대 문학장을 거쳐 『문학과 지성』의 창간을 주도하고, 김윤식과 함께 『한국문학사』를 집필했던 시간의 궤적 속에서의 김현의 비평적 행로는 서로 자연스럽게 이어지기보다 어긋나고 충돌한다. 특히 서정주론에서는 더욱 그러한데, 어쩌면 이는 서정주의 시를 분석의 텍스트로 충분히 다루지 않았기 때문에 생겨난 결과인지도 모르겠다. 단편적으로 언급하는 것으로 대신하거나 아니면 아예 언급하지 않음으로써 그 존재의 영

---

58) 김현, 「한국문학의 가능성」, 앞의 책, 57쪽.
59) 김현·김윤식, 『한국문학사』, 민음사, 1973, 263쪽.

향력을 폄하하고 싶었을 수도 있다. 그러나 여기서 1960년대 김현 글쓰기의 범위와 수준에 대한 고려가 필요하다. 단순함을 무릅쓰고 이 시기 20대 김현의 글쓰기를 개괄해 본다면, 한편으로는 외국문학연구자로서의 지식과 감수성을 동원하여 현장 비평을 수행함으로써 한국문학의 세대적 정체성을 구축하고자 했고, 다른 한편으로는 고대로부터 현대로 이어지는 한국문학의 역사화를 도모함으로써 체계화·유형화를 기획한 것으로 요약할 수 있다. 1960년대에서 1970년대로 이어지는 시기의 김현은, 『한국문학사』를 서술하고 『문학과 지성』의 창간을 통해 소위 에꼴화하기까지 자신에게 맞는 혹은 한국문학을 '잘' 해석하기 위한 문학적 시각과 방법을 찾아 좌충우돌하는 모색의 시간을 보내고 있었던 것이다. 김현의 서정주론에서 발견하게 되는 균열은 이러한 맥락에서 이해되어야 할 것이다.

5. 맺으며

'4·19세대'에게 서정주라는 '문학적 전통'과의 투쟁은, 근대적 합리성에 대한 본격적 추구와 함께 새로운 전통 혹은 주체성의 정립이라는 시대적 과제를 동시에 수행해야 하는 어려운 길이었다. 서정주라는 '언어의 정부'는 당대 문학인들이라면 누구나 대면하고 넘어가야했던 존재였지만, '4·19세대' 비평가들에게는 보다 특별한 인정투쟁의 실험대였다고 할 수 있다. 1950년대를 거쳐 1960년대에 이르는 동안 매체와 문단조직, 그리고 대학교수라는 제도적 기반을 두루 갖추게 된 서정주는 자의반 타의반 자신의 아류를 무한 재생산하는 중심이 된다. '4·19세대'로부터 공격의 포문을 열게 만든 가장 직접적인 계기 역시도 문학의 다양성을 가로막는 아류 '전통서정시'의 양적 확대 때문이었다. 겹겹이 둘러쳐진 지지와 경외의 무리들 속에서 서정주를 향한 '4·19

세대'의 비판은 결코 치기어린 젊음을 방패삼아 저지를 수 있는 단순한 행위가 아니었음은 충분히 짐작하고도 남는다.

그럼에도 그들이 서정주론을 썼던 이유는 개인마다 호불호의 차이는 있겠지만 무엇보다 과거 서정주의 시에 매혹되었거나 그의 시를 한국 시의 대표적 전형으로 학습해왔기 때문일 것이다. 또한 많은 문제와 모순을 내포한 '익숙한 권위'에 대한 도전과 저항이 신세대가 4·19로부터 배운 가장 중요한 교훈이기도 했다. 여기에 아카데미즘적 지향과 엘리트의식이 기성문단의 맹점을 공격할 수 있는 자신감을 심어주었던 측면도 무시하지 못할 것이다. 새롭게 만들어야 할 지향이 선명하지 않을 때, 지양해야 할 '부정의 대상'을 발견하는 길을 선택하는 것도 하나의 방법이다. '4·19세대' 비평가들이 모두 이런 방식을 보여준 것은 아니지만 서정주론을 매개로 자신이 무엇을 타자화하고 싶은지 혹은 타자화해야 하는지에 대한 방향 감각을 한층 선명하게 만들어 간 측면이 있음은 분명하다. 냉전 이데올로기의 규율 속에서 여전히 언어적·정치적 소외를 경험해야만 했던 '4·19세대' 비평가들에게 그 '자명한 금기'를 어떻게 벗어날 수 있는지, 혹은 그러기 위해서 어떻게 싸워야 하는지를 그들의 서정주론을 통해 거칠게나마 확인할 수 있었다.

서정주의 「김소월 시론」을 통해 본 현대시와 전통

- 감각(感覺)과 정조(情調)론을 중심으로

허 혜 정*

1. 서론

전통에 대한 논의는 서구문학의 표준적 가치로 지역에 따라 문학적 가치가 서열화되고 제도되어간 문학적 근대성에 대한 인식과 맞물려 있다. 때문에 전통론은 '세계문학'의 표준성에 대한 의심과 회의 속에서 우리 근대문학기부터 줄곧 논의되어왔던 문제이다. 이를테면 민족문학의 전통과 "조선적 특수성"을 탐구하고, 유럽문학을 '세계문학'으로 대치한 문화진보론에 대한 30년대 문단의 비판적 검토 등을 들 수 있다.[1] 즉 전통론은 고급 문학을 주도하던 서구중심의 근대성과 열등

* 숭실사이버대학교, octopusink@hanmail.net

** 이 글은 『동악어문학』 第56호(동악어문학회, 2011)에 게재된 원고를 단행본의 편집 취지에 맞춰 수정 · 보완한 것이다.

1) 예컨대 1934년 영국, 중국, 러시아, 일본 등 해외의 문단정세가 상세히 언급된 좌담 「「最近의外國文壇」座談會」[1]이나 1930년 영국본토문학의 영향을 받고 있는 미국문단의 "전통파(傳統派), 래디컬즈, 니히리스트"를 논의하고 있는 「亞米利加 現詩壇의 縮圖」[1]는 서구적 스타일을 받아들이면서 그와 공생하려 하지 않고 서구 및 일본문학과 경쟁하기 위해 조선의 전통을 탐구했던 당대 조선문단의 기류를 보더라도 시사하는 바가 크다. 특히 이광수, 박영희, 유진오, 김안서, 월탄, 이헌구, 이종수, 박팔양, 이우

한 지방색의 범주에 밀어넣어진 한국문학의 변방성에 대한 고민을 배
경으로 한 담론이다.

이 논문은 해방 이후 본격적으로 발표되기 시작한 미당 서정주의 전
통론과 핵심적 사유를 체계적으로 정리하며 비판적 독해를 해 보는 것
을 목적으로 한다. 논자는 2006년 겨울 서정주의 시창작론 발간작업을
하며 『서정주문학전집』외에도 적지 않은 저작들을 통독하며 그의 풍부
한 시론적 논의에 놀라움을 느낀 경험이 있다. 하지만 그의 저작들이
워낙 방대하고 맥락이 교묘하게 헝클어져 있으며, 서정주 특유의 시적
표현들과 논리적 비약이 적지 않아 그 의미가닥을 명료하게 체계화하
는 것이 쉽지 않았다. 또 그간 서정주의 시론들은 "산문적 진술을 통한
시적 세계의 보충물"[2]로 여겨진 만큼, 그의 시에 집중된 엄청난 양의
연구에 비하면 시론에 대한 연구는 대단히 빈약한 수준에 머물러 있
다.[3] 시론에만 한정한다면, 2000년대의 주목할 논의로는 "존재론적 시
학, 생명의 시학, 영원성의 시학, 무(無)의 시학"의 네 범주로 서정주의
시론을 분석하고 있는 권양현의 연구[4], "예지와 전통, 신라정신"을 중
심으로 서정주 시론의 성격을 밝히고 있는 박연희의 연구[5], 서정주의

영, 김광섭, 심훈, 송영, 김보섭, 임화 등 당대 최고의 문인들이 대거 참여한 좌담 「朝
鮮文學의 世界的 水準觀」[1]에는 유럽문학을 '세계문학'으로 대치한 문화진보론에 대
한 비판이 발견된다. "막연한 세계적 기준"이 아니라 "생활의 탐구"에 밀착한 문학의
치열성에서 세계문학으로서의 수준을 논해야 하며 "조선적 특수성"을 고려해야 함을
함을 강조한 임화의 발언은, 문학후발국들이 서구중심의 문학적 표준을 비판적으로
인식하며 한국문학의 전통을 논의해야 함을 강조한다.

2) 허윤희, 「서정주의 시사적 위상」, 『반교어문연구』 12호, 반교어문학회, 2000, 178쪽

3) 서정주의 시론을 주대상으로 삼은 연구는 다음과 같다; 이광수, 「지훈과 서정주의 시
론 비교」 고려대 석사학위논문. 1984; 신범순, 「서정주에 있어서 '침묵'과 '풍류'의
시학」 모음사. 1992; 송희복, 「서정주의 한글시론」, 『해방기 문학비평 연구』, 문학과
지성사, 1993; 허윤희, 「서정주 서정주의 시사적 위상」, 『반교어문연구』 12호, 반교어
문학회, 2000; 남기혁, 「서정주 동양인식과 친일의 논리」, 『국제어문』 37집, 국제어
문학회, 2006; 박연희, 「서정주 시론 연구」, 『한국문학이론과 비평』 제 37집(11권 4
호), 한국문학이론과 비평학회, 2007; 권양현, 「서정주 시론 연구」, 『문예시학』 제20
집, 문예시학회, 2009

4) 권양현, 「서정주 시론 연구」, 『문예시학』 제20집, 문예시학회, 2009, 104~124쪽

국민문학론이 대동아공영논리를 찬양하는 파시즘적 논리로 굴절되는 과정과 친일논리와의 연계성을 분석한 남기혁의 연구6) 등이 있다. 하지만 일제말기의 국민시론에서 출발하여 해방 이후에 본격적으로 표출된 그의 전통론에 대한 정밀한 논의는 논자가 아는 한 아직은 체계적으로 이루어지지 않았다. 때문에 그의 전통론은 해방기 문단에서 우익진영의 주도권을 장악하기 위한 권력적인 문학담론7)이나 친일논리에 가담한 왜곡된 동양주의라는 비판적인 시각에서 논의되곤 했다. 물론 이러한 논의들을 과감하게 일축하는 것은 불가능하다. 그럼에도 불구하고 그의 방대한 시론적 논의들을 염두에 둔다면 그의 전통론이 그렇게 정치적이거나 일의적으로만 파악될 수 없음을 논자는 강조하고 싶다.

서정주가 시론을 집중적으로 쓰기 시작한 때가 해방기, 다시 말하면 좌우익 문학노선의 분열과 '반전통'을 기치로 내건 신세대 모더니스트들의 등장8)과 같이한다는 사실은 중요한 의미를 가진다. 잘 알려진대로 서정주는 30년대부터 카프문학을 "집요하고도 조잡한 양적 어수선" 혹은 '마구잡이' 문학으로 매도했을 만큼9) 우익문학-민족문학-순수문학의 논리에 따라 해방기의 죄악문학에 대해 강한 경멸감을 노출해왔고, 김동리가 '메카니즘의 시'10)로 규정한 모더니즘시에 대해서도 상당

---

5) 서정주의 시론들이 책으로 엮여 나오게 된 해방기 문단의 사정과 줄판계의 전략에 관해서는 박연희, 「서정주 시론 연구」, 『한국문학이론과 비평』 제 37집(11권 4호), 한국문학이론과 비평학회, 2007, 105~129쪽.

6) 남기혁, 「서정주의 동양인식과 친일의 논리」, 『국제어문』 37집, 국제어문학회, 2006, 91~126쪽.

7) 박연희, 「서정주 시론 연구」, 『한국문학이론과 비평』 제 37집(11권 4호), 한국문학이론과 비평학회, 2007, 108쪽.

8) 허혜정, 「전후 한국 모더니즘시에 나타난 언어의식 연구」, 『현대문학의 연구』 26집, 한국문학연구학회, 2005, 33~78쪽

9) 정봉래 엮음, 『시인 미당 서정주』, 좋은글, 1993, 219쪽.

10) 니힐리즘을 기조로 하는 현대문학의 2대 현상으로, 김동리는 20세기를 특징지은 감각과 주지 편향의 문학들을 '메카니즘' 계열로, 새로운 형이상학적 건설(새로운 성격의 신과 새로운 형의 인간상을 추구)을 목표로 하는 문학들을 실존주의 문학으로 구분하여 제시하고 있다. 여기서 김동리가 '메카니즘 계열'로 구분한 문학은 모더니

한 반감을 거듭 표출하였다. 40-50년대에『문예』『대조』『백민』『민성』을
비롯한 많은 잡지에 시평을 연재하며 "'유행어 속에서만 시인 행세를
하려는 사람들"11)을 줄곧 비판해온 그는, 이념과 시류에 조잡하게 편
승한 현대시의 '아수라장'을 타개할 보다 고차원적 문학질서의 필요를
느낀 것으로 보인다.

서정주의 전통론은 그의 시론, 창작론, 신인추천사, 월평, 수상류 등
다양한 저작에 흩어져 있고 이에 대한 사고도 여러 맥락에서 전개되고
있기 때문에 그의 전통론을 체계적으로 파악하는 것은 쉽지 않다. 그의
전통론을 이해하기 위해서는 매우 산만한 자료의 추적이 필요하지만
무엇보다 그의 전통론의 단초가 되는「詩의 이야기-主로 國民詩歌에 對
하여」(『매일신보』1942.7.13-17)와 해방기의 글들을 모아 엮은『시창작법』
(1954)과『시창작교실』(1956)을 주목할 필요가 있다. 1946년부터 1949년
까지 썼던 서정주의 산문 대부분은 서정주, 조지훈, 박두진이 공저한『시
창작법』에 수록되는데12)『시창작법』과 더불어『문예』와『현대문학』의
비평문과 신인추천평을 엮은『시창작 교실』(1956)은 서정주의 시론적
입장을 압축하고 있다.

잘 알려져 있듯 해방기에 서정주는 김소월과 김영랑을 가장 중요한
시인으로 다루었는데, 이는 "근대시사의 전통을 확인하는 작업임과 동
시에 시의 본질에 대한 천착"에서 비롯된다13). 특히 서정주는「김소월

즘 문학으로 보이며, 니힐리즘에 대한 부정적인 인식 속에서 모더니즘 문학이나 실
존주의 문학 모두를 비판하고 있다.(김세령,『1950년대 한국문학비평의 재조명』이
화연구총서 6, 혜안, 2009, 211~212쪽)

11) 서정주,『서정주문학전집』2권, 일지사, 1972, 269쪽.

12) 이 책에 수록된 글은「시의 감각과 정서와 예지」(1946),「한글시문학론 서장」(1947),
「시와 비평을 위한 노트」(1949),『서사시의 문제』(1948),『시와 운율』(1948),『시와
사상』(1948),「시작과정」(1949)「김소월 시론」(1947)이다.(박연희,「서정주 시론 연구」,
『한국문학이론과 비평』제37집(11권 4호), 한국문학이론과 비평학회, 2007, 105~
129쪽 각주 참조)

13) 허윤회,「서정주 서정주의 시사적 위상」,『반교어문연구』12호, 반교어문학회, 2000,
184쪽.

시론」(『해동공론』 1947. 4. 이후 『시창작법』에 수록)같은 장문의 평론을 쓴
것을 비롯하여, 자신이 편(編)한 『작고 시인선』(1950)과 『현대조선 명시
선』(1950)에도 소월의 시를 수록하여 한국현대시의 정전화 작업을 수행
하였고, 「김소월과 그의 시」(『한국의 현대시』 일지사. 1969에 수록)에 이르
기까지 소월에 대한 주제비평을 다수 수행하였다. 물론 이 외의 많은
글에서도 소월을 부분부분 거론하고 있다. 이 논문은 전통론이 가장 집
중적으로 표출된 주요 시론과 「김소월 시론」14), 그리고 이와 밀접하게
관계된 엘리어트의 전통론을 아울러 살피며 서정주 전통론의 논리적
틀과 몇 가지 이론적 한계들을 살펴보고자 한다.

2. 전통과 시정신(詩精神)

서정주의 전통론은 일제 말기 「詩의 이야기-主로 國民詩歌에 對하여」
(『매일신보1942.7.13-17)에서부터 사유의 뿌리를 찾아볼 수 있다. 이 글에
서 서정주는 "시인이라면 모름지기 '자국민의 성격의 발견'에 그 주안
점이 두어져야 함"을 강조하며 '국민시가'라는 개념을 통해 괴테나 퓨
슈킨과 같은 온국민이 칭송할 수 있는 시인이 있는가 하는 비판적인
물음을 던진다. 그리고 그러한 시인이 나오기 위해서는 "자국민의 성격
과 발전"이 기본요건임을 강조한다.15)

이 '국민시론'에 드러나는 동양인식과 친일논리의 상관관계 및 미요
시 다츠시의 '국민시가론'의 영향이 지적되고 있지만16) 무엇보다도 그

---

14) 이 논문에서는 『시창작법』에 수록된 「김소월 시론」(1947)을 텍스트로 한다 (서정주 『시
   창작법』 선문사, 1954, 112~128쪽)
15) 허윤회, 「서정주 서정주의 시사적 위상」, 『반교어문연구』 12호, 반교어문학회, 2000,
   180쪽.
16) 남기혁, 「서정주의 동양인식과 친일의 논리」, 『국제어문』 37집, 국제어문학회, 2006,
   107~108쪽.

의 전통에 대한 사유는 서정주 자신의 문학적 보편질서에 대한 오랜 갈망17)과 엘리어트의 전통론과의 연관성 속에서 조명될 필요가 있다. 이미 청년기부터 잡다한 문예이론을 탐독하였던 서정주에게 모더니즘 이라는 조류와 조선문단에 소개된 엘리어트(1988-1965)의 문학론은 적지 않은 의미를 지닌다, 본래 엘리어트의 시론이 한국 문단에 소개되기 시 작한 것은 1930년대 초 김기림과 최재서에 의해서이다.18) 최재서는 1934년 조선일보에 기고한 「현대 주지주의 문학이론의 건설 – 영국평 단의 주류」에서 흄, 엘리엇, 리처즈 등의 그 당시 주요 영국 비평가들 의 핵심적 개념을 소개하고 있는데, 엘리엇이 「전통과 개인적 재능」에 서 주장한 전통과 역사의식, 감정과 정서의 통합으로서의 예술감정, 그 리고 이 두 가지 논의에 기초하는 비개성 시론을 요약하고 있다.19)

모더니즘으로 수렴되는 갖가지 이론들은 조금씩 편차를 지니지만 대 체로 그것들을 계몽주의적 이성의 절대성을 신봉하는 역사, 문화적 진 보론을 바탕에 깔고 있다. 문학론으로서의 모더니즘은 현 제도의 내력 을 진보적 역사관 속에서 파악하고, 자기확신적인 이성을 통해 현실 혹 은 자기의식을 '재현'하는 '투명한 수사학'20)을 문학기법의 골자로 하

---

17) 서정주는 「김소월 시론」에서 청소년기에 "한 개의 편승할 율법의 권위만을 암중물 색"하였다는 고백을 하였을 정도로 문학의 보편질서에 대한 갈망이 막강하였다.

18) 김구슬·이경호는 다음과 같이 밝히고 있다. "최재서는 1934년 8월 10일자 『조선일 보』에 기고한 「현대 주지주의 문학이론의 건설」에서 엘리엇의 문학론을 주지주의 문 학의 관점에서 논하고 있으며, 김기림 역시 1934년 11월 『조선일보』에 기고한 「새 인간성과 비평정신」에서 엘리엇의 주지주의 문학론과 오든(W. H. Auden), 스티븐 스펜더(Stephen Spender), C. 데이 루이스(Cecil Day-Lewis) 등 오든 그룹의 사회주의 문학론을 비교·고찰하면서 영국시단의 문학적 풍토를 진단하고 있다 김기림이 엘 리엇을 최초로 언급한 것은 1933년 8월이지만(『김기림 전집』 3권, 104~105쪽) 엘 리엇에 대한 보다 본격적인 논의는 1934년을 기점으로 이루어진다." (김구슬·이경호 「엘리엇이 한국 현대시에 끼친 영향 –오장환의 「황무지」를 중심으로」, 『동서비교 문학저널』 22호 한국동서비교문학학회, 2010, 7쪽)

19) 이윤섭, 「한국의 주지주의와 영미 모더니즘」, 『동서비교문학저널』 17호, 한국동서비 교문학학회, 2007, 316쪽.

20) Fredric Jameson, *Rimband and the Spatial texted by Tak-Wai Wong & M.Abbas, Rewriting Literary History*, Universe of Hong Kong Press, 1986, p.69

고 있다. 과학적 인식구조의 원칙과 범주를 정립한 칸트로부터 변증법적으로 진보·통일되어 가는 역사를 주장했던 헤겔에 이르기까지 통일성·일관성·동일성을 구현하고 있는 총체성의 개념은 포기되지 않고 있는데, 그 총체성을 향해 진화법칙을 구성하고 있는 문학은, 끝없는 개성의 진보에 의한 혁신을 요구한다. 하지만 자기발전하는 계몽적 이성과 낭만주의적 개성에 의해 추동되던 예술의 발전이 더 이상 불가능하다는 위기의식은, 과감히 유럽문화의 발전개념을 포기하면서 '전통'으로 회귀했던 엘리어트의 『전통과 개인의 재능tradition and the individual talent』(1920)을 관통하고 있다. 또한 서구시단의 대표적인 모더니스트가 1927년 영국으로 귀화하여 '전통주의자'로서 제의를 거친 데는 플라톤적 이성에서 출발한 서구문명과 문화진보론에 대한 위기의식, 모더니즘의 분열을 시사하는 여러 문학적 지진들[21]이 배경으로 깔려 있다.

모더니즘이 주된 미학적 이념으로 작용했던 30년대 세계문학과 민족문학의 '수준'을 고민하던 조선문인들에게 엘리어트가 마술처럼 던져놓은 '전통'이라는 말은, 1948년 그가 노벨문학상을 수상하며 다시 관심거리로 부상하였고, 1950년대 한국시단에 다시 화두로 등장하는데, 서정주, 김동리, 조지훈, 조연현 등 문협전통파가 대거 참여했던 『문예』는 엘리어트의 평론이 두 번이나 기획으로 다루어진 전통론의 근거지였다. 김동리와 전봉건의 논쟁을 비롯하여 '현대'를 더 이상 따라가야 할 대상이 아니라 동시대적인 것으로 인식할 수 있었던 50년대에는 신

---

21) 한 가지 사례만 들어보기로 하자. 서구 모더니즘의 양대 대표작인 엘리어트(T.S. Eliot)의 「황무지 The Waste Land」(1922)와 제임스 조이스(James Joyce)의 「율리시즈Ulysses」(1922)가 출간된 바로 다음 해에 발표된 랭스턴 휴즈(Langston Hushes)의 『Zazzonia』(1923)는 1920년대 미국시단을 풍미한 "하렘 르네상스Harlem Renaissance"의 신호탄이 되었다. 흑인종들이 수십 만 거주하던 북맨해턴은 마치 작은 제국같이 흑인문학의 온상이 되었다. 흑인작가들은 백인자본주의에 저항하는 정서적 연대체로서의 집단성을 강조하며 재즈의 음률과 흑인영가, 평이한 토속어로 노예의 설움과 흑인정서를 노래함으로써 서구근대문학과는 전혀 다른 그들만의 근대문학을 창조했다. 흥미롭게도 이 시기는 식민지 조선에서도 국민 문학운동으로서의 민요시 부흥 운동이 강력하게 전개되던 시기이다.

인 비평가들이 전통 단절론을 강하게 주장하면서 이에 대한 반발로서 전통의 문제가 크게 부각되었다.[22] 현대의 시대인식과 전통의 문제가 비평적 입장에 따라 차이를 드러내면서 몇 차례의 논쟁을 통해 비평인 식의 분화를 극명하게 드러내고 있을 때, 엘리어트의「傳統과 個人的 才能」과「現代英詩와 그 傳統(T·S·엘리오트와 W·B·예이츠)」이 거듭 소개되었던 것[23]은, 줄곧 민족문학론-순수문학론을 제기해온 우익진영 에 엘리어트의 비평이 얼마나 중요한 텍스트였는가를 시사한다. 특히 조연현의「文學과 傳統」[24]과 조지훈의「現代文學의 古典的 意義(民族 文學의 傳統을 위한 時論)」[25]이 발표된 50년대는 한국시단에 전통에 대한 관심이 고조되던 시기이고[26] 서정주가 제기해온 전통론을 더욱 구체화하고 보강한 시기이다.

서정주의 전통론이 지닌 커다란 논리적 틀은 엘리어트의 전통론과 불가분의 관계에 놓여 있다. 테리 이글턴(Terry Eagleton)에 의하면 엘리어 트는 유럽의 문화전통들의 통일성을 재정의하고, '유럽정신'의 유기체 적 의식(organic consciousness of 'European Mind')을 재건하는 데 역점을 두었 다. 일체의 휘기즘(Whiggism, 프로테스탄티즘, 자유주의, 낭만주의, 휴머니즘)을 쓸어낼 고전주의로의 편재는 '개성(personality)'을 질서, 이성, 권위, 전통 의 지배하에 두는 데 목표를 둔 보다 상위의 집단적 이념형성이라는 명분 하에 수행된다.[27]「전통과 개인의 재능」원텍스트를 확인해 보면,

22) 김세령,『1950년대 한국문학비평의 재조명』, 이화연구총서 6, 혜안, 2009, 219~220쪽.
23) T·S·엘리올, 梁杜東 譯,「傳統과 個人的 才能」,『문예』1950년 4월 1일 (통권 9 호, 제2권 제4호); 송욱,「現代英詩와 그 傳統(T·S·엘리오트와 W·B·예이츠)」, 『문예』, 1954년 1월 10일(통권 20호, 제5권 제1호)
24) 조연현,「文學과 傳統」,『문예』1949년 9월 1일(통권 2호, 제1권 제2호).
25) 조지훈,「現代文學의 古典的 意義(民族文學의 傳統을 위한 時論)」,『문예』1950년 4 월 1일, (통권 9호, 제2권 제4호).
26) 허혜정,「'처용'이라는 화두와 '벽사(辟邪)'의 언어」,『현대문학의 연구』42호, 한국문 학연구학회, 2010, 538쪽.
27) Eagleton, Terry. *Criticism and Ideology: A Study in Marxist Literary Theory*. Thetford, Norfolk: Thetford Press, Ltd, 1985. P.146

그는 각국의 국민문학체계는 유럽문학체계 속에 유기적으로 내포되어 동시적 질서를 이루고 있음[28]을 강조했는데, 서정주 또한 동양 각국의 국민문학을 포괄할 수 있는 '동양문예전통'을 설계함으로써 한국의 문예전통의 기반을 마련하려 했다. "서정주는 끊임없는 개성의 몰각과 중세 유럽의 보편적 질서로의 회귀를 요구한 T. S. 엘리어트의 전통론을 빌어와 한국근대시사에 대한 반성과 새로운 시창작의 방향성 정립을 촉구하고 있다."[29] 또한 "고전적 지혜의 회복"에 역점을 두었던 엘리어트처럼 동양과 한국의 '고전'을 통해 그의 전통론을 구상함으로써 과격한 탈전통으로부터 출발한 한국근대문학의 딜레마를 해결하고자 했다. 엘리어트의 전통론은 서정주의 여러 문학비평에 반향되고 있는데, 「詩의 이야기-主로 國民詩歌에 對하여」의 다음과 같은 구절이 대표적이다.

> "우리는 항용 '獨創'이라든가 '個性'이라든가 하는 말을 애용해왔다. 생명이 유동하는 순간순간에서—의 자기의언어, 자기의 색채, 자기의 音響만을 찾아 헤매었던 것이다. 그러나 아무와도 닮지 않은 독창이라든가 개성이란 어떤 것일까? 중심에서의 도피, 전통의 몰각, 윤리의 상실 등이 먼저 齊來되었다. 할 수 없는 무질서와 혼돈 속에서 작가들은 아무와도 닮지 않은 자기의 幽靈들을 만들어놓고 또 오래지 않아서는 자기가 자기를 모방하여야 했던 것이다. (중략) 생명이 내포한 것이 사실은 내용에 있어 변하지 않는 것처럼, 시가의 세계 역시 전무후무한 자기의 것과 같은 것은 존재하지 않았던 것이다. 여기에서 우리는 다시 개성이라든가 독창성이라든가 하는 말에 대치되는 말로서 '보편'이라든가 '일반성'이라든가 하는 말을 생각해보지 않을 수 없다."[30]

---

28) ⋯ the whole of the literature of Europe from Homer and within it the whole of the literature of his own country has a simultaneous existence and composes a simultaneous order.(Eliot, T. S.. *Selected Essays 1917-1932.* London: Faber and Faber, Ltd., 1932/1980. P.14)

29) 허윤희, 「서정주 서정주의 시사적 위상」, 『반교어문연구』 12호, 반교어문학회, 2000, 180쪽.

30) 서정주, 「詩의 이야기-主로 國民詩歌에 對하여」(남기혁, 「서정주의 동양인식과 친일의 논리」, 『국제어문』 37집, 국제어문학회, 2006, 108쪽에서 재인용)

위의 글에는 '전통의 몰각'에 대한 비판, 개성배제론 등 엘리어트의
핵심논의가 범벅이 되어 있다. 「전통과 개인의 재능」에서 엘리어트가
전통개념의 부재를 한탄하면서 바른 전통의 존재는 개인들의 문학적
괴벽에 통제가능한 한계들을 부여하는 것[31]임을 역설했듯, 미당 또한
'독창'과 '개성'의 이름으로 초래되는 "전통의 몰각"을 한탄한다. 그의
글은 엘리어트의 "개성의 배제(extinction of personality)"[32]같은 관념들을 자
신의 표현으로 바꿔 쓰거나 베껴 쓴 기이한 혼합물이다. 엘리어트가 그
의 여러 에세이에서 산발적으로 제시한 전통론의 핵심관념들을 한데 엮
어 쓰는 사례는 단지 한두 곳에서 발견되는 것이 아니다. '전통'의 전제
가 되는 역사의식에 대해 엘리어트는 그의 견해를 다음과 같이 밝힌다.

"그런데 역사의식이란 과거의 과거성 뿐만 아니라 현재의 과거성과도
관계된다. … 시간적인 것과 동시에 무시간적인 것에 대한 인식 그리고
영원과 순간에 대한 통합적 의식이라 할 수 있는 이 역사의식은 작가를
전통적으로 만든다."[33]

위의 구절에서 엿보이듯이 시간적인 것과 초시간적인 것, 즉 당대성
과 보편성을 알아보는 감각인 역사의식이 바로 작가를 "전통적"으로
만든다. 엘리어트가 역사의식을 통한 '전통'의 발견을 강조하고, "영원

31) Eliot, T.S. *After Strange Gods: A Primer of Modern Heresy*. London: Faberr, Ltd., 1934.
   P.33

32) I have tried to point out the importance of the relation of the poem to other poems
   by other authors, and suggested the conception of poetry as a living whole of all the
   poetry that has ever been written. The other aspect of this Impersonal theory of
   poetry is the relation of the poem to its author. (Eliot, T. S., *Selected Essays
   1917-1932*.. London: Faber and Faber, Ltd., 1932/1980. Pp. 17-18)

33) "… and the historical sense involves a perception, not only of the pastness of the past,
   but of its presence; … This historical sense, which is a sense of the timeless as well
   as of the temporal and of the timeless and of the temporal together, is what makes a
   writer traditional." (Eliot, T. S., *Selected Essays 1917-1932*, London : Faber and Faber
   Ltd., 1932/1980, p. 14)

과 순간에 대한 통합적 의식이라 할 수 있는 이 역사의식"을 강조했던 것을 서정주는 "간단히 말하여서 영원주의라는 말로서 제목 할 수 있는 「역사의식의 자각」"[34]이라는 유사한 말로 바꿔쓰며 그것이 자신의 시정신임을 강조한다.

특별히 지적해 두어야 할 것은 서정주가 엘리어트의 유기체론이나 "통합된 감수성"(unified sensibility)[35]의 논의를 빌려와 동양문학의 전통을 규정했다는 점이다. 엘리엇의 예술감정론을 관통하고 있는 유기체론적 통일성과 전체론적(holistic) 사유[36]는 서정주의 전통론의 기본틀이 되는데, 마치 엘리어트에게 전통이 그러했듯 서정주에게도 전통은 과거와 현재의 작품들 상호간에 형성된 질서 즉, 이상적이며 동시적인 질서를 이루고 있는 유기적인 전체를 의미했다. 각국의 문학전통이 동양의 문

---

34) 서정주, 「歷史意識의 自覺」, 『현대문학』, 1964.9., 38쪽.
35) "영미 모더니즘을 논의할 때, 엘리엇과 흄이 낭만주의의 센티멘털한 감상주의를 반대했지만, 낭만주의 비평의 핵심인 코울리지의 유기적이고 통합적인 상상력 개념이 모더니스트들에 의하여 계승되었다는 점이다. 코울리지의 유기적 상상력은 I. A. 리처즈에 의해서 수용되었고, T. E. 흄에 의해서는 "유기적 공상"(organic fancy)라는 개념으로 나타났고, T. S. 엘리엇의 "형이상학적 기상"(metaphysical conceit)이나 "통합된 감수성"(unified sensibility) 등의 개념에서도 그 유기체론적 속성을 공유한다. "(이윤섭, 「한국의 주지주의와 영미 모더니즘」, 『동서비교문학저널』 17호, 한국동서비교문학학회, 2007년 11월, 320~321쪽)
36) 또 엘리엇이 「전통과 개인적 재능」에서 제시하는 비개성시론은 크게 보아 두 부분으로 이루어지는데, 그 하나는 전통과 역사의식에 관한 논의이고 다른 하나는 감정과 느낌의 통합으로 새로이 창조되는 "예술 감정"(art emotion)에 관한 논의인데, 여기에도 모두 유기체론적 사유가 배경에 깔려 있다. "유럽의 정신"이라는 과거의 전통과 재능 있는 현재의 개인의 관계는 서로가 서로에 의하여 변화되고 영향을 받는 상호작용을 한다. (중략)이 과거와 현재, 전통과 개인의 상호의존적 관계를 우리는 유기적 관계라고 한다. 유기적 전체성 또는 유기적 통일성이라는 상호의존적이고 상호관입적 관계나 체계인 전통 속에서만, 과거에서 현재까지 쓰여진 모든 시들은 그 심미적 의미를 획득한다.(중략) 시는 시인의 개성을 표현하거나 분출하는 것이 아니라, 이미 경험한 감정과 느낌을 재료로 하여 새로이 창조된 "예술 감정"(art emotion)이다. 이 예술 감정은 바로 그 재료였던 감정과 느낌들로 구성되어 새로이 창조된 패턴으로서 유기적 구조를 갖는다. 이는 각각의 구성요소들이 서로가 서로에게 의미부여를 하는, 또 "어느 하나라도 빼버리면 전체가 무너져 버리는" 상호의존적 구조와 질서를 갖는다."(이윤섭, 「한국의 주지주의와 영미 모더니즘」, 『동서비교문학저널』 17호, 한국동서비교문학학회, 2007, 335~336쪽)

예전통 속에서 유기적인 관계를 이루고 있다면 작품내적인 차원에서도 내용과 형식, 언어들은 유기적인 질서를 이루고 있다. 미당은 『시학』에서 비롯된 서양의 문예전통과 동양의 문예전통 모두가 '유기성'을 중시했음을 강조하며37) 작품내적인 측면에서도, "각 낱말과 각 행과 각 연(聯)을 분련(分梀)이라는 것은 제각기 별개의 의미를 가져야 하는 것이긴 하지만 이것들은 꼭 인체의 연관관계와 같은 관계를 가져야 한다"38)라고 말한다.

하지만 서정주는 동양의 문예전통에 대해 언급하며 '한시'의 유기체적 구성을 논의한다든지 향가와 시조같은 전통시가장르를 나열하거나 불교, 도교와 같은 전통종교를 언급하는 등으로 한국시의 전통에 대한 구체적인 논의를 생략한다. 동양문예전통과 유기적 관계를 이루는 한국문학의 의미를 찾고자 했던 독자를 충족시킬 만한 논의를 제공하지 않는 것이다. 그 결과 독자는 한국의 문예전통에 대한 섬세한 논의를 결국 작품론을 통해 유추할 수밖에 없게 된다. 하지만 작품론에서도 반복되는 고전목록의 추상적인 나열은 한국문학전통의 현존을 보장해 주지 못하고, 오히려 무한히 계속되는 텍스트의 나열을 통해 전통적인 '그 무엇'의 근거와 실체를 붕괴시키는 결과를 초래한다. 즉 '동양문학'이라는 전체성의 논리로 한국문학의 존재근거를 설정하고 있다면, 이는 역설적으로 한국문학의 전통이라는 의미구축을 방해하는 것이다. 뿐만 아니라 서구문학과 동양문학이 서로 독립적으로 존재하면서 연결

---

37) "옛 중국을 주로 한 한시에서는 기, 승, 전, 결의 유기적 연관의 조화를 이루도록 하였다. 오늘의 현대시가 꼭 기승전결의 순서로 연결을 지으라고 나는 말하진 않는다. 그러나, 서양시 역시 한 편 시의 유기적 연관성이란 것은 고대 희랍 이래 전통적으로 중요한 일인 것이다. /아리스토텔레스는 그의 『시학』에서 한 편 시작(詩作)이 유기적 연관성에 의한 통일이라는 것을 강조했거니와, 이것은 오늘에 있어서도 시작에 있어 뺄 수 없는 원리가 되는 것이다./ 낱말과 낱말 사이의 유기적 연관성뿐만 아니라, 시행과 시행 사이, 또 시절(詩節) 사이의 유기적 연관성은 시 독자적인 필연적 조화로써 이루어져야 한다."(서정주, 『서정주문학전집』 2권, 일지사, 1972, 56쪽)

38) 서정주, 『시창작교실』, 인간사, 1956, 49~50쪽.

가능한 접합점을 강조하는 '유기성'의 논의에 이르면, 동서양 문학의 공통된 토대, 즉 그가 거부하고자 했던 서구중심의 보편주의로 귀속됨으로써 우리는 어떠한 한국문학의 기원도 찾아 볼 수 없게 된다. 어쩌면 서정주 특유의 이러한 추상적 진술들은 그가 엘리어트의 전통론의 큰 틀을 모방함으로써 노출하게 되는 논리적 허점이자 '엉클어짐'이라 할 수 있다.

그럼에도 불구하고 서정주는 대학에서의 강의내용을 엮은「시문학 개론」1장 「시의 정의」에서 동서양의 시에 대한 관념에는 차이가 있음을 강조하면서, "우리 정신의 모든 요청에 적합한 것으로서 시정신이 있으려면 아무래도 그 정의는 보다 넓게 재래 동양적인 것과 같이 있지 않으면 안될 것 같다."[39]고 말한다. 그는 서양에서 '시'를 모방적 '기술'로 간주하고 있는데 반해, "동양적 정의"[40]로 시는 '지(志)', '정(情)', '의(意)'의 톱합인 '시정신'으로 이해해야 함을 강조하는데 이러한 논의는 그의 다른 글에도 대단히 드넓게 나타나 있다.

> "중국이나 인도, 우리나라 등을 주로 하는 전통적 동양정신 경영의 관례에 비긴다면, 주정주의에 대한 주지주의라는 것도 상당히 우습긴 우스운 것이다./동양의 전통적 지도정신이라는 것은 오랜 옛날부터, 주지적으로 지성을 편중한다든지, 주정적으로 감성을 더 중시한다든지 하는 일이 없이, 말하자면 그 좋은 종합체로서의 '마음'이라는 걸로만 경영되어 왔기 때문이다. 시의 지성이니 감성이니를 따로 따질 필요 없이 그 종합체인 '시심'만을 생각하면 족했으니 말이다."[41]

> "재래 동양의 시의 대부분이 이 지·정·의의 제합의 시이니, 동양에

---

39) "우리의 지성과 우리의 의지와 우리의 감정의 정신현재 전분야에 들어맞는 정의인 동양적 정의가 우리 정신의 실제적인 요구에 훨씬 더 유리하게 적합하기 때문이다." (서정주, 「시문학 개론」, 정음사, 1959, 14쪽)
40) 서정주, 「시문학 개론」, 정음사, 1959, 13쪽.
41) 서정주, 『서정주문학전집』 2권, 일지사. 1972, 33~34쪽.

있어서는 시의 정서니, 시의 지혜니, 시의 의지니 하는 것을, 시에 있어
따로따로 고양하느니보다는 이것의 제합인 '시심(詩心)'으로써 이 시 정
신이라는 것을 생각해온 데 연유한다. 그렇기 때문에 서양의 시들에 길
든 우리는 동양의 시에서 늘 지·정·의 어느 한 편으로도 몰아쳐서 생
각하기 어려운 난관에 봉착한다.(중략) 이 지·정·의의 제합의 시 정신
은 지·정·의를 어느 한쪽으로 치우쳐서 생각해오기 일쑤였던 그리스
주의적 전통에 의해선 이해하기가 곤란하다. 르네상스 이후 고전주의의
주지적 시절을 거쳐 그 다음에는 낭만주의의 주정적 시절이 오고, 그 다
음에는 또 20세기의 주지적 시절이 오고 하여, 정신을 그 일방적 특징에
의해서만 움직이고 있을 뿐, 서양의 시가 이 지·정·의 제합의 정신 기
풍을 이루지 못하고 있는 것도 그들이 그 그리스주의적 전통에 입각하고
있는 데 원인한다[42].

"서구의 르네상스가 형성한 입상의 의미도 그것이 해방한 '아(我)'의
가치도 그의 사회적 혹은 심미적 가치도 희랍적인 의미의 인간성도, 헤
브라이즘이 연역(演繹)한 사람의 뜻도, 독일인의 이상인 문화인도, 불란
서의 양식과 명지(明知)도, 영국인의 공리성도, 소비에트 혁명도, 우리만
큼은 알았을 뿐만 아니라 이것들을 훨씬 넘어다보고 있다가 머언 후면에
서 불타는 고향의 부르는 소리에 쏜살과 같이 돌아온 것이라 상상하는
것이 적당할 것입니다. 고향이 부르는 소리…… 우리의 태반이 외래 조
류의 잡음 속에서 귀머거리가 되어 있을 때, 또 다른 한 개의 아류법(亞
流法)을 이조(李朝) 아닌 현대에 세우려고 탐색하고 있을 때, 소월이 홀로
알아들은 고향의 부르는 소리…… (중략) 우리를 한번 사로잡으면 절대
로 놓지 않는—향가를 부르던 정읍사를 부르던, 청산별곡을 부르던 시조
를 부르던, 대다수의 과거세의 이 산조(散調)의 파도치는 평면적 기류, 이
것을 나는 한국의 정서라고 합니다. 일테면 이 정서는 희랍의 비너스를
생탄했다는 수천중의 바다의 구비치는 파도와 같습니다. 한국의 입상이
생겨나기에 제일 적당한 자리는 역시 한국의 과거세의 전체 정서의 파도
속일 것입니다. 소월은 이러한 데로 돌아갔던 것입니다. 한국을 누구보다
도 사랑하던 사람인 그는 어느 나라에서 빌려온 입상에도 기대어 서기를

---

42) 서정주, 『서정주문학전집』 2권, 일지사, 1972, 97~98쪽.

수긍치 못하고 차라리 입상 없는 조국의 중압 속으로 후퇴했던 것입니다. 한 개의 희랍의 입상에다가도 자기를 담으려 하지 않고 몰각된 무아의 세계로 물러나서 멀리 잊어버려진 정읍사의 촌부와 가야금의 편이 되어 평면으로 평면으로 가느다란 물살을 치며 일생이 하루같이 흘렀던 것입니다.[43]

위의 여러 인용문들에서 엿보이듯이 서정주는 "시의 지성이니 감성이니"를 구별하는 이분법적인 서구의 문예전통과 달리 동양의 문예전통은 "지·정·의 제합의 정신 기풍"을 가지고 있음을 지적한다. 서정주는 "시의 정서니, 시의 지혜니, 시의 의지"를 '시심'이라는 통합적 의식으로 이해했고 그것이 우리만의 문예전통임을 강조한다.

인용문 중에서도 더욱 주목되는 부분은 「김소월 시론」에서 발췌된 제일 아래의 논의이다. 이 글에서 서정주는 희랍문화에서 자라나온 서구의 문예전통을 '아'의 미학으로 파악하고 있는데 이는 서구 주체철학과 주체/대상의 인식법에 의한 주지/주정의 이분법이 동양의 시정신에는 들어맞지 않음을 염두에 둔 발언이다. 서구의 '아'에 기초한 사유는 서구문학의 표준적 영토 속에 있는 문학적 서열관계로 재코드화되고, 주지주의라는 '유행'에 각인되어 나타날 뿐만 아니라 지속적으로 재생산되는 개인주의적 표현 속에서 작동하고 있다. 때문에 서정주는 위의 글에서 "우리의 태반이 외래 조류의 잡음 속에서 귀머거리가 되어 있"고 "또 다른 한 개의 아류법(亞流法)을 이조(李朝) 아닌 현대에 세우려고 탐색하고 있"음을 탄식한다. 서구의 문화적 표준이 관통하고 있는 근대문학 성립 이후, 주변성을 감수해야만 했던 한국문학이 현대에 와서도 서구 모더니즘의 아류가 되어 있음을 조소하면서, '홀로' "어느 나라에서 빌려온 입상에도 기대어 서기를 수긍치 못하고 차라리 입상 없는 조국의 중압 속으로 후퇴했"던 소월의 시를 예찬하는 것이다.

---

43) 서정주·조지훈·박두진 공저, 『시창작법』, 선문사, 1954, 112~128쪽.

이렇게 서구의 문예전통을 추종함으로써 '난관'에 봉착해온 현대시
와 달리 소월의 시는 "향가를 부르던 정읍사를 부르던, 청산별곡을 부
르던 시조를 부르던, 대다수의 과거세"를 현재화하여 개인의 감성과 민
족의 정조를 통합시킨다. "시가 이론과 다른 점은 감동이라는 것을 획
득해 전달해야 하는 데 있는 것"[44]임을 강조한 서정주에게 있어 소월
시의 감동력은 서구문학에서 자양을 취하였으되 문학적 모델을 서구문
학에서 찾지 않고, 면면히 흘러온 "한국의 과거세의 전체 정서"와 개인
의 정서를 통합시킨 데서 비롯된다.

서정주는 특별히 소월의 「진달래꽃」에서 현재와 과거의 통합적 감수
상을 발견한다. 그는 "사랑과 고독, 기다림의 자리가 자기 한 사람뿐만
이 아니라 그의 동류 전체를 위하여서 바로 아는 사람"이 바로 소월임
을 강조한다. 소월의 님은 단순히 한 개인의 님이 아니라 "한국적 입상
의 출현"이다. 서정주는 그의 기다림의 정서가 백제 시절의 「정읍사」
로까지 소급되는 역사적인 것임을 지적한다. 또 「산유화山有花」를 "우
리나라의 현대시 속에서는 아마 또는 없을" 작품으로 찬탄하며 소월의
시가 "청산의 세월을 절대로 지루하지 않은 찬란한 하루와 같이" 표현
함으로써 "사람의 가장 기본적인 현실"과 "절대로 소멸하는 일이 없이
면면히 흘러"온 시간을 포개놓고 있으므로 그의 시를 20세기의 '태고
사'라고까지 극찬한다. 즉 소월의 시는 "고난의 환경미"[45]로 표현된 당
대성과 개인의 체험 속에 섬광처럼 스쳐 지나가는 20세기의 이미지를
영원 속에서 포착한, 한국서정시의 최고의 경지이다.

이렇게 서정주는 소월의 시를 통해 "한국의 정서" 혹은 한국적인 그
무엇을 향가까지 끌어와 논의하고 있지만, 동양의 문예전통에서 섬세
하게 '한국'의 전통을 분리해낼 독특한 자질에 대해 논의하지 않는다.
단지 그는 『삼국유사』 같은 설화 혹은 고전텍스트들에 대한 애착으로

---

44) 서정주, 『서정주문학전집』 2권, 일지사, 1972, 250쪽.
45) 서정주, 『한국의 현대시』, 일지사, 1969, 67~76쪽.

한국적인 전통을 암시하는 태도를 줄곧 취하는데,46) 이는 여타의 시론
에 있어서도 마찬가지이다. 즉 불교와 같은 문화적 토양에 현대시의 돌
파구가 있음을 강조하거나47) '풍류정신' '청승' 같은 향토정서48)를 한국
의 현대시가 계승해야 할 '시정신'으로 논의하였을 뿐이다. 즉 한국의
문예전통은 '민족정서' 혹은 그가 '실생활'로 표현하는 역사적 경험, 그
리고 '시정신' 혹은 '시심'이라는 말 속으로 흡수되고 있다. 서정주는
그의 글 여러 곳에서 지,정,의의 통합체인 '시정신'을 '시심'과 동일한
뜻으로 사용하고 있는데 소월의 시론 「시혼詩魂」(『개벽』 59호, 1925년 5
월)에서 거론된 시혼이 "시로 표현된 정서를 가르치는 것"49)이라는 견
해를 염두어 두고 보면, '시혼'은 '정서'라는 말로 해독되어도 좋을 듯
하다. 하지만 그가 한국시의 전통의 근거로 삼고 있는 '민족정서' '시정
신', 혹은 '시심'이라는 추상적인 개념은 지나치게 주관적인 자기동일
성의 논리로 함몰될 수 있다. 또한 민족이라는 집단주의, 혹은 운명론
적 공동체라는 신화 속으로 함몰될 수 있는 위험을 내포한다.50) 민족
이라는 것이 주관적 의식과 유착되어 객관적인 집단으로 정의되고, 그
것이 자기동일성의 원천이 됨으로써 그 민족의 사회 · 문화 · 정치적 특

---

46) 서정주는 시창작에 있어서도 한국적 신화의 세계, 즉 『삼국유사』, 『삼국사기』, 『수
    이전』 등의 민간전승설화나 불교의 연기설화, 민속적인 이야기를 적극 시로 형상화
    하였다. 이런 작품의 특성은 50년대 그의 전통론의 확립과 더불어 더욱 강화되어
    『신라초』(1961) 같은 시집에 두드러지게 나타나고 있다.
47) "나는 불교의 삼세인연관을 주로 하는 미의 시도는 서유럽에서 쉬르레알리슴이 한
    것보다도 훨씬훨씬 비교도 안 될 만큼 더 많은 미의 영역의 광대와 미의 비약과 그
    혁명을 가져올 것으로 안다."(『서정주문학전집』 4권, 일지사, 1972, 13쪽)
48) 서정주, 『서정주문학전집』 2권, 일지사, 1972, 230쪽)
49) 김선희, 「김소월의 「시혼(詩魂)」 연구」, 수련어문학회, 『수련어문논집』 12권, 수련어
    문학회, 1985, 19쪽.
50) "민족이란 하나의 기억인 동시에 이상이다. 그것은 역사이자 동시에 예언, 곧 창조
    적인 예언이다. 다시 말하자면 민족이란 집단의식의 결과요, 집단적인 생활의지이
    다. 종족 · 종교 · 언어 등의 모든 요소는 그것이 그러한 집단의식에 속하느냐 않느
    냐에 따라 민족의 요소가 되기도 하고 안되기도 한다." (Henri Hauser, *Le Principe des
    nationalites : Ses origines historiques*, Paris : Alcan, 1916, p.7; 백낙청 엮음, 『민족주의란
    무엇인가』, 창작과 비평사, 1981, 36쪽에서 재인용)

성들을 보편적인 것으로 확장하고자 하는 속성이 자리하기 때문이다. 미당이 자주 애용하고 있는 '시정신'이라는 말을 해독하기 위한 결정적인 논리적 진술이 없는 상태에서 서정주가 설계하고자 했던 동양문학 전통 속에서 유기적 관계를 이루는 한국전통을 찾기는 거의 불가능하다. 이러한 의미에서 그가 야심차게 제기했던 "통합적 시정신"은 30년대의 국민문학 논의에서 제기되는 '조선심'이나 민족정서, 그리고 고전에 대한 인식이 복합적으로 뒤섞인 창작정신이라는 말로 이해될 수밖에 없다.

3. 감각(感覺)과 정조(情調)론

시의 정서에 대한 서정주의 논의가 구체적인 개진되기 시작한 것은 「시의 표현과 그 기술-감각과 정서와 표현의 단계」(1946)를 통해서이다.[51] 이 평론은 『시창작법』에 수록되면서 「시의 감각과 정서와 예지」로 제목이 바뀌는데, 점차 그가 예지를 그의 시론의 핵심개념으로 간주했음을 보여준다. 이 글에서 서정주는 시의 단계를 감각적인 시와 정서적인 시, 그리고 예지의 시로 구분하는데, '감각'을 극복되어야 할 단계로 보고, '예지의 시'를 가장 고차원적인 단계로 설정한다. 여기에는 그가 자본주의의 '시장'의 문학으로 경멸했던 모더니즘 시의 '찰라감각'과 '재주'를 비판하려는 의도가 개입되어 있지만, 감각에 대한 정치한 이해의 부족으로 인해 다소 추상적인 논의로 전개되고 있다.

잘 알려져 있듯 현대시의 감각성을 구현하는 이미지는 흄의 기하학 논리를 통해 모더니즘의 '공간화'의 관념이 시학에 도입된 결과이다. 감각은 언어의 공간적 관념으로 개인의 내면성을 표출한다. 즉 모더니

---

51) 서정주, 「시의 표현과 그 기술-감각과 정서와 표현의 세 단계」, 『조선일보』, 1946. 1.20~24. (박호영, 『서정주』 건국대학교 출판부, 2003, 195쪽 연보자료 참조)

즘의 수사적 전략인 총체적 의미의 반영 형식인 공간적 틀이나, 현재
시점에 초점을 두는 공시성 synchronic의 관념은 모더니즘 형식인 공간
적 형식 spatial form이나 시적 정서의 시간적 응축인 이미지 숭배와 연
결되는 것이다. 하지만 서정주는 "파(派)를 가르고 하는 등의 불안정 상
태가 곧 그대로 감각현상인 것입니다. 그리고 이 상태는 밑도 뿌리도
없이 부동하는 모든 현대인의 상태- 물론 문화인의 상태이기도 한것입
니다."52)라고 언급함으로써 '감각'을 현대인의 불안정한 정서현상으로
진단하고 현대문명적 산물인 모더니즘의 감각성과 기교주의에 대한 비
판으로 끌고 간다. 일반적으로 현대시는 언어의 기표적이고 질료적인
차원을 취해 시적 효과를 발생시키는데, 이는 언어의 개념적 사유를 대
체하는 소리나 이미지를 통한 감각성의 추구로 나타난다. 특히 자연스
런 말들의 흐름을 잘라내고 인식을 디자인하여 시적 정서를 순간의 감
각으로 응축시킨 이미지는 모더니즘의 핵심적 수사이다. 서정주는 이러
한 현대시의 기교를 '찰라감각'으로 규정하며 "상징주의 시이나 이미지
스트 시인들 이전 문법과 관례를 무시한 낱말과 행과 연의 배치가 시작
상(詩作上)에 없는 건 아니지만 그들이 그렇게 한 것은 모두 '독자에게
전달의 효과'를 주기 위해 의식적으로 그렇게 노력하였던 것이다."53)라
고 말한다. 즉 시는 감각과 기교를 피해갈 수 없지만 서정시가 궁극적
으로 독자에게 소통되고 '감동'을 주어야 함을 그는 수차 강조한다.

이렇게 감각성을 비판하는 것과는 달리 그는 '예지'의 중요성을 강
조한다. 서정주는 "원래 시의 지성이 일반 이론 학문의 지성과 다름"54)
을 강조하면서 '예지'를 자주 거론하는데, 그의 '예지'의 관념은 엘리어
트의 시적 지성에 대한 논의와 무척 흡사하다. 엘리어트는 "시의 기능
은 지적이지 않고 감정적이다 따라서 그것은 지적용어들로 적절히 정

---

52) 서정주·조지훈·박두진 공저, 『시창작법』, 선문사, 1954, 112~117쪽.
53) 서정주, 『시창작교실』, 인간사, 1956, 49쪽.
54) 서정주, 『서정주문학전집』 2권, 일지사, 1972, 264쪽.

의될 수 없다"[55]고 하며 합리적 이성을 넘어서는 시적 지성을 주장하였다. 한국에서 곧잘 '지성'으로 번역되는 인텔렉트의 모더니즘 본연의 의미도 "통상적 이성보다 한 단계 높은, 사물이나 인간적 경험에 대한 복합적이고 구조화된 인식능력을 의미"[56]하는 인간의 총체적 사유능력이다. 그러한 의미에서 "인텔렉트는 지 혹은 지성이라고 하기보다는 예지(叡智)라는 표현을 쓰는 것이 바람직해 보인다."[57]

서정주는 「김소월 시론」에서 "많은 정서가 선택되고 종합되어 정조를 이루듯이 많은 지혜의 선택과 종합의 결과가 예지를 빚는다."는 언급을 하며 시적 '예지'와 시적 정서의 종합인 '정조'를 관련짓는다. 다른 글에서도 "예지가 지혜 중 가장 다듬어진 것처럼 정조는 감정 중 제일 다듬어진 것."[58]임을 언급하는 등 '예지'와 '정조'는 동서양의 위대한 작품들의 연결점이자 「혜성가」 같은 한국의 고전시가에서 발견되는 문학적 특징힘을 강조한다. 그는 "정조가 동양에 많듯이 예지도 역시 많이 동양인의 지성생활에 표준이 되어 왔었다. 그러나, 서양인의 것이라고 하여 이것이 전무한 것은 아니니, 기독교의 시편들에서 보는 것도 바로 이것이다"[59]라고 언급한다. 정조는 오랜 세월을 거쳐 취사선택된 시적 정서이며, 개별적인 예술을 보편의 예술로 승화시키는 요소이다. 간단히 말하면, 예지는 합리적 이성을 넘어서는 고차원적 시적 지성이며 '정조'는 찰라적 감각성을 넘어서는, 역사적으로 축적되고 여과된 정서이다.

서정주는 「김소월 시론」에서 "문예비평론이라는 비평적 박학한 평론

55) Eliot, T. S., *Selected Essays 1917-1932*. London: Faber and Faber Ltd.,, 1932/1980,. P.118.
56) 이윤섭, 「한국의 주지주의와 영미 모더니즘」, 『동서비교문학저널』 17호, 한국동서비교문학학회, 2007, 315쪽.
57) 이윤섭, 위의 글, 329쪽.
58) 서정주, 『서정주문학전집』 2권, 일지사, 1972, 86쪽.
59) 서정주, 『서정주문학전집』 2권, 94쪽.

집"[60]에 "생명 없는 파편과 같이 놓여 있었던" 소월시의 진가를 20대에 와서 인식하게 되었다고 밝히며, 소월시가 어떻게 보편적 감동을 이끌어내는지에 대한 질문을 던진다. 그래서 그가 주목하게 된 것은 소월시의 '정조'였다.

> "축적하는 정서를 잘 종합하고 선택하면 정조(情操)가 되는 것이라고 생각한다. 감각과 정서가 그 시간상의 장단은 있을지언정 둘이 다 변하는 것인데, 정조는 변하지 않는 감정 내용 곧 항정(恒情)을 일컫는다.(중략) //이러한 정서적 전통은 비단 우리나라에 있어선 재래적 유가나 도가나 승니(僧尼)에게만 그런 게 아니라 개화 후의 신시인의 일부에게도 전승되어 왔다. 가령 김소월 시의 감정 내용은 그러한 기질에 의한다. (……) 김소월의 「초혼」에서 보는 것은 바로 그것이다.//여기에서 보면, 한 사람에 대한 사랑은 그 대상에 생명을 일관하다가 사후의 유계(幽界)로까지 뒤따라 뻗쳐 가고 있다."[61]

위의 글을 통해 볼 때 감각과 정서가 시간적으로 변화무쌍한 것이라면 정조는 "변하지 않는 감정내용 곧 항정(恒情)"이다. 즉 역사의 상속물이자 개인의 작품 속에 취사선택된 이 정조가 곧 소월의 「초혼」에 "사후의 유계(幽界)"까지 가닿는 영원성을 부여한다. 소월의 시는 과거로부터 축적된 정조를 개인의 시적 정서로 취함으로써 전통과의 관계 속에서 그 시적 의미를 획득한다. 소월의 시는 자신이 경험한 감정과 느낌을 재료로 하여 전통을 현재화한 새로운 예술 감정을 창조하는데, 이 과정에서 소월의 시적 개성은 하나의 촉매 역할을 하여 민족정서를 매개한다. 여기서 엘리어트가 「전통과 개인의 재능」에서 애써 구분하려 했던 '감정(emotion)'과 '느낌(feeling)'의 의미를 돌이켜볼 필요가 있다. 엘리어트는 시인이 '감정'(emotions)과 '느낌'(feelings)을 예술적 정서artistic emotion

---

60) 서정주·조지훈·박두진 공저, 『시창작법』, 선문사, 1956, 112쪽.
61) 서정주, 『서정주문학전집』 2권, 일지사, 1972, 86쪽.

으로 승화시킬 것을 강조한다.62) 엘리어트 자신이 emotion과 feeling을 일
관성 있게 사용하지 못하지만 대체로 이 두 요소의 결합으로 승화된
"예술적 감정은 비개인적이다(The emotion of art is impersonal)."63) 서정주는
소월의 시에서 개인적인 차원을 넘어선 예술적 정서를 줄곧 주목하는
데 이를 정조(항정)이라는 말로 파악하고, 위대한 시는 이 정조 곧 항정
과 개인의 정서를 통합시키고 있음을 강조한다. 그는 이어 「김소월 시
론」에서 다음과 같이 언급한다.

"감상성이란 감각의 소산이요, 그와 같이 찰나 감각과는 수천 재의 거
리에 있는 사람에게는 해당되지 않는 것임을 나는 몰랐고 민요체의 그 운
율이 오히려 무질서한 우리 자유시의 상층에 있는 까닭도 알 수가 없었던
것입니다. 온갖 사상의 온갖 연설과 온갖 음향과 온갖 제스처가 제 마음대
로 엄습해 오는 조절자 없는 한 개의 합동 자유시장에 있어선 ― 너무나
많은 허영과 모방과 저조(低調)와 변절 때문에 황무의 모습마저 보이지 않
는 복잡한 수라장에 있어선, 때로 그의 외마디 피리소리가 혼란한 내 시간
의 공극을 통해 잠깐 동안 아스라이 들려오는 일이 있었다 해도, 나는 이
가락을 그저 귓가에 흘렸을 뿐이요 분명히 나를 울리는 이 운율을 그저 감
상에다만 돌렸을 뿐이지 이 공극의 의미를 깨달으려 하지도 않았고 또 그
에게 뒤집어씌운 감상이란 사실은 자기의 소유인 것도 까맣게 자각지 못하
고 있었습니다. 그렇습니다. 이 공극을 유심히 내여다보면 거기 우리 모두
가 결국은 떠받고 가야 할 수천 세기의 민족 정감이 누적해 있는 과거세(過

---

62) Emotion은 삶에서 경험하는 실제적 감정을 뜻하고, feeling은 특정 단어나 문구나 이
미지에서 경험하는 비실제적 감정을 뜻하는 것으로 이해된다. "The experience, you
will notice, the elements which enter the presence of the transforming catalyst, are of
two kinds: emotions and feelings. The effect of a work of art upon the person who
enjoys it is an experience different in kind from any experience not of art. It may be
formed out of one emotion, or may be a combination of several; and various feelings,
inhering for the writer in particular words or phrases or images, may be added to
compose the final result. Or great poetry may be made without the direct use of any
emotion whatever: composed out of feelings solely."(Eliot, T. S., *Selected Essays.
1917-1932*. London: Faber and Faver Ltd., 1932/1980. P.18)
63) Eliot, T. S., *Selected Essays 1917-1932.*, London: Faber and Faver Ltd., 1932/1980. P.22

去世) 전체의 천공이 푸르러 있음을 우리는 보려 하지 않았고, 그렇기 때문
에 우리의 공극이란 또 늘 조그만 공극의 의미로만 멈춰있는, 올 것이 간헐
적으로 오고 부분으로만 오기 때문에 감상으로밖에는 이해가 안 되는 라디
오의 대금 독주 시간과 같은 분초의 존재에 불과했던 것입니다.[64]

"감상이 감각의 소산이란 것을 말씀드리겠습니다. 우리나라 문인 중에
감상객의 호(好) 대표로서 고(故) 춘성(春城) 노자영(盧子泳) 씨가 있음은
주지의 사실입니다마는 결코 특적하지도 않고 반드시 변화하기 쉬운 안
타까운 가슴을 안고 눈물의 목적 때문에만 눈물을 흘리는 등의 제 표정
은 물론 감상입니다. 그러나 이것을 맹렬히 반대했던 신선한 감각파의
시인이 눈물을 거부하기 위해서만 이를 악물고 홍소하던 제스처에서도
우리는 노자영 씨와 동질의 감상을 볼 수가 있는 것입니다."[65]

서정주는 위의 첫 번째 인용문에서 "조절자 없는 한 개의 합동 자유
시장" 혹은 "허영과 모방"의 "복잡한 수라장"인 시단에 경멸감을 노출
하며 오로지 소월만이 "과거세(過去世) 전체"의 소리를 엿들었음을 언급
한다. "신선한 감각파"의 "찰나 감각"도 결국 감상성이라 할 수 있지만,
소월시의 감상성은 변덕스럽고 찰라적인 노자영의 시나 '신감각파'의
감상과는 차원을 달리하는 것이었다. 이러한 논의는 30년대의 기교주
의 논쟁을 되돌이켜보아도 퍽 흥미로운데, 우리나라에서 감상과 감각
에 대한 구분과 관심이 일어난 것은 1926년 정지용의 시 발표를 통해
서이지만, 30년대 들어서면서 박용철, 김영랑을 중심으로 한 시문학파
의 결성, 김기림의 선명한 모더니즘적 노선 등과 더불어 중요한 논쟁의
이슈가 된다. 김기림이 시론 「시의 난해성」(1935)에서 시의 극복대상으
로 설정했던 감상주의란 주관성만이 표출된 나머지 '시인과 독자의 상
호작용'이라는 기본명제를 망각해버린 것인 반면, 그 대안으로 '감각'
을 모색한 이미지즘은 인간적인 것(주체)이 사상되어버린 기교주의로
전락할 위험을 안고 있었다. 그리하여 당대에 임화가 「담천하의 시단 1

---

64) 서정주 · 조지훈 · 박두진 공저, 『시창작법』, 선문사, 1956, 112~117쪽.
65) 같은 책, 112~117쪽

년」(1935)에서 언어의 기술을 강조한 기교파 시를 비판하게 되어, 소위 기교주의 논쟁에 불이 붙는다66). 김기림은 1939년의 「모더니즘의 역사적 위치」67)는 센티멘탈 로맨티시즘의 극복이 사상적으로는 경향파에 의해, 문학상으로는 모더니즘에 의해 극복되었다는 전제에서 출발하여 모더니즘이 자칫 언어의 말초화로 타락되어가고 있기 때문에 위기에 처해 있다고 파악한다.68)

그런데 서정주는 도리어 소월시의 감상성이 신감각파의 감각을 넘어섬은 물론 "수천 세기의 민족 정감이 누적해 있는 과거세(過去世) 전체"를 포괄하고 있음을 예찬한다. 가령 「김소월 시론」에서 소월의 「해 넘어가기 한참」의 "고요히 서서 물모루 모루모루/치마폭 번쩍 펼쳐들고 반겨 오는 저 달을 보시오."를 인용하고 "음형적 표현"의 빼어남을 지적하며 "현대의 어떠한 신감각파의 시인이라도 이 이상의 말을 고르지는 못할 것"이라고 찬탄한다. 동시에 "이 고차원의 감각적 표현은, 그가 벌써 제 감각의 경지를 졸업한 것"을 증명한다. 「김소월 시론」의 전체적 맥락을 보면 신감각파나 모더니즘시인들의 감상수준에 머무르는 감각성이 소월의 수준에 미치지 못하는 까닭은 바로, 감각을 영원의 경지로 승화시키는 정조(항정)의 결핍에 있다. 서정주는 "현대 시인들이 이 시의 감각을 발랄 왕성히 하여, 그 표현에 성공하고 있는 것을 좋은 현상"이라고 보지만 "신화적 감각의 영역에까지 우리의 감각을 순화 향상"69)하여 문학적 보편성과 영원성을 추구하는 데 한계를 가지고 있음을 비판한다.

서정주가 소월시의 '운율'을 예찬한 것도 단순히 시적 형상화의 탁월함 때문만은 아니었다. "민요와 현대시, 구전시와 문자시를 접목시킨

66) 허혜정, 「시의 기교와 난해성의 문제」, 『현대시론』 1권, 한국학술정보, 2006, 164-165쪽.
67) 김기림, 이승훈 엮음, 「모더니즘의 역사적 위치」, 『한국현대대표시론』, 태학사, 2000, 68쪽.
68) 문혜원, 『한국 현대시와 모더니즘』, 신구문화사, 1996, 319쪽.
69) 서정주, 『서정주문학전집』 2권, 일지사, 1972, 84쪽.

혼성 장르"70)인 민요시는 자유시라는 형태에 개인의 감각을 가하면서
도 오랜 세월을 거쳐 형성된 미학적 형식과 정형률을 모범적으로 활용
하고 있다. 자유시 성립 이후 문학적 소통이 모든 형식적 규범으로부터
자유로워지지만, 자유시가 그 자유를 조화롭게 표출하지 못하고 오히
려 난잡한 표현으로 치닫고 있을 때 소월은 "부자유를 애써 자기에게
부과"하여 민족정서인 정조를 표현하였다. 소위 '정형시'가 전근대적인
것으로 폄하되는 풍토에서 전통운율을 형상화의 핵심요소로 활용함으
로써 개인의 정서를 민족정서인 '정조(향정)으로까지 승화시킨 것이다.
그가 선택한 민요조는 자유시의 새로움을 거부한 것이 아니라, 그와는
정반대로 "자유시의 상층"에 있는 예술적 실험이다. 서정주는 "정형시
에 가까운 잘된 자유시의 형식적 본보기는 다시 본보기로 등장되어야
하고 해방 후에 그 방면이 영성(零星)하니만큼, 해방 전의 김영랑, 박목
월 등의 정형시에 가까워지려고 애쓴 자유시의 노력들은 다시 밀접히
소용되는 일이 될 것이다."71)라고 언급한다.

즉 소월의 민요조는 자유시로 제도화된 근대성에 대한 비판적 포착
이자 문화적 역사의식의 반영이다. 문제는 "산문시라면 산문시, 자유시
라면 자유시, 정형시면 또 정형시를 쓰지 않을 수 없는 시 정신 여하에
있는 것이다."72) 서정주는 "삼수갑산 운이나 왕십리 등"을 거론하며
"다량의 문자와 감정과 지식의 전개가 소월의 생명보다 더 오래 계속
되고도 아직 그를 넘을 만한 아무런 민족적 선율도 창조되지 못했다면
소월의 일견 구태의연한 정형률과 민요체는 오히려 우리들이 졸업해야
할 정상의 단계인 것입니다."라고 말한다. 그러한 의미에서 소월시의
시는 과거의 문화적 유습이 아니라 "현대인을 율(律)할 수 있는 한 새로
운 시의 정신73)"을 보여주고 있는 지고의 경지이다. 이런 논의의 연장

---

70) 송회복, 『한국시 : 현대시의 계보』, 태학사, 1998, 168쪽.
71) 서정주, 『서정주문학전집』 2권, 일지사, 1972, 250쪽.
72) 서정주, 『시창작교실』, 인간사, 1956, 80~82쪽.

선상에서 서정주는 소월시의 토속어에도 관심을 가졌다. 왕십리, 천안 삼거리, 정주 곽산 등과 같은 향토어는 "오랜 세월을 한 민족 전체 생활의 특징 속에 관류(貫流)해 흐르는 언어"[74]이기 때문에 깊은 시적 감동을 유발한다. "고향의 밀어" 혹은 "한 민족이 공통으로 쓰고 있는 한 민족의 독특한 실생활어"[75]에서 건져올린 소월의 시는 한 개인의 시적 정서를 통해 "과거세(過去世) 전체"를 포괄함으로써 전통을 현대시의 감각으로 승화시킨 기념비적인 사례이다.

4. 결론

일제말기 '국민시론'에서 출발한 서정주의 전통론은 해방기에 이르러 문학의 정치성에 대한 회의와 불신, 그리고 방만한 개인주의적 표현으로 해체되어가는 모더니즘시에 대한 비판의식 속에서 더욱 정밀한 논리로 구체화된다. 이 과정에서 전통을 불변하는 문학적 보편성과 당대성의 대화로 이해한 엘리어트의 전통론은 서정주의 전통론에 상당한 영향을 미친 것으로 보인다. 유럽문화전통을 재건하기 위해 "고전적 지혜의 회복"을 역설한 엘리어트처럼 서정주는 한국의 고전들에 눈을 돌렸고, 역사의식, 통합적 감수성, 시적 지성 등의 논의를 빌려 동양문예 전통과 유기체적 관계를 이루는 한국문학의 전통을 설계하고자 했다.

---

73) "정형에의 치열한 욕망을 가진 채 아직도 전도요원한 현대적 산문시와 자유시의 시험장에 우리는 서서 있는 것이다. 물론 우리는 현대를 언어운율로서 정형화하려는 목적과 탐구와 노력을 갖는다. 그러나 이 정형화는 과거의 정형시 형식을 답습하는 데서 되는 게 아니라, 완전히 현대인을 율(律)할 수 있는 한 새로운 시의 정신과 그 출렁임으로서의 운율을 마련하는 데서만 비로소 가능한 것이다./요컨대 문제는 일(一)에도 시정신이요, 이(二)에도 시정신이요, 삼(三)에도 시정신일 따름이다."(서정주, 『시창작교실』, 인간사, 1956, 80~82쪽)

74) 서정주, 『서정주문학전집』 2권, 일지사, 1972, 275쪽.

75) 서정주, 『서정주문학전집』 2권, 일지사, 1972, 273쪽.

　그 과정에서 서정주는 '지·정·의'의 통합적 시정신과 서구의 "아의 시학"과는 다른 "무아의 시학"을 제기한다. 하지만 그는 근대문학의 제도적 측면이나, 기술, 학문, 윤리 등에 대한 긴장감 있는 논의를 과감하게 무시한 채, 궁극적으로는 '정서'의 문제로 한국시의 전통을 고찰함으로써 전통의 단절과 변혁에서 출발한 근대문학의 불연속성을 해결하고자 했다.

　소월 시에 대한 서정주의 예찬은 '시장바닥'의 문학으로 전락해가는 현대시의 세속성과 전통적 가치를 상실해가는 모더니즘시에 대한 환멸이자 반동이다. 그는 소월 시의 정서를 '재주'와 '굿'에 지나지 않는 현대시의 감각성과 극과 극으로 대치시키며, 소월의 시에서 한국문학의 전통과 현대성의 통합적 의식을 발견했다. 이러한 과정에서 서정주가 주목한 것은 바로 '정조'였다. 소월의 시는 정통운율, 토속어 등을 통해 역사적 체험의 여과물인 '정조'를 표현함으로서, 멀리는 향기같은 고전텍스트에서 발견되는 "한국적 정서"를 상속한다.

　하지만 서정주의 전통론은 쉽게 지나칠 수 없는 이론적 한계를 노출하기도 한다. 그의 논의에는 '동양문학'에 포괄되는 각국의 문학전통과 한국문학의 전통을 구분할 수 있는 특징적인 논리나 한국의 고전텍스트와 근대문학을 특징짓는 심미성의 거리에 대한 이론적인 해명이 부재하다. 무엇보다 통합성, 무한성, 보편성에 대한 열망이 강렬하면 할수록 전통의 '관례'가 현대문학의 평가척도가 되어 자칫 근대로부터 이어져 내려온 현대시의 실험들을 부정적으로 간주하게 될 위험이 존재한다. 또한 서정주는 한국시의 전통을 개인의 미적 추구에 중점을 둔 서구의 모더니즘시에 대한 비판논리로 구성하면서도, 전통의 발생론적 근거를 끊임없이 '시정신'이라는 실체가 불확실한 문학적 진정성의 문제로 환원시킴으로써 30년대의 '조선심'과 같은 자기동일성의 논리로 함몰한다.

　이런 맥락에서 서정주의 전통론이 총체적으로 투영되어 있는 「김소월 시론」은 소월시의 탁월함을 해명하는 데는 적절한 논리를 제공하고 있으나 현대시의 광범위한 전략을 탄력적으로 해명하는 데는 이론적 정치성이 부족하다. 무엇보다 서정주의 전통론이 지닌 가장 큰 문제점은 한국의 문학전통과 근대성에 대한 분명한 차이성에 대한 논의와 당대성을 지향하는 개별 작품의 성과에 대한 평가가 지나치게 인색하다는 데 있다. 이는 현대시의 다양한 실천들을 "서구시의 아류 교양"으로 싸잡아 매도하거나 평가절하하는 태도로 노출되기도 한다. 또한 그의 시론은 '전통'이라는 대명제에 집착하는 문학적 보편주의로 인해 현대시가 줄기차게 개발해온 스타일이나 미적 특질을 풍부하게 고찰하지 못하고 있다. 현대성을 비판적으로 인식, 극복하기 위한 실험들은 서정주의 관심에서 너무 멀어져 있는 것이다. 현대의 수많은 시인들이 '전통'을 이해하는 관점과 그것을 통해 시적 감각을 생성해내는 방식에 대한 천착이 미비한 것은 서정주 시론의 가장 큰 한계이다.

서정주의 '신라정신'론에 대한 재론
- 윤리의식과 정치적 무의식 비판을 중심으로

남 기 혁*

1. 들어가는 말

  미당 서정주의 신라정신론(新羅精神論)은 1950-60년대 한국 현대시사에서 가장 논란을 불러일으킨 시론 중의 하나이지만 학술적 접근이 시도된 것은 비교적 최근의 일이다. 이는 신라정신론이 지닌 시대착오적 성격과 함께 후대의 적당한 계승자가 없었기 때문일 것이다. 김수영과 신동엽으로 이어지는 같은 시기의 참여시론은 시대의 변화, 시적 주체의 인식의 심화과정에 따라 부단히 자기변모를 거듭하면서 1970-80년대 민중시론이나 노동시론으로 확대 발전되었다. 김춘수의 무의미시론 역시 이승훈 같은 일련의 계승자들과 만나면서 1970~80년대 모더니즘 시(혹은 해체시)의 형성과 발전에 한 축을 형성하였다. 하지만 미당이 제기한 신라정신론은 적절한 계승자를 찾지 못한 채 슬그머니 문학사의 뒤편으로 사라지고 말았다. 그렇다고 해서 신라정신론의 시사적인 중요성이 반감되는 것은 아니다. 신라정신론은 미당의 시 창작 방법과

* 군산대학교, hyeok64@hanmail.net
** 이 글은 『한국문화』 제54집(규장각 한국학연구원, 2011)에 게재된 원고를 단행본의 편집 취지에 맞춰 수정·보완한 것이다.

시 정신을 대표할 만한 시론이었다. 또한, 그것은 미당이란 한 개인의
울타리를 넘어 1950~60년대 신세대 시인이었던 박재삼·김관식 등에
게 영향을 미쳐 전후 전통주의 시의 형성에 기여하였다.[1] 이런 점에서
한국 현대 시사에서 신라정신론이 제출된 문학사적·이데올로기적 맥
락, 더 나아가 신라정신론의 윤리의식과 정치적 무의식을 면밀하게 고
구하고 평가하는 작업이 필요하다.

신라정신론의 연구는 크게 두 가지의 대립적 시각에 의해 진행되어
왔다. 하나는 '신라정신'이 필생을 통해 영원성을 추구한 미당 시학의
완성이며, 1950~60대 정치적·문화적 위기 상황 속에서 초월주의적
사유와 전통적 미의식을 통해 근대(성)에 맞서려 했던 탈근대 혹은 반
근대의 미학적 기획이라는 긍정적 평가이다.[2] 반면 '신라정신'의 반이
성적·신비주의적 요소를 지적하는 가운데 그것이 담고 있는 정치적
보수주의 혹은 국가주의를 비판하는 부정적 시각도 있다[3].

이런 대립적 시각들은 각각 논리적 타당성을 뒷받침하는 근거들을
제시하고 있지만, 몇 가지 점에서 논의의 평면성을 극복하지 못하였다.
우선, 전자는 정치와 미학을 이원적으로 분리하여 사고하는 경향을 보
이고 있다. 신라정신론을 정치적 담론이나 정치의식의 측면과 분리한
후 시와 예술의 기반으로서 종교적 상상력 혹은 미학적 기획의 측면만
을 부각한 것이다. 이런 견해는 미학적 기획 자체의 정치성, 그러니까
정치적 견해와 결별하고 문학의 자율성과 순수성을 옹호하는 문학관이
보여주는 정치적 무의식 자체를 간과할 수밖에 없다. 미학적 기획으로
신라정신을 평가하는 것과 신라정신을 일정한 정치 담론으로 위치 짓

---

1) 이에 대해서는 남기혁, 「1950년대 시의 전통지향성 연구」, 서울대학교 대학원 박사학
   위논문, 1998을 참조.
2) 이런 견해를 대표하는 논문으로는 손진은, 「서정주 시와 '신라정신'의 문제」, 『어문학』
   제73호, 한국어문학회, 2001; 박현수, 「현대시와 마법성의 수사학」, 『현대시와 전통주
   의의 수사학』, 서울대학교출판부, 2004.
3) 최현식, 『서정주 시의 근대와 반근대』, 소명출판, 2003.

는 것이 서로 별개의 작업이 될 수는 없다. 한편, 후자는 신라정신론의 국가주의적(혹은 파시즘적) 경향을 지적하지만 윤리적 단죄를 위해 대상에 접근하려는 의도가 앞설 경우 신라정신론의 미학적 가능성을 간과할 위험도 지니고 있다. 또한 신라정신론에 대한 평가와 시인의 삶의 행적에 대한 평가가 분리되지 않으면 신라정신론이 제기된 실존적 맥락이나 근대성 부정 담론으로서의 의의도 간과될 수 있다.

  본고는 시인의 삶의 행적에 의거한 단죄의 시선에서 벗어나, 시인이 처했던 실존의 맥락 및 미학적 응전을 고려하는 가운데 신라정신론이 지니고 있는 윤리의식과 정치적 무의식 및 미학적 한계를 함께 고찰하고자 한다. 이를 위해 본고는 먼저 '신라정신론'의 기원을 탐색할 것이다. 신라정신론은 단순히 한 개인의 산물이나 특정 시기의 역사적 소산에 그치지 않는다. 그것은 한국 현대시의 다양한 미학적 기획에 대한 대타의식을 통해 형성되었고 부단히 자기변신을 거듭해온 한국 전통주의 시의 한 정점을 이루는 것이다. 또한, 신라정신론의 핵심 개념인 '영원성'은 미당이 초기시 이래 지속적으로 관심을 기울였던 시적 테마이기도 하다. 특히 신라정신론은 영원성에 대한 미당의 탐색이 1950~60년대의 시대 현실과 접촉하면서 새로운 모습으로 변신한 결과라고 볼 수도 있다. 여기에는 미당의 사상적 성숙의 과정이 결부되어 있다. 그는 시대를 대표할 만한 일련의 문인 및 사상가들과의 교유 과정을 거치면서 문학과 종교에 대한 사유를 심화시켜 왔으며 그 산물이 바로 신라정신론이다. 따라서 미당 개인은 물론 한국 전통주의 시 창작 일반의 사상적·정치적 가능성과 그 굴절을 동시에 보여주는 미학적 프로젝트라는 관점에서 신라정신론에 접근할 필요가 있다.

  본고는 모럴과 인륜성의 관계에 초점을 맞춰 이 문제에 접근할 것이다. 모럴이 도덕적 행위 주체의 내면 윤리에 해당한다면, 인륜성은 가족·민족·국가로 표상되는 공동체가 개인에게 부과하는 집단의 윤리이다. 흔히 말하는 '국민 도덕'이 공동체적 윤리의 대표적인 예라 할

수 있다. 문제는 내면의 모럴과 공동체적 인륜성이 상호 충돌하는 경우
이다. 「자화상」·「화사」 등으로 대표되는 미당 초기시는 모럴과 인륜
성의 대립에서 오는 내면의 고통을 인륜성에 대한 부정과 심미적 주체
의 모럴 추구로 돌파하고 있다. 그의 초기시에서 '육체'와 '직정언어'가
빛을 발하는 것도 이 때문이다. 하지만 그는 1940년을 전후로 내면의
모럴을 폐기하고 공동체의 인륜 질서를 승인하는 방향으로 나아갔다.[4]
특히 그는 친일시 창작을 통해 전체성의 윤리, 국민의 도덕으로의 투항
을 분명하게 보여주었다. 주체와 객체의 비대칭성을 근거로 내세워 내
면의 모럴을 폐기하는 대신에 사이비 전체성을 식민지 타자에게 강요
하는 윤리적 굴절에까지 이른 것이다. 그리고 이런 윤리적 행보는 해방
공간 및 한국전쟁을 거쳐 1960년대 이후까지 지속되었다. 본고는 신라
정신이 형성되는 과정을 역추적하여 그 기원을 살펴보고, 기원의 영향
이 신라정신론의 내적 논리에 자리 잡는 양상을 규명하고자 한다.

미당 문학의 모럴과 인륜성 문제에 대한 추적은 그의 정치적 무의식
을 규명하는 것과 연결된다. 미당 문학은 탈현실적 순수문학에 대한 지
향, 영원주의, 전통 질서로의 회귀 등으로 그 특징을 요약할 수 있다.
이 밑바탕에는 문학의 내적 논리만으로 온전히 설명할 수 없는 정치적
무의식이 자리 잡고 있다. 이를 온전히 규명하려면 미당 문학의 정치
성, 더 나아가 전통주의 시 일반의 이데올로기적 기반을 함께 추적해야
한다. 본고에서는 시적 주체의 실존의식 및 1950~60년대 반공주의와
결탁한 국가주의 이데올로기를 견주어 보면서, 전후의 대표적인 순수
문학 담론으로서 신라정신론이 지닌 정치적 무의식을 함께 규명할 것
이다. 이 과정에서 당대의 정치권력이 전통 발명 프로젝트로서 '신라'
를 소환하는 과정과 미당의 신라정신론이 내적으로 연결되는 양상이
함께 드러날 것으로 기대한다.

---

4) 남기혁, 「서정주의 동양 인식과 친일의 논리」, 『국제어문』37, 국제어문학회, 2006; 남
   기혁, 「서정주 초기시의 근대성 재론」, 『어문론총』51, 한국언어문학회, 2010.

2. 신라정신의 '또 다른' 기원

미당의 신라정신론은 1950년대 후반부터 본격적인 시론으로서 뼈대
를 갖추기 시작하였다. '신라'라는 시공간에 대한 미당의 전유는 다양
한 고문헌 자료를 통해 고대의 정신·종교·문화·설화 등을 두루 섭
렵하고 후대의 연구 자료를 함께 고찰하는 가운데 이루어진 것이다. 그
런 만큼 여기에는 꽤 오랜 시간의 준비 기간이 필요했을 것이다. 자서
전에 따르면 미당이 삼국사기와 삼국유사 같은 고문헌 자료, 더 나아가
중국의 사료나 다양한 비전(秘傳)까지 망라하여 고대국가 '신라'를 본격
적으로 탐색하기 시작한 시기는 한국전쟁 중인 전주의 피난 생활 무
렵5)으로 보인다. 하지만 최근에 발굴된 한 서간문6)에 의하면, 미당은
한국전쟁 이전부터 신라 관련 자료들을 섭렵하면서 상당한 이해 수준
에 도달해 있었고 이를 시 창작의 원천으로 삼겠다는 막연한 구상도
가지고 있었다.

미당은 한국전쟁 및 전후의 정신적 혼란상과 주체의 위기를 극복하
려는 의도로 '신라'와 '신라정신'을 소환하였는데, 여기에는 미당 특유
의 시적 상상력이 작용했을 것이다. 하지만 그것을 완결된 시론의 수준
으로 논리화하고 시 창작 방법으로 구체화하려면, '신라'의 역사와 종
교, 설화문학 등에 대해 꽤 오랜 기간의 연구 과정이 선행되어야 한다.
특히 '신라'가 표상하는 가치 체계를 수용하고 이를 시화(詩化)하려면,
시적 주체의 내면에 그것과 융화할 수 있는 사유의 체계가 준비되어
있어야 한다. 신라정신론이 어떤 한 시기에, 시인의 기존 문학적·사상
적 경향과 무관하게 외부에서 이입된 것으로 볼 수는 없는 것이다. 따
라서 신라정신에 대한 미당의 관심을 한국전쟁 이전까지 끌어올려 설

---

5) 서정주, 『서정주문학전집』 제3권, 일지사, 322~323쪽, 1972.(이하 서정주 전집을 인
   용할 때에는 『전집』제-권으로 표기함.)
6) 서정주, 「모윤숙 선생에게」, 『혜성』제1권 제3호, 1950; 최현식, 앞의 책, 408~410쪽.

명하는 것은 당연한 일이다.

하지만 모윤숙에게 보내는 서간문을 쓰기 이전부터 '신라'는 이미 미당의 마음속에 모종의 변화를 이끌어냈을 것으로 추정된다. 이와 관련하여 이미 기존 연구자들은 김범부의 영향에 주목한 바 있다. 미당 역시 1930년대 중반 무렵에 김범부를 처음 만나 정신적 영향을 입기 시작했음을 자서전을 통해 밝혀 놓은 바 있다.[7] 미당은 한국 근대 지성사의 한 봉우리를 형성한 김범부가 해방 이후 "신라사 속의 화랑도에서 이 민족의 진로를 생각"[8]하던 사람으로 기억하고 있다. 사실 미당이 풍류도(혹은 화랑도)를 신라정신의 요체로 지목하고 그 기원을 유불선(儒佛仙) 삼교가 이입되기 이전의 샤머니즘에 내재한 영통주의, 더 나아가 '국조단군'의 풍류사상까지 거슬러 올라가 설명하는 부분은 '풍류도=샤머니즘계의 信仰俗流=단군의 神道說敎'로 등치시켰던 김범부의 논리와도 거의 일치한다.[9]

하지만 김범부를 신라정신론의 단일한 기원으로 상정하는 것 역시 바람직하지 않다. 논리 이전에 서정주의 마음속에서 '신라'가 영원성의 표상으로 자리를 잡게 된 계기를 함께 밝힐 필요가 있는 것이다. 본고는 미당이 '신라'에 이끌린 또 다른 계기로 미요시 다츠시(三好達治)의 영향에 주목하고자 한다. 미요시는 모더니즘에서 출발하여 전통시가로 전회하여 일본정신을 탐색했던 시인이며, 미당의 친일시론은 미요시의 '국민시'론에 영향을 받은 것으로 알려져 있다.[10] 미당은 미요시를 직

---

7) 미당은 「단발령」(『전집』제3권, 169쪽)에서 1933년 무렵의 부랑체험 후 김범부와의 만난 일을 소개하고 있다. 또한 「범부 김정설 선생의 일」란 글에서 김범부가 "대학의 강의가 채 다 못 풀던 소슬한 이해의 관문을 열어주던 이"(서정주, 『미당산문』, 민음사, 1993, 229쪽)라고 언급한 바 있다.

8) 위의 책, 229쪽.

9) 김범부(본명 김정설)의 신라정신론과 미당의 신라정신론의 유사성에 대해서는 박현수, 「서정주와 미학적 기획으로서의 신라정신」, 『한국근대문학연구』14, 한국근대문학회, 2006 참조.

10) "수많은 곤란과 낯설음 앞에서, 게다가 잠시의 정지와 휴식도 허락되지 않는 때에 우리 국민들에게 새로운 특수한 국민도덕이 극도로 요구되고 있다는 것은 처음부터

접 만나보지는 못했지만 미요시에게 품었던 호감을 다음과 같이 우회적으로 밝혀 놓았다.

> 내가 『國民文學』에 발표한 맨 처음의 日本語 詩 「航空日전에」라는 것은 내 예상과는 달리 일본인 문학인들의 눈에도 상당히 좋게 보였던 모양으로, 則武三雄이라는 詩人은 내가 人文社에 入社하자 바로 찾아와서 "오래 만나기를 기다렸다."고 했다. 그리곤 …(중략)… 자기는 三好達治의 제자라는 것과, 우리가 앉아 있는 그 방이 三好達治가 중국 갈 때 들러 하룻밤을 묵어간 방이라는 것도 말했다. 三好達治는 나도 좋아서 한동안 읽은 일이 있는 당대 일본의 제일 좋은 詩人 중의 하나였다. 그래, 三好의 제자라면 안심해도 좋겠다고 나는 생각했다.…(중략)…
> 그 다음으로 나와 가까워진 사람은 이미 회갑이 넘어 있던 노시인 左藤淸이다. …(중략)… 이 『碧靈集』이라는 시집은 韓國만이 갖는 것이라고 左藤이 생각한 이곳 겨울 하늘의 그 새파랗게 차가운 靈的인 공기를 찬양해서 써 낸 것들이었다. 이런 것은 이때의 내 기호와도 맞는 데가 있어 칭찬을 해주었던 것이다. 우리나라를 좋아하던 일본인으로 柳宗悅이 있지만 左藤淸도 그만 못지않게 우리나라의 자연과 예술과 청담한 기풍을 좋아하던 사람이란 걸 『碧靈集』은 보여주고 있다.[11]

이 인용문에서 미당은 1940년대 초 조선에 거주한 몇몇의 일본 시인과의 교유를 밝히는 가운데 미요시 다츠시를 언급하고 있다. 그에게 미요시는 당대 일본의 최고 시인이자 믿을 만한 시인이다. 미당이 미요시를 이렇게 높게 평가한 이유는 무엇인가? 그것은 '左藤淸'이 조선의

정해진 자연의 이치였다. (중략) 이런 때를 맞이하여 도덕중의 도덕이라고 불러야 할 하나의 통일적인 감정이 강력하게 요청되는 것은 강고한 단체생활을 희망하는 민족, 즉 가장 자연스럽고 당연한 집단으로서의 욕구이다. 그것을 벌써 격렬하게 욕망하고 또 자진하여 그에 응하려는 것은, 적어도 한 민족 가운데서 시인으로 선택받은 자의 직무이며, 그렇기에 시인들의 광영이기도 한 것이다." 이상 三好達治, 「國民詩에 대하여」, 『문예춘추』, 1942; 최현식, 앞의 책, 125~126쪽에서 재인용. 한편, 미당의 친일시론은 『매일신보』(1942.7.13.~17)에 수록된 서정주의 논문 「시의 이야기-주로 국민시가에 대하여」를 참조할 것.

11) 서정주, 「창피한 이야기들」, 『전집』 제3권, 일지사, 1972, 241~242쪽.

'자연과 예술과 청담한 기풍'을 좋아하던 사람이어서 그와 가깝게 지냈다는 고백을 통해 짐작할 수 있다. 左藤淸의 조선관은 야나기 무네요시(柳宗悅) 이래 일본의 예술가들과 미학자들이 견지했던 오리엔탈리즘적 시선과 연결된 것이다. 친일시 창작 단계에서 미당이 보여주었던 동양관이나 전통의식은 이러한 오리엔탈리즘적 시선을 전도시킨 것으로 평가된다.12) 위 인용문에서 미당이 언급한 조선적인 것의 아름다움에 대한 자기 발견 역시 이런 맥락과 관련이 있다. 하지만 미당의 자기 발견은 제국의 질서에 동화할 수 없는 타자로서의 자기 발견을 의미하지는 않았다. 그것은 소위 '동양'의 발견과 지적의 거리에 있었고, 궁극적으로 피식민 주체가 대동아공영권이라는 상상의 공동체에 자신을 기투하는 것과 동일한 의미를 가진다.13) 이것이 바로 미당의 친일시가 탄생한 경로이다.

그런데 미당의 신라 전유의 기원에는 '신라'를 바라보는 제국의 시선이 자리 잡고 있었다. 그 근거로서 위에서 언급한 일본 시인 미요시의 행적을 좀 더 살펴볼 필요가 있다. 김광림의 조사에 의하면 미요시는 1940년 9월 조선을 방문해서 경주와 부여 일대를 관광하고 그 경험을 바탕으로 창작한 몇 편의 시를 발표한 바 있다.14) 그의 시집『一点鐘』에 수록된 「겨울날-慶州 佛國寺畔에서」, 「路傍吟」, 「鷄林口誦」(이상 경주에서 쓴 작품)과 「丘上吟」(부여에서 쓴 작품) 등이 그것이다.15) 미요시

---

12) 김재용, 「전도된 오리엔탈리즘으로서의 친일문학」,『실천문학』여름호, 실천문학사, 2002.

13) 미당 「흑석동시대」(『전집』제3권)란 글에서 1943년 가을, 서울 시내의 한 골동품 가게에서 본 "李朝 純白磁의 항아리들의 빛깔과 線"을 접하고 난 후 창작한 「꽃」이란 시에 대해 소개하고 있다. 이 작품은 미당의 '詩作生活에 한 轉機를 가져온 작품'으로서 "죽은 저 너머 先人들의 無形化된 넋의 세계에 접촉"하는 미적 체험과 연관된 것이다. 여기서 '무형화된 넋의 세계'와의 접촉, 혹은 "形體도 없이 된 先人들의 마음과 形體 있는 우리와의 교합"(228)이란 말은 친일시, 더 나아가 신라정신론의 영통주의적 죽음관에 맞닿아 있다.

14) 이에 대해서는 김광림,『일본현대시인론』, 국학자료원, 2001, 97쪽 참조.

15) 미당 역시 1937년 4월『사해공론』에 '경주시(慶州詩)'라는 제목으로 네 편의 기행시

의 경주 방문은 이 당시 일본 지식인들 사이에 유행했던 고도(古都) 경주 탐방의 일환이었으며, 여기에는 신라의 찬란한 문화와 유산을 황폐한 현재와 대비하면서 역사의 심미화를 감행했던 제국주의적 지배 전략이 작동하고 있다. 이들은 신라의 위대한 과거와 찬란한 문화를 상상하고 그것에 대한 회상에 집착하였다. 경주에 대한 현장 답사는 신라의 찬란한 문화를 눈으로 확인하는 과정이었던 셈이다.16) 주지하듯이, 그 밑바탕에는 동조동근론(同祖同根論)을 입증하여 식민 지배를 정당화하려 했던 제국주의의 이데올로기 전략이 작동하고 있다.

　미당은 미요시를 포함하여 일본 예술가들이 조선미를 예찬했던 그 시각으로 조선 민족의 문화적 자긍심을 환기하고 있다. 하지만 그는 이런 문화적 자긍심이 조선을 타자화하려는 식민주의적 시각과 관련이 있음을 깨닫지는 못했다. 미당이 영원성의 표상으로서 조선 백자를 발견한 시점에서 그리 오래지 않아 친일시를 발표한 것도 이런 맥락과 관련이 있다. 이 시기 미당의 고전 및 전통 발견은 제국의 시선에 저항하는 미의식과는 무관하였다. 그는 제국의 시선에 맞추어 자기정체성을 조정하였고 그 시선을 통해 찬란했던 조선의 옛 문화를 소환하고 전유하였다. 다만, 미당의 친일시에서 역사적 시공간으로서 '신라'가 직접 표상되지 않은 것은 한자문화권, 대동아공영권처럼 현실의 정치 이데올로기에 밀착된 상상의 공동체가 문학 담론 외부에서 제공되었기 때문이라고 추정된다.

　를 발표한 바 있다. 이 네 편의 시에는 특별한 이데올로기적 지향성이나 정치의식이 표출되지 않지만, 고대적 시간에 대한 낭만적 동경, 상실감과 허무의식 등을 확인할 수 있다. 미당이 민요시 같은 일본 시인의 신라 담론에 쉽게 공명할 수 있었던 것도 이런 맥락과 관련이 있을 것이다.
16) 이에 대해서는 윤선태, 「'통일신라'의 발명과 근대역사학의 성립」, 『신라문화』제29집, 동국대 신라문화연구소, 2007; 허병식, 「식민지의 장소, 경주의 표상」, 『비교문학』43, 한국비교문학회, 2007; 허병식, 「식민지 조선과 '신라'의 심상지리」, 『비교문학』41, 한국비교문학회, 2007; 이인영, 「전통의 시적 전유-서정주의 '신라정신'을 중심으로」, 『동방학지』146, 연세대 국학연구원, 2009 등의 논문 참조.

미당의 친일시는 상상의 공동체에 대한 시적 주체의 기투를 잘 보여
준다. 미당의 시적 주체에게 있어서 '죽음'은 결코 불안이나 공포의 대
상이 아니었다. 오히려 그것은 상상의 공동체를 위해 헌신하는 개인의
죽음으로 고무·찬양된다. 죽음은 천황과 대동아공영권이라는 더 큰
주체에 통합되는 영원성의 체험에 통하기 때문이다. 미당은 이런 방식
으로 초기시에서 보여주었던 '아버지(혹은 가족)' 부정의 서사에서 탈출
하여 천황이라는 새로운 '아버지'를 찾게 되었고, 국'가'라는 더 큰 가
족의 일원으로서 자아-서사를 완성하는 단계에 이르렀다. 이는 심미적
주체의 모럴을 폐기하고 사이비 인륜성에 함몰되는 과정과 일치한다.

문제는 해방이라는 예기치 못한 역사적 사건이다. 이 사건으로 인해
미당이 찾았던 새로운 '아버지'와 국'가'가 사실은 허상에 지나지 않았
음이 판명되었다. 미당은 이제 해방이라는 역사적 사건 앞에서 느낀 두
려움을 극복하기 위해 새로운 '아버지' 혹은 새로운 국'가'에 자신을
의탁하지 않을 수 없게 되었다. 실제로 그는 이승만과 김좌진의 전기를
집필하였고 민족주의 계열의 문학가 단체에서 핵심 역할을 자임하였으
며, 초대 문교부 예술과장 직책을 맡거나 대학에서 강의를 떠맡는 등
숨 가쁘게 해방공간을 가로질러 갔다. 친일에 대한 책임을 회피하고 존
재론적 안전을 획득하려면 민족주의 진영의 보호막으로 숨어 들어가는
것이 그에게 가장 현실적인 선택이었던 셈이다.

모윤숙에 보내는 서간문에서 미당이 밝힌 신라에 대한 관심은 이런
역사·정치적 맥락과 결부되어 있다. 해방 공간은 우리 사회에서 신라
담론이 민족 담론·정치 담론으로 싹을 틔우고 공식적 이데올로기 차
원까지 격상했던 때이다. 이 서간문에서 미당은 신라(정신)를 두고 "요
즘은 어떤 小學生들도 모두 좋다고 하고" 있다는 말하고 있다. 여기서
미당이 당대에 유행했던 신라담론에 상당히 노출되었던 것으로 짐작할
수 있다. 다만, 미당이 이 시기 신라정신을 시론(혹은 시창작 방법)의 차
원으로까지 끌어올리려는 기획을 완성했던 것은 아니라고 추정된다.

그는 신라를 "우리의 現代에 再顯해 보고 시픈 志向"도 있지만 그보다
는 '이 나라 同胞들의 소리' 중에서 '定型化되고 音律化 된 소리', 즉
판소리에 더 이끌린다고 고백하였다. 그 이유는 "新羅는 참 아직도 五
里霧中"이기 때문이라는 것이다. 그에게 신라는 "아직도 槪念이요, 아
지랑이처럼 그 周圍가 아물아물할 뿐 어떤 正體도 보이지 않고, 아무
소리도 들리지 않는 채로 있을 뿐"이다. 하지만 같은 글에서 미당은 다
음과 같이 신라(정신) 탐구의 가능성을 남겨 놓았다.

> 하여간, 우리의 선인들이 일즉이 우리에게 보여준 일이 없는 '신라정
> 신'의 집중적인 현대적 再顯이 절실히 필요한 줄은 弟도 알겠습니다. 시
> 로 소설로 희곡으로 이것들은 현대적으로 재구성되어서, 저 西歐人들이
> 근대에 復活한 희랍정신과 같이 우리가 늘 의거할 典統으로 化해야할 것
> 만은 알겠습니다. 요컨대 이지러지지 않은 우리의 모습을 찾어봐야 되겠
> 습니다.17)

여기서 미당은 현대적으로 재구성해야 할 전통으로서 신라정신을 검
토한 것이 꽤 오랜 일이었음을 암시하고 있다.18) 이 당시 미당은 '신
라' 혹은 '신라정신'이 어떤 실체가 있다거나 현대에 살아 있는 정신으
로 계승된 것이 아니라 "현대적으로 재구성"해야 할 것이라 보았다. 이
는 신라정신이 역사적 전승과정에서 소멸되거나 은폐된 것에 불과함을
자인한 꼴이다. 그에게 신라정신은 "늘 의거할 전통(典統)", 그러니까 문
헌의 기록 등으로 이어져 온 과거의 역사이었지 현재의 실제 삶에 영
향력을 미치는 규범으로서의 전통(傳統)이 결코 아니었다.
여기서 미당이 신라정신을 르네상스기 서구인들(즉, 르네상스인들) 희

---

17) 서정주, 「모윤숙 선생에게」, 『혜성』제1권 제3호, 1950.
18) 물론, 1950년의 시점에서 서정주가 신라정신론의 '또 다른' 기원으로서 미요시 다츠
    시라는 발신자를 은폐하고 있다. 미요시 다츠시를 본격적으로 언급하면 자신의 국민
    시가론의 기원을 노출할 수밖에 없고 이는 자신의 '부끄러운 이야기'로서 친일시라
    는 치부를 드러낼 것이기 때문이다.

구한 희랍 정신과 등치시킨 점을 주목해야 한다. 르네상스적 휴머니즘
은 김동리의 휴머니즘론의 중요한 단서였으며, 미당 역시 여러 글에서
르네상스적 휴머니즘에 대해 언급한 바 있다. 이를 바탕으로 미당은 '신
라(정신)'를 통해 "이지러지지 않는 우리의 모습", 그러니까 문화 원형을
찾을 수 있을 것이라고 보았다. 하지만 이 시기에 미당이 이미 "자생적
인 미학적 규준을 마련"하고 "근대 초극의 한 방식으로 제시된 미학적
원형"19)을 찾겠다는 원대한 포부까지 품었다고 보기는 어렵다. 그는 근
대 및 현대의 서구 지성인들이 미학적 척도를 고대 희랍이라는 절대적
과거에서 찾으려 했던 그 방식을 이중으로 전도시켜 한국 현대시의 미
학적 척도를 '신라'라는 절대적 과거에서 찾으려 했을 뿐이다.20)

　이후 미당은 한국전쟁에서 얻은 죽음의 공포와 불안 체험을 계기로
'신라'에 대한 사유를 실존의 맥락 속에서 구체화하기 시작하였다. 미
당은 피난생활 속에서 겪은 신경쇠약을 극복하려고 삼국사기 및 삼국
유사 속의 '신라'로 내닫게 되거니와, 이때 '신라'는 가족 및 민족 서사
를 회복하고 자아 정체성을 확인하는 정신적 준거로 작용하였다. 그는
매일 매일의 삶에 육박해 들어오는 편재된 죽음의 공포 앞에서 한없이
위축될 수밖에 없었다. 그런 까닭에 자신이 죽을 수 있다는 그 가능성
을 승인하고 그 죽음(비존재)이 죽음(비존재) 이상의 그 어떤 것이 될 수
있을 것이라는 믿음을 통해서만 비로소 죽음의 공포에서 벗어날 수 있
었다. 여기서 죽어도 죽지 않는 그 무엇이 될 시적 비전을 획득하는 것

---

19) 박현수, 앞의 글, 89~90쪽.
20) 여기에는 고대 희랍에 상응하는 한국적 고대로서 신라를 상상하는 복고주의적 사유
　　가 자리 잡고 있다. 사실 미당의 신라정신론은 서구의 근대를 따라잡아야 한다는 조
　　급증과 관련이 있을지 모른다. 유럽중심주의를 강화하기 위해 서양인들이 희랍으로
　　회귀했던 것을 모방하여 1930년대 일본 지식인들은 '동양'에 반동적으로 회귀(사카
　　이 나오끼(후지이 다케시 역), 『번역과 주체』, 이산, 2005, 172쪽 참조)한 바 있는데,
　　미당의 신라회귀는 일본 지식인들의 복고주의를 재차 모방한 것으로 볼 수 있는 것
　　이다. 사카이 나오끼에 의하면 그 밑바탕에는 동양과 서양의 대칭성에 대한 욕망이
　　자리 잡고 있다.

이 중요하다. 신라 관련 고문헌 속의 숱한 설화가 미당의 시선을 끈 것도 이 때문이다. 그가 여러 산문과 시 작품에서 소개한 신라인들에게 있어서 삶과 죽음은 교환이 가능하며 산 자와 죽은 자 역시 서로 소통이 가능한 것으로 인식된다. 그럴 때 죽음은 더 이상 불가역적인 것일 수 없다.

이 과정에서 '신라'는 국가는 과거적 질서속의 기억과 회상의 대상으로 머물지 않고 시적 주체가 존재를 의탁할 수 있는 영원한 질서로 표상된다. 그리고 이러한 표상 작용은 궁극적으로 새로운 나라로서 '대한민국'에 대한 상상으로 이어진다. 사실 미당은 여러 차례에 걸쳐 '공산주의(혹은 공산당)'를 전쟁과 죽음의 궁극적 원인으로 지목하였고, 이에 맞설 수 있는 올바른 국가 경영의 태도로서 신라정신을 내세웠다. 미당은 반공주의에 의거하여 국가를 개인적 실존의 궁극적 지향점으로 여겼을 뿐만 아니라 이를 신라정신이란 미학적 기획에 반영했다. 미당의 신라정신론과 동시대 신라 담론의 내면적 연결 관계는 이러한 국가주의적, 반공주의적 시각이나 정치적 무의식을 통해 확인된다.

사실, 신라 담론은 한국 전쟁 이후 1950~60년대에 이르기까지 다양한 진영에 의해 전유되면서 민족주의 담론의 한 흐름으로 자리 잡게 되었고, 보수주의자들의 문화 민족주의 담론의 한 준거로 자리매김 되었다. 특히 신라 담론은 학교와 군대, 언론과 출판을 통해 전파되고 확대 재생산되면서 민중에 대한 정치적 동원의 이데올로기로 작동하였다. 이는 미당을 포함한 전후 전통주의 시인들의 신라담론이 단순히 문학적 상상의 소산이 아니라 당대의 정치 담론 특히 우파 진영의 민족주의 담론과 내밀한 연결 관계에 있음을 보여준다. 미당은 이런 정치적·역사적 맥락을 은폐하는 가운데 은연중에 신라정신을 개인의 실존 차원으로 환원하여 설명하거나 혹은 최남선 이래의 민족사학자들의 학술적 연구과 연결시켜 그 정당성을 입증하고자 했다. 이 과정에서 그는 '신라정신'의 현실적 기원을 은폐하고 이를 역사적 맥락과 분리하여 초역사

적 실체로 격상시키는 심미화 전략을 구사했다. 이를 규명하려면 미당
의 신라정신론이 담고 있는 내용(혹은 사상), 그리고 그 밑바탕을 이루는
정치적 무의식으로서 인륜성의 이념을 차례로 살펴볼 필요가 있다.

3. 捨身의 윤리; 인륜 질서에 대한 상상의 토대로서의 국가

'신라정신'이 본격적인 이론화 단계에 이른 1950년대 후반부터 1960
년대 전반에 이르기까지, 미당은 삼국유사를 비롯한 일련의 역사서 및
비서에 대한 연구, 육당의 연구를 비롯한 일련의 고대사 연구 성과에
대한 사숙의 과정을 거쳤으며, 그 결과가 1960년에 교수 자격 논문으
로 제출된『신라정신』21)으로 집약되었다. 그리고 1964년 김종길과 논
쟁을 벌일 무렵에는 신라정신론의 핵심을 담은 산문들을 집중적으로
발표하게 된다. 미당은 현대에 계승할 전통정신의 핵심을 풍류도 사상
에서 찾았으며 그 연원은 삼국 시대 이전 상대(上代)까지 거슬러 올라간
다고 보았다.

우선 신라정신의 내용을 살펴보자. 미당은 우리 민족의 전통 정신이
란 다양한 계통이 합쳐진 가운데 형성되었으며, 한국 전통의 이런 종합
적 성격은 풍류도 즉 화랑도에서 잘 드러난다고 보았다. 구체적으로,
풍류도는 상대의 '고유한 신앙이나 사상'과 외래적 요소 즉 유교·불
교·도교의 장점들을 종합했다는 것인데, 미당은 그 근거로 최치원의
난랑비(鸞郞碑) 서문22)을 제시하였다. 미당이 이 서문에서 도출한 풍류
의 정의나 풍류도의 기원에 대한 규명이 과연 적절한 것인가는 본고에

---

21) 김정신, 「서정주의『신라정신』연구」,『우리말글』45, 우리말글학회, 2009.
22) "國有玄妙之道曰風流 說敎之源備祥仙史 實乃包含三敎 接化群生且如入卽孝於家 出
　　卽忠於國 魯司적之旨也 虛無爲之事 行不言之敎 周柱史之終也 諸惡莫作 諸善奉行
　　쯷 乾太子之化也"이상 서정주, 「한국적 전통성의 근원」,『전집』제2권, 1972, 297쪽
　　에서 재인용.

서 논의할 사항이 아니다. 그것의 실재성이나 현대적 계승, 고유 신앙 및 사상과 유불선 삼교의 종합 등에 대해 살펴보는 것 역시 마찬가지 이다. 미당은 역사적 고증이 불가능한 설화적 요소들을 서사화하였고 이를 통해 전통 정신을 규정하려 했다. 따라서 신라정신의 내용을 실증적으로 규명하는 것은 일종의 넌센스이다. 오히려 미당의 문학적 욕망이나 미학적 전략이 어떤 이데올로기적 근거나 정치적 무의식에 기초한 것인지를 밝힐 때 신라정신론의 실체에 한 걸음 더 접근할 수 있다.

미당은 상대 및 신라를 시간적 무한성이자 영원성의 상징, 더 나아가 수천 년을 두고 연면하게 이어져 내려온 전통 정신의 기원으로 여겼다. 뿐만 아니라 유기체적 자연관과 우주관을 들어 신라를 공간적 무한성의 상징으로 간주하였다. 인간과 자연, 인간과 우주가 서로 하나가 되는 합일의식이 신라정신론을 떠받치고 있는 공간의식인 것이다. 이런 시간 의식과 공간 의식은 산 자와 죽은 자 사이의 '영통(靈通)' 혹은 '혼교(魂交)'라는 종교적 관념에 의해 매개된다.

> 우리가 지금 말하고 있는 '영통'이라는 것 — 달리 傳해 오는 말로 하면 '魂交'라고 하는 것 — 이것이야말로 우리 民族 古代精神이 現代와 다른 가장 큰 特質을 표시하는 名稱이라고 생각한다. 말하자면, 이것은 歷史意識과 宇宙意識 그것의 本質이 우리 現代人과 달랐던 것을 말하는 것이니, 우리는 흔히 歷史意識을 산 사람들의 現實만을 너무 重視하는 나머지, 過去史란 한 參考거리의 文獻遺跡을 제외한다면 忘却된 無로서 느끼고 살지만, 우리의 古代人들은 死後 後代에 이어 傳承되는 마음의 흐름을 魂의 實存으로 認識하고 느끼고 살았기 때문에, 우리와 그들의 歷史意識 사이에는 懸隔한 差異가 빚어졌다. 우리는 죽은 사람의 魂에 對한 實感을 우리가 그 生前의 얼굴과 言行을 아는 사람에 限해서만 切實히 하고 있는 게 보통이지만, 우리 古代人들은 魂의 영원한 實存的 繼續的 存在를 믿었기 때문에 얼굴을 알던 사람이 아닌 아주 먼 세월 전의 사람들의 魂에 대해서도 懇切한 實感으로 接했었다. 그렇게 해서 過去史 속의 精神의 장점들은 門 열면 바로 보이는 것 같은 實感力으로써 後世

에 작용하여, 이런 힘으로 가령 新羅의 統一 같은 것도 이루어진 것이라
고 생각한다.23)

'영통' 혹은 '혼교'란 고대인들의 역사의식(시간의식)과 우주의식(공간
의식)으로서, '죽은 사람의 혼'에 대한 실감과 '영의 영원한 실존적 계속
적 존재'에 대한 믿음을 바탕으로 산 자와 죽은 자가 서로 분리하지 않
고 회통한다고 여기는 것을 일컫는다. 영통과 혼교에 대한 미당의 천착
은 '육체'의 유한성과 관련이 있다. 육체란 어차피 소멸해 없어지는 것
이다. 그렇다면 육체와 분리된 영혼만이라도 "하늘로 올라가 영원히 사
는 것이란 신앙"을 갖는 것은 비단 신라뿐만 아니라 고대 인류의 종교
적 상상 체계에서 일반적이고 자연스러운 일이다. 현대 문명에 비판적
거리를 두고 있는 현대시가 이러한 종교적 요소를 문학적 상징으로 받
아들이는 것은 얼마든지 가능하다.

문제는 미당이 영통의 문제를 역사의식과 우주의식, 더 나아가 '민
족' 담론에 무리하게 연결시키려 했던 점이다. 미당은 영통이 가족처럼
가까운 사람들 간에 개인적·실존적 차원에서 일어날 수 있으며 또한
서로 연관이 없는 사람들 간에 민족적·국가적 차원에서도 일어날 수
있다고 보았다. '신라의 통일'이 영통에 대한 믿음 때문에 이루어졌다
는 믿음도 이런 맥락과 관련이 있다. 이런 국가주의적 논리가 비약에
비약을 거치면서, 자연 사상 혹은 공간의식으로서의 풍류도는 어느 순
간 국가 운영의 이데올로기로 실체화되기에 이르렀고 이제 현대인들이
계승해야 할 전통으로 간주되기 시작한 것이다.

구체적으로 미당은 신라정신의 실체를 규명하기 위해 실제 혹은 가
상 인물인 신화·설화 속의 주인공들, 가령 사소부인이나 <혜성가>의
배경설화 속의 세 명의 화랑, 삼국유사에 전승되는 여러 설화 속 주인

---

23) 서정주, 「한국적 전통성의 근원」, 『전집』제2권, 1972, 296쪽. 이 글은 본래 『세대』
    (1964.7)에 발표한 것임.

공들을 서사화하였고, 이를 시쓰기의 대상으로 삼았다. 이 과정에서 미당은 영통을 추구했던 신라인들의 삶과 풍류도가 "민족 만대나 인류 만대의 경영을 위해서", 혹은 "자손만대의 일로서 민족의 일을 경영"하는 '국업'으로 가장 적합한 것임을 거듭 역설한다.24) 미당은 신라정신론을 통해 '지금-여기'의 역사적 과제를 해결하려는 목적을 나름대로 지니고 있었던 것이다. 그는 풍류도가 현대의 이성중심주의, 인간중심주의에 대한 문명사적 대안이라 인식하였고, 민족이 당면한 정치·사회적인 위기를 해결할 수 있는 절대적 준거가 된다고 판단하였다.

하지만 신라정신론은 개인과 전체의 관계, 혹은 전체성과 인류성의 관계에 대해 심각한 모순을 드러냈다. 영통과 혼교에 대해 이야기하려면 한편으로는 육체와 영혼의 분리를, 다른 한편으로는 죽은 자의 영혼과 산 자의 육체를 내적으로 연결시켜 서사화할 수 있어야 한다. 미당은 「한국성사략」이란 작품의 밑텍스트로 삼았던 향가 「혜성가」 속의 세 화랑을 평가하면서, 이들이 "영생할 영혼을 위해서라면 육신의 목숨은 정말로 초개(草芥)와 같이 버렸다. 선인들과 또 자손들과 한 덩어리로 있는 영생이 문제이지, 육신의 현생이란 그것 위한 자료에 불과했"25)다고 말한다. 여기서 신라정신론의 향방이 분명하게 드러난다. 그것은 국가(혹은 민족)라는 전체를 위해 개인의 헌신과 희생, 죽음마저 불사하는 '풍류도적인 죽음'26)에 대한 심미화로 나아가는 것이다.

풍류도적인 죽음을 사신의 윤리로 예찬하는 것은 친일시 단계에서 미당이 보여주었던 죽음관에 맞닿아 있다. 전체를 위해 동원된 개인의 죽음을 더 큰 자아로 합일되는 영원성의 체험으로 간주하는 죽음의 심미화가 그것이다. 이렇게 심미화된 죽음은 국민 도덕 즉 전체주의적 인류성을 앙양한다. 이런 죽음의식의 밑바탕에는 삶에 대한 허무와 체념,

---

24) 서정주, 「신라의 영원인」, 『전집』제2권, 1972, 317쪽.
25) 위의 글, 317쪽.
26) 위의 글, 318쪽.

더 나아가 도저한 현실순응주의가 함께 자리 잡고 있다. 그는 인간의 실존이 위협을 받는 한계상황 속에서 육체의 유한성에서 기인하는 절망을 영원한 실존에 대한 기투로 전환하였으며, 영원한 실존의 근거로서 개인이 무화된 전체 혹은 전체에 지양된 개인을 내세웠던 것이다. 신라정신론에서는 친일시(론)과 달리 희생과 헌신의 대상이 대동아공영권이란 트랜스내셔널한 공동체[27]에서 한민족(대한민국)이란 내셔널한 공동체로 축소되었지만, 그런 죽음의 방식이 지닌 폭력적·억압적 구조는 유사하다.

고대 신라에 대한 미당의 전유는 1950~60년대의 정치 상황, 특히 반공 이데올로기와 국가지상주의가 지배하던 시대의 통치 이념을 떠나서는 이해하기 어렵다. 물론 이 시기의 다양한 신라 담론이 모두 동일한 성격을 지녔다고 단정할 수는 없다. 또한, 민족을 이야기한다는 사실이 곧 통치 이데올로기에 동조하는 것을 의미하지도 않는다. 신동엽의 경우처럼, 분단 이데올로기와 과학 문명의 폐해를 극복하고 원시적 생명력과 순수성으로 회귀하기 위해 '신라'를 소환한 경우도 있기 때문이다. 분단 현실 속에서 삼국통일을 이야기하고 민족을 서사화하는 것 자체는 그 당시의 담론 지형도 내에서 얼마든지 반국가주의 담론과 연결될 가능성도 있다. 하지만 미당의 신라정신론은 역사 이전의 신화와 이야기가 표상하는 세계를 공동체가 지향해야 할 절대적인 목표로 상정하고, 전체를 위한 개인의 죽음을 '사신(捨身)의 윤리'로 심미화·절대화하는 데 문제의 심각성이 있다. 미당은 사신의 윤리를 공동체적 인류성으로 격상시켜 바라보고 있거니와 이는 명백하게 파시즘적 윤리의식에 연결될 가능성을 지니고 있다. 신라정신론에 나타난 사신의 윤리는 개인의 순수 모럴이란 범주를 벗어난 것이다. 더 나아가 그것은 개인의 자유를 억압하고 국가를 위한 개인의 동원을 윤리적으로 합리화하는

27) 이 개념에 대해서는 가라타니 고진(조영일 역), 「죽음과 내셔널리즘」, 『네이션과 미학』, 도서출판b, 2009 참조.

폭력적인 국가 이데올로기로 전환될 위험성을 내포하고 있다.

사신의 윤리를 예찬하는 미당의 심리 구조의 밑바탕에는 그 자신의 독특한 가족주의적 윤리의식이 자리 잡고 있다. 앞서 언급한 바와 같이, 미당은 가족 혹은 혈연에 대한 부정을 자신의 문학적 출발점으로 삼았다. 강렬한 본능적 충동에 사로잡혀 있었던 미당은 가족으로 표상되는 인륜적 질서를 부정함으로써, 특히 '아버지'로 표상되는 가부장적 질서를 거부함으로써 식민지적 근대의 타자로서 자신을 위치지울 수 있었다. 그의 초기시에서 발견되는 심미적 모더니티는 가족에 대한 부정의식에서 비롯한 것이다. 하지만 인륜적 질서에 대한 미당의 부정은 오래가지 않았다. 오히려 미당은 스스로 '아버지'가 되는 길을 선택하였고, 이를 통해 인륜성과 모럴의 대립으로부터 벗어나는 탈출구를 찾았다. 미당은 만주 귀환 후 일제말의 시대 현실 속에서 가족과 함께 삶을 도모하였고, 이 과정에서 '아버지'의 자리에서 가족을 바라보았다. 이 '아버지'는 가부장적 질서의 정점에서 가족을 통솔하고 생계를 영위하는 가족의 대표자이다. 또한, 가족은 더 큰 인륜적 질서이자 유기적 조직체로서 국가의 일부이다. 미당이 유기체로서의 가족과 국가를 단순히 산 자들만으로 구성되는 현실태가 아니라 산 자와 죽은 자가 내적으로 연결되어 서로에게 영향을 미치는 전체성의 질서로 상정한 것도 이런 맥락과 관련이 있다. 그런 까닭에 미당은 거듭 영통과 혼교를 이야기하였고, 그것이 국가 경영 문제[28]와 연결된 것이라고 말하게 된 것이다.

가족과 국가를 유기체로서 상상하는 행위는 실존의 위기 국면에서는

---

28) 이는 '萬波息笛' 고사에 대한 거듭된 인용에서도 확인된다. "신라의 피리소리는 꼭 신라라는 땅과 그 민족의 테두리 안에서 人倫의 소리로만 울렸던 것은 아니다. 이 우주의 주인으로서 神韻을 담아 천상과 천하를 두루 다 울리고 있었던 데에서 그 끝없는 여유와 永遠하고 無限하려던 삶이 있다. …(중략)…그것은 딴 게 아니라 人間社會에 든든히 아주 끈질기게 끼여 삶과 동시에 언제나 永遠과 宇宙의 中心을 맡아 經營하는 걸 늘 意識하고 살던 이들의 말하자면 그런 意味의 最高經營者의 精神의 微妙한 線들로 선들러진 像인 것이다."(인용자 강조) 서정주, 「한국의 미」, 『전집』제4권, 1972, 68~69쪽 참조.

끊임없이 반복되게 마련이다. 미당의 경우, 이는 전후시에서 유사한 방식으로 되풀이된 바 있다. 가령, 「무등을 보며」는 가족을 무궁한 생명력과 영원한 질서를 표상하는 자연('靑山')과 은유적으로 결합시키고 있다. 이 작품에서 시적 화자는 가족적 인륜 질서의 최상층부에서 가족의 양생을 도모하는 가장으로 표상되며, 이 가장은 국'가'라는 더 큰 가족의 대표자이다. 물론 가족 서사와 국가의 연결 관계는 사소 부인을 시적 주인공으로 삼은 작품들에서도 확인된다. 시집 『신라초』의 설화적 주인공 중에서 가장 특징적 인물인 '사소 부인'은 처녀로 잉태하여 아버지에게 버림을 받았다든지 산신수행을 거려 신모(神母)가 되었다든지 하는 종교적 요인보다 '박혁거세'라는 건국 영웅을 낳은 어머니라는 정치적 측면이 부각될 필요가 있다. 실제로 사소의 신화성은 신라 건국의 모티브와 결속된 채 삼국유사에 등장한 것이고, 이것이 미당이 『신라초』에서 사소부인을 불러낸 중요한 이유이다.

한편, 신라정신론은 이전에 비해 훨씬 강화된 형태의 오리엔탈리즘을 드러내고 있다. 미당은 신라정신이 상대의 고유 사상과 유불선의 풍류도가 종합됨으로써 이루어졌고 이것이 구비전승을 거쳐 "구전과 행위의 이심전심의 無文의 층"29), 즉 오늘날 민중의 생활 속으로 연면히 계승되었다고 주장하였다. 그리고 그 근거로 민간 신앙인 샤머니즘을 내세웠다. 본래 신라 지배세력의 통치 이데올로기를 형성했던 '풍류도'가 하층의 민중 문화 속으로 '잠세화'된 것은 그것을 타자화하고 부정하였던 강력하고 새로운 통치 이데올로기가 등장했기 때문이다. 미당은 그것을 송학 이래의 유교 이데올로기라고 보았다.

미당의 이런 생각은 시인의 직관에 의한 것일 뿐 논리적 근거는 매우 취약하다. 미당은 송학(성리학)이 지배 이데올로기로 자리 잡은 고려 시대 이후 풍류도가 중인 이하 민중의 삶속에서만 전승이 되었고30),

---

29) 서정주, 「한국적 전통성의 근원」, 『전집』제2권, 1972, 296쪽.
30) "신라의 풍류도는 경상도가 본고장이긴 하지만 경상도는 유교 興隆 후 여기 熱中해

그 대신 영원과 우주 대신에 지상의 현실을 중시하고 인간의 자연적 본성 대신에 이성적 사고를 중시했던 유교가 우리의 정신세계를 지배하였다고 주장하였다. 특히 유교의 사유 방식이 인간과 자연을 분리하고 이성과 합리성에 근거하여 현세를 중시하며 당대를 표준으로 사고한다는 점을 미당은 비판하였다. 더 나아가 미당은 유교의 이런 사유방식이 근대의 과학주의적 사유방식과 동일한 것이라고 간주하였다. 그런 까닭에 미당은 조선이 국권을 상실하고 식민지로 전락한 원인을 근대주의 혹은 제국주의의 침략적 본성에서 찾기보다, 유교적 사유 방식의 내적 한계 즉 영원성을 부정하고 현실주의를 지향하는 사유방식에서 찾게 된 것이다.[31]

근대가 형성되기 직전의 역사에 대한 자기 부정은 고대로의 급격한 회귀로 이어지게 마련이다. 그런데 미당의 경우, 민족의 기원에 대한 상상과 상대 및 신라의 '찬란한' 문화와 역사에 대한 기억은 그것을 부정하고 출현한 역사적 시간의 모든 흔적들을 부정하고 절대적 과거에 대한 기억과 상상과 자체를 심미화하는 지점까지 나아갔다.[32] 미당은 신라정신이 단순한 상상과 기억의 소산이 아니라 오늘날 우리 삶을 지

서 근조 관료를 장식한 사람들이 오래 지도해왔기 때문에 신라적인 풍류도는 근조에 와선 오히려 쇠미하고, 중인의 자리에 놓여 근조 관료와 멀리 天興의 생활인으로만 살아가기 망정이었던 전라도인의 많은 수가 도리어 신라적인 자연주의와 풍류도의 전통을 계승한 것으로 보인다." 서정주, 「전라도 풍류」, 『전집』제4권, 일지사, 1972, 140쪽 참조.

31) "그것은(신라문화:인용자) 하늘을 命하는 者로서 두고 地上現實만을 重點的으로 현실로 삼는 儒敎的 世界觀과는 달리 宇宙全體 — 卽 天地 全體를 不治의 等級 따로 없는 한 有機的 聯關體의 현실로서 자각해 살던 宇宙觀이 그것이고, 또 하나는 高麗의 宋學 이후의 史觀이 아무래도 當代爲主가 되었던 데 反해 역시 等級 없는 永遠을 그 歷史의 시간으로 삼았던 데 있다. 그러니, 말하자면 宋學 以後 지금토록 우리의 人格은 많이 當代의 현실을 표준으로 해 성립한 現實的 人格이지만, 新羅의 그것은 그게 아니라 더 많이 宇宙人, 永遠人으로서의 人格 그것이었던 것이다." 이상 서정주, 「신라문화의 근본정신」, 『전집』제2권, 1972, 303쪽.

32) 김윤식 교수가 미당의 신라정신을 두고 '역사의 예술화'라고 비판한 것도 이런 맥락과 관련이 있다. 이에 대해서는 김윤식, 「역사의 예술화-신라정신이란 괴물을 폭로한다」, 『현대문학』10월호, 1963 참조.

탱하는 정신적 원류임을 입증하려고 민간 신앙과 토속의 세계가 신라 정신에 이어진 것이라고까지 강변하게 된 것이다. 미당이 '선선악악과 시시비비'를 중시하는 유교 윤리[33])가 '사신'의 윤리와 결별하고 있음을 비판한 것도 이런 맥락과 무관하지 않다.

미당의 이런 시각은 일제 관학파의 식민사관과 대동아공영권의 전쟁 동원 논리에 잠재된 전도된 오리엔탈리즘을 내면화한 결과라고 볼 수 있다. 조선이 제국주의 침탈 앞에서 무력하게 무너질 수밖에 없었던 이유가 유교적 윤리의식 및 통치 이데올로기가 작동했기 때문이라는 것, 미당 식으로 말하자면 유교주의에 내재한 현실주의와 이성주의 때문이라는 것은 받아들이기 힘든 논리적 단순화이다. 설령 그렇더라도 그것이 고대의 사상적 원류를 이상화하는 문화적 민족주의를 정당화하는 근거는 될 수 없다. 더 나아가 유교가 사신의 윤리를 결여하고 있다는 미당의 주장 역시 역사적 사실과 부합하지 않는다. 유교 이데올로기에 대한 자기 부정은 그것에 대한 근거 없는 이상화만큼이나 위험한 논리라 할 수 있다.

이런 한계는 1950-60년대의 정치 현실과 결합하면서 새로운 의미를 파생시켰다. 이승만 정권 및 군사정권에서의 가부장적(家父長的) 정치권력은 민족과 국가를 전면에 내세웠고 그 구성원 개개인들을 호명하여 체제 유지에 동원하게 되었다. 이 과정에서 국가는 그것을 떠받치는 동원된 개인(국민 혹은 민중)과 내밀한 공모관계가 성립된다. 반공주의 체제의 유지와 관 주도의 근대화를 위해서는 그것을 떠받쳐 줄 지지 세력의 동원이 필요하다. 그리고 집단내의 비균질적 구성원들을 하나의 공동체로 묶어내기 위해서는 민족의 동일한 기원에 대한 상상도 필요하다.[34] 여기서 민족의 문화와 전통이 절대적인 심급으로 작동한다. 경

---

33) 서정주, 앞의 글, 304쪽.
34) 개인과 전체(집단)간의 관계 속에서 개인이 어떤 표정으로 전체에 복속되는가를 살펴볼 필요가 있다. 미당이 자서전이나 시 창작을 통해 보여 준 인간형은 두 가지로

제적 궁핍과 정치적 빈곤에 직면한 민족은 문명이 아닌 문화를 통해
결핍을 보상받고 이를 민족적 자긍심의 원천으로 여기게 마련이다. 이
러한 전도된 사유가 근대 형성기 직전의 유교 이데올로기에 대한 급격
한 부정과 함께 고대의 찬란한 정신문화에 대한 과도한 이상화로 표출
된 것이다. 여기서 '신라'가 초월적 시니피에로 작동하고 풍류도(화랑도)
가 현대인이 계승할 사신(捨身)의 윤리로 선택된 것이다. 이제 신라정신
은 학교와 군대, 언론과 출판, 문학과 문화를 통해 전파되어 '국민'이
따라야 할 윤리 규범으로 '교육'되기에 이른 것이다.

4. 신라정신론의 행방: 김종길과의 논쟁

1950년대 후반부터 평단에서 숱한 논란을 불러일으킨 신라정신론은
1964년 발표된 김종길의 평론「실험과 재능-우리 시의 현황과 문제점」
을 계기로 문학 논쟁으로 발전하였다. 두 사람 간의 논쟁은 비록 몇 차
례 설전에 그쳤고 논쟁 내용 역시 신라정신의 본질 및 시와 현실의 관
계에 대한 논의에서 벗어나 비평가의 바람직한 비평 태도를 둘러싼 감
정적 언설을 교환하는 것으로 귀결되었다. 하지만 이 과정에서 신라정
신론의 내적 모순이 분명하게 노정되었다. 특히, 시적 실험과 현실
(reality)의 관계, 이성과 신비의 문제 등과 관련한 미학적 문제의식이 드
러난 점도 주목할 필요가 있다.[35]

나뉜다. 하나는 고단한 현실을 잊고 운명에 순응하는 체념의 인간형이고, 다른 하나
는 "천체나 神位를 인간 이상으로 삼는 것이 아니라 覺醒한 人間과 대등의 위치에
놓는" 풍류형의 인간형이다. 이 둘은 풍류도를 좇아 살아가는 전통적 인간형이란 점
에서는 동일하지만, 전자가 주어진 운명에 수동적으로 반응하는 즉자적 민중에 가
깝다면 후자는 자신에게 부과된 운명을 주체적이고 능동적으로 수용하는 지도자적
인간형에 가깝다. 미당은 이 후자의 인간형에서 바로 권력을 소유한 가부장적 지도
자를 발견하고 있으며, 영통이란 이러한 각성된 인간형으로서 국가 지도자가 갖추
어야 할 덕목이자 윤리라고 보고 있다.

김종길은 당대 시단의 다양한 실험이 지닌 의의와 문제점을 조감하는 것으로 논의를 시작하였다. 그에게 실험이란 "시의 소재 뿐 만이 아니라 시의 매재"가 되는 언어의 새로운 조절과 적응을 가리키며, 주로 "의식적인 것, 이론에 근거를 둔 것, 또는 흔히 유파에 의해서 공통으로 이루어지는 것"만이 실험으로서 의의를 지닌다. 이런 전제 하에 김종길은 1964년 무렵 한국시단에 나타난 시적 실험으로서 1) 서정주의 경우, 2) 『1960년대사화집』의 몇몇 시인-구자운과 박희진, 성찬경과 송욱 등-의 경우, 3) 온건한 실험을 추구한 전봉건과 김춘수의 경우를 제시한 후, 다른 실험들과 달리 서정주의 실험이 지닌 한계에 대한 규명을 시도하였다.

우선, 그는 미당 시가 '실험'과는 무관해 보이지만 미당이 사실은 초기 『화사집』에 수록된 '씸볼리즘이나 슈르리얼리즘流의 작품, 해방 이후 「귀촉도」의 동양적 세계로의 귀환, 한국전쟁 직후 한층 '원숙한 경지를 보여준' 동양적인 시 세계에 이르기까지 일관되게 '실험'을 거듭한 시인이라 전제한다. 그러나, 김종길은 『신라초』에 수록된 시들의 "짙은 신비적 색채" 때문에 의구심을 품기 시작했다고 밝히고 있다. 특히 그는 예이츠와 블레이크, 엘리어트 등을 예로 들면서, 현대시가 신비적인 색채를 띨 수는 있지만 미당의 경우처럼 창작 주체인 시인 '스스로' 영매가 되는 것은 문제라고 보았다. 여기서 김종길은 '현실(reality)'[36]을 비판적 준거점으로 내세운다. 아무리 '대시인'이라도 현실 속에서 사는 인간이며 그런 조건 아래에서만 대시인의 시는 "위대한 인간적인 가

---

35) 미당은 '샤머니즘'이나 '접신술사'라는 말로 자신의 문학이 규정되는 것에 민감하게 반응하면서 신라정신론에 다소 객관적인 거리를 두기 시작했고, 신라정신의 이론적 구조를 첨예하게 가다듬어 나가기 시작했다. 미당이 일련의 산문을 통해 현실과 이성, 언어와 실험에 관한 글을 발표한 것도 이와 관련이 있을 것이다.

36) 『문학춘추』(1964.6)에 게재한 이 글에서 김종길은 자신의 '현실'이란 말이 미학적 용어로서의 리얼리티(realty, 眞實 혹은 實在)가 아니라, 일상적인 용어로서의 현실, 즉 인간 삶의 구체적인 현장을 가리킨다고 강조하고 있다.

치"를 가진다는 것이다. 따라서 창작 주체가 스스로 '영매'가 되는 것은 현실을 망각한다는 의미이고, 이는 "이성을 전적으로 무시하거나 현실감각을 완전히 포기"한 것으로 비쳐질 수밖에 없다. 김종길은 미당의 실험이 "시로서는 그 한계를 벗어나는, 즉 시에서의 이탈을 뜻할 염려"가 있다고 보았던 것이다. 김종길의 이런 논법은 시인이란 현실을 살아가는 존재이며, 시인의 실험 역시 현실 문제와 어떤 방식으로든 연결되어야 비로소 의의를 확보할 수 있다는 인식에 기초하고 있다

그렇다면 김종길이 말한 '현실'의 구체적 함의는 무엇인가? 그것은 우선 '시대성'과 관계 속에서 설명된다. 김종길은 '실험', 특히 언어 실험을 기준으로 당대의 한국시를 조감하였다. 여기서 그는 시의 언어란 시대 변화에 따라 변할 수밖에 없으며 새로운 언어를 찾기 위한 실험은 그 "언어가 표현하는 내용 즉 소재나 경험을 확대하거나 더 깊이 파헤치거나 더 섬세하게 다루는 것"이라는 인식에 기초하고 있다. 이런 기준으로 보면,『신라초』이후 미당 시는 내용에 있어서의 신비적 색채보다는 시대에 부합하는 언어의 실험이 뒤따르지 못했기 때문에 비판의 대상이 된다. 김종길은 다음 근거를 들어 미당 시가 "우리 시의 현대화에 어느 정도의 공헌을 할 수 있을지는 분명히 의심스럽다"고까지 말한다.

> 그러나 서정주씨의 경우 현재의 실험은 이와 반대로 소재나 경험의 새 영역을 발굴함으로써 거꾸로 언어의 새로운 가능성을 좀 더 넓힐지는 모른다. 그렇지만 이 경우는 보통의 경우와는 달라 새로운 경험이 얼마만큼 새로운 언어의 가능성을 넓힐지는 의문이다. 시집「新羅抄」가 보이는 바와 같이 이 시인의 언어는 종래의 언어보다도 한결 私的이요, 地方的이요, 原始的인 것이 되어 더 투박하고 단순하고 시골노인들의 말처럼 구식의 것이 되어 있다. 다시 말하면 시골 무당이나 점쟁이의 것 같은 언어가 되어 있는 것이다.

이 글에서 김종길은 미당이 스스로 영매나 접신술가 노릇을 한다고
비판한다. 미당의 시적 화자가 수행한 이야기 전달자로서의 기능37)을
순전히 제의적 기능으로 환원해서 설명한 결과이다. 미당 시에 담긴 주
술적·제의적 요소는 소재나 내용상의 특성에서 유래하는 것이지 시적
발화 행위 그 자체가 수행하는 시적 기능과는 큰 상관이 없다. 더구나
미당의 시적 화자가 어떤 주술적·제의적 목적으로 시적 발화를 한 것
으로 보기도 어렵다. 그럼에도 김종길은 미당을 영매나 접신술가라 비
판하면서 '인간으로서의 이성을 전적으로 무시하거나 현실감각을 온전
히 포기'한 것으로까지 단죄한 것이다. 이는 수사적 차원에서라면 몰라
도 정당한 비판 근거를 가진 표현이라고 보기 어렵다.

다만 미당의 시적 언어가 그 이전에 비해 '한결 私的이요, 地方的이
요, 原始的인 것'으로 변하였으며, '투박하고 단순하고 시골노인들의
말처럼 구식의 것'이 되어 가고 있다는 비판은 주목할 만하다. 언어 실
험이란 견지에서 보면, 미당 시의 언어가 구투를 닮아가고 있는 점은
명백한 한계이다. 그것은 변화하는 시대의 현실과 호흡하는 언어가 될
수 없기 때문이다. 미당의 "신비주의는 원시적이며 그만큼이나 또한 반
동적"이라는 평가 역시 김종길이 철저히 '시대성'을 기준으로 미학적
판단을 내리고 있음을 보여준다. 이를 바탕으로 김종길은 미당의 실험
이 언어와 기교에 대한 실험 및 그에 파생되는 경험의 확대가 아니라
그와 정반대의 방향을 향하고 있다고 판단하였다. 즉 미당이 "경험의
새 영역을 발굴함으로써 거꾸로 언어의 새로운 가능성을" 넓히는 전도
된 실험을 시도하고 있다는 것이다. 하지만 김종길은 미당의 언어가 구
투를 닮아가고 있는 점에서 『신라초』의 실험이 실패한 실험에 지나지

---

37) 『신라초』에서 미당은 고대적 사유로서 신라인들이 보여주었던 인생관과 죽음관, 자
연관을 계승하고 있다. 미당은 시적 화자에게 고대인(의 사유)과 현대인(의 사유)을
매개하는 역할을 부여하고 있다. 이때 시적 화자는 타자의 말, 즉 죽은 자(설화적 세
계 속의 인물)의 말을 산 자(현대인)에게 전해주는 이야기 전달자의 기능을 수행하
게 된다.

않는다고 비판하게 된다.

김종길의 비판은 미당의 즉각적인 반발[38]을 불러일으켰다. 하지만 논쟁은 언어 실험의 시대성과 현실성이란 초점에서 벗어나 '시인=영매 혹은 접신술사'인가의 여부를 둘러싼 지엽적인 설전으로 빠져들었다. 미당은 자신의 신라정신론과 『신라초』의 두 기둥, 즉 '영통'(혹은 '혼교')과 불교의 三世因緣은 인류의 '형이상학적 지향'과 관련이 있는 것으로서 "인류에게 과거와 현재와 미래와 生과 死 가 있는 限 앞으로도 이런 사상의 매력은 현실력을 가지고 되풀이되어 갈 것"이라고 단언한다. 특히 미당은 영통이 기독교와 불교 등을 포함하여 고대 이래의 종교 일반의 정신태도에 속하는 것이며, "고대로부터 내려오는 사유태도나 감응태도는 현대가 설정한 모든 것의 약이"될 수 있으며, 신라정신론이 결코 비이성적, 비현실적인 것이 아님을 강변하였다. 미당은 '점쟁이'니 '샤머니즘'이니 하는 타인의 평가에 민감하게 반응하면서 자신이 고대 정신의 일단을 "시험 삼아 본 따 보고 있었을 뿐"이라고 방어적인 태도를 보였지만, 자신이 지향한 정신세계야말로 "바른 역사 참가자의 태도"라는 주장을 굽히지는 않았다. 특히 다음 주장에는 신라정신론의 정치적 무의식이 잘 드러난다.

> 그리고 이 혼교 없이는 역사라는 것은 바르게 이루어질 수 없는 것이라고 나는 생각한다. 막달라 · 마리아가 본 基督의 復活을 믿는 한사람의 카토릭教徒였던 故 케네디 미국대통령을 잠간 想起하시기 바란다. 지금 이 대로나마 공산주의의 파괴에서 세계의 마지막 균형과 평화를 유지하는 것은 그런 靈通도 믿는 케네디 같은 類의 一聯의 政治家들의 힘에 의해서 아닌가?
> 古代로부터 있어온 思惟態度라 해서 「古代부터」라는 이유만으로는 현대에 꼭 필요 없는 것이 되는 것도 아니고, 또 현대에서 아주 낡은 것이 되는 것도 아니다.

---

38) 서정주, 「내 시정신의 현황」, 『문학춘추』 1964.7.

그렇기는 새로 어떤 古代부터 내려오는 思惟態度나 感應態度는 현대
가 설정한 모든 것의 약이 되는 경우도 있다.39)

이 글에서 미당은 신라정신론의 시대성과 현실성을 입증하기 위해
영통 혹은 혼교를 곧바로 시대주의 · 지역주의 · 유물주의와 대립시킨
다. 그리고는 "기독의 부활을 믿는", 즉 '영통도 믿는' 미국의 한 대통
령(케네디)이 "공산주의의 파괴에서 세계의 마지막 균형과 평화를 유지"
하고 있다는 문학 외적인 견강부회로 영통(주의)의 정당성을 설파한다.
그는 영통주의의 '정신 경영 태도'야말로 시대주의 · 지역주의 · 유물주
의가 야기한 "역사의 滯症들을 풀어"40)내고 사람들을 구제할 수 있는
사유 태도라고까지 보았다. 미당의 이런 논법은 신라정신론이 지닌 반
(탈)시대성 · 반(탈)역사성을 은폐하기 위한 것이자, 공식적 이데올로기의
권위를 빌어 자신에게 가해질 이념적 비판을 무력화하려는 담론 전략
을 구사한 것으로 볼 수 있다. 또한 미당의 전략은 '언어 실험' 문제를
논쟁의 이면으로 옮겨놓는 결과를 초래하였다. 이 글에서 미당은 "시의
언어의 문제 등 다음에 한 번 더 이야기하려 한다"는 말로 논의를 유보
한 채 글을 끝맺고 있거니와, 이런 까닭에 김종길의 반론 역시 언어의
실험과 현실성 문제 대신에 '신비' 문제를 둘러싼 비생산적 논의로 방
향을 틀게 되었다.

한편, 김종길은 「시와 이성」41)에서 미당의 반론이 오히려 자신의 논
지를 강화해 준다고 말하면서, 미당이 영매(혹은 접신술)가 되었다는 판
단은 "사실을 존중해야 하는" 비평의 책무와 관련이 있다고 주장한다.
미당의 영통주의가 "개인의 취미나 信仰의 문제라면" 관여할 바가 아
니지만, 미당을 두고 '영매가 되어버린 듯한 경향'이 있다고 한 자신의

---

39) 위의 글, 270쪽.
40) 위의 글, 271쪽.
41) 김종길, 「시와 이성」, 『문학춘추』, 1964.8.

비판은 '시' 비평의 차원에서 이루어진 것이라고 전제한다. 그러면서 김종길은 다시 영통주의의 핵심을 담은 미당의 시 「한국성사략」에 대한 비판을 첨부한다. 그는 '한국성사략'이 "사실과 넌센스를 무의식적으로 混同"한 작품이라고 보았다. 비록 "역사적인 사실을 직접 끌어오기"는 하였지만, 그것은 시적 의미에 있어서의 '넌센스'라 할 수 없으며 그렇다고 이성적인 태도로 역사에 접근한 작품도 아니라는 것이다.

김종길의 이런 비판은 역사를 주관적으로 전유하고 심미화한 미당의 몰역사적 태도에 대한 냉소로 이어진다. 특히 '신라정신'은 현대시가 기반을 두어야 할 "사실과 경험"을 결여하고 있으며, "이성적 구조(rational structure), 즉 패러프레이즈할 수 있는 내용"을 결여하고 있다는 것이다. 미당 시는 이성적 구조를 결여하고 있는 까닭에 결국 시의 내용이 현실적 전거를 가지지 못하는 '잠꼬대'에 지나지 않으며, 시가 아닌 신앙에 치우쳐 "시의 난맥을 가져오고 수준을 저하시키는 것은 시인으로서의 씨에게 있어서 뿐만 아니라 우리 현대시의 커다란 불행"(같은 글, 278면)이라는 것이 김종길의 주장이다.

여러 한계에도 불구하고 김종길의 미당 비판은 '신라정신'의 논리적 모순을 적절하게 드러냈다. 이는 1960년대 문학 비평이 도달한 수준을 보여준 것이라 평가할 만하다. 물론 신라정신론을 '마법성의 수사학'이란 관점에서 새롭게 조명한 최근의 한 연구 성과[42]는 충분히 공감할 여지가 있다. 하지만 미당이 시도한 마법성의 수사학의 반근대성 혹은 이성주의 비판을 김종길이 이해하고 있었느냐의 여부는 이 논쟁에서 중요한 부분이 아니다. 김종길의 미당 비판은 단순히 신라정신론의 신비주의적 요소만이 아니라 미당 시의 낡은 스타일과 탈현실성과 관련이 있기 때문이다.

여기서 신라정신론이 현실 권력과 맺는 관계를 환기할 필요가 있다.

---

42) 박현수, 「현대시와 마법성의 수사학」, 『현대시와 전통주의의 수사학』, 서울대학교출판부, 2004.

신라정신론은 당대의 통치 이데올로기를 승인하는 방식으로 동시대의 근대성 담론을 강화하는 결과를 낳았다. 미당은 경험적 현실의 맥락들을 지우고 당대적 경험을 소거하는 대신 고대적 경험을 절대화하려 했고, 이를 통해 현실의 권력에 영합하려 했다. 이성적 구조의 결여를 내세워 '신라정신'을 비판한 김종길의 시각이 주목되는 이유가 여기에 있다. 따라서 김종길의 시각을 두고 이성주의의 맹목에 빠져 신비주의의 의의를 몰각한 견해라고 보는 연구 시각은 적절하지 않다.43) 김종길이 김춘수·전봉건 등의 언어 실험과 기교에 긍정적 시선을 보내고 있는 것에서 짐작할 수 있듯이, 그는 현대시의 존재 의의를 '이성'이 지배하는 현실에 대한 비판과 새로운 현실의 모색에서 찾았다. 미당의 주장처럼 김종길이 부적절한 작품 해석에 기반하여 논리를 전개한 것은 사실이다. 하지만, 현대시가 이성적 구조를 견지해야 한다는 주장만큼은 서정시의 현실 비판 혹은 이성 비판은 현실성과 이성에 근거를 두어야 한다는 미학적 인식을 드러낸 것이란 점에서 주목할 만하다.

'신라정신'은 어떤 역사적, 이념적 실체가 있는 것은 아니다. 신라는 식민지 시대와 국민국가 건설기를 거치면서 지배 권력과 엘리트층이 '나라만들기'의 필요성에 의해 소환된, 잊었던 과거 불과하다. 그러니까 미당이 제창한 신라정신의 기원은 고대 역사 자체가 아니라 당대의 역사적 현실에 있는 것이다. 미당은 신라정신론 그 자체의 현실적 기원을 은폐한 셈이다. 미당의 일관된 담론 전략은 고대정신의 계승이란 이름으로, 창안된 전통에 심미적 절대성을 부여하는 것이었다. 그는 국가주의 담론에 영합하는 가운데 영원성의 수사학을 필요로 했고, 이 욕망에 기초하여 잔여 문화에 지나지 않은 신라정신의 '영통'과 '혼교'를

---

43) 여기서 미당과 김종길의 이성관의 차이에 주목할 필요가 있다. 미당은 반이성적 태도를 가장하고 이성의 최고 표현으로서 국가 이성을 정당화하는 가운데 국가로 대표되는 인륜적 질서 위에서 고대 정신의 계승을 시도하였다. 이와 달리 김종길은 '이성적 구조'(혹은 현실성)를 전면에 내세워 진정한 언어 실험을 통한 이성 비판의 필요성을 제기한 것이다.

불러낸 것이다. 그러니까 무게 중심은 신라가 아니라 '신라적인 것'으로 표상되는 영원한 질서에 대한 승인 혹은 권력에 대한 승인에 있는 것이다. 그런 까닭에 시적 주체의 욕망이 충족된다면 그것이 신라가 아니라 다른 무엇이어도 아무 상관이 없는 것이다.

신라정신론에 대한 비판은 '신라정신'을 실체화하려 했던 미당의 내적 욕망과 정치적 무의식을 밝히는 것이 되어야 한다. 이런 점에서 김종길의 미당 비판은 상당한 문제의식을 지닌 것으로 평가할 수 있다. 김종길이 신라정신론의 비이성주의나 탈현실성을 비판한 것은 마법성의 수사학에 대한 무지 때문이 아니라, 신비주의의 휘장 너머에 숨어 있는 반동성(탈역사성)을 고발하기 위한 것이었다. 미당이 「시평가가 가져야 할 시의 안목」[44]을 통해 김종길의 반비판에 신경질적인 반응을 보이고, 그 결과 논쟁이 상대에 대한 인신공격성 발전으로 치우치고 만 것은 사실이다. 하지만 미당이 김종길과의 논쟁 이후 서정시와 현실의 관계에 대해 논리를 정치하게 가다듬은 것은 이 논쟁의 성과라고 평가할 만하다.[45]

5. 맺음말

미당의 신라정신론은 전후 전통주의 시가 추구했던 미학적 전략의 핵심을 잘 보여준다. 분단과 전쟁, 새로운 나라만들기로 이어지는 역사적 경험을 통해 전후 시인들은 '현대시가 과연 어떤 방식으로 한국적

---

44) 1964년 7월에 『문학춘추』에 발표한 글이며, 본고에서는 『전집』 제4권, 176쪽 참조.
45) "文學作品의 現實力이란 딴 게 아니라 그 表現傳達力인 것인데, 이것의 成不成은 논외로 하고, '아, 이것 구름이니 現實이 아니란 말야.', '아, 이건 風流니 우리 現實이 아니란 말야.' 어쩌고 하면서 멀쩡하니 있는 風流를 앞에 두고 대드는 따위의 짓거리는 아무 批評일 수도 없는 노릇이다." 서정주, 1972「문학작품의 현실이라는 것」, 『전집』 제5권, 286쪽.

근대성에 대응할 것인가'라는 문제에 봉착하게 되었고, 다양한 미학적 전략을 동원하여 전후의 파편화된 현실을 고발하고 새로운 삶의 질서에 대한 비전을 제시하였다. 신라정신론 역시 한편으로는 전후비평에서의 전통논쟁을 배경으로, 다른 한편으로는 당대의 민족담론으로서 신라담론을 배경으로 '신라'라는 기원적 시간으로 거슬러 올라가 시적 상상력을 펼쳐내는 미학적 구상을 보여주었다. 본고는 이런 신라정신론이 기반하고 있는 윤리의식과 정치적 무의식을 규명하고, 그것이 동시대의 정치적·문화적 맥락 속에서 지니는 의미에 대해 중점적으로 논의하였다.

우선, 본고는 1950년대 후반부터 1960년대 초반 무렵까지 미당의 신라정신론이 형성된 과정을 역추적하였다. 그 결과 김범부 이외에도 일본 시인 미요시 다츠시라는 영향의 원천이 있었을 것으로 추정하였다. 미요시가 경주 탐방시를 발표한 바 있으며, 그를 포함한 일련의 일본시인들이 조선의 문화와 예술, 조선미에 대해서 품었던 오리엔탈리즘적 시각이 미당에 전유되었을 가능성이 있다. 미당이 조선적인 것의 아름다움 속에서 영원성의 질서를 발견하였던 그 시점에 친일시의 논리를 내면화한 것도 이런 맥락과 관련이 있다.

한편, 본고는 미당의 친일시가 전체성의 부름46)에 함몰되어 개인의 자유나 모럴을 파기한 것임에 주목하고, 이러한 국가주의적·전체주의적 시선이 신라정신론의 기저에 자리 잡고 있는 윤리의식이나 정치적 무의적에 계승된다고 보았다. 미당은 신라의 설화적 인물들에서 사신의 윤리를 찾아냈고, 이를 떠받치는 죽음관으로서 영생(혹은 영원성) 혹은 산 자와 죽은 자의 교섭이 이루어지는 영통(혹은 혼교)이 현대에 계승할 가장 근본적인 전통정신임을 주장하였다. 이런 신라정신론은 두 가지 점에서 문제를 드러낸다. 우선 그것은 '개인'을 폐기하고 '국가'라는

---

46) '전체성의 부름'과 대칭성의 욕망에 대해서는 사카이 나오끼, 앞의 책, 168쪽 참조.

인류적 전체성을 절대화하는 정치적 무의식을 드러내고 있다. 다른 한 편으로는 신라정신론은 '신라'라는 기원으로 거슬러 올라가 거기서 "이 지러지지 않은 우리의 모습"을 찾아내고 그것을 윤리적으로 절대화하 려는 욕망을 보여준다. 이런 윤리의식은 전도된 오리엔탈리즘에 연결 된다. 미당의 신라정신론은 서구의 현대 지식인들이 고대 그리스와 같 은 본래적 자기로 회귀했던 욕망과 그것을 전유한 1930년대 일본 지식 인들이 '동양'이라는 본래적 자기로 회귀했던 대칭성에 대한 욕망을 이 중으로 전도시킴으로써 탄생한 것이다. 이런 문제점이 중첩되어 미당 은 여러 산문에서 전체주의적·반공주의적 시각을 노정하게 되거니와, 이는 영원성의 시학을 추구했던 미당의 왜곡된 국가의식이나 취약한 모럴의식이 작동한 결과라고 볼 수 있다. 미당 시가 이성적 구조를 결 여하고 있으며 현대시가 요구하는 언어 실험에 도달하지 못했다는 김 종길의 비판은 신비주의의 외피를 쓰고 등장한 신라정신론의 윤리의식 으로는 동시대의 현실을 부정하거나 비판할 수 없다는 판단해 기초한 것이라 볼 수 있다.

이론으로 정립된 이후 신라정신론이 미당의 실제 시 창작의 핵심 주 제에서 벗어난 점은 아이러니이다. 미당은 『신라초』(1961)를 거쳐 『동천』 (1968)을 발간하였지만 그의 시적 관심은 이미 신라로부터 불교적인 세 계로 이동하였으며, 『질마재신화』(1975)에서는 자신의 유년의 기억과 고향의 설화를 버무려 이야기시를 빚어놓는 것으로 물러났다. 미당의 논리에 따르면 『질마재신화』는 현재까지 민간에 전승된 신라정신을 탐 색한 것이겠지만 그것이 신라정신론으로서 지니는 의미는 이미 상당 부분 퇴색하였다. 『질마재신화』는 민간 신앙이나 주술, 토속적 정서에 습합된 채 인류적 질서를 승인하고 전근대적 윤리의식으로 퇴행한 것 으로 볼 수도 있다. 이에 대한 논의는 추후 연구 과제로 남겨놓는다.

제 3 부 ▪ 한국 근대시와 '질마재'의 신화적 상상력

『질마재신화』에 나타나는 '액션' 미학 • 윤재웅

1970년대 서정주의 세계여행론과 '질마재'의 전통주의 • 박연희

서정주의 『질마재 신화』에 나타난 공동체의 상상력 • 김수이

'부재'의 감각과 미적 공동체 • 정영진

『질마재신화』에 나타나는 '액션' 미학

윤 재 웅*

1. 머리말

『질마재신화』(1975)는 서정주의 여섯 번째 시집이자, 그의 전체 시력
(詩歷)에서 가장 파격적인 변모를 보이는 실험정신의 산물이다. 이 시집
은 월령체시 12편을 비롯하여 33편의 이야기시를 수록함으로써 '서정
에서 서사로' 이동하는 양식상의 변화를 선보인다.[1] 그만큼 이야기시
로서의 장르 속성이 강하고 내용도 독특하다.

『질마재신화』는 신기하고 특별한 사건을 흥미 있게 전달하는 '구연
형 담화'[2]가 특성이다. 여기에서 중시되는 요인은 서정주 자신의 표현
에 따르면 '액션과 독자'이다.[3] 시에도 소설과 같은 사건을 도입해서

---

* 동국대학교, shouuu@hanmail.net
** 이 글은 『동악어문학』 61호(동악어문학회, 2013)에 게재된 원고를 단행본의 편집 취
   지에 맞춰 수정·보완한 것이다.
1) 수록시편은 45편이지만 통상적으로는 이야기를 가진 33편의 시편들이 이 시집의 주
   류를 이룬다.
2) 『질마재신화』의 구연형 담화 특성에 대해서는 다음의 자료를 참조하라. 김동일, 「서
   정주 시 연구-화자를 중심으로」, 성균관대학교 교육대학원 석사논문, 1989; 심혜련, 「서
   정주 시의 화자 청자 연구」, 이화여자대학교 석사논문, 1992; 나희덕, 「서정주의 『질마
   재신화』 연구-서술시적 특성을 중심으로」, 연세대학교 석사논문, 1999; 이혜원, 「1970
   년대 서술시의 양식적 특성」, 『상허학보』 10호, 2003.
3) "액션이 없으니까 독자들이 떠나가는 것 같아요. 그러니까 시에도 액션을 넣었지. 소

독자를 즐겁게 하겠다는 야심찬 기획의 산물인 셈이다.

'독자'요인은 서사소통과 관련된 문제이다. 이 맥락에서의 소통성은 소설가와 독자의 관계처럼 일방향적이고 분리된 관계가 아니라 현장성과 연행성을 부각시킴으로써 쌍방향적 친밀성을 강화하는 관계이다. 그러므로 이 시집 속의 이야기 생산과 수용 양상은 구연형 담화가 그런 것처럼 '소설가-독자'의 형식보다는 '화자-청자'의 형식에 가깝다.

> 「그 아이 웃음 속엔 벌써 영감이 아흔 아홉 명은 들어앉았었더라.」고 마을 사람들은 말하더니만 「저 아이 웃음을 보니 오늘은 싸락눈이라도 한 줄금 잘 내리실라는가 보다.」하는 데까지 가게 되었읍니다. 「이놈의 새끼야. 이 개만도 못한 놈의 새끼야. 네 놈 웃는 쌍판이 그리 재수가 없으니 이 달은 푸닥거리 하자는 데도 이리 줄어 들고 만 것이라……」단골 巫堂네까지도 마침내는 이 아이의 웃음에 요렇게쯤 말려 들게 되었읍니다.
>
> -「단골 巫堂네 머슴 아이」 중에서

'단골 巫堂네 머슴 아이'에 대해 보고하는 시인은 이야기의 실제 생산자이며 청자를 염두에 두는 효과에 치중한다. 예컨대 등장인물들의 직접화법 도입은 '액션'의 실감을 고조시킬 뿐 아니라 '독자'의 상황을 '청자'의 상황으로 바꾸는 데 기여한다. 즉 독자는 시를 읽는 게 아니라 이야기를 듣는 느낌을 가지게 된다. 이런 점에서 텍스트상의 시인과 독자는 이야기 구연 현장의 화자와 청자 경험을 하게 되며4), 이야기 속 인물들 또한 그들의 발화를 통해 이야기 생산자가 되기도 한다.

이와 같은 현상은 기본적으로 '樣式이란 걸 그런 식으로 한 번 만들어 본 것'이라는 이야기 소통방식의 변화 욕구에서 비롯한다. 그것은 발터 벤야민이 '이야기꾼 storyteller'에 대한 한 논문에서 '생생하게 살

설처럼 말이오. 어디 樣式이란 걸 그런 식으로 한 번 만들어 본 것이거든" 김주연, 「이야기를 가진 詩」,『나의 칼은 나의 작품』, 민음사, 1975. 11쪽 참조.

4) 물론 이때의 경험은 실제의 연행이 아니라 연행을 모방하는 유사경험이다. 그리고 이것은 문자 텍스트가 발화 텍스트로 바뀌는 효과와 직결된다.

아 있는 말의 영역'[5]이라 말한 바 있는 경험과 의사소통의 직접성의
문제이기도 하다. 구연형 담화 생산자로서의 시인은 '경험을 교환할 수
있는 능력'의 소유자[6], 다시 말해 단순한 서사 전달자로서의 고독한 소
설가가 아니라 대면적 상황의 현장 이야기꾼으로서의 역할에 치중한다.
그는 고립된 불특정 독자들에게 이야기를 분배하는 게 아니라 청자와
의 사교적 관계를 만들어나가는 데 주력하는 것이다. 또한 전달 대상으
로서의 수용자, 즉 소설을 읽는 독자가 작가 및 다른 독자들로부터 고
독하게 분리되어 기계복제 시대의 서사를 소모하는 데 치중한다면,[7]
이야기꾼과 함께 소통과정에 동반하는 청자는 "생생한 이야기 교환의
사교적 상황을 조성하는 데 기여한다."[8]

이는 서사소통의 쌍방향성을 추구하는 구연형 담화의 중요한 특성이
다. 그러므로 서정주의 '독자'는 벤야민이 근대사의 정신사적 특징으로
갈파한 '경험 상실'[9] 테제의 복구와 관련이 있다. 그가 '시집을 통해'

---

5) 발터 벤야민(반성완 역) 「얘기꾼과 소설가」, 『발터 벤야민의 문예이론』, 민음사,
   1983. 170쪽. 이 글 속에는 흥미로운 아이디어들이 많다. 그는 이야기의 본질을 구연
   성과 현장성에 두는 반면 소설은 근본적으로 책에 의존하므로 독자는 혼자 유리되어
   고독하다고 보았다. 이는 서정주의 '독자' 개념이 소설 속의 독자가 아니라 이야기꾼
   과 호흡을 같이 하는 '청자'의 개념에 가깝다는 것을 암시한다. 당시의 서정주에게는
   '이야기'와 '소설'의 차이에 대한 인식이 희박했다. 하지만 '소설처럼 독자와 액션이
   있었으면 좋겠다'는 서정주의 바람은 이야기의 복원과 경험의 부활이라는 문학사적
   의의를 가지게 됨으로써 한국 현대시의 새로운 기획으로 평가받을 만하다.
6) 발터 벤야민, 위의 책. 이 부분의 번역은 반성완보다 김남시가 더 명쾌하다. "이야기꾼
   은 그가 이야기하는 것을 자기 자신의 경험 혹은 자기가 들은 경험에서 가져온다. 그
   리고 그는 이를 다시 자신의 이야기를 듣는 사람들의 경험으로 만든다." 김남시, 「트
   위터와 새로운 문자소통의 가능성 : 발터 벤야민의 "이야기" 개념을 중심으로」, 『기호
   학연구』 30집, 2011, 12쪽 참조.
7) "저자가 쓰고 있을 때 독자가 부재하며, 독자가 읽고 있을 때 저자는 부재"(Alexander
   Honold, 2000)하는 게 소설이다. 여기서는 김남시, 앞의 글에서 재인용.
8) 윤재웅, 「질마재신화의 내러티브 연구」, 『내러티브』 8호, 한국서사학회, 2004, 203쪽.
9) 벤야민에게 '경험 상실'은 1차 세계대전의 후유증과 전쟁 10년 후부터 쏟아져 나오는
   전쟁 책들에 대한 비판적 성찰의 산물이다. 이는 "전통적인 가치의 붕괴와 그로부터
   의 단절에서 생겨난 공동체 문화의 붕괴, 개인들 사이의 고립 등 근대라는 시기를 거
   치며 일어난 삶의 미시적 변화들을 포괄"(김남시, 앞의 글)하는 것이지만 간명하게

'이야기-경험의 부활'에 도전하고자 했다면 이는 그 자체로 문학사적 의의가 작지 않다.[10]

'독자'가 이야기의 형식을 결정하는 데 영향을 미치는 요소라면 '액션'은 이야기의 내용을 구성하는 데 상대적으로 더 많은 기여를 하는 요인이다. 『질마재신화』 속에는 가난과 비루함과 불쾌의 영역에 속하는 이야기-내용들을 생명과 신성의 경지로 바꾸는 전도적 상상력이 도처에 개입한다. 이 자체가 '재미'의 요소이며 강력한 미적 쾌감을 이끌어낸다.[11] 똥오줌 항아리를 거울삼아 염발질을 하는 상가수, 마른 명태를 통째로 씹어 먹는 눈들 영감, 앉은뱅이 재곤이의 실종을 하늘로 신선살이 하러 간 것으로 믿는 마을사람들에서 보는 것처럼 이 시집이 가지는 '재미'의 핵심은 역설적 긍정의 방식으로 드러나는 전도적 상상력에서 기인한다. 즉 '세속적 기준과는 다른 방식으로 신화화'[12] 시키

말하자면 '이야기의 쇠퇴' 즉 '경험 전달 가능성의 감소'라는 근대정신에 대한 비판에 해당한다. 그러므로 벤야민적 맥락으로 보면 서정주가 이야기꾼을 자처하여 경험전달을 시도하는 것은 단순한 장르 실험이 아니라 근대성 반성의 맥락으로 접근할 수 있다.

10) 벤야민의 근대성 비판 맥락으로서의 '이야기-경험의 부활'이 한국의 근대화 과정에 동일하게 적용될 것인가, 혹은 서구의 근대소설 비판 정황이 왜 한국에서는 시의 장르 혁신으로 나아갔는가 하는 문제는 비교문학적으로 흥미로운 과제이다. '이야기 문학'의 근대적 유통 양상 이전에 구연형 담화가 있었다는 것은 동서양이 특별히 다르지 않다. 우리 근대문학의 경우 구연형 담화는 소설 양식에서 보다 몇몇 도전적인 시인에 의해서 '전통의 창발적 계승'의 형식으로 시도되었다는 점이 이채롭다. 판소리 사설을 계승한 김지하의 「오적」(1970), '외할머니의 무릎학교'에서 들은 이야기 문학을 바탕으로 삶의 지혜를 전수하는 서정주의 『질마재신화』(1975)가 대표적이다. 이들은 근대시의 발전과정에서 독자 배려, 소통방식의 개선, 입심 발휘의 재능, 전통의 계승, 경험의 재현 등을 적극적으로 보여주고 있다.

11) 오규원은 일찍이 서정주 시의 '재미'를 '입심'으로 보았다. 요즘 말로 '스토리텔링' 개념에 가까운데 원텍스트에 드러나는 '말솜씨'가 워낙 출중해서 그 어떤 연구텍스트도 원텍스트의 재미를 넘기 어렵다고 보았다. "서정주만한 입심도 없이, 지금에 와서 누군가가 서정주에 대해서 무엇인가를 썼다면 그건 보나마나 그의 시보다 훨씬 재미없을 게 뻔하다.", 오규원, 「대가의 멋과 한계」, 『문학과 지성』, 1976, 겨울, 통권 제26호, 1038쪽 참조.

12) 이혜원, 앞의 글, 331쪽.

는 게 재미의 원리인 셈이다.

　이 '재미나는' 이야기(액션)를 구연형 담화의 양식으로 '재미있게' 들려주는(독자-청자) 시 장르가 바로 『질마재신화』인 것이다. 이것이 바로 '신화' 기표의 서정주적 변용이다.13) '질마재신화'는 질마재의 신들에 대한 이야기가 아니라 질마재 마을에서 일어난 '희귀하고 재미나는 이야기'라는 뜻이며, 그 이야기의 내용은 서정주적 '액션'의 하위 요소인 공간(장소)과 시간(역사)과 인물(사람들)에 의해 주도적으로 재현된다.

2. 장소, 개인경험의 재현

　질마재는 시인의 고향마을이다. 서정주는 1915년 음력 5월 18일 질마재(선운리 578번지)에서 태어나 10년간의 유년기를 이곳에서 보낸다. 할머니, 외할머니, 어머니를 비롯한 많은 여인들로부터 영향을 받으며 자라는데 아버지 부재심리, 모계 혈통에 대한 내면의 경도, 원형으로서의 대모신(大母神) 지향의식, 구원과 심미적 대상으로서의 여인들과의 교유, 그리고 외할머니로부터 옛날이야기 듣기가 유년의 주요 경험을 이룬다.14) 여기에 서당 체험, 각종 민속제의 및 마을사람들에 대한 체험과 기억이 덧붙여진다.

　이런 사인화(私人化) 된 경험의 영역들이 '질마재' 공간의 중요한 특성을 구성한다. 즉 질마재는 허구공간이 아닌 실제의 체험공간으로서 '내가 살던 마을의 실제 이야기'로 재현된다. 특이한 것은 이런 리얼리즘 정신이 당대의 증언과 보고 혹은 풍자와 비판의 양식을 지향하

---

13) 서정주의 '신화'에 대한 유일한 단서가 「눈들 영감의 마른 명태」에 나온다. "이것도 아마 이 하늘 밑에서는 거의 없는 일일 테니 불가불 할 수 없이 神話의 일종이겠읍죠"
14) 미당 시의 모성 영향 연구는 김점용, 「서정주 시의 미의식 연구-'죽음 환상'과 '모성 환상'을 중심으로」, 서울시립대 박사논문, 2003 참조.

지 않고 '신화'를 표방함으로써 동시대의 이야기시들과 차별성을 가진
다는 점이다.15)

공간에 대한 개인경험의 극적 형태는 '장소애(topophilia)'이다. "공간은
장소에 비해 추상적이며, 공간에 의미를 부여할 때 장소가 된다"16)는
이-푸 투안의 관점은 개인의 구체적 경험과 특히 관련이 많다. 또한 에
드워드 랠프가 장소를 "'나-당신'의 관계를 경험하는 것"17)이라고 했을
때에도 개인의 구체적 경험 내용이 '공간-사람'과 결합하는 경우를 주
목하는 것이다.

'질마재'는 개인경험 공간의 구체적인 '장소'이다. 서정주의 친제인
서정태(1923~)의 증언에 의해 재구성된 『질마재신화』 속 '장소'18)들은
여러 면에서 놀랍다. 첫째는 마을의 원형이 지금껏 거의 변하지 않고
있다는 점이다.19) 둘째는 서정주의 이야기시들 중 많은 부분이 구체적
장소에 대한 개인경험의 재현을 통해 이루어지고 있다는 점이다. 셋째
는 지금도 현장체험을 통해 텍스트 속 이야기의 재현이 가능하다는 점
이다. 조각상과 시 텍스트를 현장에 고정시켜 놓는 게 아니라 탐방자들
의 실연(實演)을 통해 시집 속의 '이야기 세계'를 자기체험으로 재탄생

---

15) 신동엽의 『금강』(1967)과 김지하의 「오적」(1970)이 보여준 신랄한 비판정신을 『질
   마재신화』는 보여주지 않는다. 또한 신경림의 『농무』(1973)나 『새재』(1979)처럼 소
   외계층을 대변하는 육성과 민요의 가락도 찾기 어렵다. 이 시집은 이데올로기를 주
   도적으로 다루지 않는 대신 민중들의 삶과 그 속성들 중에서 이야기 요소가 강한
   사례들을 '신화(희귀하고 재미나는 이야기)'의 이름으로 재편해서 보여준다. 그런 점
   때문에 『신라초』(1961) 이래 받아오던 '역사의식의 몰각'(김윤식, 1963, 1973, 1993)
   이라는 비판을 받기도 하고 또 한편으로는 '독자적이고 성공적인 민중문학'(유종호,
   1995)으로 평가받기도 한다.
16) 이-푸 투안(구동회·심승희 역), 『공간과 장소』, 대윤, 2007, 19쪽.
17) 애드워드 랠프(김덕현 외 역), 『장소와 장소 상실』, 논형, 2005, 145쪽.
18) 마을 입구 지도판에 대략적으로 표시되어 있으며 개개의 장소마다 돌 조각물과 간
   단한 설명이 새겨져 있다.
19) 『질마재신화』 당대와 달라진 점이 있다면 외할머니댁 앞 갯벌이 매립되었다는 것이
   고, '웃똠' 마을에서부터 '아래똠' 마을 거처 바다로 흘러가는 마을 고랑이 원래의
   사행천(蛇行川)에서 직선으로 바뀐 정도이다. 주변의 지형들은 큰 변화 없이 잘 보존
   되어 있다. 외할머니댁은 헐리고 현재 그 터만 있는데 복원이 시급하다.

시킬 수 있다는 점이 매력이다. 이런 것이 바로 생성형 텍스트이고 활동형 텍스트이다.[20) 외할머니네, 서당터, 단골무당네터, 부안댁터, 알묏집, 간통사건이 일어나 마을사람들이 가축용 여물을 뿌려 먹지 못하게 했던 우물…. 다양한 재현 방식이 있을 수 있으며 그 자체가 문학연구의 새로운 영역이 된다.

질마재 공간이 개인경험 재현의 구체적 '장소' 기능을 한다는 점은 현장 확인의 즐거움 이전에 텍스트 이해의 친밀성을 강화한다는 점에서도 주목할 만하다. '장소'는 사사롭고 은밀하며, 친숙한 삶의 재료로 구성된 이야기의 배경-무대이다. '장소'를 중심으로 하는 이 사사로움과 친숙함의 말솜씨-복원된 이야기가 지향하는 것은 '지혜의 발견과 전수'이다.

> 그 애가 샘에서 물동이에 물을 길어 머리 위에 이고 오는 것을 나는 항용 모시밭 사잇길에서 서서 지켜보고 있었는데요. 동이 갓의 물방울이 그 애의 이마에 들어 그 애 눈썹을 적시고 있을 때는 그 애는 나를 거들떠보지도 않고 그냥 지나갔지만, 그 동이의 물을 한 방울도 안 엎지르고 조심해 걸어와서 내 앞을 지날 때는 그 애는 내게 눈을 보내 나와 눈을 맞추고 빙그레 소리 없이 웃었읍니다. 아마 그 애는 그 물동이의 물을 한 방울도 안 엎지르고 걸을 수 있을 때만 나하고 눈을 맞추기로 작정했던 것이겠지요.
>
> ㅡ「그 애가 물동이의 물을 한 방울도 안 엎지르고 걸어왔을 때」

'모시밭 사잇길'은 좁고 은밀한 길이며 특별한 경험의 '장소'이다. 실제로 소년 미당의 생가에서 동네 우물가로 뻗어 있는 길이고, 그 길 위에서의 개인 기억 중 선명하게 각인 된 사건이 물동이 이고 걸어오

---

20) 단순한 볼거리 기능만 제공하는 기존의 문학관 및 관련공간이 '고정형 텍스트', '고착형 텍스트'라면 학습-독자나 방문-관광객들이 적극적인 자기역할을 통하여 공간에 대한 실제 체험을 하는 경우가 '생성형 텍스트', '활동형 텍스트'이다. 여기에 대한 보다 상세한 논의는 다음을 참조하라. 윤재웅, 「에코뮤지엄으로서의 미당시문학관의 발전 가능성에 대한 고찰」, 『한국문학연구』 36집, 2009, 442쪽.

는 소녀와의 '눈 맞춤'이다. 그것은 일견 '이성의 발견'21)이나 '좋은 감
정의 교환'이기도 하겠지만 예술의 기원과 발전에 관한 매혹적인 암시
라는 점에서 단순한 이야기 정보가 아니다. 물이 흘러 눈썹을 적시면
내게 눈을 맞추지도 않고 지나가는 그녀. 이런 때는 그토록 좁은 길에
서조차 아무런 교감이 없다. 그러나 그 애가 물동이의 물을 흘리지 않
고 지나갈 때에는 내게 눈을 맞추고 웃음도 보내게 되는데 이 자체가
미적 경험의 탄생을 강하게 암시한다. '이성에 대한 향념이 동경 경험
을 만들고 그것이 정열로 이어지는지는 모르지만'22) 일상생활의 심미
적 경험이라는 점은 수긍이 가능하다. 즉 '눈을 맞추는' 행위가 바로
'호감의 탄생'이나 '사랑의 끌림'과 같은 삶의 예술이란 걸 소년 서정
주는 '그 애와 나 사이의 경험'을 통해 짐작하게 되고, 이것이 바로 중
요한 발견이란 걸 넌지시 알려주는 것이다.

이야기 자체는 명시적이지 않지만 『질마재신화』의 대부분 시편들이
이런 '짐작' 혹은 '발견과 깨달음'의 형식을 통해 '지혜'를 제공한다는
점에서 이야기꾼의 범상치 않은 능력을 보여준다. '새로웠던 순간에 이
미 그 가치를 상실하는 정보, 한 순간 속에서만 생명력을 가지는 정보'
와는 달리, '이야기의 지혜는 스스로를 완전 소모하지 않으면서 많은
시간이 지난 뒤에도 다시 펼칠 수 있는'23) 특성을 가진다. 그러므로
'지혜'는 벤야민의 문맥에서 보면 '삶의 재료로 짜여진 일종의 '조언'
이다.24) 대용품으로서의 '신발'에 대한 이야기가 그렇고 바람난 과부의
솜씨 좋은 떡맛을 다루는 '알묏집' 이야기가 그러하며 가난하게 살면서
도 천지자연과 일체감을 느끼게 만드는 '마당방' 이야기가 그렇다.

질마재 이야기의 대부분이 '스스로를 완전 소모하지 않으면서 많은

21) 유종호, 「소리 지향과 산문 지향」, 『문학의 즐거움』(유종호전집5), 민음사, 1995, 33쪽.
22) 유종호, 같은 책, 32쪽 참조.
23) 발터 벤야민, 앞의 책, 173쪽 참조.
24) 같은 책, 169쪽 참조.

시간이 지난 뒤에도 다시 펼칠 수 있는' '지혜로운 조언'의 성격을 가진다는 점은 새롭게 주목할 만하다. '탈근대', '영원성의 추구', '역사의식의 몰각'과 같은 시대정신과의 상관성을 다루는 맥락에서 벗어나 삶그 자체로 바라보면 '오래 반복되어도 재미있고 유용한 이야기'가 바로'질마재 이야기'인 것이다.25) 이 모든 것들이 '장소의 지속에 대한 감성'26)의 발로인 동시에 '사람-사건-공간'의 결합을 특별하게 재현하는한 시인의 사적 경험에서 연유한다는 점은 기억력과 말솜씨가 뛰어난이야기꾼의 창의적 개성을 새삼 돋보이게 한다.

그러나 서정주의 질마재 이야기가 고향마을에 대한 개인경험의 사사로운 재현 차원에만 머무는 것은 아니다. 물동이 소녀에 대한 기억이사사롭지만 보편적이고 심미적인 경험을 생성하는 것처럼 대부분의 시편들이 비슷한 방식으로 삶의 재료를 통해 이야기의 결을 지혜롭게 짠다. '장소와 인간의 대화' 혹은 '나와 당신의 관계 경험'은 「외할머니의뒤안 툇마루」에 이르면 그 보편성과 심미성이 더욱 심화된다.

> 외할머니네 집 뒤안에는 장판지 두 장만큼한 먹오딧빛 툇마루가 깔려있었습니다. 이 툇마루는 외할머니의 손때와 그네 딸들의 손때로 날이날마다 칠해져 온 것이라 하니 내 어머니의 처녀 때의 손때도 꽤나 많이는묻어 있을 것입니다마는, 그러나 그것은 하도나 많이 문질러서 인제는이미 때가 아니라, 한 개의 거울로 번질번질 닦이어져 어린 내 얼굴을 들이비칩니다.
>
> 그래, 나는 어머니한테 꾸지람을 되게 들어 따로 어디 갈 곳이 없이 된날은, 이 외할머니네 때거울 툇마루를 찾아와, 외할머니가 장독대 옆 뽕나무에서 따다 주는 오디 열매를 약으로 먹어 숨을 바로 합니다. 외할머

---

25) 이런 관점은 『질마재신화』의 역사적 혹은 문학사적 성격 규정에 대한 협의의 제한된해석이다. 질마재 이야기가 표방하는 반근대적 성향의 의의가 공동체에 대한 일종의원시주의나 오리엔탈리즘일 수 있으며, 또한 당대 한국사회를 추동시켰던 근대화의동력과 어떤 관계에 있는지 등에 대한 탐구는 논의를 달리하여 다루고자 한다.
26) 애드워드 랠프, 앞의 책, 145쪽..

니의 얼굴과 내 얼굴이 나란히 비치어 있는 이 툇마루에까지는 어머니도
그네 꾸지람을 가지고 올 수 없기 때문입니다.
-「외할머니의 뒤안 툇마루」

외할머니의 뒤안 툇마루에 대한 기억은 복합적이다. 여기는 여성들
의 장소이고, 그녀들 노동의 터전이다. 동시에 초시간적 연관 경험의
공간이고, 관용 공간으로서의 '소도(蘇塗)' 집단무의식의 발현태이다. 어
린아이의 눈에, 모든 잘못이 용서되는 유일한 장소. 그곳이 질마재의
'소도'인 외할머니의 뒤안 툇마루이다.

또한 이 장소의 극적인 정점은 '때거울 툇마루'라는 모순형용 어법
에서 보듯이 가치의 전도이다. 다정하고 포근한 할머니와의 연대감을
내면화하는 장소는 '얼굴이 나란히 비치어 있는' '툇마루'이다. 그것은
평범한 툇마루였다가 시간의 지속에 따라 여인들의 손때가 덧입혀지는
'인간화 된' 툇마루로 바뀐다. 그러다가 개구쟁이 손자와 인자한 할머
니가 공동체 연대감을 확인하는 새로운 상상계, 즉 '거울화 된' 툇마루
로 다시 바뀐다.

여인들의 수많은 손때들이 모여서 거울이 되는 곳은 '나무가 거울이
되는' 파천황의 변전 현장이다. 이곳은 노동시간의 장구한 지속이 가져
다 준 사물과 공간의 새로운 탄생지로서 시인의 '지혜'에 값한다. 개별
장소의 성격 변화가 가장 극적으로 일어나는 경우이다.

'때거울 툇마루'의 은유와 역설은 이 사건의 개인경험 특성을 부각시
키는 데 그치지 않는다. 인간의 보편적 모성, 가사노동의 고달픔과 숭고
함, 죄와 벌과 용서의 문법들을 함께 재현한다. 그리하여 질마재 공간의
개인경험 재현은 단순한 '공간의 자서전' 차원에만 머물지 않는다.

3. 역사, 신라의 은유화

경험의 구체적 공간으로서의 장소와 연관된 이야기들은 이따금 신화
적 변형을 거쳐 통시적 성격을 가지기도 한다. 공간과 결합해 있던 시
간이 상상력을 통해 확장되는 경우이다. 첫날 밤 소박을 맞은 신부가
'사십년인가 오십년이 지나간 뒤'에 첫날밤 그 장소에서 신랑을 다시
만나는 대목이라든지(「신부」), 『삼국유사』「포산이성(包山二聖)」에 수록된
관기와 도성의 이야기를 차용해 질마재 마을 사람들에게 '바람이 소식
을 전하는 전통'을 적용시키는 방식(「풍편의 소식」) 등이 그것이다.

> 그러고 나서 사십년인가 오십년이 지나간 뒤에 뜻밖에 딴 볼일이 생겨
> 이 新婦네 집 옆을 지나가다가 그래도 잠시 궁금해서 新婦방 문을 열고
> 들여다보니 新婦는 귀밑머리만 풀린 첫날밤 모양 그대로 초록 저고리 다
> 홍치마로 아직도 고스란히 앉아 있었읍니다. 안쓰러운 생각이 들어 그
> 어깨를 가서 어루만지니 그때서야 매운 재가 되어 폭삭 내려앉아 버렸읍
> 니다. 초록 재와 다홍 재로 내려앉아 버렸읍니다.
>
> -「新婦」중에서

> 그런데 그 「機會 보아서」와 「道通이나 해서」가 그렇게 해 빙글거리며
> 웃고 살던 때가 어느 때라고 시방도 질마재 마을에 가면, 그 오랜 옛 습관
> 은 꼬리롤망정 아직도 쬐그만큼 남아 있기는 남아 있기는 남아 있읍니다.
> 오래 이슥하게 소식 없던 벗이 이 마을의 친구를 찾아들 때면 『거 자
> 네 어딜 쏘다니다가 인제사 오나? 그렇지만 風便으론 소식 다 들었네.』
> 이 마을의 친구는 이렇게 말하는데, 물론 이건 쬐금인 대로 저 옛것의 꼬
> 리이기사 꼬리입지요.
>
> -「風便의 소식」중에서

특히 후자의 방식은 서정주 특유의 예술적 기획의 소산으로서 역사
적 상상계로서의 신라 공간을 창안하여 현대의 경험서사와 결합시키는

경우이다. 이야기 복원 방식이 특정 장소를 중심으로 하는 개인경험 서사를 넘어 통시적으로 확장된다. 서정주의 신라 공간 창안은 『신라초』(1961)에 와서 본격화되었지만 그 연원은 한국전쟁 직후의 피폐화된 정신적 공황을 극복하기 위한 방안으로 모색된 바 있다. 그는 『삼국사기』와 『삼국유사』 등을 집중적으로 읽으면서 난파당한 현대의 가치를 쇄신할 수 있는 정신적·심미적 가치를 고대 신라로부터 찾아내기 시작한다.

물론 이런 작업은 독창적인 것이라기보다 일제 강점기부터 비롯된 신라 표상의 발견과 무관하지 않다. 맥락상으로 보면 일제에 의한 신라 표상의 발견은 조선민족주의의 고취 이면에 내선일체 선양 이데올로기의 이식이라는 교묘한 정치적 책략과 직결된다. 단재 신채호의 역사학에서 기원하는 신라전통의 발견이 화랑으로부터 연원하는 조선의 자주의식 발로와 연결된다면, 당대 일본 역사학과 고고학이 발견한 신라는 식민지 조선인들에게 이중의 구조를 제공했다는 관점이 그것이다. 겉으로는 민족적 영광과 자주독립의 의지, 예술적 창조력의 극치와 조선 고유의 신성(神性) 문화를 감지하는 역사상의 상상계를 제공했다면 그 이면에서는 아이러니컬하게도 조선인의 제국신민화를 부추겼다는 관점이다.[27] 신라의 화랑이 제국주의의 충량한 신민으로 둔갑되어 가미가제 특공대로 연결되는 것은 일본인에 의해서 창안된 신라 에토스의 자연스러운 귀착일 수밖에 없었던 것이다.

그럼에도 불구하고 당대의 지식인들에게 신라는 '환상적인 매혹'[28]

27) 황종연 엮음, 『신라의 발견』, 동국대학교출판부, 2008, 15~51쪽 참조.
28) 유종호, 『나의 해방 전후 1940-1949』, 민음사, 2004, 18쪽. 이 부분은 해방 직후 신라 문화 콘텐츠를 접하고 그 에토스에 감개한 세대의 표현이지만, 식민 당대의 지식인들에게도 그 본질은 크게 다르지 않았다. 많은 지식인들이 조선 문화의 역사적 기원을 신라에서 찾았으며 천년 고도(古都) 경주는 그런 맥락에서 주요한 기행지였다. 여기에 대해서는 문일평, 「사안(史眼)으로 본 조선」,(『조선일보』, 1933. 4. 26), 『경주기행』,(제일상회, 1922), 권덕규, 『경주행』(『개벽』 18, 1921. 12), 허병식, 「식민지 조선과 '신라'의 심상 지리」(황종연, 앞의 책, 117~143쪽 참조).

의 공간이었다. 지식인들의 경주기행은 신라 노스탤지어의 산물로서 과거를 현재와 결합시키는 특정한 방식을 취하거나 현재의 불확정성과 불안들을 과거의 위안에 병치시키게 된다.[29] 그런 점에서 노스탤지어 는 '환상의 매혹' 이면에 회고적이고 퇴행적이며 현실회피적인 성격을 가진다.

서정주의 경우 역시 4편의 경주기행시를 남기고 있는데, 이는 그의 시집에 수록되지 않는다.[30] 경주에 있는 '낭만의 왕국'[31] 신라의 문화 콘텐츠에 대한 낭만적 정열을 다소 조잡하게 표현하고 있다는 점에서 일종의 실패작들이다. 그럼에도 불구하고 이 작품들에는 미적 형상력 과 관계없이 중요한 시사가 되는 부분도 있다. 서정주의 신라 표상이 이미 1937년부터 발아되기 시작했다는 점이고,[32] 그것이 한국전쟁을 거쳐 본격적으로 학습의 대상이 되었다는 점과, 『신라초』(1961)와 『동 천』(1968)을 거쳐 『질마재신화』(1975)에 이르러서도 지속적으로 탐구된 다는 점이다.

---

29) 노스탤지어의 개념은 Jennifer Robertson, It Takes a Village : Internationalization and Nostalgia in Postwar Japan, Stephen Vlastos, ed., *Mirror of Modernity : Invented Traditions of Modern Japan*, Berkely : University of California Press, 1998, 117~118쪽 참조.

30) 「안압지」, 「시림(始林)」, 「석빙고」, 「첨성대(1,2)」 등 네 편이 『사해공론』(1937. 4)에 발표되었다.

31) "오 하늘보담 아름다운 浪漫의 王國이여 / 慶州사람은 「로맨티스트」라야 하오 / 千 年 별하늘에 센 머리 흩날리든 / 늙은 星占師의 아들 / 慶州사람은 「로맨티스트」라 야 하오 --「첨성대(2)」 부분

32) 「경주 기행시」에 뒤이어 쓴 「꽃」(1943)은 『귀촉도』(1948)에 수록되는데, 후일 미당 자신이 '영통'과 '혼교'라 부르는 신라정신의 미학적 고안물을 촉발시키는 계기가 된다. 요컨대 서정주 내면에 형성되는 신라 표상은 등단 초기부터 지속적으로 발 전, 진화해 나왔다는 관점이 중요하다. 「꽃」에 대한 해설은 다음을 참고하라. "그러 나, 이 「꽃」이라는 작품은 내 詩作生活에 한 轉機를 가져온 작품이다. 詩集『花蛇』 속의 白熱한 그리스 神話의 肉體나 부엉이 같은 暗黑이나 絶望이나 그런 것들에서 도 인젠 떠나서 죽은 저 너머 先人들의 無形化된 넋의 세계에 접촉하는 한 門을 이 작품의 原想은 잡아 흔들고 있는 것이다." 이상은 「흑석동 시대」, 『서정주문학전집』 3권, 일지사, 1972, 228쪽 참조.

이런 맥락에서 보면 질마재 공간의 또 다른 특성은 개인 경험서사에 창안서사를 결합시키는 방식이다. 즉 실제 고향 공간에 대한 개인기억 과 창안한 신라 공간에 대한 집단기억을 융합하는 것이다. 이것은, 보 다 정확하게 말하자면, 역사 은유화 기법을 통한 신라의 재발견이다.

> 이 땅 위의 場所에 따라, 이 하늘 속 時間에 따라, 情들었던 여자나 남 자를 떼내 버리는 方法에도 여러 가지가 있겠읍죠.
>
> 그런데 그것을 우리 질마재 마을에서는 뜨끈뜨끈하게 매운 말피를 그 런 둘 사이에 쫘악 검붉고 비리게 뿌려서 영영 情떨어져 버리게 하기도 했읍니다.
>
> 모시밭 골 감나뭇집 薛莫同이네 寡婦 어머니는 마흔에도 눈썹에서 쌍 긋한 제물香이 스며날 만큼 이뻤었는데, 여러 해 동안 도깝이란 別名의 사잇서방을 두고 田畓 마지기나 좋이 사들인다는 소문이 그윽하더니, 어 느 저녁엔 대사립門에 인줄을 늘이고 뜨끈뜨끈 맵고도 비린 검붉은 말피 를 쫘악 그 언저리에 두루 뿌려 놓았읍니다.
>
> 그래 아닌게 아니라, 방에 燈불 켜 들고 여기를 또 찾아들던 놈팽이는 금방에 情이 새파랗게 질려서 「동네 방네 사람들 다 들어 보소…… 이부 자리 속에서 情한둘었다고 예편네들 함부로 믿을까 무섭네……」 한바탕 왜장치고는 아조 떨어져 나가 버렸다니 말씀입지요.
>
> 이 말피 이것은 물론 저 新羅적 金庾信이가 天官女 앞에 타고 가던 제 말의 목을 잘라 뿌려 情떨어지게 했던 그 말피의 效力 그대로서, 李朝를 거쳐 日政初期까지 온 것입니다마는 어떨갑쇼? 요새의 그 시시껄렁한 여 러 가지 離別의 方法들보단야 그래도 이게 훨씬 찡하기도 하고 좋지 않 을갑쇼?
>
> -「말피」

바람난 마을 과부가 말피를 뿌려 사잇서방을 떼 내는 이야기에도 역 사 은유화는 나타난다. 신라 콘텐츠를 구축했던 매혹적이고 규범적 에 피소드들은 '이야기' 형식으로 살아남아 시인의 '역사 은유화' 기획 과 정에 동참한다. 역사 은유화는 '현재는 과거를 반복한다'는 유사성의

원리에 의해 작동하면서 퇴행적이고 현실회피적인 노스탤지어의 성격
도 가진다.

이런 방식은 「소자 이생원네 마누라님의 오줌기운」, 「풍편의 소식」,
「죽창」, 「김유신풍」 등에도 두드러지게 드러난다. 그래서 캐릭터들과
사건들은 시공을 넘어 서로의 특성을 공유하면서 보편성을 확장하려
한다. 시대정신의 결락이라는 비판은 '신화'의 미학적 고안 장치에 의
해 무디어진다. 시인은 재발견한 왕국으로부터 현대까지 면면하게 이
어져 오는 민족의 형이상학과 에토스를 발견하는 데 주력하는 것이다.

이 에토스의 발견이 손진태의 주장처럼, 신라인의 "민족적 단결"에
한국의 국가적 부흥을 위한 "교훈"이 들어 있다[33]는 관점으로 연결되
는 것은 아니다. 서정주가 택한 것은 이데올로기적 교훈이 아니라 역설
적 긍정을 이끌어내는 '삶의 조언'에 가깝다. 이는 또한 산업화시대의
궁벽한 농촌에 대한 비판적 성찰과도 다른 방식이다. 사람-기층민에 대
한 탐구 영역에서 보자면 삶의 실상을 있는 그대로 진술함으로써 이념
지향 시각에 대한 보완 기능을 하고 있다.[34]

신라가 '지속적 현존'의 형식으로서 현대의 '질마재'까지 온존된다는
관점은 양면성을 가진다. 신라 역사의 은유화는 '존재의 영속성에 대한
탈근대적 탐구'가 그 핵심이다. 예컨대 서정주가 재현하고자 한 공간의
미학이 '질마재의 근대적 현실이 아니라 영원성의 관념 속에 고정된 질
마재의 탈근대적 공간'[35]이라는 관점은 근대 초극과 퇴행의 이율배반적
특성을 함께 가진다. 역사조차 '신화'의 대상으로 바라보는 시인 특유의

---

33) 손진태, 『한국민족사개론』상, 을유문화사, 1948, 320쪽.
34) 여기에 대한 유종호의 지적은 흥미롭다. "기층민에 대한 공감적 자세를 주조로 한
    작품들이 편향된 시각이나 선입견으로 말미암아 있는 대로 그리지 못한 기층민의
    실상을 시인이 『질마재신화』를 통해서 보충하고 제시하고 있다는 것은 역설적인 사
    태이다." 유종호, 「소리 지향과 산문 지향」, 『문학의 즐거움』(유종호전집5), 민음사,
    1995, 34쪽 참조.
35) 이혜원, 앞의 글, 332쪽.

문제적 방식 때문인데, 이것은 서정주 미학의 근본 속성이기도 하다.

4. 사람, 풍류미학의 지속

질마재 공간의 '액션' 미학 특성의 또 다른 점은 다양한 사람들과의 교유다. 시인 자신에 따르면 이곳의 사람들은 유자파(儒者派), 자연파, 심미파의 세 부류로 나눌 수 있다.[36] 혼재된 세계관이다. 조그만 시골 마을에 다양한 성향의 사람들이 살고 있는 모습은 유불도 삼교가 융합한 신라의 풍류 이데올로기의 현대적 부활에 값한다.

서정주가 신라의 풍류를 전통 형이상학의 근간으로 보고 이를 민족 정체성의 근간으로 삼은 것은 『신라초』(1961) 이후이다. 그러나 『질마재 신화』에 오면 이 정신을 현대에까지 지속시키고자 하는 미학적 기획[37] 이 시도된다. 심미적으로 재발견된 공간 신라는 역사의 무대를 건너 마

---

36) "하여간 마을은 이 세 유파의 정신으로 운영되었다. 심미파의 힘으로 흥청거리고 잘 놀고 노래하고 춤추고, 유자(儒者)들의 덕으로 다스리고 지키고, 자연류-신선파의 덕으로 답답지 않은 소슬한 기운을 유지하면서, 아직도 일본이 가져온 신문화의 혜택에선 멀리 그전 그대로의 전통 속에 있었다. 그래, 나는 이런 세 갈래의 정신 속에서 내 열 살까지의 유년 시절을 다져, 그 뒤의 소년 시절의 기초를 닦지 않을 수 없었던 것이다." 이상은 서정주, 「질마재里의 思想들」, 『서정주 문학전집』 4권, 일지사, 1972, 150쪽 참조.

37) 다음의 대목은 서정주에 의해서 기획된 역사 은유화 현상의 대표적인 경우다. "崔致遠이 이어서 이 풍류를 설명하고 있는 것을 보면 『이것은 釋迦牟尼의 불교 속의 제일 좋은 것과 孔子의 儒敎 속의 썩 좋은 것과 老子의 道敎 속의 아주 좋은 것을 합쳐서 가진 것만인 것이다.』하는 뜻이 역력하게 드러나 있어 동양이 낳은 가장 힘센 세 성인의 의지의 어느 한쪽으로도 만족하지 못하던 더 세[强]려는 의지가 이 풍류 정신 속에는 들어 있는 것인데, 어찌 바람둥이의 헛 風霜이 좁쌀만큼이라도 용납될 수나 있겠는가. 이 길은 다른 게 아니라 現實을 바닥과 구석에 닿게 가장 질기게 살 뿐만이 아니라 子孫萬代의 영원을 현실과 한통속으로 하여 어떤 경우에도 이어서 안 죽고 살아가려는 정신의 요구를 따르는 길이요, 風流란 거기 저절로 붙여진 상징적인 別名의 하나였던 것이다." 이상은 「풍류」, 『서정주문학전집』4권, 일지사, 1972, 112~113쪽 참조.

침내 시인의 경험세계와 결합한다. 기억의 텍스트 '질마재'의 인물들은 신라풍류[38])에 비견할 만한 혼융의 세계관을 가진 사람들이 주류였다.

이 중에서 유자파는 기율과 금기의 원리에 의해 움직이고 덕으로 마을을 다스리나 한편으로는 엄하고 인색한 노인의 이미지를 가진다. 무서움과 인색함은 권위의 양상으로 나타나는 게 통례다. 학질 앓은 경험을 이야기하는 「내가 여름 학질에 여러 직 앓아 영 못 쓰게 되면」의 경우는 아버지가 그 권위의 표상으로 등장한다. 삶과 죽음의 경계를 오가는 유년의 원체험 속에 아버지는 절대명령자로 존재한다.

> 내가 여름 학질에 여러 직 앓아 영 못 쓰게 되면 아버지는 나를 업어다가 山과 바다와 들녘과 마을로 통하는 외진 네 갈림길에 놓인 널찍한 바위 위에다 얹어 버려 두었읍니다. 빨가벗은 내 등때기에다간 복숭아 푸른 잎을 밥풀로 짓이겨 붙여 놓고, 「꼼짝말고 가만히 엎드렸어. 움직이다가 복사잎이 떨어지는 때는 너는 영 낫지 못하고 만다」고 하셨읍니다.
> 누가 그 눈을 깜짝깜짝 몇천 번쯤 깜짝거릴 동안쯤 나는 그 뜨겁고도 오슬오슬 추운 바위와 하늘 사이에 다붙어 엎드려서 우아랫니를 이어 맞부딪치며 들들들 떨고 있었읍니다. 그래, 그게 뜸할 때쯤 되어 아버지는 다시 나타나서 홑이불에 나를 둘둘 말아 업어 갔읍니다.
> 그래서 나는 다시 고스란히 성하게 산 아이가 되었읍니다.
> 　　　　　　　　　-「내가 여름 학질에 여러 직 앓아 영 못 쓰게 되면」

---

38) 신라풍류는 삼교융합이 특성이지만 그 핵심에는 무속적 성향이 강한 것도 사실이다. 이는 서정주 자신의 언급하는 바 "現實을 바닥과 구석에 닿게 가장 질기게 살 뿐만이 아니라 子孫萬代의 영원을 현실과 한통속으로 하여 어떤 경우에도 이어서 안 죽고 살아가려는 정신의 요구를 따르는 길"인 것이다. 달리 말하면 초월적 에너지에 대한 수긍은 현세기복의 무속이념과 직결된다. 체제순응형 인간을 양산한다는 점에서, 신라풍류는 근대적 이념이나 사상과 충돌한다. 서정주가『질마재신화』속 인물들을 신라풍류형 인물들로 재현시킨다면 그것은 조화와 융합의 가치만 제공하는 게 아니라 근대의 부조리한 체제에 대한 체념과 순응의 처세를 권면할 수도 있다는 점에서 문제적이다. 하지만 이 논문은 이런 성격에 주목하기 보다는 신라풍류의 개별적 성격들이 질마재마을 사람들에게 어떻게 구현되고 있는가를 주목하는 데 한정한다.

여기의 아버지는 병든 소년의 생사 결정권자이다. 물론 아버지는 햇볕 받은 뜨거운 바위에 배를 대고 따뜻하게 함으로써 학질을 치료할수 있다는 경험의학의 수행자이긴 하지만 삶의 질서를 유지하기 위한 절대권력의 집행자라는 점에서 어린 소년에겐 '무서운' 세력의 표본이었다. 그러나 유자파가 언제나 권위의 상징은 아니었다.

> 「눈들 영감 마른 명태 자시듯」이란 말이 또 질마재 마을에 있는데요. 참, 용해요. 그 딴딴히 마른 뼈다귀가 억센 명태를 어떻게 그렇게는 머리 끝에서 꼬리끝까지 쬐금도 안 남기고 목구멍 속으로 모조리 다 우물거려 넘기시는지, 우아랫니 하나도 없는 여든 살짜리 늙은 할아버지가 정말 참 용해요. 하루 몇십 리씩의 지게 소금장수인 이 집 손자가 꿈속의 어쩌다가의 떡처럼 한 마리씩 사다 주는 거니까 맛도 무척 좋을 테지만, 그 사나운 뼈다귀들을 다 어떻게 속에다 따 담는지 그건 용해요.
> 이것도 아마 이 하늘 밑에서는 거의 없는 일일 테니 불가불 할수없이 神話의 일종이겠읍죠? 그래서 그런지 아닌게아니라 이 영감의 머리에는 꼭 귀신의 것 같은 낡고 낡은 탕건이 하나 얹히어 있었읍니다. 똥구녁께는 얼마나 많이 말라 쪄져 있었는지, 들여다보질 못해서 거까지는 모르지만……
>
> -「눈들 영감의 마른 명태」

이 이야기는 표면적으로 보면 궁상의 보고(報告)이다. '가난한 노인네의 놀라운 식탐 보고 사례' 정도가 될 테지만 이야기의 이면 구조는 간단하지 않다. 풍자와 유머의 골계미가 있다. 우선, 화자는 '유자파'로 대표되는 마을 어른인 영감의 권위를 무너뜨린다. '영감'은 이미 '여든 살짜리 늙은 할아버지'로서 머리에 '낡고 낡은 탕건'을 쓴, 똥구멍 찢어지게 가난한 캐릭터이다. 궁상과 강파른 인색함에 대한 희화화가 나타난다. 권위에 대한 조롱인데, 명백한 풍자이다.

반면에, 신기에 가까운 식탐을 놀랍게 바라보는 시선은 부드럽고 따뜻한 웃음을 만들어낸다. '우아랫니 하나도 없는 여든 살짜리 늙은 할아버지가 정말 참 용해요.'라는 전언 속에는 가난하지만 억척으로 살아가려는 인물에 대한 동정과 경탄이 함께 녹아 있다. 동정과 경탄의 문법이 가능한 이유는 이 이야기 속의 '사라진 물'과 관계 깊다.

캐릭터의 성격을 구성하는 요소가 '물이 다 빠져버린 건조한 생체'에 있음을 간파하는 것은 어렵지 않다. '마른 명태', '딴딴히 마른 뼈다귀', '소금장수 손자', '사나운 뼈다귀', '말라 째져 있는 똥구녁' 등의 이미저리는 노쇠한 '유자파'의 자질들이다. 물동이의 물을 머리에 이고 가면서 눈 맞춤을 하는 심미파 소녀와 극적으로 대조되는 인물이다. 즉 '눈들 영감'은 쇠락한 권위, 도전받는 기율의 표상으로서 '생명의 촉기가 빠져나간 박제 생선-마른 명태'의 은유로 기능하는 인물이다.

그럼에도 불구하고 이 캐릭터는 질마재 공간에서 활동하는 인물군들의 공통된 속성도 가지고 있다. 건강한 삶의 활력 표방은 질마재의 캐릭터들의 공통 속성이다. 그리하여 시인에 의해 창안된 새로운 형용구인 '눈들 영감 마른 명태 자시듯'은 '권위를 상실한 노쇠한 노인네가 최선을 다해 남은 생을 열심히 살아가는'이라는 독특한 인생관을 탄생시킨다.

자연파는 서정주가 어려서부터 좋아한 사람들이다. 유자파와 정반대로, 무섭지 않고 인색하지 않은 사람들이며 책을 통해 배우지 않고 실생활의 전통에서 배우는 사람들이다. 시인의 직관을 첨부한다면 "굉장히 황홀한 감각"[39]으로 사는 사람들이다. 그리하여 시인은 "정신이란 문맹을 통해서도 잘 이어질 수도 있는 것이겠다."[40]는 믿음을 가지게 된다. 유자파 즉 지식인의 정반대편에 있으면서도 실생활의 구체를 잘 겪어 알고 있는 '생활의 달인'들이 이들 자연파인 셈이다.

자연파는 비록 문맹이지만 건강하고 감각이 뛰어난 사람들이다. 일등 숭어낚시꾼에다가 쟁기꾼인 진영이 아재, 자연이 가진 맛을 두루 맛본 사람이 아니고는 알 수 없는 특수하고 진기하고 향기로운 고추장 제조 기술자인 '정규씨', 낚시질과 내리미질 잘하는 '소자 이생원'과 욕

---

39) 서정주, 「질마재里의 思想들」, 『서정주 문학전집』 4권, 일지사, 1972, 147쪽.
40) 위의 글, 145쪽.

잘하는 그 부인은 어린 소년에게 삶의 황홀한 감각이 제공하는 자연친화적 감성의 연원이 될 만했다.41)

서정주 시에 나타나는 자연친화적 감성의 기원이 질마재 마을의 자연파에서 비롯된다는 관점은 흥미로운 연구주제이다. 이는 전기 연구 및 정신분석학적 접근을 통해서 일정 부분 밝혀볼 수 있을 것이다. 보다 흥미로운 문제는 질마재 캐릭터의 공통 속성인 건강한 삶의 활력을 구성하는 계층 가운데 이들 자연파가 가장 근원적인 동력을 제공한다는 점이다. 무식하지만 건강한 몸과 세련된 감각의 소유자들이 펼쳐 보이는 '묘한 이야기'가 바로 『질마재신화』의 주요한 속성이다.

심미파는 마을 예술가들이다. 흥청거리고 놀고 노래하고 춤추는 인물들이다. 무당, 동성연애자, 노래꾼과 춤꾼들은 유자파의 반대편에 있는 또 다른 자연파이다. 이들은 마을 질서와 규범을 종종 이탈한다는 점에서 자연파의 일종이지만, 심미적 개성을 개별적으로 추구한다는 점에서 마을예술의 자연발생적 기원의 흥미로운 사례이다.

> 질마재 上歌手의 노랫소리는 답답하면 열두 발 상무를 젓고, 따분하면 어깨에 고깔 쓴 중을 세우고, 또 喪輿면 喪輿머리에 뙤약볕 같은 놋쇠 요령 흔들며, 이승과 저승에 뻗쳤읍니다.
> 그렇지만, 그 소리를 안 하는 어느 아침에 보니까 上歌手는 뒤깐 똥오줌 항아리에서 똥오줌 거름을 옮겨 내고 있었는데요, 왜, 거, 있지 않아, 하늘의 별과 달도 언제나 잘 비치는 우리네 똥오줌 항아리, 비가 오나 눈이 오나 지붕도 앳세 작파해 버린 우리네 그 참 재미있는 똥오줌 항아리, 거길 明鏡으로 해 망건 밑에 염발질을 열심히 하고 서 있었읍니다. 망건 밑으로 흘러내린 머리털들을 망건 속으로 보기좋게 밀어넣어 올리는 쇠뿔 염발질을 점잔하게 하고 있어요.
> 明鏡도 이만큼은 특별나고 기름져서 이승 저승에 두루 무성하던 그 노랫소리는 나온 것 아닐까요?
> -「上歌手의 소리」

---

41) 이들 인물에 대한 기록은 위의 글 144~147쪽 참조.

알뫼라는 마을에서 시집 와서 아무것도 없는 홀어미가 되어 버린 알뫼
댁은 보름사리 그뜩한 바닷물 우에 보름달이 뜰 무렵이면 행실이 궂어져
서 서방질을 한다는 소문이 퍼져, 마을 사람들은 그네에게서 외면을 하
고 지냈읍니다만, 하늘에 달 없는 그믐께에는 사정은 그와 아주 딴판이
되었읍니다.

陰 스무날 무렵부터 다음 달 열흘까지 그네가 만든 개피떡 광주리를
안고 마을을 돌며 팔러 다닐 때에는 「떡맛하고 떡 맵시사 역시 알뫼집네
를 당할 사람이 없지」 모두 다 흡족해서, 기름기로 번즈레한 그네 눈망
울과 머리털과 손 끝을 보며 찬양하였읍니다. 손가락을 식칼로 잘라 흐
르는 피로 죽어가는 남편의 목을 추기었다는 이 마을 제일의 烈女 할머
니도 그건 그랬었읍니다.

달 좋은 보름 동안은 外面당했다가도 달 안 좋은 보름 동안은 또 그렇
게 理解되는 것이었지요.

앞니가 분명히 한 개 빠져서까지 그네는 달 안 좋은 보름 동안을 떡
장사를 다녔는데, 그 동안은 어떻게나 이빨을 희게 잘 닦는 것인지, 앞니
한 개가 없는 것도 아무 상관없이 달 좋은 보름 동안의 戀愛의 소문은
여전히 마을에 파다하였읍니다.

방 한 개 부엌 한 개의 그네 집을 마을 사람들은 속속들이 다 알지만,
별다른 연장도 없었던 것인데, 무슨 딴손이 있어서 그 개피떡은 누구 눈
에나 들도록 그리도 이쁘게 만든 것인지, 빠진 이빨 사이를 사내들이 못
볼 정도로 그 이빨들은 그렇게도 이쁘게 했던 것인지, 머리털이나 눈은
또 어떻게 늘 그렇게 깨끗하게 번즈레하게 이쁘게 해낸 것인지 참 묘한
일이었읍니다.

-「알뫼집 개피떡」

이 두 인물들의 특성은 예술가이다. 궁상이 늘 따라다니지만 아름다
움에 대한 취향은 독특하다. 상가수는 소리를 하지 않는 날에도 늘 준
비를 하는 심미파이다. 그의 준비는 노래 연습이 아니라 거울 몸단장인
데, 우스꽝스럽게도 똥오줌 항아리를 거울삼아 하는 머리 다듬기이다.

멋쟁이 머슴 '상산'이에 대한 추억이 「상가수의 소리」로 발전하는
과정에서 흥미로운 점은 인과율의 부여이다. 농요와 저승노래에 일가

견이 있는 이 노래꾼은 노래의 '두루 무성함'으로 이승과 저승을 이어
주는 캐릭터이다. 그는 심미적 인간인 동시에 제의적 인간이 되는데,
그 원인이 특별한 거울에 있다는 게 '신화'의 핵심서사이다.

이 인과율은 유머로 치장을 하고 있지만 전도적 상상력의 정점을 보
여준다는 점에서 주목할 만하다. '똥오줌 항아리 명경'은 '때거울 툇마
루'와 마찬가지로 세상을 두루 비치는 자질로 발전한다. 밭에 거름이
되고 말 뿐인 배설물의 기능이 머리 다듬는 데 쓰이는 거울로 바뀐다.
이 순간 삶의 실용적 감각은 심미적 감성으로 바뀐다. '비가 오나 눈이
오나 지붕도 앗세 작파해 버린 우리네 그 참 재미있는 똥오줌 항아리'
가 '명경'이 되는 순간은 질마재 마을의 생활예술이 탄생하는 순간이
다. 심미적 경험은 그 기원을 가리지 않는다. 똥오줌 항아리와 툇마루
가 거울이 되는 곳이 질마재 마을이다. 이 마을에선 머슴도 할머니도
어머니들도 모두 거울의 예술가들이다. 이야기의 '지혜'가 여기에 있다.

전도적 상상력의 또 다른 유형은 윤리와 심미의 대결 구도를 가지고
있는 '알묏집'의 경우이다. 인용시는 과부의 은밀한 사랑에 대한 비난
성 쑥덕공론과 그녀의 떡솜씨에 대한 심미적 공감이 반분되어 대치되
고 있는 이야기이다. 그러나 과부의 애욕과 떡 만드는 솜씨는 달의 상
징을 통해서 통어되고 있으므로 개인 욕정이나 마을 윤리의 차원을 넘
어서는 일면이 있다. 달 뜬 보름 동안 사랑을 갈망하는 여인의 이미지
는 도덕적 타락으로 치부될 수 없다. 자연의 법칙에 따르는, 자연파로
서의 삶의 주인공이 바로 '알묏집'이다. 문제는 사람들의 판단인데 비
난성 쑥덕공론은 유자파의 습성이다. 자연파와 유자파의 담론 격돌은
심미파의 등장으로 해서 새로운 국면을 맞이한다.

사랑이 식어가는 동안, 그녀는 생계유지를 위해 떡을 만들어 판다.
맛있고 예쁘다. 안 먹을 수가 없다. 윤리적 판단보다 앞서는 게 본능이
다. 이런 본능에 심미성이 더해진다면 더더욱 거부하기 어렵다. 그리하
여 비난이 칭찬으로 바뀌는 전도적 상상력이 이 이야기 속에 자리하게

된다. 이 역시 삶의 조언으로서의 '지혜의 발견과 전수'를 지향한다. 이 야기 복원의 의의가 장르상의 단순한 실험이 아니라 재미와 교훈을 동 시에 준다는 것을 이들 인물들을 통해 실감할 수 있다는 게『질마재신 화』의 또 다른 의의다.

논리나 이성의 유자파, 황홀한 감각의 자연파, 그리고 예술가로서의 심미파가 결합된 세계가 풍류미학 지속으로서의 질마재 마을이다. "답 답지 않은 소슬한 기운을 유지하면서 아직도 일본이 가져온 신문화의 혜택에선 멀리 그전 그대로의 전통 속에서"[42] 유지시키고 있었던 신라 역사 은유화의 현장, 그곳이 '질마재' 공간이다.

5. 맺음말

이야기의 복원과 경험의 부활은『질마재신화』의 주요한 특성이다. 이 시집이 소설과 같은 양식실험을 지향했음에도 불구하고 소설과는 분명히 구별되는 이야기-구연형 담화의 성격을 가진 것은 벤야민의 맥 락에 따르면 근대현상에 대한 반성으로 읽을 수 있다.

장소와 역사와 사람은 '질마재' '액션' 미학 구성의 핵심요소들이다. 특히 개인경험의 재현은 질마재 공간의 중요한 특성이다. 이 경우는 특 정 장소에 대한 기억이 사건과 결합하는 양상을 보이며 따라서 '장소 애(topophilia)'의 관점으로 접근이 가능하다. 특별히, '장소'를 중심으로 하는 친숙하고 사사로운 말솜씨가 '지혜의 발견과 전수'를 지향한다는 점은『질마재신화』의 중요한 성격이다.

두 번째 특성은 재발견 공간으로서의 신라를 질마재 마을의 경험세 계와 결합시키는 역사 은유화 과정이다. 이는 공간의 역사성에 대한 고

---

42) 위의 글 147~150쪽 참조.

찰로서 '낭만의 왕국' 신라를 끌어와 현재와 결합시키는 방식이다. 신라가 '지속적 현존'의 형식으로서 현대의 '질마재'까지 온존된다는 관점은 양면성을 가진다. '존재의 영속성에 대한 탈근대적 탐구'는 근대 초극과 퇴행의 국면을 함께 가진다.

마지막은 '액션'을 구성하는 요소로서의 질마재 마을사람들이다. 여기의 인물들은 다양한 성격을 가지고 있으며 그 연원이 신라풍류에 비견되는 융합의 형이상학이다. 유자파의 이성과 논리, 자연파의 황홀한 감각, 그리고 심미파의 예술정신이 결합된 세계가 풍류미학 지속으로서의 질마재 마을이다.

신라 역사의 은유화와 풍류미학의 지속에 대한 서정주의 질마재 기획은 현대의 파국적 상황에 대한 미학적 대안으로 마련되었지만, 당대의 다양한 이야기 시편들이 보여준 현실응전 양상과 다른 면모를 보여준다. 여기에 대한 평가 역시 양면적이다. 그것은 기층민에 대한 탐구를 통해 보다 더 분명하게 드러난다. 70년대 농경문화의 소외와 궁상조차 무갈등으로 접근하는 갈등 회피주의 관점은 서정주의 대부분의 시집들이 그렇듯이 『질마재신화』의 극복되지 않는 과제이다. 그러나 경험의 부활을 통해 기층민의 삶과 연관된 흥미로운 이야기-오래 반복되어도 재미있고 유용한 이야기들을 복원한다는 점에서 보면 『질마재신화』는 근대성 반성의 한 사례로 평가할 만하다.

1970년대 서정주의 세계여행론과
'질마재'의 전통주의

박 연 희*

1. 세계방랑기, 전통과 세계의 접점

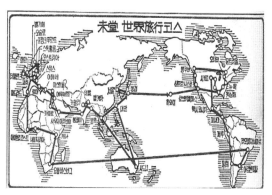

<서정주의 세계여행 코스>[1]

 * 동국대학교, pyh414@hanmail.net
** 이 글은 『상허학보』 제43호 (상허학회, 2015)에 게재된 원고를 단행본의 편집 취지에
   맞춰 수정·보완한 것이다.
1) 『경향신문』에 연재된 「세계방랑기」는 이후 산문집으로 묶여 발간되는데, 서정주의
   여행코스가 상세하게 표시된 세계지도가 첫 장에 실려 있다. 서정주, 『떠돌며 머흘며
   무엇을 보여느뇨』(상), 동화출판공사, 1980.(이후 이 책의 출처는 『상』, 『하』로 표기)

서정주는 「西으로 가는 달처럼①~⑧」(1979.5~12)이라는 제목으로『문학사상』에 무려 120여 편의 기행시를 연재했다. 서정주는 1977년 11월 26일부터 이듬해 9월 8일까지 약 1년 동안 39개국을 여행하며『경향신문』에 기행문 「세계방랑기」(1978.1. 16~1979. 8.1)를 연재했고, 「西으로 가는 달처럼」은 이미 신문에 연재되었던 기행문의 여러 에피소드를 시로 재형상화한 것이다. 당시는 기행시집을 포함해 세계여행 산문집이 1960- 70년대의 주요 출판물 가운데 하나였고,2) 일반적으로 기행문학에 대한 관심은 세계화 혹은 새로운 세계 인식에 대한 열망을 보여준다. 가령 1950년대 박인환의 미국기행문에는 해방기와는 다른 미국 인식이 두드러지며, 특히 태평양 항해는 일본과 유럽의 몰락을 실감하는 한편 승전국 미국 중심으로 재편된 국제질서의 전환을 재확인하는 계기가 되었다.3) 따라서 서정주의 경우 그 문학적 성과가 세계여행과 어떤 상호연관성을 지니는지 주목된다.

서정주가 세계여행을 떠난 것은『서정주문학전집』(1972, 이하『전집』) 발간을 계기로 그의 시세계가 후기에 접어든 시기였다.『질마재 신화』가 출간되자 그 민중적 요소나 동양적 샤머니즘과 관련해 평단에서 첨예한 논쟁이 있기도 했다. 주지하듯『귀촉도』이후 서정주의 시세계는 동양지향적 성격으로 확연히 달라져 버린다.4) 1950-60년대에 이르면 삼국유사나 사기에서 '신라의 영원인'(「신라인의 지성」, 1958)을 발견하고 신라정신을 한국적 정체성의 기원으로 표상하게 된다. 이러한 시적 변화가 서구 중심주의를 탈피한 전통주의의 맥락에서 모색되었고, 다른

---

2) 1970년대에 발간된 기행산문집으로 천경자의『남태평양에 가다』, 1973,『아프리카기행 화문집』, 1974, 김찬삼,『세계일주여행전집』, 1974, 이어령,『서양에서 본 동양의 아침』(1974), 손장순,『나의 꿈, 센티멘탈 져니』, 1977 등이 있다. 김미영, 「1960-70년대에 간행된 한국 지식인들의 기행산문」,『외국문학연구』50호, 한국외대 외국문학연구소, 2013.
3) 박연희, 「박인환의 미국 서부 기행과 아메리카니즘」,『한국어문학연구』59,『동악어문학』59, 동악어문학회, 2012.
4) 김익균, 「서정주의 신라정신과 남한 문학장」, 동국대 박사학위논문, 2013 참조.

한편 근대초극론에서 비롯한 동양주의와 무관하지 않다는 것은 익히 알려진 사실이다. 가령 서정주가 "동아공영권이란 또 좋은 술어가 생긴 것이라고 나는 내심 감복"한 장면은 "동방전통의 계승과 보편성에의 지향"[5])이 서로 밀접한 세계 인식이라는 사실을 보여준다. 태평양전쟁에서 일본의 전세가 확장되던 무렵에 발표된 문제의 저 시론은 해방 이후 그의 전통주의를 해명하는 데에도 필수적인 텍스트다.[6] 서정주 시문학의 동양주의적 성격을 식민주의의 맥락에서 논의하기 시작한 것은 친일문학론이 본격적으로 제기된 1980년대 부터지만, 그 이전만 하더라도 전통, 영원성, 동양적 심미주의는 중요한 주제였다. 가령 『화사집』에서 보이던 서정적 화자의 고통과 갈등이 『귀촉도』 이후 윤회사상을 통해 극복되었다거나[7] 『귀촉도』 이후 보들레르의 영향으로부터 벗어나 서양의 대립적 세계관이 불교의 "일원적 감정주의"로 승화되었다는 논의가 1960-70년대 평단의 주류였다.[8]

무엇보다 『전집』이 발간된 이후 그 전통 혹은 전통주의를 계보화하는 작업이 본격화되었다. 서정주 『전집』을 읽으며 서정주론을 기획했다고 밝힌 김화영의 경우처럼 서정주 문학의 통시적 연구를 가속화한 결정적인 계기가 바로 『전집』 출간이었다.[9] '서정주는 하나의 정부이

---

5) 서정주, 「시의 이야기」, 1942, 김규동, 김병걸 편, 『친일작품선집』 2, 실천문화사, 1986, 287~29쪽.

6) 최현식에 의하면 서정주의 전통과 영원성의 관심과 자각을 「시의 이야기」 이후로 한정지을 수 없다. 1930년대 중후반 고전부흥론, 동양문화론 등의 자장에서 살필 필요가 있다. 최현식, 『서정주 시의 근대와 반근대』, 소명출판, 2003, 136~137쪽. 이를 포함해 서정주 연구에 있어 친일문학연구의 도식성 및 문제성은 김춘식, 「친일문학에 대한 '윤리'와 서정주 연구의 문제점」, 『한국문학연구』 34, 동국대 한국문학연구소, 2008.

7) 천이두, 「지옥과 열반」, 1972, 동국문학인회 편, 『미당서정주연구』, 동화출판공사, 1975, 246~260쪽.

8) 김우창, 「한국시와 형이상」, 1968, 동국문학인회 편, 앞의 책, 162쪽.

9) 김화영, 『미당 서정주의 시에 대하여』, 민음사, 1984, 4~5쪽. 여기서 김화영은 이 전집의 한계를 두 가지 정도로 지적했는데 예를 들어 작품이 발표연대순으로 배열되지 않고, 표기법이 현대어와 표준어로 수정된 것 등이 시인의 시적 변모를 파악하고 시

다'라는 일종의 과잉 명제가 당시 평단에 널리 회자된 계기 또한『전
집』의 서평에서 비롯되었다. 고은은 논리적인 실언이 될 수도 있다면
서 서정주의 문학을 언어의 정부로 표현하고 근대 시사의 일부를 '서
정주 시대'라는 독자적인 영역으로 변별해 정리하기도 했다. 여기서 서
정주의 문학사적 위상은 김소월의 시문학을 계승한 유일한 시인이라는
데 있다.10) 서정주와 김소월의 친연성은 해방기 서정주의 시론에서도
드러난다. 김소월을 "한국의 정서"를 대변한 시인으로 각별히 예찬하
거나11) 감각, 정서, 예지라는 시의 입법론을 강조하는12) 대목에서 알
수 있듯, 서정주에게 김소월은 토착적인 한국시의 전통과 순수 표상 그
자체였다. 말하자면『전집』을 계기로 한국시의 전통주의에 대한 폭넓
은 공감이 형성되고 있었다.

　그런데 서정주는『전집』발간 직후인 1972년부터 3년 동안 질마재
소재의 연작시를 발표했다. 자신의 고향 질마재를 심미적 공간으로 가
공해내고, 그곳에서 '옛날 옛적에' 살았던 신부, 홀어머니, 영감, 머슴
등의 사연과 소문을 신화적 요소로 탈바꿈시켰다. 따라서 '질마재' 시
편은 영원성의 시학에 포함되면서도 동시에 이야기체 전통의 변용을
통해 이전 시와 달라진 지점이 분명 있었고 여러 논자들이 이를 적극
적으로 평가해왔다.13) 대표적으로 황동규는 회갑을 맞이한 시인이 유

텍스트를 연구하는 데 어려움을 준다고 설명했다.(12~13쪽)
10) 고은, 「서정주시대의 보고: 서정주문학전집 5권」,『문학과지성』, 1973, 봄, 182~184쪽.
　　또 다른 서평에서도 서정주는 황진이와 김소월 문학의 재래적 슬픔과 한의 토착정서
　　를 계승한 시인으로 설명된다. 이성부, 「서정주의 시세계:『서정주전집』을 읽고」,『창
　　작과비평』, 1973, 봄, 743~744쪽.
11) 서정주, 「김소월론」, 서정주 외,『시창작법』, 선문사, 1949, 118쪽.
12) 서정주, 「시의 감각과 정서와 예지」, 서정주 외,『시창작법』, 1949, 67~68쪽. 서정
　　주에 의하면 민족적 정서를 반영한 창작단계로 정서를 언급할 때 김소월은 여기에
　　해당한다. 시의 최고단계로서 예지 개념이 남아 있지만 서정주는 '아직 조선에서 찾
　　을 수 없다'라고 한다. 김소월 중심의 순수 및 전통의 계보화가 연상되는 대목이다.
　　이에 관해 박연희, 「한국 현대시의 형성과 자유주의 시학-전통과 자유 인식의 전개
　　양상을 중심으로」, 동국대 박사논문, 2012, 82~87쪽.
13)『질마재 신화』의 이야기시로서의 특정에 관해 윤재웅, 「『질마재 신화』에 나타나는

년기에 집착한 시를 쓰면서 이전과 달리 "밝고 맑고 낙천적"[14]인 세계
가 형상화된 반면에 시적 긴장이나 통찰이 약화된 점, 『삼국유사』 등으
로부터 착안한 신라 소재의 시편처럼 원형적인 민족서사 대신 사회 변
혁기 이전의 시골 풍물을 담아 "전체적으로 평면적"[15]이고 반역사적이
라는 점을 지적한 바 있다.

논자에 따라서는 이 무렵 서정주의 영향력이 약해졌다고 평가할 수
도 있다.[16] 그러나 『질마재 신화』에 도입된 민중적 설화와 마술적 상
상력, 토속적 이야기체는 서정주 개인의 시세계뿐 아니라 현대시사에
서도 새로운 분기점이 된다.[17] 이러한 문학사적 성과가 아니어도 『전
집』과 『질마재 신화』가 당시의 문학연구 혹은 문화담론에 미친 영향을
상기할 경우 '1970년대 서정주'는 재론할 필요가 있다. 질마재라는 신
화적 공간과 그 전통적 세계는 민중적, 민족적, 동양적, 한국적 특성의
비범한 재현으로 받아들여졌다. 그 질마재적 정서가 '세계'와 접속했을
때 서정주 시문학은 어떤 변화를 보여줄 것인가. 서정주의 기행문학은
그런 측면에서 주목해야 할 텍스트다. 역설적이게도 「신부」나 「상가수
의 노래」 등을 발표하기 시작한 1972년부터 서정주는 한편으로는 '질
마재'라는 로컬한 공간을 형상화하는 데 몰두하면서도 이와 동시에 더
넓은 세계를 상상하고 있었다. 이를테면 『전집』 발간 직후 그는 한 신
문사와의 인터뷰에서 세계여행의 꿈을 간절한 어조로 밝힌 바 있다.[18]

'액션' 미학」, 『한국어문학연구』 61, 동악어문학회, 2013 참조.
14) 황동규, 「서평: 두 시인의 시선」, 『문학과지성』, 1975, 겨울, 948쪽.
15) 황동규, 「탈의 완성과 해체」, 1981, 김우창 외, 『미당연구』, 민음사, 1994, 146쪽.
16) 최두석, 「서정주론」, 1992, 김우창 외, 앞의 책, 254~255쪽; 남진우, 「남녀 양성의
    신화」, 1987, 김우창 외, 앞의 책, 200쪽. 이들 모두 민중문학이 확산된 시점에서 서
    정주의 후기시가 정체되었다고 강조했다.
17) 김용희, 「미적 근대성의 해방적 가치와 새로운 타자성의 의미」, 『상허학보』 17, 상
    허학회, 2006.
18) 「인터뷰: 현역시인으로 첫 전집 낸 서정주 씨 "생애의 모든 부분을 결산"」, 『동아일
    보』, 1972. 11. 14.

이 논문은 기행문에 나타난 세계 표상을 통해 서정주 문학의 전통주의를 재고찰함으로써, 세계 속에서 변주, 굴절, 반영되는 전통의 감성구조를 살피고자 한다.

2. '팍스 아메리카'의 시차: 식민주의의 기억과 재생

서른살까지는 일본놈들의 종밖에 못되었다가
그 다음은 또 남들이 두동강이 내논 나라의
그 한쪽에 겨우 매달려 살며
수번만명씩 동족상잔이나 하는 것도
한마디도 말려보지도 못하기사 했지만,
그대로 대한민국의/ 원로시인 대접도 받는
환갑 진갑 다 지낸 놈이

경향신문 사장한테나 가서
살살 사정사정해서
하루 40달러의
여비나 겨우 얻어내 가지고
세계방랑기하나 연재하며 떠돌면서
속셈인즉은
참어라 참어라 열달만 견뎌 참아라
연재 뒤에 이걸 댓권 시리즈로 출판하면
아마 모르면몰라도
한 10만 달러쯤은 몇 년간이면 벌겠지?
그러면 그걸로 여생이야 살겠지?
겨우 그것 아니었냐?[19]

인용문은 멕시코 고산지대에서 죽을 고비를 넘기고 쓴 서정주의 기

---

19) 「西으로 가는 달처럼②: 멕시코에서의 수혈」, 『문학사상』, 1979. 6, 211쪽.

행시로 시인의 감정과 처지가 다소 과장되게 읽힌다. 이 시에서 설명하고 있는 여행 동기를 액면 그대로 이해하지 않더라도, 여기서 여행자로서의 자의식을 충분히 확인할 수 있다. 서정주는 "대한민국의 원로시인"으로서의 자기정체성을 의식한 상태에서 이와 같이 발언하고 있으며 이때 한국의 원로시인이라는 타이틀은 그저 "환갑 진갑"을 지낸 늙은 문인을 뜻하는 것에 불과하다. 그럼에도 죽음의 순간에 직면했을 때 시인이 불러내는 과거의 기억은 단순히 개인적 차원에 머물러 있지 않기에 문제적이다. 기행문학의 경우 장소와 공간에 대한 의미론은 그것이 환기시키는 구체적 기억, 감정, 사고를 통해 가능해지기 때문이다. 서정주의 장소20)에 대한 정서적 애착, 즉 장소애(topophilia)는 식민지, 분단, 한국전쟁이라는 민족사의 비극을 빼놓고는 이해될 수 없어 보인다. 즉, 1970년대 후반 서정주의 세계여행은 식민지부터 한국전쟁까지의 역사적 기억을 동반한 기행이었다. 좀더 정확하게는, 그의 기행시는 근현대 한국의 세계사적 위상을 내면화한 세계여행론이라 할 만하다.21)

　세계여행의 시작은 미국이었다. 디즈니랜드, 할리우드, 유니버설 스튜디오 등 미국 대중문화의 현장에서 그는 무엇보다 "속도가 빠른 물질문명"22), "타락하고 난잡하고 무력한 사람들"23), "발달된 기계문명" 그리고 "속임수"24)를 미국식 자본주의의 한계로 지적했다. 하지만 서정주가 여행한 시기에 미국 경제는 자본주의의 호황기가 아니었다. 국제정세가 데땅뜨기에 접어들면서 '팍스 아메리카'로서의 위력은 그 시

---

20) 장소인식은 공간인식보다 개별적이다. 공간이 보편적인 삶의 양식을 조건으로 한 개념이라면 장소, 장소성은 언어적으로 특별해질 수 있는 것이다. 시인의 언어적 상상력과 연동한 지리, 장소성에 관한 연구로 이혜원, 「김소월과 장소의 시학」, 『상허학보』 17, 상허학회, 2006; 김춘식, 「시적 표상공간의 장소성」, 『한국문학연구』 43, 동국대 한국문학연구소, 2012 참조함.
21) 이에 대해서는 제4장에서 상론할 것이다.
22) 서정주, 「디즈닐랜드」, 『상』, 54쪽.
23) 서정주, 「할리우드의 밤」, 『상』, 55쪽.
24) 서정주, 「유니버설 스튜디오」, 『상』, 57쪽.

효를 다했고, 오히려 '월남 쇼크'가 미친 외교적, 경제적 타격은 이미 심각한 상태였다.25) 말하자면 서정주의 기행문에 재현된 미국은 1970년대 냉전질서의 변화와 무관한, 승전국이라는 통념에 부합하는 미국 이미지에 불과했다. 30여 년이 훌쩍 지난 시점에서도 해방기 아메리카니즘의 인식을 그대로 반복하고 있는 것이다. 2차대전 이후 아메리카니즘이 널리 확산된 해방기에만 해도 프런티어(Frontier) 정신을 소개하며 미국이야말로 자본주의 체제를 구축한 힘이라고 역설한 글들이 다수 발표되었다.26) 야만의 문명화, 자연의 인공화, 더 나아가 세계의 냉전화는 자본주의를 근간으로 한다. 서정주 역시 프런티어 정신의 미국사를 배경으로 하는 "서부활극"27) 미디어를 통해 "제일 강국"28) 이미지—미국식 자본주의, 민주주의, 자유주의에 대한 대중적 환타지에 어느 정도 노출되어 있었다.

예를 들어, 전후 미국의 인상기에는 일본 제국주의로부터 "해방시켜준 미국의 이 은혜"29)라며 식민지 시절의 기억을 호출하는 인상적인 대목이 있다. 하와이 진주만에 전시된 미주리호(Missouri)에 들러 일본의 항복 선언을 떠올리는 장면을 보자. 알다시피 도쿄만(灣)에 정박한 이 함상에서 일본 항복문서 조인식이 거행되었다. 서정주는 좁은 통로와 가파른 계단을 오르며 일본 황제가 항복 서명을 하기 위해 여기를 지나가는 장면을 오버랩해 서술하면서, 이를테면 "대단히 두 무릎이 떨리

---

25) 「독립 200주 아메리카. 제3세기의 개막(8)」, 『동아일보』, 1976. 7. 10.
26) 다글러스.오버튼, 「아메리카 정신」, 『신천지』, 1946. 9, 85쪽.
27) 서정주, 「그랜드 캐년」, 『상』, 42쪽; 「록키 산맥의 요세미테」, 44쪽; 「뱃살춤과 세 살짜리 걸 프런드」, 62쪽; 「케네디 기념관과 텍사스 황야」, 64쪽 등. 이렇듯 서정주의 미국 이미지 대다수가 서부영화에서 비롯되어다. 서부의 지정학적 상상력이 미국 표상에 투영될 때 이들 영화는 유럽에서 벗어나 미국 중심의 세계가 재편되는 과정을 설명한다. 서부극은 서부정복의 역사, 개척자 또는 강대국 미국의 이념과 위상을 동시에 보여준다. 주지하듯 서부극의 심층에는 미국의 성공 신화가 도사리고 있다.
28) 서정주, 「수도 월싱턴이란 곳」(2), 『상』, 77쪽
29) 서정주, 「우정의 종과 한국인 마을」, 『상』, 51쪽.

지 않았을까"하는 "불안"30)을 상상한다. 두려움과 나약함이 과장되게 묘사될 때, 그 순간 세계여행의 심상지리에서 '제국 일본'의 표상은 재생됨과 동시에 사라진다. 서정주의 미국 여행기가 해방기의 미국에 대한 인식 수준에서 크게 달라지지 않은 것은 마치 하나의 통과의례처럼, 패망한 일본을 떠올리고 다시 소거시키는 과정을 거치고 나서야 비로소 새로운 세계와 대면하는 일이 가능해지기 때문이다.31) 요컨대 미국의 장소성(placeness)은 제국주의 시대의 종말을 드러내는 기념비적인 순간에야 구현될 수 있다. 서정주의 세계여행론에서 미국은 공통의 경험이 지속가능한 '높은 심상성'(imageability)을 지닌 장소인 것이다.32)

그런데 '팍스 아메리카'로 전유되는 미국의 경우가 그렇듯이, 서정주가 여행지를 재현하는 방식은 동시대적 상황을 전혀 고려하지 않는다는 인상을 줄 정도로 과거의 역사, 특히 식민주의의 기억과 밀착되어 있다는 점에서 그가 마주한 '세계'는 객관적인 실상이라기보다 은유적인 표상에 가까웠다. 제국주의의 문맥을 통해 세계 각지를 소개하는 것이 서정주 여행문의 주요 화법 중 하나다. 그런 이유로 미국을 경유해 도착한 라틴아메리카에서 서정주는 이들 국가가 이루어낸 정치적, 경제적 성과를 무엇보다 식민지의 지정학적 위치에서 연유한 것으로 설명한다.

3. 무장소성의 주변부, 라틴아메리카에서 아프리카까지

1960년대 초 베스트셀러가 된 세계여행기는 미국과 유럽 중심에서

---

30) 서정주, 「미주리호 선상에 올라」, 『상』, 48쪽.
31) 1945년 9월 2일, 미 항공모함 미주리 호에서 항복문서에 서명한 것은 황제가 아닌 우메스 요시지로 장군과 시게미스 마모루 외상이었다. 서정주가 이를 모를 리 없었다고 전제할 경우, 그의 서술은 기억의 날조임과 동시에 포스트 제국주의 시대의 윤리적 표상을 자신의 문학적 정체성으로 전유하려는 시도가 아닐 수 없다.
32) 에드워드 렐프, 앞의 책, 88~89쪽.

벗어나 다양한 지역을 그 대상으로 삼았다. 일례로 좀처럼 경험하기 힘
든 지역을 유람한 김찬삼의 세계여행기의 출판은 1970년대에 삼중당의
문고판을 거쳐 세계여행자유화 이후 1990년대까지 이어질 정도로 대중
적인 의미가 컸다. 김찬삼은 "에스키모며, 인디안이며, 아프리카의 니
그로 등과 침식을 같이 하면서 나는 그들에게 동화"33)되었다는 감상과
함께 세계 59개국을 여행했다. 당시 비교적 많은 지역을 탐방했던 김찬
삼도 기행문에서 중미와 남미를 거의 소개하지 않았음을 상기한다면34)
서정주의 기행문에서 라틴아메리카 여행론은 이채롭다. 더욱이 기행문
첫 장에 브라질 기행시를 배치해 이를 중요하거나 인상 깊은 여행지로
부각시키기도 했다. 이러한 서정주 기행문의 특이성은 제3세계에 대한
당대 한국사회 전반의 관심을 어느 정도 반영한 결과다.

  이를테면 백낙청이 "이른바 '제3세계'에 대한 우리사회의 관심이 요
즘 들어 부쩍 높아가고"35) 있다고 강조한 사정에는 아프리카, 라틴 아
메리카, 아시아 등의 국가 또는 인구가 국제적으로 무시할 수 없는 규
모이며 국제정세에 미치는 영향력이 확대된 일련의 변화가 있었다.
1970년대 중반 이후 세계인구의 70%를 차지하고 유엔 회원국 가운데
75.7%에 해당할 만큼 제3세계의 위상이 중요해졌다.36) 주지하듯 '제3
세계' 개념은 냉전 패러다임의 산물로서 선진과 후진의 구별이 무의미
할 정도로 대다수가 빈국인 지역을 총칭하며,37) 혁명적, 민중적, 탈식

---

33) 김찬삼, 「머리말」, 『세계일주무전여행기』, 집문당, 1963, 3쪽.
34) 우정덕에 의하면 김찬삼의 기행문에서 중남미의 나라는 미국과의 차이점으로만 소
   략하게 다루어지고, 아프리카 편에 비해서도 적은 분량의 단편적인 내용이었다. 우
   정덕, 「김찬삼의 『세계일주무전여행기』 고찰-1960년대 독서 대중의 세계 인식과 연
   결하여」, 『한민족어문학』 56, 한민족어문학회, 2010, 441~442쪽.
35) 백낙청, 「제3세계와 민중문학」, 『창작과비평』, 1979, 가을.
36) 구중서, 「라틴아메리카의 지적 풍토-제3세계와 라틴아메리카」, 『창작과비평』, 1979.
   9, 81~82쪽; 박치영, 「미국과 제3세계」, 『국제정치논총』, 한국국제정치학회, 1982.
   12, 71~72쪽.
37) 「제3세계 국민 15% 아사」, 『매일경제』, 1972. 4. 14.

민지적 뉘앙스가 짙은 용어이다.38) 통상적으로 저개발국 그룹 또는 진
보적인 성격의 국제사상운동 그룹으로 이해되는 제3세계 개념은 점차
서구중심주의, 발전주의 이념을 비판하는 계기가 되기도 했다.39)

  그럼에도 서정주에게 라틴아메리카 각국은 근대 유럽의 역사로부터
소외된 주변부라는 점에서 예외가 없다. 유럽의 "서양사람들"의 총에
쫓겨 목숨을 다해 도망치던 인디언의 모습을 상상하는40) 서정주는 라
틴아메리카의 탈식민의 역사를 염두에 두지 않는다. 식민주의의 맥락
속에서 라틴아메리카를 열등한 유럽으로 표상하고 때로는 식민지 이전
인디언의 세계로 단순화해 인종주의를 강조할 뿐이다. 예를 들어 서정
주는 "우리보다도 훨씬 더 많이 가난"41)하다고 과장되게 평가하는 것은
물론 게으름, 향락과 타락, 무식, 독재(브라질), 수동성, 미개한 성향(아르
헨티나, 파나마) 등을 구체화하는 에피소드를 통해 라틴 아메리카를 저열
하게 묘사하는 데 열중했다. 라틴아메리카의 민주주의, 경제발전도 식
민적 근대성의 산물로 설명되고 있다. 또한 이들 국가의 국립박물관에
진열된 유물과 역사를 희화화하며 잉카, 마야 고대 문명과 독립의 역사
를 망각시키는 태도를 취한다. 경대, 장롱, 책상, 칼 등 자지구레한 물건
이 진열된 아르헨티나의 국립박물관, 금 골무 따위로 잉카 문명을 보여
주는 페루의 국립박물관 등에서 그 역사가 "너무나 간소"42)하고 "미련

38) 특히 문학에서 제3세계에 대한 관심은 반유신 민주화 운동이 본격화 되는 맥락에서
    한국문학의 위상을 재조정하려는 저항적 담론의 문제의식과 맞물렸고, 프란츠 파농
    에 대한 소개, 무엇보다 라틴 아메리카의 해방신학에 대한 재인식 등 민중적 입장에
    서 제3세계를 바라보는 시각의 전환이 있었다. 또한 김지하가 아시아 아프리카작가
    회의의 로터스상 특별상을 수상하며(1975. 6) 제3세계 진영의 문학에 대한 관심이
    증폭되었다. 오창은, 「'제3세계 문학론'과 '식민주의 비평'의 극복」, 『우리문학연구』
    24, 우리어문학회, 2008.
39) 임효선, 「제3세계의 이데올로기-발전주의의 이데올로기성 비판」, 『신동아』, 1981. 8.
    『신동아』는 "70년대에 들러서면서부터 국제정치에 태풍의 눈으로 등장하여 우리의
    국제정치적 입장에도 미묘한 영향을 미치고 있는 제3세계"에 대해 그 위상과 문제
    성을 특집으로 다뤘다. 「편집후기」, 같은 책, 492쪽.
40) 서정주, 「테오티와칸의 유적」, 『상』, 123쪽.
41) 서정주, 「리마의 중앙성당과 카야오 항」, 『상』, 149쪽.

스러워"[43) 보인다고 조소하는 장면이 그러하다. "가난한 생활을 닮아 구질구질한" 페루의 항구 도시는 한 마디로 "무지무지한 스페인의 정복자"와 "한(恨)"[44)이 복합된 이미지로 존재하며, 식민주의 역사에 여전히 강박된 이상 라틴아메리카는 독립된 지리적 단위와 개념으로 이해될 여지가 없다. 스페인에 도착 직후의 에피소드에서는 라틴아메리카를 타자화하는 태도가 더욱 노골적인데, 브라질의 삼바춤이 그저 "분산하는 열광"이라면 스페인의 플라멩코는 "절제의 슬기를 보이는 아름다움", "오랜 문명을 가지고 살아온 사람들의 그 멋"으로 대조된다.[45)

그런데 서정주가 아프리카, 중동 같은 (서구의) 주변부 국가를 여행하면서 한국과의 수교나 북한대사관 설치 여부를 굳이 문제삼고 있어 눈길을 끈다.

> 나이지리아라는 나라의 수도 라고스 공항에 나를 내려놓았다. 「이곳은 우리나라와는 정식 국교도 아직 안되어 있고, 김일성의 대사관만이 있는 곳이며, 또 인심이 대단히 좋지 않으니 가지 말라」고 케냐의 우리 교포들이 내게 경고해 주어서 이곳 비자는 내지 않았으나, 내 다음 목적지인 코트디브와르의 서울-아비잔으로 가는 비행기는 내일 아침에야 여기서 새로 출발한다고 하니, 할 수 없이 여기 공항 근처의 무슨 여관에서 하룻밤 눈을 붙여야 할 마련이 된 것이다.[46)

국제적 데땅뜨기, 또는 과도기적 대북정책기에 한국 정부는 남북한 동시 유엔가입과 공산권과의 호혜평등 외교를 골자로 6.23선언(1973)을 발표했고, 그에 따라 아프리카와 중동지역이 한국의 중요한 외교국이 된다. 하지만 남베트남의 패전(1975)이나 판문점 도끼살해사건(1976)로

---

42) 서정주, 「국립역사박물관, 라 플라타 강, 기타」, 『상』, 160쪽.
43) 서정주, 「페루의 국립박물관에서 보니」, 『상』, 148쪽.
44) 서정주, 「리마의 중앙성당과 카야오 항」, 「파차카마크 유적과 라파엘 박물관」, 『상』, 149~151쪽.
45) 서정주, 「플라멩코춤 집에서」, 『상』, 197쪽.
46) 서정주, 「뜯어먹자 판-라고스」, 『상』, 185쪽.

인해 카터 정부가 추구하는 선의의 외교가 오히려 남한 안보를 위협한
다는 위기의식 또한 팽배해졌다. 닉슨의 베이징 방문을 계기로 한국은
남북적십자 회담, 7.4남북공동성명 등 남북정책의 변화가 있었고, 학술
영역에서는 통일담론이 활발해졌지만47) 역설적으로 안보위기론이 고
조되기도 했다. 7.4남북공동성명 이후 정부는 남북의 체제 경쟁 논리를
강화했는데, 이는 분단을 내면화하는 결정적인 계기가 되었다.48) 그러
고 보면, 서정주의 세계여행기에 북한에 대한 묘사나 논평이 별다른 맥
락 없이도 빈번하게 삽입된다는 점이 흥미롭다. 예컨대, 진주만에서 일
본의 패망에 대해 서술하던 중 갑자기 관광 안내원이 김정일과 동명이
인이라는 사실을 매우 특별한 일인 것처럼 언급하기도 하고, 케네디 기
념관에서는 불현듯 '도끼사건'을 연상하게 되는 대목이 그 예다. 그같
은 기억이나 이미지가 엉뚱한 순간에 인상적으로 기입되면서 '북한'은
매우 낯설고 이질적인 타자로 출몰한다.

다시 말해, 이 시기는 남한의 대공산권 외교와 북한의 대서방 외교
가 활발해지면서 외교경쟁이 과열되고 6.23 선언처럼 상대방의 외교를
차단하고 고립시키는 정책이 노골화된 때였다.49) 남북한 체제의 경쟁
구도 속에서 대통령의 쿠웨이트, 사우디아라비아, 아프리카공화국 방문
이 연일 신문에 보도되었다. 즉, 서정주의 세계여행기는 외교관계 및
냉전체계의 급변과 세계 체제의 중심/주변의 지리적 표상 및 경계가 재
조정된 상황에서 출발했다. "아라스카로 가라 아니 아라비아로 가라/

---

47) 박연희, 「1970년대 통일담론과 민족문학론」, 『한국문학연구』, 동국대 한국문학연구
   소, 2014.
48) 홍석률, 『분단의 히스테리』, 창비, 2012, 386-387쪽; 서은주, 「'민족문화' 담론과 한
   국학-1970년대 분단인식과 관련하여」, 『권력과 학술장』, 혜안, 2014, 209~300쪽.
49) 국가안보 문제를 다루는 기관지에서 1977년 남북한 체제경쟁의 과열된 양상을 특집
   으로 마련한 것으로도 이를 알 수 있다. 「77년 경쟁과 실제」의 특집 가운데 특히 장
   원종, 「남북한 의 경제력 격차-무역수지균형을 중심으로」와 강회달, 「남북한 외교경
   쟁」 등에 당시 외교상황을 비교적 상세하게 보여주고 있다. 『국제문제』, 극동문제연
   구소, 1977. 12.

아니 아메리카로 가라 아니 아프리카로/ 가라 아니 침몰하라, 침몰하라,
침몰하라". 초기시 「바다」(1938)에서 서정주가 보여준 세계 심상은 그로
부터 40여 년 후 더 이상 극단적인 이국 취향의 표현일 수는 없게 된
것이다.

그런데 서정주가 가장 이국적일 수 있는 아프리카를 익숙한 타자로
설정하고 있어 흥미롭다. 이를테면, 헤밍웨이의 「킬리만자로의 눈」이나
드라마 「타잔」을 통해 소개되는 미국산 아프리카부터, 아프리카통 한
국인 이민자 등의 에피소드에 이르기까지 서정주는 가능한 친숙한 경
험을 불러내 아프리카의 장소 정체성을 극도로 약화시킨다. 급기야 "깜
둥이"의 집을 "우리 옛 농가의 지붕"50)으로 표현하는 등 한국과 경험
적으로 유사한 경관을 창조해 아프리카의 장소성을 파괴하기에 이른다.
에드워드 렐프에 따르면 이러한 무장소성은 장소가 가진 의미를 인정
하지 않는 잠재적인 태도에서 비롯한다.51) 아프리카만이 아니다. 세계
각지의 토속적 경관은 어느새 한국의 로컬로 만들어지기 일쑤다.52) 사
투리로 소개하는 세계 역시 유사한 무장소성의 한 사례일 것이다. 『문
학사상』의 편집후기에 세계의 풍물이 "육자배기 같은 걸직한 남조사투
리 속에서 재현된다"53)라고 서정주 문학의 특수성을 부각시켰듯 그의

---

50) 서정주, 「마사이족의 마을에서」, 『상』, 177쪽.
51) 에드워드 렐프, 앞의 책, 197, 209쪽.
52) 물론 이것은 '원로시인'인 만큼 무뎌진 감각에 따라 공간적 지평도 줄어들어 축소된
    세계 인식을 드러내는 것일 수도 있다. 이푸 투안, 『토포필리아』, 에코리브르, 97쪽.
    그러나 서정주가 은연중에 발언하는 민족사적 기억과 문학적 경험을 염두에 둘 때
    이러한 장소소실의 감각은 문제적이다.
53) 「편집실 노우트」, 위의 책, 같은 쪽. 더욱이 기행시가 연재된 무렵에 『문학사상』은
    전라도와 관련 있는 필화사건에 연루된 상태였다. 오영수의 소설 「특질고」(1979.1)
    의 내용 때문인데 호남인들의 지역감정을 유발시킨 문제로 오영수는 펜클럽과 한
    국문인협회에서 제명되었다. 이 소설을 수록한 일로 『문학사상』은 사과성명을 내
    고 3월호 발간을 앞둔 시점에서 자진 휴간했다.(「소설 <특질고> 물의 오영수 씨 사
    과성명」, 『매일경제』, 1979. 1.23; 「<문학사상> 자진 휴간 펜클럽선 오영수 씨 제
    명」, 『동아일보』, 1979. 1. 30; 「특질고 논의매듭 사과문 공개키로」, 『동아일보』, 1979.
    2. 23. 서정주의 세계기행시는 사실상 3월호에 게재하려는 내용이었다. 「<특질고>

세계여행기는 질마재적인 것을 세계로 무한히 확장시키려는 듯한 인상
을 풍겼다.

「西으로 가는 달처럼」의 연재는 17편54)의 미국 기행시로 시작하는
데 미국의 자연과 명소를 해학적이고 허풍스럽게 소개하고 있어 친근
한 정서를 불러일으킨다. 이를테면, 하와이의 명물인 종(鐘)바위를 보며
"나도 고로코롬 한 이십년/ 한번 잘 자봤으면 좋겠다고"(「카우아이 섬
에서」), 웅장한 그랜드캐넌과 콜로라도 강에서 "오르내리기에 콩이나
발바닥에 생기지 않게/ 당나귀나 한 마리 데불고 오게//그래 이 콜로라
도에 비 축 축 내리는 밤은/ 엔간히 호젓키사 호컷할걸게/ 제길할!"(「콜
로라도 강가의 인디언처럼」)라는 등『질마재 신화』식의 산문투가 빈번하
게 사용되었다. 미국기행 시편에 대한 독자들의 "찬사" 또한 "구수한
사투리를 생어(生語) 그대로 시로 옮긴"55) 데 있었다. 이러한 독자의 반
응에 기대지 않더라도 여행의 시기가『질마재 신화』직후라는 점에서
도 달라진 후기 시세계의 특징을 서정주의 기행문학과 비교해 살펴볼
필요가 있다.56)

서정주의 질마재 시편이 발표되자마자『문학과지성』은 이 시들을 재
수록했다. 당시『문학과지성』은 1-2년 이내에 다른 매체에 발표된 작품

파동의 문학사상 5월 복간」,『경향신문』, 1979. 4. 4) 서정주의 기행시가 처음 연재
된 지면은 그 이후 발행한 복간호였다. 권두언서 편집자는 호남지역 사회단체 인사
의 관용과 독자들의 협조로 복간되었음을 재차 강조했는데,(「복간에 부치는 글」,『문
학사상』, 1979. 5, 42쪽) 서정주의 '남조사투리'에 대한 강조는 호남인 독자를 의식한
표현일 수 있다. 여하튼 서정주의 세계여행기가 토속적인 특징으로 이해될 가능성
이 커졌다.

54)『문학사상』(1979.5)에는 미국 기행시가 17편 수록되지만 이후 기행시집(1980)에 서정
주의 가족 이야기인 「내 손자 거인이의 또 하나의 조부」가 누락되고 16편만 실렸다.

55) 「편집실 노우트」,『문학사상』, 1979. 6, 440쪽.

56) 이 글은 그동안 연구되지 않은 여행기 등의 다양한 산문을 대상으로 서정주의 후기
시문학을 다시 살피려는 데 가장 큰 목적이 있다. 따라서『질마재 신화』의 시 분석
을 포함해, 세계여행기를 계기로 달라지거나 오히려 공고해진 서정주의 동양론 및
전통론에 관해서는 후속 논문에서 보완했다. 박연희, 「서정주와 1970년대 영원주의」,
『한국학연구』37, 인하대 한국학연구소, 2015.

을 재수록하는 대신에 별도의 작가론 혹은 작품론을 추가해 특정 비평과 문학담론을 주조했다. 김성환에 의하면, 해당 텍스트의 문제의식이 『문학과지성』 편집동인의 편집관과 상통하는 측면이 있어 선택되었으며,57) 질마재 시편의 경우 신라의 영원성과 추상성을 극복하고 새롭게 "양식화된 풍속"과 "산문체"를 창안해냈다는 데 재수록의 가장 큰 이유가 있었다.58) 신화적인 상상력 속에 가미된 민중적인 삶과 질마재의 풍속이 서정주 문학의 변모를 가져왔다는 해석이다. 그렇다면『문학과지성』의 편집방향과 유사한 질마재 시편의 새로운 양식화와 산문성은 무엇을 의미할까. 흥미롭게도 질마재 시편을 재수록한 지면에서 정작 그 비평적 평가는 냉혹했다.

> 어렸을 때 잃어버린 신발과, 외가의 잘 닦인 마루 (……) 인연이 어째서 미래로의 정진의 추진력이 되지 못하고 있을까? (……) 서정주의 상기 시들은 어린아이의 목소리를 가지고 있다. 이러한 태도로서 의미의 확대를 초래하기는 지극히 어려운 일이 되어서 (……) 민간신앙을 소박하게 진술하고 있거나 (……) 신화하는 말을 사용해서 과장되게 이야기하고 있다. (……)『외할머니네 뒤안 툇마루』는 시로서는 되어 있으나 애띤 태도와 함축된 의미 사이에 괴리가 있어서 전체의 효과가 산만하다.59)

위의 글에서 다룬 시는『문학과지성』에 재수록된 「신부」, 「해일」, 「상가수의 소리」가 아니라, 『시문학』(1972. 2)에 발표된 「그애가 물동이의 물을 한방울도 안 엎질르고 걸어왔을 때」, 「신발」, 「외할머니의 뒤안 툇마루」 등 유독 '나'라는 시적 화자가 등장하는 시들이다. 그런 점에서 어린 이야기꾼이 부각될 수밖에 없고 "애띤 태도와 함축된 의미 사

---

57) 김성환, 「196070년대 계간지의 형성과 특성 연구」, 『한국현대문학연구』, 30, 한국현대문학회, 2010, 429쪽.

58) 「이번 호를 내면서」, 『문학과지성』 1972. 여름, 240쪽.

59) 김인환, 「서정주의 시적 과정-『화사』에서 『질마재신화』까지의 거리」, 『문학과지성』, 1972. 여름, 333쪽.

이에 괴리"를 김인환은 무엇보다 과감하게 지적했다. 또한 신발 대용품, 잘 닦인 외가 마루, 눈들 영감의 마른 명태 등 유년기 기억이 인연의 주제로 시화되거나 신비롭게 찬양되는 것에 대해, 과장되고 산만하다고 혹평한다. 이렇듯 역사성이 결여된 신비주의의 성격을 비판하고자 서정주 시가 여기에 재수록된 것일까. 그런데 김인환은 산문시의 개념과 한국적 양상에 대해서는 이 글을 참조하라면서 김현의 「산문시소고」를 뛰어난 논문으로 소개하고 있다. 서정주의 산문투가 보여준 시적 변화에 대해 긍정적으로 주목한 평론가가 바로 김현이었다.

우선 김현은 산문시의 성공을 계기로 이미지 편중 또는 음절 단위의 한국시가 향후 발전하게 되리라 기대하며 그 선례로 서정주를 고평했다. 『신라초』와 비교해 인연설이 여전하다는 사실을 간과하지 않지만 김현은 이보다 "산문" 형식에 두드러진 시적 긴장 등 산문시 고유의 가능성을 신뢰한다. 1970년대에 급부상한 산문시 경향이 중요하다면 그것은 "한국어에 대한 탐구"를 가능하게 해주기 때문이라는 것이다.[60] 사실 그 이전에도 김현은 '서정주'를 언급하며 한국어의 가치를 강조한 적이 있었다. 외국문학 전공자로서 세계문학에 편향되었던 자신을 "정신적 불구자"라고 반성하며 한국문학에 대한 착란된 의식을 고백했을 때였다.[61] 1970년대에 들어 한국문학의 내재적 가치를 본격적으로 탐구할 때 서정주와 질마재 시편은 홀대할 수 없는 한국발 텍스트였을 것이다.

민중문학의 특징 가운데 하나인 산문시의 가능성이 서정주를 통해 재발견되면서, 『문학과지성』의 서문처럼 질마재 신화의 '양식화된 풍속'은 한국문학의 내재적 가치로 공인되기에 이른다. 『창작과비평』에

---

60) 김현, 「산문시 소고」(1972. 3. 27), 『상상력과 인간/시인을 찾아서』, 문학과지성사, 101쪽.
61) "가령 말라르메와 서정주가 다른 언어를 가지고 시를 쓰고 있다는 사실을 까맣게 잊고 있었다". 김현, 「한 외국문학도의 고백」, 1967, 위의 책, 16쪽.

서 1970년대 서정주 시를 "민중적 공감의 차원", "동양의 정신사적 맥락62)에서 이해한 것과는 사뭇 다르다. 저 민중적 성격에 대해 역사현실 속의 대립과 갈등, 모순을 환상적으로 처리한 방식이 문제라는 지적이 최근 들어 제기되었지만63) '민중시'의 개념이 확대된 1970년대만 하더라도 서정주 시가 긍정되었다는 사실이 주목된다. 예를 들어 김윤식은 질마재 서사의 민중적 성격에 대해 후한 평가를 내리는 가운데 "작가가 민중처럼 또는 민중보다 먼저 흥분해 버릴 때 어찌 작품이 씌어지랴"64)라면서 질마재 시편을 당시 민중문학론으로부터 거리를 두었다. 이 시기 민중문학론은 민중문학의 범주나 성격이 뚜렷하지 않았던 과도기적 단계였다. 당시 민중시 개념은 뚜렷한 유파적 공통성 없이 자연발생적으로 나타났고65), 분명한 개념 규정이 선결되지 못한 채 젊은 시인들 사이에서 확대되었으며,66) 때로는 민중과 동일한 개념으로 이해되기도 했다.67) 비교적 이른 시기에 『창작과비평』이 민중문학을 공론화하자 김지하, 신경림, 조태일, 고은 등의 시처럼 유신과 개발독재, 피해계층에 관심을 기울인 문학이 당시 주도적인 시경향으로 부각되었고 그에 따라 현실적, 민중적 시문학의 붐이 있었다.68) 김윤식의 저 논평도 민중시가 전면화된 맥락 속에서 나온 것이다. 김윤식은 민중문학이 주류 담론이 될 때마다 문제시된 작가들의 "선동가 혹은 빈정거리는 태도"를 상기하며 이를 "초월한 상태"로 서정주라는 텍스트를 선택

---

62) 이성부, 「시의 정도」, 『창작과비평』, 1977. 봄, 141쪽.

63) 최현식, 앞의 책, 247쪽.

64) 김윤식, 「전통과 예의 의미」, 1974, 김우창 외, 위의 책, 124쪽. 122쪽.

65) 황정산, 「70년대의 민중시」, 민족문학사연구소 편, 『1970년대 문학연구』, 소명출판, 2000, 224쪽.

66) 권영민, 「산업화과정과 문학의 사회적 확대」, 『한국현대문학사 1945-1990』, 민음사, 1995, 233쪽.

67) 강정구, 「민중시 형성의 한 과정」, 김윤식, 김재홍 외, 『한국현대시사연구』, 시학, 2007, 427쪽.

68) 박연희, 「1970년대 『창작과비평』의 민중시 담론」, 『상허학보』, 2014.

한 것이다.[69]

김윤식이나 김현의 예에서 알 수 있듯, 산문시와 민중시가 증가하는 가운데 서정주는 그 새로운 붐에서 크게 벗어나지 않으면서도 경도되지는 않은 독특한 위상을 차지했다. 이것이 질마재의 공간이 토속적, 민중적인 것을 대표하는 시적 형상으로 광범위한 지지를 받을 수 있었던 이유 중 하나다. 질마재는 전라도의 한 마을이면서 동시에 서정주가 1950-60년대에 구상한 신라주의 또는 영원주의의 핵심적인 표상 공간이다. 다시 말해, 질마재가 가난한 농촌에서 전설적인 공간으로 격상되는 순간 질마재라는 구체적 공간의 역사성 또한 소거되면서 하나의 신화가 형성된다. 그리고 세계여행 이후에는 민족적 성소에서 초국가적 성지로 거듭하는 곳이 바로 이 질마재이기도 하다. 그렇다면 서정주의 기행은 세계성의 재인식을 통해 질마재 신화 또는 질마재적 세계의 보편성을 다시 한번 확인하게 되는 과정일 수 있다. 과연 보편적, 절대적인 세계 인식 내지 화법이 가능할 수 있었던 이유와 조건은 무엇이었을까.

4. 1970년대 동양론에 관한 몇 개의 주석

30년 만에 바깥나들이에 나선 미당은 그동안 39개국 2백여 도시를 다니면서 동서의 문인과 철인, 석학들을 만나 동서문명의 차이를 비교하고 인류 미래의 정신적 지표를 모색했다. 그는 특히 병든 서구문명의 환부를 날카롭게 지적, 미래의 인류문화는 동양 사상을 그 정신적 지주로 삼아야 한다고 분석하고 있다. 가장 한국적인 시인 미당이 동서양을 누비며 무엇을 보고 느꼈는지를 본사 강중모 문화부장과의 대담을 통해 들어본다.(편집자 주(註)[70]

---

69) 김윤식, 앞의 책, 같은 쪽.
70) 「280일간의 세계나들이 마친 미당은 말한다(대담)」, 『경향신문』, 1978. 9. 29.

애초에 세계여행에 대한 서정주의 각오와 태도는 일종의 생계형에 가까운 것이었고 『경향신문』 이환의 사장의 후원으로 신문에 기행문을 연재하면서 성사되었다. 서정주에 따르면 기행문의 출판을 통해 "그 수입으로 만년의 가족들의 목구멍 풀칠이라도"71) 할 목적이었다. 이러한 에피소드와 달리 교육, 정치, 언론, 영화, 문학 등 다양한 분야의 지식인들이 다수 등장해 서정주의 여행을 조력했고, 이들의 안내로 결정된 여행지는 그 자체로는 세계문명사를 환기시킬 만큼 지정학적 상상력이 풍부한 장소였다. 또한 서정주의 「세계방랑기」 프로젝트는 여행 직후 서구문명의 탐방으로 재차 강조되었다. 요컨대 서정주의 기행문은 미디어로서의 기능과 역할이 분명했고, 서정주가 재구성하는 세계 혹은 로컬로서의 문화지리 표상은 개인에 국한된 것만은 아니었다. 이를 테면 포스트 제국주의 시대에 낙관적으로 재현해야할 후진국 담론 가운데 하나의 사례로 볼 수 있다.

1970년대의 동양론은 후진성의 심상지리로부터 비롯한 것이라 제3세계문학론 역시 여기에 포함된다. 『창작과비평』의 제3세계문학 특집에서 백낙청이 "서구문학의 기준에 심취된 평자라 할지라도 이들을 일괄적으로 후진적이라고 나무라기는 어렵게"72) 되었다며 아스뚜리아스, 네루다의 노벨문학상 수상을 통해 열거하는데, 제3세계문학의 선진성은 곧 한국 민족문학의 탈식민성과 민중성을 새롭게 증명하는 방식이 된다. 예를 들어 "서구문학을 포함한 전세계문학의 진정한 전위"73)를 상상하며 민족문학의 보편성을 강조한다. 즉 1970년대에 급부상한 제3세계문학론은 민족문학론의 비평적 전거에 불과했다.74) 세계사적 보편

---

71) 「멕시코시(市)의 병원에서」, 『상』, 133쪽.
72) 백낙청, 「제3세계와 민중문학」, 『창작과비평』 1979. 가을, 55~56쪽.
73) 백낙청, 「현대문학을 보는 시각」, 『문학과 행동』, 태극출판사, 1974, 43~44쪽. 특히 네루다는 『창작과비평』과 밀접한 관련이 있는데 김수영에 의해 그 시가 1960년대에 이미 번역되고 이후 민족문학론이 안착되는 과정에서 민중시의 선례로 언급된 사실은 익히 알려져 있다.

성에 대한 열망과 후진성 극복에의 강박은 「시민문학론」을 쓴 1960년 대 말부터 드러난다. 김우창에 따르면 사랑, 양심, 인간의 본마음 등 "비합리적 또는 비이성적인"용어를 통해 백낙청이 추구한 것은 서구 적 이성으로 파악할 수 없는, 곧 "서양위주의 발전사관에서 벗어나" 존 재하는 거룩하고 본질적인 역사이다. 하지만 김우창은, "민족적 양심이 나 지사적인 태도"로서 "우리 민족사의 선진성"을 강화하는 백낙청의 방식이 정작 사회 구성원의 소통 체계, 제도 등의 현실정치를 증명하기 어렵다고 일축했다.[75] 광의의 동양론을 연상시키는 민족문학론의 비평 적 관점과 범주가 문제적이듯 이 무렵에 고안된 각종 탈서구적 논리는 세계 보편성이라는 동일한 프레임으로 이해될 여지가 있다.

　서정주의 세계여행 역시 서양과 동양, 세계와 한국이라는 보편과 특 수의 지정학적 위치를 새삼 확인하게 되는 여정으로 설명되고 있었다. 인용문은 『경향신문』에 기행문 연재를 마친 후 신문사에서 마련한 대 담의 서두에 해당한다. 여기서 서정주가 "가장 한국적인 시인"으로 강 조될수록 '세계'는 일종의 동양주의적 맥락 속에서 재전유될 가능성이 높다. 위의 대담에서 서정주가 가장 인상적인 여행의 순간으로 네팔을 언급하는 방식을 살펴보면 알 수 있다. 서정주는 무엇보다 네팔에 모여 든 미국 엘리트 청년을 떠올렸다. "그런데 그 명문 자제들이 거지차림 을 하고 동양의 작은 나라에 몰려와서 도를 닦으며 동양사상에 심취하 고 있는 걸 보고선 특히 많은 것을 느낄 수 있더군요. 그래서 물질문명 에 병든 서구를 구제할 수 있는 것이 바로 동양사상이구나 하는 점을 확인한 셈이죠". 동남아시아의 저개발국이자 히말라야 산맥의 신비로 운 자연 경관을 갖춘 네팔은 더할 나위 없이 좋은 오리엔탈리즘의 명

---

74) 이상록은 백낙청이 제3세계문학을 통해 한용운 문학을 이해하려는 태도에 대해 민
　　족문학론에서 "제3세계문학은 서구가 권위를 상실한 기반 위에서 민족문학을 구축
　　하는 데 중요한 참고자료로 기능할 뿐"이라고 지적했다. 이상록, 「1970년대 민족문
　　학론」, 『실천문학』 108, 실천문학사, 2012.11, 126~127쪽.
75) 김우창, 「서평: 민족문학과 양심의 이념」, 『세계의 문학』, 1978. 여름, 179~190쪽.

소가 된다. 기행문은 히말라야 산속의 수도자들 틈에 늘어선 예일, 하
버드생들이 매우 인상적이라고 장황하게 서술하고는 서구를 구제할 문
명사적 대안은 동양에 있다고 논평했다.

연재 당시 "동양적 사상에 달통한 시인"이 쓴 "동서문명비평기"76)로
홍보되었다는 데서 알 수 있듯, 서정주의 기행문은 이어령의 『흙 속에
저 바람 속에』(1962)로 대표되는 한국문화론의 차원에서 읽혀질 여지가
있었다.77) 주지하듯 서정주의 기행시 「西으로 가는 달처럼」이 실렸던
『문학사상』의 주간이 이어령이다. 『문학사상』에 서정주의 기행시를 실
으며 이어령은 이른바 "세계일주 기행시"이자 동양인("동양의 학")이 쓴
"오늘의 세계, 서양의 풍물지(風物誌)"78)라 소개했다. 이어령에게는 『질
마재 신화』를 통해 토속적인 시경향을 보다 심화시킨 서정주야말로 자
신의 동서문화론을 예증해줄 흥미로운 기행자였을 것이다. 서정주의
기행시에는 아프리카를 비롯해 인도, 멕시코, 싱가포르 등 여러 대륙이
다채롭게 포함되지만 편집자는 이를 굳이 서구 중심의 풍물지로 강조
했다. 말하자면 그의 기행시는 보통의 서정적인 시문학이라기보다 서
구의 풍속 및 문물에 대한 보고로서의 성격이 농후했다. 1970년대 후
반에 이르러, 『질마재 신화』에서 강렬하게 드러난 토착 설화와 민중 서
사는 미국과 유럽, 아프리카와 남미 등의 세계와 접점을 이루고 이는
동양과 서양의 인식론이 된다. 이 경우 미국은 정신과 물질, 동양과 서
양의 선명한 대립구도를 강조하기 위해 추상화된 아메리카에 불과했다.

『서양에서 본 동양의 아침』에서 이어령이 노골적으로 드러낸 동서양
의 비교문화론적 시각이 서정주의 여행론과 상당 부분 중첩된다. 다시
말하자면, 서정주가 여행한 2백여 도시에서의 에피소드가 순식간에 서

---

76) 「원로문인의 야심작, 동서문명의 현장에」, 『경향신문』, 1977. 11. 28.
77) 이어령 붐의 문제성에 관해 권보드래 외, 「문화적 종족본질론과 이어령의 한국문화
론」, 『1960년대를 묻다』, 천년의 상상, 2012.
78) 「편집실 노우트」, 『문학사상』, 1979. 5, 440쪽.

양과 동양의 상상지리 속으로 흡수되는 사정에는 이어령 식의 문화비
교론적 관점과 이에 익숙해진 독서대중을 의식한 측면이 분명 있다. 제
목에서 쉽게 예측되듯 이어령의 『서양에서 본 동양의 아침』은 유럽 중
심의 서구를 철저한 "이방"[79)으로 설정하고 문화, 경제 분야의 한국적
특수성을 대립시켰다. 오늘날 일종의 고전처럼 읽히는 저 책은 한국적
정서와 정체성을 동서비교론의 방식에서 서술한 것이며 후진국의 자의
식을 시사한다. 그렇다면 서정주의 세계여행론에서 후진국의 자의식,
위계화된 세계 인식이 어떻게 드러날까. 그런 점에서 다시 『경향신문』
의 대담으로 돌아가 서정주의 여행 직후의 태도를 살펴볼 필요가 있다.

"움츠리고 들어가서 어깨를 펴고 당당하게 돌아왔다"라는 표현에 담
긴 서정주의 여행 소감은 동서비교론의 효과를 역력히 보여준다. 이를
뒷받침하듯 "그런 기계문명, 메커니즘조차도 우리가 별스럽게 뒤떨어
진 것 같진 않더군요"[80)라고 한국의 경제성장에 대한 자부심을 드러낸
그의 발언이 여러 차례 목격된다. 비교문화론의 나르시즘적인 성격이
강화될수록 흥미롭게도 경제성장의 신화가 부각되는데, 그 무렵의 한
세계일주항해가 보여준 세계/자기 인식에서도 유사한 논리가 엿보인다.
"대외수출 백억 달러, 1인당소득 1천 달러 달성"이 연일 보도되던
1977-8년 무렵에 해양대학 연습호의 세계일주항해가 해외에 알려져 국
력 신장의 사례로 주목된 바 있는데 항해사들이 대면한 세계도 서정주
와 크게 다르지 않았다. 이들은 무엇보다 유럽시장에 진입한 한국산업
의 저력에 감탄하며 "대단한 나라라 생각했던 선진제국을 돌아보았는
데, 별게 아니었습니다. 우리도 희망 있다는 생각이 뭉큼 들더군요"식
의 감상을 한껏 쏟아낸다.[81)

이처럼 1970년대 세계여행론이 표방한 한국의 세계사적 위상은 한국

---

79) 이어령, 「이 책을 읽는 분에게」, 「서양에서 본 동양의 아침』, 범서출판사, 1975, 2쪽.
80) 「280일간의 세계나들이 마친 미당은 말한다(대담)」, 앞의 책.
81) 「세계일주항해에서 배우고 느낀 것」, 『해양한국』, 한국해사문제연구소, 1978, 19쪽.

의 고도성장에서 비롯한 선진국의 비전을 통해 제시되고 있었다. 경제
성장의 내셔널리즘은 전후 일본에 대한 인상기에도 적용된다. 서정주
는 일본인을 목격할 때마다 이를 전후 일본의 갱생의 저력으로 묘사했
다. 브라질의 친절한 일본인 호텔 직원을 보며 "고배를 마시고도 오히
려 세계의 가장 넉넉한 나라의 하나로 다시 일어서는"[82] 이유를 설명
하고, 몽마르트에서 기발하게 가게 우동을 파는 일본인 상인을 보고도
"이래서 그들은 2차 세계대전에 참패한 뒤에도 요즘은 땅 위에서 제일
부강한 나라의 하나로 다시 등장"[83]했다며 놀라워했다. 예컨대 진주만
의 항복 선언을 장황하게 서술해 '제국 일본'의 망령으로부터 벗어났을
때 그 자리를 대신하는 일본은 선진국의 이미지였다.[84] 그런데 이와
같은 경제개발의 도식성은 오리엔탈리즘의 위계화 방식을 재연할 수밖
에 없는데, 가령 동남아시아를 전후 아시아의 도약과 번영에 미달하는
지역으로 서술하는 방식이 그러하다.

　세계일주에 성공한 해양사들은 울산 현대조선소, 포니차 등을 사례
로 들며 1970년대 후반에 육성된 중화학공업의 성장을 부각시키고 이
를 생기 없고 불쌍한 동남아의 국민들과 중첩시켰다.[85] 서정주의 기행
문에 나타난 인도와 네팔도 동남아시아의 후진성이나 야만을 재생산하
는 수준에 머물러 있었다. 새치기를 한 무례한 인도 여성부터 노숙자
여성의 성매매 현장, 굶주린 걸인과 행려병사자의 시체더미, 불결한 화
장실 문화, 네팔 여성의 세련되지 못한 외모[86] 등의 동남아시아 인상
기는 저개발국가 표상의 전형을 보여준다. 서정주의 아시아 기행은 어

---

82) 서정주, 「상 파울루, 그리고 독사 박물관」, 『상』, 164쪽.
83) 서정주, 「몽마르트르 구경」, 『상』, 224쪽.
84) 당시 일본의 경제성장은 신문을 통해 연일 기사화되었다.(『매일경제』에서 「일본경
　　제 회복세」, 1974. 12. 11, 「일본침체경제 회복세 미상무성 분석 보고」, 1975. 7. 21)
85) 「세계일주항해에서 배우고 느낀 것」, 앞의 책, 같은 쪽. 태평양전쟁 시기 '남방'의
　　열등한 이미지 생산 과정 및 종전 이후의 기행문에 나타난 식민지 오리엔탈리즘은
　　장세진, 『슬픈 아시아』, 푸른역사, 2012 참조.
86) 서정주, 「손으로 닦아내는 측간 달린 방」~「힌두교 사원 컬리가트」, 『하』, 171~200쪽.

느덧 제국주의적 감각에서 서술되고 있었다. 자연경관 및 생활풍습에 대한 내용이 많았던 아시아의 기행문에 비해 프랑스에서 서정주는 보들레르, 루소, 빅토르 위고, 에밀 졸라 등의 무덤을 연이어 방문하며 유럽 중심의 예술적 전통을 강조했다. 몽마르트 언덕에 여전히 출몰하는 예술가를 언급할 때 유럽 중심의 세계 표상을 유효한 것으로 만든다. 한국을 동양 안에 포함시킬 때조차도 서양은 미국의 지시어이고 동양은 광역의 개념이 아니라 일본 등을 제외한 나머지를 뜻할 뿐이다. 예를 들어 서정주는 미국의 물질주의를 확인할 수 있는 다양한 에피소드를 되풀이하다가 "그렇다면 동양, 그 중에서도 우리 한국이나 중국"[87]의 정신문화의 우수성을 강조한다. 이렇게 역전된 서술방향은 그의 기행문에서 가장 중요한 세계 인식의 실체가 된다. '병든 서구문명'의 구원이라는 낡은 수사와 논리는 동양으로 환기되는 전통의 보편적 가치를 드러낸다. 서정주의 세계여행론은 서구의 대안세력으로서 동양 개념을 재설정하는 것으로 다시 씌어진다.

5. 결론을 대신하며: 세계여행, 한국의 신(神), 전통의 순례

> 호놀룰루에 닿기 한 시간 반쯤 전에 나는 팬암의 비행기 속에서 잠이 깨자 창 밖에 내다보이는 기적만 같은 하늘의 경치에 놀라지 않을 수 없었다. (……) 잊어버렸던 우리 신(神)들이 잠재해 있음을 살에 닿게 느끼게 했다. (……) 내 동포가 이렇게 건재해 있는데 감동하며, 아까 비행기 창으로 본 하늘의 그 어디 신이 있는 듯하던 구름의 산맥들을 아울러 생각하고 있자니 눈물이 두 눈에 핑 돌 만큼 한국에 목숨을 가진 것이 자랑스럽게만 느끼어졌다. (……) 호텔 안의 한국 음식점에 들어가 앉았다가 나는 또 나를 아끼는 어느 신(神)의 도움을 받게 되었다.[88]

---

87) 서정주, 「디즈닐랜드」, 『상』, 같은 쪽.
88) 서정주, 「하와이 호놀룰루」, 『상』, 26~27쪽.

세계여행 도중에 서정주가 반복적으로 언급하는 '신(神)'이란 누구를 지칭하는 것인가. 의미심장하게 "잊어버렸던 우리 신"을 떠올린 여정의 첫 장면은 저 세계여행이 결국 전통의 감성과 표상을 고안하는 중요한 계기였음을 시사한다.

전후 한국은 기존의 이념과 제도, 윤리가 일순간 붕괴되었다는 측면에서 보면 그것을 대체하는 새로운 사회적, 문화적 구성 요소에 대한 합의가 근본적으로 가능했던 사회이기도 했다. 바꿔 말해 정치, 경제, 문화, 교육 등 전방위에서 개인의 정체성을 재규정할 만한 보편적 가치가 요청되는 시대였다. 문학의 경우 서구식 근대의 대안을 모색하고 민족문학이나 인간성의 옹호를 내세우는 가운데 순수 이데올로기가 공고해졌으며 그 같은 독법 안에서 한국문학가협회(1949) 중심의 문학자들은 "위대한 전통의 확립"[89])을 대표 이념으로 삼았다.

예를 들어 조연현은 김동리와 서정주 문학의 공통분모 속에서 인류적 보편성을 지닌 민족문학의 자산을 발견하고자 했다.[90]) 널리 알려진 대로, 민족의 보편성을 재성찰하는 과정에서 서정주는 신라를 전통의 유력한 표상으로 제출했다. 즉 서정주의 신라론은 내셔널리즘을 구현하는 문화적 코드였고, 여기서 핵심은 한국적 풍토에 맞는 '신'을 창안해내는 것이었다.[91]) 신은 전통과 등가를 이루는 명칭이며 그 문학적

---

89) 박종화, 「<현대문학> 창간 일주년에 기함」, 『현대문학』, 1956. 1, 14쪽.

90) 조연현, 「민족적 특성과 인류적 보편성」, 『문학예술』, 1957. 8, 185쪽. 새로운 문학 이념과 주체가 절실히 요구되던 시기에 전통론은 우익 문단의 헤게모니에 힘입어 마치 새로운 해석 방식인 것처럼 평가되고 정당화되었고 서정주의 시 또한 새로운 스타일로 각광을 받았다. 박연희, 「한국 현대시의 형성과 자유주의의 시학」, 앞의 책, 78~79쪽. 김윤성은 "영원히 단 한번밖에 없는 스타일의 발견, 즉 항상 새로운 스타일의 발견"을 "과거 우리의 수많은 시인들 가운데서 찾자면 오직 서중주 한사람뿐"이라고 할 정도로 서정주는 전후 문학의 주류에 위치했다. 김윤성, 「시작에 관하여」, 『문학예술』. 1955. 10, 95쪽; 김양수, 『서정주의 영향』(상-하), 『현대문학』, 1955. 10~11. 여기서 서정주는 김소월과 김영랑으로부터 이어진 서정시의 계보 가운데 존재하는 한국시사의 유력한 전통이 된다. 그런 차원에서 앞서 살핀 서정주의 전통주의의 계보화 논의는 『전집』 발간 직후 반복된 흥미로운 현상이라는 점에서 주목된다.

현현은 초월적인 영원 불변의 세계가 최고의 현실성으로 받아들여지는 순간을 암시한다. 신, 그러니까 전통이란 서정주에게 불안한 현실을 극복하고 새로운 미래의 인간상을 구현하는 일종의 신앙적 대상이었다. 그렇다면 '질마재의 신화'는 이 같은 서정주의 믿음을 문학적으로 입증하기 위해 재구성된 민족기원의 서사라 할 수 있다. 따라서 『질마재 신화』에 등장하는 변두리 민중의 가난한 삶은 비극적인 요소라기보다 오히려 해학적인 요소로서 삶의 활력을 제공한다. 서정주에게는 질마재의 이야기야말로 전통이라는 신을 널리 전파하는 복음이 되기 때문이다.

이 글은 서정주의 이른바 '신'의 표상과 서사적 재현이 이번에는 한국이 아닌 세계라는 지평 위에서 가능해진 점에 주목했다. 패망한 일본 제국, 고정화된 팍스 아메리카, 주변화된 제3세계 등의 지리적 메타포는 개별 장소의 공적 기억을 재생산(소비)하는 과정에서 만들어졌다. 세계의 경험을 통해 서정주는 로컬의 지정학적 이미지와 위상을 전통주의에 입각해 균질화함으로써 글로벌화된 자기정체성을 전유할 수 있었다. 다시 말해 제국과 서구의 지리적 타자로 이해된 전통, 한국, 동양을 주체화하는 논리를 발견하게 된 것이다. 그런 점에서 "잊어버렸던 우리 신"의 회복이 절실했다. 전통을 대변하는 신화적 세계[92]가 세계여행기에서 무엇보다 중요한 이유가 여기에 있다. 위의 인용문처럼 이제, 세계여행 도중에 만난 한국 사람이나 한국 음식 등 모든 한국적인 것은 비로소 세계적 스케일을 보유한 어떤 것으로 재생산되며 보편화된다.

---

91) 현대 전후시의 당면과제에 대해 서정주는 다른 무엇보다 "신의 발견과 회복"이라고 역설한다. 서정주 외, 「설문: 한국시단의 현황과 현대시의 기본과제」, 『현대문학』, 1958. 6, 14쪽.

92) 오문석, 「전통이 된 혁명, 혁명이 된 전통」, 『상허학보』 30, 상허학회, 2010, 60~63쪽. 오문석은 전통의 숭상이 어떤 정신의 회복을 가리키며 그 정신은 망실된 과거이거나 소멸을 앞둔 위기 상황을 직시한다고 설명했다. 따라서 전통의 소환은 과거의 복원이 아니라 복원된 미래에서부터 내려지는 명령의 다른 표현이며 서정주의 경우 영원 반복하는 역사의식, 중세적 우주관을 그 특징으로 꼽을 수 있다. 신과 전통의 개념에 관해 박연희, 「한국 현대시의 형성과 자유주의의 시학」, 앞의 책.

물론 서정주의 그 "감동"은 글로벌 자본주의가 추동하는 보편화된 권능과 이에 저항하는 탈식민적 정체성과 전혀 다른 실감이다.

서정주의 세계여행기는 역설적이게도 그의 전통 인식을 확연하게 이해할 실마리를 제공했으며, 이렇게 형성된 전통의 감성구조는 한국의 전후 인식의 한 단면을 시사한다. 앞의 인용문처럼 기행문에서 한국인을 설명하며 빈번하게 사용한 '신'의 수사는 민족 보편의 실체를 향한 기획과 의지가 『질마재 신화』 때보다 훨씬 노골적이라는 인상을 준다. 이준 열사부터 박남수, 윤정희, 백건우 등 그의 여행기에 가득했던 한국인은 단순히 서정주의 인맥이나 명성을 암시하는 차원을 넘어 신화의 파편성, 즉 로컬적 한계를 봉합하는 결정적인 계기가 되어 주었다. 그들 한국의 이주민은 신라론에서 서정주가 '뜨내기 정신'이라 표현했던, "재기불능이 되어도 오히려 낙오하지 않고, 먼지 털고 일어나"[93]는 민족 주체의 강한 정신력을 예증하는 사례들이 아닌가. 민족의 역사적 희생과 수난을 강조한 저 표현은 흥미롭게도 한국의 고도성장을 내면화한 자기정체성의 일부이자 자부심의 근거가 된다. 신라정신을 한국적 정체성의 기원으로 신화화하는 방식 속에서 질마재가 중요해졌다면, 세계여행 이후에는 1970년대 경제성장을 신화화하기 위해 질마재의 토속성이 보편적 가치로 격상되기에 이른다.

---

93) 서정주, 「신라의 영원인」, 앞의 책, 316쪽.

서정주의 『질마재 신화』에 나타난 공동체의 상상력
- 민간신앙을 경유하여 -

김 수 이*

1. 서론

근대문학 이후를 모색하는 오늘의 한국문학은 공동체에 대한 사유를 창조적으로 수행해야 할 장으로서 새롭고도 오랜 임무를 안고 있다. 21세기의 현 시점에서 서정주의 『질마재 신화』(1975)[1]를 재해석하는 일은 어떤 공동체를 어떻게 모색할 것인가의 문제의식을 역사적으로 확장하면서, 지금-여기와 인간-삶의 전체성의 차원에서 바람직한 공동체의 (불)가능성을 탐색하는 일과 연결된다. 서정주의 시는 미학, 현실인식, 완성도 등 시적 덕목들의 균열로 인해 상반된 평가를 유발하는 문제적인 텍스트다. 이 중 완성도는 미학이나 현실인식의 항목으로 흡수되어

* 경희대학교, suyee@khu.ac.kr
** 이 글은 『한국문학연구』 제48호(동국대학교 한국문학연구소, 2015)에 게재된 원고를 단행본의 편집 취지에 맞춰 수정·보완한 것이다.
*** 이 논문은 2013년 정부(교육부)의 재원으로 한국연구재단의 지원을 받아 수행된 연구임(NRF-2013S1A5A2A03045279)
1) 본고에서는 시집 『질마재 신화』 중 질마재에 관한 이야기를 직접적으로 다룬 산문시 형태의 연작시들을 대상으로 한다.

서정주 시에 대한 애정(정확히는 애증)을 긍정적이거나 부정적으로, 때로 분열적으로 승인하는 데 활용되어 왔다. 단적으로 말해 서정주 시에 대한 가치 평가는 미학과 현실인식 가운데 어느 쪽을 우위에 두느냐에 따라 양분되는데, 이 틀을 유지하는 한 그 최종 판단은 이분법의 구도에서 자유롭기 어렵게 된다.

서정주의 연작시집 『질마재 신화』에 대해서도 양 극단의 관점이 공존해 왔다. 『질마재 신화』가 가난의 역사와 전통 생활세계에 대한 심미적 재구성을 통해 서정주 시의 정점을 구현하면서 한국시의 마술적인 진경을 펼쳐 보인다는 입장2)과, 현실인식 결여에 따른 동일성의 세계관과 무갈등의 이데올로기를 조장한다는 입장3)이 그것이다. 두 입장은

---

2) 김열규는 미당 시의 특징을 "세계를 위한 연금술", "속신들에 의해 비로소 가능했던 통합적 세계관, 신비주의에 진하게 감량된 '아니마 문디'적 세계관"으로 명명하며(김열규, 「俗信과 神話의 서정주론」, 『미당 연구』(조연현 외), 민음사, 1994, 159~163쪽), 유종호는 "『신라초』, 『동천』에 대해 가장 신랄한 비판을 가하고 있는 것은 다름아닌 미당 자신의 『질마재 신화』"라고 일갈하면서 이 시집의 의의를 역설적으로 평가한다.(유종호, 「서라벌과 질마재 사이」, 『서정적 진실을 찾아서』, 민음사, 2001, 148~170쪽 참조) 미당 시는 "어떠한 관념적 어휘도 가까이 하지 않으면서 우리의 전통적 삶의 향기로 나름의 형이상학을 구축한 것"이라든가(신범순, 「질기고 부드럽게 걸러지는 '영원'」, 『미당 연구』, 196쪽), 질마재는 "신라 정신이 일상 속에 면면이 전승되고 있는 공간"으로 "영원을 사는 삶의 비전을 촌락 사회의 비근한 일상 속에서 발견한 것"이며, 미당 시는 "난세의 한국문학이 지금까지 꽃피운 가장 위대한 역설 중의 하나"라는 평가(황종연, 「신들린 시, 떠도는 삶」, 『미당 연구』, 324, 334쪽) 등도 이 계열의 두드러진 성과들이다.

3) 김우창은, 미당의 "후기시들은 무녀의 잘 알 수 없는 讖言이거나 여기 이 순간에 해탈과 평화를 얻은 사람이 하는 자기만족의 말들"이라고 하면서, "일원적 감정주의"로 후퇴한 "서정주 시의 발전은 한국 현대시 50년의 핵심적인 실패"라고 진단한다.(김우창, 「한국시와 형이상」, 『미당 연구』, 34, 36쪽 참조) 김윤식은 『질마재 신화』의 입지가 "역사의 방향성의 획득 그것이 하늘의 일이 아니라 인간의 일이라 할 때 문화관념이 탄생한다는 사실을 새삼 일깨우"는 곳이며(김윤식, 「거울화의 두 양상」, 『한국현대문학사』, 일지사, 1976, 271쪽), '똥오줌 항아리'로 대변되는 미당의 전통 예술 파악은 "정확한 생명 의식의 포착이지만 어디까지나 맹목적이고 생리적 차원"이라고 비판한다.(김윤식, 「전통과 藝의 의미」, 『미당 연구』, 126쪽) 이외에도, 『질마재 신화』로 오면서 서정주의 시는 "고통을 자각하는 정도가 점점 희박해지"며(김인환, 「서정주의 시적 여정」, 『미당 연구』, 116쪽), 『질마재 신화』는 "우주나 인간이나 국가의 생성 변화에 대한 원형적인 이야기가 없"는 '평면적인 프로빈셜리즘'에 머무르며(황동

각기 상대의 관점을 부정적으로 흡수해 자신의 관점으로 통합하려는 경향을 보인다. 이 성과들의 일부를 포함해, 서정주의 시를 총체적으로 바라보려는 노력들은 이분법을 발전적으로 해체하기 위한 자의식을 바탕으로 한다.[4] 그런데 서정주 시를 대하는 균형감각에 대한 성찰적 자의식을 지닌 연구들에도 형평의 척도에는 종종 이중적인 시선이 작동한다. 『질마재 신화』는 서정주가 "끊임없이 비판했던 황폐화된 근대적 삶의 가치를 복원하기 위한 하나의 모델을 제시하"지만, 바로 그 이유에 의해 "현실 세계를 유지하기 위한 질서와 윤리감각이 계속해서 삭제"된다거나[5], 『질마재 신화』는 공동체의 언어에서 출발한 서정주 개인의 언어로, 훼손된 한국의 근대에 대칭적인 초근대적 시·공간을 창

규, 「탈의 완성과 해체」, 『미당 연구』, 146쪽), "시적 자아와 현실과의 갈등이 무화된 신화적 공간"을 빚어낸 미당의 반근대주의에는 "한국 근현대사의 파행성을 실천적으로 극복하려는 의식이 결락되어 있"으며(최두석, 「서정주론」, 『미당 연구』, 277쪽) "미당의 웃음은 종국에는 '질마재'란 역사현실 속의 대립과 갈등, 모순을 환상적으로 화해시켜 그것을 무갈등의 세계로 미화하고 신비화한다는 점에서 문제적이다. 이런 무갈등의 조장은 현실의 기각에 정확히 비례한다."(최현식, 「웃음과 이야기꾼 - 서정주의 『질마재 신화』론 2」, 『한국근대문학연구』 제3권 1호, 한국근대문학회, 2002, 217쪽)는 등의 논의들이 이 입장을 대변한다.

4) 이 계열의 성과들은 역설과 동시성의 논리로 서정주의 시를 설명한다. "도시적 길과 농경적 길이 서로가 서로를 내장하는 방식"으로 직조된 미당의 시는 "정서의 깊은 뿌리를 농경 사회에 두고 있으면서 근대적 시의 개념을 깊이 이해"한 희귀한 예라거나(황현산, 「서정주, 농경사회의 모더니즘」, 『미당 연구』, 475~492쪽), "도저한 반근대적 지향을 통해 한국문학의 근대적 자기정체성을 이룩하는 문학사의 모순과 비밀"을 보여준 문제적인 경우(이광호, 「영원의 시간, 봉인된 시간」, 『미당 연구』, 380쪽)라는 독법이 대표적인 예이다. "시적 성취와 인간적 결함이라는 이율배반적인 대상의 가치 평가엔 보다 세심한 주의와 관찰이 요구되"는데, 서정주의 시는 한국현대시에서 극히 드물게 인간의 심층 의식인 "심연의 입구에까지 도달"했으나 석연치 않은 '탕자와 귀환'에 따른 '소박한 낙관주의'로 귀결되었다는 해석도 여기 속한다.(남진우, 「남녀 양성의 신화」, 『미당 연구』, 201쪽, 219~220쪽) 이외에, 하재연, 「개인의 언어와 공동체의 언어 - 서정주 『질마재 신화』론」, 『문학과 환경』 1, 문학과환경학회, 2002; 김예리, 「『질마재 신화』의 영원성 고찰」, 『한국현대문학연구』 15집, 한국현대문학회, 2004; 김용희, 「미적 근대성의 해방적 가치와 새로운 타자성의 의미」, 『상허학보』 17권, 상허학회, 2006; 정끝별, 「『질마재 신화』에 나타난 '비천함Abjection의 상상력」, 『한국시학연구』 15호, 한국시학회, 2006 등의 논의도 이 범주에 든다.

5) 김예리, 위의 글, 308쪽.

출했으나, 공동체의 언어로 되돌아가려는 순간 그 시적 비약은 장애물이 된다6)는 평가 등이 단적인 예들이다. 이러한 양가적 독법이 서정주시의 내적 특질에 기인하는 것임을 부정할 수는 없다. 그러나 이 체제를 유지하는 한 서정주 시에 대한 해석과 평가는 반복의 공회전을 피하기 어렵게 된다. 또 다른 문제는 현실-탈현실, 근대-반근대/항근대/탈근대, 개인-공동체, 미학-현실인식, 완성도-문학사적 가치 등의 균열을설명하기 위한 이원적 평가 체제가 서정주 시의 독법에 역으로 미칠영향력이다. 평가의 결과가 해석의 과정에 환류되면서 해석의 가능성들이 미리 차단되거나 누락될 수 있다. "전통적인 것 혹은 과거적인 것에 대한 추구가 근대에 대한 대항의 의미라는 것을 승인하면서 동시에탈역사적인 나르시시즘으로 한계 짓고 있는 것에 대한 새로운 관점"7)을 창출하기 위해서는 텍스트와 변화하는 현실을 연동하는 새로운 맥락을 생산하는 일이 요구된다.

　이 글은 서정주 시가 지닌 균열을 근대와 근대 이전의 세계관이 충돌하는 가운데 파생된 태도 내지 증상으로 보고, 이 태도/증상이 '공동체'의 복원의 열망과 직결되어 있음을 『질마재 신화』를 중심으로 살펴보고자 한다. 질마재 시편들에 대한 입체적인 해석을 위해 미당의 자서전 중 질마재에 관한 부분을 상호텍스트적으로 읽는 방식을 취하기로한다. 『질마재 신화』는 한국의 전통 마을공동체에 바치는 헌사이자 애도로서 닫힌 텍스트가 아닌, 공동체의 운영 원리와 실상을 탐구한 (응용가능한) 열린 텍스트이다. 창작 당시의 사회·역사적 상황을 고려할 때, 『질마재 신화』에 나타난 미학과 현실인식의 불균형은 공동체의 몰락과재편에 따른 개인의 불안을 반영한다. 다시 말해, 『질마재 신화』의 현재성은 공동체가 건재했던 과거와 공동체가 훼손된 현재 사이의 점증하는 격차를, 다가오는 미래의 시간을 포괄해 어떻게 사유할 것인가에

---

6) 하재연, 위의 글, 75~76쪽 참조.

7) 김용희, 앞의 글, 312쪽.

의해 달라지게 된다. 이는 서정주 시에 형상화된 '침향'의 비유로 설명
될 수 있다. 선조들이 먼 훗날의 후손을 위해 바닷물 속에 담가둔 '침
향(枕香)'8)은 서정주 시집 『질마재 신화』의 비유로도 읽을 수 있는바,
후손들이 꺼내 쓸 때 비로소 효용을 갖게 된다. 그런데 침향의 효용은
미래형이 아니라, 현재형이다. 선물하는 이의 사랑과 받는 이의 기쁨
사이에서 수백 년에서 천 년이 넘도록 시간의 깊이와 함께 시대 및 개
별성을 초월한 공동체의 연대를 응축하고 있는 '침향'은 그것이 품고
있는 미래의 가능성 자체만으로 현재에도 계속해서 쓸모를 발휘한다.
"서구의 근대시에 대한 개념의 이해를 통해, 2백년을 또는 천 년을 잠
든 땅에 깊이를 주면서 동시에 거기 내장된 깊이를 꺼내"9)는 미당의
시는 과거로부터 온 선물이며, 지금도 계속 도착하고 있는 현재형이자
미래형의 '쓸모'로서 우리시의 '침향'에 해당한다고 볼 수 있다. "미당
의 시가 미래에 전해줄 수 있는 유산은, 그것을 긍정적이든 부정적이든
간에 저 고대의 종교적 지혜로 환원시키고 싶어하는 모든 비평적 음모
에 붙잡히지 않을 수 있는 힘을 그 자체에 얼마큼 확보하고 있느냐에
따라 그 질이 달라질 것"인데, "우리는 그 힘을 믿는다"10)라는 황현산
의 말은 미당 시의 유산이 과거에 밀착된 형태를 지니고 있음에도 미
래를 향해 활짝 열려 있는 것임을 피력한다. 즉 미당 시의 효용은 현재
통용되고 있는 몫만이 아닌, 미래의 몫과의 지속적인 합산을 통해 지속
적으로 (재)산출되어야 한다.

　인간성의 상실과 공동체의 와해가 가속화되는 최근의 현실은 『질마
재 신화』를 '지나간, 그러나 다시 도래해야 할'세계의 표상으로 다시
주목하게 한다. 2010년대 중반의 현재는, 『질마재 신화』가 창작·발표

---

8) 실생활의 실용성과는 다소 거리가 있는, '향(香)'이라는 미학적이며 잉여적인 기능을
　통해 사람들의 심신을 정화하고 공동체의 과거와 미래를 연결하는 '쓸모'를 발휘하
　는 '침목'은 문학과 예술의 상징으로도 볼 수 있다.
9) 황현산, 「서정주, 농경 사회의 모더니즘」, 『미당 연구』, 492쪽.
10) 위의 글, 476쪽.

된 산업화 초기의 1970년대를 비롯해 물질의 풍요와 폐해가 난립한 20
세기 후반과는 달리, 더불어 살아가는 공동체를 진지하게 모색하고 있
는 시대다. 다양한 형태의 상생의 공동체를 향한 노력들은 첨단 디지털
기반의 통치술과 인간(성) 조작의 시대에 항거하는 시대·사회적 조류
와 궤를 같이한다. 이러한 현실은 '질마재'를 '도래할 공동체'의 경험적
사례로 소환하는 동력이 문학을 넘어 사회·문명적 차원의 변화임을
알게 한다. "질마재는 모든 인간이 하나가 되는 마을공동체이자 인식의
공동체"이며, 질마재의 "문화적 동일성, 심리적 동일성이 만들어내는
일체화된 삶들은 서정주 자신이 필생의 과제로 생각했던 건강한 사유
모델"11)이라는 한 논자의 적극적인 해석은 서정주 시에 대한 독법의
변화를 단적으로 보여준다. 그런데 이 해석에는 질마재가 공동체의 '실
천이나 행위 모델'이 아닌 '사유모델'로서 '지나간 과거'의 귀속물이라
는 판단이 깔려 있다. 근대는 애초에 자기 분열과 자기 위반을 배태했
으며, 끊임없는 저항과 이탈의 힘들 앞에서 스스로를 수정해야 할 반성
의 순간들을 맞이해 왔다. 그 순간들의 상당 부분은 문학과 예술에 의
해 마련되어 왔다. 이를 인정한다면, 『질마재 신화』는 한국의 전통 공
동체의 원리와 실상을 시적 비전에 의해 서사화함으로써 근대를 이탈
하고 수정하고자 하는 열망을 '공동체'에 대한 사유를 통해 선취한 예
로 재평가할 수 있다.

　『질마재 신화』는 신화가 아닌 '신화의 미장센'을 지닌 마을 공동체
의 이야기이며, '세계를 공동으로 소유하고 각기 독특한 삶의 기술을
지닌 사람들의 공동체' 혹은 '공동체의 선하고 행복한 삶'의 비밀을 규
명하고자 한 서정주의 시적 기획의 산물이다. 이 기획의 세부를 살펴보
기 위해 『질마재 신화』에 형상화된 '민간신앙'12)을 '무당'에 초점을 맞

---

11) 송기한, 「근대성과 '소통'의 공간으로서의 『질마재 神話』」, 『한민족어문학』 61집,
　　 한민족어문학회, 2012, 580쪽.
12) 한국의 민간신앙은 샤머니즘을 기반으로 불교, 도교, 유교 등의 외래종교의 영향을

추어 경유하기로 한다. 그동안 서정주 시의 한계로 지적되어온, 『질마재 신화』가 과거의 삶을 미화한 측면은 새롭게 조명될 여지를 갖는다.

2. 『질마재 신화』의 탄생 배경 – 근대화의 이면, 공동체와 민간신앙의 몰락

『질마재 신화』가 탄생한 1970년대는 근대화의 국가적 강령 아래 농촌과 도시의 환골탈태를 동시에 추진한 시기다. 박정희 군사정권의 야심작인 새마을운동은 경제 성장과 국민 통치의 두 마리 토끼를 겨냥한 대대적인 생활·문화개조운동이자 정신개조운동이었다. 초가집과 성황당을 없애고 마을길을 넓히며 소득증대에 힘쓴13) 새마을운동은 마을의 오랜 물품들과 장소, 생활풍속, 가치관 등을 인위적으로 뜯어고침[개악(改惡)]으로써 전통 공동체를 해체하는 결과를 가져왔다. 전통 공동체의 붕괴는 마을굿과 무당의 몰락을 수반했다. 본래 무당은 선사시대부터 공동체를 의례로 결속시키고, 공동체의 갈등을 조정하며, 공동체의 경제적 결속과 관리권을 분배한 제사장이었다. 무당은 민간이 자생적으로 만든 토착의례 또는 종교인 무교(巫敎)의 사제로서 민간을 대의했으나, 국가의 출현과 불교, 유교 등의 외래종교의 영향으로 쇠퇴하다가, 근대에 와서 마을 대동굿을 타파한 일제의 식민정책과 농촌공동체를 파괴해 자본의 시장에 편입시킨 새마을운동에 의해 공동체 전체를 위한 대의적이고 공식적인 기능을 완전히 상실한다. 역사상 무교는 한 번도 국가 체제에 편입된 적이 없는데, 근대화 이후 국가 행사 및 상업 축제와 개인의 기복을 위한 푸닥거리에 동원되는 세속적인 선무당이

받으면서 변화해 왔다. 민간신앙은 자신의 근간인 샤머니즘보다 더 광의의 개념으로, 이 글에서는 엘리아데의 샤머니즘 이론을 바탕으로 논의를 전개한다.
13) 박정희가 작사·작곡한 '새마을 노래'(1972)의 가사에서 차용.

늘고 농촌 마을 공동체가 해체되면서, 마을 대동굿을 주재하던 참무당의 참무교는 소멸하게 된다. 근대화란 다신교적인 자급자치 농경 공동체와 공존할 수 없는 중앙집권 국가와 자본의 지배 체제를 수립하는 과정으로, 공동체의 와해와 무당의 소멸은 근대화의 이름으로 행해진 파괴의 심각한 부분이다.[14]

지역 단위의 농경 공동체와 무당이 몰락의 운명을 함께한 사실은 공동체를 위해 무당이 한 역할이 공동체를 유지하는 중요한 동력이었음을 보여준다. 무당의 역할에는 공동체의 운영 원리가 투영되어 있는데, 『질마재 신화』에 그려진 무당의 모습에는 질마재 마을공동체의 지속의 비밀이 용해되어 있다. 『질마재 신화』를 출간한 1975년에 서정주는 환갑의 나이였다. 노년에 접어든 서정주가 자신이 열 살까지 살았던 고향 '질마재'를 호출한 것은, 오래된 장소와 농촌 공동체가 파괴되는 현실이 그를 비롯한 농경세대에게 경제적인 보상으로 상쇄할 수 없는 충격을 안겨 주었기 때문일 것이다. 충격의 실체는 '근대의 불안'으로 설명될 수 있다. 바우만에 의하면, '근대의 불안'은 "아득히 먼 옛날부터 존속되어 온 공동체나 조합을 매개로 한 인간 상호 간의 연대감이나 이웃 간의 유대가 느슨해지거나 깨진 순간에 나타났"는데, 이는 "인간이 만든 것은 **무엇이든** 인간이 개조할 수 있다."는 근대적 신념의 역설적인 결과로, "**인간의 악행과 악한에 대한 공포**" 속에 다른 사람들을 의심하고 그들과 인간적인 상호관계를 맺지 못하는 무능력과 의지 부족

---

14) 천규석, 『잃어버린 마을 축제를 찾아서』, 실천문학사, 2014, 189~214쪽 참조. 천규석은 박정희의 근대화 운동이 민중의 현실적 고통과 소망을 가장 잘 이해해 준 전통 무교와 무당을 몰락시킨 주범이라고 진단한다. "밖에서 가져온 천신 사상을 지배 이데올로기로 삼아 민중을 지배하는 국가를 성립시킨 이후 민중의 삶은 언제나 가난했다. 그것을 극복해야 할 현실로 믿었기 때문에 민중은 더욱 물질적, 현실적이 되었고 그런 민중의 아픔과 희망을 가까운 데서 가장 잘 반영해 주던 종교가 다름 아닌 토착 무교가 아니었던가? 그래서 이 가난한 현실주의의 악순환으로부터 벗어나게 해주겠다는 일방적 강압이 박정희의 근대주의와 물량파시즘과 새마을주의 등이 아니었던가?"(같은 책, 212쪽)

을 초래한다.[15] '근대의 불안'이라는 개념이 인류 역사의 초기까지 소급되는 오래된 공동체의 몰락에서 연원하는 점은 의미심장하다. 이런 맥락에서 '공동체'는 근대가 상실한 모든 것의 핵심이며 최대의 것이다. 공동체의 와해는 정치, 경제, 사회, 문화 전반의 구조를 바꾸고 인간관계와 인간의 내면에까지 심대한 영향을 끼쳤다. 근대사회는 자연적인 '소속belonging'에 의한 '유대'를 인위적인 집합체에 의한 '연대solidarity'로 대체함으로써, 그동안 공동체가 개인에게 제공해 온 삶의 토대와 보호를 적잖이 박탈했다.[16] 독재정권의 국가가 주도하는 근대화 속에서 1970년대의 한국사회가 직면한 것은 이 같은 사회적이며 개인적인 박탈이었다. "산업 사회의 분화된 삶의 격벽을 무너뜨리는 특별한 종류의 환기술"[17]로서, "도저한 반근대적 지향을 통해 한국문학의 근대적 자기 정체성을 이룩하는 문학사의 모순과 비밀"[18]을 보여준 서정주의 시는, 근대의 부정적 산물인 공동체의 파괴를 자기 존재의 파열로 내면화한 세대의 트라우마를 반영한다. 『질마재 신화』는 프로이트가 말한 공포에 맞서는 해법, 즉 "메마른 '현실 논리logic of facts'에 강하게 저항하는 인간의 정신psyche"[19]을 '오래된 공동체'에 대한 탐구를 통해 지탱하고 있는 독특한 사례라고 할 수 있다.

---

15) 바우만에 의하면, '근대의 불안'은 프로이트가 분석한 인간 고통의 세 가지 원인 즉 "우월한 자연의 힘, 우리 육체의 연약함, 그리고 가족, 국가, 사회에서 인간의 상호 관계를 조정하는 규칙들의 불완전함" 가운데 세 번째인 사회적 기원에 의한 고통에 속한다. 카스텔의 용어인 '근대의 개인화' 역시 공동체의 기율이 와해되고 개인의 안전과 삶이 오직 그 자신에게 맡겨진 상황을 가리킨다.(지그문트 바우만(한상석 역), 『모두스 비벤디』, 후마니타스, 2010, 94~110쪽 참조)
16) "견고한 근대의 공포 관리 양식은 회복할 수 없을 정도로 망가진 '자연적인' 유대를, 결사체와 조합, (일상생활과 이해관계를 공유함으로써 통합되어 있는, 단기적이지만 준-영구적인) 집합체와 같은 형태의 인위적인 등가물로 바꾸어 놓았다. "점점 위험해지는 운명으로부터 보호해 주는 주요 보호막의 역할을 이제는 [자연적] 소속belonging이 아닌 연대solidarity가 물려받게 된 것이다."(위의 책, 94~110쪽)
17) 황현산, 앞의 글, 482쪽.
18) 이광호, 앞의 글, 380쪽.
19) 지그문트 바우만, 앞의 책, 94쪽.

서정주가 유년기의 기억을 통해 소환한 '질마재'는 근대사회와 구별되는 공동체적 세계이지만, 현실의 문제들이 완전히 소거된 비현실적인 무갈등의 세계는 아니다. 그 근거로, 질마재와 근대는 뚜렷한 대립관계나 대칭관계를 형성하고 있지 않다. 『질마재 신화』에는 오래된 공동체의 균열이 두 겹의 시간 속에 기입되어 있는데, 하나는 시의 내재적 시간인 과거(일제 강점기)이며, 다른 하나는 시를 서술하는 화자의 실제 시간인 현재(산업화 시대)이다. '질마재' 시편들은 이 두 겹의 시간을 반영하듯 오래된 공동체의 균열을 선명하게 보여주며, 같은 맥락에서 질마재가 근대와 완전히 상반되는 세계가 아니며 근대에 부분적으로 침윤되어 있는 세계임을 그려 보인다. 이 장면들에 등장하는 것이 바로 무당과 민간신앙이다. 무당의 현실적 지위가 하락하고 공동체를 지탱하는 민간신앙이 쇠퇴한 정황은, 시 「단골 巫堂네 머슴 아이」에서는 기복의 차원으로 축소·격하된 민간신앙과 "세상에서도 제일로 천한" 존재가 되고 만 무당을 통해, 시 「마당 房」에서는 '미신'으로 치부되는 전통 생활풍속의 퇴조를 통해 형상화되고 있다.

> ① 세상에서도 제일로 싸디싼 아이가 세상에서도 제일로 천한 단골 巫堂네 집 꼬마둥이 머슴이 되었습니다. 단골 巫堂네 집 노란 똥개는 이 아이보단 그래도 값이 비싸서, 끼니마다 얻어먹는 물누렁지 찌끄레기도 개보단 먼저 차례도 오지는 안 했습니다.
>
> 단골 巫堂네 長鼓와 小鼓, 북, 징과 징채를 늘 항상 맡아 가지고 메고 들고, 단골 巫堂 뒤를 졸래졸래 뒤따라 다니는 게 이 아이의 職業이었는데, 그러자니, 사람마다 職業에 따라 이쿠는 눈웃음— 그 눈웃음을 이 아이도 따로 하나 만들어 지니게는 되었습니다.
>
> 「그 아이 웃음 속엔 벌써 영감이 아흔 아홉 명은 들어앉았더라.」고 마을 사람들은 말하더니만 「저 아이 웃음을 보니 오늘은 싸락눈이라도 한 줄금 잘 내리실라는가 보다.」고 하는 데까지 가게 되었습니다. 「이놈의 새끼야. 이 개만도 못한 놈의 새끼야. 네 놈 웃는 쌍판이 그리 재수가 없으니 이 달은 푸닥거리 하자는 데도 이리 줄어 들고 만 것이라……」 단

골 巫堂네까지도 마침내는 이 아이의 웃음에 요렇게쯤 말려 들게 되었습니다.

그리하여 이 아이는 어느 사이 제가 이 마을의 그 敎主가 되었다는 것을 알았는지 몰랐는지, 어언간에 그 쓰는 말투가 홱딱 달라져 버렸습니다.

「……헤헤에이, 제밀헐 것! 괜스리는 씨월거려 쌌능구만 그리여. 가만히 그만 있지나 못허고……」 저의 집 主人—단골 巫堂 보고도 요렇게 어른 말씀을 하게 되었습니다.

그렇게쯤 되면서부터 이 아이의 長鼓, 小鼓, 북, 징과 징채를 메고 다니는 걸음걸이는 점 점 점 더 점잖해졌고, 그의 낮의 웃음을 보고서 마을 사람들이 占치는 가지數도 차차로히 늘어났습니다.

- 「단골 巫堂네 머슴 아이」 전문

② 陰 七月 七夕 무렵의 밤이면, 하늘의 銀河와 北斗七星이 우리의 살에 직접 잘 배어들게 왼 食口 모두 나와 딩굴며 노루잠도 살풋이 부치기도 하는 이 마당 土房. (…) 우리 瘧疾 난 食口가 따가운 여름 햇살을 몽땅 받으려 홑이불에 감겨 오구라져 나자빠졌기도 하는, 일테면 病院 入院室이기까지도 한 이 마당房. 부정한 곳을 지내온 식구가 있으면, 여기 더럼이 타지 말라고 할머니들은 하얗고도 짠 소금을 여기 뿌리지만, 그건 그저 그만큼한 마음인 것이지 迷信이고 뭐고 그럴려는 것도 아니지요.

- 「마당房」 부분

①에서 세상에서 제일로 천한 무당과 제일로 싸디싼 아이가 빚어내는 불협화음은, 공동체의 최저 생활수준에 있는 이들의 가난하고 비천한 삶을 피력하는 것을 넘어, 공동체의 안녕이 더 이상 민간신앙과 무당의 권능에 의존하지 않음을 명백히 보여준다. 본디 "택함을 받은 사람"을 뜻하는 무당은 성스러운 영역에 접근할 수 있는 특권을 지닌 "인간 영혼의 위대한 전문가"이며, 죽음, 질병, 기근, 재난, '암흑'의 세계에 맞서 생명, 건강, 풍요, '광명'의 세계의 편에서 "공동체의 정신적인 본래 모습을 지키는" 수호자였다.[20] 그러나 질마재의 무당은 인간

20) "샤만들은 종교 체험을 남달리 강렬하게 한다는 의미에서 그 사회의 나머지 구성원

의 영혼과 공동체를 수호하는 권능과 성스러움의 권위를 완전히 상실한 상태에 있다. 생계 수단으로 전락한 무당의 "푸닥거리"("이 달은 푸닥거리 하자는 데도 이리 줄어 들고 만 것이라")는 심지어 무당이 부리는 머슴아이의 "눈웃음"보다 열등한 것으로 취급되며, 농담조의 허명(虛名)이기는 하지만 마을 사람들은 무당을 제쳐두고 머슴아이를 '마을의 교주'로 간주하기에 이른다. 또한, "똥개"보다도 서열이 낮은 머슴아이조차 무당을 대놓고 무시하는 정황은 질마재가 신성한 무당(무교)에 의해 수호되는 전통 공동체의 온전한 형상이 아님을 확인시켜 준다.

②에서 편집자적 논평의 어조를 띤 마지막 문장은 질마재에서 민간신앙이 한 역할과 그 현재적 추락의 실태를 서술한다. "부정한 곳을 지내온 식구가 있으면, 여기 더럼이 타지 말라고 할머니들은 하얗고도 짠 소금을 여기 뿌리지만, 그건 그저 그만큼한 마음인 것이지 迷信이고 뭐고 그럴려는 것도 아니지요."가 그것인데, 이에 대해서는 세 가지 해석이 가능하다. ⅰ) 질마재에서 민간신앙/생활풍속은 대대로 전승된 '마음'이고, 생활 감각이며, 공동체의 문제 해결 방법이다. ⅱ) 재래의 민간신앙/생활풍속은 현재 '미신'으로 치부되고 있다. ⅲ) 토속의 민간신앙/생활풍속을 '미신'으로 폄하하는 근대적 시각에 동의할 수 없다. 정리하면, 『질마재 신화』는 유구한 역사를 지닌 마을공동체의 정신과 문화를, 근대가 덧씌운 '미신'의 오명으로부터 구해내 그 실상과 미덕을 세세히 밝히기 위해 쓰인 것이라고 할 수 있다.

질마재의 실상과 재현 양상을 분리할 수는 없지만, 양자를 혼동하지 않으려는 노력은 중요하다.[21] 서정주의 '질마재'는 사실적 재현을 넘어

___

들과 구별된다."(미르치아 엘리아데(이윤기 역), 『샤마니즘 - 고대적 접신술』, 까치, 1992, 27~28쪽 참조)

21) 『질마재 신화』에는 미당의 유년기의 시선과, 창작 당시의 노년기의 시선이 얽혀 있다. 기억의 출발점은 현재이므로, 기억을 통해 소환되는 유년기의 시선은 노년기의 시선을 어떤 형태로든 통과한 것이 된다. '질마재' 시편들에서 '질마재'에 못지않게 큰 비중을 차지하는 것은, 근대를 의식하며 "이빨 속까지 너무나 기쁜"(「海溢」) 목

선 상상적 재창조, 질마재의 인물과 사건, 삶의 원리 등에 대한 개성적이고 비의적인 재창조를 통해 우리시의 독특한 시적 모험의 공간을 형성한다. 근대에 역행하거나 근대의 바깥에 머무르고자 하는 시적 모험으로서 '질마재' 시편들은 인간을 포함한 우주 만물이 존재-나눔의 공동체로서 함께 살아가는 세계의 원리를 탐색하는 여정으로 구성된다. 질마재 사람들은 세계를 공동으로 소유하고, 문제의 고통과 해결을 나누며, 하늘(신성)과 사람(인성)의 상호 육화가 가능한 세계를 살고 있다. 이들은 "하늘의 銀河와 北斗七星이 우리의 살에 직접 잘 배어드"(「마당房」)는 일상과, "사람이 무얼로 어떻게 神이 되는가를 요량해 볼 줄 아는"(「李三晩이라는 神」) 정신의 기술 혹은 내면세계를 공유하고 있다.

　질마재 마을공동체의 육체적이면서도 초월적인 세계관과 운영 원리는, 앞서 살펴본 것처럼 전통 무당이 주관하는 무교(샤머니즘)가 아닌, 마을의 갑남을녀들이 나누어 가진[분유(分有)한] 일상적이면서도 초월적인 능력에 의해 유지된다. 질마재에는 무당에 버금가는 신이한 능력을 지닌 사람들, 즉 무당의 대리자들이 많이 살고 있다. "자신을 샤먼이라고 진지하게 믿는 사람, 그리고 민족 공동체에서도 그렇다고 용인받은 사람이면 누구나 '진짜' 샤먼"[22]이라는 샤머니즘의 법칙에 의거할 때, 이들은 사실상 샤먼들이다. 시베리아 샤머니즘에 정통한 안나 레이드에 의하면, "활기 넘치는 만물이 우글거리는 세상과 시베리아 원주민 사이를 이어주는 이가 바로 샤먼"(에벤키족은 '모든 걸 아는 사람'이라고 부른다)[23]이다. 샤먼은 자신의 믿음이나 공동체의 인정에 의해 자격이 확보되며, 삼라만상과 한 지역의 사람들을 연결해 주는 존재이다. 같은 맥락에서 샤머니즘은 "체계화된 종교였던 적이 없"으며 "공식적으로 인정되는 필수 입문 절차나 신성한 경전을 가졌던 적도 없"[24]다.

　소리로 질마재를 되살리는 서정주 특유의 숨결과 화술이다.
22) 안나 레이드(윤철희 역), 『샤먼의 코트』, 미디어북스, 2003, 21쪽.
23) 위의 책, 15쪽.

이러한 기율은 한국의 무당에도 그대로 적용될 수 있다. 질마재에서 몰락한 현재의 무당을 대신해 재래(在來)의 신성한 무당의 역할을 수행하는 마을 사람들은 비유가 아닌 실제 역할의 차원에서 '무당'이다.

서정주는 질마재의 평범한 사람들에게서 무당의 능력을 다양하게 발견하는데, 그 능력은 i) 성스러움에 근접하기, ii) 인간의 영혼에 대한 전문적인 이해, iii) 공동체의 정신세계 수호 등으로 요약될 수 있다. 질마재 사람들은 우주의 비밀을 나누고, 각기 독특한 삶의 기술을 펼치며, 무당의 능력을 분배해 공동체의 정신세계와 질서를 공동으로 수호한다. 질마재 사람들이 '살[肉]'의 감각으로 육화해 실천하는 민간신앙은 종교의 차원에서 세속의 차원으로 뚜렷이 하강해 있지만, 본래의 신성함과 삶을 성화(聖化)하는 기능을 일정하게 보존하고 있다. 서정주는 질마재 마을공동체를 지속시키는 이 공동의 정신 능력과 존재적 유대를 '형이상학'이라고 부른 바 있는데, 서정주의『질마재 신화』는 근대의 침투 속에서도 그가 경험한 전통적인 마을공동체의 지속 원리('형이상학')를 형상화하고 보존하기 위한 고심의 산물로 볼 수 있다.

3. 『질마재 신화』에 나타난 공동체의 양상

『질마재 신화』는 오래된 공동체가 어떤 원리에 의해 지속되며, 공동체의 장소와 문화, 사람들이 어떻게 존재하고 살아가는가에 관한 탐구의 서사다.『질마재 신화』에 실린 총 45편의 시는 질마재의 일을 직접 서술한 33편의 산문시('질마재' 연작)와 질마재에서 불렀을 법한 민요풍의 시를 포함한 정형률을 띤 12편의 서정시로 구성되어 있다. 전자는 질마재의 이야기 편으로 서정주 개인의 서사와 분리될 수 없는 마을공

---

24) 위의 책, 22쪽.

동체의 서사를 과거 중심으로 다루는 데 비해, 후자는 질마재의 노래
편으로 창작 당시 현재 시점을 중심으로 '질마재'(로 상징되는 마을공동체)
를 상실한 서정주의 개인적 소회와 민족공동체의 현실에 초점을 두고
있다. 후자에 형상화된 민족공동체의 현실은 '마을공동체의 상실'이라
는 문제의 연장선상에 있다. 남북분단으로 인한 민족 분열은 서정주에
게 '고향 상실' 및 핏줄과 그리운 '님'을 만날 수 없는 파편화된 삶의
조건으로 수용된다.

'질마재' 연작은 전통 마을공동체의 운영원리를 탐구하고 삶의 구체
적인 실감을 기록하는 데 공을 들인다. 서정주는 질마재 마을의 운영원
리를 구체적으로 분석한 바 있는데, 마을 사람들의 유형과 삶의 방식을
세 가지로 분류해 이론적 틀을 마련한다.

> 하여간 마을은 이 세 유파의 정신으로 운영되었다.
> 심미파 힘으로 흥청거리고 잘 놀고 노래하고 춤추고, 유자들의 덕으로
> 다스리고 지키고, 신선의 덕으로 답답지 않은 소슬한 기운을 유지하면서
> 아직도 일본이 가져온 신문화의 혜택에선 멀리 그전 그대로의 전통 속에
> 있었다.
> 그래 나는 이런 세 갈래의 정신 속에서 내 열 살까지의 유년시절을 다
> 져, 그 뒤의 소년시절의 기초를 닦지 않을 수 없었던 것이다.[25]

심미파의 유희와 예술 정신, 유자의 다스림[치리(治理)]과 지킴[예(禮)]
의 정신, 자연파의 소슬한 신선[도(道)]의 정신은 예부터 내려온 "그대
로의 전통"으로, 질마재는 예(藝) - 예(禮) - 도(道)의 3자 구도에 의해 운
영되었다. 이 "세 갈래의 정신 속에서 내 열 살까지의 유년시절을 다져,
그 뒤의 소년시절의 기초를 닦"았다는 서정주의 회고로 볼 때, 그는 공
동체의 운영원리를 자신의 정체성의 토대로 인식하고 있었다.[26]

---

25) 서정주, 『미당 자서전』 1, 민음사, 1994, 55쪽.
26) 서정주에게 세 유파의 정신은, 평생의 다른 모든 신발을 대용품으로 만드는 최초의

(1) 공동의 세계와 공동감각 - '하늘'의 의미와 역할

한나 아렌트에 의하면, "세계란 우리 모두에게 공동의 것"으로, 이는 인간이 세계의 실재성을 가늠할 수 있는 유일한 척도가 된다. 세계를

'신발'(「신발」)과 같은 원형의 위치를 점한다. 세 유파의 대표 인물은 <상산(어릴 적 서정주네 집의 두 번째 머슴) - 아버지 - (외)할머니/어머니/서운니>이다. 이들은 인간의 존재와 삶 및 세계를 대략 세 영역으로 분할해 운용하고 있다. <육체 - 이성 - 영혼>, <미/예술 - 규범/제도 - 자연/생활>, <노래 - 지식 - 이야기> 등의 그것이다.(<표 1> 참조) 간략히 정리하면, 심미파는 육체형의 인간으로, 원초적 욕망과 미적 충동, 쾌락원칙에 충실하다. 성(性)을 통해 성(聖)에 다가가는 지향성을 보이며, 현실을 승화하는 놀이와 축제를 담당한다. 유자는 규범형의 인간으로, 유년의 서정주가 별로 매력을 느끼지 못하고 권위의식과 인색함 때문에 반감을 가졌던 유형이다. 자연파는 자연주의적 신라정신을 계승하고 있는 자연의 사제이자 생활형의 인간으로, 영혼, 성(聖), 자연, 생명 등에 해박하다. 구체적인 생활과 치유의 달인들이자 공동체의 생활풍속과 이야기의 전승자들이다. (인물 항목의 괄호 안은 해당 인물에 관해 미당 자서전에서 사용된 명칭이거나 자서전에만 등장하는 인물의 이름이다.) 세 유파의 구도에 관해서는 서정주, 「질마재」, 『미당 자서전』 1, 9~113쪽 참조.

<표 1> 질마재 마을공동체의 운영원리 - 세 유파의 구도

유파	정신	영역	인물
심미파	유희와 예술	- 육체[욕망, 성(性)] - 미(美) - 놀이, 예술(노래)	상가수(상산), 알묏댁(바위의 어머니), 설막동이네 과부 어머니(도깨비집 할머니), 소 X 한 놈, (무동(舞童) 양모) 등
유자 (儒者)	다스림 [치리(治理)]과 지킴[예(禮)]	- 이성(권위) - 규범, 제도, 현실 - 지식, 학문	아버지, 눈들영감, 조선달 영감, (황 영감) 등
자연파	자연의 도(道)	- 영혼 [내면, 감성, 성(聖)] - 자연, 생명, 생활 - 이야기	할머니, 외할머니, 어머니, 서운니, 석녀 한물댁(함물댁), 부안댁, 소자 이생원네 마누라, 재곤이, '기회보아서', '도통이나 해서', 백관옥·백사옥·백준옥씨, 연(鳶)꾼들, (진영이, 선봉이, 정규씨, 최노적, 뱃머슴 승운이, 강강수월래의 소녀들) 등

(인물 항목 중 괄호 안의 명칭은 『미당 자서전』에서 사용된 것임)

공동으로 소유하고 느끼는 '공동감각'은 "엄격히 개별적인 우리의 오감과 그것들이 지각하는 엄격히 특수한 자료들을 현실에 적합하게끔 만드는 유일한 감각"[27]이다. 공동감각에 의해 우리는 세계를 공동으로 소유하고, 존재와 삶을 나누며, 존재의 깊은 곳으로부터 서로 연결된다. 근대는 오래된 공동체를 파괴함으로써, 공동의 세계와 그 속에 함께-거주하는 사람들의 공동감각을 와해시켰으며, "우리가 누구이고 삶이 무엇을 의미하는지에 대한 문화적 합의 같은 것을 없애버렸다".[28] 이에 따라 오래된 공동체의 신념체계와 생활문화는 '미신'과 '기만'의 영역에 유폐되었다. 아렌트에 의하면, 현대사회에서 "주어진 공동체에서 공동감각의 현저한 감소와 미신과 기만의 현저한 증가는 대개 세계로부터 사람들이 소외된다는 사실의 명확한 징표이다".[29] '공동체로서'의 존재와 삶의 본질을 '미신'과 '기만'으로 오도하는 사회에서 현대인은 존재 자체를 나누고 타자와 더불어 살아가는 법을 배우지 못하거나, 혼자 불완전하게 학습해야 한다. 이러한 정황은, '도래하는 공동체'와 공동감각의 공동체적 공간으로서 문학과 예술의 역할을 부상하게 한다.

'질마재' 시편들에서 서정주는 한국의 옛 마을이 세계를 어떻게 공동으로 소유하고, 공동으로 감각했으며, 존재적으로 깊이 유대했는가에 주목한다. 시와 자서전을 교직해 읽으면, 유년의 서정주가 공동감각을 학습한 경로는 크게 두 가지로 추정된다. 하나는 유아기의 서정주가 혼자 처음으로 세계와 마주한 질마재의 장소(자연)들이며, 다른 하나는 그로 하여금 "정신이란 문맹을 통해서도 더 잘 이어질 수도 있는 것"임을 알게 해 준, "글 아니라도 수천 년을 두고 실생활을 통해 이어져 온 생활전통"[30]이다. 이 중 전자는 질마재 사람들이 유년기에 자연과 사

---

27) 한나 아렌트(이진우·태정호 역), 『인간의 조건』, 한길그레이트북스, 1996, 272쪽 참조.
28) 파커 J. 파머(김찬호 역), 『비통한 자들을 위한 정치학』, 글항아리, 2012, 118쪽.
29) 한나 아렌트, 앞의 책, 272쪽 참조.
30) 서정주, 『미당 자서전』 1, 50쪽.

람들을 통해 의식적/무의식적으로 학습한 공동감각과, 후자는 질마재의 토착 민간신앙에 기반한 생활·문화 방식을 통해 학습한 공동감각과 연동된다.

> 나는 불가불 집을 벗어나야 할 때가 있었다. (…)
> 나는 그 개울물 가에 한참씩 서 있기가 예사였다. 그러면 아까 빠져 있던 그 가위눌림은 얄다라이 흑흑 소리를 내며 역구풀 밑 물거울에 비쳐 잔잔해지면서, 거기 떠 날으는 얇은 솜구름이 정월 열나흗날 밤 어머니가 해 입혀주는 종이 적삼 모양으로 등짝에 가슴패기에 선선하게 닿아 오기 비롯했다.
> 이렇게 하여 나는 대여섯에 천체(天體)의 살을, 딴것 새에 두지 않고, 내 살에 댈 수가 있었다. 그러나 구름은 그냥 큰 고독에 젖어드는 반가운 것이었고, 오늘 내가 알고 있는 것과 같은 서러운 것은 아니었다. 그것의 근본 모양이 피라는 것을 헤아릴 수 있는 나이가 아직 아니었던 것이다.
> 이런 커다란 살[肉]로서의 하늘 속에 ─ 하늘 밑이 아니라 차라리 하늘 속에, 이것을 느끼고 사는 사람들의 피는 일가친척이 아니라도 서로의 울타리를 경계로 하지 않고 한맥을 이루고 있는 듯했다.[31] (밑줄 강조 인용자)

대여섯 살의 어린 나이에 서정주는 질마재의 '개울물 가'에서 자신의 살이 '천체의 살'과 생생히 맞닿는 경험을 한다. 처음으로 혼자 세계와 대면한 압도적인 체험은 어린 서정주에게, "커다란 살[肉]로서의 하늘 속에" "이것을 느끼고 사는 사람들의 피는 일가친척이 아니라도" 모두 "한맥을 이루고 있"다는 공동의 세계 인식과 공동체적 존재감으로 각인된다. '나'를 포함해 모두 '한맥의 피'로 연결된 사람들은, 내 "등짝에 가슴패기에 선선하게 닿아 오"는 "커다란 살로서의 하늘"[32]과 함께 존

---

31) 위의 책, 23~24쪽.
32) 서정주가 유년기에 '하늘'을 '온통 살'의 감각으로 생생히 느낀 것은 특별한 제의를 통해서가 아니라 일상의 평범한 일들 속에서였다. "커다란 살로서의 하늘"은 미당의 자서전과 시에서 다양하게 변주되는데, 미당의 최초의 미적 경험 역시 하늘과 '살'

재적 차원의 혈연 공동체이다. 질마재는 하늘(우주)과 함께-존재하고 함께-살을 맞대고 살아가는 공동체로서 우주보다 작지 않으며, 우주 역시 질마재보다 크지 않다. 질마재는 하늘이 인간과 같은 육체-공동체로서 성스러움을 드러내고 그 성스러움이 '살'의 형태로 감각되는 고유한 장소들로 구성된다. 이 장소들 - 우물가, 모시밭, 마당방, 감나무 그늘, 너럭바위, 콩동, 연 날리는 들판 등 - 에서 질마재의 사람들은 존재-혈연 공동체로서 자신의 위상과 삶의 감각을 배운다. 서정주가 말하는, 질마재 사람들이 대대로 숭상해 온 '형이상학'(「金庚信風」)이란, 하늘의 신성성을 살의 감각으로 체현하고 하늘과 자신을 하나의 공동체로 인식하는 공동의 세계에 대한 감각, 즉 자연과 우주적 차원의 공동감각을 의미한다.

어린 서정주가 질마재의 자연과 생활 장소에서 '하늘'을 통해 공동의 세계와 존재-나눔의 공동체에 대한 공동감각을 배운 데 비해, 성장기의 그는 질마재의 생활문화 전통을 통해 그것을 "좀더 깊이어" 익힌다. 서정주의 회고에 의하면, 당시의 소년들은 누구나 같은 훈련을 했다. 한 예로, 명절날 연을 직접 날리지 않더라도 남들이 연을 날리는 광경을 추위에 떨면서도 오래 구경하(여 주)는 '과정'을 통해 공동체의 감각을 학습했다.

> 요즘 도회의 소년들은 연을 날렸으면 날렸지, 추위 떨면서 그 구경은 오래 않는 듯하다. 하나 내 나이의 촌사람들이 어렸을 때는 이 과정도 하나 어쩔 수 없이 오는 것이었다.
> <u>이런 일은 사실은 내 어렸을 때의 소년들에게는 아주 생소한 일도 아</u>
> <u>니었다. 나는 이미 앞엣글에서 다섯 살 무렵의 집지기 때에 만난 개울 속</u>

의 공동체임을 실감하는 가운데 전개된다. 부안댁이 물동이를 이고 가는 장면의 미적 감응과 전율은 '하늘'과 질마재의 '사람들'이 하나의 피와 살로서 아픔을 함께하는 공동감각으로 변주된다. "부안댁의 머리에 인 이 물동이가 엎질러지는 날은 세상은 그만 다 엎질러지고 말고, 또 내려져 깨어지면 하늘과 땅은 또 깨어지고 말 일이어서, 하늘은 온통 살로 나타나, 부안댁의 머리의 동이 인 데와, 괴어 잡은 두 손과 그 발부리에 두루두루 닿고 있는 듯하였다."(위의 책, 79쪽.)

의 구름, 팔구 세 때에 혼자 겪은 감나무 그늘의 얘기를 했거니와, 그런 것을 좀더 깊이어 할 수 없이 여기 온 것임에 불과하였다.

여러분은 혹 겨울날 이 나라의 어느 산협을 지나다가, 어느 외진 언덕에 세워 있는 콩동이나 그런 것 밑에 나 어린 소년이 번하니 이 나라의 전통 속의 겨울 볕을 쬐고 앉았는 것을 본 일이 없는가? 이런 것은 벌써 거의 한 항열(行列)의 일인 것이다. (…)

생각건대 과목을 정해서 우리한테 가르친 것은 아니나, 저절로 소년 때부터 그렇게 안 가 설 수 없게 했던 이런 훈련은 저 상대 신라의 훈련들과도 통하는 게 아니었을까.33) (밑줄 강조 인용자)

"어린 소년"이 홀로 묵묵히 "이 나라의 전통 속의 겨울 볕을 쬐고 앉았는" 모습은 "햇볕 다음으로 질긴" 전통34)이 대대로 학습되는 방식을 구체적으로 보여준다. 이 '전통 학습'의 다른 명칭은 '공동감각의 학습'이다. 서정주에게 공동의 세계와 존재론적 공동체, 공동감각의 기원이자 표상을 뜻하는 '하늘'은 『질마재 신화』에서 다양한 풍경으로 변주된다.

① 내가 여름 학질에 여러 직 앓아 영 못 쓰게 되면 아버지는 나를 업어다가 山과 바다와 들녘과 마을로 통하는 외진 네갈림길에 놓인 널찍한 바위 위에다 얹어 버려 두었읍니다. (…)

누가 그 눈을 깜짝깜짝 몇 번쯤 깜짝거릴 동안쯤 나는 그 뜨겁고도 오슬오슬 추운 바위와 하늘 사이에 다붙어 엎드려서 우아랫니를 이어 맞부딪치며 들들들들 떨고 있었읍니다. 그래, 그게 뜸할 때쯤 되어 아버지는 다시 나타나서 홑이불에 나를 둘둘 말아 업어 갔읍니다.

그래서 나는 다시 고스란히 성하게 산 아이가 되었읍니다.

　　　　「내가 여름 학질에 여러 직 앓아 영 못 쓰게 되면」 부분

② 陰 七月 七夕 무렵의 밤이면, 하늘의 銀河와 北斗七星이 우리의 살에 직접 잘 배어들게 왼 食口 모두 나와 딩굴며 노루잠도 살풋이 부치기

---

33) 위의 책, 106쪽.
34) 위의 책, 107쪽.

도 하는 이 마당 土房. (…) 우리가 일년 내내 먹고 마시는 飮食들 중에
서도 제일 맛좋은 풋고추 넣은 칼국수 같은 것은 으례 여기 모여 앉아
먹기 망정인 <u>이 하늘 온전히 두루 잘 비치는 房</u>.

- 「마당 房」 부분

③ 아무리 집안이 가난하고 또 천덕구러기드래도, 조용하게 호젓이 앉
아, (…) <u>집 안에서도 가장 하늘의 해와 달이 별이 잘 비치는 외따른 곳에</u>
큼직하고 단단한 옹기 항아리 서너 개 포근하게 땅에 잘 묻어 놓고, 이
마지막 이거라도 실천 오붓하게 自由로이 누고 지내야지.

- 「소망(똥깐)」 부분

④ 그렇지만, 그 소리를 안 하는 어니 아침에 보니까 上歌手는 뒤깐
똥오줌 항아리에서 똥오줌 거름을 옮겨 내고 있었는데요. 왜, 거, 있지
않아, <u>하늘의 별과 달도 언제나 잘 비치는 우리네 똥오줌 항아리</u>, (…)
　　明鏡도 이만큼은 특별나고 기름져서 이승 저승에 두루 무성하던 그
노랫소리는 나온 것 아닐까요?

- 「上歌手의 소리」 부분

⑤ 「在坤이가 만일에 제 목숨대로 다 살지를 못하게 된다면 우리 마을
人情은 바닥난 것이니, <u>하늘의 罰을 면치 못할 것이다.</u>」

- 「神仙 在坤이」 부분

⑥ 姦通事件이 질마재 마을에 생기는 일은 물론 꿈에 떡 얻어먹기같이
드물었지만 이것이 어쩌다가 走馬痰 터지듯이 터지는 날은 먼저 <u>하늘은</u>
<u>아파야만 하였읍니다.</u> (…)
　　마을 사람들은 아픈 하늘을 데불고 家畜 오양간으로 가서 家畜用의 여
물을 날라 마을의 우물들에 모조리 뿌려 메꾸었읍니다.

- 「姦通事件과 우물」 부분 (이상 굵은 글씨 강조 인용자)

⑦ <싸움에는 이겨야 멋이라>는 말은 있읍지요만 <져야 멋이라>는
말은 없사옵니다. 그런데, <u>지는 게 한결 더 멋이 되는 일이 陰曆 正月 대</u>
<u>보름날이면 이 마을에선 하늘에 만들어져 그게 1년 내내 커어다란 한 뻥</u>
<u>보기가 됩니다.</u>

(…) 敗者는 <졌다>는 歎息 속에 놓이는 게 아니라 그 반대로 解放된
自由의 끝없는 航行 속에 비로소 들어섭니다. 山봉우리 우에서 버둥거리
던 鳶이 그 끊긴 鳶실 끝을 단 채 하늘 멀리 가물거리며 사라져 가는데,
그 마음을 실어 보내면서 <어디까지라도 한번 가 보자>던 전 新羅 때부
터의 한결 같은 悠遠感에 젖는 것입니다.

- 「紙鳶勝負」 부분(이상 밑줄 강조 인용자)

①~④에서 '하늘'은 '살'의 감각과 실체로 체험되고 육화된다. 그중
②~④의 '하늘'은 질마재 사람들의 몸에 깊이 육화되어 있으며, 질마
재의 장소와 사물들에도 오롯이 투영되어 있다. '하늘'은 ① 치유, ②
먹고 마시고 잠자고 이야기하는 공동체적 일상, ③ · ④ 똥오줌을 누면
서 가난 속에서도 자유와 호젓함의 '마지막 것'을 실천하는 개인의 일
상과 미적 활동에 두루 관계한다. 치유는 "바위와 하늘 사이에 다붙어
엎드려서" 하늘의 살에 '나'의 병든 몸의 살을 맞댐으로써 성취되고,
공동체적 일상은 "하늘 온전히 두루 잘 비치는" 토방에서 "하늘의 銀河
와 北斗七星이 우리의 살에 직접 잘 배어드"는 시간들로 이어진다. 철
저히 한 개체의 몫인 '똥오줌'의 생명활동 역시 "집 안에서도 가장 하
늘의 해와 달이 별이 잘 비치는 외따른 곳"에 놓인 '소망'에서 존재의
'마지막 것'을 '실천'하는 행위로 인식되며, 심미파에 의해서는 "이승과
저승에 두루 무성"한 '노랫소리'로 변주된다. 똥오줌은 '살'의 잉여나
이형태(異形態)로서, 생명의 순환을 위한 배출과 죽음을 상징한다. '하늘'
의 성스러움이 마을 사람들의 심신 및 생활과의 혼융을 넘어, '똥오줌'
의 비천한 앱젝트와 조응하는 삶의 현장은 질마재 공동체가 자연과 우
주를 향해 열린 채로 외존(外存)하며, 자연과 문화를 대립체계로 보지
않는다는 점을 보여준다. 앱젝트는 "역겨운 느낌을 주면서도 마음을 부
추기고 홀리는 기묘한 낯설음(uncanniness)을 가"진 것으로, "인간 생활과
문화가 스스로를 유지하기 위해 배제하는 것"[35]이다. 그러나 질마재에
서 '똥오줌'으로 상징되는 앱젝트는 오히려 삶과 죽음의 승화와 문화

(예술)의 미적 질료로서 온전히 긍정된다. "특별나고 기름진" 똥오줌 항아리-명경은 삶과 죽음의 경계를 초월해 "이승 저승에 두루 무성"한 노랫소리를 "나오"게 하는 매개체다. 질마재 공동체는 앱젝트를 배제하지 않고 오히려 포용함으로써 자연과 문화가 겹쳐 있는 — 근대의 상징체계로는 자연과 문화(의 이분법적 체계)에서 모두 배제되어 있는 — 공간을 활성화한다. 이것은 바로 문학과 예술의 근원적인 공간이다.

⑤, ⑥에서 '하늘'은 각기 질마재 공동체의 윤리와 도덕을 상징한다. ⑤의 '하늘'은 마을의 최대 약자인 재곤이를 공동으로 돌보는 일로 대변되는 "우리 마을 인정"의 절대적인 척도이며, ⑥의 '하늘'[36]은 간통이라는 비도덕적 사건의 징벌과 해결을 공동 분담하는, '더불어-아픔'의 순수한innocent 동반자이다. 역사적으로 대부분의 사회는 공존을 위한 기초적 합의를 '공동체적 투사'를 통해 조성해 왔다. 공동체의 갈등과 범죄의 원인을 특정 아웃사이더에게 덮어씌워 희생양으로 만듦으로써, 즉 타인에 대한 박해를 공유함으로써 공동체를 재통합한 것이다.[37] 하지만 평화로운 공동체는 이러한 폭력적인 투사 전략이나 희생양을 필요로 하지 않는다.[38] 같은 마을에 살고 있다는 이유만으로 이웃과 기꺼이 소유물을 나누고 고통을 분담하며, 공동의 책임을 통해 문제를 해결하는 질마재는 타자에 대한 박해나 희생양 만들기와 무관한 '평화로운 공동체'의 면모를 보여준다.

⑦에서 '하늘'은 현실원칙과 간혹 충돌하는, 보다 인간적이며 성숙한 삶과 공동체의 운영원리를 상징한다. 마을 사람들에게 하늘은 "1년 내

---

35) 리처드 커니(이지영 역), 『이방인, 신, 괴물』, 개마고원, 2004, 21쪽 각주.
36) 이 시의 '하늘'에 대해 유지현은, "하늘이 상징하는 도덕률의 훼손을 신체의 아픔으로 감각화시킴으로써, 동양적 인간관의 원형이라고 할 수 있는 천인무간(天人無間), 천인일체(天人一體)에 기초한 심신일원적 사고방식을 보여준다"고 해석한다.(유지현, 「서정주의 『질마재 신화』에 나타난 신체적 상상력의 미학」, 『현대문학이론연구』 24집, 현대문학이론학회, 2005, 202쪽)
37) 리처드 커니, 앞의 책, 69쪽 참조.
38) 위의 책, 72쪽 참조.

내 커어다란 한 뻗보기"로서, "지는 게 한결 더 멋이 되는 일"이라는 공동체적 삶의 역설적인 기율을 전수한다. 인용 부분에는 나와 있지 않지만, 이러한 기율은 "마을의 생활에 실패한 이들"까지를 끌어안으면서 타자의 배제를 통해 결속하는 동일성의 공동체의 한계를 타파하는 동력이 된다. 나아가 하늘은 "<어디까지라도 한번 가 보자>던 전 新羅 때부터의 한결 같은 悠遠感"의 저장소로서, 질마재의 운영원리인 자연·우주적이며 초월적인 공동감각이 시간과 공간을 초월해 작동하고 있음을 드러낸다.

'질마재' 연작에서 '하늘'은 샤머니즘의 기본 구조인 상승의 상징체계[39]를 유지하면서도, 사람의 몸과 생활과 장소와 사물 들에 직접 접촉하거나 깊이 육화되어 있는 수평 체계를 형성한다. '하늘'은 천상의 성스러움을 그대로 지닌 채 지상으로 하강해 질마재의 사람과 장소와 사물 들에 기입된다. 질마재의 모든 존재들이 나누어 갖고 있는 이 '하늘'은 공동의 세계를 공동으로 소유하는 공동체(적 존재들)의 공동감각을 의미한다. 질마재의 특이성은 고대 샤머니즘의 하늘과 땅의 수직체계에 필수적인 매개체인 '세계수(世界樹)' 없이도, '하늘'이 가장 내밀한 감각인 '살[肉]'의 형태로 질마재의 사람과 사물들에 내재화되어 있는 점에 있다. 질마재의 구성원들은 '살'의 실체적 감각을 통해 '하늘'과 직접 접촉하고 소통하며, '하늘'을 치유, 생활, 앱젝트, 삶, 죽음, 문화(예술), 윤리, 도덕, 새로운 기율 등의 삶의 다양한 층위에서 분유하고 있다.

---

39) "모든 의례와 신화의 모태가 되는 상승의 상징체계는 천상계의 절대신과 관련되어야 한다. 우리가 알기로는 '높은 것'은 거룩하다. 그래서 많은 고대인들은 이런 절대신들을, '높은 데 계시는 분', '하늘의 신' 혹은 간단하게 줄여서 '하늘'이라고 했다. 상승과 '높은 데'의 상징체계는 천상계의 절대신이 '은퇴'한 뒤에도 존속한다. (…) 천상계의 절대신에 대한 신앙이 무너져도, 옛날의 의미를 그대로 담고 있는 상승의 상징체계는 무너지지 않는다."(미르치아 엘리아데, 앞의 책, 428쪽)

(2) 공동체적 존재들 - '무당'의 대리자들과 미학적 변주

공동체의 수호자로서 무당(무교)이 처한 사회·역사적 위기에도 불구하고, 질마재에서는 성스러운 것의 일상적이거나 예외적인 현현이 자주 발생한다. 현현epiphany의 주인공들은 무당이 아닌, 무당의 능력을 발휘하는 질마재의 평범한 필부필부들이다. 질마재의 히에로파니는 실제와 상상의 해석이 혼융된 드라마틱한 양상을 보인다. 성스러운 것이 현시되는 '성현[聖顯, 히에로파니(hierophany)]의 변증법'40)은 "성과 속의 극단적인 분화와 이에 따르는 현실로부터의 괴리" 속에서 발현되는데, "어떤 문화적 시대에서도 인간의 상황에 알맞은 성을 현현시키"41)는 가변성을 특징으로 한다. 히에로파니의 시대·문화적 가변성은 질마재의 일상과 범부들을 통해 다채롭게 현현하는 성(聖)의 다양한 양상과, 여기에 시적 상상력이 개입할 수 있는 근거를 설명해 준다. 히에로파니의 현상적 가변성은 성이 어떤 존재나 장소에 고유한 것일 뿐 아니라, 발견하는 자의 몫이기도 하다는 점을 시사한다. 이와 함께, 앞서 언급한 무교의 특징, 즉 민간인도 자신의 믿음이나 공동체의 인정을 통해 얼마든지 무당이 될 수 있는 가변성도 질마재에 무당의 대리자들이 많은 이유를 해명해 준다. 이들은 신분이나 직업이 아닌, 무당으로서의 '능력'에 의해 변별된다. 성스러움에 가까이 갈 수 있고, 인간의 영혼에 대해 깊이 이해하며, 공동체의 정신세계를 수호하는 질마재의 대리-무당들은 한결같이 가난하고 보잘것없는 사람들로, 근대문명이 폐기했거

---

40) 위의 책, 12쪽.

41) '성(聖)의 변증법'은 "역설적인 현실의 성화(聖化, sacralization)가 무한히 되풀이되는 히에로파니적 과정"으로서 "일련의 원형(archetype)을 무한히 되풀이하는 경향이 있"으며, "우리에게 종교 현상이 무엇인가를 이해하고 그 '역사'를 기술할 수 있게 해준다." 가장 기본적인 히에로파니에서도 모든 것이 다 드러나는데, 돌이나 나무 같은 것에서 드러나는 거룩함은 '신'을 통해서 드러나는 거룩함에 못지않게 신비스럽고 고귀하다. 성의 변증법은 모든 가역성을 용인하며, 어떤 문화적 시대에서도 인간의 상황에 알맞은 성을 현현시킬 수 있다.(위의 책, 16~18쪽 참조)

나 결여한 공동체의 질서를 지탱하고 있는 존재들이다.

고대로부터 공동체를 수호해 온 무당은 지역 분권적, 자급적, 공동체적, 호혜적인 방식으로 능력을 사용했다. 무당은 대상을 타자화하는 대신 스스로 타자의 내면으로 들어가 그와 하나가 되고자 하며, 타자의 아픔과 기쁨을 말이나 행동으로 대신 드러내 개인과 공동체를 치유하고 해방하고자 했다.[42] 시 「걸궁배미」에서 서정주는 '농부가'를 '무당의 음악'으로 전유하면서, "부처님(불교)"과도 친연 관계에 있던 무당의 역할을 농부들이 농사일을 통해 분유하는 양상을 그려 보인다. 이 시에서 서정주는 모를 심으면서 부르는 '농부가'의 걸궁배미 대목에 이르러, 걸궁배미를 "송두리째 신나디 신난 무당의 음악"이라고 규정한다. '걸궁배미'는 "걸궁굿을 위한 논, 공동경작을 하는 논"을 의미하는데, "걸궁배미로 넘어가세"라는 구절을 빌미로 '농부가'를 "문자 그대로의 무당의 음악이요, 악기요, 또 그 병창"이라고 규정하면서 무당의 음악과 동일시하는 것이다.

> 세 마지기 논배미가 반달만큼 남았네.
> 네가 무슨 반달이냐, 초생달이 반달이지.

> 農夫歌 속의 이 귀절을 보면, 모 심다가 남은 논을 하늘에 뜬 반달에다가 비유했다가 냉큼 그것을 취소하고 아문래도 진짜 초생달만큼이야 할소냐는 느낌으로 고쳐 가지고는 農夫들의 약간 겸손하는 듯한 마음의 모양이 눈에 선히 잘 드러나 보인다.
> 그러나.

> 이 논배미 다 심고서 걸궁배미로 넘어가세.
> 하는 데에 오면

---

42) 천규석, 앞의 책, 195쪽 참조.

네가 무슨 걸궁이냐, 巫堂音樂이 걸궁이지.
  하고 고치는 구절은 전연 보이지 않는 걸 보면 이 걸궁배미라는 논배
미만큼은 하나 에누리할 것도 없는 文字 그대로의 巫堂의 音樂이요, 惡
器이요, 또 그 倂窓인 것이다. 그 질척질척한 검은 흙은 물론, 거기 주어
진 汚物의 거름, 거기 숨어 農夫의 다리의 피를 빠는 찰거머리까지 두루
합쳐서 송두리째 신나디 신난 巫堂의 音樂일 따름인 것이다.
  그리고, 걸궁에는 중들이 하는 걸궁도 있는 것이고, 중의 걸궁이란 결
국 부처님의 고오고오 音樂, 부처님의 고오고오 춤 바로 그런 것이니까,
이런 쪽에서 이걸 느껴 보자면, 야! 참 이것 상당타.
                                              ― 「걸궁배미」 전문

  '걸궁'43)은 불교와 민속에서 두루 사용된 말로, 걸궁배미는 농경 공
동체의 결속과 안녕을 위한 제의적 성격을 지닌 생활의 장소이자 풍속
이었다. 이 시는 걸궁이 무교와 불교의 공통 의례임을 암시하면서 농사
를 짓는 농부들의 삶에 밀착된 무교 쪽의 걸궁에 중점을 둔다. '농부가'
는 공동체의 생활 의례이자 종교적 의례인 '걸궁' 대목에 이르러, "그
질척질척한 검은 흙은 물론, 거기 주어진 오물의 거름, 거기 숨어 농부
의 다리의 피를 빠는 찰거머리까지 두루 합쳐서 송두리째 신나디 신난
무당의 음악"으로 명명된다. 검은 흙, 오물의 거름, 농부의 다리, 그 피
를 빠는 찰거머리 등이 어우러져야 결실을 맺는 농사는 잡다한 속된
것들을 성스러운 것으로 전환하고자 하는 무당의 제의와 상통하는 면
이 있는바, 이 시에서 농부가는 무당의 음악을, 농부는 무당의 역할을
대신한다. 노동과 제의(마을굿), 농부와 무당의 역할이 구별되지 않는44)

---

43) '걸궁'은 '걸립(乞粒)'의 사투리로, 국어사전에 의하면 네 가지의 뜻이 있다. (1) [불
   교] 승려들이 무리를 지어 각처로 돌아다니면서 목탁이나 꽹과리를 치며 축복하는 염
   불을 하고, 돈이나 쌀을 시주 받음. 또는 그 일행. (2) [민속] 동네 경비를 마련하기 위
   하여 사람들이 패를 짜 각처로 돌아다니며 풍악을 쳐서 돈이나 곡식을 얻음. 또는 그
   일행. (3) [민속] 무속 신앙에서 위하는 급이 낮은 신의 하나. 대청 처마나 입구 따위
   에 모신다. (4) [민속] 무당굿 열두 거리의 하나. 무당이 걸립신을 위해 하는 굿이다.
44) 이와 관련해 양소영은, 미당 시의 구술체 양식이 사고의 풍부함을 드러냄으로써 공동
   체와 연결되며, 샤먼의 주술과 상통하는 면이 있다고 주장한다.(양소영, 「『질마재 신

질마재 공동체의 삶의 현장이 갖는 특이성을 엿볼 수 있다. 이와 관련
해, "질마재 사람들 중에 글을 볼 줄 아는 사람은 드물지마는, 사람이
무얼로 어떻게 神이 되는가를 요량해 볼 줄 아는 사람은 퍽으나 많"(「李
三晩이라는 神」)았던 것도, 무당이 개별자가 아니라 마을사람들이 분유한
능력으로 변환된 질마재 공동체의 특이성을 보여준다.

질마재 사람들은 무당의 능력을 분유하고 있는 존재들로서 공동체의
안정적인 지속에 기여한다. "긴 목숨을 여기서 다 견디기는 너무나 답
답하여서 날개 돋아나 하늘로 신선(神仙)살이를 하러 간 재곤이(「神仙 재
곤이」), 그의 이름을 써 붙인 부적만으로도 뱀을 쫓아내는 '신 노릇'을
톡톡히 하는 이삼만(「李三晩이라는 신」), 오줌기운으로 무밭을 온통 무성
하게 하는 이생원네 마누라(「小者 李 생원네 마누라님의 오줌 기운」), 특이한
눈웃음으로 "마을의 교주" 역할을 하는 단골 巫堂네 머슴 아이(「단골 巫
堂네 머슴 아이」), 이가 없는데도 마른 명태를 가시 하나 남기지 않고 다
자시는 눈들 영감(「눈들 영감 마른 명태」) 등이 그 예들이다. 질마재의 인
물들이 보여주는 무당의 능력을 간단히 정리하면 다음과 같다.

- 혼교(魂交); 외할머니(↔ 죽은 외할아버지)
- 경계 초월; 상가수(이승과 저승), 신선 재곤이(하늘과 땅), 석녀 한물
  댁[인간과 자연(식물)], 성인(聖人) 소 X 한 놈[인간과 자연(동물)]
- 축사(逐邪); 신(神) 이삼만, 설막동이네 과부 어머니
- 질병 치유; 외할머니, 아버지
- 생명력 고양; 소자 이 생원네 마누라(농작물), 석녀 한물댁(웃음, 삶
  의 힘)
- 점(占) 치기; 단골무당네 머슴아이
- 자기 형해의 관조; 눈들 영감

이 중 별도의 논의가 필요한 인물은 '눈들 영감'이다.

<눈들 영감 마른 명태 자시듯>이란 말이 또 질마재 마을에 있는데요.
참, 용해요. 그 딴딴히 마른 뼈다귀가 억센 명태를 어떻게 그렇게는 머리
끝에서 꼬리끝까지 쬐끔도 안 남기고 모조리 다 우물거려 넘기시는지,
우아랫니 하나도 없는 여든 살짜리 늙은 외할아버지가 정말 참 용해요.
하루 몇 십리씩의 지게 소금장수인 이 집 손자가 꿈속의 어쩌다가의 떡
처럼 한 마리씩 사다 주는 거니까 맛도 무척 좋을 테지만 그 사나운 뼈
다귀들을 다 어떻게 속에다 따 담는지 그건 용해요.
　　이것도 아마 이 하늘 밑에서는 거의 없는 일일 테니 불가불 할수없이
神話의 일종이겠읍죠?
- 「눈들 영감의 마른 명태」 부분

이가 하나도 없는 눈들 영감이, "딴딴히 마른 뼈다귀가 억센 명태를
어떻게 그렇게는 머리끝에서 꼬리끝까지 쬐끔도 안 남기고 모조리 다
우물거려 넘기"는 과정은 무당의 입문의례 중 '자신을 형해로 관조하
는 능력'을 얻기 위한 수련45)을 환기한다. 샤머니즘뿐 아니라 불교 및
기독교의 신비주의에도 남아 있는 자기 실체의 관조 체험은 속(俗)의 경
계와 개인의 존재 조건을 뛰어넘으려는 의지의 산물로, "'진실'이자
'생명'인 정신적 실존의 원천의 발견"을 목표로 한다.46) 머리끝에서 꼬
리 끝까지 "사나운 뼈다귀들"로 해체된 후 그마저도 '모조리' 사라지는
'마른 명태'는 여든 살의 눈들 영감의 환유이자 은유다. 『질마재 신화』
의 제목에 쓰인 '신화'라는 단어가 시에 직접 등장하는 것은 흥미롭게
도 이 대목에서다. "이 하늘 밑에서는 거의 없는 일일 테니 불가불 할
수없이 神話의 일종이겠읍죠?" 여기서 '신화'는 인간 존재의 근본 조건

---

45) 이 수련은 길고도 험한 육체적 고난과 정신적 명상의 단계를 거쳐야 한다. 샤만은
　　초자연적인 것에서 나온 자기 두뇌의 힘으로 자기 몸에서 살과 피를 분리시키고 오
　　로지 뼈만 남게 할 수 있는데, 형해상태가 된다는 것은 세속적인 인간 조건의 초월
　　로서 해탈의 경지에 드는 것, 원초적인 삶의 자궁으로 다시 들어가는 신비적인 재생
　　의 완성을 뜻한다. 시간의 덧없음을 미리 내다보고, 실체의 관조를 통해 생명을 있
　　는 그대로의 모습으로 환원시키는 것은 모든 행위가 무상한 환상에 지나지 않는다
　　는 깨달음에 이르는 길이다.(미르치아 엘리아데, 앞의 책, 76~78쪽 참조)
46) 위의 책, 78쪽 참조.

에 대한 투명한 응시와 정신적인 초월의 능력을 의미한다. 기괴한 숭고
미마저 자아내는 눈들 영감의 '마른 명태 자시기'는 무당과 사제들이
공동체를 대신해 수행했던 '자기 형해 관조'의 의례가 일상의 행위로
변주된 독특한 예에 속한다.

　질마재 사람들이 분유하고 있는 무당의 능력은 공동체의 윤리와 미
학으로 수렴되거나 그에 기여한다. 이들이 지닌 특별한 능력이 부각되
는 장면에는 거의 예외 없이 질마재 사람들의 윤리의식과 미의식, 그리
고 이에 대한 서정주의 윤리적이며 미학적인 해석이 뒤따른다. 예컨대,
앉은뱅이 재곤이의 실종을, "날개 돋아나 하늘로 신선(神仙)살이를 하러
간" 승천으로 해석하는 주체의 본질은 '인간적인' 윤리를 지키고자 하
는 마을 사람들의 공동체적 열망이다. 질마재 사람들은 마을의 최대 약
자인 재곤이를 공동으로 부양하고 애도함으로써 삶의 윤리적 척도를
재차 공유해 나간다.(「神仙 在坤이」) 한편, 똥오줌 항아리를 거울로 삼은
상가수의 염발질에서 "이승 저승에 두루 무성하던 그 노랫소리"의 비
밀을 읽어내는 미학적 시선의 본질은 비천한 삶의 예술적 승화라기보
다는, 질마재의 비천한 삶과 예술이 동일한 층위에 있음을 간파하는 서
정주의 통찰력이라고 할 수 있다. 질마재에서 '예술'은 비천한 삶과 똑
같이 비천한 지위에 있다.47)(「상가수(上歌手)의 소리」) 종교의 지위도 마찬
가지다. 질마재에서는 예술적 승화와 종교적 승화가 모두 비천함의 감
각을 동반하며 소박한 수준에서 이루어진다. 예술적 능력과 종교적 능
력을 비범한 예술가나 종교인이 아닌, 가난하고 비천한 삶을 살아가는
마을 사람들이 나누어 발휘하고 있기 때문이다. 단적으로 말해 질마재
에는 예술의 지위가 형편없이 낮았던 전근대와, 종교의 권능이 상실되

---

47) 질마재에서 예술의 고아한 경지는 오히려 일상 속에서 발견된다. 마을 사람들을 사
　로잡은 떡맛과 떡 맵시(「앨묏집 개피떡」), 물동이의 물을 한 방울도 흘리지 않고 걷
　는 생활의 기술(「그 애가 물동이의 물을 한 방울도 안 엎지르고 걸어왔을 때」), "지
　는 게 한결 더 멋이 되는 일"의 마음의 기술(「紙鳶勝負」) 등이 예이다.

어 가는 근대의 특징이 혼재되어 있다.

주술의 힘이 현실의 법칙을 능가하던, "너무나 지나치게 사람들의 마음이 形而上學的이던 때"(「김유신풍」)로부터, "沈香 내음새 꼭 그대로" "넣는 이와 꺼내 쓰는 사람 사이의 數百 數千年"(「沈香」)을 이어지는 질마재 공동체의 비밀은 무당이 독점했던 히에로파니를 구성원들이 나누어 갖는 데 있다. 그 양상은 무당의 권위가 절대적이던 전근대와는 다른 세속화, 일상화, 감각화, 미시화의 특징을 보인다. 이는 서정주가 포착한, 오래된 공동체가 무당과 민간신앙의 몰락을 수반하면서 와해되는 과정의 특징이자, 그 특징을 전복적으로 전유함으로써 되찾을 수 있는 공동체의 가능성을 시사하는 것이라고 할 수 있다.

4. 결론

서정주 시의 완성도와 현실인식의 균열에 따른 기존의 이원적 평가 체제는 '근대와의 격차'를 중요한 기준으로 삼는다. 그런데 서정주의 시를 비롯해 전통적인 세계관에 기초한 서정시에 이 기준을 적용하면 격차의 '정도'에 집중함으로써 생산적인 결론에 도달하기 어려우며, 평가의 이분법 또한 해소되기 어렵다. 공동체의 상실에 따른 현대사회의 비인간화 현상이 갈수록 심화되고 있는 오늘의 현실에서 볼 때, '근대와의 격차'는 오히려 적극적인 읽기의 대상으로 전환될 필요가 있다. 물론 모든 전통 서정시가 이러한 독법을 견뎌내는 것은 아니다. 서정주의 시, 특히 산업화 시대에 출간된『질마재 신화』는 한국의 '오래된 공동체'의 '비밀'을 탐구하고 기록한 문제적인 텍스트로서, 현대사회가 추구해야 할 '공동체의 직접적인 모델'이라기보다는 "공동체의 '원리'의 모델"로서 그 의미와 가치가 새롭게 부각된다. 현대사회가 '질마재'로 회귀하는 것은 소규모의 지역적인 차원에서는 몰라도 전체적인 차원에서는 불가능하다. 그러나 '질마재의 운영 원리', 즉 사람과 사람, 사람과 자연, 사람과 하늘(우주), 개인과 공동체가 관계 맺는 방식은 얼마든지 계승하고 재창조할 수 있다.

본론의 내용을 요약하면 다음과 같다. 서정주의 『질마재 신화』는 전통적인 공동체가 급속히 와해되는 현실에 대한 반작용으로서 '신화의 미장센'을 차용하며, '질마재'의 시적 재건을 위한 협업 체제를 형성한다. 차용과 협업의 궁극적인 목적은 행복한 공동체의 조건 및 공동체의 바람직한 지속을 위한 기율을 재발견하는 데 있다. 『질마재 신화』는 서정주가 근대의 한복판에 '던져 놓은', 오래된 마을공동체에 관한 비의적이고도 실증적인 예시이며, 근대의 질주에 대한 반감과 불안(공포)을 내장한 증언이다. 여기에는 공동체의 회복에 대한 소망이 깔려 있다. 『질마재 신화』는 독자로 하여금 질마재와 현실 사이의 거리를 측량하게하며, 옛 삶에 대한 향수와 퇴행적 위안을 넘어 '우주보다 작지 않은 마을'에서 모든 존재가 '한맥'의 피로 통하는 존재-나눔의 공동체, 삶의 힘과 문제해결의 수고를 나누어갖는 공동체의 윤리의 현재적 귀환을 열망하게 만든다. 사실 근대적 생활세계는 근대적인 것만으로 구성되어 있지 않으며, 질마재와 정확히 대칭을 이루지도 않는다. "하늘의 銀河와 北斗七星이 우리의 살에 직접 잘 배어드"는 생활공간과(「마당房」), 공동체의 일원 중에 자립 불가능한 최대 약자가 "제 목숨대로 다 살지를 못하게 된다면 우리 마을 인정(人情)은 바닥난 것이니, 하늘의 벌(罰)을 면치 못할 것"(「神仙 在坤이」)"이라고 믿는 사람들을 현재와 무관한 과거의 전유물이라고만 할 수는 없다. 자연과의 조화와 이타적 지향성은 가치관과 소망, 콤플렉스 등의 형태로 현대인의 내면에도 보존되어 있다. 이는 현실의식과 정치성에 대한 냉혹한 비판 속에서도 서정주의 시가 계속 열렬히 읽히는 현상을 서정주 시의 매력과 미학의 예외성에만 위탁할 수 없는 이유를 설명해 준다.

질마재에서 민간신앙은 마을공동체의 지속원리이자 동력으로서 '공

동감각'이 발생하는 토대 역할을 한다. 민간신앙은 공동체와 공동체를
가능하게 하는 힘들을 형성, 보존하고, 구성원들의 정체성과 정신, 생
활, 문화 등의 삶 전반을 관통하는 원리로서 기능한다.(이 글은 이를 '무당
의 능력'으로 설명했다.) 서정주가 『질마재 신화』에서 기록하고자 한 것은
공동의 감각, 정신, 문화, 역사, 세계가 처한 총체적인 위기이며, 그 위
기의식의 변주된 형태인 '오래된 미래'로서 공동체의 과거의 재현 및
회복의 열망이다. "한국 문학은 그 나름의 신성한 것, 자신의 정신사
속에서의 <잃어버린 황금시대>를 찾아내어야 할 임무가 가중되고 있
다"[48]는 주장은 이런 의미에서 여전히 유효하다.

　『질마재 신화』는 공동체가 와해되는 현실을 역으로 반영하면서, 오
래된 공동체의 지속 원리를 사실적이면서도 비의적이며 유머러스하게
재구성한다. 『질마재 신화』는 공동체에 사후적으로 가입하고 연대하는
방식이 아닌, '이미' 공동체로서 존재하며 세계와 삶을 나누는 방식을
독자로 하여금 근과거의 기억으로 환기하게 하며, 그 기억을 은연중에
미래의 소망으로 변주하게 한다. 존재적 차원의 유대로 이어진 공동체
의 회복과 그 (불)가능성에 관해 사유하게 함으로써, 이미 완성되었음에
도 앞으로도 계속 쓰일 수 있는 가능성을 내포하는 것이다. 『질마재 신
화』가 탄생한 지점과 지금 이 순간도 미래형으로 계속 제기하는 질문
은 오랜 역사를 지닌 공동체의 몰락을 어떻게 수용하고 현재의 삶과
연동할 것인가로 수렴된다.

---

48) 이광호, 앞의 글, 380쪽.

'부재'의 감각과 미적 공동체
- 『질마재 신화』를 중심으로 -

정 영 진*

1. 서론

영원성이 서정주 시의 주제이며 그의 순수시학의 미적 원리일 뿐 아니라, 한국 순수시의 이념 형성에도 깊이 영향을 미쳤다는 사실에 대해 이의는 거의 없어 보인다. 하지만 서정주가 줄곧 써 온 '영원성' 개념이 우리가 일반적으로 생각하는 시간관념인가부터 생각해 볼 필요가 있다. 시간관념으로서의 영원성이라면 크게 두 가지로 나눌 수 있다. 시간을 초월한, 즉 시간 밖의 '무시간성'과 끝이 없는 '무한한 시간성'이 그것이다. 서정주는 무시간성 혹은 무한한 시간성을 탐구하지 않았다. 서정주의 관심은 시간성 자체에 있는 것이 아니었다.

영원성의 본격적 탐구는 그의 신라 기획과 뗄 수 없다. 1950년대 허무주의를 현대 서구문명의 병폐로 인식한 서정주는 신라정신을 통해 이를 극복하고자 했다. 서정주가 상상한 신라는 현실규범과 현실논리에서 낙오한 이들이 영원성의 세계에 거주하면서 영원인이 되어 신라

───────────

* 건국대학교, natashia9@naver.com
** 이 글은 『한국문학연구』 제52호(동국대학교 한국문학연구소, 2016)에 게재된 원고를 단행본의 편집 취지에 맞춰 수정·보완한 것이다.

인들(현실인)에게 영원성의 세계를 현시하는 사회였다. 그는 이러한 사
회를 시로 구현하고자 했지만, 1950-60년대 시들에서는 신라인들(현실
인)의 모습 대신 영원인과 영원성의 세계가 초점화 되었다. 이 시기 서
정주는 낙오자도 실패자가 되지 않고 재생할 수 있는 신라 사회의 정
신문화를 탐구했지만, 이러한 그의 사회통합적 사상이 시에는 잘 나타
나지 않았다. 서정주는 오직 영원성을 체현하는 극적인 국면을 시적으
로 형상화하면서 미학적 성취를 극대화 하고자 했다. 다시 말하면, 이
시기 시에서는 낙오자들의 재생과 부활을 허용하는 신라사회의 모습이
다뤄지지 않고, 불사(不死)의 이미지로 전형화 된 영원인과 그들의 세계
인 영원성의 세계만이 시화(詩化)되었다.[1]

　여기에서 알 수 있는 것은 영원성이 시간개념이 아니라 '재생', '부
활', '불사' 등의 의미와 연관된다는 점이다. 즉, 서정주의 영원성은 단
순한 '시간' 관념이 아니라 어떤 것의 지속과 변화와 관련된 '운동' 관
념이다. 서정주의 영원성이 진정으로 의미하는 바를 쫓아 이름 붙인다
면 그것은 '불멸성'일 것이다. 삼국사기에 나오는 '검군'을 언급하며 서
정주는 '있지 않으면서 있는' 방식에 대해 말했었다. 이 방식이 서정주
가 생각한 영원성이었다.[2] 그것은 다른 말로 '안 잊히는 것'을 의미했
다.[3] 존재의 영속성, 즉 불멸성이 서정주가 쓴 영원성의 본래 뜻이라
할 수 있다.[4]

---

1) 정영진, 「낙오자와 영원인-서정주의 신라 기획과 전율의 시학」, 『반교어문연구』 제41
　집, 반교어문학회, 2015.
2) 서정주, 「신라문화의 근본정신」, 『서정주 문학 전집』 2, 일지사, 1972, 304쪽.
3) 정영진, 앞의 글, 566~565쪽.
4) 서정주의 영원성을 불멸성의 개념과 관련해서 이해하고 있는 이는 최현식과 이수정
　이 있다. 최현식은 영원성을 '죽음 없는 삶'의 희열이 아니라 '삶 없는 죽음'의 공포
　를 넘어서기 위한 관념의 구성이자 조작으로 규정한다.(최현식, 「질마재의 역사성과
　장소성」, 『한국시학연구』 제43집, 한국시학회, 2015, 158쪽) 이는 최현식이 사멸성을
　극복하고 불멸성을 추구한 서정주의 시적 지향을 파악했음을 보여준다. 하지만 그는
　영원성과 불멸성을 구분하지 않음으로써, 불멸성 개념은 영원성으로 환원되고 있다.
　이수정 역시 불멸성을 서정주의 영원성의 하위 개념 내지 주요 성격으로 인식하고

　하지만 이 글에서 영원성이라는 말 대신 불멸성이라는 말로 바로 바꿔 쓰지는 않을 것이다. 왜냐하면 서정주 스스로 그의 산문이나 시에서 '영원'이라는 용어를 써왔기 때문이고, 또 학계의 오래된 관습을 무시하기도 어렵기 때문이다. 다만 영원성이 실은 불멸성의 의미를 띤다는 사실이 분명히 인식되도록 가급적 '영원불멸'로 병기하고자 한다.

　불멸성은 어떤 것이 사라지지 않고 영원히 존재하는 것을 말한다. 고대 그리스인들은 불멸에 대한 감각을 갖고 살았다고 알려져 있다. 사멸하는 인간의 무의미성을 극복하고자 했던 이들은 개개인의 작업이나 행위, 언어 등을 통해 불멸성을 획득할 수 있다고 생각했다. 그리스인들은 현실세계의 배후에 있는 어떤 세계(영원성의 세계)를 상정하지 않고, 폴리스의 삶을 통해서 불멸하는 삶이 가능하다고 믿었다.[5] 지극히 현세적인 삶을 통해 불멸성을 추구했던 그리스인들의 모습은 서정주가 『질마재 신화』를 통해 재현한 '신라적인' 사람들과 닮아 있다.

　사실, 서정주의 영원성을 시간관념으로 이해해 온 것이 서정주 시에 대한 양극단의 평가를 가능하게 한 요인이었다는 점에서도 불멸성에 대한 인식은 중요해 보인다. 『질마재 신화』만 놓고 보더라도 현실도피 혹은 현실순응으로 평가하거나,[6] 정반대로 현실전복의 지향으로 고평[7] 하는 두 양상이 팽팽하게 맞서고 있다. 서정주 시에 양면성이 함축되어

있다.(이수정, 『미당시의 현대성과 불멸성 시학』, 국학자료원, 2007, 232쪽) '재생'을 불멸성 추구의 핵심적 개념으로 이해하고 있다는 점에서 이 글의 기본적 시각을 공유한다고 할 수 있지만, 이수정은 영혼 일반의 불멸성을 중심으로 논의한 반면, 이 글에서는 서정주가 사회의 낙오자들을 불멸의 존재로 상정하고 있는 점에 주목한다.
5) 한나 아렌트에 따르면 그리스인들은 폴리스의 삶에 참여하지 못하는 것을 끔찍하게 여겼다. 그러한 삶을 노예와 같은 삶으로, 즉 존재가 어떤 흔적도 남기지 못하고 사라지는 것으로 인식했기 때문이다.(한나 아렌트(이진우 역), 『인간의 조건』, 한길사, 1996, 109쪽)
6) 대표적 논의로 남기혁, 「'신라정신'의 번안으로서의 『질마재 신화』와 그 윤리적 의미」, 『한국문학이론과 비평』 제65집, 한국문학이론과비평학회, 2014.
7) 대표적으로 김용희, 「미적 근대성의 해방적 가치와 새로운 타자성의 의미-서정주 『질마재 신화』를 중심으로」, 『상허학보』 제17집, 상허학회, 2006.

있다는 판단 역시 이러한 이분된 틀에서 벗어나 있다고 보기는 어렵다. 이러한 경향은 영원성을 현실(지금 여기)과 분리된 세계로-부정적으로든 긍정적으로든-사유하는 데서 비롯한 것이라 할 수 있다. 그러나 서정주가 불멸성을 지향했다고 본다면 현실은 불멸성과 대척적인 거리에 놓이지 않는다. 현실은 불멸성이 어떻게든 보존되고 감각되는 시공간이 된다.8)

기본적으로 서정주를 둘러싼 문학성(예술성)과 역사/현실의식 논의 외에도, 『질마재 신화』에 대한 연구의 관점은 극과 극을 이루는 것처럼 보인다. 질마재 사람들을 단독적, 개성적인 존재로 바라보는가 하면, 질마재를 전체성이 지배하는 몰개성의 공간으로 해석하기도 한다.9) 또 어떤 연구에서는 질마재의 민중성을 높이 사고 또 다른 연구에서는 비민중성을 꼬집기도 한다.10) 이분화 된 인식 틀로 인해 서정주에 대한 새로운 논의가 생산되기도 어렵지만, 어렵사리 새로운 관점의 물꼬를 튼 경우라도 이분화된 틀로 수용되면서 논의가 생산적으로 활성화되지 못하는 형편이다. 이런 까닭에 "판단중지를 슬기롭게 수행"11)하고 "해석과 평가의 고정점을 해체하고 이동하는 것"12)은 서정주에 대한 1차

---

8) 영원성과 불멸성은 비슷해 보이지만 대척적인 의미를 띤다. 영원성이 현실세계의 배후에 있는 것으로 이해될 수 있다면, 불멸성은 현실세계에서 영속하고 이 세계에서 사라지지 않는 것을 뜻한다. 니체의 영원회귀는 불멸성과 영원성의 차이와 한계를 인식하면서 만들어진 개념이었다. 이와 관련해서는 진은영, 「니체에서의 '영원성'의 긍정적 양식」, 『철학연구』 제58집, 철학연구회 2002, 209쪽.

9) 전자에 해당하는 대표적 글로는 송영순, 「『질마재 신화』의 신화성과 카니발리즘」, 『한국문예비평연구』 제20집, 한국문예비평학회, 2006, 75쪽. 후자의 대표적 글로는 남기혁, 앞의 글.

10) 민중적 삶의 구체적 재현으로 『질마재 신화』를 고평하는 글로는 정끝별, 「『질마재 신화』에 나타난 '비천함'의 상상력」, 『한국시학연구』 제15집, 한국시학회, 2006, 현실의 갈등이 무화된 신화적 공간에 안주하는 것으로 평가하는 글로는 최두석, 「서정주론」, 『미당연구』, 민음사, 1994.

11) 최현식, 앞의 글, 170쪽.

12) 김수이, 「서정주 시에 나타난 공동체와 이야기」, 『한국시학연구』 제43집, 한국시학회, 2015, 12쪽. 김수이는 다른 글에서 변화하는 현실(현재의 우리 시대) 속에서 『질마재 신화』의 의미를 발견해 볼 것을 주장한다. "미당 시의 효용은 현재 통용되고 있는

자료뿐만 아니라 2차 자료들을 대할 때도 필요해 보인다.

이 글은 질마재 기획이 1970년대의 한국현실과 분리될 수 없겠지만 근본적으로 신라기획의 연장선상에 놓인다는 판단 아래 작성되었다.[13] 서정주가 상상하여 구축한 신라의 모습은 「신라연구」(1960)에서 잘 나타나 있는데, 같은 해에 서정주는 질마재에 대한 유년의 기억을 담은 「내 마음의 편력」을 『세계일보』에 연재했다.[14] 이렇게 보면, 질마재는 이미 신라 기획과 거의 동시에 서정주에게 유의미한 상으로 자리 잡고 있었음을 추측할 수 있다. 다만 시작 실천 가운데 질마재를 신라정신과 결합하는 것은 1970년대 들면서부터다.

그런데 『질마재 신화』를 읽어보면 1950-60년대와 달리 영원성의 관념이 다소 느슨하게 느껴진다. 이것은 직접체험에 바탕을 둔 소재나 구술형 담화 때문일까? 혹은 기층 민중의 일상적 삶과 그 구체성이 드러나기 때문일까? 본론에서 살펴볼 내용을 살짝 이야기하자면, 질마재는 영원불멸의 공통감각이 지배하는 공간이다. 하지만 이 공통감각에 결합된 단절의 감각들이 있다. 영원불멸은 부재의 감각 혹은, 대용의 감각을 통해 지탱되면서 보충적 관계를 맺고 있다. 또 질마재 사람들은 영원불멸의 세계 가까이서 그것을 호흡하는 삶을 살아간다는 점에서 영원불멸의 중심이 아닌 '곁'의 감각을 보여준다. 이뿐만 아니라 영원불멸에 대한 불확실성이 화자의 목소리를 통해 노출되기도 한다. 이처럼 영원불멸의 감각과 이것의 단절/균열/침식되는 감각들의 이접(離接)

몫만이 아닌, 미래의 몫과의 지속적인 합산을 통해 산출되어야 한다"(김수이, 「『질마재 신화에 나타난 공동체의 상상력」, 『한국문학연구』 제48집, 동국대 한국문학연구소, 2015, 187쪽)

13) 신라 기획과 『질마재 신화』의 관계에 대해서는 일상의 구체성이 확보되고 있는 점이 주로 논의되어 왔다. 대체로 신라정신의 관념성이 보완, 극복된 것으로 평가하고 있다. 이와 관련해서는 송기한, 「근대성과 '소통'의 공간으로서의 『질마재 신화』」, 『한민족어문학』 제61집, 한민족어문학회, 2012; 송영순, 앞의 글; 정끝별, 앞의 글 참조.

14) 서정주는 유년기의 자서전을 『세계일보』(1960.1.5.~6.19)에 연재하였다.(서정주, 『미당 서정주 전집』(6, 유년기 자서전), 은행나무, 2016, 18쪽 참조)

을 서정주는 신화와 구술형식으로 시화(詩化)했다. 이렇게 보면 랑시에르의 미적 공동체를 충족하는 것처럼 보인다.

'감각의 공동체'를 뜻하는 랑시에르의 '미적 공동체'는 단순히 특정한 공통감각을 공유하는 공동체를 의미하는 것은 아니다. 구성원들의 공통적인 감각과 더불어 이로부터 단절되는 감각이 결합되어야 한다. 그리고 여기에 이를 가시화할 수 있는 예술적 발화가 존재해야 미적 공동체가 구성된다. 즉, '함께'이면서 '따로'인 감각이 예술형식으로 묶여질 때 '미적 공동체'가 성립되는 것이다.15) 이 미적 공동체는 일반적인 위계들, 즉 감각과 인식이 자동적으로 결합되어 있는 통상적 체계들로부터 벗어나서 고유한 감각과 이질적인 힘을 만들어낸다. 이것이 랑시에르가 강조하는 '미학적 예술 체계'이다.16) 랑시에르는 공동체 내부의 위계에 따라 감각도 분배되어 있다고 보았다. 이 규정적인 감각을 교란하고 해체하는 감각의 분할은 사회적 위계를 압박하고 나아가 전복할 수 있는 정치성을 띤다. 예술적 장치를 통해 감각이 새롭게 분할되는 국면이 펼쳐질 때 이를 미적 공동체로 이해할 수 있을 것이다. 주지하듯 랑시에르가 강조하는 미적 공동체는 급진적인 민주주의의 정치성을 띤다. 랑시에르는 사회가 할당한 몫과 그에 따른 감각의 분배를 문제 삼으면서, 민주주의를 '몫 없는 자들의 몫'을 발견하는 정치로 인식했다.17) 그는 이러한 민주주의의 정치성을 드러낼 수 있는 미적 공동체에 주목했다. 그렇다면 서정주가 연출한 '질마재'라는 미적 공동체는 어떻게 볼 수 있을까?

이 글은 『질마재 신화』를 통해 불멸성이 감각되는 '미적 공동체'가 구축되는 양상을 살펴보고자 한다. 2장에서 밝히겠지만 1970년대 초에

---

15) 정혜욱, 「랑시에르의 미학적 공동체와 '따로·함께'의 역설」, 『비평과 이론』 제18집, 한국비평이론학회, 2013 참조.
16) 자크 랑시에르(오윤석 역), 『감성의 분할』, 도서출판 b, 2008, 59~60쪽.
17) 자크 랑시에르(진태원 역), 『불화』, 길, 2015, 159~162면.

나온『질마재 신화』는 1950-60년대 신라 기획에서 궁극의 지점이자 남겨진 부분, 즉 영원불멸의 세계 자체가 아닌, 영원불멸의 세계를 가능하게 하는 사회문화적 '토대'에 관한 것이다.『질마재 신화』를 여러 측면에서 서정주 시의 정점으로 이해할 수 있겠지만, 영원불멸이 어떻게 가능할 수 있을 것인가에 대한 서정주의 응답이라는 점에서, 그의 영원성 시학의 정점으로 볼 수 있을 것이다.『질마재 신화』는 서정주 시의 미학적인 측면과 함께 그의 시의 정치성을 가장 뚜렷하게 보여주는 텍스트다. 이 글이 서정주의 시가 지향한 영원불멸의 궤적을 탐사하는 데 작은 보탬이 되길 바란다. 또한『질마재 신화』가 보여주는 미적 공동체의 성격을 랑시에르의 그것과 비교, 대조함으로써 서정주가 지향한 영원불멸성의 현대적/정치적 성격이 또렷해지길 바란다.

2. 영원불멸의 '토대'로 상상된 질마재와 '미적인 것'

서정주가 상상한 신라의 모습은 1960년 교수자격 심사논문으로 제출한『신라연구』를 통해 짐작할 수 있다.『신라연구』의 서장에서 서정주가 강조하는 것은 신라인들의 '수준'이다. 그것은 일상 속에서 하늘의 의미를 땅에서 구현하는 신라인들의 평상적인 감각을 뜻한다. 서정주에 따르면, 신라는 현실세계 밖으로 쫓겨날 수밖에 없는 사람들을 낙오자로 규정하지 않고, 영원불멸의 세계로 떠난 영원인으로 상상하며 그들의 존재를 잊지 않고 살았던 사회였다. 신라인들 모두가 영원인인 것은 아니다. 사회적 규범과 현실 논리에서 벗어난 이들은 낙오된 자로서 현실에서 '사라지면서' 영원 세계의 시민권자로 인정되었다. 낙오자들은 재생과 부활의 주인공들이 되는 것이다.[18]

---

18) 정영진, 앞의 글 참조.

서정주가 1950-60년대에는 영원의 세계와 영원인들을 시적으로 형상
화 하고자 온 힘을 기울였다면, 1970년대 들면서는 영원의 세계를 상상
하고 영원성을 자연스럽게 호흡할 수 있었던 신라 사회의 '바탕', 혹은
그 '수준'을 시에 담고자 했다. 이것이 『질마재 신화』라고 할 수 있다.
즉 『질마재 신화』는 영원성 자체가 아닌 영원성의 '토대' 내지 영원성
을 향유할 수 있는 '문화적 풍토'에 대한 관심 가운데 산출된 것이다.

> <싸움에는 이겨야 멋이라>는 말은 있읍지요만 <져야 멋이라>는 말
> 은 없사옵니다. 그런데, 지는 게 한결 더 멋이 되는 일이 음력 정월 대보
> 름날이면 이 마을에선 하늘에 만들어져 그게 1년 내내 커어다란 한 뻔보
> 기가 됩니다.// 승부는 끈질겨야 하는 거니까 산해(山海)의 끈질긴 것 가
> 운데서도 가장 끈질긴 깊은 바다 속의 민어 배 속의 부레를 꼬내 풀을
> 끓이고, 또 승부엔 날카론 서슬의 날이 잘 서 있어야 하는 거니까 칼날보
> 다 더 날카로운 새금파리들을 모아 찧어 서릿빨같이 자자란 날들을 수없
> 이 만들고, 승부는 또 햇빛에 비쳐 보아 곱기도 해야 하는 것이니까 고은
> 빛깔 중에서도 얌전하게 고은 치자(梔子)의 노랑 물도 옹기솥에 끓이고
> 그래서는 그 승부의 연실에 우선 몇번이고 거듭 번갈아서 먹여야 합죠.//
> (중략) 패자는 <졌다>는 탄식 속에 놓이는 게 아니라 그 반대로 해방된
> 자유의 끝없는 항행(航行) 속에 비로소 들어섭니다. 산봉우리 우에서 버
> 둥거리던 연이 그 끊긴 연실 끝을 단 채 하늘 멀리 까물거리며 사라져
> 가는데, 그 마음을 실어 보내면서 <어디까지라도 한번 가 보자>던 전
> 신라 때부터의 한결 같은 유원감(悠遠感)에 젖는 것입니다.// 그래서 그들
> 은 마을의 생활에 실패해 한정없는 나그네 길을 떠나는 마당에도 보따리
> 의 먼지 탈탈 털고 일어서서는 끊겨 풀려 나가는 연같이 가뜬히 가며, 보
> 내는 사람들의 인사말도 <팔자야 네놈 팔자가 상팔자구나> 이쯤 되는
> 겁니다.
>
> — 「지연승부(紙鳶勝負)」 부분[19]

이 시는 신라 기획과 질마재 기획의 연속성을 확연히 보여준다.[20]

---

19) 서정주, 「지연승부」, 『미당 시전집』 1, 민음사, 2010, 362~363쪽.

정월 대보름에 열리는 질마재 연싸움은 여느 싸움과 달리 지는 게 한결
더 '멋'이 되는 이상한 싸움이다. 상대편에 의해 연줄이 끊어져 연이
'하늘 멀리 까물거리며 사라져 가는' 것은 '졌다'는 의미가 아니라 '해
방된 자유의 끝없는 항행 속에 비로소 들어서'는 것을 뜻하기 때문이다.

이 시에서 연은 '마을의 생활에 실패'해서 떠나는 이와 겹쳐지고 있
다. 마을 사람들은, 먼지 탈탈 털고 일어서서 가뜬히 떠나는 낙오자들
을 지지해주고, 응원해주는 삶의 태도를 견지한다. 이는 낙오자를 대하
는 공동체의 '수준'을 보여준다. 이들은 낙오자를 패배자로 인식하지
않고 영원의 세계에 사는 영원인으로 인정해준다. 그리고 이 영원인들
은 자유를 희구하며 삶을 영위하기에, 현실에 매인 삶을 살아가는 질마
재 사람들은 얼마쯤은 이들을 부러워하고 있다. '네놈 팔자가 상팔자구
나'라는 마을 사람들의 인사말은 이를 잘 보여준다.

주의를 끄는 것은 '연실'이다. 이 연실은 승부에서 이기기 위해 '끈
질겨야 하'고 '날카론 서슬의 날이 잘 서 있어야' 한다. 그래서 깊은 바
다 속 민어 부레로 풀을 끓이고, 칼날보다 날카로운 새금파리들을 찧어
서 자자란 날을 만드는 등 수고를 아끼지 않고 만반의 준비를 다한다.

그런데 또 다른 준비가 있다. 치자의 노랑 물을 옹기솥에 끓여서 그
물을 실에 거듭 번갈아 먹이기가 그것이다. 시의 화자는 '승부'가 '햇빛

---

20) "누가 가정인으로서 사회인으로서 무슨 일을 하다가 그 법에 위배되게 탈선을 한다.
그런 경우-가령 법에 어긋나게 처녀가 애를 밴다든지 하는 경우(신라에서는 선덕왕
때 예를 보면 처녀잉태자는 불태워 죽이는 법이었지만, 상대(上代)에는 그냥 산으로
쫓아내는 정도였던 듯하다.) 여기 상대 사상은 그 사람을 낙오시켜 낙오당하고 마는
것이 아니라, 재생의 길로서 「영원과 자연」의 넓고도 긴 생명의 영역을 택하게 했던
듯하다. 한 처녀 잉태자는 몹쓸년으로서 낙오할 필요가 없이, 비록 사람들의 법의
세계에서는 쫓겨나지만, 매[鳶]가 날아가서 닿는 심산준령(深山峻嶺)의 신선놀이터
에서는, 즉 자연인, 영원인으로서 다시 살아날 길이 부여되어 있었던 것이다. 지금도
우리 민족 속에 일부 아직 뿌리박고 있는 「뜨내기 정신」 같은 것도 그 근원은 여기
있는 거라고 나는 생각한다. 살림에 실패해 재기불능이 되어도 오히려 낙오하지 않
고, 먼지 털털 털고 일어나서 바람과 산수와 더불어 짝해 다시 살아나는, 저 우리에
게 잘 눈익은 그 「뜨내기 정신」 말이다."(서정주, 「신라연구」, 진찬영, 『우리 시의 신
라정신과 노쟁의 생태주의』(국학자료원, 2008, 316쪽)

에 비쳐 보아 곱기도 해야 하는 것'이라고 말한다. 승부가 끈질김과 날카로움에 달린 것은 충분히 납득이 되지만 '고움', 즉 '미적인 것'과 무슨 상관이 있는 것일까. 심지어 '고은 빛깔 중에서도 얌전하게 고은' 것은 거친 승부의 세계와 상반된 것처럼 보인다.

하지만 연실의 고움만이 승부가 끝난 다음에도 그 가치를 유지한다. 날카로움과 끈질김은 승부가 결정되는 순간 더는 필요 없는 것이 된다. 하지만 고움은 다르다. 실이 끊어진 연은 '끊긴 연실 끝을 단 채 하늘 멀리' 사라져간다. 패했지만 고움은 함께 한다. 이겨도 져도 고움만이 끝까지 남는다. '미적인 것'만이 현실 논리인 경쟁을 초월하여 무관하게 유지되는 것이다.

앞서 살펴보았듯이 승부에서 패하고 하늘 멀리 사라지는 연은 현실 세계에서의 낙오자들이 영원불멸의 세계에 사는 영원인으로 존재 이전하는 사태를 은유한다. 영원인이 되기 전 현실에서 이들의 삶의 양태를 우리는 이 시를 통해 짐작할 수 있다. 끈질기기 위하여, 날카롭기 위하여 복잡하고 까다로운 수고를 마다하지 않는 삶, 그리고 거기서 그치지 않고 '미적인 것'을 추구하는 삶이 질마재 사람들의 삶이다. 이것이 서정주가 시로써 구현하고자 한 질마재의 '수준'이다. 낙오자들이 영원인이 될 수 있다고 믿고 이를 긍정적으로 받아들였던 신라사회를 닮은 질마재는 '미적인 것'이 현실 생활 속에서 자연스럽게 추구되는 사회였다.

'미적인 것'은 현실과 영원의 세계를 관통한다는 점에서 주목될 필요가 있다. 영원세계의 특화된 삶의 양식 속에서만 '미적인 것'이 가능한 것은 아님을 서정주는 강조했다. 승부에 결박되어 있는 현실의 삶이 '미적인 것'과 분리되어서는 안 된다는 사실과, 인간은 '미적인 것'을 통해 영원불멸의 세계를 감지할 수 있다는 점을 서정주는 보여주고자 했다.

1970년에 발표되고, 이후 1972년 『서정주문학전집』에 실린 「석공기일」[21]은 서정주가 노동하는 현실의 삶 속에서 '미적인 것'을 얼마나 중요하게 생각했는지 보여준다. 이 시의 시적 화자는 저승에서 이승의 아

들을 보며 후회한다. 화자인 아버지는 머슴살이가 바빠서 아들에게 석
공 노릇을 가르칠 때, 밤에 '미적인 시간'을 향유하는 것까지는 가르치
지 못한 것이 못내 안타깝다. 아들은 무미건조하게 돌만 쪼는 노동의
시간을 마치고 밤이 되면 그 갑갑증을 못 이겨 술을 마시고 싸움질을
하거나 유리창을 깨고 파출소를 들락거리는 삶을 살고 있기 때문이다.
  '미적인 것'을 향유할 때 그것이 귀족적인 것, 전문적인 것이 아니어
도 좋다고 서정주는 생각했다. 그는 '미적인 것'에 대한 향유가 생존을
위해 노동하는 인간에게 인간의 품격을 유지할 수 있게 해 주는 기능
을 한다고 보았다. 이승에서 팍팍한 삶을 주체하지 못해 충동적으로 행
동하고 마는 아들을 저승길에서 안타깝게 바라보는 아버지의 모습은
순수시를 지향해온 시인 서정주가 느끼는 동시대의 젊은이들을 향한
안타까움으로도 읽을 수 있을 것이다.
  신라 기획이 본격적으로 이루어진 1950년대 이후 시들은 주로 '선덕
여왕' 같은 영원인들이나 '광화문' 같은 신성한 공간을 통해, 시적 전율
의 순간을 독자에게 제공했다. 이 무렵의 시들은 신성한 것(영원불멸의
것)이 세속적인 것과 분리된 채로 공존하는 시적 구조를 보여준다. 이
러한 동시적 배치는 결합불가능성의 구조를 띠는 것인데, 가령 「광화
문」에서 '푸른 광명'을 모시고 있는 광화문은 주변 시정(市井)의 노랫소
리와 분리된 채 공존하고, 「선덕여왕 말씀」에서도 이루어질 수 없는 사
랑은 강렬한 '불'로 표현되면서, 신성한 것과 세속적인 것의 결합불가
능성을 보여준다.22)

---

21) "자식에게 석공 노릇을 가르칠 때/ 용(龍) 봉(鳳)이나 보살(菩薩) 아니면/ 좋은 꽃 구
   름이라도 한 송이/ 새겨 놓고 밤 맞이하는 걸 가르칠걸,/ 내 워낙 머슴살이에 바빠
   그걸 못하여서/ 자식은 날마다 제 뼈다귀 울리며 돌만 쪼면서도/ 맹숭맹숭/ 네 모로/
   여섯 모로/ 맨 모만 새겨 놓고는/ 여기서 해방될 때는 그 갑갑증으로/ 불소주(燒酒)
   집으로 들어가서/ 누구의 멱살을 잡고/ 유리창을 깨고/ 파출소로 들어가는 게 된다.
   /내가 서 있는 지게 진 머슴살이의 저승길에서도/ 환하게 파출소로 또 들어가는 게
   된다."(서정주, 「석공 기일」, 앞의 책, 327쪽)
22) 정영진, 「1950년대 가난과 보수주의 시학-서정주 시의 미적 이데올로기와 시장경제

『질마재 신화』에 오면 이러한 이원적 구조의 접면이 촉발해내는 시
적 긴장감이 다소 사라진다. 세속적 현실 속에 영원불멸의 세계가 녹아
있기 때문이다. 세속적인 것과 대비되면서 영원성의 절대적 가치가 도
드라졌던 이전의 사태와는 달라진 것이다. 앞서 「지연승부」에서도 보
았지만, 질마재는 현실과 영원불멸의 감각이 분리되지 않는 세계이다.
이를 가능하게 하는 것이 '미적인 것'의 힘이다.

> 윗 마을에서도 품행방정(品行方正)키로 으뜸가는 총각놈이었는데, (중
> 략) <소 × 한 놈>이라는 소문이 나더니만 밤 사이 어디론지 사라져 버
> 렸다. 저의 집 그 암소의 두 뿔 사이에 봄 진달래 꽃다발을 매어 달고 다
> 니더니, 어느 밤 무슨 어둠발엔지 그 암소하고 둘이서 그만 영영 사라져
> 버렸다. 「사경(四更)이면 우리 소누깔엔 참 이뿐 눈물이 고인다」, 누구보
> 고 언젠가 그러더라나. 아마 틀림없이 성인(聖人) 녀석이었을거야. 그 발
> 자취에서도 소똥 향내쯤 살풋이 나는 틀림없는 성인 녀석이었을거야.
> ─「소 × 한 놈」부분23)

질마재에서 자기 집 암소 뿔에 진달래를 매주는 일은 특별한 것이
아니다. 이는 『질마재 신화』 속 다른 시 「꽃」24)에 나와 있다. 질마재
사람들은 산과 들의 꽃을 꺾지 않고 '먼 발치서 두고 아스라히 아스라
히만 이뻐'한다. 가만 두고 그 이쁨을 느끼는 것에 만족하기로 한 오래
된 약속이 마을 사람들 사이에 존재하기 때문이다. 그런데 '누구거나
즈이집 송아지를 이뻐하는 사람'은 예외적으로 꽃을 꺾어 '스물 넉 달
쯤 자라서 이제 막 밭을 서먹서먹 갈 만큼 된' 소의 뿔 사이에 매달아
둘 수 있다. 질마재에서 소를 이뻐하는 것은, 꽃을 꺾으면 안 된다는
관습을 위반해도 될 만큼 자연스러운 일이다.

의 원리」, 『동악어문학』 제64집, 동악어문학회, 2015, 126~128쪽.
23) 서정주, 「소 × 한 놈」, 앞의 책, 388쪽.
24) 서정주, 「꽃」, 위의 책, 386쪽.

인용한 시에는 진달래꽃과 암소와 암소의 눈물이 어우러져 있다. 총
각에게 이보다 더 예쁠 수 있는 것이 없을 만큼 '이뿐' 것들이 한 데
모여 있다. '사경이면 우리 소누깔엔 참 이뿐 눈물이 고인다'는 말에서
총각과 암소의 특별한 교감을 느낄 수 있다. 수간에 대한 소문은 사실
인지 아닌지 알 수 없지만 화자는 그랬을 가능성에 조금 더 무게를 두
는 모양새다.

그런데 다짜고짜 화자의 추측으로 시가 마무리된다. '틀림없이 성인
(聖人) 녀석'일 것이라는 확신이 그것이다. 발자취에서도 소똥 향내가 날
거라고 하는 걸 보아 화자는 암소와 일체가 된 총각을 상상하고 있음
을 알 수 있다. 그런데 왜 이 총각은 '성인 녀석'으로 규정되는 것일까?
하지만 이런 질문은 무의미하다. 서정주의 질마재는 원래 그런 곳이기
때문이다. 질마재에서는 이런 사람을 성인으로 규정한다. 현실논리와
규범으로부터 벗어나 사라진 사람들을 성인으로 모시고 이들을 잊지
않으려는 사회가 신라이다.

그리고 이때 그들은 '미적인 것'과 관련이 된다. 총각은 암소의 '이
뿐' 눈물에 매료되어 암소와 함께 영원의 세계로 떠난 성인 녀석으로
기억되며, 현실인이 아닌 자연과 하나 되는 미적 주체로 기억된다. 우
리는 '미적인 것'을 통해 지지되는 인간의 품격을 서정주가 중시했다는
사실을 기억할 필요가 있다. '총각'은 성적 현실규범을 기준으로 볼 때
는 비인간적이지만, 아름다운 것을 쫓아 영원불멸하는 영원인이 되면
서 오히려 대자연인의 인간 품격을 전해주고 있는 것이다. 이 역전과
변이의 지점에서 우리는 '미적인 것'의 힘을 확인할 수 있다. 「알묏집
개피떡」의 '알묏집' 역시 성적인 문제로 현실규범에 빗겨나 있지만, 이
것이 질마재에서 무마될 수 있는 까닭은 그녀가 떡을 '이뿌게' 만들기
때문이었다. 즉, 『질마재 신화』에서 미적인 것의 심급은 현실논리와 규
범보다 위에 있으며, 그것은 배제가 아닌 통합의 원리로 기능했다.

3. 이미지로 사유하는 시적 공동체와 '부재'를 감각하는 삶의 양식

남편을 기다리는 아내에 대한 한국의 전설들을 보면 아내들이 '돌'이 되는 경우가 많다. 부계사회의 이데올로기가 개입된 것으로 볼 수 있는데,[25] 이 망부석은 남편을 향한 간절한 기다림과 결연한 의지를 상징한다. 그런데 『질마재 신화』의 「신부」는 돌이 아니라 재가 되어 버린다. 사오십 년이 지나 우연히 돌아온 신랑이 기다리고 있는 신부의 어깨를 어루만지고, 신부는 "그때서야 매운재가 되어 폭삭 내려앉아 버렸"[26]다. 재가 된다는 것은 사라진다는 것을 의미한다. 본래의 형상을 유지시키는 돌이 되어 아내의 도리와 덕성을 기리게끔 하는 망부석과 반대이다. 재가 되어버린 신부는 사라진 채로, 서정주 식으로 말하면 질마재 사람들 '마음' 속에 자리잡게 된다. 일으켜 세우려 해도 일으켜 세울 수 없는 '초록 재와 다홍 재'의 이미지로 남아서 질마재 사람들의 이야기와 마음속에서 영원불멸성을 얻는다.

「신선 재곤이」의 재곤이 역시 갑자기 자취를 감추게 되자 영원인이 된다. "한 마리 거북이가 기어다니듯 하던 살았을 때의 그 무겁디 무거운 모습만이 산 채로 마을 사람들의 마음 속마다 남았"다가, 마을 영감의 말에 따라 재곤이는 신선이 되었다고 믿어진다. 질마재 사람들은 "그들의 마음 속에 살아서만 있는 그 재곤이의 거북이 모양 양쪽 겨드랑에 두 개씩의 날개들을" 달아준다.[27] 이처럼 현실에서 사라진 낙오자들은 질마재 사람들의 마음속에서, 성인이든 신선이든 영원인으로 살게 될 때 어떤 이미지로 남게 되고, 그 이미지는 불멸성을 획득한다.

---

25) 망부석과 관련해서는 조현설, 「동아시아의 돌 신화와 여신 서사의 변형」, 『구비문학 연구』 제36집, 한국구비문학회, 2013 참조.
26) 서정주, 「신부」, 앞의 책, 342쪽.
27) 서정주 「신선 재곤이」, 앞의 책, 370~371쪽.

서정주는 이미지와 불멸성에 대해 다음과 같이 언급한다. "우리가 살아 겪은 이미지의 수확들 중에서 가장 귀중한 건 시간의 경과에 사라지지 않고, 불사(不死)의 힘으로 선택된다"[28] 즉, 불멸성은 시의 주제일 뿐만 아니라 시의 이미지 하나하나의 속성이기도 했다. 이미지를 통해 불멸의 감각을 공유하는 미적 공동체라 할 수 있는 질마재는 '시적 공동체'이기도 하다. 시적으로 사고하고, 시적으로 느끼는 사람들의 공동체인 까닭이다.

현실에서의 삶을 긍정적이고 낙천적으로 대할 수 있는 힘이 불멸하는 이미지에서 나온다. 이를 잘 보여주는 시는 「석녀 한물댁의 한숨」이다. 마을 여자들 가운데 눈썹과 이빨, 가르마가 가장 '이쁜' 한물댁은 힘도 가장 실할 뿐만 아니라, 다른 사람들을 웃게 만드는 재주까지 있다. 하지만 아이를 낳지 못해 자진해서 남편에게 소실을 얻어주고 홀로 나와 사는 한물댁도 현실 사회에서는 낙오자다. 그녀가 세상을 뜨자, 한물댁의 한숨에 대한 소문이 퍼져 지금까지 전해진다. 그것은 '아침 해가 마악 올라올락말락한 아주 밝고 밝은 어떤 새벽'에 솔바람 소리와 포개어진 한물댁의 한숨에 관한 것이었다. 그래서 질마재에서는 '밝은 아침에 이는 솔바람 소리가 들리면' 한물댁을 느낀다. 한물댁이 일어나 한숨을 또 도맡아서 쉬니, 오늘하루도 웃고 지낼 수 있다고.

죽고 없는 한물댁은 '밝은 아침에 이는 솔바람 소리'로 질마재 사람들 속에 살아 있다. 이때의 한물댁은 막연히 생각나는 존재가 아니라 하루를 좋은 방향으로 예감하게 하고 그렇게 하루를 이끄는 힘을 가지고 있다. 재곤이가 날개를 단 거북이의 이미지로 살게 될 때, 마을 사람들이 하늘의 처벌을 두려워하던 데서 놓여났던 것도 같은 맥락이다.

「심사숙고」[29]는 부재가 영원불멸로 이어지지 않고 부재상태로 지연된다는 것이 어떤 것인지를 보여준다. 백순문의 사형제는 뱃사람이었

---

28) 서정주, 「시의 형상」, 『서정주 문학 전집』 2, 일지사, 1972, 29쪽.
29) 서정주, 「심사숙고」, 앞의 책, 383쪽.

다. 풍랑에 맏형을 잃은 후 나머지 삼형제의 모습이 시에 그려진쪽. 큰
아우, 둘째 아우는 각각 형태는 다르지만 술에 의지해서 산다. 화자는
이것을 '심사숙고'에 잠겼다고 표현하면서 "심사숙고는 그러나, 그걸
오래 오래 하고 지내보자면 꼭 그것만으로 견디기 어려운 것"이라고
말한다. 이 시는 부재함이 영원불멸의 것으로 이행되지 않을 때 현실 삶
은 견디기 어려운 것임을 보여준다. 결국 두 아우는 자신의 삶을 망가
트리고 만다. 영원불멸로 이어지지 않는 '부재'의 감각은 산자가 삶을
흥청망청 살게 하는 요인이 되고 있다.

막내 아우는 좀 다르다. 마을에서 웃음과 아양이 최고로 귀여운 아
들 딸을 길러내면서 견디기 어려운 시간을 보내고 있다. 그리고 삼형제
가 모두 일생을 마감한 후에 막내 아우의 아들 백풍식이 나루터 뱃사
공이 되면서 "두 대의 심사숙고의 끝을 맺기는 겨우 맺"게 된다. 큰아
버지처럼 바다 풍랑에 죽을 염려가 없는 사공으로 살게 되면서 집안의
심사숙고가 끝이 난 것이다.

큰아버지 백순문은 다음 대에 이르러 백풍식의 삶 속에서 그 형상이
'재생'되는데, 이로써 문제가 해결된다. 여기에 결정적인 역할을 한 이
가 막내아우 백준옥이다. 백준옥은 자식을 밝고 명랑하게 기르며 자기
세대의 역할을 충실히 이행했다. 그것은 '남의 눈에 안 띄이게' 이루어
졌다. 석류나무를 심어 밖에서는 알 수 없도록 한 공간에서, 사라짐을
극복하는 백순문의 작업이 이루어진다는 점은 흥미롭다. 보이지 않게
다음 세대를 준비하고 기다리는 일을 서정주가 특별하고도 중요하게
생각했음은 「침향」30)이나 「대흉년」31)에서도 충분히 짐작할 수 있다.

---

30) "그래서 이것을 넣는 이와 꺼내 쓰는 사람 사이의 수백(數百) 수천년(數千年)은 이
   침향(沈香) 내음새 꼭옥 그대로 바짝 가까이 그리운 것일 뿐, 따분할 것도, 아득할
   것도, 너절할 것도 허전할 것도 없읍니다."(서정주, 「침향」, 위의 책, 385쪽)
31) "그런데 요샛 것들은 기대릴 줄을 모른다. 씻나락도 먹어 치우는 것들이 있으니, 그
   것들이 그리 살다 죽으면 귀신도 그때는 씻나락 까먹는 소리를 낼 것이고, 그런 귀신
   섬기는 새 것들이 나와 늘명 어찌 될 것인고……"(서정주, 「대흉년」, 위의 책, 387쪽)

　서정주가 보기에 세대를 건너서 경험의 연속성, 항구성을 확보하고
자 할 때 기다림의 시간이 필요했다. 영원불멸성은 주로 부재하는 것처
럼 보인다. 백순옥이 석류나무로 집안을 가린 채 질마재 최고의 아양을
길러내는 시간 속에도 영원불멸성은 흐르고 있지만 그것은 쉽게 포착
되지 않는다. 나룻배 사공이 되는 순간 마침내 이 백씨 가문의 오랜 심
사숙고가 완결되는 것이다. 다시 말하면, 현실을 살아가는 질마재 구성
원들이 영원불멸성을 늘 느끼는 것은 아니다. 특정한 순간에 영원불멸
성은 감지된다. 밝은 아침 솔바람 소리를 듣는 순간 죽고 없는 한물댁
의 한숨이 되살아나고, 바닷물이 집 마당까지 들어온 순간 외할머니는
바다에 빠져 영영 돌아오지 못한 남편과 조우한다(「해일」).

　『질마재 신화』에는 '대용'에 대한 이야기들이 있다. 제일 먼저 떠올
릴 수 있는 시는 「신발」이다. 아버지가 사다준 신발을 잃어버린 이후
새로 신게 되는 신발은 모두 '대용품'이다. 그것들은 그 자체의 의미를
소유하지 못하고 대용의 가치로 존재한다. 이러한 대용의 가치는 아버
지가 사다 주신 신발의 불멸성을 보증한다. 아버지가 사다준 '그 신발'
은 땅위(현실)에서 사라졌지만 내가 볼 수 없는 세상(영원불멸의 세계)의
온갖 바다를 돌아다닐 것이라는 영원불멸의 감각은, '부재'의 감각을
통해서 뒷받침되고 있다. 다시 말하면 '대용'의 감각에 함축되어 있는
'부재'의 감각(아버지의 신발은 현실에서 사라지고 없음) 속에서 불멸성은 보
존될 수 있는 것이다.

　그런데 이 '대용/부재'의 감각도 영혼불멸의 감각 속에서 지지된다. 불
멸성은 부재/소멸의 감각과 분리된 것이 아니고 함께 하는 것이다. 『질
마재 신화』의 일상성은 불멸성과 부재/소멸의 감각이 한데 섞여서 분
리될 수 없다. '부재'를 통해 불멸성을 생각하고, 불멸성을 통해 '부재'
를 이해하면서 질마재 사람들은 이 둘을 동시에 호흡한다.

　「까치마늘」은 대용에 대한 이야기를 다루고 있는 또 다른 시다. 이
시는 대용의 삶, 즉 현실의 삶을 서정주가 어떻게 바라보고 있었는지

보여준다.

　　곰허고 호랑이가 쑥허고 마늘을 먹으면서, 쓰고 아린 것 잘 견디는 사
람되는 연습을 하고 있을 때, 사실은 까치도 그 옆에 따로 한 자리 벌이
고 그걸 해 보기로 하고 있긴 있었지마는, 쑥은 그대로 먹을 수가 있었어
도, 진짜 마늘은 너무나 아려서 차마 먹지를 못하고 안 아린 까치 마늘이
라는 걸로 대용(代用)을 하고 있었다는 이야기가 있읍니다.// 그래서 곰만
이 혼자 잘 참아 내서 덩그렇게 하누님의 며느리가 되었을 때, 너무나 쓰
고 아린 걸 못 참아서 날뛰어 달아난 호랑이는 지금도 여전히 사람들한
테도 대들고 으르렁거리게 되었지만, 까치는 그래도 못 견딜 걸 먹지는
안 했기 때문에, 말씨도 행동거지(行動擧止)도 아직도 상냥한 채로 새 사
람이 보일 때마다 반갑고도 안타까와 쩩쩩거리고 가까이 온다는 것입니
다. 새 손님이 어느 집에 올 기미(氣味)가 보일 때마다, 한 걸음 앞서 날
아와선 쩩쩩거리지 않고는 못 견딘다는 것입니다.// 까치마늘은 음삼월
(陰三月) 보리밭 속에 겨우 끼어 꽃이 피는데, 하늘빛은 어느만큼 하늘빛
이지만, 아주 웃기게 가느다란 분홍줄이 거기 그려져 있읍니다. 이건 물
론 까치하고 아이들것이지요만 무엇이 보고싶기사 여중 2학년짜리만큼
무척은 무척은 무척은 보고 싶은 것이지요.

- 「까치마늘」 부분32)

　　까치에게 까치마늘은 곰이 먹었던 마늘의 대용물이다. 까치는 마늘
이 너무 아려서 먹지 못하고, 덜 아린 까치마늘을 먹어서 사람은 되지
못한 채, 사람 '곁'에서 살게 된다. 새 사람이 보일 때마다 상냥하게 쩩
쩩거리는 까닭은 반가우면서도 안타깝기 때문이라고 화자는 말한다.
사람이 되고 싶었기에 사람을 보면 반갑지만 또 한편으로 사람이 되지
는 못했기에 안타까움을 느끼는 것이리라. 원하던 바로 그것, 본래의
그것을 얻지 못하고 그것 가까이서 사는 삶, 그것은 영원불멸성을 체
현하지는 못하지만 그것을 '바짝 가까이서 그리워하는' 삶을 살아가는

---

32) 서정주, 「까치 마늘」, 위의 책, 355~356쪽.

질마재 사람들의 삶이기도 하다. 시의 화자가 무척 보고 싶다고 하는 까닭이 여기에 있을 것이다.

질마재에서 현실을 살아가는 사람을 은유하는 까치와 대별되는 호랑이는 '바로 그것'에서 완전히 떨어진, 즉 영원불멸의 세계에서 완전히 분리된 삶을 은유한다고 할 수 있다. 호랑이는 자기가 되고 싶었던 사람과 대립하며 난폭함을 보여준다. 이는 '쓰고 아린 것'을 못 참은 결과다. 까치도 못 참기는 마찬가지였지만, 까치는 '대용물'을 통해 본래의 것에 대한 소망을 거두지 않고 자신이 할 수 있는 범위 내에서 수고를 아끼지 않았다. '본래의 것' 근처에서 생명을 유지시킬 수 있는 까닭이 여기에 있다.

이렇듯 '대용'의 세계는 영원불멸을 보존하며 현실을 살아가는 사람들의 세계이기도 하다. '대용'의 감각은 '부재'를 감각하는 하나의 방식이다. 이것은 본래의 것이 영원불멸한 것으로 존재하게 하는 기제가 되는 것이다. 질마재 사람들은 '대용'의 감각을 통해 '부재' 상태를 '부재처럼 보이는 상태'로 이해하고, 영원불멸의 관념을 지니면서 살 수 있었다.[33]

4. 사라져 가는 질마재와 현대적 주체

서정주는 영원불멸의 공통감각을 갖고 있는 미적 공동체를 창조하고자 했다. 『질마재 신화』의 영원불멸성은 질마재 사람들의 경험과 이야기 속에서 보존되고 있다. 그런데 이 영원불멸성이 견고한 것만은 아

---

[33] 대용을 다룬 다른 시로 「마당방」이 있다. 이 시는 토방 대용으로 쓰이는 마당방을 소재로 하고 있는데, 시의 화자는 "거기 들이는 정성이사 예나 이제나 매한가지"라고 말한다. 이제 거의 사라져버린 토방은 사람들의 '행위' 속에서 그 원형이 간직되고 있다.(서정주, 「마당방」, 위의 책, 364~365쪽)

니다. 다시 말하면, 사라짐의 가능성이 완전히 배제되고 있지는 않다. 이는 서정주가 1950-60년대 영원인과 그 세계를 다룰 때와 차이가 나는 부분이다.

> 그런데 그 <기회(機會)보아서>와 <도통(道通)이나 해서>가 그렇게 해 빙글거리며 웃고 살던 때가 그 어느 때라고. 시방도 질마재 마을에 가면, 그 오랜 옛 습관은 꼬리롤망정 아직도 쬐그만큼 남아 있기는 남아 있읍니다. (중략) 이 마을의 친구는 이렇게 말하는데 물론, 이건 쬐금인 대로 저 옛것의 꼬리이기사 꼬리입지요
>
> - 「풍편의 소식」 부분34)

화자가 '그렇게 해 빙글거리며 웃고 살던 때가 어느 때라고' 말할 만큼 <기회보아서>와 <도통이나 해서>가 나눈 대화의 생명력은 끈질기다. 하지만 그것이 앞으로도 계속해서 영원불멸할 것인지는 불투명해 보인다. 그것은 '쬐금인 대로' '옛것의 꼬리'로 남아 있다고 말하는 데서 알 수 있다. 다시 말하면 이것은 임박한 부재/소멸의 상황을 보여주고 있는 셈이다. 사실, 영원불멸에 대한 감각을 가지고 살아가는 질마재 사람들의 세계가 계속 유지되기 어렵다는 점이 시에서 노출되고 있었다.

시 「말피」는 말피를 뿌려 이별하는 방법이 조선시대를 거쳐서 '일정 초기까지' 유지되고 있었다고 알려준다. 질마재는 거의 이 이별법이 존재했던 마지막 공간이었던 듯 보인다. 즉, '말피 이별법'은 이제 사라지고 없는 것이다. 화자는 요새의 시시껄렁한 이별 방법들과 비교하면서, '말피 이별법'이 더 좋지 않느냐고 묻는다. 이 시도 앞서 '옛것의 꼬리'를 말했던 「풍편의 소식」에서처럼 소멸과 부재의 감각을 느끼게 해 준다. 신라에서부터 유래되어 긴 시간 현실 경험 속에서 행해지던 '말피 이별법'은 사라지고 이제 그것은 시 속에 '신화'라는 이름으로 자리 잡

---

34) 서정주, 「풍편의 소식」, 위의 책, 378쪽.

게 된다.

『질마재 신화』에서 부재의 시간은 영원불멸이 잠재되어 있는 시간이다. 질마재 사람들은 이를 체득한 까닭에 영원불멸의 세계를 호흡하며 살아간다. 이들에게 부재/소멸의 상황은 결코 절대적이고 영원한 부재/소멸을 의미하지 않는다. 그렇기 때문에 현실을 안타깝게 느끼거나 비관적으로 생각하지 않을 수 있었다. 그러나 질마재 자체가 사라질 시간에 놓이게 된다면?

서정주는 『질마재 신화』를 통해 영원불멸을 향유하는 삶과 그러한 삶이 가능한 문화적 토대를 보여주고자 했다. 그런데 영원불멸성의 위기는 그 토대 자체가 사라지는 데서 발생했다. 이것은 1970년대 농촌 상황을 떠올리면 좀 더 설득력 있는 얘기가 될 것이다. 궁핍한 농촌 현실과 이농현상으로 전통적인 농촌사회가 붕괴되고 있었다.[35] 서정주의 질마재도 별다를 바 없을 터였다. 사라진 신라를 영원불멸의 것으로 간직했던 미적 공동체(질마재)가 사라지는 것을 보며, 서정주는 이 질마재를 영원불멸의 것으로 간직할 또 다른 미적 공동체가 필요하다고 생각했는지도 모른다. 질마재를 영원불멸의 것으로 보존하는 방법으로 서정주는 신화와 구술양식을 선택했다.

간통사건이 일어나면 그 소문에 몸살을 앓고, 그 한 해 동안 마을 우물을 모조리 메꾸는 질마재 풍습에 관한 시 「간통사건과 우물」에서는 화자의 감정이나 생각이 개입되지 않고 있다. 그저 그런 일이 있(었)음만을 보여준다. 『질마재 신화』에는 이런 시들이 꽤 있다. 「신부」, 「내가 여름 학질에 여러 직 앓아 영 못 쓰게 되면」, 「단골 무당네 머슴 아

---

35) 미국 잉여농산물이 들어오면서 전반적인 농산물가격이 하락함에 따라 농민은 수지가 맞지 않는 작물 재배를 포기했다. 이 부족분은 다시 미국의 잉여농산물에 의해 메워졌다. 농산물의 자급률은 1965년 93.9%에서 1975년 73%로 떨어졌다. 농가부채도 늘 수밖에 없었다. 대규모 이농현상으로 농가인구비율은 1965년 55.1%에서 1975년 34.6%로 줄었다. 1962년에서 1977년까지 약 700만에서 750만 농촌인구가 도시로 빠져나갔다.(박세길, 『다시 쓰는 한국현대사』 2, 돌베개, 1995, 175~178쪽)

이」 등은 화자가 전해주는 이야기이지만, 거기에는 화자의 주관적 논
평이 없다. 시적 비유도 없다. 단지 그러함만이 전해지고 있을 뿐이다.
서정주는 현대시의 운명이 사유와 분리될 수 없다는 사실을 이해하고
있었다. 그러나 신화는 이러한 시의 운명과 전혀 다른 운명을 지닌다.
신화는 일차적으로 해석의 대상이 아니라 그저 존재한다. 신화는 의미
를 비유로 숨기지 않는다. 신화는 드러내는 것, 있음 그 자체로 자기를
계시한다.36)

 특정 사건이나 어떤 사태에 대한 진술이 질마재 '신화'에 등재될 수
있는 것은 그것이 논리적으로 설명될 수 없는 신기한 일이기 때문이다.
'알묏집'의 행실과 떡 만드는 솜씨 그리고 그녀의 외모, 이 세 가지의
조화는 '무슨 딴손이 있는'것처럼, 겉으로 봐서는 도저히 알 수 없는
일로 '참 묘한 일'이다(「알묏집 개피떡」). 또 「눈들 영감의 마른 명태」의
화자는 우아랫니 하나도 없는 여든 살 노인 '눈들 영감'이 마른 명태를
머리끝에서 꼬리끝가지 모조리 우물거려 삼키는 일에 대해, '하늘 밑에
서는 거의 없는 일일 테니 불가불 할수없이 신화의 일종'이라고 말한
다.

 질마재에서의 '참 묘한 일' 혹은 '하늘 밑에서 거의 없는 일'을 서정
주는 신화의 지위로 격상시키고 있다. 「간통사건과 우물」, 「내가 여름
학질에 여러 직 앓아 영 못 쓰게 되면」, 「단골 무당네 머슴 아이」 등의
시들도 화자의 주관적 판단이 노출되지는 않고 있지만, 상식적으로 논
리적으로 설명할 수 없는 '이상하고도 드문' 사건과 사람들의 이야기이
다. 이런 까닭에 신화로 엮어질 수 있었다. 설명이나 해석이 가능했다
면 그것은 신화적인 성격을 띠기 어려울 것이다. 신화는 경험 가능한
정신의 현상에 비롯하고, 그 현상에 이끌리고 이해하려는 집단적 반응
이 있으면서 집단 전체의 이야기로 드러난다. 하지만 신화에서 다루어

---

36) 장-뤽 낭시(박준상 역), 『무위의 공동체』, 인간사랑, 2010, 116쪽.

지는 것은 시대정신에 상반되거나 대립적인 것처럼 여겨져서 이해하려고 애써야 하는 것들이다. 이해하고 수용해야 할 정신의 현상인 것이다.[37] 서정주의 질마재는 '이해하고 수용해야 할' 신화로 '제시'되고 있는 것이다.

한편, 『질마재 신화』의 시편들이 구술양식으로 된 것은 영원불멸의 보존이 이웃(타자)들에 의해 가능하기 때문이다. 이는 서정주가 영원불멸의 '토대'에 대해 사유했기 때문이다. 사라진 것이 부재로 인식되지 않고 영원불멸의 것으로 남게 되는 것은 그 자체의 속성, 즉 주체나 사건의 특별한 능력 때문이 아니었다. 그것은 영원불멸로 보존하는 타자들에 의해 가능했다. 그것은 「신선 재곤이」이와 「소 × 한 놈」에서 단적으로 나타났던 바다.

질마재 사람들은 자신들이 영원인은 아니지만 이들의 이미지를 마음속에 간직하며 살아가기에 영원불멸의 세계를 향유할 수 있다. 이들은 영원불멸하는 마음속 이웃(영원인)과 영원불멸을 믿고 살아가는 이웃(현실인)과 함께 살아가는 존재들이다. 이러한 이웃의 형상들은 인간의 사멸성과 무의미성에 대한 불안을 차단하며 불멸성의 토대가 된다.

서정주는 사람 사이의 '그리움의 바다'를 소중하고도 특별하게 생각했다. 이 바다는 인간관계의 폭과 깊이를 은유하는 것이다.[38] 사람 사이의 바다는 사람과 사람을 연결해주지만 동시에 분리된 채로 있게 만든다. 서정주는 소통의 어려움을 큰 문제로 생각하지 않았다. 어쩌면 그는 소통의 어려움마저도 관계의 깊이로 이해했는지 모른다. 서정주에게 그 깊이는 알 수는 없는 것이지만, 느낄 수는 있는 것이었다.

서정주는 질마재 사람들을 세 부류, 유자와 자연파와 심미파로 나눈

---

37) 이유경, 『원형과 신화』, 분석심리학연구소, 2008, 119쪽.

38) 서정주는 질마재의 누이 '서운니'를 통해 "나는 사람과 사람과 사이에, 비어 있는 것이 아니라 차 있는 것의 그리움"에 눈을 떴다고 언급한 바 있다. 알려진 대로 '서운니'는 서정주 시의 뮤즈이다.(서정주, 『서정주 문학 전집』 3, 1972, 일지사, 36쪽)

다. 심미파를 통해 서정주가 본 것은, 숨겨진 것이 정확히 무엇인지 알
수는 없지만 어떤 식으로든 느껴지고 전해지는 신비였다. 비밀을 간직
한 자들만의 자신만만함이 그것이다. 심미파들은 현실규범이 허용하지
않기 때문에 비밀에 부쳐져야 할 사실을 가슴속에 간직한 채, 자신의
삶-혹은 노래와 춤으로-을 통해 그것을 드러냈다.[39]

깊이의 실체는 드러나지 않지만, 드러난 것을 통해 깊이가 가진 '힘'
이 전해진다.[40] 드러나지 않는 것, 감춰진 것, 그러나 분명히 존재하는
그것은 심미파들을 노래하게 하고 흥청거리게 한다. 서정주는 이 힘을
잘 보여주는 것이 전통이라고 생각했다.

서정주는 현실도피라는 비판에 대해 다음과 같이 말하기도 했다.
"나는 이렇게 된 걸 현실도피라고 안 생각하고, 사적(史的) 의미를 겨우
띤 현실의 깊이의 입구에까지 도달한 것이라고 생각한다."[41] 서정주가
선 자리는 현실의 깊이의 '입구'이다. 그는 '깊이의 실체'보다 입구에서
느껴지는, '깊이가 주는 느낌'을 시로 쓰고 싶어했다. 질마재의 심미파
들이 가슴 깊이 숨긴 진실은 숨겨진 채로 '전해지는 것'이었다.

그의 시 「시론」(1976)[42]에서 시인(화자)은, 제일 좋은 시는 깊이 감춰

---

39) "심미파가 가졌던 특징은 그들이 유자들보다 눈에 썩 곱게 그립고 다정한 것을 가지
    면서도, 자연파와 같이 의젓하지를 못하고, 늘 무얼 숨기는 양, 딴 데 남몰래 눈맞춘
    사람을 두고 사는 것 같던 점이다. 유자들 앞에 서면 이들은 대개 머리를 숙이고 쩔
    쩔매는 듯 하였으나, 속으로는 「내가 눈맞춘 데는 따로 있어라우. 참말로 기막히는
    셈은 따로 있어라우」 하는 듯하여 보였다. (중략) 그래 눈은 누구보다도 좋게 맞춰도
    원수의 법 때문에 마음대로 하지 못하는 자의 흡사 그 그리움과 자신 모양으로 그들
    은 때로 흥청거리고 노래하고 춤추었다." 서정주는 이들에게서 "비밀하고도 무형(無
    形)한 승리자의 자신"감을 보았다.(위의 책, 29쪽)
40) 「내 마음의 편력」에 나오는 '함물댁' 묘사는 이를 잘 보여준다. 서정주는 "『우매…』
    무지개라도 뛰어넘을 만한 힘을 가진 좋은 암소가 항시 다소곳이 어찌 보면 게으른
    양하고 다니며, 가끔 죄는 것처럼 싱싱"한 이 감탄사를 좋아했다고 말한다. 이 감탄
    사는 "힘을 많이 쌓아 두고 남는 힘으로만 하는" 것이기에 유달리 아름답다고 서정
    주는 쓰고 있다.(위의 책, 37~38쪽)
41) 서정주, 「후기」, 『한국시인전집』.(이태동, 「현실과 영원의 선미한 조합」, 『서정주』
    (박철희 편), 서강대학교출판부, 1998, 82쪽에서 재인용)
42) "바다속에서 전복따파는 제주해녀도/ 제일좋은건 님오시는날 따다주려고/ 물속바위

놓고 시를 쓸 것을 주문한다. 다 써버리면 허전함을 못 견뎌 헤맬 것이기 때문이다. 서정주가 신라 기획 이래로 가장 문제적으로 인식했던 것이 현대인들의 허무와 설움의 감정이다. 허전해서 헤매는 사태는 이 숨겨진 깊이의 상실에서 오는 것이다. 그러니까 '부재'(현실에서 시의 가장 귀한 '전복'은 없다)는 '불멸'(시의 바다 속에 시의 '전복'은 존재한다)의 한 양태로 우리 삶에서 남겨져 있어야 한다. 이러한 감각, 즉 부재와 영원불멸의 상호 보충적 감각이 현대인들의 삶을 지탱할 수 있게 해 준다고 서정주는 생각했다.

사실 서정주가 보여주는 숨겨진 깊이에의 열망과 그 깊이가 가진 힘에의 동경은 주관적 확실성을 추구하는 현대 주체의 한 단면을 보여준다. 『질마재 신화』에서 서정주는 사적인 경험을 신화라는 공적인 텍스트로 격상시켜놓는 데 성공했다. 현대시와 달리 신화는 누구의 창작물도 아니다. 이 시집은 개인 창작물이면서도 완전히 서정주 개인만의 것이라고 보기 어려울 만큼 질마재 사람들의 삶의 이야기가 전해지고 있다.43) 이러한 특성, 즉 공동의 유·무형의 문화와 자신의 경험을 결합시켜서 주체가 하나의 원리로 정립하는 것은 현대적인 특성이다.

사회학자 울리히 벡은, 주체가 최소한의 신학적 핵심만을 수용하면서 개인적인 정서적 경험을 통해 신적인 존재에 다가서는 신앙 개인화의 현대적 경향을 두고, '자기만의 신'이라는 표현을 쓴 바 있다. 이는 개인화 과정(개인의 자율성이 관철되는 과정)으로 요약되는 현대성의 최고점을 보여준다. 현대인들은 종교를 거부한다기보다는 자기만의 신을 창조하고 이를 통해 자기만의 삶에서 주관적인 확실성과 구원을 약속받는다.44) 그에 따르면 '세속화'의 경향은 종교와 신앙의 몰락을 말해

에 붙은그대로 남겨둔단다./ 시의전복도 제일좋은건 거기두어라./ 다캐어내고 허전하여서 헤매이리요?/ 바다에두고 바다바래여 시인인 것을……."(서정주, 「시론」, 『미당 시 전집』 1, 406쪽)

43) 이와 관련된 논의로는 김수이, 「서정주 시에 나타난 공동체와 이야기」, 『한국시학연구』 제43집, 한국시학회, 2015 참조.

주는 것이 아니라 점점 개인화되는 어떤 종교성의 형성과 그것의 대대적인 확산을 말해준다.[45] 이러한 견해를 받아들인다면 서정주의 『질마재 신화』는 탈현대적(근대초극)이거나 전근대적인 텍스트라기보다는, 반대로 현대의 가장 핵심적이고 본질적인 국면을 드러내는 텍스트라고 할 수 있다. 자신과 자신이 지향하는 세계를 규정, 조직하는 현대적 주체의 모습이 이토록 치밀하고 강렬하게 나타난 적이 한국현대시사에서 있었는가? 『질마재 신화』 속 공동체에서 소통과, 소통이 이끌어내는 성찰의 가능성은 거의 발견되지 않는다. '한물댁', '암소와 함께 사라진 총각'을 다룬 시를 보면 이웃의 고통을 나누지는 못하고 있다. 다양한 이웃들을 통해 사멸성과 무의미성에 따른 허무와 불안이 차단되고는 있지만 타자성에 대한 인식이 확보되어 있지는 않다. 서정주는 자신이 살았던 세계와 자신이 꿈꾸는 세계를 하나로 통합해서 '자기만의' 신라/질마재를 시로 완성했다. 서정주는 자기만의 세계를 구성하고 거기에 절대적 질서를 부여하여 통솔하고자 하는 현대적 주체의 전형이라 할 수 있다. 『질마재 신화』는 현대적 주체의 미적 산물로서 그 의미가 규명될 필요가 있다.

5. 결론: 안전한 자유의 세계

『질마재 신화』 속 사람들은 영원불멸에 대한 공통감각을 갖고 살아간다. 이 공통감각은 미적인 차원에서 구축된 것이다. 미적인 것만이 현실과 영원불멸의 세계를 가로지를 수 있는 영역이었다. 서정주는 미적인 것을 통해 지지되는 인간의 품격을 중시했으며, 이러한 세계를 꿈꾸었다. 그것이 바로 '신라'였다. 서정주가 상상한 신라사회에서는 현

---

44) 울리히 벡(홍찬숙 역), 『자기만의 신』, 도서출판 길, 2013, 125~128쪽.
45) 위의 책, 50쪽.

실의 낙오자들이 실패자로 규정되지 않는다. 이들은 영원인으로 재생
된다고 믿어졌다. 이 낙오자/영원인들은 현실에서 사라지지만 이미지로
남아서 질마재 사람들의 마음속에서 영원불멸성을 획득한다. 이들은
질마재 사람들이 삶을 긍정하고 자유를 동경할 수 있는 힘을 주는 불
사(不死)의 존재가 된다.

영원불멸성은 특정한 순간에 감지된다. 평상시에는 사라져서 부재하
는 것처럼 보일지라도 그것은 때때로 출몰하여 그 자신을 드러낸다. 이
런 까닭에 부재의 상태를 어떻게 감각하느냐의 문제는 영원불멸을 향
유하는 데 있어 관건이 된다. 「심사숙고」는 부재의 상황을 영원불멸성
속에서 파악하지 못할 때, 현실 삶이 파탄에 이를 수 있음을 제시한다.
『질마재 신화』에서 나타나는 대용의 감각은 영원불멸성과 부재의 현상
이 내속적이고, 상호보충적인 관계에 있음을 보여주는 것이다.

신라의 영원불멸성이 질마재 사람들의 삶과 이야기 속에서 보존되고
있었듯이, 질마재의 영원불멸성도 누군가의 삶과 이야기 속에서 보존
될 필요가 있었다. 서정주는 시 쓰기를 통해 그 역할을 담당하고자 했
으며, 『질마재 신화』를 읽는 독자들을 여기에 끌어들이고자 했다.[46] 구
술양식을 활용하고 시집을 신화라고 명명하는 까닭이 여기에 있다. 현
대문명을 살아가는 사람들, 즉 허무주의에 곧잘 빠져버리는 사람들을
위하여 신라모델을 탐구하면서 서정주는 영원불멸의 감각을 공유하는
미적 공동체의 가능성을 실험했던 것이다.

하지만 『질마재 신화』의 영원불멸성이 절대적이고 견고한 것은 아니
었다. 거기에는 영원불멸의 불확실성이 내재하고 있다. 영원불멸은 '부
재'의 감각을 경유하고 있기에, 『질마재 신화』 속 영원불멸의 공통감각

---

46) 윤재웅은 『질마재 신화』가 독자의 흥미를 고려한 기획이었음을 밝힌 바 있다. 그에
따르면 구연형 담화 생산자인 시인은 '경험을 교환할 수 있는 능력'의 소유자이다.
(윤재웅, 「질마재 신화」에 나타나는 액션 미학」, 「한국어문학연구」 제61집, 한국어
문학연구학회, 2013, 369~370쪽)

에는 자체적으로 그것의 균열과 단절의 속성이 포함되어 있었다. 영원 불멸의 본질에서 빗겨나 그것을 수호하는 감각('곁'의 감각)도 이러한 속 성으로 이해될 수 있는 부분이다. 미묘한 균열/단절/불확실성의 지점들 이 『질마재 신화』의 시적 긴장을 더하고, 동시에 시의 의미를 풍부하게 하는 원천으로 작용한다. 이렇게 보면 랑시에르의 미적 공동체의 조건, 즉 공통감각과 이를 분절/단절하는 새로운 감각이 이접하는 예술형태 라는 조건을 『질마재 신화』가 어느 정도 충족하는 것으로 보인다.

하지만 랑시에르의 미적 공동체가 급진적 민주주의의 정치성을 띠 는 것을 상기한다면 『질마재 신화』는 어떠한지 생각해 볼 필요가 있 다. 『질마재 신화』의 영원불멸의 세계는 '밖'을 상상할 수 없다는 점에 서 '몫 없는 자들의 몫'에 민감했던 랑시에르의 미적 공동체와 차이가 있다. 질마재의 낙오자들은 낙오자로서 자기 몫을 찾는 것이 아니었다. 이들이 얻게 되는 '영원인'이라는 타이틀의 몫은 엄밀히 말해 이웃들 이 부여하고 소유한다. 이러한 사회문화적 풍토가 현실규범의 일탈을 어느 정도 허용하는 사회의 개방적 성격을 담보하고 있다고 하더라도, 『질마재 신화』는 공통감각과 균열/단절의 감각의 이접을 통해 낯선 신 체성을 획득하거나 새로운 감각을 발명하지 않는다. 균열와 단절, 불확 실성의 기제들은 영원불멸의 감각 속으로 용해되기 때문이다. 그리고 흥미롭게도 이러한 양상이 영원불멸의 밀도를 높이고 시적 긴장을 더 한다.

『질마재 신화』에서 창조된 미적 공동체는 낯설고 강렬한 미적 체험 을 제공하지만, 여기서 소통과 성찰의 여지를 발견하기는 어렵다. 그런 데 생각해 볼 것은, 그의 시가 현대적 주체가 구축한, '밖'을 상상할 수 없는 하나의 세계를 보여주고 있음에도 불구하고, 시들이 폐쇄적으로 느껴지지 않는다는 점이다. 물론 일차적으로 시인 개인의 탁월한 역량 에 기인한 것이라고 할 수 있다.

그런데 서정주가 시로 구축한 불멸성은 불멸성을 절단하고 침식하는 사태까지도 흡수하는 불멸성이다.『질마재 신화』이후 서정주가 '떠돌이'가 될 수 있었던 것은 어쩌면 그가 가는 어디도 '밖'이 아니기에 가능했다.「지연승부」에서 낙오자가 떠나는 길은 '자유'의 길이었다. 그러나 그것은 기존 사회의 위계를 흔들거나 사회적 위계에 따른 감각의 분배를 흐트러트리는 자유의 길이 아니다. 다시 말하면, 서정주는『질마재 신화』를 통해 '안전한 자유'의 세계를 구축했다. 사실, '안전한 자유'의 세계는 현실과 이상 사이에서 갈등하는 현대인이라면 누구나 꿈꾸는 유토피아 아닌가. 서정주 시가 대중으로부터 지지를 받는 이유가 여기에 있을 것이다. 그리고 그의 시가 한국 시의 보수주의 미학을 대표하는 이유도 여기에서 찾을 수 있을 것이다.

한국문학연구신서 제24권

미당 서정주와 한국 근대시

인 쇄	2017년 12월 25일
발 행	2017년 12월 30일

엮은이	동국대학교 문화학술원 한국문학연구소
발행인	이 대 현
편 집	박 윤 정

발행처	도서출판 역락
	서울 서초구 반포4동 577-25 문창빌딩 2층(우137-807)
등 록	1999년 4월 19일 제303-2002-000014호
전 화	02-3409-2058, 2060 / 팩스 02-3409-2059
이메일	youkrack@hanmail.net

ISBN 979-11-6244-144-2 93810

값 34,000원